Moskau, Bel Étage

Grigori Rjaschski

Moskau, Bel Étage

Roman

Aus dem Russischen
von Ganna-Maria Braungardt

Kiepenheuer & Witsch

Der aufrichtige Dank des Autors gilt dem Mitarbeiter der Organisation »Memorial« Nikita Petrow für die bei der Arbeit an diesem Buch erwiesene Hilfe.

1. Auflage 2009

Titel der Originalausgabe: Dom obrascovogo soderžanija

Mit einem Nachwort von Ljudmila Ulitzkaja

Aus dem Russischen von Ganna-Maria Braungardt

Umschlaggestaltung: Rudolf Linn, Köln
Umschlagmotiv: © Accela/photocase.com
Autorenfoto: © Literarische Agentur Galina Dursthoff
Gesetzt aus der Adobe Jenson
Satz: Pinkuin Satz und Datentechnik, Berlin
Druck und Bindearbeiten: GGP Media GmbH, Pößneck
ISBN 978-3-462-04071-5

Meiner Großmutter
Jelena Markowna Ginsburg
gewidmet

Erster Teil

Gewöhnlich erwachte Rosa Markowna mit einem Schrei, kurz bevor der erste Morgendämmerstrahl durch die Lücke zwischen den beiden schweren Vorhängen drang. Hinter den Vorhängen befand sich ein kleines Fenster mit Ausblick auf die Nachbarn, das heißt auf ein gleichermaßen verspieltes Fenster: Die gleichen schwachen, schmuddeligen Überreste blass-hautfarbener Fassadenölfarbe, die gleichen bizarren halbrunden, fast schon morschen Holzrahmen im »Moskauer Jugendstil«.

Das Haus, in dem sie alle so lange gelebt hatten, wie ihre Erinnerung Generation um Generation zurückreichte, stand an einem wundersamen Ort, an dem aus unbegreiflichen Gründen die zerstörerischen Mechanismen der Alterung jeglicher fester Körper nicht wirkten und zu dem die zügellosen gegenwärtigen Machthaber noch nicht endgültig vorgedrungen waren.

Der braune Backsteinbau mit einem Sockel aus rauen grauen Steinen verharrte noch immer dort, wo er von Anfang an, seit dem vorrevolutionären Jahr 1903, gestanden hatte – in einem stillen Winkel der Trjochprudny-Gasse. Das Haus neigte sich aus unerfindlichen Gründen nicht zur Seite, die Fassade zeigte nicht übermäßig viele Risse, und die mächtigen Holzdecken hingen noch nicht sonderlich durch. Mit anderen Worten, das Haus war nicht baufällig, wie es seinem Lebensalter entsprochen hätte. Die Behörden forderten von den Bewohnern keine Aussiedlung zwecks Generalsanierung ohne anschließende Rückkehr an die Adresse ihres früheren Lebens. Sie ließen diese auch nicht wissen, dass das Gebäude neuen Anwärtern übergeben werde, die auf die Filetstücke der Gegend aus waren.

Womöglich, so die für ihre fast hundert Jahre äußerst nüchtern denkende Rosa, hatte diese »Nichtbeachtung« damit zu tun, dass das Haus noch immer gleichermaßen von Künstlern und Natschalniks bewohnt war und ein Angriff darauf als heikel galt. Obwohl es andererseits, ebenfalls laut ihrer Aussage, seine einstige geballte Kraft, die von den keineswegs einfachen Bewohnern der Maisonettewohnungen ausgegangen war, eingebüßt hatte. Die Bewohner trugen noch immer klangvolle Namen, und einige davon waren noch immer prominent, andere hingegen seit Langem bedeutungslos. Die Träger Ersterer führten die Familientradition fort, meist in zweiter und dritter Generation, wie der Sohn eines Akademiemitgliedes, der selbst Akademiemitglied, der Enkel eines Professors, der ebenfalls ein preisgekrönter Wissenschaftler geworden war, außerdem etliche Künstler, die der Bestimmung ihrer Väter – wenn auch weniger erfolgreich – gefolgt waren.

Doch im Grunde war zu Beginn des neuen, flegelhaften Umbruchsjahrhunderts, der mit dem des dritten Jahrtausends zusammenfiel, kaum noch jemand übrig von jenen, die mit Stolz oder aber mit neidischem Seufzen die Summe der staatlichen Verdienste der Bewohner des Hauses im stillen Abseits der Trjochprudny-Gasse zu schätzen gewusst hätten.

Die Vorhänge ließ Großmutter Rosa nicht absichtlich einen Spalt offen, der Stoff war einfach zu schwer, und die im Laufe der Zeit ausgetrockneten Holzringe hatten ihre ideale Rundheit eingebüßt; sie setzten den schwachen Kraftanstrengungen der Greisin einen rauen Widerstand entgegen und glitten nicht in der erforderlichen Weise über die ebenfalls knochentrockene Gardinenstange. Doch gegen diesen übermäßig dicken Stoff, der den Staub eines halben Jahrhunderts in sich aufgesogen hatte, konnte niemand in der Familie etwas ausrichten: Rosa ließ sich selten beeinflussen, besonders wenn es um Dinge ging, die ihr viel bedeuteten.

Zu diesen Dingen gehörte auch der Bouclèstoff der Fabrik »Pjotr Alexejew«, ein rauer Mantelstoff ganz im Stil des Jahres 1955. Damals hatte Großmutter in der Zeitschrift »Ogonjok« das Foto eines jungen Mannes in einem Mantel aus eben diesem Stoff nebst einem Artikel über die Alexejew-Fabrik entdeckt. Der Stoff, den sie anschließend kaufte, und zwar mit einer kleinen Reserve für künftige Reparaturen, reichte für weit mehr als für den ins Auge gefassten Schnitt, und so wurde, um einen nutzlosen Rest zu vermeiden, noch so viel von dem Bouclé dazugekauft, dass daraus Vorhänge für das einzige Fenster des kleinen Eckzimmers, in dem Großmutters Mahagonibett stand, genäht werden konnten. Auf einen Mantel für den eigenen Bedarf verzichtete Rosa schließlich, doch seit jener Zeit bevorzugte sie, wenn es um Stoffe ging, strikt die Produkte der geliebten Fabrik, alles andere, das nicht von dort stammte, löste nur ein leichtes, halb verächtliches Lächeln auf ihrem schönen und strengen Gesicht aus.

In solchen Momenten ähnelte sie der Dichterin Anna Achmatowa: Ein Profil mit rassiger Höckernase, früh und edel ergrautes Haar und ein vermutlich perfektes Französisch. Was die Sprache anging, so beherrschte sie diese in der Tat, zwar nicht perfekt, aber doch nahezu. Der bolschewistische Umsturz hatte sie mit knapp fünfzehn daran gehindert, das Gymnasium erfolgreich abzuschließen.

Zuweilen veränderte sich ihr Erscheinungsbild, meist in Folge von Enttäuschungen über Verwandte oder Vertraute. Dann ähnelte sie eher der Schauspielerin Faina Ranewskaja: gebeugte Haltung, feuchte Augen und eine kaum wahrnehmbare Kopfbewegung als Zeichen der Missbilligung. All das ließ eher an Jiddisch und Latein denken.

Das Jiddisch entstammte nicht der klassischen Bildung: In dieser Sprache verständigten sich die Älteren der Familie Dworkin fast ausschließlich, besonders dann, wenn sie gewisse heikle Dinge des Erwachsenenlebens vor den Jüngsten verborgen halten wollten. Doch zur Geheimhaltung taugte die ererbte Sprache nicht lange: Sobald ein halb hingeworfener Satz oder ein paar Worte zweimal in das kindliche Ohr gedrungen waren, blieben sie für immer darin hängen, weckten mit ihren schnarrenden Lauten die Fantasie und regten Rezeptoren auf der sensiblen Zungenspitze an. Das Lateinische jedoch, das jeder, der mit Rosa Markowna verkehrte, ihr unweigerlich als gegeben unterstellte, blieb stets aus ihren realen Kenntnissen ausgeklammert. Sie hatte auch so genug zu tun: mit der Familie, dem Haushalt, der Buchführung und der Aufsicht über alles, mit dem regelmäßigen Austeilen zärtlicher Portionen von Güte, großzügigen Lobs an die Adresse der Angehörigen wie auch mit der Verteilung angemessener Dosen von Kritik an jeder Art von Betrug und Gemeinheit. Doch das alles gehörte zur zweiten Hälfte von Rosas Leben, das im Grunde erst begann, nachdem Semjon Lwowitsch Mirski, ihr Mann und Erbauer des Hauses, in dem sie lebten, sein letztes Domizil bezogen hatte, den Friedhof Wagankowo.

Einen Mantel, nicht für sich selbst, sondern für ihren Enkel Wilen, nähte sie erst im Jahr fünfundsechzig, dem zehnten Lebensjahr des Enkels, elf Jahre nach der Entdeckung des wundervollen Stoffs. Ursprünglich hatte sie ihn aus dem Gymnasiastenmantel ihres Mannes nähen wollen, der seit 1903, dem Jahr des Richtfestes, in der Abstellkammer im Obergeschoss hing. Doch dann überlegte sie es sich anders und beschloss, für den Enkel anstelle des getragenen Stücks lieber auf die Bouclévariante zurückzugreifen. Und so geschah es.

In jenem Jahr, 1956, nähte Rosa Markowna bereits wie besessen, und zwar, wie die Familie wusste, nicht aus übermäßiger Liebe zu dieser Tätigkeit und ihrer Singer-Maschine. Als nämlich der Zeitpunkt gekommen war, Stück für Stück die Gemäldesammlung der Familie von der Wand zu nehmen – Kustodijew, Korowin, Serebrjakow, Popowa, Rodtschenko, Juon oder Makowski –, um damit Monat für Monat das Budget zu ergänzen und so den gewohnten Lebensstandard der Familie Mirski aufrechtzuerhalten, sagte Großmutter mit fester Stimme: Nein, solange ich lebe, wird das nicht geschehen, und ich möchte auch nicht, dass dies zu euren Lebzeiten geschieht. Darauf hoffe und baue ich sehr.

Es gab in der Sammlung der Familie auch ein wahres Juwel, und zwar keineswegs abseits der anderen Meisterwerke, etwa unter Verschluss oder in einer entlegenen Ecke des Kabinetts. Es stammte aus dem Jahr 1921, hieß »Hochzeit des Schusters mit dem Kuckuck« und hing gleich in der Diele, direkt vor der Treppe zum Obergeschoss, links vom Treppengeländer. Dieses Bild, Öl auf Leinwand, ein Meter zehn mal ein Meter fünfzig, war dem Meisterarchitekten Semjon Lwowitsch Mirski im Zeichenstudio der Stadt Witebsk seinerzeit respektvoll überreicht worden, und zwar vom Maler persönlich, dem Proletkultmitglied und Leiter des revolutionären Kollektivs bildender Künstler Marc Chagall.

Ähnlich verhielt es sich mit der Schenkung eines weiteren Juwels, eines Picasso. 1914 hatte der große Pablo in Paris Mirskis Talent persönlich schätzen gelernt und ihn ebenso persönlich aufgefordert, sich aus elf zum Verkauf vorgesehenen Arbeiten eine auszusuchen, die ihm gefiel.

Das geschah in der Galerie »Taube« auf dem Montmartre, wohin der Architekt Eugène Forestier, ein Bekannter Mirskis und ein Busenfreund des Galeristen, seinen russischen Kollegen mitgeschleppt hatte. Beide, schon ziemlich angetrunken, hatten sich soeben aus den Armen der Prostituierten vom Place Pigalle gelöst und waren darum in bester Feierstimmung.

»Das musst du unbedingt sehen, Senja«, beharrte Eugène. »Ich verspreche dir, es haut dich um, wenn du das siehst. Einen Künstler wie ihn gibt es nicht noch einmal. Er lebt in Barcelona, ist aber gerade hier.«

Als sie ankamen, waren die Arbeiten bereits aufgehängt und wurden für den Katalog fotografiert. Zu ihrer großen Überraschung trafen sie Pablo selbst an, einen sympathischen Kerl Mitte dreißig. Er unterhielt sich mit dem Galeristen. Auf dem Fußboden war ein großer Bogen Zeichenpapier mit einem Denkmalsentwurf ausgebreitet. Die Skulptur bestand aus zwei auseinanderstrebenden nackten Jünglingen, die durch einen gemeinsamen Fuß aneinandergeschmiedet waren. Der Fuß steckte im Sockel, wuchs sozusagen aus ihm heraus. Die Haare der beiden wurden vom Wind zum gestalterischen Zentrum hin geweht, also aufeinander zu. Das war äußerst eindrucksvoll.

»Hier«, sagte Pablo anstelle einer Begrüßung zu den Eintretenden, nachdem er Forestier erkannt hatte, »ich soll mich als Bildhauer produzieren.« Er wies mit einem Kopfnicken auf die Skizze am Boden. »Habe ich heute Morgen entworfen. Was meinen Sie dazu, Messieurs?«

Mirski warf einen Blick auf die Skizze und antwortete in gutem Französisch: »Es ist nicht stabil, so, wie es die Skizze vorsieht.«

Pablo blickte interessiert zu dem Unbekannten und erkundigte sich neugierig: »Wie kommen Sie darauf, Monsieur?«

»Ich komme darauf, Monsieur«, erklärte Mirski, »weil die Skulptur, auch wenn sie großartig ist, einen anderen Sockel braucht. Urteilen Sie selbst.«

Er nahm ein Blatt Papier vom Tisch, skizzierte darauf mit einem Bleistift rasch die wirkenden Kräfte und markierte den Schwerpunkt der Komposition.

»Sehen Sie? Es kippt so und so.«

Er griff zu einem andersfarbigen Stift.

»Ich würde Ihnen Folgendes empfehlen, Monsieur«, sagte Mirski, ohne eine Sekunde zu überlegen, und korrigierte auf seiner Skizze in einer anderen Farbe die Form des Sockels, wobei er den Neigungswinkel des flachen oberen Teils im Verhältnis zum unteren deutlich korrigierte.

»Oder so«, ergänzte er nachdenklich und wechselte erneut den Stift, »wenn Sie nichts dagegen haben.« Diesmal griff er mit dem Stift in die Komposition selbst ein, ließ die Hand des einen Jünglings den Boden berühren und hob die des anderen entsprechend zum Himmel empor. Dann hielt er das Ergebnis mit ausgestrecktem Arm vor sich, kniff die Augen zusammen und sagte abschließend: »Ja, so!«

Pablo schaute Mirski die ganze Zeit über schweigend an. Als dieser fertig war und die Anwesenden entschuldigend anlächelte, sagte er: »Monsieur, ich weiß nicht, wer Sie sind. Aber ich möchte Ihnen einen Tausch anbieten, und ich hoffe, Sie werden mir diese Kleinigkeit nicht abschlagen. Hier in der Galerie hängen elf Arbeiten von mir. Wählen Sie eine beliebige aus, nach Ihrem Gutdünken, und ich würde mich glücklich schätzen, diese für Sie mit einer Widmung zu versehen. Sie sind ungeheuer begabt, Monsieur, und ich hätte gern eine Erinnerung an Sie. Dies hier«, er nahm Mirski das Zeichenpapier aus der Hand, »ist ein Kunstwerk, und ich möchte, dass Sie es mir signieren.«

Semjon griff nach seiner Skizze und schrieb auf Russisch schräg über das ganze Blatt, ohne die geringste Ahnung, wer der Mann war, dem er die Widmung zudachte: »Dem begabten Künstler Pablo vom russischen Architekten Semjon Mirski. Zur freundlichen Erinnerung.«

So geriet die kubistische »Frau mit Gitarre«, Öl auf Leinwand, 170 × 110, 1914, mit der Widmung »Dem begabten Architekten Semjon Mirski zur Erinnerung. Pablo Picasso« auf der Rückseite in Mirskis Haus.

Und kein einziges Mal regte sich in Rosa Markowna der Gedanke, nach der Leinwand zu greifen, kein einziges Mal zuckte ihre Hand, höchstens, um das Bild zu streicheln und den Staub davon abzuwischen. Die alternde Mirskaja wusste, dass man das nicht durfte. Niemals. Niemand. Denn sonst zerbrach der Mensch, ohne es zu merken.

Stattdessen erschloss sich Großmutter schnell die Konstruktion von Büstenhaltern zur Kaschierung flachbrüstigen Jammers wie zur allseitigen Stützung weiblicher Üppigkeit. Mit der Zeit wurde die Fertigung immer komplizierter, zum Beispiel durch Ergänzung um einen zusätzlichen Knopfverschluss für besonders schwerwiegende Fälle. Dann weitete sich die Produktion auf verwandte Gebiete zur Erlangung trügerischer Schönheit aus: Mieder, Korseletts und Korsetts. Und noch ein wenig später, als Großmutters Schneidertalent in voller Blüte stand und die vollbusigen Kundinnen scharenweise in die Trjochprudny-Gasse strömten, erschwerte Rosa Markowna sich selbst die Aufgabe bis zum Extrem, denn was immer sie tat, sie tat es perfekt. So hatte sie es in der Familie des Chemikers Dworkin gelernt, und so hielt sie es ihr Leben lang.

Folgendes also dachte Rosa Markowna sich aus: Das für das Stützwerk der heiklen Stellen fehlende Fischbein ersetzte sie durch der Länge nach hauchdünn aufgeschnittene Skistöcke aus Bambusrohr. Diese elastischen Stäbe wurden je nach Bedarf zur Einschnürung der jeweiligen Figur in regelmäßigen Abständen auf dem Stoff verteilt, mit der Nähmaschine des berühmten deutschen Meisters befestigt, und schließlich wurden die Enden mit Kreuzstich gesäumt. Die Weite des guten Stücks war so bemessen, dass die Kundin notfalls noch einen guten Happen essen konnte.

Die übrigen Mirskis genierten sich zwar ein wenig, wussten aber Großmutters Beitrag zu den Finanzen der Familie zu schätzen, dankten ihr still dafür und blieben ansonsten jeder bei seinem eigenen, wenig profitablen Gewerbe.

Ihr Sohn Boris, inzwischen neununddreißig, steckte bis über beide Ohren in Lehre und Forschung und stand kurz vor der Habilitation auf dem ererbten Gebiet, der Architektur. Zum Zeitpunkt der Disputation war er bereits neun Jahre lang Dozent am Moskauer Architekturinstitut, und die Habilitation verhieß eine rasche Berufung zum Professor und womöglich auch einen Lehrstuhl. Dass er kein Parteimitglied war, stellte kein unlösbares Problem dar. Sein Vater Semjon Mirski war keineswegs endgültig vergessen, ja, er galt sogar wieder als Klassiker der nationalen Architektur. Deshalb befürwortete das Kreiskomitee kurzfristig die Kandidatur des künftigen Professors, und zwar ohne die übliche Bewährungszeit und trotz des anstößigen Nationalitätenvermerks im Pass. Er selbst beschloss, sich über den ziemlich peinlichen Parteibeitritt nicht weiter auszulassen und ihn vor seiner Mutter möglichst geheim zu halten, das Ganze war ihm ohnehin bis zum Erbrechen zuwider. Aber er wusste genau, dass er es ohne diesen lästigen Schritt zu keiner gehobenen Position im geliebten Fach bringen würde.

Als Rosa Markowna von dem neuen, abstoßenden Status ihres Sohnes erfuhr, war sie schrecklich enttäuscht, denn nun war sie mit dem, was sie bei anderen, selbst bei ganz neutral eingestellten Menschen, gelinde gesagt, missbilligte, ganz unmittelbar, in der eigenen Familie, konfrontiert. Scheinheiliges kommunistisches Getue war ihr zutiefst zuwider. Schon als junges Mädchen hatte sich Rosa Dworkina lange und gründlich mit dem Grund für ihren Argwohn und ihr Misstrauen gegenüber den anbrechenden neuen Zeiten auseinandergesetzt – vom Oktoberumsturz an. Als sie diesen endgültig herausgefunden hatte, nach dem verfluchten Jahr vierzig, war sie stolz darauf, dass sich keiner der Dworkins und Mirskis an den proletarischen Abscheulichkeiten und Betrügereien beteiligte.

Doch nun war es offenbar auch bei den Mirskis so weit, obwohl sich die Familie stets fernhielt von Führern jeglicher Couleur. Schon allein wegen des Respekts der Mächtigen vor dem berühmten und nunmehr rehabilitierten Namen konnten die Mirskis eine ganze Weile unauffällig und selbstgenügsam leben. Auch der Wind der

Sechziger, der scheinbar einen kleinen Spalt für frische Luft geöffnet hatte, sich dann jedoch abschwächte und schließlich unwiederbringlich legte, hatte alle für eine kurze Zeit Hoffnung schöpfen lassen. Nur Rosa Markowna nicht, nein, sie nicht. Sie hatte früh genug eine anständige Gymnasialbildung vorrevolutionärer Prägung erhalten, wenn auch nicht bis zum Abschluss, um unterscheiden zu können, wo die Luft wirklich rein war und wo es, wenn auch kaum wahrnehmbar, nach Betrug stank.

Jedenfalls litt Großmutter eine Weile still und traurig vor sich hin, ohne dass die Familie es merkte. Sie verbannte ihr Unbehagen in ihr Inneres, unterdrückte es und ließ es nicht nach außen dringen. Andererseits machte sie sich natürlich ihre Gedanken, schließlich konnte sie nicht ewig den Damen die Figur korrigieren und Mieder mit besonderen Nähten und aufgeschnittenen Skistöcken versehen.

Noch hatte sie genug Kraft, aber was sollte später werden? Ihr Sohn war Parteimitglied und Professor nicht russischer Abstammung, mehr nicht. Ihre Schwiegertochter Tanja schien dem Puschkin-Märchen von den drei Mädchen entsprungen, die zusammensitzen und spinnen und auf ihren Prinzen warten: »Ach, könnt ich doch ...« Die Rolle des Prinzen spielte Rosas lieber, guter und sehr unreifer Sohn. Und als Tanja ihn bekommen hatte, war sie endgültig erstarrt und in der Bibliothek kleben geblieben, wo sie mit schlecht bezahltem höflichem Lächeln fleißig technische Wörterbücher hin und her schleppte. Doch all das wäre halb so schlimm gewesen, hätte die Schwiegertochter nicht nach Jahren ihren üblen Charakter offenbart. Wer hätte das damals ahnen können?

Tanja Kulkowa war so gut wie zufällig in die Familie geschneit, 1952, da war Rosa Markownas Sohn gerade sechsundzwanzig. Boris, bereits ein gestandener Doktor der Architektur, brachte das nicht jüdische Mädchen ins Haus und genierte sich dabei vor seiner Mutter und vor sich selbst. Tanja war genauso alt wie er, sah aber aus, als wäre sie seine große Tochter. Ihr Haar war hellblond und leicht gelockt, und sie trug eine Brille, die über ihr Gesicht hinausragte, und das wohl nicht nur, weil sie das chic fand. Vermutlich hatte sie einfach keine andere bekommen.

Rosa Markowna schwante sogleich, dass dies ihre Schwiegertochter war, und sie entschied sich sofort gegen den Versuch, ihren Sohn um ein nochmaliges Überdenken seiner Wahl zu bitten. Russische Ehefrauen im Haus haben uns gerade noch gefehlt, dachte sie verzweifelt und lächelte höflich, wie die Ranewskaja.

»Das ist Tanja«, stellte Boris das Mädchen vor und wurde flammendrot.

»Tanja«, wiederholte diese erschrocken ihren Namen, quälte sich ein schwaches Lächeln ab und hielt Rosa Markowna linkisch die Hand hin.

Alle warteten ab – jeder aus eigenen Gründen. Boris und seine Mutter wussten beide genau um die Bedenken des anderen wegen der Übertretung eines ungeschriebenen Gesetzes. Und während er dastand und auf die Reaktion der Mutter wartete, ärgerte sich Rosa Markowna gleich zweimal: Einmal heftig, weil sie sich ziemlich hintergangen fühlte, vom eigenen Kind in eine unmögliche Situation gebracht; und dann – schon weniger heftig, nachdem die unschöne Gereiztheit ein wenig verpufft war, weil sie das Zerstörerische ihrer Stimmung wahrgenommen hatte, nämlich eine geistige Verstocktheit ohne jeden Anlass. Jedenfalls verdauten beide, Mutter und Sohn, die Situation rasch. Nur die erwählte Schwiegertochter, die der künftigen Schwiegermutter noch immer ängstlich lächelnd die Hand hinhielt, bekam dieses kurze wortlose Intermezzo nicht mit.

Ihr Haar dunkelt bestimmt noch nach, dachte Rosa Markowna, während sie das Mädchen musterte, es dunkelt nach und wird noch etwas lockiger als jetzt. Auch sie streckte die Hand aus und überlegte, was Semjon wohl sagen würde, wenn er es erfuhr.

Der letzte Brief von ihrem Mann war neunundvierzig gekommen, ein Jahr vor dem Ende der zehnjährigen Haftzeit. Danach blieb die Post aus. Ein halbes Jahr lang wartete Rosa Markowna, und als noch immer keine Nachricht kam und sie ahnte, was das bedeutete und auf welches Ende es hinauslief, trat sie einen Marsch durch die Instanzen an, um Klarheit zu bekommen.

Von den Instanzen allerdings erhielt sie keine klare Antwort, die mündlichen Auskünfte waren verworren, auf schriftliche Anfragen hieß es lediglich: Bürgerin, Ihr Mann hat seine Haftzeit ja noch nicht abgesessen, warum also machen Sie sich Sorgen? Paragraf achtundfünfzig ist ein langer Paragraf, wenn nötig, wird man Ihnen schon antworten, und dass er nicht schreibt, nun, Ihr Gatte ist schließlich Architekt, kein Schriftsteller, so ist das. Also gehen Sie einstweilen Ihrer Wege, Bürgerin, Ehefrau eines Volksfeindes …

Rosa Markowna nahm Tanjas junge kleine Hand in ihre Rechte und drückte sie leicht, damit das Mädchen nicht glaubte, ihre Geste sei manieriert und nur der Höflichkeit geschuldet, lächelte strahlend und sagte: »Guten Tag, Tanjuscha, ich bin Rosa Markowna, sehr, sehr angenehm. Mögen Sie Süßes? Tee?«

»Danke, Rosa Markowna, ich nehme gern etwas Gebäck, und Tee natürlich auch.« Tanja war erleichtert und sah die Mutter von Boris nun schon weniger furchtsam an.

»Bedanken können Sie sich hinterher, mein Kind.« Rosa richtete den Blick erneut auf das Mädchen und spürte, dass es kein Zurück mehr gab. »Wenn Sie mein Gebäck probiert haben.«

Tanja wusste nicht recht, worüber sie sich in diesem Moment mehr freuen sollte – über das süße Gebäck oder über Boris Mirski. Das Gebäck verhieß für die nahe Zukunft ein juristisch abgesichertes Leben in der Maisonettewohnung im Haus der Mirskis und einen festen Platz am Desserttisch der Schwiegermutter mit wundervollen Honigkuchen und Hamantaschen, an denen man sich kugelrund essen konnte. An einem Tisch mit hübschen Tellerchen, zierlichen, verschnörkelten Gabeln, Servietten und einer ebenfalls ganz besonderen Tischdecke: die Mitte gestärkt, die Ränder mit antiker Kräuselspitze versehen, die sich scharf anfühlte, elastisch am Rand und hart an den Ecken. Zur Krönung, separat aufgetragen, gab es eine echte vierzehnschichtige Napoleon-Torte, von Rosa nach dem bewährten Rezept der Familie Dworkin hergestellt. Diese Leckereien verhießen eine Ehe an der sicheren Seite eines promovierten Mannes, des Sohnes eines Akademiemitgliedes mit klangvollem Namen. Und schließlich bedeuteten sie für Tanja den eigenen Eintritt in die Mutterschaft im Schutz einer fürsorglichen Familie, die zwar nicht russisch war, aber durchaus freundlich.

Ein wenig getrübt wurde das idyllische Bild allerdings durch das ganz und gar nicht heroische Äußere des künftigen Ehemannes: eine fleischige, unmännlich lange Nase, geringe Körpergröße – ganz wie der Vater –, eine ziemlich fortgeschrittene Kurzsichtigkeit und jede Menge stachliger Haarwuchs am ganzen weichen Körper. Dafür besaß Boris einen außerordentlichen Verstand. Verstand und das Talent zu beharrlicher Arbeit.

Kennengelernt hatten sie sich in der Bibliothek, als Boris, damals noch Doktorand, wegen eines Nachschlagewerks oder eines Fachwörterbuchs zu ihr kam. Ihr Haar war nach einer Nacht mit Lockenwicklern frisch gewellt, doch das Ergebnis machte ihr keine Freude. Sie hatte den ganzen Tag schlechte Laune, und zwar, weil sich noch immer kein passender männlicher Leser für sie interessierte. Doch nicht etwa nur heute, nein, genau genommen seit dem Tag, an dem sie die Bibliotheksfachschule abgeschlossen hatte.

Die Kollegen an der Buchausgabe und im Magazin waren bis auf ein paar Lagerarbeiter vom selben Geschlecht wie Tanja, und die männlichen Leser waren in der Regel ganz in ihre Studien vertiefte Eierköpfe oder liebe, nette Greise – von denen sich einige allerdings als recht agil entpuppten.

Die Zeit verging, unbemerkt war ein ganzes Jahr über Karteikarten und staubigen Bücherrücken dahingeflossen, und an Tanjas Arbeit änderte sich kaum etwas: Sie kam und ging, gab Bücher aus und nahm welche entgegen, danke, auf Wiedersehen, gefolgt von einem öden freien Tag.

Im zweiten Jahr Ausgabe und Kartothek war Tanja fast reif und entschlossen, dem Werben eines älteren Lesers nachzugeben, trotz seiner prämortalen dreiundvierzig Jahre. Doch daraus wurde nichts. Die Geschichte endete, noch ehe sie begonnen hatte, mit einer Ohrfeige, einem ausgebeulten Strickpulli, einer Laufmasche im Strumpf. Sie war verärgert über ihre eigene Unbedachtheit und empört. Wie hatte sich dieser Leser Derartiges einbilden können, wie konnte er glauben, sie, Tanja, ein Mädchen aus einer anständigen werktätigen Familie einer Unterstufenlehrerin aus einer Moskauer Vorstadt und des im Krieg gefallenen Artillerieoffiziers Pjotr Kulkow werde ihre Erziehung ignorieren, ihre Unnahbarkeit aufgeben und mit ihm oder wem auch immer eine intime Beziehung aufnehmen? Einfach so – intim werden!

Doch bald unternahm Tanja selbst einen Schritt in diese Richtung. Und zwar als Reaktion auf die Bemühungen eines anderen Bewerbers um ihre falschen Locken, des obersten Herrschers über Bücher und Nachschlagewerke, des Bibliotheksdirektors Juli Solomonowitsch Aronson. Dieser handelte im Gegensatz zu seinem erfolglosen Vorgänger überlegt und zielstrebig. Zunächst beobachtete er mit Interesse das trotz ihrer Jugend und der aufregenden blonden Locken so trostlose Privatleben der scheuen Kollegin. Dann dachte er sich Tanjas mäuschenhaftes Wesen und ihre stets bescheidenen Kleider weg und entdeckte zu seiner eigenen Überraschung eine ganz passable Figur, die von der Sackartigkeit und den unauffälligen Farben dieser Kleider gekonnt verschleiert wurden. Nachdem er alles endgültig abgewogen hatte, erachtete er die Sache trotz seines Alters als aussichtsreich und lohnend. Und dieser zweite Anschlag auf die Unschuld der Bibliothekarin gelang.

Für den Anfang verschaffte der Direktor Tanja eine kleine Beförderung – klein, aber angemessen. Sie brachte ihr zwar nicht mehr Gehalt ein, erhöhte jedoch ihr Ansehen und signalisierte, dass der Chef ihr vertraute. Das war schmeichelhaft und ein wenig seltsam, da sie sich keinerlei Verdienste erworben hatte. Die neue Aufgabe brachte zugleich eine neue Verantwortung mit sich, eine materielle. Tanja musste den Eingang neuer Bücher quittieren und regelmäßig prüfen, ob der Bestand mit den Eingangslisten übereinstimmte.

Gleich die erste Überprüfung offenbarte, dass die Hälfte des letzten Eingangs fehlte, und das deutete entweder auf Diebstahl oder auf anderweitige böse Absicht hin, womöglich mit Wissen der materiell verantwortlichen Person.

Dass ausgerechnet ihr das passiert war, konnte Tanja lange nicht glauben, denn als Juli Solomonowitsch sie nach Feierabend zu einem strengen Gespräch unter vier Augen in sein kleines Büro rief und sie über das beträchtliche Manko im Bibliotheksfonds und die ihr deswegen drohenden Folgen unterrichtete, war die Angst, die von ihr Besitz ergriff, wesentlich stärker als die Reaktion auf Aronsons einschmeichelnde Angebote, alles auszubügeln: Lass mich nur ein wenig, mein Kind, nur ein kleines bisschen, nicht bis zum Ende, nicht ganz, du wirst gar nichts spüren, nur Zärtlichkeit, was kann ein alter Mann dir schon antun als freundliche Worte, väterliche Fürsorge und vielleicht die Rettung vorm Gefängnis?

Besonders überraschend dabei war etwas, womit die eingeschüchterte und ins Bockshorn gejagte Tanja keineswegs hatte rechnen können, als sie sich angesichts der kriminellen Umstände, deren Geisel sie war, auf ein Verhältnis mit ihrem Retter einließ, der ihr Vorgesetzter und ein sechzigjähriger Greis war: Überraschend war Aronsons ganz und gar nicht greisenhafte, unermüdliche Potenz, die sich wie ein Springteufelchen in jenem Büro offenbarte.

Erst später wurde ihr klar, wie penibel Aronson alles durchdacht und arrangiert hatte: Der Ledersessel mit der weichen Rückenlehne war in die Mitte des Raumes gerückt, damit man sich bequem auf die Armlehnen aufstützen konnte, ohne dabei ständig mit gebeugtem Kopf gegen das Bild des schnauzbärtigen Führers zu stoßen. Ebenfalls vorhanden war eine in diesem Büro eigentlich unnötige zweistufige Trittleiter – zur Regulierung der Lust in Höhe und Neigungswinkel. Und schließlich in der Ecke eine Ottomane, ganz weich und dem Bedürfnis des kleinen Bibliotheksgottes nach Abwechslung im Liebesspiel entsprechend.

Am amüsantesten aber war ein anderer Umstand, weit wichtiger als der erste, nämlich, dass die Sache keineswegs schrecklich war, im Gegenteil, und das trotz des zuvor so verabscheuten Alters des Mannes. Tanja gefiel das alles, die Geschichte ihrer sündigen Willfährigkeit ebenso wie der Vorgang als solcher, von Anfang bis Ende und vom Ende bis zum nächsten Bürorendezvous. Es gefiel ihr im Großen und im Wesentlichen – abgesehen vom ersten Frauenblut, das nicht von der monatlichen Regel herrührte, und von den anfangs vergossenen Tränen aus Angst vor Verurteilung und Strafe wegen Unterschlagung oder wie das hieß.

Am Abend nach dem ersten Mal, auf dem Heimweg nach Balaschicha bei Moskau, sinnierte sie darüber, dass es damals vermutlich recht unüberlegt gewesen war, den ersten Anwärter so grob abzuweisen, sein Werben so unwiderruflich zu unterbinden. Nun sah sie den Abgewiesenen in einem ganz anderen Licht – er könnte Juli

Solomonowitschs Sohn sein, vom Alter her. Hätte sie sich anders verhalten, wäre er, der Mann, der es nur ein wenig zu eilig gehabt hatte, jetzt womöglich anstelle des glatzköpfigen alten Juden.

Die zweite Vereinigung fand eine Woche später statt – so viel Zeit hatte Juli Solomonowitsch Tanja eingeräumt, damit sie sich beruhigen und sich endgültig mit der Unabänderlichkeit ihrer neuen Lage abfinden konnte. Doch sie fand sich nicht nur damit ab, sie entschied, dass sie so eigentlich besser dran war als zuvor, denn immerhin litt sie nun nicht mehr unter mangelndem männlichem Interesse für ihre Weiblichkeit. Was ihr widerfahren war, regte die Fantasie an und schenkte ihr ein echtes weibliches Geheimnis, wie sie noch keines besessen hatte.

Die zweite Vereinigung im stillen Winkel des Büchertempels war keine hastige Begegnung, sondern ein sorgfältig inszeniertes Ereignis, bei dem die weiche Sessellehne, die oberste Stufe der Trittleiter und die nachgiebige Ottomane zum Einsatz kamen. Das Ergebnis war Tanjas erster Orgasmus. Und noch etwas Positives hatte das Ganze: Sie konnte sich weiterhin so zurückhaltend kleiden wie zuvor, auf kosmetisches Beiwerk verzichten und auf den Mann warten, der ihr Glück bedeuten oder zumindest ihr unsicheres kleines Boot auf sicheres Festland bringen sollte.

Die folgenden drei Jahre verliefen ohne nennenswerte Abweichungen, alles blieb wie gehabt: Regelmäßige Begegnungen im Büro, der unermüdliche Aronson, Tanjas entgegenkommende Reaktion zur Erlangung rein körperlicher Lust und das Ausbleiben eines wirklichen Lebensgefährten.

In all der Zeit verlor das alte Schlachtross Aronson nicht an Eifer, ja, er schien sogar immer besser zu werden und nahm die blondgelockte junge Frau, die er durch seinen geschickten Plan der minderwertigen Herde abgetrotzt hatte, in sein nun unmittelbar bevorstehendes Greisenalter mit.

Boris Mirski erschien nicht zufällig in der Bibliothek, sondern weil er wertvolle Forschungszeit sparen wollte. Seine Dissertation stand kurz vor der Veröffentlichung, und bei seinem Arbeitseifer wäre jede für die endlose Suche nach Übersetzungen und Nachschlagewerken vergeudete Minute ein unverzeihlicher Luxus gewesen.

»Wenn du irgendetwas brauchst, komm gleich zu mir, Boris«, mahnte ihn bei jeder verwandtschaftlichen Begegnung der Cousin des Vaters, Onkel Juli Aronson, der kinderlose Witwer und Direktor der technischen Auslandsbibliothek. »Ich lasse alle Mitarbeiterinnen persönlich vor dir antreten: Da findest du auf Anhieb, was du brauchst«, fuhr Aronson mit anzüglichem Lächeln fort, »ich meine, einen Aufsatz oder was auch immer.« Dann schloss er ohne jede Alberei: »Nein, wirklich, Boris, ich helfe dir, wo ich kann, ohne Anstehen und lange Vorbestellung, komm einfach vorbei.«

So griff Boris denn, als es mit der Zeit richtig eng wurde, auf die verwandtschaftlichen Beziehungen zurück. Später, nach mehreren Jahren Ehe, begriff Tanja, wenn sie an die erste Begegnung mit ihrem künftigen Mann zurückdachte, warum ihr der unscheinbare junge Mann mit Brille und ohne jedes erkennbare Anzeichen von Männlichkeit an Gesicht und Körper sofort aufgefallen war. Sie hatte damals, erinnerte sie sich, dem unscheinbaren Leser in Gedanken den Kopf kahl geschoren, ihm die dicke Brille abgenommen und in dem derart entblößten Rest den Bibliotheksdirektor Aronson wiedererkannt, ihren süßen Verführer, aber um dreißig, vierzig Jahre verjüngt. Da durchfuhr sie von unten bis oben eine sanfte süße Welle, wie aus dem nie gesehenen Paradies und zugleich ein wenig beängstigend.

Sie hatte ausgesprochenes Glück an jenem Tag: Erstens, weil sie an der Ausgabe arbeitete und nicht im Magazin, und zweitens, weil sie dem schüchternen Leser zweimal bei seiner schwierigen wissenschaftlichen Suche behilflich sein konnte. Und schließlich erschien gegen Mittag Aronson, Onkel Juli also, warf einen Adlerblick auf seinen Neffen und die zwitschernde Tanja, fing einen Antwortblick der beiden auf und musste die jungen Leute zwangsläufig miteinander bekannt machen. Er stellte seinen Neffen vor als den Architekten Mirski junior, den Sohn »des berühmten Mirski«, der aufgrund besonderer Umstände zeitweilig abwesend sei.

»Wie schön, dass so bedeutende Leser zu uns kommen«, sagte

Tanja mit zurückhaltendem, aber respektvollem Lächeln, obgleich sie keine Ahnung hatte, wer dieser Mirski war. Aber sie meinte es aufrichtig.

Das wars, dachte Aronson traurig und spürte, wie ihm die Erregung in die Lenden stieg. Aus mit den kostenlosen Vergnügungspartien, Endstation.

Boris und Tanja aber legten gerade erst ab. Den ersten Halt – richtiges Küssen und Berühren, nicht nur mit den Händen – erreichten sie, als die kalten Monate des Jahres zweiundfünfzig vorbei waren und schlagartig ein heißer und nach der langen Frostperiode sehr nasser Frühling hereinbrach. Der Maidonner, der Mirskis Pläne für die Vorverteidigung über den Haufen warf, erreichte auch die Ohren seiner Mutter, die ohnehin schon lange einige Merkwürdigkeiten im Verhalten ihres Sohnes bemerkt hatte. Inzwischen hatte sich Boris kaum noch in der Gewalt – er war unwiderruflich verliebt und besaß überzeugende Beweise für absolute Gegenseitigkeit.

Blieb nur noch das Letzte: Tanja ins Bett zu kriegen und anschließend um ihre Hand anzuhalten. Doch Tanja trieb die Sache nicht voran, sie wollte nicht allzu leichtfertig erscheinen nach so kurzer Bekanntschaft. Aber sie wehrte sich auch nicht gegen die Zärtlichkeiten, zu denen sie nach dem Kuss in der maigrünen Natur allmählich übergingen. Eines beunruhigte die stille Tanja allerdings, und sie beschloss, um eventuelle männliche Enttäuschungen zu vermeiden, es dem künftigen Ehemann nicht vor der Zeit zu eröffnen. Denn dass sie Boris bekommen würde, wusste inzwischen jeder – bis auf Rosa Markowna.

Nach einem weiteren Monat hielt es Rosa, die ihren Sohn unablässig beobachtete, nicht mehr aus und fragte ihn unverblümt: »Ein jüdisches Mädchen, ja?«

»Ja, Mama«, antwortete Boris beim Frühstück und verachtete sich für seinen Kleinmut, »ein jüdisches Mädchen.«

»Darf ich sie bei Gelegenheit kennenlernen, mein Sohn?«, fragte Rosa lächelnd, stolz auf ihr mütterliches Gespür.

»Aber natürlich, Mama«, erwiderte Boris und dachte, je eher die Mutter die unerfreuliche Wahrheit erfuhr, desto rascher sei sein unbehagliches Schwanken vorbei.

Nach jener ersten Begegnung mit Boris' Mutter hegte Tanja praktisch keine Zweifel mehr. Rosa Markowna hatte ihr schöne, absolut gleichgroße Kuchenstücke auf den Teller gelegt und sich verhalten, als wolle sie Tanja beschwören, bloß nicht auf die Hochzeit mit dem Erben der Familie Mirski zu verzichten.

Mein Gott – sie betrachtete die liebe Tanja mit den künstlichen blonden Locken, und ihr Herz pochte in ungestümem Protest links von dem Medaillon mit dem Bild ihrer Mutter Rachel Dworkina. Dass ihre Augen sofort feucht wurden, dass sie aufrichtig mit dem Kopf nickte und dem Mädchen eifrig den selbst gebackenen Kuchen auftat, bedeutete nur eines: Ich gewähre Boris seine Freiheit, überlasse ihn der anderen aber nicht, ich werde versuchen, sie trotz allem lieb zu gewinnen, ich werde mir alle Mühe geben, sie anzunehmen und lieb zu gewinnen.

Hinzu kam ein weiteres Gefühl, ein bei aller Lebenserfahrung für sie neues: Mitleid mit dem eigenen Sohn, der nicht die Willensstärke aufgebracht hatte, der Mutter von dem russischen Mädchen zu erzählen, einem Mädchen, das eben keineswegs aus einer anständigen jüdischen Familie stammte. Das heißt, es war nicht direkt Mitleid, nein, eher Mitgefühl für den Sohn, der sie hintergangen hatte, um sie zu beruhigen, wenn auch nur für kurze Zeit – ein naiver und wenig aufrichtiger Weg. Außerdem regte sich in einem wohlbehüteten Winkel ihres Inneren Ärger, denn offenbar hatte sie ihn dazu gebracht, das war die Frucht ihrer Erziehung. Die Angst des einzigen Sohnes war stärker als sein Verstand, größer als seine Zuneigung zu dem lieben Mädchen mit den blonden Locken, der schüchternen Stimme und dem lautlosen Gang. Und schuld daran war sie selbst, die jiddische Mame, die misstrauische Glucke, die verbohrte Schwiegermutter à la Scholem Alejchem, obwohl sie nicht nur vom Hörensagen wusste, was Ungerechtigkeit im Leben hieß, seit fast zwölf Jahren wusste sie es, seit 1940.

Nein, Rosa Mirskaja wünschte niemandem Böses und wollte jedem lieben Menschen in ihrer Umgebung Enttäuschungen ersparen. Diese Tanja würde ihre Schwiegertochter werden, und alles würde gut und schön sein bei den beiden und damit für sie alle, und zusammen würden sie auf Semjons Rückkehr warten.

Aronson hatte sich, nachdem seine Geliebte, die materiell verantwortliche Tanja, und sein Neffe Boris, den er ihr quasi selbst auf einem bunten Tablett präsentiert hatte, sich ernsthaft nähergekommen waren, in einem kurzen, bitteren Urlaub von dem unbeschwerten Verhältnis mit der leichtgläubigen Bibliothekarin verabschiedet. Er zählte die unerfüllten Tage und schätzte, wie lange die sinnlichen Reserven des Neffen der jungen Frau wohl ausreichen würden, bis sie wieder zu ihrem gewohnten »Büchergeschäft« zurückkehrte. Womit er natürlich nicht nur die Arbeit an der Buchausgabe und im Magazin meinte, sondern auch die zusätzliche Pflicht, jeden zweiten Tag oder öfter die stahlharten Liebkosungen des Direktors zu empfangen.

Das Gefühl sagte dem erfahrenen Alten, dass die einstige Gefährtin früher oder später wieder bei ihm anklopfen würde, um zu erhalten, was sie sonst nirgends bekam. Hauptsache, er blieb lange genug bei Kräften und Verlangen. Tanja ihrerseits hatte vieles gelernt, hatte sich in den nicht ganz drei Arbeitsjahren minus Urlaub und kurzfristiger weiblicher Unpässlichkeiten die Kunst der Liebe in vollem Maße erschlossen. Es war von den ersten Begegnungen an keine Pflichtübung gewesen, das wussten sie beide sehr gut, sondern regelmäßiges Bedürfnis, besonders für sie, die stille Tanja.

Nun blieb für sie, die sich wirklich freute über das nahe, gnädige Glück in der neuen Familie, nur noch eine Gefahr, die wie ein scharfes Schwert über ihrem dauergewellten Kopf hing, sie musste ihren früheren Büromarathon geheim halten und, sollte von Aronson oder aus der Bibliothek dennoch etwas durchsickern, ihre Ehe mit Mirski junior vor der Zerstörung schützen. Obwohl, es war all die Jahre still geblieben, es wusste wohl niemand Bescheid über sie und den Direktor, denn es hatte nie Andeutungen gegeben, kein schiefes Lächeln, geschweige denn Neid. Was gibt's da zu beneiden, hätten die Kolleginnen vermutlich gedacht, mit einem großnasigen Tattergreis zu schlafen, da wurde einem ja übel!

Die Hochzeit war ein Erfolg, ein großer sogar. Neben der vollständig versammelten jüdischen Sippe, einschließlich der engsten Verwandten wie Semjons Cousin Juli Aronson, Rosas bettelarmer Cousine Ida und vieler anderer, war auch der nicht jüdische Teil der Verwandtschaft vertreten: Die Brautmutter, die Lehrerin Kulkowa aus Balaschicha, die ob der wahrhaftigen Verbandelung ihrer Tochter mit der fremdstämmigen Professorenfamilie ziemlich erschrockene Witwe des gefallenen Artilleriekommandeurs, sowie ihre Freundin und Kollegin aus der Mittelschule, eine ebenso unscheinbare Person aus der Moskauer Vorstadt.

Hochwillkommen war auch Sina, die zusammen mit ihrer Tochter angereist und von den Mirskis aufgenommen worden war und die alten Erinnerungen an ihre früheren Pflichten in deren Haushalt auffrischte.

Rosa Markowna wäre vor Freude beinahe verrückt geworden, als es eines frühen Morgens, zwei Tage vor der Hochzeit, an der Tür klingelte – ein zweimaliges kurzes, schüchternes Läuten, das sogleich Erinnerungen an das Leben vor dem Krieg wachrief – und ihre Sina vor der Tür stand, die Haushaltshilfe aus Vorkriegszeiten mit Gehalt und Vollpension bei den Mirskis. Direkt aus der Ukraine, aus der Gegend von Shitomir, wenn Rosa sich recht erinnerte.

Zurückgekehrt in die Heimat, aus der Sinaïda Tschepik 1925, ein knappes Jahr vor der Geburt des Stammhalters in der Familie des Akademiemitglieds Mirski, nach Moskau gekommen war, war sie erst 1940, einen Monat nachdem fremde Eindringlinge in Uniform Semjon Mirski, den Hausherrn, Ernährer und Wohltäter, mitgenommen hatten. Zusammen mit der Hausherrin Rosa Markowna hatte sie diesen furchtbaren Monat abgewartet, so lange liefen beim NKWD die Ermittlungen gegen den unglückseligen Architekten. Eingeleitet wurden sie aufgrund des Berichts eines Informanten, demzufolge Mirski seine Heimat an einen Erzfeind des Sozialismus verkauft hatte – einen nicht ermittelten japanischen Agenten, der konkrete antisowjetische Pläne zur Unterwanderung der sowjetischen Architektur hegte, einschließlich ihres der Stärkung der Verteidigungskraft der UdSSR dienenden Teils.

Der Informant »Hausgeist« hatte mitgeteilt, das sogenannte Akademiemitglied habe in einem privaten Gespräch die sowjetische Architektur infrage gestellt und gesagt, die Paneele und Gesimse des berühmten Gebäudes der einstigen Versicherungsgesellschaft »Rossija« auf dem Lubjanka-Platz, eines Hauses des großartigen Baumeisters Schtschussew, erinnerten an den faschistischen Baustil, und zwar durch ihre »äußere Plumpheit und das gesichtslose Grau der Fassaden«.

Genauso hatte der Informant es gemeldet, mit genau diesen Worten umriss er den schwerwiegendsten Teil der verbrecherischen Absicht des japanischen Spions Mirski, die sowjetische Architektur zu diskreditieren und anschließend dem erwähnten ausländischen Agenten aktuelle Projekte moderner Bauvorhaben zu übergeben. Außerdem berichtete die Quelle von einem Witz, den das Objekt einer unbekannten Person erzählt habe: »Ein Bürger zeigt auf das erwähnte Gebäude und fragt einen anderen: ›Wussten Sie, dass hier früher die staatliche Versicherung saß?‹ Darauf der andere: ›Tja, und heute sitzt hier die staatliche Verunsicherung.‹«

Die Schlussfolgerung daraus, ohne Berücksichtigung der Bauspionage, lautete: Eindeutige ideologische Beeinflussung der Bevölkerung durch den Vergleich sowjetischer ästhetischer Positionen mit der bourgeoisen Eroberungsideologie Adolf Hitlers und seiner Helfershelfer.

Sina begriff kaum etwas von alledem, sprach nur immerzu von Semjon Lwowitsch, seiner Güte und seiner steten Fürsorge für alle, auch für sie selbst, brach darum mehrmals am Tag in Schluchzen aus und marterte die Hausherrin mit ihren unermüdlichen Kummerbezeugungen.

Sina weinte gern, seit jenen Jahren, als sie auf der Flucht vor Hunger und Tod in ihrem Gouvernement gute Menschen um Kleidung und Essen angebettelt und desto mehr bekommen hatte, je ergiebiger ihre Tränen geflossen waren. Mit der Zeit war daraus eine Gewohnheit geworden; aus jedem beliebigen Anlass konnte sie in ihrem Kopf willkürlich auf einen Knopf drücken, der exakt zwischen Tränendrüse und jeweiligem Bedarf vermittelte.

Rosa Markowna hingegen verdrängte die emotionale Seite des schrecklichen Umstandes, so gut es ging, und konzentrierte sich auf konkretes Handeln. Unermüdlich putzte sie Klinken in Behörden, um wenigstens etwas über das Verfahren gegen ihren Mann herauszufinden. Außerdem brachte sie regelmäßig Päckchen ins Untersuchungsgefängnis Lefortowo, was sie nicht Sina überließ, weil sie hoffte, bei diesen Gelegenheiten etwas in Erfahrung zu bringen. Die Päckchen wurden immer entgegengenommen, bis man eines Tages nach einem Blick auf die Häftlingsliste die Annahme verweigerte. Die uniformierte Matrone an der Gefängnispforte erklärte gleichmütig, er sei »nicht mehr da, abtransportiert in ein fernes Lager«.

Rosa lief schnurstracks ins Auskunftsbüro des NKWD, wo sie endgültig Gewissheit fand. Das Urteil des Militärkollegiums des Obersten Gerichts lautete: zehn Jahre Lager.

Das war das Ende. Doch noch blieb die schwache Hoffnung, dass sie es sich anders überlegen, alles Für und Wider noch einmal abwägen und berücksichtigen und den haarsträubenden Fehler korrigieren würden.

»Überleg lieber, wie du ohne Semjon leben willst«, resümierte Aronson mit einem zerstreuten Blick auf die vier Wände der Mirskis entschieden die Situation, »und wie du Boris die Sache erklärst.«

»Das weiß ich genau«, antwortete Rosa mit ihrem Achmatowa-Gesicht. »Ich werde sagen: Dein Vater ist der beste Mensch auf der Welt, mein Sohn. Und dass die Halunken sich für die Ungerechtigkeit verantworten werden und dass Papa auf jeden Fall wiederkommen wird, wenn sich alles aufgeklärt hat. Und dass Semjon Lwowitsch kein Spion ist, sondern ein großer russischer Architekt und Denker. Und dass er Moskau bemerkenswerte Gebäude geschenkt hat, die nach seinen Entwürfen errichtet wurden, darunter auch dieses Haus, aus dem man ihn abgeholt hat, um ihn zu töten. Genau das werde ich ihm sagen, Juli, genau das.«

Sie kam ins Stocken, als sie begriff, dass sie ein wenig übertrieben hatte, nämlich mit »russisch«, »Denker« und »töten«. Sie konnte nicht wirklich glauben, dass sie Semjon nie wiedersehen würde, den Mann, dem sie sich ganz und gar hingegeben hatte, mit Haut und Haar, für den sie 1923, als Zwanzigjährige, gegen das Verbot und die Verzweiflung der Familie des Chemikers Dworkin das Haus verlassen hatte, um ihn zu lieben; ihn zu lieben, ihm zu dienen und dem beileibe nicht mehr jungen Mann eine treue Ehefrau zu sein, ja, sich notfalls selbst aufzugeben.

Bei diesen Gesprächen war Sina nicht mehr zugegen, denn noch bevor das Urteil verkündet wurde, war sie bereits weit weg vom Haus in der Trjochprudny-Gasse, wieder daheim, das heißt, an jenem Ort bei Shitomir, wo sich einst ihr Zuhause befunden hatte und der ihr inzwischen fremd war.

Ursprünglich, dachte man zurück, war Sina Tschepik ausschließlich dank Rosas Schwäche und ihrer Fähigkeit, Unglückliche auf Anhieb zu erkennen, ins Haus des Architekten Mirski gekommen. Rosa hatte das hungrige, bettelarme Mädchen, das an diesem Tag aus dem letzten Dritter-Klasse-Wagen eines Zuges auf einen Bahnsteig des Kiewer Bahnhofs gespien worden war, ganz in der Nähe der Trjochprudny-Gasse entdeckt, an einem Ort, der früher, noch vor ihrer, aber bereits zu Semjons Zeit, »Hundewiese« genannt wurde, nun aber nur noch ein vergessenes Ödland ohne Hunde war, wenn man von den kulturlosen Promenadenmischungen absah.

Das Mädchen sah aus wie elf, zwölf, zählte aber bereits ganze fünfzehn Jahre, was sich allerdings erst später herausstellte, nachdem Rosa sie mit nach Hause genommen, gewärmt, gewaschen und ihr zu essen gegeben hatte. Dann machte die vom Himmel auf die Hundewiese gefallene dunkelhaarige Fee dem Mädchen das Bett in der Kammer neben der Küche, die klein, aber sauber war, wie alles in diesem Haus, und behielt es über Nacht bei sich. Dass diese Frau nur eine Fee sein konnte, wusste Sina nicht, denn sie hatte nie Märchen oder andere Bücher gelesen oder vorgelesen bekommen. Aber sie wusste, dass es solche Menschen auf der Welt nicht gab. So schlief sie ein, wobei sie nach all den ihr widerfahrenen Wundern ganz vergaß, zu der guten Frau zu sagen: »Danke, Frau Rosa.«

Nach drei Tagen, als das Mädchen sich mehr oder weniger in der rettenden Wohnung eingelebt und sich einigermaßen satt gegessen hatte, erfuhr es, dass es fortan hier leben sollte. Es würde Rosa im Haushalt helfen und Haushaltshilfe heißen, zumal helfende Hände in Kürze nötig gebraucht würden, denn Rosa sollte bald Mutter werden. Die Mirskis wollten Sina verpflegen, ihr das Zimmer, in dem sie schlief, zur Verfügung stellen und ihr von den Einkünften des Hausherrn ein anständiges Gehalt zahlen. Sina hörte sich die Verkündung ihres weiteren Schicksals verwirrt an, brach in ihr antrainiertes Heulen aus und wollte Rosa die Hand küssen. Rosa zog die Hand zurück, sah Sina streng an und sagte: »Tu das ja nicht, hörst du? Demütige dich nie selbst, und lass auch niemals zu, dass andere dir das antun!« Dann legte sie den Arm um Sina und zog sie an sich, um sie zu beruhigen. »Abgemacht?«

Semjon Lwowitsch erhob gegen die zugelaufene Haushälterin keine Einwände, ja, es war ihm im Grunde gleichgültig. Er war gerade zum Akademiemitglied ernannt worden und steckte bis über beide Ohren in der Planung des Föderationspalastes, einer Idee des Kreml.

Als Rosa Sina aufgabelte, hatte sie bereits ein kleines Bäuchlein und war, wenngleich ungeheuer glücklich, ein wenig nervös und bange ob der Schwangerschaft. Sie war überzeugt, dass es ein Junge war: Boris. Boris Semjonowitsch Mirski. Tatsächlich kam das Kind ganz nach Rosas Vorstellung zur Welt: als Junge und pünktlich.

Ein Jahr später mieteten die Mirskis eine Datscha in Firsanowka, damit der kleine Boris frische Luft und Auslauf hatte. Ein gutes weiteres Jahr darauf, am Ende der zweiten Sommersaison, erwarb Mirski das Haus samt Grundstück, und Rosa kümmerte sich um die nötigen Umbauten, damit man die Datscha auch im Winter nutzen konnte. Sina pendelte zwischen Firsanowka und der Trjochprudny-Gasse, war auf der Datscha, wenn sie dort gebraucht wurde, und rechtzeitig zurück in der Stadt, um auch Semjon Lwowitsch zu versorgen. Sie hatte sich in den zwei Jahren vollkommen in Moskau eingelebt, mit Rosas Hilfe ihren unmöglichen ukrainischen Akzent fast abgelegt, bei der guten Privilegiertenkost ordentlich zugenommen und beging ihre Volljährigkeit als normal entwickeltes junges Mädchen mit unscheinbarem Gesicht und mehr oder weniger weiblicher Figur.

Der Erste, der ein Auge auf die junge Haushaltshilfe warf, war Juli Aronson, damals in der Blüte reifer Kraft.

»Vergiss es«, befahl Rosa, als sie das Interesse des Cousins bemerkte. »Wag ja nicht, dem Mädchen den Kopf zu verdrehen, du hast eine Frau. Und wenn's dich so heftig drängt, dann lass dich noch ein zweites Mal beschneiden, das soll helfen, sagt man.«

Aronson war zwar wütend auf Rosa, ließ Sina aber in Ruhe. Doch er hätte bei ihr ohnehin keine Chancen gehabt, denn zu Beginn des Sommers neunundzwanzig, unmittelbar nach dem Umzug der Familie, das heißt, von Rosa und Boris, nach Firsanowka war Sina auf unspektakuläre Weise bereits vom Hausherrn selbst verführt worden, vom obersten Mirski.

Im Grunde war es nicht einmal eine richtige Verführung gewesen. Mirski kam in der ersten Nacht, Sina war gerade von der Datscha zurück, einfach in ihr Zimmer neben der Küche, schlug ihre Decke zurück und sagte: »Rück mal ein Stück, meine Liebe.«

Verwirrt fügte sie sich, ohne zu begreifen, was der Hausherr wollte. Mirski aber hatte bereits die Unterhose ausgezogen, die Rosa aus bedrucktem Kattun genäht hatte, und legte sich plump auf Sina, wobei er das Mädchen fast erdrückte. Bei alldem sagte er kein Wort, und deshalb wurde ihr besonders bange. Vor allem war ihr eines nicht klar: War das, was Semjon Lwowitsch mit ihr tat, eine Auszeichnung oder eine Strafe für irgendein Vergehen?

Hinterher, nachdem der Architekt sein Werk ächzend zu Ende gebracht hatte und aus dem Bett stieg, um wieder hinaufzugehen in sein Zimmer, sagte er, schon an der Tür: »Wasch das hier aus, meine Liebe, damit keine Flecken bleiben. In Ordnung?« Und schaute sie durchdringend an. Selbst im Dunkeln spürte sie seine Kraft und seinen Blick. Nur über eines dachte sie überhaupt nicht nach: Ob sie sich nun gut oder hundsmiserabel fühlte.

An Rosa zu denken und daran, dass der Hausherr sie immerhin betrog, kam ihr anfangs gar nicht in den Sinn, weil sie davon überzeugt war, dass es nicht ihre Sache war, über die Launen des Hausherrn nachzudenken. Gelehrte und Akademiemitglieder wussten selber am besten, wie man mit anderen Menschen umzugehen hatte, mit Gleichgestellten und mit normalen Sterblichen.

Der Dritte, der Sina zu Intimitäten bewegen wollte, war Sascha Kerenski, ein Bursche aus ihrer Etage. Sina war inzwischen vierundzwanzig, aber äußerlich noch immer unterentwickelt, sodass sie glatt für knapp zwanzig durchgehen konnte, also fast gleichaltrig mit dem auf leichte Beute spekulierenden Nachbarn. Der war gerade mal achtzehn, doch es waren achtzehn raue, brutale Jahre, verbracht im Waisenhaus, wohin man ihn gleich nach dem Säuglingsheim abgeschoben hatte. Wie der undurchsichtige, unbehauste Sascha mit dem mehr als verdächtigen Familiennamen des gestürzten Ministerpräsidenten in das ehrenwerte Haus in der Trjochprudny-Gasse geraten war, in eine riesige Wohnung, komplett ausgestattet mit antiken Mahagonimöbeln, wusste niemand der Nachbarn genau. Jeder bastelte sich seine eigene Version zurecht. Wie auch immer, eines war sicher: Das Ganze war kein Zufall, da war eine mächtige Hand im Spiel gewesen. Darum fürchtete man den ziemlich flegelhaft wirkenden Burschen mit dem Goldzahn vorsichtshalber, grüßte ihn unaufrichtig und ging ihm ansonsten aus dem Weg. An den Sologeiger Grischa Jagudin, der einen Monat vor Kerenskis Einzug plötzlich verschwunden war, dachte man lieber nicht mehr, um sich keinen falschen Mutmaßungen hinzugeben. Den jungen Kerenski wies Sina schroff zurück, sogar mit groben Beschimpfungen, und Sascha zog friedlich ab und verwarf sein Vorhaben, die Ukrainerin beiläufig aufs Kreuz zu legen.

Sina lebte nun bereits das achte Jahr bei den Mirskis, ein weiteres Jahr Intimität mit Mirski während der nicht seltenen Tage und Wochen, die Rosa, ganz aufgehend in der Erziehung des Sohnes, nicht in der Stadtwohnung verbrachte. Es war das sechste Jahr des Betrugs, der für die Haushaltshilfe Sina Übel und Gnade zugleich bedeutete. Doch sie hatte sich inzwischen an diese ihre Rolle in der Familie gewöhnt.

Dabei verehrte sie Rosa Markowna weiterhin glühend, denn sie sah in ihr ein Musterbeispiel menschlicher Gerechtigkeit. Semjon Lwowitsch konnte sie dagegen nach wie vor nicht einschätzen. Er kam, wenn er es brauchte, verlor keine überflüssigen Worte, küsste sie niemals, nicht einmal in der ärgsten Rage, verrichtete das Seine aber mit Hingabe und von ganzem Herzen. Dabei erlaubte er es sich allerdings nie, sich bis zum Ende gehen zu lassen, sondern dachte stets an die der Frau drohende Gefahr, brach die Umarmung jedes Mal rechtzeitig ab und ergoss sich auf Sinas Bauch und die Bettwäsche. Manchmal strich er ihr nach genossener Lust über den Kopf oder tätschelte ihre Wange.

Die unschönste Entdeckung in Bezug auf ihr gemeinsames Geheimnis machte Sina, als sie eines Tages früher als geplant in die Stadtwohnung zurückkehrte. Was sich ihr dort offenbarte, war gemein und unredlich!

Es war noch Mai, doch es herrschte schon fast Juniwetter, die Natur war farbenfroh wie auf einem frischen Aquarell. Rosa, die den Sohn nach Firsanowka gebracht hatte, stellte fest, dass im Saisongepäck für die Datscha die Bücher für die außerschulische Lektüre fehlten. Die Vergesslichkeit des Sohnes wurde mit zärtlichem mütterlichem Tadel gerügt: Man muss jeden Tag nutzen, wenn man die Möglichkeit dazu hat.

»Wir beschäftigen uns erst einmal mit Nekrassow, und dann kehren wir zurück zu Puschkin, ja?«, verkündete sie. »Aber nicht nur die Poeme und Märchen, mein Lieber, es wird Zeit, dass wir uns auch die Prosa vornehmen. Ich werde dir selbst vorlesen, und ich denke, wir beginnen mit der ›Hauptmannstochter‹.«

Kurz: Sina, die sich eigentlich an den Frühjahrsputz in der Datscha machen wollte, wurde unverzüglich zurückgeschickt, um das Vergessene zu holen.

Das vertraute Ächzen, das sie vernahm, als sie die Wohnungstür öffnete und sogleich Richtung Küche ging, kam von dort – genauer, aus ihrem Zimmer. Im frischbezogenen Bett, dem Ort ihrer Liebesspiele, produzierte sich Mirski mit Natalja Iljinitschna, der Klavierlehrerin, die sonst im Salon Boris am Flügel unterrichtete. Sie erwiderte Mirskis Ächzen beflissen und schien die gleiche Lust zu verspüren wie er, trotz ihres vorgerückten Alters, in dem sie dem preisgekrönten Architekten kaum nachstand. Beide waren ganz vertieft in die beiderseitige Sünde auf fremdem Territorium. Sina schlich lautlos zurück und hinaus und schloss behutsam die Tür, um das schwer beschäftigte Paar nicht aufzuschrecken. Dann stieg sie die Treppe hinunter, verließ das Haus und lief die Trjochprudny-Gasse entlang.

Sie lief bis zur Hundewiese, dem Ort, an dem Rosa sie aufgelesen hatte. Sie fand das Ödland genauso vor, wie sie es in Erinnerung hatte: hässlich und verwahrlost. Sina setzte sich auf einen Stein und sog die Luft durch die Nase ein. Das Ödland war rundum von Maigrün okkupiert. Doch es roch nicht nach frischen Knospen und jungem Grün, sondern nach nassen Pfützen und vermoderndem Vorjahreslaub.

Genauso ist es mit mir, dachte sie, den Kopf in den Nacken gelegt, damit die Tränen sich stauten und die Enttäuschung nicht vorzeitig auf die Erde floss. Wer aus dem Ödland kommt, der riecht nur Scheiße, und wer von der anderen Seite stammt, für den ist immer Frühling. Den wirst du mit deiner fremden Nase nie erfahren, meine Li-i-iebe, äffte sie Mirski nach.

Sie riss den Blick vom Himmel, und das salzige Nass, das sich in den Augen und auf den Wimpern angesammelt hatte, rann in schweren Tropfen abwärts, Pullover und Rock benetzend.

»Nun ist Schluss, Semjon Lwowitsch«, sagte sie so laut, dass sie über ihre eigene Kühnheit staunte. »Schluss mit unseren heimlichen Begegnungen, das ist jetzt vorbei, daran sind Sie selber schuld, guter Herr.« Sie wartete noch eine Weile, bis sich in ihrem Bewusstsein das letzte strenge Wort formiert hatte, und zog einen Schlussstrich unter die sechs Jahre persönlicher Dienste für den Architekten Mirski. »Das hätten Sie nicht tun sollen, Semjon Lwowitsch. Das hätten Sie mir nicht antun sollen.«

Dies war natürlich keine bewusste Eifersucht der Köchin, ja selbst das Wort gehörte, ebenso wie das Gefühl, kaum zu Sinas mit Mühe zum Russischen kultivierten Wortschatz. Vielmehr war sie plötzlich schrecklich gekränkt ob ihres unglücklichen Lebens: ohne die Geschichten des berühmten Märchenerzählers Puschkin, derentwegen sie in die Stadt geschickt worden war von einer klugen, von ihr jedoch hintergangenen Frau; ohne glänzenden schwarzen Flügel, der bezaubernde Klänge hervorbrachte, wenn die verfluchte Musiklehrerin mit ihren Fingern geschickt die schwarzen und weißen Tasten drückte; ohne gestärkte Servietten, die so steif waren, dass man sie hinstellen konnte; ohne »danke, mein Freund« und »nicht nötig, mein Lieber«; ohne Nachthäubchen und Wangenküsse vom Vater.

Und noch etwas Wichtiges begriff Sina über Mirski: Das war nicht das erste und nicht das letzte Mal mit der Musiklehrerin gewesen, und vermutlich nicht nur mit ihr. Die Friseuse fiel ihr ein, die zu ihm ins Haus kam – wer weiß, wer da wen bediente. Und die Krankenschwester aus der Poliklinik für verdiente Wissenschaftler. Diese Besuche fanden meist statt, wenn die übrige Familie das Haus gerade verlassen hatte oder noch nicht zurück war. Nun passte alles zusammen. Einschließlich der gelegentlich in der Kammer entdeckten Spuren, die nun ebenfalls verständlich wurden: Haare, die nicht vom Wind angeweht worden, sondern von einem fremden Kopf gefallen waren, Gerüche, die nicht der heilige Geist vom Obergeschoss herabgeschickt hatte, sondern die von Mirskis abgebrühten Besucherinnen ohne Unterrock stammten.

Sein eigenes Bett zu beschmutzen wagt er also nicht, aber meins, das ja, mit jeder Beliebigen, ob jung, ob alt, ja? So schürte Sina mit dem neuen Wissen weiter ihren Unmut, doch allmählich krochen ihre Gedanken zurück in ihr gewohntes enges Gehäuse und lenkten den Ärger in eine andere Richtung, zu Rosa hin.

Wieso merkt Rosa das nicht, fragte sich Sina, die zufällig herausgefundene Wahrheit festhaltend, als hätte sie diese Entdeckung vor langer Zeit gemacht, und die dadurch ausgelösten Empfindungen füllten sie ganz und gar aus, bis zum Überlaufen.

Als sie von der Hundewiese zurückkam, war Mirski bei sich oben und arbeitete. Er schaute herunter, bemerkte Sina, wunderte sich, nickte ihr jedoch ohne weitere Fragen nur freundlich zu.

In jener Nacht erschien er nicht in der Kammer neben der Küche, was sich im Grunde von selbst verstand. Am Morgen nahm Sina die von Rosa Markowna gewünschten Kinderbücher aus dem Regal und fuhr zurück nach Firsanowka, ohne ein Wort zum Hausherrn, was sie früher nie gewagt hätte.

Im Gegensatz zu Sina wusste Rosa Mirskaja vieles über ihren Mann, wenn auch nicht alles. Zum Beispiel wusste sie nichts von seinem langjährigen Verhältnis mit der Hausangestellten, hätte sich dies ehrlich gesagt auch nicht vorstellen können. Hätte sie es aber erfahren, wäre sie augenblicklich gegangen, hätte sich Boris unter den Arm geklemmt und das Haus verlassen, in dem man sie offen hinterging und auf Gefühle pfiff, auf Liebe und Treue, ohne die es nur auf nackte Schweinerei und dumpfe, unerklärliche Lust hinauslief. Und sie hätte nicht einmal versucht, diese interessante Eigenheit ihres Mannes besonnen zu ergründen oder verstehen zu wollen, was als Beziehung gelten konnte und was diese Definition nicht verdiente und lediglich niedere Gemeinheit und Lendenkitzel war.

Ihr Wissen um Mirskis Geschichten beruhte im Wesentlichen auf Intuition und Gespür. Allerdings zog sie lediglich einige Kolleginnen ihres Mannes im mittleren Alter in Betracht. Gleichaltrige und ausgesprochen junge Frauen schloss Rosa aus: Erstere aus verständlichen Gründen, schließlich hatte er eine liebende, noch jugendliche Frau zu Hause, Letztere erwog sie ebenfalls nicht ernsthaft, räumte jedoch schnelllebige, exotische Affären ein, die das alte Blut durch gelegentliche sinnliche Abwechslung in frische Wallung brachten.

Manches erreichte ihre Ohren aus der Akademie der Wissenschaften, aber mehr als Anekdote, als etwas, das nicht ganz ernst zu nehmen war. Auch glaubte sie den zweideutigen Anspielungen aus Mirskis wissenschaftlichem Umkreis zunächst nicht, maß ihnen keinerlei Bedeutung bei, wie zum Beispiel folgender wahren Geschichte: Ein hochangesehener Wissenschaftler habe im Kaufhaus GUM einer blutjungen Verkäuferin seinen aufgeklappten Akademieausweis aus rotem Saffianleder mit Golddruck unter die Nase gehalten und von ihr ein sofortiges intimes Rendezvous verlangt, denn seine Zeit sei knapp bemessen. Rosa lachte natürlich darüber, aber sie konnte etwas derart Ungeheuerliches nicht im Entferntesten mit dem Bild des Geliebten in Einklang bringen. Und so war es immer wieder.

All das summierte sich über die Jahre und weckte in der ungläubigen Rosa insgeheim doch bittere Gefühle. Nicht Gekränktheit, nein, als gedemütigt wollte sie sich nicht sehen, so fühlte sie sich auch nie. Das hatten die Dworkins sie gelehrt, das hatte der Vater ihr immer wieder eingeschärft. Doch die Gefühle ließen ihr oft lange keine Ruhe, pressten die Traurigkeit die Kehle hoch, wo Rosa sie krampfhaft unterdrücken musste. Aber kein einziges Mal, seit ihr Gefühl ihr gewisse Dinge über ihren Mann einflüsterte, kein einziges Mal sagte sie auch nur ein Wort zu Semjon, unternahm sie auch nur den Versuch, ihren Mann zu einem offenen Gespräch aufzufordern, um den angehäuften Unrat übler Verdächtigungen und zufälliger Wissensfetzen über sein anderes Leben auszuräumen – ein Leben, in dem sie keine Rolle spielte.

Mirski seinerseits ahnte, dass seine Frau etwas mutmaßte, und ihm wären seine Ehebrüche im Falle ihrer Entdeckung natürlich recht peinlich gewesen, aber mit fünfundfünfzig, so alt wurde er drei Tage nach dem Rendezvous mit der stöhnenden Musiklehrerin, kam er nicht mehr gegen sein Wesen an. Wie ein leichtes Boot wurde er mitgerissen vom reißenden Strom, gegen Steine und Stromschnellen geschleudert, ständig in Gefahr, schließlich gegen ein unüberwindliches Hindernis zu prallen, zu kentern und tief auf den Grund zu sinken.

Dennoch geschah im Leben der Mirskis nichts Besonderes. Alles blieb wie gehabt. Boris liebte den Vater abgöttisch, ja, betete ihn geradezu an. Er ging in die vierte Klasse der Knabenschule und träumte davon, Häuser zu bauen, ebensolche wie Papa: schöne, hohe Steinbauten mit eigenwilligen, versetzten Dachgiebeln mit ovalen Fenstern darin, wie ihr Haus in der Trjochprudny-Gasse.

Sina, die nach der Geschichte mit Puschkins Märchenbüchern vor Wut kochte, schaffte es, während einer Woche auf der Datscha mit Putzen, Essenmachen und anderem Alltagskram auch den hochgekommenen schmutzigen Schaum aufzulösen. Etwas davon setzte sich trotzdem für immer in ihr fest. Doch sie bemühte sich aufrichtig, die dumme Gekränktheit zu unterdrücken und sie in einen geheimen Winkel zu verbannen, um sie nur im äußersten Notfall hervorzuholen.

Wieder in der Stadt, bei einem der üblichen Wechsel von der Hausherrin zum Hausherrn, freute sie sich sogar ein wenig, als sie Mirski zu Hause antraf, denn sie begriff plötzlich, dass sie sich mit den Jahren an ihn gewöhnt hatte wie an einen nahen, wenn auch gleichgültigen Angehörigen. Darum schleuderte sie dem nichtsahnenden Mirski, als dieser, kaum war sie im Bett, bei ihr auftauchte, kein einziges Wort der Verweigerung entgegen, presste nicht die

Beine zusammen, um ihm die früheren Freuden zu verwehren. Sie schloss nur wie gewohnt die Augen und bemühte sich, alles, was sie über das Wesen des Hausherrn herausgefunden hatte, aus ihrem Gedächtnis zu tilgen.

Im selben Jahr, 1935, wurde dem Architekten und Akademiemitglied Semjon Mirski im Kreml feierlich der Leninorden verliehen – für den besten Entwurf des künftigen Föderationspalastes, der ein neues Zeitalter in der sowjetischen Architektur und Baukunst einläuten sollte. Der Beginn der Bauarbeiten war auf 1940 festgesetzt, im Einklang mit dem Fünfjahresplan. Ein Projekt, dessentwegen Mirski einen leisen Hass auf sich empfand, wenn nicht gar Verachtung. Alles, was er gern verwirklicht gesehen hätte, wovon er träumte und was nach außen drängte, all das hatte er von vornherein verworfen. Der ursprüngliche Grund für seine Verstimmung war die erschütternde Entdeckung einer vollkommen neuen Richtung in der sowjetischen Kunst. Diese Offenbarung war der Konstruktivismus mit seinem Bestreben, neue Technik und neues Wissen für die Entwicklung einfacher, logischer, funktionaler Formen und zweckmäßiger Konstruktionen zu nutzen.

Als Mirski sich endlich damit auseinandergesetzt und verstanden hatte, worum es ging, war es zu spät. Er hatte den Anschluss verpasst. Geburtshelfer des Konstruktivismus auf seinem Fachgebiet waren bereits Ginsburg, Melnikow, die Brüder Wesnin und natürlich der unglaubliche Iwan Leonidow mit seinem nie verwirklichten Entwurf des Zentrosojus-Hauses von 1928. Das alles war an Semjon Mirski vorbeigegangen – der Maestro hatte verschlafen, hatte den Hauch der aufgewühlten Zeiten nicht gespürt. Darum fiel es ihm auch so schwer, seinen Ärger zu dämpfen, das gegorene Kompott aus verletztem Stolz, gelinder Eitelkeit und vor sich selbst kaschiertem leisem Neid zu verdünnen, so gut es ging, obgleich er diese Gefühle vor anderen, seine Familie eingeschlossen, stets geschickt verbarg.

Mirskis Föderationspalast entsprach in keiner Weise den modernen Vorstellungen von Rationalität. Er war das genaue Gegenteil von modern: pompöse Formen, zahlreiche Skulpturen, innen Marmor, außen erlesenster Ural-Granit und anderer überflüssiger Zierrat – eine klare Absage an die konstruktivistische Bauweise. Das gab schließlich auch den Ausschlag für den Sieg im Wettbewerb: Es kam, wie zu erwarten gewesen war, wenn man sich das gesetzte Ziel – einen Bau von wahrem staatspolitischem Rang – mit gesundem Menschenverstand vergegenwärtigte.

Auf dem feierlichen Empfang im Kreml, wo die Preise überreicht wurden, trat ein junger Offizier, ein Hauptmann der Sicherheitsorgane, zu Mirski, um dem Architekten persönlich die Hand zu schütteln.

»Tschapaikin«, stellte er sich vor. »Gleb Iwanowitsch, Ihr künftiger Nachbar.«

»Wie darf ich das verstehen?«, fragte Mirski höflich, während er dem Offizier die Hand entgegenstreckte.

Der Hauptmann erklärte: »Ich meine Ihr Haus in der Trjochprudny-Gasse, Semjon Lwowitsch.« Er lächelte freundlich, den Blick forschend auf Mirski gerichtet, und erklärte: »Ich ziehe dieser Tage in die Wohnung über Ihnen, sie ist sozusagen bereits frei.« Tschapaikin zupfte an seiner Bluse, rückte sein Koppel zurecht und fügte hinzu, damit kein Zweifel blieb, wovon die Rede war: »Die vorigen Mieter ziehen aus.« Und erkundigte sich sogleich: »Ich hoffe, Sie sind deswegen nicht allzu betrübt?«

Über den Mirskis wohnten, seit 1903, dem Jahr des Erstbezugs, die Selenskis, Pensionäre aus einer Moskauer Anwaltsdynastie, früher selbst erfolgreiche Anwälte: Georgi Jewsejitsch und seine Frau Kora, Tochter des georgischen Fürsten Sulchan Kemochlidse, mitsamt ihrer ganzen einträchtigen Familie aus Kindern und Enkeln. Georgi Jewsejitsch und Kora empfanden für Mirski große Sympathie, ja, beinahe Freundschaft. Rosa aber vergötterten sie geradezu, ganz besonders deren häusliche Teezeremonien.

»Ach, unsere Schöne«, sagte die Fürstentochter mit reizendem georgischem Akzent, während sie die Hamantaschen kostete, »was würde Semjon Lwowitsch nur ohne Sie machen?«

Georgi Jewesejitsch nickte, wobei er sich ein Häppchen von dem in gewaltige Stücke geschnittenen Honigkuchen abteilte, und nutzte die Gelegenheit, die geistreiche Unterhaltung mit einer spritzigen Bemerkung zu würzen.

»Sag das nicht, Kora, sag das nicht. Darauf ist Semjon Lwowitsch gar nicht angewiesen. Er könnte zum Beispiel nach meinem Tod dich heiraten und Rosa im Fall des Falles adoptieren.«

Alle lachten und fühlten sich dabei ausgesprochen wohl. Wie immer servierte Sina, lautlos und schüchtern gegenüber den Fremden und liebevoll besorgt um die Ihren. Ab und an ließ Georgi Jewsejitsch seinen Blick zu ihrer unteren Hälfte schweifen, wandte ihn jedoch sofort wieder ab und stieg gerade noch rechtzeitig ins Gespräch ein.

Gewöhnlich feierten sie auch Passah zusammen, meist bei den Mirskis. Dabei scherzte Selenski immer wieder gern über die georgische Herkunft seiner Gattin, die mit halb offenem Mund vergnügt zuhörte und beinahe selbst an seine alberne Geschichte glaubte.

Er begann stets mit denselben Worten: »Das Geschlecht Kemochlidse geht laut Thora auf die alten Ägypter zurück, wo es vom Namen des Pharaos Ab Kemal zum erlauchten althebräischen Namen Kemoche transformiert wurde, und das bedeutet«, er kratzte sich am Kopf, als müsse er sich erst besinnen, »das bedeutet im Althebräischen ›der Stolze‹. Als die Juden in die Wüste gezogen waren, spaltete sich ein Teil von Moses' Gefolgschaft ab und zog als gemischter Tross allein weiter, um nicht endlos durch Wüstensand zu irren, sondern um neue, fruchtbare Erde zu finden, mit Flüssen, Bergen, Wein und Schaschlik.«

An dieser Stelle kratzte sich Selenski nachdenklich die grobporige Nase, um den richtigen Moment für seinen bewährten Scherz abzupassen.

»Und was meint ihr, wer diese jüdischen Spalter anführte? Richtig: Kemoche, er und kein anderer war der Anführer. Sie irrten auf der Suche nach dem Gelobten Land nicht etwa vierzig Jahre umher, wie normale Menschen, sondern viel länger – vierzig Jahre und noch drei weitere. Doch diese drei Jahre haben der Welt das blühende Land Georgien geschenkt, samt all seinen Genüssen, vom Rotwein bis zu seinen Nationalgerichten Tschachochbili und Saziwi.«

Kora lauschte mit angehaltenem Atem, die weit aufgerissenen Augen auf ihren Mann gerichtet. Selenski aber redete unbekümmert weiter.

»Als der Tross das Sinaigebirge hinter sich gelassen und den Jordan überquert hatte«, er stockte, um sich die Karte des Nahen Ostens in Erinnerung zu rufen, »sowie, nun, Euphrat und Tigris und schließlich auch die beiden Schwesterflüsse Aragwa und Kura und georgischen Boden erreichte, fand er dort nur vereinzelte Stämme andersgläubiger Höhlenbewohner auf dem Niveau von Steinzeitmenschen vor. Da sprach Kemoche: ›Wir werden uns hier ansiedeln und diesem Ort neues Leben einhauchen, wir werden Vieh züchten, die Täler in blühende Weingärten verwandeln, die Stämme zu einem Volk vereinen und es lehren, Speisen zuzubereiten, die dieser Gegend würdig sind. Wir werden die Matze um ein paar Zutaten bereichern und sie zu Fladen machen – wenn schon schlemmen, dann richtig! Aber zunächst beginnen wir mit Lobio.‹«

»Heee!« Kora hob drohend den Zeigefinger, in der Annahme, jetzt käme die Pointe, aber ihr Mann blieb nach wie vor ernst. Mirski konnte sich vor unterdrücktem Lachen kaum noch auf seinem Stuhl halten, doch Selenski war noch nicht fertig mit seiner Darlegung der historischen Wahrheit.

»Also, für Lobio braucht man drei Sorten Bohnen: junge, reife und halb reife zwischen zarter Schote und harter Bohne. Also sprach Kemoche: ›Höre, mein Volk. Ich, Kemoche der Erste, verspreche euch, unser Lobio wird die köstlichste Speise für jeden vernünftigen Menschen auf der Welt, und dafür brauche ich drei Sorten Bohnen. Wir werden jetzt die Sprösslinge pflanzen, und dann ziehen wir ins Feld, um die Stämme dieses gesegneten Landes zu vereinen. Die Frauen bleiben hier und bringen die erste junge Ernte ein. Wenn wir zurückkehren, werden wir selbst die Schoten ernten. Nach der dritten und letzten Ernte aber beginnt ein neues Zeitalter auf diesem jüdischen Boden.‹ Damit zog er samt seinen Kriegern aus, die Stämme zu einem Volk zu vereinen. Doch die Stämme waren stolz und wollten sich nicht sofort zu einem Volk vereinen lassen, sondern erst nach und nach. Da sprach Kemoche erneut, diesmal zu den Stämmen: ›Ich, Kemoche der Eroberer, verspreche euch: Wenn ihr mir vertraut und mir folgt, werdet ihr mit einem ungeahnten Genuss für euren Magen belohnt, denn etwas Süßeres als meine Bohnen habt ihr noch nie gekostet, o Menschen!‹ Da glaubte das Volk Kemoche, und der Anführer des größten Stammes, der den steinzeitlichen Namen Dse trug, einfach Dse, sagte: ›Wir folgen dir, o Kemoche, führe uns zu deiner süßen Speise, wir haben das Leben hier zwischen Bergen und Steinen satt, wir werden hinabsteigen in die Täler, mit euch zusammen den Boden bearbeiten und alles kosten, was du uns lehrst.‹ Sie kehrten in die Täler zurück. Doch inzwischen war die erste Bohnenernte längst eingebracht, mehr noch, die Zeit für die zweite Ernte war überschritten und die für die dritte und letzte für das echte Lobio schon fast heran.«

Kora war drauf und dran, erneut an diese Geschichte ihres Volkes zu glauben, wurde aber jäh von Rosa unterbrochen, die es nicht mehr aushielt und losprustete. Nichtsdestotrotz wahrte Georgi Jewsejitsch eine ernste Miene und kam zum Ende.

»Da entschied Kemoche, diesem Volk und diesem Land Gerechtigkeit widerfahren zu lassen, ihm seine Worte und seine Güte zu bescheren, und er sprach: ›Ich, Kemoche der Erste, bin von heute an nicht mehr Kemoche der Eroberer. Von heute an sollt ihr mich bei einem Namen nennen, der ist wie eure Namen, ich verschmelze meinen Namen mit dem Namen des Anführers eures Stammes und bin fortan Kemochlidse der Erste. Oder einfach der georgische Fürst Kemochlidse, hervorgegangen aus starken jüdischen Wurzeln. Und nun‹, sprach er, ›kümmern wir uns um den Lobio, bevor die letzte Ernte verdorrt.‹ Seitdem«, endete der Erzähler traurig, »gibt es den Lobio der Georgier nur in zwei Formen: aus jungen grünen und aus reifen dunkelbraunen Bohnen. Ich persönlich mag am liebsten beide«, sagte er und entließ mit einem lauten Lachen seine angestaute Heiterkeit.

Dann wandte er sich mit einem letzten Resümee des improvisierten Märchens an seine Frau: »Damit bist du, Kora, also eine echte jüdische Fürstin und nimmst mit vollem Recht an der jüdischen Passahfeier teil, zu der man dich zusammen mit deinem jüdischen Ehemann von niederem Geblüt eingeladen hat.«

Wieder lachten alle zusammen mit dem Anwalt, und in solchen

Momenten hämmerte Rosa Markownas Herz heftig gegen ihre Brust – vor unendlicher Liebe zu ihrem Mann, ihrem Sohn, den Freunden und ihrem ganzen gelungenen, glückerfüllten Leben.

Nur Sina, die mit den Salaten die zweite Runde machte, verstand nichts von dem, was am Tisch vorging. Sie schnappte höchstens einige zusammenhanglose Bruchstücke der scherzhaften Gespräche auf.

Bei einer solchen Gelegenheit kam es auch zu jener Tat, an die Rosa noch lange voller Ärger zurückdachte.

Das war Ostern zweiunddreißig, beim jüdischen Passahfest selbstredend. Auch diesmal hatten sie sich bei den Mirskis versammelt: Aronson mit seiner damals noch lebenden Frau Sonja, Rosas Cousine Ida mit ihrem Mann Ilja und dem ältesten Sohn; die vollzählige Familie des Konstrukteurs und Ingenieurs Katz, der Mirski bis ans Lebensende dankbar war für seine leitende Position und sich seitdem ein Bein ausriss, um ihm seinen Respekt zu erweisen; das Ehepaar Selenski und noch jemand aus der entfernteren Verwandtschaft, der den Mirskis jedoch sehr nahestand.

Von den Eltern saß niemand mit am Tisch. Mirskis Vater lag ebenso wie seine Mutter seit über zehn Jahren als Asche auf dem Deutschen Friedhof. Rosas Eltern hatten schon vor langer Zeit, kurz nach der Heirat der Tochter, nach gründlichem Nachdenken beschlossen, sich eine neue Heimat zu suchen, möglichst weit weg von den Bolschewiki. Die organische Chemie ist nicht so fleischlos wie der Kommunismus, hatte Mark Dworkin entschieden, die wird überall gebraucht, wo man in Reagenzgläsern herumrührt. Worin ihn seine geliebte Frau Rachel bestärkte.

Zu diesem Zeitpunkt hatte der listige Iljitsch eben in Gorki ausgelitten, und in dem entstandenen Durcheinander waren die bolschewistischen Oberen voll und ganz damit beschäftigt, ihr jeweiliges Stück Macht zu erhalten. Diesen postmortalen Wirrwarr nutzten die Dworkins, packten rasch ihre Sachen und besorgten Pässe für sich und für Rosas jüngere Schwester Bronka. Das Ziel bedurfte keiner Erörterung – die größte Nachfrage für die exakten Wissenschaften herrschte in Übersee. Die Reise führte über Europa, die Fahrkarten waren schon gekauft: Erst mit dem Schnellzug nach Paris, dann mit der Fähre über den Ärmelkanal nach London, von dort aus weiter per Schiff über den Atlantik.

Mit Rosa erörterten sie ihre Pläne nicht, denn sie wussten, dass es sinnlos war. Sie umarmten sich nur, weinten ein bisschen und verabschiedeten sich für immer. Die Mutter übergab Rosa ein umfangreiches Paket: Sämtliche Familienschätze, die sie unmöglich mitnehmen und ebenso unmöglich verkaufen konnten, weil es Erbstücke waren.

Dass es ein Abschied für immer war, glaubte Rosa damals noch nicht. Sie dachte, in ein, zwei Jahren wäre Semjon etwas weniger beschäftigt, und dann könnten sie die Eltern besuchen, auch wenn das Verhältnis zwischen den Dworkins und den Mirskis bislang ein wenig distanziert war. Doch daraus wurde nichts. Mehr noch, auch etwas anderes funktionierte bald nicht mehr: Die Post von Moskau nach New York und umgekehrt ging ab 1927 häufig verloren, und so oft Rosa auch versuchte, das Schicksal der verschollenen Briefe zu ergründen, erhielt sie keine Klarheit. Also feierten die Dworkins und die Mirskis einstweilen getrennt Passah, jede Familie auf ihrem Kontinent, und jedes Mal, wenn Rosa an dem von der Mutter geerbten Weinglas aus antikem Jekaterina-Glas nippte, murmelte sie in Gedanken auf Jiddisch, das sie noch nicht ganz vergessen hatte: »Sol dir got helfen, mein libe mamotschke, ich gedenk eich alemol.«

Welcher Gott, ihr jüdischer Gott Jahwe oder der gewöhnliche menschliche Jesus Christus, wollte Rosa gar nicht wissen. Es war ihr egal, wer ihre Nächsten vor Unglück beschützte, sie liebte nicht, wie sie es einst im Religionsunterricht gelernt hatte, ihn selbst, den Himmlischen Erlöser, sondern ihre Angehörigen und darum auch Gott – nicht umgekehrt.

Diesmal ging es besonders lustig zu: Mirski trieb wie üblich seinen Scherz mit Katz, weil er wusste, dass dieser alles hinnehmen und ins Komische wenden würde, und ging dabei bis an die der Erfahrung nach äußerste Grenze, jenseits derer die Kränkung begann. Tatsächlich ruderte er jedes Mal zurück, kurz bevor es dazu kam, schenkte Katz eigenhändig ein und richtete herzliche Komplimente an ihn. Und verhinderte so, dass Katz insgeheim gekränkt war.

Sie tranken auf alle, der Reihe nach. Bisweilen vergaßen sie dabei die gebotene Strenge, glitten von den eigenen Ritualen ab zu russischen und warfen Bröckchen aus deren witzigem, scharfzüngigem Repertoire auf den Ostertisch. Auf Aronsons Schoß saß der sechsjährige Boris und beobachtete die Erwachsenen mit großem Interesse. Er schwieg meist und speicherte, was er hörte, für die Zukunft. Ida bewunderte jedes neue von Rosa hergestellte Gebäck, das Sina auftrug. Sie kostete davon und lobte es laut und eifrig, um die noble Verwandtschaft mit dem Akademikerhaushalt zu festigen. Kora, dank ihres Mannes zu jüdischen Wurzeln gelangt, fühlte sich als vollwertig beteiligt am gemeinsamen Feiertag und ertappte sich bei dem Gedanken, dass es in ihrem Geschlecht womöglich wirklich Juden gegeben hatte; wer wusste solche heiklen Dinge schon genau?

So saßen sie zusammen, tranken in Maßen und amüsierten sich, bis Selenski sich erhob.

»Meine Freunde«, wandte er sich mit ernster Miene an die Tischgesellschaft, »es ist Zeit, uns unserer Sünden zu entledigen, die sich im vergangenen Jahr angesammelt haben.« Er musterte die Anwesenden mit leicht zusammengekniffenen Augen. »Ich hoffe, niemand fühlt sich davon ausgeschlossen?« Er schenkte sich Kagor ein und gab die Flasche weiter.

Alle schenkten sich ein, auch der kleine Boris bekam ein paar Tropfen auf eine Untertasse – für alle Fälle. Selenski ging mit einem leeren Glas um den Tisch herum. Jeder goss ein wenig von seinem Wein dort hinein. Am Ende der Runde war das Gefäß fast randvoll. Nun sollte jeder sein Glas leeren, die abgegossenen Sünden aber mussten in den Ausguss geschüttet werden, damit alle wieder ohne Sünde waren. Selenski setzte sich, kicherte und rief in Richtung Küche, wo Sina am Herd stand: »Sinaïdotschka! Mein Ki-hind!«

Sina kam sofort, sich die Hände an der Schürze abwischend. »Ja, Georgi Jewsejitsch«, antwortete sie, »hier bin ich. Soll ich etwas holen?«

»Nein, nein, mein Kind«, erwiderte der Anwalt väterlich. »Trink lieber ein Glas mit uns. Du rennst die ganze Zeit ohne Pause rum, verschnauf mal ein bisschen, ruh dich aus.« Er reichte ihr den Sündenwein und erhob sein Glas, um mit ihr anzustoßen. »Na los, meine Liebe, auf Ex – auf dein Wohl!«

Sina neigte dankend den Kopf und nahm das Getränk entgegen. Selenski nippte an seinem Glas und ließ Sina nicht aus den Augen. Fröhlich tranken auch einige andere Gäste. Ida Mekler kicherte und nahm einen großen Schluck.

Sina atmete aus und sagte: »Danke schön für die Bewirtung.« Sie probierte einen Schluck. Der süße, dickflüssige Kagor schmeckte ihr offenkundig. Dann leerte sie das Glas in einem Zug, wischte sich mit einem Schürzenzipfel die Lippen ab und sagte dankbar zur Hausherrin: »Ich gehe jetzt, das Hauptgericht ist fast fertig, und jetzt bring ich gleich den Fisch, ja?« Sina schaute fragend zu Rosa und wartete auf ein bestätigendes Kopfnicken. Doch da sie keine Anweisung erhielt, verschwand sie wieder in der Küche.

Rosa Markowna saß wie erstarrt auf ihrem Platz, das noch volle Glas in der Hand. Mirski lächelte nicht mehr und sah seine Frau an. Ihm schwante Ungutes.

»Gehen Sie bitte, Georgi Jewsejitsch.« Rosa sah noch immer an Selenski vorbei, doch ihr Ton machte deutlich, dass sie nicht scherzte. Das begriffen alle.

Selenski, das muss man ihm lassen, war nicht verwirrt oder verlegen und traf die einzig richtige Entscheidung – ein begnadeter Anwalt eben. Er warf einen Blick auf die Uhr, schlug sich mit der flachen Hand gegen die Stirn und verkündete munter: »Mein Gott! Wahrhaftig, wir haben uns verplaudert, Kora. Wir müssen doch morgen in aller Herrgottsfrühe raus, die Kinder wecken.« Er stand auf und fügte unbekümmert hinzu: »Sie sind solche Langschläfer, solche Langschläfer! Komm, meine Liebe.« Er hakte seine nicht mehr ganz nüchterne Gattin unter. Die Fürstentochter aber machte einen unglücklichen Versuch, ihrem Mann zu entgleiten und sich zu widersetzen.

»Und der Fisch, Shora? Morgen ist doch gar keine Schule, morgen ist doch Feiertag, oder nicht?«

»Wir gehen, Kora!«, sagte Selenski entschieden, verabschiedete sich mit einer höflichen Verbeugung und führte seine Frau hinaus in den Flur. Niemand stand auf, um sie zur Tür zu bringen, was im Übrigen auch nicht mehr nötig war, und zwar nie mehr.

Mit diesem Passahfest 1932 endete die Freundschaft zwischen den Mirskis und den Selenskis. Sie verkehrten nicht mehr miteinander, nickten einander nur kurz zu, wenn sie sich begegneten, wie es Nachbarn eben tun, verlegen oder auch nur gleichgültig.

Nachdem Rosa an diesem Passahabend die letzten Gäste verabschiedet hatte, hielt sie ihre Cousine zurück und flüsterte ihr ins Ohr: »Ida, bleib noch kurz, wir möchten etwas mit dir besprechen.« Ida zog freudig ihre Jacke wieder aus und folgte Rosa zurück in den Salon. »Hast du vom ›Goldfieber‹ gehört?«, fragte sie ihre Cousine.

»Hab ich.« Ida seufzte bitter. »Ich weiß gar nicht, was ich dazu sagen soll.«

Bei ihrer Armut kümmerte Ida dieses Tschekistenunternehmen ehrlich gesagt kaum. Selbst wenn sie zu ihr kommen sollten, würden sie gleich wieder kehrtmachen. Bei den Meklers gab es einfach nichts zu holen, und wenn sie die Holzverkleidung von den Wänden rissen, sie würden vergebens suchen nach Wertsachen, Schmuck, Gold, Münzen, Brillanten und Smaragden.

Die Rede war von einer GPU-Kampagne, die auf eine Anweisung des Politbüros an Menshinski und Jagoda persönlich zurückging: Die organisierte willkürliche Beschlagnahmung von Wertsachen bei einem Teil der Bevölkerung zugunsten des wirtschaftlichen Aufschwungs und der fortschreitenden Industrialisierung des Landes. Schließlich mussten Fabriken gebaut werden, oder? Und Werke? Und ob! Gab es noch Sowjetmenschen, die hungerten? Nein, im Großen und Ganzen nicht, aber die Wirtschaft brauchte Unterstützung, damit niemals jemand hungern musste.

Als Wertsache galt alles, was sich in bare Münze umsetzen ließ: Schmuck, Zehn- und Fünfrubelstücke aus der Zarenzeit sowie sowjetische Goldmünzen von 1923, Edelsteine mit und ohne Fassung, Restbestände von Torgsin-Dollars, die noch bis zum Ende der Neuen Ökonomischen Politik in Umlauf gewesen und zum Teil in privaten Händen hängen geblieben waren. Kurz, alles, was das Volk mit seinem feinen Gespür für Betrug gegen die wertlosen Geldscheine eingetauscht hatte. Die Torgsinläden, ursprünglich eingerichtet, um die gesparten Dollars abzuschöpfen, hatten sich nicht rentiert und waren geschlossen worden. Eifrig verfolgte man auch die »silberne Masse«, also all jene, die Silbermünzen gehortet hatten – zum Beispiel Schaffner. Das Gefundene wurde an Ort und Stelle gewogen, und die Erschießung ging rasch vonstatten: Wurde mehr als ein Kilo beschlagnahmt, erfolgte sie sofort, mithilfe der berüchtigten »Troika«-Tribunale.

Die Kampagne erstreckte sich über einen längeren Zeitraum, doch ihre Hochzeit war relativ kurz, gemessen am Appetit der Partei und an den Reaktionen der verschreckten Bevölkerung: rund anderthalb Jahre, von 1930 bis 1932. Das also hieß im Volksmund »Goldfieber«.

Sie kamen nicht zu jedem, aber zu vielen, vor allem zu früheren NÖP-Leuten, die durch diese Wirtschaftspolitik reich geworden waren. Auch andere wohlhabende Bürger verschmähte die GPU nicht, wie zum Beispiel namhafte Ärzte, erfolgreiche Anwälte sowie diverse verdächtige Natschalniks – in der Regel solche, die irgendwie mit Handel und Versorgung zu tun hatten.

Was keineswegs hieß, dass nicht auch Vertreter kreativer Berufe ins Blickfeld der GPU geraten konnten, Berühmtheiten inklusive. Im Haus in der Trjochprudny-Gasse allerdings hatte zu dem Zeitpunkt, als Rosa Ida ihre Worte ins Ohr flüsterte, nur ein Einziger unter der Zwangsbeschlagnahmung gelitten, immerhin aber ein hoch geachteter Mann – der berühmte Kinderarzt Samuil Israilewitsch Klionski, Chefarzt der städtischen Kinderklinik.

Sie kamen am späten Abend und sprachen sehr höflich mit ihm. Daraufhin legte der Doktor alles auf den Tisch, worum sie ihn baten, und verfasste eine schriftliche Erklärung über die freiwillige Übergabe überschüssiger Wertgegenstände als Spende zum Wohle der Industrialisierung der sowjetischen Heimat für den baldigen siegreichen Aufbau des Sozialismus in der Sowjetunion. Doch damit war die Sache noch nicht ausgestanden. Am nächsten Tag kamen sie wieder, genauer gesagt, in der Nacht, und waren diesmal etwas weniger zurückhaltend, wenngleich noch immer höflich. Klionski fügte dem Dokument vom Vortag ein zweites hinzu, das die Liste der freiwillig abgegebenen Gegenstände ergänzte. Die Männer waren zufrieden, bedankten sich und verließen den Arzt.

Endgültig Ruhe gaben sie jedoch erst nach einem dritten Besuch. Diesmal machten sie sich keine Umstände und sparten sich die höfliche Konversation: Sie führten den unglücklichen Doktor ab, brachten ihn, so wie er war, aufs nächstgelegene Revier und setzten ihn dort auf einen harten Stuhl. Dann gingen sie zurück und teilten seiner Frau Zilja mit, ihr Mann, der oberste Kinderarzt, sei dem Tode nahe, doch da er seine Überschüsse vor dem Staat zu verheimlichen versuche, möge er ruhig sterben. Wenn sie aber seinen Tod nicht wolle, solle sie sich gefälligst den GPU-Mitarbeitern nicht länger widersetzen und alles herausgeben, was man Leuten wie ihnen herauszugeben habe. Verstanden?

Nach diesen Worten legte Zilja, überströmt von Tränen zwiefachen Ursprungs – Mitleid mit ihrem Mann und Angst vor der GPU –, widerstandslos das Letzte auf den Tisch, das Klionski unvorsichtigerweise seinem Land hatte vorenthalten wollen. Damit gingen die Leute mit den Rhomben am Kragenspiegel, denn ihr untrüglicher Jagdinstinkt sagte ihnen, dass die Mission nun endgültig und vollständig erfüllt war, ohne ärgerliche Versäumnisse.

In besagten kurzen Zeitraum fiel der steile Aufstieg eines Mitarbeiters der GPU-Wirtschaftsabteilung, eines Operativbeauftragten mit zwei Balken am Kragenspiegel und dem heroisch anmutenden Familiennamen Tschapaikin.

Gleb Tschapaikin bewährte sich binnen kurzer Zeit als erfahrener Mitarbeiter und galt in der Hauptverwaltung als geschickter Psychologe und fähiger Vernehmer. Aus den zwei Balken wurden bald drei, und zwar schon vor 1934, denn nach einer Reihe erfolgreicher Konfiszierungen hatte er rasch Karriere gemacht und war zum Chef der Sonderabteilung des NKWD ernannt worden. 1935 erhielt er den gerade erst eingeführten Rang eines Hauptmanns der Staatssicherheit.

In der Trjochprudny-Gasse jedoch hatte Tschapaikin damals nicht herumgeschnüffelt. Auf seiner Liste standen andere Adressen, denn er kümmerte sich um andere Bezirke der Hauptstadt.

Als er sich bei jener Gelegenheit im Kreml dem Ordensträger Mirski vorstellte, konnte er sich nicht enthalten, dessen feierlichen Anlass zum Feiern mit seinem eigenen zu verknüpfen. Und so sagte er mit einem Blick auf seinen Kragenspiegel in gehobener Stimmung zu seinem künftigen Nachbarn: »Ich habe zwar keinen Orden erhalten wie Sie, aber dafür diesen Dienstgrad. Wir haben heute also beide Grund zum Feiern, Semjon Lwowitsch. Doppelten Grund ...«

An jenem Passahabend also nahm Rosa trotz der Verstimmung wegen der Geschichte mit Selenski und Sina Ida beiseite, um etwas mit ihr zu bereden. Es ging um verwandtschaftliche Hilfe im Hinblick auf das grassierende »Goldfieber«.

»Ida, meine Liebe«, begann Rosa, »Semjon und ich möchten euch gern einige für uns wertvolle Dinge zur Aufbewahrung übergeben. Verstehst du, meine Liebe ...« Rosa stockte, denn sie wusste nicht recht, wie sie beginnen sollte, und sagte es schließlich ganz direkt. »Sie könnten zu uns kommen. Durchaus möglich, dass sie hier herumschnüffeln werden. Du weißt sehr gut, wie wir über all das denken nach der Sache mit Klionskis.« Sie neigte leicht den Kopf, blickte zur Decke und ging in Gedanken die Liste der Gegenstände durch, die für die GPU von praktischem Interesse sein könnten. »Obwohl wir andererseits nicht viel zu befürchten haben: Das Einkommen verbrauchen wir fast vollständig, du weißt ja, Semjon versagt sich ungern etwas, Schmuck kaufen wir nicht, höchstens Kleinigkeiten wie in Silber gefasste Korallen und Türkise.« Sie schaute sich um, und ihr Blick blieb an der Wand hängen. »Das alles«, sie wies mit einem Kopfnicken dorthin, »das alles interessiert sie nicht. Bei der Tscheka weiß niemand das Schöne zu schätzen, außerdem haben sie keine Ahnung von der Nachfrage nach Kunst. Für sie sind das alles Schmierereien und Narrenpossen, also mögen die Bilder ruhig hier hängen bleiben. Zu diesem Schluss sind Semjon und ich gekommen und denken, wir haben recht damit.« Sie seufzte. »Aber weißt du, was einige andere Dinge angeht, meist Erbstücke, da haben wir unsere Zweifel, ob sie hierbleiben sollten, in der jetzigen Situation.«

»Was sind denn das für Dinge, Rosa?«, erkundigte sich Ida,

die begriff, worauf die Cousine hinauswollte. »Alte, noch von den Dworkins?«

»Auch einiges von den Mirskis«, korrigierte Rosa, »von Semjon. Nicht viel, aber immerhin.« Sie sah Ida an und fragte ohne Umschweife: »Nimmst du das für eine Weile an dich? Zu euch werden sie nicht kommen, das weißt du.«

Ida überlegte nicht lange. Sie war beinahe erfreut über so viel verwandtschaftliches Vertrauen. »Aber natürlich, meine liebe Rosa, das ist doch keine Frage! Du kannst ganz beruhigt sein, wir werden alles bestens verwahren, wir packen es in eine Decke und schieben es hinter die Ofenklappe. Sollen sich die Tscheka-Leute mit unseren Ofenschaben rumärgern, wenn sie Lust haben.«

»Mäuse«, korrigierte Rosa die Cousine und lächelte. Für einen Moment war der bittere Nachgeschmack von Selenskis Niedertracht vergessen. »Es gibt keine Ofenschaben, Idotschka, nur Ofenmäuse.«

Was Rosa der Industrialisierung des Kommunismus vorenthalten wollte, war nicht sehr viel, aber es waren durchweg hochwertige Dinge: Eine Fabergé-Schale in Form eines Kristallnachens auf einem Platinpodest; ein Osterei derselben Marke aus der Sammlung des Zaren Alexander III., mit sämtlichen originalgetreuen Nuancen und Details, nicht etwa in der Hofwerkstatt geprägt, sondern vom Meister selbst; ein Ring von Rosas Mutter mit einem unglaublich reinen großen Smaragd, umgeben von Brillantsplittern. Außerdem ein Satz seltener Sektkelche und eine Salatschüssel – alles aus Jekaterina-Glas, Sammlerstücke mit dem Monogramm des Zaren, eingeschliffenen Mustern, Emaille-Intarsien am Fuß und doppeltem Goldrand. Dazu diverse Kleinigkeiten: Semjons Uhr – eine holländische goldene Zwiebel aus dem vorigen Jahrhundert mit feinem Glockenspiel –, Brillantmanschettenknöpfe und eine dazu passende Krawattennadel. Mehr gab es nicht zu verstecken. Das heißt, es gab noch einiges, aber darum wäre es schlimmstenfalls nicht schade gewesen. Das heißt, schade schon, aber es wäre keine familiäre Katastrophe, nur ärgerlich und enttäuschend. Diese Dinge sollten bleiben, wo sie waren.

Am nächsten Tag brachte Rosa alles selbst zur verwandtschaftlichen Verwahrung zu den Meklers. Sie warf noch einen letzten Blick auf die ihr ans Herz gewachsenen Familienstücke und las laut wie zum Abschied die auf dem Fuß der Schale eingravierte Inschrift: »Für Rosa und Semjon Mirski von den Eltern zur Hochzeit, Oktober 1923. Moskau.«

Ein paar Erbstücke stopften sie gemeinsam hinter die Ofenklappe – was eben dort unterzubringen war –, den Rest versteckte Ida wie versprochen an verschiedenen Orten. Bald geriet die ganze Geschichte in Vergessenheit, und die Mirskis waren ihrer Sorgen ledig.

Einen Monat später erschien Ida völlig verheult in der Trjochprudny-Gasse. Sie stürmte herein und warf sich auf den Fußboden, außerstande zu sprechen. Rosa begriff, dass nichts mehr von alledem da war, was sie und Semjon mit zärtlichen Kommentaren über die Großmütter und Großväter hätten an Boris weitergeben können als handfeste Beweise seiner Herkunft.

Rosa Markowna hatte in diesem Augenblick zwei Möglichkeiten: In hässliche Hysterie zu verfallen wie Ida, zu heulen, zu stöhnen und in Tränen auszubrechen, um die schreckliche Nachricht aus ihrem Inneren herauszulassen, oder aber sich so zu verhalten, wie sie es letztlich tat.

»Nicht doch, Idotschka«, sagte sie leise, um Fassung bemüht, und hockte sich in der Diele vor ihre Cousine, die noch immer auf das Eichenparkett einschlug. »Das Glück liegt schließlich nicht in Klunkern und nicht im Geschirr.« Sie streichelte der schluchzenden Verwandten den Kopf, raffte ihre verbliebene Selbstbeherrschung zusammen und fügte hinzu: »Wir beide können einen Salat wunderbar auch aus einer Blechschüssel essen, nicht wahr? Was brauchen wir schon weiter? Sonnenblumenöl, Zwiebeln, ein bisschen Schwarzbrot und Hamantaschen an Feiertagen.« Sie quälte sich so etwas wie ein Lächeln ab. »Hab ich nicht recht, Idulja?«

In Wahrheit stürzte allein der Gedanke daran, dass nun alles, worauf sie selbst so stolz gewesen war und was Semjon so geliebt hatte, all diese kostbaren Dinge, beinahe Reliquien, nun unwiederbringlich verloren waren für die Mirskis, für Borjas künftige Kinder, die Enkel, ihre Erben, und für sie selbst, dieser Gedanke stürzte sie in schiere Verzweiflung. Noch mehr aber bedauerte sie in diesem Augenblick die unglückliche Ida. Deren Kummer schmerzte sie mehr als der erlittene Verlust. Rosa Markowna wusste, dass ihre Cousine nicht aufgrund eigener Schuld litt, sondern nur wegen des unglücklichen Versuchs, ein übriges Mal ihre verwandtschaftliche Verbundenheit mit den Mirskis zu demonstrieren. Im Grunde aber war niemand schuld, abgesehen von den elenden Halunken, die sich jene barbarische Aktion zur Vernichtung der menschlichen Würde im eigenen Volk ausgedacht hatten.

Die Selenskis wurden nachts verhaftet und so fortgeschafft, dass niemand etwas davon mitbekam. Als Tschapaikin die Bewohner des ihn interessierenden Hauses in der Trjochprudny-Gasse durchging, war er es seiner Professionalität schuldig, keinen Fehler zu machen. Ohne Fleiß kein Preis. Das wusste der Sonderbeauftragte des NKWD mit seinen zweiunddreißig Jahren, ein zuverlässiger, mehrfach bewährter Kämpfer gegen innere und äußere Feinde: Aufgrund seiner Verdienste fand er es an der Zeit, sich um eine anständige menschliche Behausung zu kümmern und das zweifelhafte Paradies der Gemeinschaftswohnung am Rande des Proletarski-Bezirks zu verlassen. Seine Vorgesetzten billigten den Plan – blieb nur noch eine Kleinigkeit: Es gab keine freie Wohnung für den Hauptmann. Also verstand sich die Billigung der Vorgesetzten zugleich als Freibrief: Na los, Bruder Tschapaikin, handle selbstständig, nach dem sowjetischen Gesetz und deinem Parteigewissen. Du weißt ja, Feinde haben wir mehr als genug, also lass ein übriges Mal deine proletarischen Muskeln spielen und beweise der Heimat deine Fähigkeit, jede Aufgabe zu lösen – zumal, wenn es dir selbst zugutekommt.

Mehr war nicht gesagt worden, doch das genügte. Gleb Tschapaikin ging die Frage an, wie er es in der Akademie gelernt hatte, auf Tschekistenart, indem er sich zunächst mit Geschichte und Geografie vertraut machte. Er entschied sich für die Patriarchenteiche. Dort war er nie zuvor gewesen, denn als die entsprechenden Organe nachts das Zentrum Moskaus und die umliegenden Bezirke durchwühlten, wo die wichtigsten Verschwörer und Spione wohnten, war er nicht mehr im operativen Dienst, sondern saß bereits in einem Büro der Sonderabteilung im Proletarski-Bezirk, ganz in der Nähe seiner Wohnung.

Er entschied sich auf Anhieb für das Haus in der Trjochprudny-Gasse. Warum, wusste er selbst nicht. Es war einfach in jeder Hinsicht perfekt: Das Haus befand sich in schöner Lage, sah gut aus, hatte einen mächtigen Sockel, und die Fenster waren hoch und nicht eckig. Als Gleb obendrein herausfand, dass die Wohnungen zweigeschossig waren, und zwar ausnahmslos alle, suchte er nicht weiter. Als Tschekist und Parteimitglied hatte er ein untrügliches Gefühl dafür, wann er fündig geworden war.

Nach dieser Vorauswahl kamen zwei Wohnungen infrage. Die erste entfiel alsbald, denn während Gleb noch das Terrain für seinen künftigen Wohnsitz sondierte, zog dort ein seltsamer junger Bursche ein, Verbrechertyp, jung und unverschämt. Blieb also nur noch eine passende Bleibe direkt über dem berühmten Architekten Mirski. Dennoch verschaffte sich Tschapaikin für alle Fälle genauere Informationen über den jungen Burschen – und bekreuzigte sich erleichtert. Dem Burschen mit dem verdächtigen Familiennamen Kerenski und dem vollkommen mit dem »bewussten« übereinstimmenden Vornamen Alexander war diese Wohnung von höchster Stelle zugewiesen worden, und zwar auf direkte Anordnung aus dem Kreml. Mehr noch, angeblich auf **seinen** persönlichen Befehl. Kurz zuvor war eine musikalische Berühmtheit qua Paragraf achtundfünfzig – wegen Verdachts auf Spionage oder antisowjetischer Propaganda oder was auch immer – aus der Wohnung geworfen worden, ein Geiger namens Jagudkin oder Jagudajew. Selbstredend ein Zufall. Doch der Geiger hatte es verdient. Er wollte Staatseigentum, nämlich ein Instrument, die Geige eines alten Meisters italienischer Abstammung, an einen englischen Agenten verkaufen, um die hohe Schule der sowjetischen Geigenkunst zu untergraben. Es kam jedoch nicht dazu, die Übergabe scheiterte, der hinterhältige Geiger wurde rechtzeitig verhaftet. Und die Wohnung wurde frei, mitsamt allen Möbeln, die ebenso antik waren wie die Geige – das reinste historische Museum. Mochte nun also dieser Kerenski die

Sofas durchsitzen und mit dem Silberbesteck von Porzellantellern essen. Übrigens fühlte sich Tschapaikin diesem Burschen sofort verbunden. Sie waren zwar keine Kollegen, doch als Tschapaikin ihn näher kennenlernte, spürte er sofort: Kerenski bestand aus simplen, vertrauten Molekülen, äußerlich wie innerlich, er war ihm selbst ähnlich, auch in der Art, wie er fühlte und handelte. Später, als Tschapaikin bereits in der Trjochprudny-Gasse wohnte, erfuhr er die Kerenski-Geschichte, sozusagen als Nachbar, ganz detailliert, aus erster Hand:

Mein legitimer Vater, erzählte Sascha, war wirklich Alexander Fjodorowitsch Kerenski, ein Adliger und Halunke. Er ist alles Mögliche gewesen in seinem Leben: Kriegsminister, Justizminister, sogar Ministerpräsident der Provisorischen Regierung. Damals haben ihm die Junker den Spottnamen Alexandra Fjodorowna verpasst. Weißt du, warum? Weil er im Bett der Zarin geschlafen hat, und die hieß so, die Frau von Nikolai. So war das! Später soll er in Frauenkleidern aus dem Winterpalais abgehauen sein, wird behauptet. Blödsinn! Das ist gelogen! Wahr ist, dass er auf Beschluss der Provisorischen Regierung an die Front fahren sollte, Unterstützung holen, damit sie das Winterpalais halten konnten. Er kam in einem amerikanischen Wagen raus, mit amerikanischer Flagge. Das mit den Frauenkleidern ist Quatsch. Im Gegenteil, er war ein echter Modenarr und immer gut angezogen, besser als jeder andere. Die englischen Weiber nannten ihn »Blaustrumpf« – also die, die sich damals in Russland rumtrieben, vor der Revolution, also vor unserer, nicht vor der von 1916. Jedenfalls, das waren Suffragetten, so hießen die Weiber, die dafür kämpften, dass sie alle Frauenrechte bekommen, gegen uns Männer nämlich. Die waren einfach verrückt nach meinem Papa: Wegen seiner »Elégance« und wegen ihm selber, weil er solche Umwälzungen in Russland eingeführt hat. Eine hielt besonders große Stücke auf ihn als schönen Mann und Anführer. Und die ließ ihn dann auch mal ran – also an sich, an ihren Körper. Das hat er, nicht dumm, natürlich nicht verschmäht, auch wenn er provisorischer Ministerpräsident war. Das war kurz vor dem Winterpalais, noch vor der Aurora, knapp einen Monat davor.

Später verschwand er im Trubel der Ereignisse, doch sie blieb.

Sie hat ihn überall gesucht, aber nicht gefunden – klar, oder? Na, und dann kam unsere Revolution. Die englischen Weiber sind zurück nach Hause, die leben alle auf einer Insel, der ganze Staat, aber meine Mutter ist geblieben, weil sie noch immer auf ein Wiedersehen hoffte wegen des Bauchs, den sie von meinem Vater hatte. Der Bauch, das war ich. Sie rannte noch eine Weile rum und suchte weiter, dann war's Zeit zum Gebären. Sie brachte mich zur Welt, wollte mich aber nicht mitnehmen nach England, dort hätte man sie schief angesehen. Da erzählte sie in der Klinik in Moskau alles der Hebamme, ihre ganze unglückliche Geschichte, ließ das Kind, also mich, dort und fuhr nach Hause, wie sie gekommen war: ohne Kind, unbefleckt. Ich kam nach dem Säuglingsheim ins Waisenhaus, unter dem Familiennamen, den die Engländerin angegeben hatte. Und dem Vatersnamen. So wurde ich die Waise Alexander Alexandrowitsch Kerenski, so steht's auch in der Geburtsurkunde, allein auf ihr Wort hin. Und letztes Jahr hatte ich das Alter erreicht, wo ich aus dem Waisenhaus rausmusste. Die Liste, wer rauskommt, geriet wohl zufällig einem Großen in die Hände, bei den Organen wurde gerade was gefeiert, der Umbau der GPU zum NKWD oder so, jedenfalls wollten sie aus Anlass ihres Feiertags den Waisen was Gutes tun. Der Mann sah meinen Namen, war verblüfft und meldete ihn weiter. Von dort kamen sie die Sache überprüfen. Sie fanden alles bestätigt, genau, wie ich's dir erzähle. Und meldeten es wieder weiter, nach ganz oben, du weißt schon, von wem ich rede. Die Sache zog und zog sich, ich dachte schon, jetzt bringen sie dich um, nachdem die Wahrheit rausgekommen ist, aber nein, im Gegenteil.

Sie kamen mit einem schwarzen Wagen und brachten mich in das Haus in der Trjochprudny-Gasse, hierher also. Zieh hier ein, sagten sie, und freu dich, Alexander Kerenski junior. Das hier ist jetzt deine Wohnung, und die ganze Einrichtung gehört dir auch. Geh und hol dir eine Meldebestätigung und einen Stempel im Ausweis. Ich wäre beinahe mit dem Kopf gegen die Standuhr geknallt, gegen die da im Flur, ich konnt gar nicht glauben an so viel Dusel. Hinterher, als ich mich gefasst hatte, hat einer von euch, von den Organen, mir einiges erzählt, von der namenlosen Suffragette, meiner Mutter, und vor allem, dass Iossif Wissarionowitsch selber den Befehl gegeben hat, unser Vater und Beschützer. Er hat gesagt, die Welt soll ruhig wissen, dass der Sohn nicht für den Vater verantwortlich ist, dass bei uns im Sowjetland alle Schichten gleich sind und dass auch der Ärmste in einem Luxusappartement leben kann, ohne Benachteiligung wegen seiner Verwandtschaft und deren Vergehen. Kerenski ist ein Verbrecher, ein Verräter der Interessen des Volkes und ein Feind, aber sein Sohn, ebenfalls Alexander, ist ein vollwertiger Sowjetbürger, Zögling einer sowjetischen Einrichtung und Erbauer der lichten Zukunft. Mag er leben und sich freuen zum Ruhm unserer Heimat. Die sowjetische Regierung gibt dem Sohn des Volksverräters Kerenski eine Wohnung in einem kultivierten Haus mitten im Herzen unserer Heimat.

Also sah ich mich um und lebte mich ein – wirklich alles sehr kultiviert: diverses Geschirr, Schränke zum Aufmachen, Bilder, überall Noten, ein Klavier. Tja, so war das alles, Bruder Nachbar, glaubst du mir das?

Ob Tschapaikin ihm glaubte oder nicht, war einerlei. Entscheidend war, was er aus den verworrenen Worten des Waisenjungen Sascha herausgehört hatte: Sich an dem Sohn des provisorischen Ministerpräsidenten zu vergreifen, wann und unter welchem schlauen Vorwand auch immer, war lebensgefährlich und ausgeschlossen. Ob er die Wahrheit sagte oder nicht, würden die Zeit und die künftige Nachbarschaft zeigen.

Kurz, die Wahl der Tschekisten-Wohnung ergab sich nach Ausschluss der gefährlichen Varianten wie Akademiemitglied Mirski oder Armeegeneral der Panzertruppen und Bürgerkriegsheld Wassili Satewachin von selbst. Einzig geeignet waren die Selenskis. Sie waren in jeder Hinsicht passend: Anwälte der alten Schule, ohne nennenswerte neue Beziehungen, ihre Kinder nicht Fisch noch Fleisch, mit anderen Worten, eine ganz normale Familie, in keiner Weise herausragend, noch dazu Juden, wie alle Anwälte. Sie also knöpfte sich Gleb Tschapaikin auf Tschekistenart vor.

Er begann mit dem Üblichen, wie er es gelernt hatte. Er zog Erkundigungen ein, zu wem die Selenskis freundschaftliche Beziehungen unterhielten, und stieß auf die Mirskis – nun, das hätte er sich auch selbst denken können. Sofort nahm er Mirskis Hausangestellte Sina ins Visier.

Tschapaikin fuhr ihr in seinem Dienstwagen nach und sprach sie unweit der Hundewiese an. Ihr Gespräch war kurz und auf Anhieb fruchtbar. Sina kam gar nicht auf die Idee, sich nach dem Grund für eine derart vertrauliche Unterredung mit einem hochgestellten Vertreter der Ordnungsorgane zu fragen. Im Gegenteil, sie fühlte sich sogar ein wenig geschmeichelt durch das Interesse, das ihr der nette Tscheka-Offizier entgegenbrachte – zumal es nicht um ihre Herrschaft ging, sondern um die Nachbarn, um Georgi Jewsejitsch und seine Frau Kora.

Ein Wort gab das andere, und unter Scherzen gelangte Hauptmann Tschapaikin zum jüdischen Osterfest, nicht dem letzten, sondern jenem, bei dem Selenski Sina ein Glas süßen, öligen Wein gereicht und sie es geleert hatte – er hatte ihr damals sehr geschmeckt, doch nach diesem einen Mal hatte sie ihn nie wieder zu kosten bekommen. Einzelne Häppchen, Bruchstücke und Erinnerungsfetzen des jungen Gedächtnisses fügten sich zum Bild des Verbrechens, verübt »im Laufe einer Tischgesellschaft, die ohne spezielle vorherige Absprache der Beteiligten aus Anlass des alljährlichen jüdischen Osterfestes stattfand, unter der Adresse: Moskau, Trjochprudny-Gasse 22, Wohnung 8, bewohnt von Bürger Mirski S. L., ordentliches Mitglied der Akademie der Wissenschaften der UdSSR, Architekt, Träger des Leninordens in der Sparte Kunst und Kultur des Jahres 1935. Der dem Bürger Selenski G. J., Pensionär, geb. 1870, wohnhaft ebendort, Wohnung 10, und seiner Ehefrau, Bürgerin Selenskaja K. S. (geb. Bürgerin Kemochlidse K. S.), Pensionärin, geb. 1880, zur Last gelegte Tatbestand erfüllt alle Kriterien des Vaterlandsverrats, verschärft durch schmutzige Entstellungen der historischen Wahrheit und von der sowjetischen Wissenschaft zweifelsfrei bewiesener Tatsachen (anbei ein Protokoll des Gesprächs, angefertigt nach der Aussage des Informanten ›Hausgeist‹), chauvinistische Hirngespinste hinsichtlich des georgischen Volkes sowie durch den Versuch feindlicher ideologischer Beeinflussung der anwesenden Teilnehmer des jüdischen Festes. Anbei außerdem Indizien für eine ebenfalls von Bürger Selenski G. J. geplante Verschwörung. Ich beantrage Haussuchungs- und Haftbefehl. Chef der Sonderabteilung des NKWD, Tschapaikin G. I.«

Am Ende des angenehmen Gesprächs in der schwarzen Limousine zeigte Tschapaikin Sina freundlich lächelnd, wo sie unterschreiben solle, denn das sei unabdingbar. Sina unterschrieb ungelesen. Wozu lesen? Was sein musste, musste sein, niemand würde einfach so Papier vollschreiben, aus purer Gemeinheit.

Der Fall Selenski – das gestand sich Tschapaikin selbst ein – war von Anfang an nicht einfach. Wäre es nur um den Hausherrn selbst gegangen, der Mechanismus zur Beseitigung eines Unliebsamen war routiniert und viele Male in der Praxis erprobt. Doch um darüber hinaus in den Besitz des Wohnraums zu gelangen, musste man sich zugleich der vielköpfigen Familie entledigen.

Tschapaikin mobilisierte seine ganze Fantasie, um einen Fall mit sicherem Todesurteil und anschließender Bestrafung der gesamten Familie zu konstruieren. Er konstruierte das Ganze nicht nur als Verhöhnung des georgischen Volkes, dem auch **der Vater** angehörte, verstärkt durch zionistische Überheblichkeit und eine historisch falsche Versklavungsbehauptung. Nein, wichtigstes und entscheidendes Element waren angebliche terroristische Absichten, die sich in unmittelbaren Kontakten zu georgischen Trotzkisten manifestierten.

Nach dieser Darstellung hegte Tschapaikin keinerlei Zweifel mehr, die Sache lief auf ein rasches, trauriges Ende »ohne Recht auf Briefwechsel« hinaus. Und seine Rechnung ging auf: Der Fall ging an das Militärkollegium des Obersten Gerichts.

Kora, die einer direkten Anklage entgangen war, wurde auf Tschapaikins Anordnung in eine schwarze Limousine gesetzt, die mit ihr ein Stück weg vom Haus die Trjochprudny-Gasse hinunterfuhr, bis zur Hundewiese. In einem kurzen Gespräch erläuterte man ihr die weiteren Aussichten, falls die Familie in der Wohnung bliebe. Mit leiser Stimme, nur in Andeutungen, ohne Einschüchterung. Zugleich informierte man sie über den in Vorbereitung befindlichen Beschluss des Volkskommissars bezüglich der Familienmitglieder von Vaterlandsverrätern. Darin sei unmissverständlich die Rede von »gesonderten Gerichtsverfahren gegen die Ehefrauen von Vaterlandsverrätern und deren Kinder über 15 Jahre, die als potenziell zu antisowjetischen Handlungen fähig zu betrachten sind …« Also überlegen Sie, Kora Sulchanowna, es ist Ihre Entscheidung, noch ist der entsprechende Befehl des Volkskommissars nicht in Kraft.

Ein solcher Beschluss war tatsächlich in Vorbereitung, wurde allerdings erst zwei Jahre später veröffentlicht, im August 1937. Doch so lange wartete die Familie nicht. Nach einer Woche verschwanden die verbliebenen Selenskis und ließen sich in der weißrussischen Stadt Borissow nieder, der provinziellen Heimat entfernter Angehöriger von Georgi Jewsejitsch, zu denen sie nun ungeachtet ihrer hauptstädtischen Herkunft und ihrer Karriere in verwandtschaftliche Abhängigkeit treten mussten. Auch diese letzte Adresse landete natürlich auf Tschapaikins Schreibtisch, ebenso wie Informationen über die Borissower Sippe. Erst danach stellte Tschapaikin den operativen Vorgang ein.

Kurz, alles lief wie geplant. Das Ganze hatte insgesamt nicht viel Zeit in Anspruch genommen, bereits zwei Wochen nach der Ordensverleihung wohnte über Semjon Mirski ein neuer Nachbar: Gleb Iwanowitsch Tschapaikin, ein unverheirateter junger Mann, freundlich und immer adrett, seines Zeichens Mitarbeiter der Ermittlungsbehörde im Rang eines Hauptmanns.

Als Rosa Markowna von dem neuen Mieter erfuhr, war sie anfangs misstrauisch, dann setzte sie eine nachdenkliche Miene auf und fragte ihren Mann: »Meinst du, dass er etwas über die Selenskis in Erfahrung bringen kann?«

»Das glaube ich nicht«, murmelte Semjon unsicher, fügte jedoch hinzu: »Obwohl, ich hatte bereits die Ehre, im Kreml mit ihm zusammenzutreffen. Oder die Unvorsichtigkeit … Ich versuche herauszufinden, was ich kann.«

Das wollte er unter Berufung auf ihre Bekanntschaft bei passender Gelegenheit tun. Die ergab sich sehr bald von selbst, denn der neue Nachbar ergriff als Erster die Initiative und kam zu ihnen herunter, um sich vorzustellen. Auf das Klingeln öffnete Sina – und staunte. Noch verblüffter war sie, als Tschapaikin ihr die Hand entgegenstreckte und lächelnd sagte: »Guten Tag, ich bin Ihr neuer Nachbar von oben, Gleb Iwanowitsch.« Er musterte die Haushaltshilfe durchdringend, mit freundlichem Gesicht, als sähe er sie zum ersten Mal, und ergänzte: »Also, ich bin jetzt Ihr Nachbar, und wie heißen Sie, meine Liebe?«

An diesem Punkt machte etwas in ihr klick, hart und trocken, wie ein Pistolenschuss, und ihr Inneres zog sich unangenehm fröstelnd zusammen.

»Von oben?«, fragte sie den Gast verwirrt. »Wo die Selenskis gewohnt haben?«

Der Besucher lächelte erneut, diesmal jedoch nur mit den Lippen, und erinnerte sie leise, aber deutlich: »Ich glaube, ich hatte nach Ihrem Namen gefragt, meine Liebe.«

»Sinaïda«, murmelte das nun endgültig verwirrte Mädchen. »Tschepik heiß ich, Sina. Das haben Sie mich doch schon gefragt, erinnern Sie sich?«

»Sehr schön. Sina«, brachte Tschapaikin sie zur Besinnung, indem er ihre letzten Worte überhörte. »Dabei bleiben wir, ja? Als Nachbarn …« Er tat einen Schritt in die Wohnung und befahl barsch: »Du bringst mich jetzt zu den Hausherrn und verschwindest, klar?«

Sie nickte, denn nun war ihr endgültig bewusst, dass sie fortan alles tun würde, was der Nachbar von ihr verlangte.

»Kluges Mädchen, Sinaïda«, lobte Tschapaikin sie munter. »Machen wir uns mit den Hausherren bekannt.«

Er war nicht dienstlich zu den Mirskis gekommen. Er wollte wirklich nur die Nachbarschaft bekräftigen, nachdem er schon im Kreml mit dem berühmten Mann zusammengetroffen und jetzt in dieses kultivierte Haus gezogen war. Und nun, da er im Haus einen eigenen Informanten besaß, in der Kartei geführt als »Informant Hausgeist«, war es geradezu seine heilige Pflicht, die Nachbarschaft durch ein freundschaftliches Gespräch zu besiegeln. Sozusagen von Gott gewollt oder von Allah oder wie der bei diesen Leuten hieß.

Ein freundschaftliches Gespräch also, bei Tee und den perfekten Hamantaschen der Hausfrau, mit dem üblichen »Danke« und »Bitte«, einer gestärkten Serviette für den Gast, einer neusilbernen Zuckerzange, warmer Milch aus einem raffinierten kurznasigen

Milchkännchen und gegenseitigem Lächeln. Schließlich war das Interesse an der Bekanntschaft beiderseitig.

Über die ehemaligen Mieter, in deren Wohnung er nun lebte, die Selenskis, wusste Tschapaikin zu seinem großen Bedauern nichts. Er diene nicht direkt in der zuständigen Behörde, verspreche aber, unbedingt herauszufinden, was in seiner Macht stehe. Er lobte Rosas Gebäck und fügte hinzu, dass alles bestimmt einen Grund habe, einfach so geschehe so etwas nicht, davon sei er überzeugt. Früher oder später gestehen sie alle, sagte er, auch die Selenskis würden gestehen, wenn sie schuldig seien. Mit einem Freispruch sei allerdings kaum zu rechnen, sonst hätte man die Wohnung nicht bereits an einen Anwärter von der Warteliste vergeben. Aber es sei natürlich äußerst unangenehm, wenn man einen Menschen kannte, jahrelang sein Nachbar gewesen war und nicht geahnt hatte, dass in diesem ein getarnter Feind steckte.

Das war auf die Mirskis gemünzt, auf ihre Vertrauensseligkeit und naive Ahnungslosigkeit. Rosa Markowna zuckte die Achseln, warf einen sinnlosen Blick auf die Teekanne, wohl, weil diese auf dem Tisch am nächsten stand, und ging ohne bestimmtes Ziel hinaus. Ihr war klar, dass dies unhöflich war, denn natürlich traf den neuen Nachbarn Tschapaikin keine Schuld, er war auch nur ein Rädchen im Getriebe. Aber sie konnte nicht dagegen an, sie musste die aufkommende Erregung herauslassen. Das Gespräch über die unglücklichen Selenskis erschien ihr allzu beiläufig und gleichgültig, bei Tee und jüdischem Gebäck.

Mirski wahrte gleichbleibende Gastfreundschaft, obwohl er sich durchaus bewusst war, was seine Frau bei dieser Teezeremonie empfand. Er selbst ließ sich kaum je eine Gefühlsreaktion entlocken, jedenfalls keine äußerlich sichtbare. Er lächelte liebenswürdig, schaute Rosa nach und unternahm einen Versuch, dem keineswegs naiven Nachbarn ihr Verhalten zu erklären: »Tja, die Gesundheit, nicht wahr ... Die Gesundheit ...« Damit heischte er Mitgefühl für seine Frau, ließ aber zugleich Raum für solidarisches Augenzwinkern: Ach, die Frauen, diese Ehefrauen, ein schweres Los haben wir Männer da zu tragen, was, Bruder? »Wenn Sie erst verheiratet sind, Gleb – ich darf Sie doch so nennen? –, werden Sie reichlich Gelegenheit haben, das Wesen der Frauen zu studieren, mit all seinen Überraschungen und komplizierten molekularen Strukturen. Sie werden sich den Kopf darüber zerbrechen, Hauptmann, das versichere ich Ihnen. Und legen Sie sich gute Nerven zu, die werden Sie brauchen. Aber die Sache lohnt sich, sie sind hochinteressante Wesen, besonders, wenn sie irrsinnig lieben oder rasend hassen.«

Tschapaikin gefiel es bei den Mirskis. Rosas mikroskopischen Protest nahm er gar nicht wahr, dafür gab es weder einen ausreichenden Anlass noch einen Grund. Innerlich fand er ein solches Verhalten der Frau zu Hause in Maßen sogar begrüßenswert. Ein solches Selbstbewusstsein und eine derartige Unabhängigkeit vom berühmten Gatten, so etwas nötigte Tschapaikin Respekt ab, obgleich seine Tschekistenschule ihn genau das Gegenteil lehrte.

Aber wenn er diese Leute, seine jetzigen Nachbarn, mit vielen anderen verglich, die normalerweise der intellektuellen Schicht zugeordnet wurden, weil sie sich kleideten wie in vergangenen Zeiten oder in der Kultur tätig waren, dann verstand er diese neuen Nachbarn nicht recht, er konnte sie nicht auf Anhieb klassifizieren, sie nicht in bestimmte professionelle Schubladen einordnen und auch nicht genau sagen, was von ihnen zu halten war. Solchen Menschen war er früher kaum begegnet, und wenn, dann nicht beim Tee, sondern im Dienst, im Rahmen seiner Arbeit, seines Rangs und seiner Pflicht.

Tschapaikin war jedenfalls zufrieden mit dem hergestellten Kontakt. Seltsamerweise hatte er am Teetisch der Mirskis keinen Augenblick an den Dienst gedacht, sondern sich entspannt von seinen Sorgen und seiner normalerweise rund um die Uhr währenden Pflicht. Er hatte kein einziges Mal seinen untrüglichen, selbst in schwierigen Situationen nur selten versagenden Klasseninstinkt einschalten müssen.

Semjon seinerseits ging, nachdem er den Gast verabschiedet hatte, nicht sofort hinauf zu Rosa, sondern blieb in der Küche, um nachzudenken. Ihm missfiel, wie rasch, beinahe freudig die Annäherung zwischen ihm und dem neu eingezogenen Mitarbeiter des staatlichen Strafverfolgungsorgans zustande gekommen war – zumal der Gast ehrlich gesagt von eher niedrigem Rang war und bei Weitem nicht an die soziale Stufe der Mirskis heranreichte. Auch vom Alter her gab es kaum eine Basis für übereinstimmende Ansichten, ganz zu schweigen von intellektuellen Gemeinsamkeiten.

In der Küche stand noch der Qualm von Tschapaikins Papirossy, und Mirski fiel auf, dass es in dieser Wohnung in all den Jahren seiner Ehe niemals nach Tabak gerochen hatte. In der Familie rauchte niemand, und wer zu Besuch kam, wusste von Mirskis Widerwillen gegen Tabak und enthielt sich oder ging zum Rauchen hinaus ins Treppenhaus – er wusste es nicht genau. Tschapaikin aber war das Rauchen erlaubt worden. Zwar hatte Rosa ihrerseits, da war er sich sicher, diese Erlaubnis nur aus notgedrungener Gastfreundschaft gegen den fast Fremden erteilt, doch er seinerseits … Semjon empfand ein unangenehmes Brennen in der Speiseröhre, obwohl er wusste, dass er weder unter Gastritis noch unter einer Schleimhautentzündung litt. Den Gedanken, dass in seinem Bauch schwache, widerwärtige Angst saß, gestattete er sich nicht, er schob ihn beiseite, damit er sich nicht festsetzte und einnistete und weitere Unsicherheit hervorbrachte.

Er saß noch immer in der Küche vor der fremden Papirossa-Kippe und überlegte, was eine solche Bekanntschaft für ihn bedeuten und ob er diesen Besuch ganz gleichmütig als belanglose Nachbarschaftsvisite betrachten konnte. Er kam zu keinem Schluss, rief leise nach Sina, und als diese erschien, wies er mit einem Kopfnicken auf den Aschenbecher.

»Räum das weg.«

An diesem Abend begriff Mirski überraschend, aber ein für alle Mal, dass er eine wichtige Grenze erreicht hatte, eine Linie, die das eine Leben vom anderen trennte, das erste Menschenalter vom zweiten, letzten und schlechteren – dem Rest des Lebens. Und das lag nicht an irgendwelchen Zipperlein, davon hatte er noch gar nicht viele. Seine Seele nahm noch immer den Raum im Zentrum seines Kopfes ein, wo sie sich vor langer Zeit niedergelassen hatte, schon vor der ersten Revolution oder gar noch eher. In dem allmählich welkenden Körper regte sich nach wie vor zuweilen mitfühlender, weichherziger Schmerz, berührte jedoch nicht den oberen, wesentlichen Teil seiner Seele, sondern nur deren unteren, gröberen Rand. Dennoch, das spürte Mirski, hatte es in ihm einen Knacks gegeben, etwas war angebrochen und bröckelte nun Stück für Stück, Zelle für Zelle, Molekül für Molekül ab, verdorrte, starb. Ob diese Erkenntnis etwas mit Tschapaikin zu tun hatte oder mit etwas anderem, spielte keine Rolle, sie war einfach mit dessen Besuch zusammengefallen.

Von diesem Zeitpunkt an fühlte sich Semjon Mirski als alter Mann – obgleich er dies niemandem mitzuteilen gedachte. Nicht einmal Rosa, die er nach wie vor innig liebte und vielfach mit anderen Frauen betrog, die ihr an Verstand, Seele und Größe in keiner Weise ebenbürtig waren.

Diese vonseiten der Mirskis nicht eben aktiv betriebene, eher notgedrungen freundliche Nachbarschaft mit Gleb Tschapaikin währte bis 1936 – bis Tschapaikin, nach sorgfältiger Suche nach einer passenden Variante für sich, schließlich heiratete. Und bis in einer Herbstnacht Männer in Leder und mit Rhomben am Kragenspiegel den Panzergeneral Wassili Satewachin mit einem nachtschwarzen Transporter, den sie vor dem Nachbareingang des Hauses in der Trjochprudny-Gasse geparkt hatten, in sein nächstes Leben beförderten.

Die Angehörigen des Generals kamen glimpflicher davon als die Selenskis, von denen kein einziger verschont worden war. Satewachin selbst wurde verhaftet und binnen kürzester Frist erschossen, seine Familie jedoch nicht angerührt. Er hinterließ seine Frau Lisa Satewachina und den fünfzehnjährigen Sohn Kirill. Die Wohnung durften die beiden behalten.

Rosa ging mit finsterer Miene umher und litt unter jedem dieser schrecklichen Fälle. Zuweilen glaubte sie, man würde auch sie bald abholen kommen, obwohl sie sich das eigentlich nicht vorstellen konnte; es schien undenkbar, dass Semjon mit seinen Entwürfen für Wohnhäuser und Natschalnik-Paläste ins Blickfeld der Sicherheitsorgane gelangen könnte. Außerdem war er Träger des Leninordens, und das bedeutete einiges, damit war er mehr als bloß ein angesehenes Akademiemitglied, weit erhabener und bedeutender.

Ein wenig hoffte Rosa in dieser Hinsicht auch auf Tschapaikin, über den sie und Semjon nicht sprachen, weil ein derartiges Gespräch sie geniert hätte. Aber sie wussten beide, dass der andere insgeheim die schutzversprechende Möglichkeit erwog, den oberen Nachbarn nicht nur als Konsumenten jüdischen Gebäcks zu betrachten, sondern ihn sich eventuell auch in jenem besonderen Fall zunutze zu machen, gegen den niemand gefeit war.

Alewtina Swanzewa, verehelichte Tschapaikina, war ein entzückendes Mädchen und eine äußerst glückliche Partie für Tschapaikin. Alja war rund zehn Jahre jünger als Rosa und auch als ihr Mann, verdankte aber ihre Schönheit nicht nur ihrer Jugend. Schon bald nach der Hochzeit erschien Tschapaikin mit seiner Ehefrau bei den Mirskis. Und zwar aus drei Gründen.

Erstens, um den Nachbarn die neue Mieterin und frischgebackene Ehefrau vorzustellen. Zweitens, um Alja das wunderschöne Mädchenporträt des Malers Kustodijew zu zeigen, das seit undenklichen Zeiten bei den Mirskis hing, und zusammen mit den Hausherren verblüfft die Ähnlichkeit der beiden Schönen zu bewundern. Und drittens, um einen klugen Rat einzuholen, was Alewtina mit ihrem weiteren Leben anfangen, welchen kulturvollen Beruf sie ergreifen solle.

Rosa Markowna registrierte die Anmut und Verlegenheit von Tschapaikins Frau und warf einen kurzen Blick zu Semjon. Gerade rechtzeitig: Blitzartig wandte er seine Augen von Aljas taxiertem üppigem Unterbau ab. Und ebenso eilig sah Rosa wieder weg, um ein ungewolltes Kreuzen der Blicke zu vermeiden. Was ihr auch gelang, wie es ihr immer gelungen war, all die Jahre ihrer wolkenlosen Ehe, abgesehen natürlich von den traurigen Verdachtsfällen.

Das Mädchen konnte nichts dafür. Rosa wusste sehr gut, dass es statt Alewtina jede neue Nachbarin, ja jedes beliebige weibliche Wesen hätte sein können. In solchen Fällen zog Rosa es vor, die potenzielle Rivalin nicht von sich zu stoßen, sondern sie im Gegenteil so nah wie möglich an sich heranzuziehen, sodass der eheliche Frieden quasi von selbst ihrer Kontrolle unterstand. Ganz ungezwungen und unkompliziert wurde so ein weiteres unschönes Geheimnis weitgehend vermieden. Mit einem herzlichen Lächeln, bei dem sie sich allerdings das Recht auf einen Rest Unaufrichtigkeit herausnahm, sagte sie: »Wie hübsch Sie sind, Alja, einfach reizend! Und Ihren Gleb schätzen und lieben Semjon Lwowitsch und ich sehr als unseren liebsten Nachbarn.« Mit einer einladenden Geste verbeugte sie sich leicht. »Nur herein, junges Paar. Sina macht uns gleich Tee und bringt uns etwas Süßes, ja?«

Das war ihr sehr russisch geraten. Die einladende Geste, die Herzlichkeit, die gastfreundlichen Worte. Semjon lachte innerlich spöttisch und betrachtete seine ihn immer wieder überraschende Frau mit respektvollem Interesse. Ob Rosa an ihre Worte glaubte oder nicht, wusste sie selbst nicht recht. Aber eines konnte man ihr gewiss nicht vorwerfen: direkte, berechnende Verlogenheit.

Gleb Tschapaikin kam erst gar nicht auf die Idee, dass die Mirskis ihm gegenüber unaufrichtig sein könnten – trotz seiner harten Schule des Misstrauens gegen alles Lebendige, das nicht der Partei angehörte. Die beiden Mirskis waren ihm in der Zeit ihrer Nachbarschaft sehr ans Herz gewachsen, sowohl der Architekt als auch seine reizende Frau – diese ganz besonders.

Nach Rosas Worten verlor Alja sofort alle Hemmungen und taute auf. Zumal tatsächlich alle einhellig die Ähnlichkeit zwischen ihr und Kustodijews Kaufmannsschönheit feststellten und sie scherzhaft zu diesem interessanten Umstand beglückwünschten.

Bei den Swanzews zu Hause wurde, solange Alja denken konnte, nie gescherzt. Man diente dem Land. Ihr Vater, Stepan Lukitsch Swanzew, war erfolgreich an einer ähnlichen Front tätig wie sein Schwiegersohn, allerdings in weit höherer Stellung. Zum Zeitpunkt der Heirat seiner Tochter bekleidete er den Posten eines Sekretärs des Moskauer Stadtkomitees der Partei. Die Mutter war gestorben, als Alja noch ein Baby war, im Revolutionsjahr 1916.

In der Sterbestatistik führte man sie unter der Rurbrik »Nicht epidemische Fälle von Cholera, registriert im Gouvernement Chmelnizk im Zeitraum 1913–1916«. Alewtina überlebte wie durch ein Wunder. Sie wurde nicht an der Mutterbrust genährt, da der Illegale Stepan Swanzew und seine ebenfalls illegal tätige Frau Warwara die Tochter einer Amme im Dorf überlassen hatten und nach Moskau gefahren waren, mit einer Ladung Flugblätter und anderer revolutionärer Druckerzeugnisse, die im aufständischen Arbeiterbezirk Presnja verteilt werden sollten. Die Druckerei befand sich in der Ukraine, bei Chmelnizk. Dort war es ruhiger, und die Häscher des Zaren waren weiter weg. Doch in dieser Druckerei hatten sich beide das schreckliche Virus eingefangen. Offenbar hatte ein böser Engel auf ihre Unternehmung gehustet, und so hatten infektiöse Tröpfchen sie zufällig getroffen.

Auch Stepan wäre beinahe draufgegangen, überlebte jedoch. Warwara aber starb in seinen Armen, wobei sie ihrem Mann noch ein letztes Mal die tödliche Krankheit ins Gesicht blies. Mit der letzten Luft ihrer sterbenden Lungen konnte sie nur noch hauchen: »Behüte Alja, Stjopa.«

Die Zeitungen und die revolutionäre Pflicht erwähnte sie nicht, vielleicht, weil ihre Luft dazu nicht reichte, vielleicht, weil sie nun nicht mehr daran dachte. Nachdem seine Frau in seinen Armen gestorben war, sann Stepan lange nach: Hatte Warwara noch an die Sache gedacht, der sie beide dienten, hatte sie im letzen Augenblick dem Schicksal gezürnt, weil es ihr nicht vergönnt war, noch einmal den unausweichlichen Sieg des Proletariats über den ewigen Unterdrücker, den Weltimperialismus, zu beschwören?

Mit seiner ganzen unverbrauchten Liebe überschüttete Swanzew die Tochter, als er nach acht Jahren, nachdem der äußere Feind vollständig und der innere zum großen Teil besiegt und Lenin begraben war, das rettende Dorf erreichte, das die Kleine vor dem tödlichen Kontakt mit der leiblichen Mutter bewahrt hatte. Seine ganze Erziehung beruhte von da an im Wesentlichen auf den Prinzipien, die Swanzew der heroischen Warwara schuldig war: Strenge, Glaube an den Sieg des Kommunismus über den noch verbliebenen Rest derer, die nicht einverstanden waren mit dieser Lehre, Wahrung der revolutionären Moral und tägliches Wirken zum Wohle des Sozialismus.

Bis zu ihrem ausgezeichneten Abgangszeugnis entsprach Alewtina ganz den väterlichen Vorgaben: Sie war gehorsam, fleißig und halbgebildet. Soweit die äußeren Kriterien. Was den Rest anging, so brodelte in der äußerlich ruhigen Alja heftiges Aufbegehren gegen die unablässige väterliche Sorge, gegen die Beschränktheit des

Erzeugers, die selbst sie sah, das naive Mädchen vom Lande. Ein Ehemann, das wäre die Rettung vor der verhassten Unterordnung unter den völlig verknöcherten Vater. Eine eigene legitime Familie, das wäre die Erlösung aus der Unfreiheit. Die Gelegenheit kam wie bestellt, wie sie sich Alja besser nicht hätte wünschen können.

Die Tochter des Moskauer Parteifunktionärs und der jugendliche Offizier begegneten sich in Swanzews Büro, das Tschapaikin aus dienstlichen Gründen, Swanzews Tochter hingegen zufällig aufsuchte. Tschapaikin kam nicht umhin, Alewtina zu bemerken und ein paar in einem solchen Glücksfall angebrachte höfliche Worte an sie zu richten. Was er auch tat, als er sie auf Swanzews Bitte in die Tischinka fuhr, wo die Swanzews wohnten. Ähnliche Worte äußerte er Swanzew gegenüber, bei geduldig abgewarteter nächster Gelegenheit und nach sorgfältigem vorherigem Abwägen. Anschließend ließ er erneut eine gewisse Zeitspanne verstreichen.

Der Zeitplan der Umgarnung war ein streng logisches Dokument, ausgearbeitet und sanktioniert von Hauptmann Tschapaikin persönlich, zum ersten Mal ohne jede Einmischung von oben.

»Disziplin ist unser Banner«, sagte er sich und ergänzte: »Disziplin, Überzeugung und Geduld.«

Zwei Dinge schloss Tschapaikin bewusst aus: blindes Vertrauen auf den Zufall und aufrichtige Gefühle füreinander – das hätte seinen Plan zur Eroberung des Objekts zerstören können. Aber beides ergab sich auch ohne sein Dazutun.

Ganz ähnlich gesinnt war seine Auserwählte, die zur ehelichen Selbstaufopferung bereit war, um so schnell wie möglich der väterlichen Obhut zu entfliehen. Doch auch sie musste nichts opfern: Gleb war immerhin ein richtiger Mann, groß und stattlich, und er liebte sie offenbar sehr, sprach von Treue und hatte einen verantwortlichen militärischen Posten. Ein weiterer Vorteil war, dass er nicht direkt ihrem Vater unterstand, er diente in einer anderen Behörde. Anderenfalls wäre sie auch hier dem Vater nicht entronnen, er hätte sie überall verfolgt, sie mit Direktiven traktiert, wie sie besser und effektiver der Heimat zu dienen hätten, um den Feind zu besiegen.

Alles fügte sich also bestens. Der Vater wies den Hauptmann nicht ab, zumal Tschapaikin zuerst ihn fragte, nicht die Tochter. An sie wandte Tschapaikin sich beim dritten Mal – mit den üblichen Worten –, schaute ihr direkt ins Gesicht, wie er es auf der Akademie gelernt hatte, ohne die Augen abzuwenden oder zu blinzeln, und vollendete seinen Zeitplan wie vorgesehen mit der Eheschließung vor dem Gesetz.

Auch als Frau war Alja ihm in jeder Hinsicht recht, alles an ihr war genau richtig: ihr üppiger Umfang, ihre schüchterne Unerfahrenheit mit den ehelichen Pflichten, das Tempo, in dem sie sich die Liebeskunst aneignete, und ihr hausfrauliches Geschick.

Pass auf, Bruder Hauptmann, du verliebst dich noch in deine eigene Frau, feuerte er sich gut gelaunt weiter an. Am Ende willst du gar nichts anderes mehr, schließlich verläuft alles vollkommen gemäß der gestellten Aufgabe, sagte er sich zufrieden und wandte sich den nächsten Erwägungen zu.

Ein wichtiges Detail blieb noch zu klären, keine Kleinigkeit, denn darin stimmten die Eheleute glücklich überein, sondern etwas Wesentliches: Was die junge Frau im Leben weiter anfangen, worauf sie ihr Streben richten sollte, auf einen bodenständigen Beruf oder auf etwas Intellektuelles.

Tschapaikin wünschte ihr von Herzen etwas anderes als sein eigenes Los – Abhängigkeit, Unterordnung und stetes Misstrauen. Alewtina aber genoss vorerst die mit eigenen Händen errungene Freiheit und mochte nicht weiter planen. Auch nicht für die nähere Zukunft. Also suchte Tschapaikin mit intuitivem Gespür eine geeignete Möglichkeit für die Lebensgefährtin, sich tätig selbst zu verwirklichen, dabei jedoch das eigene Wesen unverdorben zu bewahren – was er selbst nicht vermocht hatte, ebenso wenig wie irgendwer in seinem näheren und weiteren Umkreis.

Vor allem deshalb ging er mit Alewtina zu den Mirskis – um sie dort einzuführen und in der Hoffnung auf einen nützlichen, kultivierten Rat für die Zukunft. Auf dass sie sich ihr künftiges Leben zuverlässig einrichtete, mit klarer Aufgabenstellung und eindeutigem Endziel. Architektur, Zeichnen oder Bildhauerei wäre vielleicht etwas oder das Leben der Tiere, wie es der ausländische Schriftsteller Brehm angeblich beschrieben hat – Makaken, Käfer, Vögel, geflügelte Insekten –, oder kleine Aufsätze über das Ballett oder über die Antike, wo man mit ausgegrabenen Knochen zu tun hat, mit Skeletten und mit versteinerten Überresten der Vergangenheit, die man von der Höhe der heutigen Errungenschaften gründlich erforschen kann.

Auch Musik käme infrage, in Mirskis Salon stand ein riesiges, spiegelblank poliertes schwarzes Instrument, ein Flügel mit aufgeklapptem Deckel, woraus Tschapaikin schloss, dass darauf tatsächlich gespielt wurde. Auch dies gehörte zu jener ihm nicht bis ins Letzte bewussten Kraft, die ihn zu diesen Menschen hinzog und die sein Inneres vor Respekt vibrieren ließ.

Nein, eine musikalische Laufbahn, dachte Tschapaikin, das ist nichts für Alewtina. Nach der Erziehung im Dorf und dem anschließenden Heranreifen bei Stepan Lukitsch wird sie kaum unversehens musikalisches Gehör oder gar Talent offenbaren. Doch eines wusste er genau: Seine Frau sollte studieren, nur sollte das auf eine Tätigkeit hinauslaufen, bei der Verantwortung entweder überhaupt keine Rolle spielte oder nur einen geringen Teil ausmachte. Dies musste er nicht einmal besonders verhehlen, obgleich er sich bemühte, es anders zu formulieren.

Mirski begriff auf Anhieb und überlegte. Dann äußerte er sich, allerdings recht unklar und eher an Tschapaikin und an sich selbst gewandt als an die junge Frau, weshalb das Gesagte für sie ziemlich verschwommen blieb und sich nicht recht greifen ließ. Doch sie hörte aufmerksam zu, bemüht, den Rat der alternden Berühmtheit mit aller Ernsthaftigkeit aufzunehmen.

Mirski riet Folgendes: Die einzige kreative Tätigkeit, die, pardon, keine besonderen Fähigkeiten verlangt wie Schreiben, Malen, Gestalten, Konstruieren, Singen, Musizieren oder Schauspiel, ist die Kunstwissenschaft – noch präziser und in gewisser Hinsicht einfacher, die Kunstgeschichte. Ein Gebiet, das der Menschheit seit Langem gut bekannt ist, zugleich aber nach Weiterentwicklung verlangt, nach kreativem und respektvollem Umgang mit dem Gegenstand. Ja, das käme durchaus infrage, durchaus. Und wir unsererseits helfen natürlich gern, wo wir können, wenn wir bis dahin nicht alles vergessen haben, nicht wahr, meine liebe Rosa?

Der Vorschlag der Intellektuellen wurde von beiden Tschapaikins erwogen und mit dem Gefühl des innigsten Einverständnisses angenommen. So beschritt Alewtina im nächsten September, dem des Jahres 1937, ganz im Sinne dieses Beschlusses den Weg zum Diplom einer Kunsthistorikerin.

»Wir werden die alte Kultur von heute aus aufrollen, in umgekehrter Reihenfolge«, scherzte Tschapaikin und brachte die nötigen Papiere persönlich ins Institut. Damit war die Immatrikulation erledigt und Alewtina nunmehr Studentin im ersten Semester am IFLI, am Tschernyschewski-Institut für Philosophie, Literatur und Geschichte. Mit Kindern wollte das Ehepaar bis zum Ende des Studiums warten, da jedoch der Krieg dazwischenkam, zeugten die Tschapaikins ihr erstes Kind, das Töchterchen Mascha, erst 1945, als die sowjetische Luftwaffe bereits kräftig Berlin bombardierte und das Aufstellen der Siegesflagge auf dem Reichstag nur noch einen Monat entfernt war.

Damals aber gab es auch in Tschapaikins Leben eine Veränderung: die Beförderung zum Major der Staatssicherheit. Und wieder fiel diese wichtige Wende mit einer im Leben des Nachbarn zusammen: Semjon Mirski, Träger des Leninordens, wurde in den nächsten, allerhöchsten sozialen Status erhoben: Er wurde Abgeordneter des im Dezember 1937 gegründeten Obersten Sowjets der UdSSR.

Die seltsame Beziehung zwischen den Tschapaikins und den Mirskis, halb Nachbarschaft, halb Freundschaft, beruhend auf Sympathie auf der einen und notgedrungenem Kontakt im Hinblick auf einen jederzeit möglichen Notfall auf der anderen Seite, währte bis zum Vorkriegsjahr 1940. Dann erfuhr sie während der erzwungenen Abwesenheit des Architekten Mirski eine mehrjährige Unterbrechung und lebte, wenngleich in reduzierter Form, ganz von selbst wieder auf, als dieser nach Jahren heimkehrte.

Im Laufe der Zeit ertappte sich Rosa Markowna dabei, dass sie bei dem Gedanken an die Tschapaikins immer seltener gereizt reagierte. Ihre Beziehung wandelte sich, etwas irgendwie Anrührendes, das nicht auf gegenseitiger Unentbehrlichkeit beruhte, bildete sich heraus und festigte sich mit der Zeit. Zumal der Kelch, wie sie und Semjon glaubten, an ihnen vorübergegangen war. Die Hauptzeit der

Repressalien war vorbei. Sämtliche von der Regierung benannten Feinde waren verhaftet, und die Mirskis lebten weiterhin in nahezu unangetastetem Wohlstand.

Nicht, dass sie sich wirklich darüber freuen konnten. Ihr Abscheu gegen das, was ihr eigenes Land seinem wehrlosen Volk angetan hatte, verschwand nicht, nahm aber spürbar ab.

Boris stand vor dem Abschluss der neunten Klasse, trug wegen Kurzsichtigkeit eine Brille, träumte vom Architekturstudium und brachte darum regelmäßig beste Noten nach Hause.

Mirski steckte bis über beide Ohren in Arbeit – in der Akademie und in seinem Atelier. Der Zeitpunkt rückte näher, da der Föderationspalast Wirklichkeit werden sollte – ungeachtet der in diesem Jahr begonnenen, für die sowjetische Regierung beunruhigenden Okkupation Europas durch Hitler.

Alewtina studierte erfolgreich ihr mithilfe der unteren Nachbarn ausgewähltes bequemes Fach. Dabei offenbarte die Erbin der Kämpfer gegen das Kapital ein überdurchschnittliches Gedächtnis und einen raschen Verstand. Mit dem Geschmack aber hatte sie nach wie vor Probleme – sowohl in Bezug auf den Gegenstand ihres Studiums als auch im Leben. Doch das war nicht hinderlich, wurde nicht weiter beachtet oder übermäßig sensibel analysiert. Die Fremdsprache fiel ihr ebenfalls überraschend leicht, obwohl sie bei null angefangen hatte. Bereits im vierten Studienjahr sprach sie recht flüssig Französisch, was ihren Mann insgeheim stolz machte auf Aljas harmonischen Wechsel in die Schicht der Intelligenz.

Auch Tschapaikin hatte alles richtig gemacht bei der Planung seines Privatlebens und seiner Karriere: Swanzew, der seine verheiratete Tochter endlich in Ruhe ließ, weil er sah, dass sie ihr Studium ernst nahm und sich in ihrer Ehe vernünftig verhielt, stellte seine Prinzipien hintan und förderte den weiteren Aufstieg seines Schwiegersohns in eine höhere und gewichtigere Position mittels einer – vorzeitigen – Beförderung zum Oberstleutnant. Von hier aus konnte Tschapaikin, wenn er die gebotene Umsicht wahrte und keine groben Fehler machte, seine Karriere kontinuierlich weitertreiben, indem er sich an entsprechender Stelle seine Sporen verdiente.

Sina, obwohl bereits achtundzwanzig, war als Frau zu keiner rechten Blüte gelangt und die unscheinbare, zuverlässige und verhuschte Dienstbotin geblieben. Nach wie vor diente sie treu jedem, der ein Recht auf sie hatte: den Mirskis, weil sie bei ihnen lebte und ihren Haushalt besorgte, dem Nachbarn Tschapaikin, weil er der Vorgesetzte des Informanten »Hausgeist« war. Drei, vier Mal traf er sich mit Sina in den Jahren ihrer »Agententätigkeit« unter vier Augen – eher aus Neugier denn aus geheimdienstlicher Pflichterfüllung. Er ließ sich von ihr kurz berichten, was in der Familie vorging, und versah sie mit den üblichen Instruktionen für die Zukunft. Er hörte nur mit halbem Ohr zu, nickte beifällig, schüttelte vielsagend den Kopf und entließ die Haushälterin in Frieden. So lief es, bis Mirski eine unschöne Anomalie an seiner Männlichkeit entdeckte.

Das angebrochene Jahr 1940 war für den Architekten ein Jubiläumsjahr: Mirski wurde sechzig. Am ersten Morgen nach den unzähligen Feiern, bei denen alle berücksichtigt werden mussten: die Akademie, das leitende Projektinstitut, sein eigenes Atelier, das Moskauer Architekturinstitut, das Stadtkomitee der Partei, die Familie, Anhänger und Freunde – als Mirski nach all diesen Feiern zu sich kam und früher als gewöhnlich in seinem Obergeschoss erwachte, verspürte er ein diffuses Unbehagen im Lendenbereich. Dort reifte schon seit einer Weile etwas heran, langsam, aber stetig. Es saß tief im Skrotum und sandte von dort zuweilen kaum wahrnehmbare Signale schwachen, periodischen Schmerzes. Früher hatte Mirski solche Bagatellen ignoriert und derartige Lendenzustände seinem wenig altersgerechten Übereifer in amourösen Dingen zugeschrieben. Das ist, dachte er, wie bei einem überlasteten Muskel, der sich vor der nächsten Anstrengung nicht genügend entspannt hat.

In Wahrheit aber sah die Sache anders aus. Der linke Hoden war von einem sonderbaren Geschwür überwuchert, das an eine geschälte Birne erinnerte. Er berührte die Birne ängstlich mit dem Finger und drückte leicht. Das verursachte keine weiteren Schmerzen, und Semjon beruhigte sich ein wenig. Als Rosa erwachte, bat er sie, obgleich er sich der Wucherung in seinem Unterleib etwas genierte, sich die nackte Birne anzusehen – nur zur Beruhigung. Rosa schaute hin, drückte ebenfalls vorsichtig, war ratlos und rief Samuil Klionski an, um mit dessen Hilfe unverzüglich einen geeigneten Spezialisten zu suchen.

Das Ende vom Lied war nicht eben heiter, aber auch nicht dramatisch. Der infolge einer chronischen Entzündung entstandene Wasserbruch wurde entfernt, zusammen mit dem linken Hoden selbst und einem Teil des Samenleiters. Professor Mirsojan, der den kranken Teil vom übrigen Organismus getrennt hatte, scherzte, als er Mirski aus der Klinik der Akademie entließ: »Alles bestens, Semjon Lwowitsch, keine Sorge. Eine kurze Rekonvaleszenz, und Sie können wieder zu Ihrer jungen Frau. Auf die Männlichkeit hat das keine Auswirkungen.« Lächelnd wies er mit dem Kopf auf die bewusste Stelle. »Und mehr brauchen Sie ja nicht, hoffe ich.« Er beugte sich zu Semjon hinunter und tätschelte seine Wade unter der Decke. »Ihr Sohn ist doch schon erwachsen, oder? Na bitte, für Erben ist also in jedem Fall gesorgt. Ruhen Sie sich aus, mein Lieber, und grüßen Sie Ihre liebe Gattin Rosa Markowna.«

Die von Mirsojan angeordnete Ruhepause währte nur kurz, wesentlich kürzer, als dieser bei der Entlassung angemahnt hatte. Mirski war nervös, weil Mirsojan ihm untersagt hatte, die operierte Männlichkeit sofort zu erproben. Rosa redete ihm sanft zu, noch zu warten, denn sie kannte die ungestüme Feurigkeit ihres Mannes. Nachdem sie mit Mirsojan gesprochen und in der medizinischen Enzyklopädie Symptome, Krankheitsverlauf, Behandlung und Folgen nachgeschlagen hatte und wusste, dass ein Rückfall vollkommen ausgeschlossen war, beruhigte sie sich. Für eine eheliche Regelmäßigkeit würde es noch eine gute Weile mehr als genügen – und was die Rosas Kontrolle entzogenen Funktionen anging, Mirskis weder seinem Alter noch seiner Position angemessene Hyperaktivität, so war hier nur Nützliches zu erwarten.

Drei Tage nach der Operation, am vierten, einem freien Tag, wartete Mirski ungeduldig ab, bis Rosa das Haus verlassen hatte, stürzte, getrieben von einem heftigen Drang in den Lenden und ein wenig aufgeregt vor der anstehenden Prüfung, wie ein junger Adler von der Höhe seines Schlafgemachs hinunter zum häuslichen

Übungsplatz neben der Küche, zu der gefügigen, willenlosen Sina, und ging unverzüglich in Kampfstellung, um noch vor Rosas Rückkehr sein Pulver zu verschießen. Dergleichen hatte er sich früher nicht erlaubt – so auf die Schnelle, am helllichten Tag, rasch in das Terrain der Haushälterin einzufallen, um von der seinem Willen vollkommen ergebenen Sina Besitz zu ergreifen und anschließend, die Schlafanzughose über die Unterhose ziehend, rasch zurückzueilen in die sicheren Gemächer des Obergeschosses.

Sina fügte sich wie immer schweigend, ohne für ihre Dienste Lob oder gute Worte zu erwarten. Diesmal, registrierte sie, war Mirski besonders ungeduldig, ja sogar nervös. Sie wusste, dass er gerade erst aus dem Krankenhaus zurück war, von irgendeiner Operation; von was für einer, hatte ihr niemand gesagt, und sie selbst hatte sich geniert, Rosa danach zu fragen.

Mirski warf Sina ohne Umschweife aufs Bett und wühlte fieberhaft unter ihrem Rock herum, um ihr den Schlüpfer herunterzuziehen. Sie half ihm, erstaunt, weil er am ganzen Körper zitterte, und rückte ein Stück höher, damit sie beide bequemer lagen. Inzwischen hatte er sich beinahe beruhigt, da er feststellte, dass sein leidenschaftliches Verlangen nach einer Frau sich nicht schlechter stillen ließ als zuvor, ja, vielleicht mit noch mehr Feuer. Erfreut, dass er als Mann nicht verloren war, drehte er sich auf den Rücken, umfasste Sinas Hüften und zog sie mit seiner ganzen Greisenkraft auf sich, bis zum Anschlag, sodass sie vor Überraschung aufschrie.

Dann schloss Mirski, der ungeahnten Genuss empfand, die Augen und bewegte rhythmisch das Becken, wobei er hastig und heftig atmete und schnaufte wie ein überladener Lastgaul an einem frostigen Tag. Sein Atem traf Sinas Gesicht, und sie drehte den Kopf weg, um nicht den üblen Altmännerhauch einzusaugen, der sie daran hinderte, sich an Mirskis Stelle einen anderen vorzustellen – einen Mann in mittleren Jahren, treu und fürsorglich, höflich, vielleicht nicht gebildet, aber kultiviert, wie alle Gäste der Mirskis, mit eigener Wohnung in der Hauptstadt –, den Mann ihrer Fantasie, von dem sie zwischen den Überfällen des Hausherrn träumte und dem zu begegnen sie schon nicht mehr hoffte.

Plötzlich stöhnte Mirski, bewegte sich heftiger, riss die Lider weit auf, und Sina sah, dass seine Augen vollkommen dunkel waren, ohne jedes Weiß. Die Pupillen hatten die Augäpfel vollständig vereinnahmt. Mirski stöhnte noch immer, verströmte seinen Greisensamen in Sina und empfand unbändige Freude, weil er begriff, dass alles war wie früher, wie vor der Krankheit, die ihm nicht zum Verhängnis geworden war. Und angesichts dieser Tatsachen war es so, wie es jetzt war, in diesem Moment der Prüfung, womöglich noch besser als früher. Er vibrierte noch einige Sekunden und erstarrte, die Augen wieder geschlossen.

Sina kroch verwirrt von Mirskis Bauch und versuchte zu begreifen, was der Alte da angerichtet, warum er nicht wie sonst in den elf Jahren ihrer Fügsamkeit im entscheidenden Moment aufgehört und das Laken besudelt hatte. Schließlich öffnete Mirski die Augen, zog die bis zu den Knien heruntergelassene Unterhose wieder hoch und beruhigte die Haushälterin: »Keine Bange, meine Liebe, es ist alles in Ordnung.« Er erhob seinen kleinen Körper vom Bett, glitt aufs Parkett und setzte beinahe fröhlich hinzu: »Ich muss jetzt keine Umstände mehr machen, der Doktor hat's erlaubt.« Mit einer Zärtlichkeit, die Sina von ihm nicht gewohnt war, küsste er sie schmatzend auf die Wange, sagte vollkommen aufrichtig: »Danke, mein Sonnenschein, du bist doch immer meine Rettung«, und ging gemächlich zur Treppe. Bevor er seinen Fuß auf die erste Stufe setzte, wies er sie, ohne sich umzudrehen, an: »Wenn Rosa kommt, mach Kakao, mit Matze, und denk an die warme Milch. Hast du welche in den Ofen gestellt?« Dann schlurfte er die Treppe hinauf.

Wie sie »keine Bange« zu verstehen hatte, darüber sann Sina nicht weiter nach. Sie ging schnurstracks in Richtung Bad, um die Spuren von Mirskis Bocksprung auszuwaschen. Doch dazu kam sie nicht mehr, denn Rosa Markowna erschien und bat sie, Teewasser aufzusetzen.

»Semjon Lwowitsch möchte Kakao mit Matze und Milch«, erwiderte Sina.

»Na wunderbar, meine Liebe«, stimmte Rosa Markowna zu, »dann mach Kakao, das ist noch besser als Tee.«

Folgerichtig blieb Sinas Regel zu gegebener Zeit aus. Ganz folgerichtig, weil der Grund nicht etwa eine Erkältung war oder weibliche Unpässlichkeit, sondern eben jener morgendliche Vorfall mit Mirski. Allerdings begriff Sina dies erst später, als es nötig gewesen wäre, die rettende Frist verging mit Grübeleien über mögliche andere Ursachen und dem Kampf gegen unsinnige Zweifel hinsichtlich der Zweckmäßigkeit eines Besuchs beim Frauenarzt. Klarheit brachten Übelkeit und übermäßiger Appetit. Sina sparte sich den Gang zum Frauenarzt, sie wusste auch so Bescheid, wie dieses Unheil über sie gekommen war oder besser, durch wen. Und da entschloss sie sich …

Mirski war sehr verärgert, außerordentlich verärgert. Nicht, weil Sina Mutter wurde, wie es sich für eine anständige Frau gehörte, sondern weil er in seinem Haus eine Schlange genährt hatte, eine gemeine, niederträchtige Viper, die es wagte, mit einem berechnenden Schlag alles für nichtig zu erklären, was die Mirskis für sie getan hatten – sie von der Straße aufgelesen, gewärmt, ihr Arbeit und ein Dach über dem Kopf gegeben zu haben, für sie zu sorgen und sich stets um sie zu kümmern.

»Wie kannst du es wagen, Sina?«, schrie Mirski sie an, nachdem er sich überzeugt hatte, dass sie allein im Haus waren. »Wie kannst du mir so etwas sagen? Mir so dreist ins Gesicht lügen? Du warst für mich doch wie eine Tochter, wie …« Er suchte ein passendes Wort, fand es nicht und rief: »Wie das liebste Wesen!«

Sina hörte ihn an, ließ sich aber nicht einschüchtern, denn sie begriff, dass Mirski, obwohl er die Wahrheit genau kannte, seine eigene Schuld verdrängte, denn selbst wenn das Ganze eine Unachtsamkeit gewesen war, dann doch vor allem seine und nicht ihre. Deshalb war ihre Angst nicht so groß, wie sie befürchtet hatte. Und sie beschloss, Mirski die Wahrheit ins Gesicht zu sagen, und zwar ihre Wahrheit, klipp und klar.

»Ich war für Sie kein liebes Wesen, Semjon Lwowitsch, sondern eine Prostituierte nach Ihren Wünschen und ohne Geld – das war ich für Sie, und kein liebes Wesen.«

Der Alte setzte sich und verstummte. Er war erschüttert. Derartiges hatte er nicht erwartet. Nicht erwarten können von dem unbedarften Mädchen, das unter seiner fürsorglichen Obhut, vor seinen Augen herangereift war zu einer hässlichen, stillen Frau, die ihre eigene Stimme nur erhob, wenn eine andere sie dazu aufforderte – die ihres Arbeitgebers.

»Schlange …«, sagte er, diesmal ganz leise. »Eine Schlange und Schlampe bist du, sonst nichts.« Er starrte sie an, blickte jedoch durch sie hindurch. Es tat ihm aufrichtig leid, dass die ihnen allen vertraute Ordnung vor seinen Augen zusammenbrach, das bequeme, wohlanständige und fein säuberlich geordnete häusliche Leben, bewährt in vierzehn Jahren Eintracht und schüchterner Fügsamkeit. Er seufzte, schüttelte missbilligend den Kopf und zog sein As aus dem Ärmel: »Dein Kind ist nicht von mir, Sina«, sagte er klar und deutlich. »Es ist nicht von mir. Und das weißt du selbst sehr gut.«

Das sagte er in einem Ton, dass Sina, wäre tatsächlich eine andere Variante in Betracht gekommen, ihm sofort geglaubt hätte. Doch außer der häuslichen Beständigkeit hatte es keinerlei Begegnungen gegeben, nicht geben können. Das ließ sie noch heftiger zittern, diese doppelte Unwahrheit. Doch der zwiegesichtige Mirski schlug weiter auf sie ein.

»Das Kind kann nicht von mir sein, das habe ich doch gesagt, aber du hast nicht hingehört. Ich bin operiert worden, Mädchen, mir wurde ein Hoden entfernt und der Samenleiter, wo die Kinder herkommen. Kapierst du das?«

Sina verstand gar nichts, nur eines: Mirski hatte sie nach so vielen Jahren der Zurückhaltung geschwängert, mit voller Absicht, und nun redete er sich heraus, und das war nicht zu begreifen. Sie dachte an Rosa Markowna, und wieder passte nichts zusammen. Es ergab keinen Sinn, diese mutwillige Tat gegen sie und, wenn man es anders betrachtete, gegen seine legitime Gattin Rosa, die er, das wusste Sina ebenfalls genau, innig liebte und verehrte.

»Ich bin keine Schlampe«, sagte sie und kniff mit aller Kraft die Augen zusammen. Unter ihren Lidern rann schon seit einer Weile Nasses heraus, tropfte auf den Boden, sammelte sich zu einer kleinen Pfütze und zerfloss, als wären es nicht Tränen, sondern verschütteter Tee. Sina, die nicht gegen ihre Gewohnheit ankam, bückte sich und entfernte mit ihrem Taschentuch die letzten Spuren ihres Aufenthalts im hochkultivierten Haus in der Trjochprudny-Gasse, wo so außergewöhnliche Menschen wohnten. Und die Außergewöhnlichsten und Gütigsten von allen waren ihre Arbeitgeber, die Mirskis: Er, sie und ihr Sohn Borja.

Dass sie zum letzten Mal hier aufwischte, daran zweifelte sie nicht. Unklar war etwas anderes. Wofür hatte man ihr das angetan und warum? Sie sagte kein Wort mehr, drehte sich um und verließ Mirskis Arbeitszimmer. Bis zum nächsten Tag wollte sie noch warten, um in der Nacht ein letztes Mal darüber nachzudenken, warum sie eine Schlampe war und ihr Arbeitgeber ein niederträchtiger Mensch und wohin sie nun gehen sollte.

Den ganzen restlichen Tag verbrachte Sina in ihrem Kämmerchen neben der Küche und erklärte, sie habe Kopfschmerzen. In der Nacht schlief sie nicht. Am nächsten Morgen wartete sie, bis sie allein zu Hause war, und wählte eine vertraute Telefonnummer. Ihr Anruf wurde sofort angenommen und durchgestellt. Tschapaikin, den sie um ein Treffen bat, war äußerst erstaunt, willigte jedoch ein, obwohl er diese seine Quelle, vor langer Zeit für alle Fälle angeworben, kaum als ernsthaften Informanten betrachtete. Ihre kurzen Treffen, zuweilen aufgrund formaler Anlässe, hatten für Tschapaikin an Aussagekraft verloren, seit aus der Nachbarschaft eine informelle, familiäre Beziehung, ja, beinahe Freundschaft geworden war, und ihre Notwendigkeit hatte sich so gut wie erledigt. So sah es der Oberstleutnant jedenfalls gern.

Er hielt an der Hundewiese, wo Sina ihn bereits erwartete. Dort stieg sie wie gewohnt in die schwarze Limousine und begann sofort, ohne Einleitung, mit ihrer Meldung.

»Gleb Iwanowitsch, ich habe gehört, wie Semjon Lwowitsch gesagt hat, dass das Haus auf dem Lubjanka-Platz aussieht wie bei den Faschisten.«

Hätte Tschapaikin nicht bereits gesessen, hätte er sich nun setzen müssen. Sein Erstaunen war aufrichtig, ganz und gar nicht tschekistisch, eher nachbarschaftlich.

»Ist das dein Ernst, Sina?«, fragte er in der Hoffnung, dem außerplanmäßigen Treffen einen scherzhaften Ton zu verleihen. »Hast du da nichts durcheinandergebracht?« Er schaute auf die Uhr.

Sina ging nicht auf Tschapaikins scherzhaften Ton ein, sondern wiederholte vollkommen ernst: »Hören Sie, Gleb Iwanowitsch, Sie selbst haben mich damals aufgefordert, Ihre Augen und Ohren zu sein. Erinnern Sie sich?«

»Ja, schon«, erwiderte der Geheimdienstler und löschte das Lächeln aus seinem Gesicht. »Und?«

»Eben das!« Sina blieb stur. »Letzte Woche war Saakjanz bei ihm, oben im Arbeitszimmer. Er arbeitet mit am Projekt für den neuen Palast, davon haben Sie doch gehört?«

Tschapaikin nickte. »Red weiter.«

»Ich hab sauber gemacht, und er hat ihn angebrüllt.«

»Wer wen?«, fragte Tschapaikin.

»Semjon Lwowitsch hat Saakjanz angebrüllt, dass der Palast keine Gesimse kriegen soll wie das Lubjanka-Haus, die würden nämlich aussehen wie bei den Faschisten, wie bei Hitler, eine scheußliche Farbe und überhaupt hässlich. Und dann war noch von irgendwelchen Paneelen die Rede, dass die auch Scheiße sind, die sollten sie weglassen, solche hätten die dort auch.«

»Das hat er so gesagt?« Tschapaikin hob den Kopf und sah die Haushälterin durchdringend an. »Dieses Wort hat er benutzt?«

»Genau.« Sina ließ sich nicht einschüchtern. »Ich sage die Wahrheit, genau das hat er gesagt, die sind Scheiße, die Paneele, wie bei den Deutschen, viel zu pompös.«

Tschapaikin überlegte. Nach kurzem Schweigen legte er seine Rechte auf Sinas Hand, drückte sie und sagte nachdenklich: »Pass auf, Sina. Ich weiß nicht, was da ist zwischen dir und Semjon Lwowitsch und warum du ihn plötzlich ins Verderben stürzen willst, aber eins muss ich dir sagen: Halt dich zurück, leg dich nicht ins Zeug bei Dingen, von denen du nichts verstehst. Eine Dummheit machen ist einfach, glaub mir, aber die Sache auslöffeln – dafür geht das ganze Leben drauf.« Er schaute ihr erneut forschend in die Augen und setzte streng hinzu: »Also, Sinaïda, dieses Gespräch hat nie stattgefunden, denn es nützt niemandem, dir selber nicht und Semjon Lwowitsch schon gar nicht. Ganz zu schweigen von den anderen, das weißt du selber, du bist kein kleines Kind mehr.« Er schlug die Beine übereinander und rieb sich den Nacken. »Vergiss deinen Ärger, streich ihn aus deinem Kopf, der verflüchtigt sich ganz von selbst, und was du mir da erzählt hast – das ist nichts, unwichtig, kein Anlass, Mirski etwas vorzuwerfen. Das gehört zu seiner Arbeit, klar?«

»Klar«, bestätigte Sina, der nichts klar war und die nicht begriff, warum niemand auf der Welt ihr helfen wollte in ihrer Not und sie gegen die Ungerechtigkeit verteidigte, in die sie ohne Schuld geraten war. »Ich dachte, Sie erwarten das von mir, aber Sie wollen das gar nicht.« Sie langte nach dem Türgriff. »Ich gehe dann, Gleb Iwanowitsch, entschuldigen Sie, wenn ich was falsch gemacht hab.«

»Auf Wiedersehen, Nachbarin«, verabschiedete er sich und ließ den Motor an. »Und mach dir nicht zu viele Gedanken, sonst kriegst du bloß Falten und verlierst den Appetit.«

Fauchend und stinkend verschwand Tschapaikins Wagen um die Ecke. Sina setzte sich auf eine Bank, weinte zehn Minuten, nicht länger, denn ihr Entschluss reifte schneller, als die Tränen flossen, stand auf, wischte sich die Augen und ging zurück in die Trjochprudny-Gasse, nach Hause.

Sie beschloss, ihr Vorhaben sofort in die Tat umzusetzen, gleich jetzt, sonst verflüchtigte sich der Ärger womöglich, wie Tschapaikin gesagt hatte, und sie würde nicht mehr die Entschiedenheit aufbringen, sich an Mirski zu rächen für alles, was er ihr angetan hatte. Sie nahm eine karierte Heftseite, spitzte einen Bleistift an und schrieb in krakeligen Druckbuchstaben, die ihr Rosa Markowna beigebracht hatte: »BERISCHT VON HAUSGEIST ...«

Sie wollte strikt bei der Wahrheit bleiben und nur aufschreiben, was sie mit eigenen Ohren gehört hatte. Sollten sie selbst entscheiden, was recht war und was nicht. Dafür waren sie doch die Obrigkeit überm Volk, dass sie wussten, wer was verdiente. Und Tschapaikin – der sollte nicht beleidigt sein, er hatte das ja nicht hören wollen. Der meinte wohl, er hätte Gott selbst bei den Eiern gepackt, wo er nun ein hoher Natschalnik war, aber trotzdem hatte er nicht alleine zu entscheiden, wer was verdiente. Mochten sie sich direkt im Lubjanka-Haus darum kümmern, wie die Intelligenzler so redeten, über ihr Haus und über die Faschisten.

Auch den Witz erwähnte sie, schrieb ungelenk, aber fast wortwörtlich nieder, was Mirski Saakjanz erzählt hatte, bevor er ihn anbrüllte. Das hatte sie Tschapaikin gar nicht mehr berichten können, aber das war nun auch nicht mehr nötig, er hatte ja nicht gewollt.

Den Umschlag adressierte sie schlicht: Moskau, Lubjanka-Platz, NKWD, an den obersten Chef. Den Absender ließ sie weg, den Brief selbst unterschrieb sie, ebenfalls in Druckbuchstaben, mit »HAUSGEIST«, daneben in Klammern »SINA TSCHEPIK«.

Danach fühlte sie sich etwas besser und beschloss, das Haus nicht zu verlassen, es sei denn, sie jagten sie davon. Aber niemand dachte daran, Sina aus dem Haus zu jagen. Rosa Markowna wusste nichts von dem traurigen Ereignis, und Mirski behielt den Skandal für sich und tat, als sei nichts geschehen.

Was nicht hieß, dass er nicht ständig über den Vorfall nachdachte. Im Gegenteil, er durchforschte sein Gedächtnis nach Kleinigkeiten, die sich im Laufe des Zusammenlebens mit Sina angesammelt haben mochten und schließlich zu ihrem derart gemeinen, unredlichen und unerklärlichen Verhalten geführt haben könnten.

Die Lösung drängte sich auf: Das rotznasige Provinzmädchen war eine sitzen gebliebene Stadtjungfer geworden, aus naiver Dummheit oder aber aus Berechnung hatte sie sich von irgendwem schwängern lassen und wollte nun ihn, Mirski, benutzen, um ihr künftiges Leben als alleinstehende Mutter in der Hauptstadt zuverlässig und nicht zu bescheiden abzusichern.

Er verbrachte nun so wenig Zeit wie möglich zu Hause. Erstens, weil es mit dem Palast viel zu tun gab und seine persönliche Anwesenheit erforderlich war. Und zweitens, um den Kontakt mit seiner klugen, feinfühligen Frau auf ein Minimum zu beschränken und eventuelle Begegnungen mit der Haushälterin zu vermeiden. Irgendwann, so dachte er, würde sich von allein eine passende Erklärung finden oder Sina selbst zur Vernunft kommen und sich entschuldigen.

Welches Gefühl überwog – die Furcht vor der Entlarvung durch Rosa oder Mitleid und Ärger gegenüber der undankbaren Sina –, mochte er nicht abwägen. Er besaß keine solche Waage und keine solchen Gewichte, aber so oder so war das Ganze scheußlich. Scheußlich und widerwärtig.

Es geschah kein Wunder, und genau zwei Tage nachdem Sinas Brief in der Poststelle des Lubjanka-Hauses mit einem Eingangsstempel versehen worden war, kamen sie zu den Mirskis. Die Haussuchung ergab nichts, aber das hatte auch niemand erwartet – sie war einfach Vorschrift.

Das Wetter war schön, und Rosa war mit Boris bereits in Firsanowka. Sina pendelte wie gewöhnlich zwischen Datscha und Stadtwohnung, je nach den Bedürfnissen der Familie. An diesem Tag übernachtete sie in Moskau, hatte aber Mirski, der sich ebenfalls in der Wohnung befand, kaum gesehen.

Zeugen waren Sascha Kerenski und ein bei ihm übernachtendes ungepflegtes Mädchen, das deutlich nach Bahnhofstoilette roch und sich Ljussja nannte. Die beiden waren verschlafen und noch nicht ganz nüchtern. Sie rissen die Augen auf und konnten nicht glauben, was sie sahen. Sascha zupfte Sina am Ärmel ihres Nachthemds und fragte flüsternd: »Was wollen die hier?«

»Weiß ich auch nicht«, stammelte Sina verzweifelt. »Sie haben geklingelt und mir ein Papier unter die Nase gehalten, dass sie alles durchsuchen und ihn verhaften wollen.«

In einem Winkel ihres konfusen Gehirns hatte sie, kurz bevor sie den Brief einwarf, trotz allem geglaubt, was sie da angezettelt hatte, würde im Sande verlaufen – ohne schlimme Folgen wie Verhaftung, Verhör oder andere Unannehmlichkeiten. All die nächtlichen Schrecken, die ihr Haus erlebt hatte – die Selenskis, Armeegeneral Satewachin aus dem Nachbaraufgang und all die anderen, betrafen doch nicht sie, nicht die Familie Mirski. Zu uns kann man nicht einfach mitten in der Nacht kommen, das würde Rosa Markowna nicht zulassen … Und Semjon Lwowitsch hat einen so leichten Schlaf, er ist oft ganz unausgeschlafen … Überhaupt gibt es keinen Grund, einfach bei uns aufzutauchen. Wenn bei uns irgendwas nicht stimmt, dann klären wir das allein, ohne fremde Eindringlinge in Ledermänteln.

Sinas Hand mit dem Brief hatte kurz innegehalten, war quasi in der Luft erstarrt, das verhängnisvolle Schreiben umklammernd. Doch dann gerieten ihre verworrenen Gedanken erneut auf Abwege und drehten sich nicht mehr nur um Rache und Wut, sondern um sie selbst. Es verblüffte Sina, dass sie sich, wenn sie an die Mirskis dachte, zur Familie zählte, sich ganz selbstverständlich als dazugehörig betrachtete, als Mitglied der einträchtigen Familie, ihrer Familie, gegen die sie soeben aufbegehrte, durch üble Nachrede gegen den Architekten, den wichtigsten ihr nahestehenden Menschen.

Ihre Hand zuckte, und der Brief riss sich los, fiel in das stumme Dunkel und schlug dumpf auf dem leeren Boden des Blechkastens auf. Dieser dumpfe Laut holte sie in die Wirklichkeit zurück; sie schreckte auf, machte eine unwillkürliche Bewegung auf den Kasten zu, blieb noch eine Weile stehen, den Blick auf den Boden und ihre Füße gerichtet, und ließ den Briefkasten schließlich Briefkasten sein. Ach, schlimmstenfalls würde man Mirski einen Rüffel erteilen, er solle besser auf seine Mitarbeiter aufpassen, damit die nicht bauten wie die Faschisten und nicht solche Paneele machten, die sich nicht gehörten. Und dass er selber in Zukunft besser überlegen sollte, welche Witze er erzählte, damit keiner auf irgendwelche Hintergedanken kam.

Dies alles dachte sie noch einmal – nun allerdings von echter, nicht ausgedachter Angst gelähmt –, als man sie in die Küche führte und sie höflich bat, sich auf den Hocker zu setzen und nicht aufzustehen, ehe man sie dazu aufforderte. Sie stand erst auf, als in der Diele die Tür zuklappte und sie endgültig allein war.

Der auf ihre Nachricht hin von der Datscha herbeigeeilten blassen, vor Angst ganz aufgelösten Rosa Markowna konnte sie nichts Rechtes erklären, denn über die Einzelheiten der Verhaftung wusste sie tatsächlich nichts, man hatte ihr nichts weiter gesagt, sie war schließlich nur die Hausangestellte.

Was sie wusste, besser gesagt, ahnte, war nichts für Rosa Markowna und ihr sensibles Gemüt. Es war ein gewaltiges Unglück, dessen Ausmaß Sina sich im Augenblick ihrer verhängnisvollen Tat nicht hatte vorstellen, dessen Folgen für sich und für ihre – wenngleich schuldigen – Beschützer sie nicht in ihrer ganzen Unwiderruflichkeit hatte absehen können.

Der Traum, den sie in dieser Nacht träumte, war wirr und unangenehm. Sie schlief und schlief, als sie im Schlaf plötzlich Motorengeräusche vernahm. Aber sie waren nicht leise und heimlich wie die, nach denen der eine oder andere Mieter aus dem Haus verschwunden war. Im Gegenteil, es hörte sich an, als sei eine ganze Kolonne schwarzer Limousinen vorgefahren und tue ihre Ankunft in der Trjochprudny-Gasse absichtlich laut kund. Dann vernahm sie Stimmen, Türenklappen, kurze, unverständliche Kommandos, und bald klingelte es an der Tür. Sina wollte öffnen gehen, aber die Beine gehorchten ihr nicht, sie waren wie ans Bett gefesselt. Sie richtete sich auf, warf die Decke ab und kniff sich ins rechte Bein. Das Bein reagierte auf den Schmerz und zuckte. Ebenso das andere Bein. Sie konnte die Beine fühlen, aber nicht bewegen. Wer geht nun öffnen, dachte sie besorgt. Semjon Lwowitsch schläft bestimmt, wenn er jetzt wach wird, schimpft er mit mir.

»Das wird er nicht, Sina, mach dir keine Sorgen«, ertönte eine vertraute Stimme hinter der Kammertür. Dann wurde die Tür aufgerissen, in der Küche flammte grelles Licht auf, und auf der Schwelle stand Gleb Tschapaikin höchstpersönlich.

»Sie, Gleb Iwanowitsch?«, fragte Sina erstaunt. »Ich kann einfach nicht aufstehen, meine Beine wollen nicht. Was ist denn passiert?«

»Halt den Mund, Schlampe! Bleib liegen und sei still. Und wenn sie jetzt kommen, begrüßt du sie, wie es sich gehört, und zier dich nicht. Kapiert?«

»Ich soll mich nicht zieren?«, fragte Sina erstaunt. »Aber wer kommt denn, Gleb Iwanowitsch? Haben die Mirskis das erlaubt? Wissen sie Bescheid?«

Tschapaikin konnte nicht mehr antworten, er stand plötzlich stramm. Dann ertönten leise, schlurfende Schritte, und eine Stimme – ruhig, schon älter, mit einem Akzent, der ein wenig an den von Selenskis Frau Kora erinnerte – sagte, offenbar zu Tschapaikin: »Zeig mir den Weg, Oberstleutnant.«

Der vollführte eine Drehung um exakt neunzig Grad, schlug die Hacken zusammen und meldete: »Hierher, Genosse Oberster. Sie werden erwartet.«

Sina schaute durch den Türspalt und erstarrte. Der Oberste war kein anderer als der beste Freund aller Informanten, Tschekisten und Architekten. Es war **Er**.

»Nun, wie steht's, meine Liebe?« Stalin lächelte. »Hast du mich erwartet?« Er drohte ihr mit gekrümmtem Zeigefinger.

Sie war verwirrt und wusste nicht, was sie tun, wie sie sich in dieser schaurigen Situation verhalten sollte. Und außerdem – was würde Semjon Lwowitsch dazu sagen? Bestimmt wäre er wütend, auch wenn es nicht um irgendwen ging, sondern um den Obersten.

»Jawohl, Genosse Oberster«, stammelte Sina, außerstande, sich von der Stelle zu rühren. »Ich habe gewartet. Haben Sie denn meinen Brief bekommen?«

»Bekommen haben wir ihn«, Stalin winkte ab, »aber es sind so viele Fehler drin, dass wir kein Wort verstanden haben – wer hier welche Übeltat begangen hat. Tschapaikin!«, wandte er sich an den Oberstleutnant, der in stummer Habachtstellung dastand. »Hast du irgendwas verstanden?«

»Nein, Genosse Stalin!«, entgegnete Tschapaikin militärisch knapp. »Kein Wort hab ich verstanden, kein Wort!«

»Siehst du?«, sagte der Oberste mit sanftem Tadel. »Er hat auch nichts verstanden. Du redest da von Pane-e-elen, Pane-e-elen …«

»Das war nicht ich, Iossif Wissarionowitsch.« Sinas Gesicht wurde vor Aufregung immer länger. »Das waren die, dieser Saakjanz.«

»Und sonst keiner?«, fragte der Oberste. »Er und sonst keiner? Niemand weiter?«

»Er, er, er ist der Verräter, andere waren gar nicht dabei«, erklärte Sina eifrig und versuchte fieberhaft, sich zu erinnern, welches Verbrechen sie zuletzt aufgeschrieben und wem sie es angelastet hatte.

»Na schön, wenn es so ist«, sagte der Oberste friedfertig und schubberte sich mit dem Schnurrbart die Nase. »Dann wollen wir der Sache mal richtig auf den Grund gehen.« Er wies mit dem Kopf aufs Bett, dann auf Sina. »Bist du bereit, deine Aussagen zu bestätigen?«

»Jawoll, Iossif Wissarionowitsch!«, meldete Sina und erwog verschiedene Varianten zu Mirskis Rettung. »Immer bereit!« Sie führte die Hand zum Pioniergruß an die Schläfe.

»Hast du deinem Hausherrn auch die Ehre erwiesen?« Der Oberste lächelte. »Oder war deine Ehre schon besudelt?«

Da fing sie an zu weinen, teils aufrichtig, teils gespielt, in der

Hoffnung, den Obersten zu erweichen und seine Absichten in Bezug auf den Architekten in Erfahrung zu bringen.

»Nicht weinen, meine Liebe«, sagte Stalin tröstend und öffnete den Gürtel seiner Reithose. »Niemand will dich schwängern. Obwohl bei mir, im Gegensatz zu eurem Architekten, der Samenleiter noch an Ort und Stelle ist. Und die Hoden auch.« Mit diesen Worten ließ er die Hose und die Soldatenunterhose runter und entblößte den besten Freund aller Frauen. Der Freund war ein wenig gesprenkelt, genau wie sein Träger, und voller kleiner Narben, als habe auch er einst die Pocken gehabt.

»Aber meine Beine«, sagte die Haushälterin verzagt, »meine Beine wollen nicht ...«

Stalin schien das zu überhören.

»Tschapaikin!«, befahl der Oberste, ohne die Stimme sonderlich zu heben, denn er war sicher, dass dem Geheimdienstler ohnehin keine Bewegung und kein Laut entgingen. »Alle reinlassen, keinen rauslassen!«

»Jawohl!«, kam es hinter der Tür hervor. »Wird gemacht, Genosse Oberster!«

»Also«, Stalin setzte sich aufs Bett und schob Sina zur Wand, »ich leg mich einfach hin, und dann kommst du. Klar?« Sie nickte verwirrt. »Deine Beine brauch ich nicht, die können bleiben, wie sie sind, um die geht es nicht, es geht um dich, um deine Beschaffenheit innen drin, deine Natur.«

Sina nickte erneut, zu allem bereit, das Semjon Lwowitsch vor den Pocken bewahrte. Das war jetzt ihre wichtigste Aufgabe: ihren Hausherrn und seine Familie vor den Pocken zu schützen. Der Oberste legte sich auf den Rücken, wies mit den Augen auf den Freund der Frauen, der bereit war zu seiner Mission, und befahl: »Los, wir können anfangen. Genau wie beim letzten Mal, genauso, du oben, Frau.«

Sina legte sich vorsichtig auf den Obersten, ängstlich, sie könne ihm in ihrer Unbeholfenheit Misslichkeiten bescheren, und half dem pockennarbigen Instrument, so gut sie konnte, in ihr Innerstes einzudringen. Nun ist es aus, dachte sie, nun gibt es kein Zurück mehr. Und selbst wenn, die tödliche Ansteckung ist mir sicher.

Bei diesem Gedanken wurde ihr plötzlich leicht ums Herz, ihr war gleichgültig, was nun aus ihrem eigenen Leben und ihrer eigenen Gesundheit würde, denn eines wusste sie genau, ihr Hausherr war gerettet, und gerettet hatte ihn niemand anderer als sie, Sina Tschepik, Verfasserin und Absenderin des Briefes aus dem Haus in der Trjochprudny-Gasse an das Haus auf dem Lubjanka-Platz. Sie hatte den Brief abgeschickt, und sie hatte den Hausherrn gerettet.

Indessen stöhnte Stalin auf. Doch vor dem Aufstöhnen hatte er seinen kostbaren Speer aus Sinas Schoß befreit und den Kremlsamen auf ihren Bauch ergossen.

»Siehst du?« Er lächelte zufrieden. »Ich habe dich nicht geschwängert, wie versprochen. Ich bin ein ehrlicher Oberster. Darum liebt und achtet mich das Volk auch. Ich habe noch nie jemanden betrogen, aber ich kann Betrug auch nicht verzeihen.« Er schwang die Beine aus dem Bett, stand auf, verbarg sein Soldatenunterzeug wieder in der Reithose und verließ die Kammer, ohne sich zu verabschieden. Das Letzte, was Sina hörte, waren seine Worte zu Tschapaikin: »Mach da drin Ordnung, Oberstleutnant.«

»Jawohl, Genosse Stalin!«, bellte Tschapaikin. »Und koste es mein Leben, Genosse Oberster, ich werde Ihren Auftrag ausführen!«

Die Antwort gefiel dem Obersten offensichtlich, denn er reagierte zufrieden. »Na dann ... Mach nur, mach ...«

Anschließend wiederholte sich alles in umgekehrter Reihenfolge: Türenschlagen, knappe Kommandos, Motorengeräusche, bis allmählich wieder nächtliche Stille eintrat. Tschapaikin wartete, bis das letzte Geräusch verklungen war, kam zu Sina herein und befahl knapp: »Ich soll Ordnung machen, komm.«

Er packte das Laken und rieb damit Sinas Bauch ab. Dann verzog er angeekelt das Gesicht und sagte vorwurfsvoll, beinahe anklagend: »Na, hast du erreicht, was du wolltest, du Aas? Du glaubst, du hast deinen Herrn vor dem Volkszorn gerettet?« Er grinste verächtlich. »Von wegen! Er ist und bleibt verhaftet. Und bald ist er tot. Und du bist schuld! Ich hab's dir gesagt, du verdammte Idiotin, aber du hast nicht auf mich gehört, du Mörderin. Nun krepier an den Pocken! Genosse Stalin wird keinen einzigen Gedanken mehr an dich verschwenden, garantiert nicht! Und seine Pocken, die sind echt, die haben ihn noch nie im Stich gelassen, das kann ich dir auch garantieren.«

Er drehte sich abrupt um, schlug die Hacken zusammen und ging hinaus.

»Nein!«, rief Sina ihm nach. »Bleiben Sie stehen, Gleb Iwanowitsch! Warten Sie! Was soll das heißen? Sie haben es mir doch versprochen. Sie alle! Alle! Alle!« Sie wollte dem Geheimdienstler nachrennen. Aber wieder waren ihre Beine wie ans Bett gefesselt. Da begann sie leise zu weinen, und sie spürte, wie die Kräfte sie verließen und die Pocken sich im ganzen Körper ausbreiteten, jede Zelle und jeden Winkel erfassten, nicht nur den Hohlraum, in dem der große Führer aller Völker geweilt hatte.

Als Boris Mirski erfuhr, was mit seinem Vater geschehen war, glaubte er es zunächst nicht: Ein Irrtum, dachte er, absoluter Unsinn, von der verschreckten Sina völlig verdreht. Auch als seine Mutter ihn allein in Firsanowka zurückließ und Hals über Kopf in die Stadt eilte, blieb er bei seiner Meinung. Doch als seine Mutter am Abend noch nicht zurückgekehrt war und auch am nächsten Tag nicht von sich hören ließ, da stieg Boris gegen Mittag in den Zug und fuhr nach Hause, entschlossen, die Ungewissheit zu beenden.

Er traf nur Sina an. Als er sie gerade fragen wollte, wo seine Mutter sei, begriff er urplötzlich, dass das, was ihnen, ihrer Familie nie hätte passieren dürfen, nun doch Wirklichkeit geworden war, unumstößlich und ohne jeden Zweifel. Boris bemerkte, dass Sina sich nur mit Mühe auf den Beinen hielt, dass ihre Augen vom Unglück gerötet und voller Tränen waren. Darunter hatten sich dunkle Ringe tief ins Gesicht eingegraben. Außerdem nahm er im Blick der Haushälterin ungeheures Mitleid wahr und eine Trauer, die er von ihr nie erwartet hätte, obwohl er in ihrer Obhut aufgewachsen war.

»Was ist?«, fragte er. »Red schon, Sina, was ist los?«

»Sie haben Papa abgeholt«, heulte Sina, die sich nun nicht mehr zusammennahm, »mitten in der Nacht sind sie gekommen und haben ihn abgeholt – für im-mer.« Warum sie »für immer« jaulte, wusste sie in diesem Augenblick nicht genau, das verstand sie erst fast zwanzig Jahre später, Ende der Fünfziger, als sich alles gelegt hatte, als alles über die Vergangenheit herausgekommen und bereinigt worden war. In diesem Moment aber fühlte sie es nur tief in ihrem Inneren. Und sie täuschte sich nicht.

Boris setzte sich auf den Fußboden. Dort blieb er genau eine Minute sitzen, dann stand er auf und ging zum Telefon. Er nahm das Telefonbuch, fand die gesuchte Nummer und wählte sechs Ziffern. Tschapaikin ließ Boris nicht ausreden, unterbrach das Gespräch abrupt mit den Worten: »Ich komme sofort«, und legte auf.

Als der Geheimdienstler die Wohnung betrat, schaute er sich zuerst nach Sina um. Die duckte sich unwillkürlich unter seinem Blick, und das gefiel Tschapaikin gar nicht. Sina hat Mirski geliefert, vermutlich per Brief, so seine Vermutung, die, während er die Treppe hinuntereilte, fast zur Gewissheit geworden war. Er überschlug im Kopf den zeitlichen Ablauf: Postweg plus prompte Weiterleitung durch diverse Büros wegen des klangvollen Namens des Beschuldigten plus schnellstens ausgestellten Haftbefehls plus Verhaftung. Es gab nur ein einziges Minus in dieser Rechnung, und das war er selbst, Gleb Tschapaikin, Oberstleutnant des NKWD. Dieses Minus galt, vorausgesetzt, die Haushälterin hatte in ihrem Brief erwähnt, dass sie ihren unmittelbaren Vorgesetzten von dem Verbrechen in Kenntnis gesetzt hatte und er, Tschapaikin, Tschekist mit untadeliger Diensterfahrung, nicht in gebührender Weise auf den patriotischen Hinweis reagiert, sondern sie angewiesen hatte, den Mund zu halten und weiter still zu sein, bis er ihr weitere Anweisungen erteile – welche nicht erfolgt seien.

Dass die Untersuchungen zu einem eindeutigen Ergebnis führen würden, daran zweifelte Tschapaikin keine Sekunde – nur zu gut kannte er die Sache, der er diente. Schon als er an der Tür des verhafteten Architekten klingelte, dachte er nicht mehr an die Mirskis, das heißt, er dachte natürlich an sie, hatte sie aber in Gedanken bereits abgeschrieben, sich zumindest von dem liebenswürdigen, hochanständigen Semjon Lwowitsch verabschiedet. Tschapaikin konnte sich keine Schwäche mehr erlauben, durfte kein Mitleid haben mit den ihm sympathischen Menschen, die wegen einer dummen Kuh aus Shitomir nun leiden mussten. Er musste an sich denken – wenn dieses Miststück nur nichts Überflüssiges geschrieben hatte! Tschapaikin nickte Boris freundlich zu, und noch bevor dieser den Mund aufmachen konnte, bedeutete er Sina, ihm in die Küche zu folgen.

»Wir gehen da rein, und du erzählst mir alles.« Zu dem Jungen sagte er nur: »Wir beide reden später, Borja.« Sie gingen in die Küche, und Tschapaikin schloss die Tür. »Setz dich.« Er zeigte auf einen Hocker, er selbst blieb stehen, um von oben herab mit ihr zu reden. Wie sehr wünschte er sich, dies wäre kein Gespräch, sondern ein Verhör, dann wäre alles viel einfacher, ruhiger und klarer! Scharf, ohne Einleitung, der Befragten starr in die Augen blickend, stellte er seine Frage, wie er es gelernt hatte und seit Langem praktizierte: »Was hast du geschrieben! Erzähl mir alles, du Miststück, Wort für Wort!«

Sinas Lider flatterten, die Ringe unter ihren Augen wurden noch dunkler und tiefer. Sie spürte, dass sie gleich umfallen würde, und heulte in langen, unregelmäßigen Wellen – eine unsichtbare freihändig gezeichnete Sinuskurve verlief durch die Küche der Mirskis.

Der Anfang war gemacht, und Tschapaikin, der den richtigen Moment nicht verpassen wollte, begann ohne Umschweife mit dem Wichtigsten: »Hast du von mir geschrieben? Von unserem Treffen?«

Sina, noch immer heulend und sich auf dem Hocker wiegend, schüttelte heftig den Kopf und zerstreute damit Tschapaikins ärgste Befürchtungen. Nein, das habe sie überhaupt nicht erwähnt, mit keinem Wort, sie habe nur über Mirski geschrieben, über ihn und das alles ...

Tschapaikin glaubte ihr sofort. Hierin konnte er sich nicht täuschen, er war zu erfahren, um sich von einer heulenden Kreatur wie dieser hier belügen zu lassen. Dass das Ganze für ihn praktisch keinerlei Folgen haben würde, dessen war er sich nun sicher, und ebenso, dass die Folgen für die Mirskis schlimm sein würden.

»Also, hör zu, Bürgerin Tschepik«, wandte er sich etwas weniger schroff an Sina, die noch immer heulte, wenn auch etwas leiser, »unser damaliges Treffen vergisst du bis an dein Lebensende, klar?«

Sina, die sich ununterbrochen hin und her wiegte, nickte mit unglücklicher Miene und sah den Tschekisten hoffnungsvoll an.

»Zweitens«, fuhr Tschapaikin mit betonter Strenge fort, »wenn man dich fragt, warum du nicht mit mir gesprochen hast, sagst du, du hast mich nicht gefunden. Du hast mich gesucht, konntest mich aber nicht gleich finden und dachtest, du darfst nicht länger warten, sonst entkommt der Feind. Klar?«

Sina nickte erneut, wieder war ihr alles mehr als klar. Sie hätte zu allem genickt – Hauptsache, das alles war bald vorbei, dieser ganze schreckliche Tag, diese furchtbare vergangene Nacht, alles, was sie Semjon Lwowitsch und Rosa Markowna angetan hatte, dieser ganzen kultivierten Familie und auch sich selber.

»Und noch was«, sagte der Oberstleutnant etwas sanfter, »merk dir eines für die Zukunft: Wenn du brav bist und keine dummen Fehler mehr machst, dann verzeihe ich dir. Aber denk dran: Auch wenn die Zeit vergeht und das Ganze sich irgendwie legen wird, wirst du an deiner Bürde weiter schwer zu schleppen haben.« Er wies mit einem Kopfnicken zum Esszimmer hinüber, wo Boris auf ihn wartete. »Deine Schuld und deine Niedertracht, das alles wirst du nie mehr los, aber davon wissen nur wir beide, sonst niemand, wir und die Lubjanka. Und noch ein Rat: Geh weg, möglichst weit, bevor es zu spät ist, fahr in deine Heimat, in die Ukraine, dass dich im Fall des Falles niemand findet. Das wäre das Beste für alle, vor allem für dich selbst, klar?«

Sina nickte erneut und dachte, dass sie nun keine Heimat mehr hatte, sie hatte nichts und niemanden auf der Welt als diese Familie und die Kammer neben der Küche. In diesem Augenblick stieg eine dumpfe salzige Welle in ihr auf, vom Hocker, auf dem sie saß, bis in die Kehle; erfasste den Bauch, rollte in den Magen, stülpte ihn um und drang samt dessen Inhalt in zwei kräftigen Stößen nach außen. Sina, völlig unvorbereitet, konnte nicht einmal den Kopf abwenden. Doch Tschapaikin wich rechtzeitig aus und sah die Haushälterin an.

»Sag bloß, du bist schwanger?«, fragte er aufs Geratewohl, ohne eine Bestätigung zu erwarten, eher mit höhnischem Triumph.

Sina nickte, den Kopf auf den Knien, um ihm nicht das Gesicht zuzuwenden, und begann, das Erbrochene wegzuwischen.

Tschapaikin stieß einen Pfiff aus. »Na, Mädchen, nun ist mir einiges klar.« Er runzelte die Stirn und überlegte. »Und das Kind ist von Mirski, ja?« Sie antwortete erneut mit einer knappen bejahenden Geste und sah ihn auch diesmal nicht an.

Diese Information kam Tschapaikin mehr als gelegen. Damit war er allseits abgesichert: Die Haushälterin beschuldigt den Architekten aus Rache für die ungewollte Schwangerschaft – ein starkes Motiv –, und er, der verantwortungsbewusste NKWD-Mann Tschapaikin, versucht, die Verleumdung zu unterbinden – so die Version für den Fall der Fälle. Zudem war Sinas Verschwinden unter diesen Umständen nicht nur wünschenswert, sondern notwendig, um bei Rosa keine Fragen nach dem Bauch aufkommen zu lassen, wenn die Zeit heran war. Das zumindest war Sina der Familie schuldig. Und für Tschapaikin war mit ihrem Verschwinden garantiert, dass er aus dem Fall Mirski rausgehalten wurde, denn damit gab es keine Zeugen mehr für sein freundschaftliches Verhältnis zu den Mirskis, und das gewährte ihm eine gewisse Handlungs- und Erklärungsfreiheit.

Das alles überschlug Tschapaikin in wenigen Sekunden und war sehr zufrieden. Blieb nur noch die rein menschliche Seite. Echtes Mitgefühl und wahre Anteilnahme standen Tschapaikin durchaus zu Gebote, für Boris und nun auch für Rosa Markowna. Doch beides hob er sich für den Abend auf. Er richtete die nötigen Worte an sie, ließ dabei eine vage Hoffnung durchblicken und gab zwei, drei unbestimmte Versprechen ab, bei der Ermittlung weiterer Informationen behilflich zu sein.

Nach dem nervenaufreibenden Besuch bei den Mirskis traf er in seiner Wohnung auf seine liebe Studentin, seine Frau Alja. Er setzte sich zu ihr auf das noch von den Selenskis stammende Kaufmannssofa, schlang den Arm um ihre Hüfte, küsste sie auf den parfümierten Haaransatz am Hals und resümierte mit aufrichtiger Trauer und Verärgerung: »Was für eine dämliche Kuh, diese Sinaïda …« Dann versetzte er Alja einen weiteren Kuss auf dieselbe Stelle und murmelte, eine Hand unter ihrem Rock: »Nichts auf der Welt ist schlimmer als Dummheit, Aletschka, nichts …« Er spürte deutlich Verlangen in sich aufsteigen, zog seine Frau sanft an sich und auf die Sofakissen und flüsterte ihr ins Ohr: »Nicht einmal Hinterhältigkeit ist so schlimm wie Dummheit, nicht einmal Verrat.«

Später, nachdem er mit einem letzten Stoß und Seufzer diesen außerplanmäßigen Anfall ehelicher Leidenschaft abgeschlossen und sich von Alja gelöst hatte, begriff Tschapaikin, dass er diesen vermaledeiten Tag glücklich überstanden hatte – trotz seiner anfänglichen Ängste und seines Ärgers darüber. Sein Ärger über die Verhaftung Mirskis war aufrichtig, sein Mitgefühl mit der Familie echt, seine Gereiztheit ob der eigenen Fehler nicht allzu groß, seine subjektive Verfassung nicht schlechter als sonst, er verspürte keinerlei Erschöpfung, und darum war seine Stimmung alles in allem befriedigend.

Die Angst, die er im ersten Augenblick empfunden hatte, nur im allerersten Moment, nur einige Sekunden lang, nicht länger, war unsinnig gewesen, Einbildung, ihm völlig fremd, denn Tschapaikins entscheidende Wesensmerkmale waren nach wie vor männliche Disziplin, tschekistische Selbstbeherrschung und die seiner Position gemäße Überzeugung von der Richtigkeit der Sache. Der Sache, der er vollkommen ergeben war, für die er ein Gespür hatte wie für eine Frau, der Sache, die er liebte und verstand, der er auf Gedeih und Verderb diente, wenn nötig, mit dem eigenen Leben.

Nach der Verhaftung des Architekten blieb Sina noch einen Monat bei den Mirskis. Das war länger, als ihr Tschapaikin eingeräumt hatte, um ihre Habseligkeiten zu packen und in Richtung der längst vergessenen heimatlichen Gefilde zu verschwinden. In dieser Zeit nahm sie dreimal Anlauf zur Abreise, zweimal nur in Gedanken, das dritte Mal ernsthaft – das Bündel schon geschnürt. Doch eine halbe Stunde bevor Rosa Markowna nach Hause kam, riss sie die Sachen wieder heraus und legte sie zurück an ihren Platz, aus Angst vor der eigenen Courage und vor den Fragen der Hausherrin.

Sie hatte niemanden, zu dem sie fahren konnte, und ihr Geld reichte gerade mal für die Reise und für ein paar Tage danach. Da setzte sich Sina, statt abzureisen, auf den Bettrand, stellte sich noch einmal ihren Weggang ins Ungewisse vor, der ihr vorkam wie die Flucht eines ausgesetzten Hundes, der seinen Herrn gebissen und verraten hatte, und wusste, dass es dafür keine Vergebung gab, und ließ ganz außerplanmäßig ihren Tränen freien Lauf, also unabhängig von den Tränenausbrüchen, die sie seit einem Monat zweimal täglich ereilten.

Der erste, der nächtliche Tränenstrom setzte ein, wenn Sina sich die Decke bis unters Kinn gezogen hatte, wissend, dass sie den vorerst noch trockenen Deckenzipfel gleich brauchen würde, nämlich sobald sie die Hand ausgestreckt und das Licht gelöscht hatte und im Dunkeln allein war mit dem, was sie getan hatte. Dabei schluchzte sie nicht, weinte aber anhaltend und bitterlich.

Der zweite, der morgendliche Tränenstrom floss meist vor dem Frühstück, wenn sie in der Küche mit Rosa zusammentraf, die ebenfalls unausgeschlafen war und schlecht aussah – verglichen mit früher. Die Tränen flossen Sina über die Wangen, noch bevor die Signalanlage im Hirn eingeschaltet war. Dagegen war sie absolut machtlos.

Das Ganze endete mit Trostworten der gütigen Rosa Markowna, die sich im Gegensatz zu ihrer Haushälterin in der Gewalt hatte und Schwäche und Kummer nicht stärker von sich Besitz ergreifen ließ, als sie selbst es wollte.

Boris saß trotz Sommerferien und der in die Stadt eingefallenen Hitze tagelang zu Hause, vage auf die eventuelle Rückkehr des Vaters hoffend. Bei jedem Telefonklingeln sprang er auf und griff als Erster zum Hörer. Wenn Sina sah, wie der Junge litt, auch unter der eigenen Machtlosigkeit, kam ihr mehrfach ein in seiner Unvernunft geradezu aberwitziger Gedanke: Sie sollte hingehen und gestehen, dass sie den Architekten verleumdet hatte, und den zuständigen Leuten sagen, dass sie alles frei erfunden hatte, aus Unbildung und dummer Gekränktheit – obwohl alles, was sie geschrieben hatte, der Wahrheit entsprach.

Doch letztlich besaß sie stets genug Verstand, diesen irrsinnigen Plan zu verwerfen, denn selbst sie hatte genug Erfahrung gesammelt, um zu ahnen, wohin solcher Aberwitz sie selbst bringen konnte.

An dem Tag, an dem sie das erste Mal erwog, ihren dummen Brief zurückzunehmen, verspürte sie den ersten leichten Stoß im Bauch, schwach und kaum wahrnehmbar, aber sie begriff, was dies bedeutete. Sie wusste, dass da der kleine Spross von Semjon Lwowitsch zum Leben erwachte, seine winzige Hinterlassenschaft in ihr, ein klitzekleiner Splitter der Sünde, die sie selbst zugelassen hatte und vor der sie den armen Semjon Lwowitsch nicht hatte bewahren können. Da traf Sinaïda eine Entscheidung.

Am nächsten Tag wartete sie ab, bis sie allein zu Hause war, warf zum zweiten Mal alles in ihr Bündel, packte außerdem ihren alten Koffer, versah sich mit etwas Proviant für die Reise und schrieb einen Brief an Rosa Markowna.

»MEINE LIBE ROSA MARKAWNA ICH GEH WECK VON EUCH NACH HAUSE ICH KANN NICH LENGER STÖREN WO SIE DOCH KEIN ERNERER MER HABEN. VERZEIN SIE MIR ICH WERDE SER AN SIE ALLE DENKEN. WENN ICH ANGEKOMM BIN SCHREIB ICH EIN BRIF DENKEN SIE NICHT SCHLECHT VON MIR IHRE SINA.«

Sie ging hinaus auf den Hof, ließ ihren Blick über das Haus in der Trjochprudny-Gasse schweifen, ihr Zuhause, das ihre Zuflucht gewesen war für den größten Teil ihres misslungenen und dummen Lebens, und schlug zum Abschied das Kreuz erst über sich, dann über das Haus. Sie wusste, dass sie es nie wiedersehen würde, ebenso wenig wie Semjon Lwowitsch, der dieses Haus geschaffen hatte, oder die übrigen Mirskis, deren Freunde, Verwandte und Nachbarn mit ihren Scherzen, mit ihren Kränkungen, mit allem Guten und Schlechten, mit ihrer Großzügigkeit und ihrer Gleichgültigkeit, ihrer Vergesslichkeit, ihrer Fürsorge und ihren höflichen, von Lächeln begleiteten, nicht immer ganz verständlichen Gesprächen.

Es war der zweite schwere Schlag für Rosa, als sie das karierte Blatt auf dem Küchentisch fand. Der erste war schlimmer gewesen, aber irgendwie logischer, jedenfalls, wenn man wusste, was seit 1937 im Land vor sich ging und noch jetzt, 1940, andauerte; da ließ sich leicht ein Grund finden – ein widerwärtiger, hässlicher, nichtiger, von unbekannten Feinden oder Neidern erfundener, aber doch ein Grund für die Verhaftung ihres Mannes. Hier aber, in ihrem eigenen Haus, suchte Rosa Markowna vergebens nach einer Erklärung.

Zuerst hielt sie es für einen Scherz, verwarf den Gedanken jedoch nach kurzer Überlegung. Das passte nicht, so konnte Sina nicht mit ihr scherzen, dazu war sie gar nicht fähig, und dafür gab es auch keinen Anlass, schon gar nicht in dieser für die Familie so furchtbaren Zeit. Sinas Sachen waren nicht mehr in der Kammer, Sina selbst war verschwunden. Und so blieb nur noch der Grund, den Sina in ihrem Brief erwähnte: Die Mirskis hatten nach der Verhaftung des einzigen Ernährers nicht mehr die Mittel, sie zu halten – nur dies konnte Sinas Verhalten irgendwie begründen. Dabei beließ es Rosa und beschloss, auf Sinas versprochenen Brief zu warten.

Ida Mekler kam, als sie es erfuhr, sofort herbeigeeilt und bot ihre Hilfe im Haushalt an und alles, was Rosa sonst noch wünschte. Juli Aronson schnalzte mit der Zunge und erkundigte sich, ob Mirski irgendwelche Ersparnisse hinterlassen habe. Idas Hilfe lehnte Rosa höflich ab. Juli teilte sie mit, es sei kein überschüssiges Geld im Haus, und sie werde arbeiten gehen, solange nicht klar sei, wie es mit Semjon weiterginge. Deshalb werde sie zunächst einen Buchhalterlehrgang besuchen.

Und genau das tat Rosa Mirskaja, Ehefrau eines Volksfeindes, des ehemaligen Akademiemitgliedes Semjon Mirski. Sie legte ein leichtes Parfüm auf, steckte die graue Strähne ordentlich fest, nahm eine strenge Jacke aus dem Schrank und ging an einen Ort, wo man die Kunst der Buchhaltung lehrte. Siebenunddreißig glückliche Jahre und fünf schreckliche Monate nach ihrer Geburt in der Familie von Mark und Rachel Dworkin.

Im Frühjahr fünfundvierzig war die Evakuierung vorbei, und die Mirskis kehrten aus Taschkent zurück. Zunächst Boris, kurz darauf auch Rosa Markowna. Boris strebte mit aller Kraft nach Hause, um sich am Architekturinstitut zu bewerben, von dem er schon vor der Verhaftung des Vaters geträumt und an das er all die Jahre in Taschkent stets gedacht hatte. Rosa ließ ihn allein abreisen, denn sie wusste, dass sie sich um den Jungen keine Sorgen machen musste. Er war achtzehn und hatte seiner Mutter bewiesen, dass er erwachsen und männlich-zuverlässig war.

In Taschkent hatte er die Schule anderthalb Jahre vor der Zeit beendet und nach Erhalt des Abschlusszeugnisses rasch eine Möglichkeit gefunden, die Familie zu ernähren. Jeden Morgen verließ er früh das Haus und lief zum Alaj-Basar, wo man ihn bereits kannte und stets Arbeit für ihn hatte. Die Arbeit war anstrengend, aber einfach – er sortierte, verlud und schleppte Melonen, Säcke mit Erbsen und Getreide, volle und leere Kisten, eben alles, was anfiel, und bekam dafür Lebensmittelkarten, die er zum Teil gleich an Ort und Stelle einlösen musste. In der Saison ging Boris zusammen mit allen anderen Schülern und Nichtschülern aufs Feld und erntete von früh bis spät Baumwollkapseln. Die Baumwolle wurde unverzüglich dem laufenden Produktionsprozess zugeführt, der Pulverherstellung sowie der Weberei und anschließend der Textilfabrik. Dort arbeitete Rosa Markowna, als Buchhalterin, sie übernahm also die Baumwollstafette von ihrem Sohn – ebenfalls von früh bis spät, denn es waren gewaltige Mengen zu verarbeiten. Es mangelte an Arbeitskräften, denn die Textilfabrik produzierte etwas für die Heimat Hochwichtiges, das gleich nach Pulver, Panzern und Granaten kam: Soldatenunterzeug – und an der Front brauchte man immer mehr davon, obwohl das Rückgrat der Faschisten bereits angeknackst war.

So lebten sie, bis die Rückkehr in die Heimat angeordnet wurde. Boris hatte es eilig, und Rosa ließ ihn ziehen. Sie selbst konnte nicht sofort alles hinwerfen; erst brachte sie noch die Buchhaltung auf den neuesten Stand, glich die Bilanzen aus und übergab sämtliche Unterlagen sauber an ihre Nachfolgerin, eine Usbekin. Sie war aufrichtig besorgt um ihre tadellos geführten Bücher, benetzte den Jahresabschluss sogar mit ein paar Tränen. Man ließ sie höchst ungern gehen, denn noch nie hatte die Fabrik eine solche Buchhalterin gehabt: gebildet, still, mit höflichem Umgangston und präzisem, raschem Verstand.

Rosa bereute es später nicht, in die Evakuierung gegangen zu sein, obgleich sie sich anfangs entschieden und mit aller Kraft dagegen gesträubt hatte, so sehr ihre Angehörigen ihr auch zuredeten. Wie sollte sie Semjons Haus ohne Aufsicht lassen – es würde ausgebombt werden, verunstaltet, verwundet! Und wer sollte sich um alles kümmern, um Semjon? Womöglich kam eine Nachricht, dass endlich alles geklärt, seine Unschuld erwiesen und das Urteil revidiert sei. Wie sollen wir das fernab von Moskau erfahren, wen interessiert das außer uns, frage ich euch, wen?

Sie sträubte sich, fand immer neue Ausflüchte und schob die Abreise hinaus, solange sie konnte. Sie ging Schützengräben ausheben. Das war noch im Sommer, im ersten Kriegssommer einundvierzig. Dann brach der Herbst an, Hitler kam Moskau mit jedem Tag näher, blutig und bedrohlich, aber er erreichte es nicht, konnte es nicht erobern, eben auch deshalb nicht, weil Rosa und andere Moskauer Verteidigungsgräben aushoben und am Stadtrand Panzersperren errichteten. Ein Militärlaster brachte sie dorthin. Er fuhr sie vom Zentrum, von den Patriarchenteichen, zur Wolokolamsker Chaussee. Dort, irgendwo vor dem dreißigsten Kilometer, vom Hauptpostamt gerechnet, wurden sie abgeladen, mit Spaten, Brot und Trinkwasser versehen. Spätabends brachte der Laster die Ablösung – ebenfalls Pensionäre, Jugendliche und Frauen aller arbeitsfähigen Altersgruppen – und sammelte die erschöpften Menschen wieder ein.

Rosa betrachtete dies nie als aufgezwungenen Arbeitsdienst – sie hätte getrost zu Hause bleiben können, denn als Hausfrau war sie keinem Betrieb und keiner Institution zugeordnet. Aber auf dieses Recht zu pochen und sich vor der Verteidigung der Stadt zu drücken, das war nichts für Rosa Mirskaja. Diese Art von Freiheit brauchte sie nicht.

Dann wurde eine Luftschutzeinheit gebildet, und Rosa meldete sich als Erste bei der Sammelstelle, wo man ihr den furchtlosen Umgang mit der Flak erklärte und zeigte, wie man von deutschen Bombern abgeworfene Brandbomben löschte, sie geschickt vom Dach stieß oder sie mit Sand erstickte.

Sie tat Dienst auf dem Dach des Hauses in der Trjochprudny-Gasse. Von dort aus beschützte sie Semjons Werk, sein Genie und Talent, vor dem zerstörerischen Feuer. Sie würde der faschistischen Bestie nicht erlauben, dieses Denkmal wertvoller menschlicher Arbeit zu vernichten – ein Denkmal für ihren geliebten Mann, ob er nun noch lebte oder nicht.

Dort oben verbrachte Rosa so viel Zeit, wie sie erübrigen konnte, bei jedem für die Faschisten günstigen Flugwetter. Wenn sie nicht gerade Schützengräben aushob oder schlief, erschöpft von der ungewohnten Arbeit, und noch im Schlaf auf Fliegeralarm achtete, dann erwartete sie die Deutschen ganz oben auf Semjons Dach, den Blick zum Himmel gerichtet. Und während sie da stand und die Faschisten erwartete, dachte sie, wie vorausschauend es von ihrem Mann gewesen war, an der höchsten Stelle des Daches eine derart praktische Plattform errichten zu lassen – als hätte er gewusst, wozu sie nach vierzig Jahren einmal gebraucht würde.

Auf dieser Plattform stellte die örtliche Flak-Abteilung ein Geschütz auf, und gegen Ende ihres ersten Dienstes kannte Rosa Markowna bereits alle Soldaten mit Namen und brachte ihnen nach Möglichkeit jedes Mal etwas Hausgemachtes zu essen mit – jüdische Honigkuchen aus Vorkriegsvorräten: Roggenmehl, zerstampfter Matze, steinhartem, verzuckertem Honig und geraspelten Nüssen.

Bis fünfundfünfzig, bis zu Wilens Geburt, stand das Geschütz auf dem Dach. Nach dem Rückzug der Deutschen wurden nur die Granaten abtransportiert, ein paar Jahre später wurde das Zündschloss abgeschraubt. Vielleicht hatte die militärische Führung der Stadt an anderes zu denken, vielleicht gab es auch einen entsprechenden Befehl, das Geschütz stehen zu lassen für den Fall einer Revanche der verjagten Okkupanten. Hin und wieder besuchte Rosa die stählerne Freundin auf dem Dach, wischte ihr den Stadtschmutz von der Mündung und ölte sie mit den Resten ihres Singer-Nähmaschinenöls.

Als Semjon aus der Magadaner Haft zurück war, wollte sie einmal mit ihm hinaufgehen; sie glaubte, sie könne seine Gefühle wecken, wenn sie ihm zeigte, wie sein Haus in seiner Abwesenheit dem Feind getrotzt hatte. Vergebens. Entweder hörte Semjon sie nicht, oder er war in diesem Augenblick tief in sich selbst versunken. Er winkte unbestimmt ab und bat um Kakao mit viel Milch. Und mit zerbröselter Matze.

Kurz nach Semjons Tod ließ sich im Geschützholm ein Taubenpaar nieder, und eines Tages entdeckte Rosa dort drei Taubeneier.

Fortan ging sie fast täglich hinauf, um nach der Taubenfamilie zu sehen, Ordnung zu halten und für den nötigen Schutz gegen Katzen und Nachbarjungen zu sorgen. Bald wuchsen die Tauben heran, wurden flügge und flogen fort, um auf einer fremden Müllhalde zu leben. Kurz darauf wurde das Geschütz abgebaut und fortgebracht, ebenfalls in eine unbekannte, friedliche Existenz. Doch das kam Rosa ganz gelegen, denn just an jenem Tag, an dem die Flaksoldaten das Geschütz fluchend hinunterschleppten, wurde Wilen geboren, der Sohn von Tanja und Boris, der Enkel von Rosa und dem verstorbenen Semjon Mirski. Der von allen ersehnte Stammhalter – Wilen Borissowitsch Mirski.

Den Namen trug er auf Wunsch des Großvaters Semjon, der ungefähr zu Beginn des Jahres fünfundfünfzig klein und verschrumpelt wie eine zu kurz geratene dürre Vogelscheuche, zwar noch lebend, aber nicht mehr ganz bei Trost, gerade erst aus dem Lager zurückgekehrt war. Semjon stand schon seit fünfzehn Jahren nicht mehr auf der Liste der Akademiemitglieder in der Architektursektion, denn seine ursprünglich zehnjährige, dann um weitere zehn Jahre erhöhte Haftstrafe, die er allerdings nicht vollständig verbüßen musste, hatte ihn ein für alle Mal von dieser gesellschaftlich-wissenschaftlichen Pflicht entbunden. Das war sowohl gut als auch schlecht, je nachdem.

Mirski war zum Zeitpunkt seiner Verhaftung sechzig Jahre alt gewesen. Das Fehlen simpler Augentropfen hatte zu einem unheilbaren Glaukom und nahezu völliger Blindheit geführt. So war Semjon Mirski, als er aus Magadan zurückkehrte, fünfundsiebzig, und das Einzige, was noch gesund war und funktionierte, waren eine kaum verhüllte Unzufriedenheit mit der plötzlich über ihn hereingebrochenen Freiheit und ein unstillbarer, alles andere als greisenhafter Appetit.

Auch an Gutem kam einiges zusammen, wenn man das Leben nüchtern betrachtete, wie es Wilens Großmutter Rosa Markowna tat, die zu allen Zeiten stets geduldig, pragmatisch und lebenslustig blieb. Erstens war ihr Mann zurückgekehrt, immerhin nicht vollkommen zerstört von den besten Freunden aller Häftlinge, den Lagerkriminellen, und der menschenfeindlichen Witterung im Magadaner Zwangsarbeitslager. Zweitens war den Mirskis die kostbare hauptstädtische Wohnung erhalten geblieben, weil man glücklicherweise berücksichtigt hatte, dass diese ebenso wie das ganze Haus von dem nach der Verurteilung aller politischen und Eigentumsrechte beraubten Semjon Mirski selbst projektiert und gebaut worden war. Das hatte man wohl auf höchster Ebene so entschieden, vermutete Großmutter Rosa, um bei den anderen hochgestellten Bewohnern keine unpatriotischen Gedanken über das eventuelle eigene Schicksal aufkommen zu lassen: Wenn die schon mit Mirski so verfuhren, dem leibhaftigen Vater, dem berühmten Planer und Erbauer dieses schönen Hauses und anderer berühmter Bauten der vorrevolutionären Architekturgeschichte der Hauptstadt ... Und, auch daran dachte sie zuweilen, ohne es jedoch jemandem mitzuteilen, wer weiß, wie lange Semjon in dieser anderen Unfreiheit, der außerhalb des Lagers, überlebt hätte. Womöglich würden sich längst die Friedhofswürmer von Wagankowo oder Nowodewitschje an ihm laben. Dies jedenfalls mutmaßte Rosa Markowna insgeheim.

Übrigens war Mirski eine bemerkenswerte Ausnahmeerscheinung, erfahrene Häftlinge berichteten aus der üblen Geschichte Magadans von nur zwei weiteren Fällen, in denen Lagerinsassen bis zu Großvaters Alter überlebten: Im benachbarten Frauenlager wollte eine entfernte Angehörige Inessa Armands, mit dieser verbunden durch eine nicht blutsverwandte Tante, partout nicht sterben und brachte es mit dieser störrischen Uneinsichtigkeit auf zweiundachtzig Jahre. Auch ein mehrfach rückfälliger Dieb wurde im Lager noch älter als der Architekt, dank regelmäßiger Versorgung mit dem frischen Fleisch entbehrlicher Häftlinge, die aufgrund eines kannibalischen Paktes mit dem Lagerkommandanten getötet wurden.

Kaum hatte Großvater Semjon das selbst gebaute Haus in der Trjochprudny-Gasse betreten, verlangte er nach Essen. Und zwar nicht wie jemand, der einfach hungrig ist, sondern beunruhigender, geradezu Furcht einflößend. Rosa Markowna registrierte diese Eigenart sofort, ließ sich aber nichts anmerken.

»Später, Rosa«, sagte er zu seiner Frau, die ihm entgegenstürzte.

»Erst was essen, was Richtiges, Menschenwürdiges. Umarmen können wir uns später.«

Dann sog er Luft durch die Nase ein. Für den Rest seines Lebens war dieses Instrument praktisch sein einziger Navigator.

»Nein, Rosa«, korrigierte er sich, noch bevor er abgelegt hatte, »koch mir erst einen Kakao. Ist der mit dem goldenen Etikett im Haus? Davon hab ich all die Jahre geträumt, fast jede Nacht.«

Und damit schob Semjon Lwowitsch nach einem abwesenden Blick auf die schwangere Tanja auch seinen Sohn Boris sanft beiseite. Während er dies tat, sog er ein wenig von der Luft ein, die sein erwachsener Sohn mit dem Impuls drängender Sohnesgefühle seinem lebend heimgekehrten Erzeuger entgegengewirbelt hatte.

»Später«, wiederholte Semjon Lwowitsch, wobei er die zerschlissene Magadaner Wattejacke auf den Boden warf und eilig in Richtung Küche strebte. »Alles später.«

Nur eines versuchte er noch zu erfragen: Wo jene junge Frau aus der Ukraine sei, die vor seiner Verhaftung im Haushalt geholfen hatte. Darauf antwortete Rosa Markowna nicht, sie überhörte die Frage wie eine belanglose Laune, und beeilte sich, alles zu servieren, was auf die Schnelle auf den Tisch zu bringen war. Sie schickte den erschütterten Boris in den Laden, um die außerplanmäßige Speisekarte um alles zu ergänzen, was gerade zu bekommen war. Seiner schwangeren Frau Tanja trug sie auf, die Wanne zu schrubben und ein heißes Bad einzulassen für den gelehrten Lagerheimkehrer. Sie selbst deckte den Tisch und weinte mit zusammengebissenen Lippen, was ihre Betriebsamkeit jedoch nicht im Mindesten beeinträchtigte.

Großvater aß hastig und schweigend, wobei er kaum auf den Teller sah, jedoch jeden Happen gründlich beroch. Die Happen waren zu groß, nichts für seine Ungeduld, und daraus erwuchs eine Gereiztheit gegen alle im Haus, die bald immer schmerzlichere Formen annahm, nachdem sie entstanden war, als der erste Bissen des neuen Lebens ihn auf das frühere, längst vergessene Leben stieß, das Leben, in dem man sich vor dem Essen die Hände wusch, die gesunde Nahrung gründlich kaute und nach alter familiärer Gewohnheit »bitte« und »danke« sagte. Von nun an war das alles überflüssig, unnütz und hohl. Der Exsträfling und Gelehrte fand nicht mehr zurück in das Alte.

Großvaters verletztes Inneres verhinderte die Rückkehr auf den einst vertrauten Pfad normalen menschlichen Seins. Mehr noch, seine Amnesie verschlimmerte sich von Tag zu Tag; binnen Kurzem entwickelte er eine seltsame und ganz und gar unfreundliche Wunderlichkeit, und zuweilen, wenngleich selten, entschlüpften seinem Mund fremde, unkontrollierte Worte, und zu der äußeren Blindheit kam von diesen ersten Minuten in der Küche an eine innere, unerklärlich und hoffnungslos.

So war also Semjon Mirski, ein großer Vertreter der Architektur und der sowjetischen Vorkriegsbaukunst, nach fünfzehnjähriger Lagerhaft im fernen Norden rehabilitiert, zurückgekehrt nach Hause, in das dunkelbraune Backsteinhaus mit hellgrauem Sockel, das er 1903 entworfen und dessen Bau er einige Wochen vor der Geburt der kleinen Rosa beendet hatte.

Er war zurückgekehrt, für immer, aber er war nicht mehr ganz er selbst. Das begriff Rosa Markowna, sobald er das Haus betreten und die ihm fremde Luft eingesogen hatte. Fortan aß Großvater Semjon schweigend alles, was man ihm vorsetzte, aß genau ein Jahr und drei Tage lang, verschlang hastig und ekelerregend kauend die Bissen, die ihm Großmutter Rosa mit abgewandtem Blick auf den Teller legte. Wenn er satt war, sprach er, langsamer als er aß, und nur vom Essen: Von Suppe, Hauptgericht und Nachspeise, selbst wenn es keine solche gegeben hatte.

Zu Beginn des folgenden Sommers starb der Architekt Mirski an einem wuchernden Magenkrebs. Vor seinem Tod warf er in einem letzten Aufblitzen von Bewusstsein Rosa Markowna einen Blick zu, wies in die Küche, murmelte schwach und unhörbar etwas, und sie begriff. Großvater bat um eine große Tasse von dem Kakao mit dem goldenen Etikett, schön heiß, mit zerbröselter Matze darin.

Bevor Semjon endgültig bettlägerig wurde, begann er unvermittelt damit, das Haus zuweilen zu verlassen. Als Rosa Markowna ihren Mann zufällig im Aufgang des Nachbarhauses antraf, wunderte sie sich, obgleich daran eigentlich nichts Sonderbares war: Ein sehr alter, stiller Mann war eine ebenso stille Moskauer Gasse entlanggelaufen und in einen Hauseingang gegangen – wenn auch nicht in seinen eigenen, sondern in den benachbarten. Und er lief, auf seinen Stock gestützt, langsam die Treppe hinauf, hielt sich dabei am gedrechselten Handlauf des schmiedeeisernen Geländers fest, legte lange Pausen ein, um zu verschnaufen und zugleich mit der Hand den kühlen Marmor der Fensterbänke zu berühren. Er schnupperte ein wenig, starrte auf die in seiner Blindheit unsichtbaren Wände und lauschte andächtig auf die undefinierbaren Laute und Stimmen des steinernen, von ihm selbst geschaffenen Hauses, um die nur für ihn wahrnehmbaren Schwingungen herauszufiltern.

Erst später, nach vielen Jahren, erkannte Rosa Markowna den Grund jener Wunderlichkeit, jenen dünnen Faden, der Semjon Lwowitsch noch mit der Umwelt verbunden hatte, nicht durch formale oder familiäre, sondern einzig durch sinnliche Kriterien, die ihm nach fünfzehn schrecklichen Jahren in Magadan noch geblieben waren. Abgesehen vom Essen.

Kurz vor Wilens Geburt hatte Großvater Semjon, mit simplem Werkzeug bewaffnet, ein zusätzliches Zimmer im Obergeschoss geschaffen. Aus alter Gewohnheit konnte er sich dabei nicht beschränken, darum wurde es ein recht großzügiger Raum, der eine vollwertige Hälfte des zentralen ovalen Doppelfensters des Obergeschosses für sich in Anspruch nahm.

Zwischen den Baumaßnahmen und seinem Tod bestimmte der Greis bei einem letzten Ausflug in die Realität den Namen für seinen Enkel, und niemand in der Familie wagte, sich seinem seltsamen Wunsch zu widersetzen, die Schwiegertochter Tanja eingeschlossen.

»Ich möchte, dass er Wilen heißt«, erklärte das Ex-Akademiemitglied, »zu Ehren von Wladimir Iljitsch, zu Ehren von Uljanow-Lenin. Das, was sie mit mir gemacht haben, wäre nie geschehen«, erläuterte er Rosa Markowna, »wenn sie Iljitsch nicht getötet hätten.«

Als Boris von der Bitte seines Vaters erfuhr, verzog er das Gesicht. Die Russin Tanja dagegen reagierte voller Verständnis und sogar Dankbarkeit, denn sie betrachtete das rehabilitierte Familienoberhaupt noch immer mit einer gewissen Pietät und leiser Ehrfurcht, seines vergangenen Ruhmes wegen und weil man sie, nachdem sie von Boris schwanger geworden war, nicht aus dem jüdischen Haus gejagt, sondern im Gegenteil in die Familie aufgenommen hatte wie eine Tochter. Außerdem hatte sie nichts gegen den Proletarierführer, so war sie erzogen, in Demut und vollkommenem, dankbarem Gehorsam, und so traf in diesem Fall alles glücklich zusammen.

Kurz, der jüngste Mirski bekam den Vornamen Wilen auf Anordnung des Großvaters, der aus dem stalinschen Lager zurückgekehrt war, mit einer unerklärlichen Störung wenn nicht der Psyche, so doch einer gewissen inneren Mechanik, die neu einzustellen niemand in der Lage war. Daran zweifelten seine Angehörigen immer weniger.

Abgesehen von einzelnen Äußerungen und unbestreitbar vernünftigen Aktivitäten wie dem Umbau des Obergeschosses, dem durchaus bewussten Wunsch, wenn nicht gar Befehl, den Enkel mit dem Namen des denkwürdigen vorstalinschen Führers zu versehen, und häufigen Tischgesprächen mit Rosa über ihm am Herzen liegende gastronomische Themen war Großvaters Verhalten nur noch auf das primitiv Existenzielle ausgerichtet. Doch weder konnte sich irgendwer in der Familie an diesen so ganz anderen Ehemann und Vater gewöhnen noch an ihm verzweifeln, denn zu kurz war die Zeit, um sich für das eine oder andere zu entscheiden.

Tatjana Mirskaja, ehemals Kulkowa, die nach wie vor im Magazin der technischen Auslandsbibliothek arbeitete, hielt ihr Verhältnis mit Aronson so lange geheim, bis es keinen Grund mehr gab, es geheim zu halten. Die Scheidung, das Verlassen der Familie Mirski und der, wie man es wohl nennen musste, Verlust ihres Sohnes, all die Aufregung wäre vermutlich nicht nötig gewesen, vielleicht hätte das alles nie geschehen müssen. Aber es war eben passiert. Es war eins zum anderen gekommen, und eines üblen Tages war das Maß voll.

Bei der Verhandlung sah die Richterin, eine dicke Matrone in schwarzem Jackett und mit straffem Haarknoten, Wilen streng an und fragte ihn: »Bei wem möchtest du bleiben, Wilen, bei Mama oder bei Papa?«

»Bei Großmutter«, antwortete er, der hinterhältigen Frage ausweichend, und wies, mühsam die Tränen zurückhaltend, die auf das Gerichtslinoleum tropfen wollten, mit einem Kopfnicken auf Rosa Markowna und keineswegs auf seine Mutter, womit er Tatjana Kulkowa, verheiratete Mirskaja, einen weiteren Beweis dafür lieferte, wie hassenswert und niederträchtig dieses ganze Volk war, mit all seinen Höflichkeiten, seinen überzuckerten Speisen und seinen menschlichen Belangen. Nur eines konnten sie gut, aber, wie sie nun wusste, auch das nicht jeder.

»Ich danke dir, Herr«, flüsterte in diesem Moment Rosa, die nicht immer darüber nachdachte, welchen der infrage kommenden Götter sie meinte. Und was für ein Glück, dass wir Sarotschka haben, dachte sie gleich darauf, ganz besonders jetzt.

Sara lebte bereits das siebte Jahr bei den Mirskis, und jedes Mal, wenn ihr Geburtstag nahte, dachte Rosa, die beizeiten für ein Geschenk und einen Geburtstagstisch sorgte, dass es das Schicksal selbst sei, das die Menschen vereinte und trennte, weil es besser wusste als diese selbst, was für sie am richtigsten war. Dass Sara, ein zweifellos anstelliges, auf ihre Weise womöglich begabtes Mädchen, nie davon sprach, dass sie studieren, sich an einer hauptstädtischen Hochschule bewerben und eine angemessene Ausbildung erhalten wolle, begann Rosa Markowna im zweiten oder dritten Jahr des Aufenthalts von Sinas Tochter im Haushalt der Mirskis zu beunruhigen. Sie überlegte hin und her: Mochte Sara sich ruhig auf Aufnahmeprüfungen vorbereiten und zum Beispiel ein Abendstudium aufnehmen, das sie mit dem Haushalt unter einen Hut bringen konnte. Doch bei genauerem Nachdenken gestand sie sich ein, dass dies kaum für alle von Nutzen wäre. Sara würde das eine nicht schaffen, ohne das andere zu vernachlässigen. Oder umgekehrt. Jedenfalls verschob Rosa den Gedanken jedes Mal auf das nächste Jahr, und dann kamen ihr wieder dieselben Zweifel oder etwas Unvorhergesehenes dazwischen: Wilen wurde krank, oder der Frühling brach unvermittelt heftig herein, und sie mussten alle rasch nach Firsanowka umziehen, oder die große Wäsche stand an – Bett- und Tischwäsche inklusive aller Servietten mussten gestärkt, gebügelt und in ordentlichen Stapeln im Schrank verstaut werden. Oder das Tafelsilber war stumpf geworden und einiges vom versilberten Alltagsbesteck, also hieß es putzen, sorgfältig polieren und fein säuberlich geordnet zurück an seinen Platz legen. Und dann war auch schon der Urlaub da, Zeit für Sara, ihre Mutter in Shitomir zu besuchen, um ihr ein Geschenk aus der Hauptstadt zu bringen, stets zur selben Zeit – um das Passahfest herum, für alle Fälle, damit niemand in Versuchung geriet, die Sünden der Gäste, statt sie in den Ausguss zu schütten, einem lebendigen Menschen einzuverleiben, auch wenn es nur die stille ukrainische Haushälterin war.

Jedenfalls wurde nichts aus dem Studium in Moskau zur Vorbereitung auf ein selbstständiges Leben; das wäre ein zu radikaler und verlustreicher Bruch mit dem Gewohnten gewesen.

Tatjana Mirskaja legte keinen Widerspruch ein gegen die Entscheidung des Gerichts. Sie erhob sich von ihrem Platz, spuckte in die Richtung, wo sie alle saßen, diese Leute, küsste ihren Sohn auf die Stirn und ging, ohne sich umzudrehen, hinaus. Rosa Markowna schüttelte den Kopf und sagte kein Wort. Boris errötete, hielt sich aber ebenfalls zurück. Wilen runzelte verwirrt die Stirn, verzog die Lippen und konnte sich gerade noch beherrschen, um nicht laut loszuheulen.

Rosa Markowna hatte insgeheim schon immer vermutet, dass es früher oder später so kommen würde, sich aber nach Kräften bemüht, Tanjas verborgene Macken zu übersehen, um die Familie zu schützen. Zehn Jahre stoischer Anstrengungen hindurch betete sie zu Gott, zu welchem auch immer, dass ihr Sohn Boris an seiner Frau nie das erkennen möge, was sie selbst an der Schwiegertochter entdeckt hatte. Sie schwieg auch, als sie erfuhr, dass Tanja mit dem einjährigen Wilen nach Balaschicha gefahren war, angeblich, um ihn ihrer Mutter zu zeigen, und ihn hinter dem Rücken des Vaters in der dortigen Kirche hatte taufen lassen. Nach dem orthodoxen Glauben der Kulkows.

Aber das war nicht das Hauptproblem, das kirchliche Beiwerk war ein Klacks gegen das eigentlich Wesentliche. Rosa spürte, dass Tanja nicht für Boris glühte, ihn als Mann nicht recht schätzte. Mochte ihr Sohn es auch nicht bemerken, sie, seine Mutter, fühlte es. Sie wusste Bescheid, schwieg aber auch dazu, weil sie nichts dagegen tun konnte. Ach, wie sie für ihren Sohn litt, wie sie ihn bedauerte! Doch sie unterdrückte diese Regungen, sobald sie aufkamen.

Leichter ums Herz wurde ihr, als sie begriff, dass Boris von alledem nichts ahnte. Umso besser, dachte sie, wenn unser Boris so ein ahnungsloses Kälbchen ist, mag er es bleiben.

Zuweilen aber kehrten ihre Gedanken doch wieder zu der russischen Schwiegertochter zurück. Einmal überlegte sie, nur beiläufig und flüchtig, was geschehen wäre, hätte Tanja damals an der Passahtafel gesessen, bei jenem letzten Mal mit den Selenskis und Sina. Wie hätten sie alle Tanja danach in die Augen gesehen? Und was hätte diese von ihnen gedacht? Und was getan? Hätten sie dann künftig auf die Ausgießung der Sünden verzichten müssen? Ihre Bräuche der Schwiegertochter anpassen? Die Tradition verletzen, auch wenn damals nur Selenski sich niederträchtig verhalten hatte?

Ich habe mich geirrt, dachte Rosa Markowna, als sie den Gerichtssaal verließ, ihr Haar ist nicht dunkler geworden, es ist noch genauso hell wie damals.

Boris trieb im Gegensatz zu seiner Mutter all die Jahre dahin, ohne das Ufer zu sehen, ohne die einsetzende Flut zu bemerken oder auf den Seegang zu achten. Er liebte Tanja, wie er ein zuverlässiges, für seinen wissenschaftlichen Zweck gut ausgewähltes Gerät liebte, wie ein Reagenzglas oder einen Messingkrug, der durch Benutzung nicht altert, keine Pflege braucht und, selbst wenn er ein wenig dunkler wird, nach wie vor unverändert seinen Dienst tut. Was Tanjas eheliche Qualitäten anging – davon verstand Mirski nicht viel, er hatte damit keine Erfahrung und wünschte sich nichts anderes. Ihm passte alles, besser und bequemer konnte es nicht sein. Sein Leben gehörte der Architektur. Vom Vater hatte er nicht die Unersättlichkeit der Lenden und das stets wache Signalsystem für die weibliche Vielfalt außerhalb der Ehe geerbt, sondern als einzige übermächtige Leidenschaft lediglich die Liebe zu Theorie und Praxis des Städtebaus. Er glaubte aufrichtig, Ehe zeichne sich aus durch Regelmäßigkeit und die bloße Tatsache des Verheiratetseins. Vom weiblichen Orgasmus hatte er zwar mehrfach gehört, hielt dies aber für kein seriöses Thema – er fand den Gedanken absurd, dass dieses Kapitel ernsthaft in das Leben eines Ehepaares gehöre und nicht nur in ein Physiologie-Lehrbuch zur wissenschaftlichen Weiterbildung von Medizinern. Und nach dieser Überzeugung lebte er.

Tanja wiederum war zwar einerseits selbst schuld, andererseits aber nicht allein schuld daran, dass ihr das Leben überraschend seine unschöne Seite zuwandte. Dafür, dass sie, einmal die Geliebte des lüsternen und potenten Aronson geworden, nicht die Kraft fand, das Verhältnis abzubrechen, trug sie selbst die Verantwortung, und dessen war sie sich durchaus bewusst. Aber wenn sie in gewissen ehelichen Minuten an Aronsons »Schemelbein« dachte, hart wie Knochen und elastisch wie eine Feder, und es mit Borjas schlaffem Phallus verglich, entlockte ihr das zur legitimen ehelichen Nutzung bestimmte Instrument nur ein mitleidiges Lächeln und einen gelinden Hass auf den intellektuellen Ehemann mit dem so mangelhaft geprägten Stempel. Übellaunig ging sie dann morgens zur Arbeit und bedachte zuallererst den Direktor mit einem fragenden Blick. Dieser verstand auf Anhieb und ging unverzüglich in sein Büro.

Wie sie es auch betrachtete: An allem waren die Juden schuld. Alle, aber insbesondere zwei. Der eine, weil er sie verführt hatte und nicht von ihr abließ, der andere, weil er unfähig war, nichts davon verstand und auch kein Verlangen danach hatte. Jedenfalls begriff sie eines Morgens, als sie in übler Verfassung aufwachte: Es reicht. Höchste Zeit. Sie schaute sich um, entdeckte auf Borjas großer Nase einen Schweißtropfen, und ihr wurde endgültig schlecht.

Noch am selben Tag packte Tanja, um den Mirskis ihre Selbstständigkeit zu beweisen, eigenhändig ihren mickrigen Koffer mit den Resten ihrer Balaschicha-Vergangenheit, küsste vielsagend ihren Sohn und ging hinaus auf die Trjochprudny-Gasse, nachdem sie zum Abschied die Tür der zweigeschossigen Wohnung krachend zugeworfen hatte. Das Echo dieses Türenknallens prallte mehrfach gegen die leichte Wand des einst von Mirski abgetrennten Kinderzimmers, fand dort keinen festen Halt, glitt abwärts, streifte unterwegs die Serebrjakowa, berührte zum Abschied den Juon, stolperte über Rodtschenko, hauchte Picasso einen schwachen Kuss auf und erstarrte endgültig auf dem späten Korowin.

Wohin jetzt, außer zur Mutter nach Balaschicha, wusste Tanja nicht. Sie hatte nicht einmal ansatzweise versucht, wenigstens zwei

Schritte im Voraus zu planen. Praktisch bedeutete das: Es gab nur eine einzige Adresse, an die sie sich wenden konnte, nämlich die Kaljajewstraße, die Wohnung von Juli Solomonowitsch Aronson, dem dreiundsiebzigjährigen Bibliotheksdirektor, ihrem unermüdlichen langjährigen strengen Liebhaber, dem engsten Verwandten ihrer verhassten ehemaligen Familie.

In den dreizehn Jahren gegenseitiger Bedürfnisbefriedigung war das Tanjas zweiter Besuch bei dem Witwer. Der erste hatte eine Woche nach Erprobung der Sünde im Büro stattgefunden. Doch nachdem Aronson sich davon überzeugt hatte, dass Vitalität und Lernwilligkeit der jungen Mitarbeiterin schier unerschöpflich waren, befand er, dass er sich auf die Portion Zärtlichkeit am Arbeitsplatz beschränken konnte, anstatt seine Potenzreserven bei gesonderten Begegnungen an seinem Wohnsitz zu vergeuden. Was die Accessoires anging, so war alles Nötige auch im Büro vorhanden: der Ledersessel, die Ottomane und der niedrige Schemel.

»Nimmst du mich auf?«, fragte Tanja den Alten, als der ziemlich verblüfft die Tür öffnete, und stellte den Koffer auf den Fliesenboden des Treppenhauses. Zum ersten Mal duzte sie Aronson. Sie hatte die Unterlippe eingekniffen und biss darauf, ihr Blick war misstrauisch und ängstlich.

»Komm rein«, erwiderte der Witwer verstehend und streckte die Hand nach dem Koffer aus.

Während Tanja die Diele betrat, eine schwere Welle des Parfüms »Rotes Moskau« verströmend, und ihren graubeigen Staubmantel an die Garderobe hängte, wusste Aronson bereits, wie es weitergehen würde mit ihm und der Frau seines Neffen. Wusste es und war im Grunde damit einverstanden. An diesem Tag begriff er, dass das Schicksal ihnen beiden eine Chance gab: Dem Witwer, nicht in Einsamkeit zu verglühen, ihr, Borjas Frau, ein anständiges Unterkommen auf unbestimmte Lebenszeit. Als er die Tür abschloss, überlegte er, dass er es höchstens ein, zwei Wochen vor den Mirskis geheim halten konnte, dann würde die Wahrheit unweigerlich herauskommen. Andererseits, was waren schon ein oder zwei Wochen? Er würde schließlich nicht gleich morgen krepieren, oder? Scheißegal, außerdem wäre ohne Erben die Wohnung verloren, nun aber konnte er Tanja als Pflegerin bei sich anmelden; immer noch besser, als die Wohnung der Stadt zu überlassen.

In dieser Nacht schlief Tanja nicht mit dem Alten, und er bat auch nicht darum. Sie wussten beide, sie mussten nichts übereilen, sie konnten sich nun auf neue Weise aneinander gewöhnen.

Zweiter Teil

Stefan tauchte 1988 im Haus an der Trjochprudny-Gasse auf, kurz nachdem ein unbekannter Wind die Messingtafel abgerissen hatte, die seit Vorkriegszeiten an der äußersten Ecke des Hauses neben dem zweiten Aufgang hing. Die Tafel war mit den Jahren zu Bronze geworden – im unmittelbar physikalischen Sinne, nachdem sich auf ihrer rissigen Oberfläche immer mehr schmutzig braungrüne Patina gesammelt hatte. Ende der Achtzigerjahre hatte das Braune derart überhand genommen, dass es unmöglich war, etwas von der Inschrift darauf zu entziffern, auf die manche Bewohner einst so stolz gewesen waren. Wer sich an den ursprünglichen Text erinnerte, erinnerte sich eben, wer ihn nicht kannte, der erfuhr ihn auch nicht. Es gab nicht mehr viele, die sich erinnerten. Die Inschrift aber lautete: »Mustergültiges Haus«.

Zu den wenigen, die sich erinnerten, gehörte auch die Bewohnerin des dritten Stocks Rosa Markowna Mirskaja, die Witwe eines einst berühmten Architekten. Und zu dem Zeitpunkt, als aus dem zweiten Aufgang die Sachen der Satewachins herausgetragen wurden, stand sie im fünfundachtzigsten Lebensjahr.

Dass Alexej Satewachin, der Enkel des Armeegenerals, das Haus in der Trjochprudny-Gasse verlassen würde, wusste Rosa von Fira Klionskaja. Die Tochter von Samuil und Zilja Klionski hatte ihr am Telefon erzählt, dass Alexej Satewachin mit seiner Familie endgültig weggehe – als Emigrant nach Nordamerika oder als Diplomat in den Süden Kanadas. Nach Montreal jedenfalls, wo angeblich lauter amerikanische Franzosen lebten und die höchsten Wasserfälle der Welt seien. Die Wohnung, fügte Zilja enttäuscht hinzu, hätten die Satewachins verkauft, dort würde nun ein wichtiger Mann namens

Stefan einziehen. Ein ehemaliger Ungar oder anderer Ausländer, jedenfalls kein gewöhnlicher Sowjetbürger, auf alle Fälle reich und mit Beziehungen nach ganz oben. Mehr sei nicht bekannt.

Diese mageren Informationen genügten Rosa Markowna, um dem neuen Bewohner von Semjons Haus mit Widerwillen und Argwohn zu begegnen. Zumal im Fernsehen vor Kurzem erst einer von den Neuen, den Demokraten, ungeniert, ja geradezu kämpferisch ausgerufen hatte: Euer Lenin, der war der schlimmste Blutsauger von allen, weiter nichts. Und da der neue Mieter offenkundig Beziehungen nach ganz oben hatte, musste er wohl mit diesen neuen Machthabern kungeln, den Parteileuten – auch wenn die inzwischen anders waren als früher, nicht mehr ganz so abstoßend.

Sie musste an Semjon denken – was hätte er wohl gesagt, hätte er gehört, wie derart über Lenin geredet wurde, und zwar lauthals und ungeniert? Ich müsste, dachte sie dann, mal wieder auf den Wagankowo-Friedhof fahren, ich war lange nicht dort, über ein halbes Jahr; das Grab in Ordnung bringen und schauen, wie es den beiden dort geht, Vater und Sohn.

Früher hatte sie das Grab ihres Mannes häufiger besucht, doch seit dem Tod des Sohnes vor einem Jahr war sie seltener in der Stadt unterwegs – sie hatte niemanden mehr, der sie fuhr. Wilen hatte nie Zeit, er war dauernd unterwegs, bei Dreharbeiten oder auf Motivsuche.

Sie hatte sehr unter dem Tod des Sohnes gelitten und heftig getrauert; doch erst nach über einem Monat nach der Beerdigung, um den im orthodoxen Glauben bedeutenden vierzigsten Tag herum – den sie nicht beging – dachte sie plötzlich erstaunt, dass ihr seltsamerweise nie der Gedanke gekommen war: Warum er und nicht ich? Nach den üblichen Maßstäben müsste sich eine alte Mutter das doch zuerst fragen. Sie hatte es nicht getan, es war ihr nicht in den Sinn gekommen. Und dann war es zu spät dazu. Sie verarbeitete den Tod des Sohnes, so gut sie konnte, und kümmerte sich ansonsten weiter um das Leben in Semjons Mustergültigem Haus.

Boris war mit sechzig Jahren in seinem Büro im Architekturinstitut gestorben, in seinem Prorektoren-Sessel. Es war ein rascher, schmerzloser Tod – er bückte sich nach einem heruntergefallenen

Bleistift und kam nicht wieder hoch. Ein Blutgerinnsel im Gehirn. Der Arzt erklärte, er habe nichts gespürt, in einer Sekunde sei alles vorbei gewesen.

Dort auf dem Friedhof traf Rosa, ein Jahr nachdem Boris neben Semjon begraben worden war, Tanja und erkannte sie nicht gleich. Wie es ihr ging und was sie machte, wusste sie natürlich von Wilen und von ihrem Urenkel Mitja, der Tanja einige Jahre lang jeden Sonntag besucht hatte. Sie war also die ganze Zeit auf dem Laufenden geblieben, aber begegnet war sie Tanja nie, abgesehen von dem Tag, an dem Wilen seine Julia geheiratet hatte und sie alle zusammengetroffen waren, einschließlich der Exschwiegertochter. Auch Wilen verwöhnte seine Mutter nicht gerade mit Besuchen, er beschränkte seinen Kontakt auf einige seltene Anrufe – wenn er gerade daran dachte.

Juli Aronson war 1985 gestorben. Erst mit neunzig hatte der agile Alte seine Wohnung schließlich Tatjana überschrieben – und das hatte sie sich mit sechzig auch redlich verdient, immerhin hatte Aronson ihre Dienste als Frau, nicht nur als Haushälterin, fast bis zu seinem Tode in Anspruch genommen. Gegen Ende, mit dreiundneunzig, zwei Jahre vor seinem Tod, schaffte er es nicht mehr ganz, unternahm aber noch schwache Versuche: Er rieb sein bestes Stück an ihr, wenn er nicht schlafen konnte, oder begrapschte sie und rief sich mit dem Finger dieses und jenes in Erinnerung. Und Tatjana biss die Zähne zusammen und zählte die Tage und Minuten.

Das Interessanteste an dem Bruch im langjährigen familiären Verhältnis zwischen den Mirskis und Aronsons war, dass keiner der Mirskis sich je gefragt hatte, warum Tanja ausgerechnet bei Aronson Zuflucht gesucht hatte. Rosa Markowna schrieb dies ausschließlich der Gutherzigkeit von Semjons Cousin zu, seiner Einsamkeit im Alter und dem Mitleid mit seiner Bibliothekarin, Borjas obdachlos gewordener Ehefrau. Und sie war willens, darauf nicht nur erstaunt, sondern sogar mit Verständnis zu reagieren.

Doch diese Chance verspielte Aronson. Es kam ihm gar nicht in den Sinn, dass man die Angelegenheit auch so sehen konnte. Vielmehr wusste er, dass er zweifellos unschön gehandelt hatte, zwar notgedrungen, aber doch, wie er selbst meinte, wie ein rolliger

Kater. Und er nahm an, die anderen sahen das mindestens genauso, hassten ihn vermutlich dafür und hatten es über den Familienfunk schon überall verbreitet, bis hin zu den Großneffen, den Enkeln von Ingenieur Katz. Er kam also gar nicht auf die Idee, die verwandtschaftlichen Beziehungen weiterhin aufrechtzuerhalten, ja, womöglich Rosa Markowna gegenüber unschuldige Verwunderung über die unsinnige Trennung ihrer Schwiegertochter von seinem geliebten Neffen zu mimen.

Von einem Tag auf den anderen rief er die Mirskis nicht mehr an und besuchte sie nicht mehr. Zuvor wurde er, um Rosas Tadel zuvorzukommen, ihr gegenüber grob, denn er glaubte, sie würde ihm Alterslüsternheit und niedere Motive vorwerfen.

Rosa Markowna aber vermutete etwas ganz anderes. Sie glaubte, Aronson, an der Schwelle zur Senilität, sehe sich als Beschützer der unterdrückten Bibliothekarin und wähne sich mitschuldig, weil er Tatjana mit Boris Mirski bekannt gemacht hatte.

Damit rissen die Beziehungen zwischen Rosa Markowna und Tanja ab.

An diesem Tag, da sie sich schließlich leibhaftig begegneten, ohne es vorher geahnt oder geplant zu haben, war Rosa Markowna allein auf den Friedhof gefahren. Es ging ihr an diesem Tag nicht besonders gut: Am Abend zuvor hatte sie bis spät in die Nacht vor dem Fernseher gesessen, »Wsgljad« geschaut und sich nach jedem Beitrag, den die jungen Burschen zeigten, ans Herz gegriffen. Doch sie freute sich sehr, dass die Untaten der Kommunisten nun endlich allgemein bekannt wurden und nicht nur sie selbst dokumentarische Belege dafür besaß. Und konnte darum nach der Sendung lange nicht einschlafen. Außerdem machte sie sich große Sorgen um Mitja, irgendetwas stimmte ganz eindeutig nicht mit ihm. Was genau, bekam sie nicht heraus, er ließ sie nicht an sich heran, hatte Geheimnisse. Auch in der Schule gab es ständig Probleme, seine Leistungen verschlechterten sich stetig.

Kurz, sie hatte Mitja einen Zettel hinterlassen, wo er sein Essen finde, und war allein zum Friedhof gefahren, mit der Metro bis zur Station Dynamo und weiter mit einem Schwarztaxi. Hätte ihre Begegnung an einem anderen, neutralen Ort stattgefunden, nicht auf dem Friedhof und an Borjas erstem Todestag, hätte die alte Mirskaja in der erschöpften, frühzeitig erloschenen, unscheinbar gekleideten Pensionärin kaum ihre ehemalige Schwiegertochter erkannt.

Es war Herbst, Ende Oktober, und sämtliche Straßen, die auf den Friedhof führten, waren bereits vom üblichen Moskauer Schmuddelwetter gezeichnet: Schmutzige Pfützen, grauer, jedem Regen trotzender Matsch an den Gehsteigrändern und Rostflecke am schmiedeeisernen Friedhofstor, das zum Winter wie üblich nicht mit dem nötigen Schutzanstrich versehen worden war. Auch der endlose, eintönige Nieselregen schien nicht allzu sauber zu sein, sondern wirkte, als habe irgendwer in den himmlischen Sphären, bevor er ihn auf die Erde schickte, ihn mit etwas Staubiggrauem getrübt und zum Schluss noch einen Schuss schwaches Violett hinzugefügt.

Auf dem Friedhof selbst aber sah es völlig anders aus, als hätte ein anderer, nur hier ansässiger Wind, stark und trocken, die herbstliche Nässe hinweggeweht, den Herbstschmutz aufgenommen und zurückgeschleudert in die schmuddelige Stadt, in die trübe hauptstädtische Alltäglichkeit.

An diesem Tag gab es bei Semjon und Boris schon mehr Rot als Grün, nur einige wenige Birken milderten mit ihrem schwachen Gelb das wilde feuerrote Friedhofslodern. Das Rotbraun hatte in ihrer Reihe zugenommen, das war Rosa bereits im Vorjahr aufgefallen, als Boris hier begraben wurde. Woran das lag, wusste sie nicht, jedenfalls sah sie nun, wenn sie im Herbst herkam, schon von Weitem, wo die beiden lagen, erkannte es an der Farbe. Sie ging auf diese Farbe zu und achtete dabei kaum auf den Weg, denn ihre Beine trugen sie von selbst zu den Mirskis, zu ihrem angestammten Platz, mit dem sie nun mehr verband als mit jedem Ort jenseits der Umfriedung.

Sie spürte die Kälte nicht, doch beim Ausatmen bemerkte sie den warmen Dampf, der aus ihrem Mund kam, und lächelte. Ich lebe, dachte sie, sie lebt noch, die alte Mähre, sie atmet und stößt sogar Dampf aus, wie eine Lok auf dem Abstellgleis, der man noch einmal eingeheizt hat. Sie legte den Kopf in den Nacken und blickte in Grau. Die Erde unten ist grau, dachte sie, und oben ist es auch grau – als wäre dort ebenfalls Erde. Was hat das zu bedeuten? Und sie beantwortete sich ihre stumme Frage: Dein Grab, Rosa, dein Grab … Sie senkte den Kopf, bewegte die Schultern, und es knackte in ihrem Rücken. Aber ich mag nicht sterben, Rosa Markowna. Ich mag nicht …

Noch etwas verunsicherte sie an Tanja: die fehlenden Locken im schütteren Haar und dessen Farbe, ein schmutziges, trübes Aschgrau, gesprenkelt mit altersbleichen hellen Flecken.

»Guten Tag, Rosa Markowna«, sagte die Frau und sah die Greisin fragend und abwartend an.

»Ihr Haar ist also doch dunkler geworden«, murmelte Rosa halblaut, mehr an sich selbst gewandt als an die Frau, ging aber dennoch zwei Schritte auf sie zu und nahm Tanjas Arm.

»Ich sehe, du hältst dich gut«, sagte sie schon lauter zu ihrer ehemaligen Schwiegertochter und schaute ihr in die Augen. »Noch genauso hübsch und stolz.«

Tanja schwieg, zwinkerte nur mehrmals und starrte verwirrt zu Boden. Plötzlich knickten ihr die Beine ein, sie klammerte sich linkisch mit beiden Händen an die Exschwiegermutter und rutschte langsam abwärts, hielt nur mit Mühe das Gleichgewicht. Rosa packte fester zu und stützte Tanja ab.

»Na, na, na …« Sie streichelte Tanjas Schulter und drückte ihren Kopf an sich. »Nicht doch, meine Liebe, nicht doch. Was war, ist vorbei, wir müssen alle weiterleben.« Sie lächelte. »Sogar ich alte Frau. Ich lebe, und an Ruhe«, sie nickte hinüber zum Grabstein der Mirskis, »denke ich gar nicht.«

In diesem Moment tauchte Stefan in Rosas Leben auf. Und die Umstände ihrer ersten Begegnung behielt Rosa aus zwei für sie sehr wichtigen Gründen in Erinnerung.

Erstens wusste sie von dem Augenblick an, als hinter ihnen plötzlich ein großer, hagerer, exzellent gekleideter Mann um die fünfzig auftauchte, in einem schicken, schlammgrünen langen Mantel und mit einem weißen Seidenschal, von diesem Augenblick an wusste die Greisin, dass die Zeit der unfreiwilligen Gegnerschaft zwischen ihr und Tanja vorbei war und dass Tanja fortan wieder in erreichbare Nähe rücken würde, näher an den Hauptsitz der Mirskis, dass das Leben also in seine früheren Bahnen zurückkehrte.

Das Zweite war der Mantel, den der Fremde trug, der, was Rosas geschultem weiblichem Auge nicht entgehen konnte, aus hervorragendem Stoff und tadellos geschnitten war.

»Brauchen Sie Hilfe, meine Damen?«, erkundigte sich der Mann, als er bemerkte, dass es einer der Frauen nicht gut ging.

»Vielen Dank«, entgegnete Rosa Markowna, die Tanja inzwischen aus ihrer instabilen Lage geholfen hatte, und setzte hinzu: »Sehr liebenswürdig.« Ihr Blick verharrte kurz auf dem Mantel des Fremden, und sie konnte sich nicht enthalten zu fragen: »Verzeihen Sie, ist der von Pjotr Alexejew? Ich meine, der Stoff, ist der aus der Fabrik von Pjotr Alexejew? Ja?«

Tanja sah sich nervös um und fragte absichtlich lauter als nötig, damit der Mann es auch hörte: »Rosa Markowna, wir müssen langsam, oder?«

Der Mann lächelte.

»Nein, nein, soviel ich weiß, ist das schottische Schurwolle. Obwohl, ich bin nicht hundertprozentig sicher. Wissen Sie, heutzutage kann man bei kaum etwas sicher sein – so sind nun mal die Zeiten. Gute Zeiten, aber eben anders als früher.« Er warf einen Blick auf den Grabstein der Mirskis und sagte nach kurzem Zögern: »Wissen Sie, ich bin zufällig hier, ich habe einen Freund besucht«, er wies mit einem unbestimmten Kopfnicken in die Tiefe des Friedhofs, »aber da ich nun einmal auf Sie gestoßen bin, erlauben Sie mir eine neugierige Frage. Rosa Mirskaja, ist das dieselbe, die 1923«, er nickte erneut hinüber zum Grabstein, »Semjon geheiratet hat, in Moskau? Im Oktober, glaube ich?« Er sah die Greisin fragend an. »Ja?«

Rosa starrte den Fremden verblüfft an.

»Rosa Markowna Mirskaja, das bin ich. Und das«, nun wies sie mit einem Kopfnicken auf den Marmorstein, »ist mein verstorbener Mann, der Architekt Semjon Lwowitsch Mirski. Wir haben tatsächlich dreiundzwanzig geheiratet, in Moskau. Im Oktober. Aber warum fragen Sie, junger Mann? Sind Sie auch Architekt?«

Diese Frage überhörte der Träger des schlammgrünen Mantels und stellte seinerseits eine weitere.

»Entschuldigen Sie, sagt Ihnen der Name Ida etwas? Vor rund fünfundzwanzig Jahren war sie etwa sechzig. Seitdem habe ich sie nicht wiedergesehen, ich weiß nicht einmal, ob sie noch lebt. Ihr Familienname war Merkel, glaube ich. Oder so ähnlich. Kannten Sie sie zufällig?«

»Ida Mekler, meine verstorbene Cousine«, antwortete Rosa verständnislos. »Entschuldigen Sie, junger Mann, und wer sind Sie?«

Die Geschichte war so banal wie nur möglich und in drei Minuten erzählt, während Stefans rabenschwarz schillernder Mercedes an Fahrt gewann, um die Frauen nach Hause zu bringen.

»Wohin, meine Verehrtesten?«, erkundigte sich der kräftige junge Fahrer mit dem Habitus eines mittleren Partei-Instrukteurs aus jüngst verflossenen Zeiten.

»In die Trjochprudny-Gasse, wenn es keine Umstände macht«, antwortete Rosa Markowna, die davon ausging, dass Tanja sie begleitete, da sie sich nun einmal wiedergetroffen hatten. »Das ist in der Nähe der Patriarchenteiche.«

Stefan zog erstaunt die Braue hoch. »Dann sind wir also Nachbarn, ich wohne nämlich seit Kurzem auch in der Trjochprudny-Gasse.«

Er nahm das begonnene Gespräch wieder auf. »Als ich gerade anfing mit dem Sammeln, das muss fünfundsechzig oder sechsundsechzig gewesen sein, erwarb ich einige prächtige Stücke, allesamt von einer Frau, eben jener Ida. Unter anderem, wie ich mich erinnere, eine Fabergé-Schale und Zarenkelche. Und ein wundervolles mit Ornamenten verziertes emailliertes Ei. Ebenfalls von Fabergé. Alles erstklassig.«

Rosa zuckte zusammen, und Stefan rief sich weitere Einzelheiten seiner damaligen Erwerbungen ins Gedächtnis.

»Ich besitze nichts mehr davon, ich konnte es nicht bewahren, die Zeiten waren nicht danach, aber dafür erinnere ich mich gut an die eingravierte Inschrift auf dem Sockel der Schale, der übrigens aus Platin war: ›Für Rosa und Semjon Mirski von den Eltern zur Hochzeit, Oktober 1923, Moskau.‹ So ungefähr. Darum frage ich mich: Gehörte das vielleicht Ihnen?«

Die Greisin schlug die Hände vors Gesicht.

»Ida, Ida … Wie hast du nur damit gelebt, du Arme! All die Jahre … All die vielen Jahre … Mein Gott, mein Gott …«

Tanja zupfte beunruhigt an ihrem Ärmel.

»Rosa Markowna, ist Ihnen schlecht?«

Die Greisin nahm die Hände vom Gesicht.

»Nicht mir, meine Liebe, nicht mir …« Sie bogen auf den Jermolajewski-Prospekt ein und fuhren parallel zum Sadowoje-Ring in Richtung Patriarchenteiche. Rosa seufzte bitter und schüttelte niedergeschlagen den Kopf. »Sie wurde ermordet … 1970, glaube ich, irgendwo in Sokolniki. Von Unbekannten. Die Täter wurden nie gefunden. Jetzt verstehe ich. Womöglich wegen des Geldes, wegen dieses Geldes … Ach, mein Gott …«

»Welche Hausnummer, Rosa Markowna?«, erkundigte sich Stefan höflich. Er spürte, dass er sie alle mit seiner letzten Frage unwillentlich in eine peinliche Situation gebracht hatte.

»Zweiundzwanzig«, antwortete Rosa, ohne aufzusehen. »Wie heißen Sie, junger Mann?«

»Nennen Sie mich Stefan«, erwiderte der Mann.

»Einfach nur Stefan?«

»Ja, nur Stefan. Nehmen Sie es als Vornamen, Vatersnamen und Familiennamen in einem, einverstanden?« Er lächelte. »Zumal ich auch in der Zweiundzwanzig wohne.«

Rosa Markowna hob den Kopf.

»Dann sind Sie also in die Wohnung der Satewachins gezogen? Sie sind das?«

Stefan lächelte, fast schuldbewusst. »Genau der bin ich, Rosa Markowna, höchstpersönlich. Ich sage doch, wir sind Nachbarn.«

»Einen Moment, mein Lieber, einen Moment …« Rosa ließ ihren Blick eine Weile auf ihm ruhen, sichtlich bemüht, sich an etwas zu erinnern. »Sind Sie etwa der Stefan, der unserem Gleb kürzlich so geholfen hat? Ich rede von Tschapaikin, Gleb Iwanowitsch. Das waren Sie?«

»Das war nicht weiter schwierig.« Stefan lächelte. »Ich kenne ein paar Leute, die haben in solchen Dingen so ihre speziellen Mittel, und die haben Gleb Iwanowitsch in seinem Kummer geholfen. Ich habe ihnen nur von seinem Unglück erzählt, mehr nicht.«

»Richten Sie Ihren Freunden unser aller Dank aus, Stefan«, sagte Rosa Markowna, aufrichtig erfreut, dass ihre Vermutung sich bestätigt hatte. »Gleb Iwanowitsch ist ein alter Bewohner unseres Hauses und ein guter Nachbar. Er ist einsam, und Sie können sich nicht vorstellen, welchen großen Dienst Sie ihm erwiesen haben. Aber ich weiß es genau.«

»Ach was, Rosa Markowna«, Stefan winkte scherzhaft ab, »keine Ursache.« Dann wurde er ernster. »Ansonsten, das wollte ich Ihnen noch sagen, meine Damen« – hier verbeugte er sich leicht gegen die verstummte Tanja –, »ich stehe Ihnen jederzeit zu Diensten. Wenden Sie sich ruhig an mich, wenn Sie Hilfe brauchen – als Nachbarn.«

»Danke, mein Lieber«, entgegnete Rosa Markowna und bedauerte, dass sie anfangs so schlecht über den neuen Mieter gedacht hatte. »Und kommen Sie bei Gelegenheit vorbei, als Nachbar, ohne große Umstände, viel kann ich nicht versprechen, aber einen Tee bekommen Sie bei mir immer. Ich denke, Sie werden zufrieden sein.«

»Unbedingt, Rosa Markowna, ich nehme Sie beim Wort.« Stefan lachte, und Rosa registrierte sein charmantes Lächeln. In diesem Augenblick ertönten unter der schottischen Schurwolle mehrmaliges Klingeln und eine Spieluhrmelodie, die ihr aus ihrem früheren, halb vergessenen Leben vertraut war. Diese Töne würde sie wohl niemals vergessen.

»Das habe ich 1932 zum letzten Mal gehört, bei Ida, bevor wir sie zusammen noch einmal aufzogen. Und dann versteckten wir sie hinter der Ofenklappe«, sagte sie traurig. »Dabei hätte Semjon sie noch bis 1940 tragen können. Und später dann Boris.«

Stefan langte unter seinen Mantel und holte eine goldene Zwiebel heraus.

»Das letzte Stück von Ida, das ich bewahren konnte«, erklärte er und schnalzte bedauernd mit der Zunge. »Geht auf die Sekunde genau, bis heute.«

»Kein Wunder.« Rosa Markowna schüttelte den Kopf. »Vorletztes Jahrhundert. Holländische Wertarbeit. So was gibt es heute nicht mehr.«

»Tja …«, bestätigte Stefan und schob die Uhr wieder unter den

Mantel. »Hier ist nicht Holland, das ist wohl wahr.« Der Wagen bremste weich, und Stefan sah aus dem Fenster. »Wir sind da, meine Damen, wir sind zu Hause!«

Stefans Bemerkung über Holland war, gelinde gesagt, Hochstapelei. Nicht, dass die Uhr nicht die bewusste holländische Zwiebel der Mirskis war, das schon, aber vom Ausland hatte Stefan Tomski, als er Rosa Markowna kennenlernte, nur eine sehr vage Vorstellung, da er noch nie über die Grenzen seines Vaterlandes hinausgelangt war. Dafür gab es mehrere Gründe, der gewichtigste aber war ganz banal: Die Heimat entließ ihre kriminellen Elemente nie aus ihren Armen, niemals und nirgendwohin, schon gar nicht so herausragende Verbrecher wie den in der Unterwelt hoch angesehenen Tomski, dort bekannt unter einem Namen, der – ein seltener Fall in Kriminellenkreisen – mit dem in seinem Ausweis eingetragenen Vornamen übereinstimmte: Stefan.

Geboren wurde Stefan in einem Frauenlager der Stadt Tomsk im unguten Jahr siebenunddreißig, was jedoch nicht hieß, dass seine Mutter die Frau oder Tochter eines Volksfeindes war. Keineswegs. Stefans Mutter war eine berühmte Diebin und Rumtreiberin, bekannt unter dem Namen Kaprize. Den Namen verdankte sie ihrer Eigenheit, jede Entscheidung, ob in Sachen Diebstahl oder in Sachen Männer, ganz spontan zu fällen, ohne lange nachzudenken und sich mit der Suche nach der optimalen Variante abzuplagen. Darum verbrachte sie den größten Teil ihres Lebens an Orten, die vom übrigen Sowjetvolk mit Stacheldraht und bissigen Hunden abgeschirmt waren. Doch wo sie auch landete, einen Kerl fand sie immer.

Der letzte zum Stillen ihrer ausschweifenden Leidenschaft Auserkorene war der Koch des Frauenlagers, ebenfalls ein Häftling, aber mit eigener, separater Unterkunft in der Baracke des Lagerpersonals. Er war, wie hinterher bekannt wurde, ungarischer oder sonstwie rumänisch-zigeunerisch-nicht-russischer Abstammung. Sein Name war Stefan. Sein Familienname ist in den Dokumenten nicht vermerkt. Doch Kaprize konnte nur von ihm schwanger geworden sein. Der Ungar oder Zigeuner wurde aus dem Lager entfernt, der Bauch aber ließ sich nicht mehr annullieren. So kam es zu dem Säuglingshäftling, den seine kriminelle Mutter sofort weggab, allerdings nicht ohne anzuordnen, der Junge solle Stefan heißen. Genaueres war nicht herauszufinden.

Mit Sicherheit bekannt ist Folgendes: Einen Tag nachdem Kaprize ihr Kind weggegeben hatte, stach sie einer Mitgefangenen mit einem angeschliffenen Metallstift in die Hüfte, wofür sie einen Nachschlag von zehn Jahren bekam und in ein Lager der strengsten Strafkategorie überführt wurde; von Tomsk nach Omsk sozusagen. Der kleine Stefan aber blieb zunächst in Tomsk. Hier bekam er auch seinen Familiennamen Tomski, nach dem Ort seiner Geburt. Hier drückte er sich mit Erfolg vor dem Abschluss der Mittelschule, indem er sich kurz zuvor durch glückliche Flucht der Kinderheimaufsicht entzog und in das freie Nachkriegsleben floh.

Dann wurde es komplizierter, aber auch einfacher. Komplizierter, weil er es warm haben und essen wollte. Einfacher, weil der Weg dahin schnell gefunden war und Planung und Ausführung keine besondere geistige Anstrengung verlangten. Kurz, seine erste Haft war in jeder Hinsicht ein Kinderspiel: im Hinblick auf das Delikt und auf die kurze Haftdauer.

Erst mit fünfzehn gelangte er zum zweiten Mal in die Freiheit. Wobei man das hässliche, unfreundliche Leben hinter den Mauern seines zweiten Kinderheims eigentlich nicht Freiheit nennen konnte. Die Zöglinge derartiger Heime waren in seinem Alter bereits ausgewachsene Wolfsjunge, sofern die Heimleitung sie nicht rechtzeitig durch Privilegien bestochen oder eingeschüchtert hatte. Stefan Tomski aber war kein Wolfsjunges mehr, er war bereits ein reifer, starker Wolf mit scharfen Augen und feiner Nase, zäh und ausdauernd.

Die zweite Mauer fiel nach einem Jahr: Stefan, gerade in den Besitz eines Ausweises gelangt, nahm den gesamten Inhalt der Heimkasse an sich, fesselte gegen Morgen die diensthabende Erzieherin, stopfte ihr den Saum ihres eigenen Kittels in den Mund, zog ihr den Schlüpfer bis zu den Waden herunter, ihren Busch entblößend, und band sie mit einem Handtuch an den Stuhl. Die Erzieherin, zu Tode erschrocken, wies mit vor Angst irren Augen grunzend auf ihren nackten Unterleib: Nimm mich, Junge, benutz mich, vergnüge dich, bis du nicht mehr kannst, aber lass mich am Leben, töte mich nicht, ich beschwöre dich bei Gott.

Doch Stefan lachte nur verächtlich, spuckte neben der gestürzten Erzieherin aus, schob ihren Kittel noch höher, sodass der Anblick, den sie den morgendlichen Blicken der verhassten Herren über seine Freiheit bieten würde, noch peinlicher war, und ging fort aus dem unfreien Leben, mit der gelassenen Würde des Siegers.

Von diesem Augenblick an stand er in bewusster, unversöhnlicher Opposition zu jeder Macht. Nicht zum Volk, nein, zur Macht, und das waren für ihn Milizionäre, Natschalniks und heimliche Reiche.

Das Geld aus der aufgebrochenen Kasse reichte für eine Fahrkarte nach Moskau und für die erste Etappe des künftigen sorglosen Lebens.

Die nun folgende Karriere gestaltete sich nicht sonderlich originell: Noch im selben Jahr wurde er in eine Moskauer Vorortbande aufgenommen. Ein Jahr darauf folgte ein bewaffneter Raubüberfall zu viert. Diesmal kam er leider nicht mehr mit einer Jugendstrafe davon – er war gerade achtzehn geworden.

Die sieben Jahre bis zur Amnestie saß Stefan in einem Lager in Magadan, wo er nun systematisch unterrichtet wurde, und zwar nicht mehr von dahergelaufenem Abschaum, sondern von erfahrenen Kriminellen. Seine wichtigste Bezugsperson in diesen Jahren war ein lebenskluger Bandit namens Joker. Er wusste Stefans Gewitztheit zu schätzen und erklärte ihm, wer sich in dieser Welt auf wen stützte und was worauf beruhte.

Mit fünfundzwanzig kam Stefan raus, sachkundig und weit über sein Alter hinaus mit Wissen und Beziehungen versehen. Der junge Kriminelle Tomski hatte seine erste Schule in Sachen lebenswichtige Werte – ethische wie rein merkantile – absolviert. Er wusste: Eine Pistole ist das Letzte, wenn man einen Kopf auf den Schultern hat und die grauen Zellen darin funktionieren. Überhaupt ist jedwede Gewalt nur ein notgedrungenes Mittel, beileibe nicht das einzig nötige und mögliche.

Es war das Jahr zweiundsechzig, Höhepunkt der neuen Freiheit nach der stalinschen Eiszeit und mit einem plötzlichen Überfluss in den Lebensmittelgeschäften, lebendige Illustration des offiziellen Standardwerkes über gesunde und schmackhafte Küche. Stefan Tomski entschied ein für alle Mal: Er würde nicht stehlen, er würde denken. Stehlen sollten andere, die eigens dafür ausgebildet waren. Von ihm selbst oder mit seiner Hilfe. Er durfte nicht auffallen. Keine kleinen Brüche, Taschendiebstähle, Raubüberfälle und andere Bagatellen wie Handtaschen voll mit Taschentüchern statt mit Portemonnaies. Größe, das ist meine Stärke, entschied Stefan. Größe, Einfluss, Beziehungen und ernsthaftes Streben nach dem gesetzten Ziel. Es geht nicht um Geld, dachte er in einem verzweifelten Moment, an einem Kreuzweg in seinem Leben, es geht um die MILLION.

Damals dachte er noch nicht an ausländische Währungen, davon waren seine kühnsten Gedanken so weit entfernt wie Magadan vom Alpha Centauri. Das kam später, Anfang der Siebziger, mit der ersten Welle jüdischer Emigration. Die illegalen Privatunternehmer verharrten in dieser Hinsicht noch im Winterschlaf, und selbst die Kriminellen größeren Kalibers, die Beamtenbande, noch ganz im Banne der eigenen tief sitzenden Angst nach all den Hitlers, Stalins, Pogromen und Kampagnen, bliesen noch nicht zum Sturm.

Einstweilen wurde Stefan Tomski legitimer Leser der Leninbibliothek und beschloss, sich auf das Ewige zu konzentrieren, auf die unvergängliche Kunst, nach der die dümmlichen Herrschenden aus Unachtsamkeit oder aus einer sonderbaren Laune heraus noch nicht die Hand ausgestreckt hatten.

Für den Anfang versorgte er sich mit Kunstführern und studierte in aller Gründlichkeit ein Dutzend kunsthistorischer Lehrbücher der Moskauer Universität. Dabei geriet er ein wenig ins Schwimmen: Mythen und Legenden der griechischen Antike, Verweise auf Manuskripte und andere Quellen, Bedeutung für die Menschheitskultur und so weiter ... Das Wichtigste aber fehlte: Was wie viel kostete, wer sich dafür interessierte und wo etwas zu holen war – minimalen Schutz gegen Räuber und Diebe und anschließende zuverlässige Verkaufschancen vorausgesetzt.

Diese zweckdienlichen Besuche in der Leninbibliothek legten den

Grundstock für seine systematische, wenngleich informelle Bildung. Da ihn der Gegenstand außerordentlich faszinierte, ertappte er sich zuweilen dabei, dass er ein echtes Interesse für die Kunstgeschichte an sich entwickelte, nicht nur für ihren materiellen Gegenwert. Er befeuchtete sich die Finger, blätterte Seite für Seite um und nickte beifällig mit dem Kopf, wie im Zwiegespräch mit dem unsichtbaren Autor.

»Gescheit ... Sehr gescheit ...«

Zum Ende der Saison hatte sich der »Student« Tomski den gesamten kunsthistorischen Stoff angeeignet und beherrschte das Fach beinahe auf dem Niveau eines Doktoranden. Blieb nur noch das Letzte: Das Ganze zu systematisieren und es mit dem schändlichen Vorhaben in Einklang zu bringen.

Ohne einen Berater war da nichts zu machen, entschied der frischgebackene Doktorand und widmete sich eifrig dem nächsten Punkt: Auswahl einer geeigneten Quelle unabdinglicher Informationen zu bestimmten Bereichen der infrage kommenden Kunst.

Er musste nicht lange suchen, denn unter den Lehrbuchautoren gab es nur eine einzige Frau, die als potenzielle Komplizin in Betracht kam: A. S. Tschapaikina. Dass es eine Frau sein sollte, ergab sich aus naheliegenden Gründen: geringeres Risiko, weniger Aufsehen, größeres Verführungspotenzial. Dann würde er weitersehen.

Am nächsten Tag riss der Leser Tomski zur Verblüffung der Frau an der Buchausgabe seine Karteikarte vom Tisch, drehte sich um und eilte an die frische Luft, unter der Jacke das lieb gewonnene Lehrbuch. Auch ein paar Nachschlagewerke ließ er mitgehen: Griechenland, Italien, russische Malerei des 18. und 19. Jahrhunderts, russische Avantgarde und dergleichen mehr. Auf der Straße vernichtete er zunächst seinen Leserausweis, indem er ihn in winzige Schnipsel zerriss. Die Schnipsel verteilte er auf drei Papierkörbe, das Foto aber zündete er mit einem Streichholz an und sah lange zu, wie sein Gesicht sich in der Flamme krümmte, schwarz wurde und zu Asche zerfiel.

Damit begann die nächste Phase, die der Akkumulation, denn die des Lernens war beendet. Zugleich war Stefan bewusst, dass er für seine Pläne Leute brauchte, waghalsige und furchtlose. Er ging zu seiner alten Bande, aus der Zeit vor Magadan, doch diesmal, wie Joker es ihm geraten hatte, als Anführer, das heißt, er bildete eine eigene Truppe, für die er die Verständigsten, Aufgewecktesten und Verschwiegensten auswählte.

Dann bereitete er sich gründlich auf seinen ersten Besuch bei der Dozentin der Historischen Fakultät der Moskauer Universität A.S. Tschapaikina vor. Er überlegte sich eine passende Legende und gestaltete sein Äußeres entsprechend: Nun war Tomski Absolvent der Universität Tartu und plante eine Monografie über private Kunstsammler in Moskau. Seinen männlichen Charme untermauerte er mit einem Gladiolenstrauß und Chypre-Rasierwasser. Über den Ausgang des Gesprächs versuchte er nicht nachzudenken, legte sich aber für alle Fälle verschiedene Varianten zurecht, je nach Alter, Aussehen und Entgegenkommen des Objekts.

Die Auserwählte erwies sich als geeignet – eine pummelige falsche Blondine Mitte vierzig, freundlich und unkompliziert. Nur eines verunsicherte Tomski: Die Tatsache, dass die ziemlich primitiv wirkende Alewtina Stepanowna Dozentin eines derart renommierten Lehrstuhls geworden war. Doch schon in dem Augenblick, da er ihr im Flur des Universitätsgebäudes auf dem Marxprospekt schüchtern lächelnd die albernen Gladiolen überreichte und dafür einen raschen, interessierten Blick erntete, wusste er, was diese Matrone unterm Rock hatte, wie es beschaffen war und wie er mit ihr schlafen würde. Er sah sogar deutlich vor sich, wie sie ächzen, in welchem Augenblick sie zucken und ihn umschlingen, ihn leidenschaftlich an ihre üppigen Brüste ziehen und dann erschöpft niedersinken würde, um die unverhofft auf sie herabgekommene Freude zu verdauen.

Die Gründe für Alewtinas Karriere wie auch für ihre anfängliche Scheu, eine romantische Affäre mit dem jungen Wissenschaftler aus Tartu zu beginnen, offenbarten sich Stefan erst ein Jahr nach ihrer ersten Begegnung. Zunächst entdeckte er einen zwar unangenehmen, aber verkraftbaren Umstand: Alewtina Tschapaikina war die Tochter eines hochwichtigen alten Knackers aus dem ZK namens Swanzew. Als Stefan dies erfuhr, hatte er noch nichts Böses angestellt und noch nicht einmal richtig mit der Umsetzung seines

Programms zur Verführung Alewtinas begonnen. Es lief bislang auch so nicht schlecht.

Tomski erschien hin und wieder in der Uni, meist mit Blumen, und verschwand dann je nach Situation für eine Weile, was er mit unvermeidlichen Reisen begründete. Während seiner Begegnungen mit der Dozentin Tschapaikina gelang es ihm immerhin, Informationen zu dem ihn interessierenden Thema zu systematisieren und zu ordnen. Das Erste, worauf er stieß, war so überraschend und verblüffte ihn derartig, dass er drauf und dran war, die pummelige Matrone ohne Rücksicht auf ihr Alter und seinen generellen Widerwillen stürmisch zu umarmen. Die Information fiel ihm ganz nebenbei zu, sie entfuhr Alewtina, als sie auf das alte China zu sprechen kamen, und blieb in seinen Ohren hängen. Dann sank sie tiefer, hakte sich fest und fügte sich an richtiger Stelle ein.

Vasen, Vasen, Vasen! Siebzehntes, neunzehntes Jahrhundert! Porzellan! China! Echt antik! Und wo? Jedermann zugänglich, kostenlos, in primitiven, unbewachten Vitrinen! In der Filippow-Bäckerei in der Straße des 25. Oktober, im Tee-und-Kaffee-Laden auf dem Kirowprospekt, im Jelissejew-Geschäft und so weiter. In Hotels: im »Jewropejskaja« in Leningrad, im »Sowjetskaja« auf dem Leningrader Prospekt in Moskau. Und Malerei! Originale von Repin, Makowski, Aiwasowski, Filonow, Falk! Und all das in primitiven Hütten, Lesesälen von Kreisbibliotheken, verlassenen Ateliers oder bei unbedeutenden Erben. Herrgott!

Damals erfuhr Stefan auch, ebenfalls ganz nebenbei, von der Sammlung der Mirskis, die kannte Alewtina als Nachbarin schließlich in- und auswendig. Anfangs, als sie noch jung und dumm war und Tschapaikin sie mit den Mirskis bekannt machte, ihr Kustodijews Kaufmannsfrau zeigte und die Mirskis um Rat bat für die Zukunft, hatte sie die Bilder nicht besonders beachtet, aber nun, Jahre später, wusste Alewtina um den Wert der kostbaren Sammlung der Nachbarn, dieser wahren Meisterwerke der russischen Malerei. Ganz zu schweigen von dem Picasso.

Auch diese Information wurde einsortiert und erhielt ihren Platz neben vielen anderen interessanten Dingen, die Stefan für seine künftigen Geschäfte einmal nützlich sein sollten.

Dann kamen Restaurantbesuche, ebenfalls mit Blumen, die Alewtina, um überflüssige Fragen ihres Mannes zu vermeiden, meist irgendwo in der Nähe der Hundewiese auf die Straße warf. Nach einem Jahr wechselten sie unbemerkt zum Du. Stefan nannte sie Alja, was die Fantasie der Kunsthistorikerin ungemein anregte, sie nannte ihn »Stefantschik« und malte sich in Gedanken diverse Situationen aus mit dem Mann, der sich so sehr für ihr Wissen interessierte.

Man kann nicht sagen, dass die Ehe der Tschapaikins Anfang der Sechziger zerrüttet gewesen sei, de facto beendet oder dergleichen. Das wäre auch unmöglich gewesen in Anbetracht der gewichtigen, verantwortungsvollen Position von Generalmajor Tschapaikin, dem stellvertretenden Chef des Moskauer KGB. Daran war gar nicht zu denken. Dass die Ehe dennoch einen leichten Knacks hatte, stand auf einem anderen Blatt.

Entstanden war er kurz nach der Verhaftung Berijas. Damals leitete Alewtinas Mann die Abteilung 4 des Innenministeriums, war also zuständig für den Kampf gegen Antisowjetismus und hätte beinahe seinen Posten verloren, womöglich sogar seine Freiheit, wovor ihn jedoch sein mächtiger ZK-Schwiegervater rechtzeitig bewahrte, indem er für Tschapaikins Versetzung in die Moskauer KGB-Verwaltung sorgte.

Das war im März vierundfünfzig, und damals erfasste Tschapaikin eine ungeheure Angst. Kurz zuvor war er fünfzig geworden, die Blüte des Mannes, möchte man meinen. Aber just in diesem Jahr versiegte seine Manneskraft, versagte etwas in seinem Kopf und seinen Lenden, sodass von oben keine Signale mehr ausgesendet wurden und sich dort, wo es normalerweise juckte und zuckte, nichts mehr regte. Er wartete eine Weile ab, seufzte schließlich ergeben, sprach das unwiderrufliche Urteil über sich selbst und stürzte sich vollkommen in seine neue Aufgabe.

Damals spürte Alewtina zum ersten Mal Tschapaikins ganze Unsicherheit, nachdem sie so lange stolz auf ihren Mann gewesen war und ihn bis dahin treu und aufrichtig geliebt hatte. Doch er war ein Jammerlappen. Obgleich General, hatte er sich ihrem Vater zu Füßen geworfen, als wäre er kein Held und Ordensträger, als habe nicht er, sondern ein anderer im schlimmen Jahr 1941 die Moshaisker Verteidigungslinie befehligt und mit mutiger Tschekistenhand bis 1942 Befehle zur Erschießung desertierter Soldaten unterschrieben. Als habe nicht der Gleb Tschapaikin, den sie geheiratet, sondern ein anderer, den sie bislang nicht gekannt hatte, nach dem Rückzug des Feindes in der politischen Geheimverwaltung des NKWD gearbeitet, unerbittlich und effektiv. Und war nicht ihr Gleb 1943 Kommissar der Staatssicherheit geworden und sofort, weil er der Obrigkeit aufgefallen war, zum Stellvertreter der 2. NKWD-Verwaltung avanciert, wo er bis zum Nachkriegsjahr 1946 gearbeitet hatte? Und war nicht er auf den Kampf gegen Spione angesetzt worden, als stellvertretender Leiter der 2. Hauptverwaltung, der Spionageabwehr des Ministeriums für Staatssicherheit, in der er sich bis März 1953 verdient gemacht hatte und von wo er im Auftrag von Berijas Behörde in die Abteilung 4 des Innenministeriums versetzt wurde? War das alles nicht er gewesen?

Alewtina Tschapaikinas Leben war im Großen und Ganzen wohlgeordnet, hatte einen sichtbaren Schwerpunkt, einige fest verschlossene Fächer und viele freimütig offene Regale. Ihre Seele aber verlangte nach etwas anderem, Geheimem, Unerreichbarem und Gefährlichem: sinnlicher männlicher Zärtlichkeit im Austausch gegen echte weibliche Leidenschaft. Und eben das bot sich ihr eines schönen Tages in Gestalt des hübschen Absolventen der Universität Tartu mit den kultivierten Manieren und den feuchten Augen. Der nicht unwesentliche Umstand, dass Stefantschiks Wohnort ziemlich weit von der Hauptstadt entfernt war, kam Alewtina entgegen, denn das verringerte die Wahrscheinlichkeit, ertappt zu werden beim Fall in verbotene Abgründe. Kurz gesagt, sie spürte: Noch ein wenig, und …

Auch Stefan verfolgte diese heranreifende Situation, allerdings weit aufmerksamer als seine Wissenschaftsmatrone. Er spann die Fäden und trieb die Dinge voran, um sie zu ihrer natürlichen und zwanglosen Lösung zu führen. Sein Einsatz in diesem von ihm sorgfältig arrangierten Spiel war groß.

Schließlich passierte es, in einer Wohnung, die Stefans Bande als Versteck diente und die er als Unterkunft für auswärtige Doktoranden ausgab. Alewtina stieß exakt so viele erregte Ächzer aus, wie er vermutet hatte, als er sie feurig auf das »Doktoranden«-Sofa warf. Genauso, wie er es sich in seiner Fantasie bei ihrer ersten Begegnung ausgemalt hatte, zog die Grande Dame ihn an ihre üppigen Brüste, wobei sie ihm kurzzeitig die lebensnotwendige Sauerstoffzufuhr abschnitt. Und genauso ließ sie in glücklicher Erschöpfung von ihrem jungen Liebhaber ab, nachdem sie bis zum letzten Tropfen alles aufgesogen hatte, was sie bei dieser denkwürdigen ersten Begegnung von ihm bekommen konnte.

Dann lag sie zitternd da, die Augen geschlossen und auf das verebbende Beben ihres noch immer kräftigen und durchaus reizvollen Körpers lauschend, vergessend, dass es längst Zeit war, die Beine zu schließen und ihren Leib vielleicht ein wenig zu bedecken, um sich vor den Augen dieses lieben, verliebten Jungen nicht als dickärschige, lasterhafte Matrone zu präsentieren. Sie mochte nicht daran denken, dass das, was sie getan hatte, Sünde war, in den Augen ihres Tschekistenehemannes sogar eine schreckliche Sünde, schrecklich in jeder Hinsicht.

Stefan schickte Alewtina fort und stellte erstaunt fest, dass es gar nicht so schlimm gewesen war, wie er befürchtet hatte. Sein Orgasmus war echt gewesen und sogar ziemlich intensiv, er hatte sich also nicht besonders verstellen müssen und war zufrieden ermattet.

Auf ähnliche Weise verliefen auch die folgenden Begegnungen, stets in derselben geheimen Absteige, bis Stefan schließlich argwöhnte, dass sie, die unfreiwillige wissenschaftliche Kuratorin seines Projekts, womöglich nicht mehr Teil seines verhängnisvollen Planes war, sondern im Gegenteil er selbst, der kriminelle Erfinder und clevere Schlaukopf, eine Geisel der lüsternen, weitsichtigen Kunsthistorikerin geworden war. Das gefiel ihm ganz und gar nicht, darum entschied er, das Ganze ein wenig zu drosseln, um Klarheit zu gewinnen über ihre Absichten. Nur zu drosseln, beileibe nicht abzubrechen. Vor ihm lag noch ein langer Weg, und der Dozentin Tschapaikina war dabei eine tragende Rolle zugedacht.

Weitere Erkundigungen über sie waren nicht notwendig, denn was er zufällig bei ihrer nächsten Begegnung über die Position ihres Mannes erfuhr, befreite Alewtina von jedem Verdacht, es auf seine

Freiheit abgesehen zu haben. Generalmajor der Staatssicherheit, stellvertretender Leiter des Moskauer KGB. Oha! Ob dies für ihn ein Schock war, ein Schlag unter die Gürtellinie oder beides, begriff Stefan nicht gleich. Zu groß war die Überraschung, zu unvorhersehbar waren die möglichen Folgen. An diesem Abend machte er nicht einmal den Versuch, seine Kunstliebhaberin zu liebkosen. Nicht, weil es Tomski vor Entsetzen schüttelte und er deshalb bei Alewtina nichts ausrichten konnte, sondern weil sein Hirn sich widersetzte, den Körper lähmte und sich ganz auf die Überlebensstrategie konzentrierte. Das hatte er schon mehrfach erlebt, in Magadan und auch vorher. Und es sollte ihm auch später noch widerfahren.

Für zwei Monate verschwand Stefan aus Alewtinas Blickfeld. Er erklärte, er müsse einer unaufschiebbaren Arbeit wegen nach Tartu. Und dachte nach. Während er nachdachte, organisierte er zur Probe ein paar kleine Diebstähle in der Turgenjew-Bibliothek. Kurz hintereinander, im Abstand von jeweils zwei Tagen. Und überzeugte sich, dass daraufhin nichts geschah. Später stellte sich heraus, dass der erste Raub, bei dem seine Jungs auf seine Information hin vier Folianten entwendet hatten, unbemerkt geblieben war. Der zweite wurde zwar entdeckt, hatte aber keine Folgen für die primitiven Sicherheitsvorkehrungen. Auch das war wichtig zu wissen, auch das gehörte zu dem System, gegen das Stefan einen anhaltenden Kampf plante. Und auch darauf setzte er. Dass er aus diesem Zweikampf am Ende als Sieger hervorgehen würde, daran zweifelte er immer weniger.

Gleichzeitig überschlug er im Kopf, was ihm eventuell durch die Tschapaikins drohte, und kam nach gründlicher Analyse zu einem überraschenden Schluss: Alewtinas familiäre Bindung an einen Tschekistengeneral war für ihn, Stefan, nur von Vorteil. Ein Schutzschild im äußersten Notfall, und zwar mittels Erpressung des Ehemannes. Dazu benötigte er nur einen glaubhaften Beweis für den Ehebruch, und dafür wollte er sorgen.

Aber er erwog, sich noch anderweitig abzusichern. Und diese zweite Absicherung schien ihm weitaus interessanter, wenn auch ziemlich gewagt angesichts der ihr innewohnenden Gefahr: Alewtina Tschapaikina war nicht nur Geliebte und Zerstörerin des ehelichen

Friedens; Alewtina Tschapaikina, Ehefrau eines Generalmajors des KGB, war eine Kriminelle, eine der Organisatorinnen dreisten Diebstahls von Staatseigentum, groß angelegten Kunstraubs, Informantin und geistiger Kopf einer Bande mit einem besonderen Interesse für Kunstschätze, die von herausragender Bedeutung für das sowjetische Nationalerbe waren. Vielleicht sogar für das Erbe der gesamten Menschheit, wer konnte das ermessen?

Erstaunlicherweise schien Ersteres beinahe schwieriger zu organisieren als Letzteres. Musste er, um die These von Alewtina als Krimineller und Informantin zu untermauern, im Ernstfall nur seine Fantasie gebrauchen und von seinen zahlreichen Begegnungen mit der Verdächtigen erzählen, auf den Zusammenhang hinweisen zwischen den dem Volk geraubten Kunstgegenständen und Antiquitäten und den entsprechenden Kapiteln ihres Lehrbuches, dann einzelne Fakten zu einem logischen System ordnen und dies mit wahren und erlogenen Aussagen falscher Zeugen belegen, so brauchte er für den Beweis der ehelichen Untreue zumindest ein Foto in eindeutiger Situation und in möglichst kompromittierendem Aufzug.

Stefan behielt das eine vorerst in Reserve und kümmerte sich zunächst um das andere, indem er das kleinste Licht seiner Bande im Kleiderschrank postierte, ihm eine geräuschlose Kamera in die Hand drückte, ihn anwies, durchs Schlüsselloch zu schauen und »diesen Knopf hier« zu drücken, wenn die nackte Frau am lautesten stöhnte. Und wehe, er wieherte los, dann waren sie alle im Arsch!

Das Foto wurde großartig, genau, wie Stefan es geplant hatte. Von ihm selbst sah man nur den mageren Hintern und den schmalen Rücken, Alewtina dagegen hatte der versteckte Fotograf mit dem Glück des Dilettanten voll erwischt, mit allem Drum und Dran: ausladende Brüste, an die Decke gerichtetes verzerrtes Gesicht und in dieselbe Richtung weisendes rechtes Bein. Negativ und Foto versteckte Stefan an einem sicheren Ort, in der edlen Hoffnung, sie nie verwenden zu müssen. Die Hoffnung erwies sich als berechtigt, denn der zweite Trumpf im Ärmel erwies sich schließlich als weit effektiver und entscheidender als der erste. Der kleine Bandit hatte also ganz umsonst ein nacktes Weib zu sehen gekriegt.

Nach der schamlosen Großaufnahme dauerte die Liebesbeziehung zwischen dem Dieb und der Tschekistenfrau mit Unterbrechungen noch fast drei volle Jahre, bis sie Mitte sechsundsechzig endgültig abbrach. Stefan wunderte sich selbst über seine Ausdauer. Der Grund dafür lag nicht ausschließlich darin, dass diese Jahre kein unnützer Ballast für sein junges Leben waren: In dieser Zeit verschaffte sich Tomski mit Alewtinas Hilfe oder ihrer indirekten Mitwirkung einen genauen Überblick darüber, was wo leicht zu erbeuten war in den Weiten des großzügigen Vaterlandes, und nahm die erste Etappe seines grandiosen, weitreichenden Planes in Angriff, von dem auf der ganzen Welt außer ihm selbst nur ein einziger Mensch wusste – die hoch geachtete Kriminellenautorität Joker. Ein anderer Grund für diesen Marathon war, dass sich Stefan, so seltsam das scheinen mag, an die üppige Matrone gewöhnt hatte; an den Geruch süßer Sahne unter ihren Achseln, an den warmen Samt ihrer nimmerwelken Haut, an ihre flinken, zärtlichen Finger, die seinen kleinen Freund spielerisch kitzelten. Später begriff er den Grund dafür: Die unbewusste Sehnsucht nach der Mutter, die er von klein auf entbehrt hatte, der Wunsch nach Fürsorge, sei es auch eine derart indirekte, und das Verlangen, still an einer teilnahmsvollen Brust zu ruhen. Als ihm das bewusst wurde, war er sehr erstaunt: Das Sentimentale war also auch ihm nicht fremd, nicht fremd und nicht zuwider. Und wieder konstatierte er, wie bereits früher: Gescheit … Sehr gescheit …

Den Schlusspunkt unter die Beziehung zu Alewtina setzte er aus zwei Gründen. Erstens hatte er die Kunsthistorikerin bis aufs Letzte ausgepresst, all ihr Wissen, ihre Beziehungen und ihre sonstigen Quellen wissenschaftlicher und praktischer Natur. Doch dieser im Grunde zweitrangige Aspekt wurde vollkommen absorbiert von einem einschneidenden Ereignis bei den Tschapaikins. Und das war zweitens: Es war geschehen, was eines Tages hatte geschehen müssen. Es war geschehen und hatte unweigerlich die wahre Identität von Stefan Tomski zutage gefördert, der, wie sich herausstellte, beileibe kein junger Wissenschaftler der estnischen Universität Tartu war, sondern ein kriminelles Element ohne feste Arbeit, dafür mit zwei Vorstrafen, die letzte davon, eine siebenjährige Haft in einem strengen Lager in Magadan, wegen erwiesenen Raubüberfalls. Diese Informationen wurden binnen vierzig Minuten eingeholt und landeten auf dem Schreibtisch von Gleb Tschapaikin, den ein wohlmeinender Anonymus einen Tag zuvor von dem Verhältnis zwischen seiner Frau und einem gewissen S. S. Tomski in Kenntnis gesetzt hatte. Die beiden träfen sich regelmäßig in einer Wohnung am Moskauer Stadtrand, unter der Adresse ... Die Wohnung, so die Ermittlungen, gehörte einer kriminellen Vereinigung.

Alewtina stritt nichts ab. Sie ging zu ihrem Vater ins ZK und berichtete ihm unter Tränen, was sie viele Jahre verschwiegen hatte: »Mein Gleb ist kein Mann mehr, seit vierundfünfzig steht er ihm nicht mehr, seit du, Papa, ihn vor der Verhaftung bewahrt und in die Leitung des Moskauer KGB versetzt hast. Seitdem bin ich keine Frau mehr, denn ohne Mann ist keine Frau vollwertig. So haben wir viele Jahre gelebt, Vater, und nun mach mit mir, was du willst, ich ziehe jedenfalls wieder zu dir. Zumal du bald in Rente gehst, mit deinen siebenundsiebzig, das ist schließlich kein Pappenstiel. Wie willst du da allein zurechtkommen?«

Dann ging sie zurück in die Trjochprudny-Gasse und wartete, bis ihre Tochter nach Hause kam; Mascha war Anfang der Sechziger siebzehn geworden und malträtierte in einer Konservatoriumsklasse bereits mit Erfolg das Cello. Den Vater mochte sie nicht besonders und fürchtete ihn ein wenig, der Mutter gestattete sie gnädig, sie zu lieben. Das Mädchen überlegte also nicht lange und beschloss, zusammen mit der Mutter zu ihrem ZK-Großvater zu ziehen.

Tschapaikin erfuhr noch am selben Tag von dieser Wendung in seinem Familienleben, sah aber von einem lauten Skandal ab. Zum einen wusste er nicht genau, was sie ihrem gestrengen Vater alles erzählt hatte, und zum anderen mochte Gott verhüten, dass die Sache der obersten Obrigkeit zu Ohren kam, die Folgen wären unabsehbar – in dieser Behörde waren Prognosen einen Dreck wert. Alja lief ihm schon nicht weg, nach einer Weile würde sie zur Vernunft kommen, sich das Ganze noch einmal überlegen und reumütig zurückkehren. Und auch Mascha samt ihrem Cello-Ungetüm, dieser gewaltigen hölzernen Wärmflasche.

Den anonymen Brief vernichtete Tschapaikin, ohne ihn weiter zu verfolgen, das heißt, ohne die Quelle ermitteln zu lassen. Damit war der Fall erledigt, zumal alles richtig und die schmutzige Wahrheit war. Der Anonymus war vermutlich ein Arbeitskollege Alewtinas, einer von diesen Kultur- und Kunstleuten, mit einem Rochus auf Alja wegen ihres Vaters und ihres Mannes. Ach, scheiß auf den Kerl und seinen dreckigen Neid!

Dem Liebhaber jedoch gedachte Tschapaikin nicht zu verzeihen. Am nächsten Tag hielt neben Stefan ein schwarzer Wolga mit vielsagendem Nummernschild. Zwei gesichtslose Männer in Zivil stiegen aus und baten ihn höflich, ein Stück mitzufahren. Tomski fügte sich widerspruchslos, im Bruchteil einer Sekunde hatte er den kausalen Zusammenhang hergestellt. Auf dem Weg zum KGB-Gebäude überlegte er fieberhaft, wo sie ihn kriegen könnten. Das Büro betrat er schon beinahe gelassen, denn er war sicher: Sie hatten nichts in der Hand. Das Schlimmste, was sie ihm anhängen könnten, wäre, dass er die Dozentin hinsichtlich seiner wissenschaftlichen Biografie angelogen hatte, aber nur zu dem einen Zweck, ihr weibliches Interesse zu fesseln.

Das wusste der General übrigens ebenso gut wie der durchtriebene Liebhaber. Nur eines begriff er nicht: Was wollte dieser geckenhafte Schnösel ausgerechnet von Alewtina, es liefen schließlich genug Jüngere, Ungebundene herum? Da war irgendetwas faul, und solche Unklarheiten mochte Tschapaikin nicht, in der Akademie hatte er gelernt, alles bis ins letzte Molekül zu erforschen.

»Nehmen Sie Platz, Tomski.« Er wies mit einem Kopfnicken auf einen Stuhl und entließ mit einem weiteren Kopfnicken Stefans Begleiter, einen der beiden Gesichtslosen. Stefan setzte sich und sah den General fragend an.

Merkwürdig, dachte Tschapaikin, dieser Mann ist kein Dieb und kein Räuber, wie es in seiner Akte steht. Er ist etwas anderes, weitaus Interessanteres als nur irgendein Verführer.

Kaum jemand ahnte, wie viele Menschen in all den Jahren durch Tschapaikins Hände gegangen waren. Kaltblütige Kriminelle und Verbrecher, Agenten und Maulwürfe, Überläufer und Deserteure, falsche und echte Spione, Antisowjetschiks, Psychopathen und Mörder. Häufig gerieten abgebrühte Verbrecher ins Netz des KGB, verstockte Lügner und sonstiger Abschaum, ein paar Mal war auch ein echter Menschenfresser dabei, und auch der entging nach einem Gespräch mit dem Tschekisten nicht seinem Los. Auch wirklich anständige Menschen waren darunter, kompromisslos und opferbereit. Vor diesen hatte Tschapaikin insgeheim Respekt. Ja, er hatte schon einiges gesehen im Laufe seiner langen Dienstzeit und der vielen Jahre als General. Tausende Gesichter, Hunderte Schicksale und Urteile, Dutzende Liquidierungen ohne Gericht und Ermittlung – einzig kraft besonderen Tschekistengespürs, auf Geheiß eines einzelnen, besonderen Gewissens, auf eine gleichgültige Andeutung oder einen kurzen Seitenblick hin.

Der Mann, der jetzt vor ihm saß, aufrecht, gelassen und kalt wie ein Regenrohr, ähnelte keinem der vielen, die durch Tschapaikins Hände gegangen waren. Er war nicht eingeschüchtert, aber nicht – das wusste Tschapaikin genau –, weil er sauber war, absolut anständig oder weil er den Verwegenen spielte. Er war genauso, wie er vor dem General erscheinen wollte; wie er wirklich war, das würde er allem Anschein nach niemandem offenbaren. Schon gar nicht einem hohen KGB-Mann. In seinen Augen war keine Angst, aber nicht, so ahnte Tschapaikin, weil dieser Mann keine Furcht empfinden konnte, sondern weil er diese Haltung im Moment für richtig hielt.

»Reden wir?«, fragte Tschapaikin und zündete sich eine Zigarette an, den Blick starr auf Tomski gerichtet.

»Selbstverständlich, Genosse General«, erwiderte Stefan ruhig, verzog das Gesicht und wedelte den Papirossaqualm fort. »Reden Sie.«

Dabei überlegte er, welche der beiden vorbereiteten Varianten er würde einsetzen müssen. Die erste könnte durchaus funktionieren, was aber die zweite anging, so verwarf er diese bedauernd, dafür war die Zeit noch nicht reif, Stefan Tomski hatte noch gar nicht richtig losgelegt, es gab also noch nicht den geringsten Anlass, den General mit seiner kriminellen Ehefrau zu erpressen.

Der General lächelte. Hier hatte er wirklich ein exotisches Früchtchen vor sich. So hatte noch nie jemand mit ihm geredet, und das verstärkte seine Neugier. Deshalb zog er die Sache anders auf als ursprünglich geplant.

»Über meine Frau wollen wir nicht sprechen. Das Thema ist erledigt. Ich frage Sie nicht einmal, warum ausgerechnet sie.«

Stefan zuckte gleichmütig die Achseln und offenbarte keinerlei Interesse oder Unruhe. »Ehrlich gesagt halte ich dies auch für kein geeignetes Gesprächsthema. Da bin ich ganz Ihrer Meinung, Genosse General.«

»Das dachte ich mir«, entgegnete Tschapaikin, »genau das.«

»Was dachten Sie sich?« Stefan schien ein wenig erstaunt. »Etwa, dass man sich in Alewtina Stepanowna nicht verlieben kann? Also, da muss ich Ihnen widersprechen. Nehmen Sie es mir nicht übel, Genosse General.«

Tschapaikin lächelte. »Gut, wir wollen nicht unnütz Zeit verlieren. Also, wir haben drei Möglichkeiten, genau drei. Genauer gesagt, nicht wir, sondern Sie, Bürger Tomski. Die erste: Sie erzählen mir hier und jetzt aufrichtig und in allen Einzelheiten, ohne jedes Gerede von angeblicher Verliebtheit und männlichem Interesse, was Sie von Alewtina Stepanowna wollten. Denn wenn es so ist, wie ich vermute, dass Sie einen Scheiß von ihr wollen, junger Mann, dann kann ich daraus nur einen Schluss ziehen, nämlich, dass ein gewisser, nicht übel aussehender junger Mann mit krimineller Vergangenheit und unbekannter Gegenwart sich Zugang zu Alewtinas Mann verschaffen wollte, einem hochrangigen Mitarbeiter der Sicherheitsorgane. Und damit wäre er entweder ein Spion oder ein Komplize des Feindes, der eine Provokation oder eine Erpressung plant. Ist das klar?«

Stefan nickte zustimmend und demonstrierte ungeteilte Aufmerksamkeit für die vernünftigen Worte eines weisen Mannes.

Tschapaikin bewegte nachdenklich malmend die Lippen und fuhr fort: »Nun die zweite Variante, die Sie hoffentlich ebenfalls ohne Weiteres verstehen werden.« Er entnahm seiner Schreibtischschublade ein Blatt Papier mit bereits vorbereitetem maschinengeschriebenem Text, wog es kurz in der Hand und reichte es Stefan. »Lesen Sie, Tomski. Lesen Sie, und dann äußern Sie sich dazu.«

Stefan griff nach dem Blatt und schaute darauf. Er las gründlich und ohne Hast, ohne das geringste Anzeichen von Erstaunen oder Angst. Dann legte er das Papier auf den Tisch.

»Irgendetwas unklar formuliert?«, erkundigte sich Tschapaikin. »Oder noch Fragen?«

Stefan zuckte die Achseln und entgegnete ungerührt: »Nein, nein, es ist alles klar dargelegt. Aber mich interessiert auch noch die dritte Variante, wenn Sie nichts dagegen haben, Genosse General. Ich möchte mir doch nichts entgehen lassen, wenn ich schon einmal so engen Kontakt mit Ihrer Behörde habe.«

»Nichts leichter als das.« Wieder lächelte Tschapaikin. »Die dritte Variante ist die einfachste, denn die hängt ganz und gar von dir selber ab. Wir sperren dich ein, und wenn du wieder rauskommst, so in sechs Jährchen etwa, darfst du dich jenseits der 101-Kilometerzone um Moskau ansiedeln. Verhaftet wirst du zwar wegen simpler Asozialität, aber bei der Durchsuchung wird man in deiner Tasche rund zweihundert Dollar finden. Zeugen werden bestätigen, dass sie gesehen haben, wie du die Grünen von einem Ausländer bekommen hast. Und das, mein Lieber, bedeutet Paragraf 88. Schon mal davon gehört?«

Stefan schnaubte nachdenklich und kratzte sich theatralisch am Kopf, und der General registrierte ein weiteres Mal die Beherrschtheit des vor ihm Sitzenden und resümierte: »Ich denke, die zweite Variante ist für dich am günstigsten; sie verhütet unerfreuliche Folgen und annulliert zugleich den Verdacht, den ich in meiner ersten Vermutung geäußert habe.«

»Mir hat die zweite Variante gleich gefallen, daraus habe ich auch keinen Hehl gemacht, Genosse General. Ich hab nur aus reiner Neugier nach der dritten gefragt.« Tomski zog das Blatt Papier zu sich heran und setzte schwungvoll seine Unterschrift darunter.

»Das Datum«, mahnte der General.

»Jawohl, das Datum.« Stefan lächelte gehorsam und schrieb das Datum dazu.

»Das war alles, Bürger Tomski.« Tschapaikin nahm das Papier, überflog es und legte es wieder in die Schublade. Dann drückte er einen Knopf, und ein KGB-Leutnant kam herein. »Bringen Sie ihn hinaus«, befahl Tschapaikin und drückte seine Zigarette aus.

Dass Tomski im Grunde kein geeigneter Klient war, wusste Tschapaikin von Anfang an. Warum er ihn zum Informanten gemacht hatte, hätte er schwerlich sagen können. Rache? Wohl kaum. Eher ein unbestimmtes Gespür und eine Art Investition in die Zukunft. Das Leben war schließlich lang. Mochte dieser undurchsichtige Tomski jetzt noch nicht sein Klient sein, eines Tages würde er es mit Sicherheit werden. Bis dahin sollte er getrost seiner Wege gehen, ein wenig nervös werden unter den wachsamen, allgegenwärtigen Augen des Staates. Später würde man weitersehen.

Das Einzige, was Stefan plötzlich beunruhigte, als er die Behörde verließ und nach drei halbdunklen Fluren, zwei bewaffneten Posten und einer doppelten Eisentür in den frischen Tag hinaustrat, war, was er Joker von der ganzen Geschichte berichten sollte. Musste er es ihm überhaupt erzählen? Dass er nun Informant der Staatssicherheit war, eine Quelle mit dem Decknamen »Husar«, bekräftigt durch seine freiwillige Unterschrift vor einer knappen Stunde? Genaugenommen ein Spitzel, und zwar nicht für die Polizei, sondern gleich für den KGB? Musste er das hinausposaunen? Ja oder nein? Sollte er sein Gewissen erleichtern oder einfach stillhalten und irgendwelchen Blödsinn erzählen, wenn man nach Berichten verlangte? Falls das überhaupt je geschah. Nein, entschied Stefan, das behalte ich für mich, schlimmstenfalls winde ich mich schon raus.

Joker wurde entlassen, kurz bevor die Affäre seines Zöglings mit der Generalsgattin ihrem Ende entgegenglitt. Doch bevor er sich mit Stefan traf, besuchte er eine Zusammenkunft, zu der rund zweihundert der berühmtesten Kriminellen aus der ganzen Sowjetunion angereist waren. Dort in Podlipki, im einzigen Restaurant der Siedlung, wurde Joker einstimmig zum neuen Obmann für ganz Moskau bestimmt. Eine große Verantwortung und eine außerordentliche Ehre. Zu seinem Liebling kam Joker also bereits als hohes Tier in der Kriminellen-Rangordnung.

Und nun weihte Stefan ihn ein, erläuterte ihm seinen Plan, das Ergebnis jahrelanger gründlicher und skrupulöser Arbeit. »Was ich will«, sagte er, »ist eine Million. Ob es mehr wird, weiß ich nicht, aber weniger auf keinen Fall, sonst bin ich keinen Pfifferling wert, so habe ich es beschlossen, das habe ich mir vorgenommen.«

»Richtig so«, bekräftigte Joker, »aber keine Rubelmillion, sondern Dollar, amerikanisches Geld; dann reicht es für uns beide, und die Gemeinschaftskasse geht auch nicht leer aus.« Und er fügte vielsagend hinzu, er habe sichere Informationen: In spätestens fünf Jahren würden eine Menge Leute in den Westen strömen, vor allem Juden und so, und die Regierung würde sie rauslassen. »Also muss jemand dort ein Auge auf sie haben, auf unsere Ehemaligen am neuen Ort. Das heißt, es wird ein Obmann gebraucht, kapiert, Aspirant? Und zwar nicht irgendwo, sondern direkt in Amerika, höchstwahrscheinlich in New York, an der Hudsonbucht. Und dieser Obmann, das wirst du, Stefan, dorthin werden wir dich schicken im Auftrag unserer ganzen Gemeinschaft. Und du überlegst dir, wie wir die amerikanische Kohle nach draußen kriegen. Denk drüber nach und lass dir was einfallen.«

Mit diesem Gespräch begann die zweite Etappe des vielstufigen Plans, der nun endgültig und unwiderruflich Gestalt angenommen hatte, da er in jeder Hinsicht den Segen und die Unterstützung des Obmanns genoss und es keinerlei Differenzen hinsichtlich des Endziels und der Wege dorthin gab.

Stefan wählte unter seinen besten Männern, die sich mehrfach bewährt und ihre Treue und Furchtlosigkeit bewiesen hatten, die Besten, Tüchtigsten aus und formierte daraus eine kleine, aber äußerst mobile Gruppe der Spitzenklasse. Vor dem ersten Einbruch stellte er seine Mannschaft Joker vor, sozusagen um dessen Segen zu erhalten. Der musterte alle, schaute jedem einzeln in die Augen und sagte knapp: »Wer auch nur ein Wort ausspuckt, der kommt gar nicht erst bis ins Lager, den erwartet ein schrecklicher Tod, das verspreche ich euch persönlich.«

Diese Worte genügten, die Bande arbeitete wie ein präzises holländisches Uhrwerk vergangener Jahrhunderte: reibungslos, leise und mit stetem Erfolg.

Zunächst gab es in Moskau und Umgebung, in Leningrad und Jaroslawl eine Welle dreister, gut durchdachter und gründlich vorbereiteter Fälle von Kunst- und Antiquitätenraub, darunter russische Malerei der vorigen Jahrhunderte und der Avantgarde, seltene Ikonen aus dem 16. bis 18. Jahrhundert, alte, wenig bekannte Bücher und seltsamerweise Bodenvasen aus antikem chinesischem Porzellan, an die zuvor kaum jemand einen Gedanken verschwendet hatte, weshalb sie eine besonders leichte Beute der geschickten Expropriateure wurden. Zu Gewaltanwendung kam es so gut wie nie. Oft zersprang kurz vorm Morgengrauen das Schaufenster eines von der Bande sorgfältig ausgewählten Ladens, und aus den seitlichen Vitrinen wurden ein paar traurig vor sich hin dämmernde riesige asiatische Krüge entnommen. Wären derartige Fälle nicht serienartig aufgetreten, hätte man sie vermutlich randalierenden, betrunkenen Jugendlichen zugeschrieben.

Ähnliches geschah auch in anderen, wenig exponierten Kulturstätten wie Provinzmuseen und -bibliotheken, ärmlichen Wohnungen von Erben berühmter Namen, Datschas von Sammlern, kleinen Kirchen in der tiefsten Provinz und sonstigen ungeschützten Orten mit zufälligen Kunstschätzen.

Die Miliz riss sich ein Bein aus, um die kriminellen Antiquitätenjäger zu finden. Aber es gab fast nie verwertbare Spuren. Die Bande arbeitete sauber und äußerst präzise und hinterließ nie auch nur ein Härchen am Tatort. Die Experten fanden keinen einzigen Fingerabdruck. Übrigens erfuhren die zuständigen Organe gar nicht von jedem Fall. Mitunter wurde das Objekt der Begierde so geschickt entwendet, dass sein Verschwinden entweder gar nicht bemerkt oder aus Scham nicht gemeldet wurde, weil der Verlust erst Jahre später rein zufällig entdeckt worden war. Dies alles betraf selbstredend Staatseigentum, um dessen Schutz es miserabel bestellt war, ganz zu schweigen von der schlechten Kontrolle und dem insgesamt recht niedrigen kulturellen Niveau der Museumsmitarbeiter in der Provinz.

Schwierig war die Fahndung nach dem Raubgut und den Tätern auch wegen des für die Behörden undurchschaubaren perfekten Absatzsystems, bei dem die Aufgaben getreu dem wohldurchdachten Plan strikt getrennt waren: Die einen stahlen, die nächsten übernahmen die Verwahrung, die dritten verkauften, und das alles nach Anweisungen vierter. Genauer gesagt, eines einzigen Vierten, des letzten Gliedes in dieser teuflischen Kette, Stefan Tomski alias Stefan.

Übrigens behielt Stefan vom ersten Tag seiner gesetzwidrigen Tätigkeit an stets eine Sammlung im Auge, die Alewtina erwähnt hatte: die der Mirskis, der Familie des verstorbenen renommierten Architekten. Alewtina hatte sie nicht nur erwähnt, nein, sie hatte sie mehrfach begeistert und ausführlich beschrieben. Sie hatte bei dem Architekten Werke von Künstlern gesehen, bei denen die Ausführung nebensächlich war und Details im Grunde keine Rolle spielten. Allein die Namen waren so klangvoll, dass sie einem in den Ohren dröhnten.

Darum hatte sich diese Information in Stefans Kopf festgesetzt, zusammen mit dem, was Alewtina über ihre Nachbarn in der Trjochprudny-Gasse erzählt hatte. Doch als Stefan die Wahrheit über Alewtinas Mann herausgefunden hatte, verschob er den Plan, sich die wertvolle Bildersammlung anzueignen, auf bessere Zeiten. Nicht aus Sympathie für das Andenken des berühmten Architekten, nein, vielmehr vermutete er, dass das Haus sicher bewacht wurde, da der Nachbar der Witwe Mirskaja ein so großer KGB-Natschalnik war. Aber er vergaß die Sammlung nicht, nie …

Die Ermittler waren sich darüber im Klaren, dass sie es mit einem gerissenen Täter zu tun hatten. Allein deshalb, weil es in der ganzen Zeit, seit der Ärger begonnen hatte, bei keinem der Diebstähle zu Gewalt gegen Personen gekommen war. Doch früher oder später musste so etwas geschehen. Und dann geschah es – es floss Blut.

Der erste Raub mit Gewaltanwendung und tragischem Ende ereignete sich Ende neunundsechzig, wobei es sich eher um einen dummen Zufall denn um geplanten Raubmord handelte. Die Versuchung war einfach zu groß gewesen. Übrigens war dies der erste und letzte Fall, der sich rein zufällig ergeben hatte, ohne dass Stefan durch Erkundung oder geschickten Aufkauf daran beteiligt war. Zu Letzterem musste er zuweilen greifen, wenn ein begehrtes Stück auf anderem Weg nicht zu bekommen war. Doch auch das tat Stefan leichten Herzens, denn er wusste, früher oder später würde er bei vernünftigem Handel wenn nicht tausend Prozent, so doch mindestens das Fünffache des gezahlten Preises erzielen.

Er hatte eine ganze Brigade besessener Sammler und Aufkäufer an der Hand. Jeder Einzelne von ihnen steckte notfalls ein ganzes

Dutzend Kunstexperten in die Tasche. Ganz zu schweigen von den unbedarften staatlichen Antiquitätenhändlern.

Auf die alte Jüdin war Kusma gestoßen, ein altgedienter Dieb, einer der Erfahrensten und Treuesten in Stefans Stammtruppe. Eine zufällige Gelegenheit in der Nachbarschaft, der Tipp stammte von einem Taxifahrer. Die Alte suchte nach einem Käufer für mehrere Gegenstände, über die sie nur so viel sagen konnte: eine Schale und ein Ei von Fabergé, Weinkelche vom Zarenhof, ein Ring mit Brillanten und einem großen Smaragd, eine antike goldene Taschenuhr mit Spielwerk und Manschettenknöpfe mit Steinen, vermutlich ebenfalls Brillanten. Sie wollte alles zusammen verkaufen, hatte keine Vorstellung vom Preis und zudem schreckliche Angst. Kusma beschloss, diese Entdeckung für sich zu behalten, er wollte das Geschäft allein machen, die leichte Beute verstecken und sich nach einer Weile damit zur Ruhe setzen.

Er und der Taxifahrer fuhren mit der Alten in eine Sackgasse am Rand von Sokolniki und begannen im Auto zu verhandeln. Beim Anblick der Sachen drehte Kusma fast durch, so etwas hatte er noch nie gesehen, solange er seinem Handwerk nachging, weder in seiner Jugend noch im reifen Alter. Der mit allen Wassern gewaschene Kusma kapierte sofort: Das hier reichte für acht Leben und noch mehr.

Die Alte war aber auch nicht ganz blöd, sie bemerkte Kusmas Erregung, das Zittern seiner Hände und seine glänzenden Augen, ahnte wohl, was für einen Schatz sie da besaß, und verlangte doppelt so viel, wie Kusma eingeplant hatte. Auch das war geradezu lächerlich, das wusste Kusma, doch so viel Geld hatte er nicht bei sich, und er wollte sich auf keinen Fall von dem Schatz trennen. Kurz, er merkte selbst nicht, wie seine Hand plötzlich zuckte und er mit einem raschen Stoß der Alten namens Ida Mekler eine spitze Klinge in den Leib jagte und ihr den Mund zupresste, während sie den letzten Atem aushauchte. Dem Taxifahrer musste er nicht einmal drohen, ein Blick, und dieser kapierte sofort und war still. Sie warfen die Alte am Rand des Parks aus dem Auto, gaben Gas und fuhren davon.

Kusma versetzte die Manschettenknöpfe eine Woche nach dem

Unglücksfall in Sokolniki. Er glaubte, sie würden in der Menge untergehen – die Stadt war riesengroß, was waren da schon diese kleinen Dinger, die man ohnehin nicht jeden Tag trug. Der Preis, den der Verkäufer dafür zahlte, warf Kusma um. Er konnte nicht widerstehen, zu groß war die Gier, und sein Schutzengel hielt ihn nicht ab, bewahrte ihn nicht vor dem Untergang.

Dann kam, was kommen musste. Am nächsten Tag brachte der Käufer die Manschettenknöpfe in eine illegale Spielstube, und von dort gelangten sie direkt zu Joker, denn dem unterstand die Spelunke. Aber das wusste Kusma nicht, dafür war er ein zu kleines Licht. Wie dem auch sei, nach ein, zwei Tagen war die Geschichte aufgeflogen.

Für Kusma gab es keine Gnade. Zuerst musste er alles bis ins Kleinste erzählen – von wem der Tipp gekommen war, wie viel er kassiert hatte –, und noch am selben Tag wurde Kusma auf Jokers Befehl hin erstochen. Auch der Taxifahrer wurde beseitigt, das war unumgänglich. Stefan und Joker wollten hoch hinaus, und niemand durfte ihren kühnen Plan zunichtemachen – kein Fremder und keiner von den eigenen Leuten. Also kappten sie die Spur, schnitten den Ermittlern den Weg ab, indem sie dem Blut der unglücklichen Ida Mekler das zweier weiterer Menschen hinzufügten. Die Sachen, die Kusma versteckt hatte, buddelten Jokers Männer aus und brachten sie in Stefans Magazin, zur Expertise und weiteren vernünftigen Verwendung.

Bis 1971 lief alles wie geschmiert, dann war es an der Zeit, die Rubelmillionen in amerikanische Valuta umzutauschen. Die erste Welle in Richtung amerikanischer Wohlstand setzte sich, wie Joker vorausgesagt hatte, Ende der Sechziger in Bewegung. Noch nicht als breiter Strom, aber doch intensiv. Entschlossen, nicht auf halbem Wege stehen zu bleiben, denn die Erfahrung lehrte, dass eine solche Freiheit womöglich kürzer währte als erwartet. Der Weg war erprobt und wohlbekannt: Moskau–Wien, dann entweder Israel oder Rom–New York.

Nun begann die dritte Phase des grandiosen Plans: die endgültige Erlangung der Dollarmillion und die gleichzeitige Suche nach Wegen zu deren Ausfuhr. Dieser Teil – das war Stefan durchaus bewusst – war am gefährlichsten und unberechenbarsten, denn dafür brauchte man wohl oder übel echte Ausländer, die die grünen Scheine besaßen und bereit waren, diese zu einem extrem günstigen Kurs in Rubel umzutauschen. Darum galt es sich nun zu kümmern.

Bis zu diesem Zeitpunkt hatte sich in Sachen »Informant Husar« nicht allzu viel Ärgerliches getan. Zwei, drei Mal erschien in den seit dem »Papier« verstrichenen Jahren irgendein Gesichtsloser, bestellte Stefan zu einem Treffen, ließ ihn in ein Auto steigen, erzählte irgendetwas, stellte unsinnige Fragen, erteilte ihm abstrakte Ratschläge und verabschiedete sich bis zum nächsten Mal. Tomski seinerseits setzte eine ernste Miene auf, hörte den Gesichtslosen aufmerksam an, nickte zustimmend und respektvoll und redete derart dummes, hohles Zeug, dass sein Gegenüber vor Ekel und Langeweile das Gesicht verzog. Was »Husar« auch beabsichtigte.

Trotzdem war er anfangs nervös und rechnete jedes Mal mit einer anschließenden Perfidie von dieser Seite, doch schließlich verlief das Ganze im Sande, die Anrufe hörten auf, und er entspannte sich und begriff, dass die Begegnung nur eine Formsache gewesen war – jeder machte eben seine Arbeit. Derart beruhigt, ging er wieder an die seine, die nicht minder verantwortungsvoll und aufregend war als die Aufgaben und Sorgen des KGB.

Die ersten Dollars flossen, nachdem er ein paar interessante Kanäle aufgetan hatte, den ersten mithilfe eines hässlichen Mädchens, der Tochter einer Putzfrau aus der Dienstleistungsverwaltung des Diplomatischen Korps. Dass ihre Mutter Spitzeldienste leistete, lag auf der Hand. Also musste ein sicherer Weg gefunden werden, sie an der Erfüllung ihrer inoffiziellen Pflichten zu hindern, mit anderen Worten, die Putzfrau abzuwerben, und zwar durch Einwirkung auf schwache, aber lebenswichtige Stellen.

Eine solche Stelle war die Tochter, hoffnungslos picklig, mit schütterem Haar und schwerem Hängehintern. An diese Adresse schickte Joker einen Abgesandten der Bande, wofür er mit Stefans Hilfe den hübschesten Burschen mit den anständigsten Manieren auswählte. Dies war der Kardinalfehler des Unternehmens, was sich allerdings erst viel später herausstellte, als es nicht mehr zu ändern war. Nicht, dass jemand ausgewählt und auf das Mädchen angesetzt wurde, war der Fehler, sondern dass Stefan Tomski in diesem Zusammenhang auftauchte.

Der Abgesandte selbst agierte aus Angst vor Joker flink und professionell, und schon eine Woche nach der arrangierten Bekanntschaft hatte er das Mädchen, das er zuvor mit Blumen überhäuft hatte, tatsächlich im Bett, keuchte vor Liebe und Leidenschaft und küsste und leckte jeden einzelnen Pickel in ihrem Gesicht.

Bald galt er als ihr Bräutigam. Nach einem Monat konnte er die künftige Schwiegermutter überreden, ihn mit dem Hausherrn einer Wohnung bekannt zu machen, in der sie putzte, einem Ausländer. Angeblich, um über diesen an Medikamente für seinen sterbenden Onkel zu kommen. Das Weitere ging ohne Mutter und Tochter vonstatten. Der Ausländer war verständig und geldgierig genug für ihre Pläne. Die ersten Hunderttausend in »richtigen« Scheinen machten sie relativ leicht und ohne große Angst davor, entdeckt zu werden. Der Umtausch erfolgte meist in einem Park oder an einem ähnlich unverfänglichen Ort, und nichts deutete auf ein nahendes Unheil hin.

Das Unheil geschah, als die stetig wachsende Valutamenge die Hälfte überschritten hatte und rasch auf die ersehnte Million zusteuerte. Da kam es in der Familie der Putzfrau zu einem ersten ernsthaften Konflikt zwischen der hässlichen, bis über beide Ohren in den Banditen verliebten Tochter und der hübschen, für ihr Alter noch sehr jugendlichen Mutter. Eines Tages versagte Jokers Abgesandter. Der kleine Mann in seiner Hose, erschöpft von den Liebkosungen der pickligen Braut und wie vor Kälte erstarrt, verweigerte den Dienst. Just an diesem Tag stand plötzlich die Mutter vor dem jungen Mann. Er konnte nicht widerstehen und wurde im Nu wieder warm, seine Hand griff von selbst nach dem Hintern der Mutter und legte sich zitternd auf die pralle Mitte des schwiegermütterlichen Schinkens. Die Berührung des hübschen Verwandten durchzuckte die Schwiegermutter ebenso heftig, wie der junge Mann vor der Tochter zurückgeschreckt war. Wer hier wen verführt hatte, spielte im Grunde keine Rolle, jedenfalls geriet von diesem Augenblick an alles, wofür der kluge Regisseur das ganze Spektakel inszeniert hatte, zusehends ins Wanken.

Das Ultimatum der Tochter war eindeutig: Mama oder ich. Der junge Mann war verwirrt und beging einen verhängnisvollen Fehler: Anstatt zu Joker zu laufen und ihm von der Mutter zu erzählen, verlegte er sich aufs Schwindeln. Zur Mutter sagte er »die Mutter«, zur Tochter »die Tochter«. Anschließend bekräftigte er seine Worte im Abstand von einem Tag bei jeder der beiden. Als diese das herausfanden, besprachen sie, schon weit ruhiger, die Lage im Familienrat und warfen dann die Sachen des jungen Mannes auf die Treppe. Doch damit war die Angelegenheit nicht erledigt. Die Putzfrau wollte Blut sehen und informierte die zuständigen Stellen vom Interesse des angehenden Schwiegersohns für den Ausländer, und bereits eine Stunde später stand der junge Mann unter KGB-Beobachtung. Die Putzfrau wurde angewiesen, die rausgeschmissenen Sachen wieder einzusammeln und dem doppelten Bräutigam gegenüber nicht zickig zu sein, sondern das Ganze friedlich zu regeln und dem Wüstling weiterhin ohne Protest in einer für ihre Familie zuträglichen Form gefügig zu sein. Die Tochter bekam dafür eine Kurierstelle in der rumänischen Botschaft, als Entschädigung für den erzwungenen Kontakt mit dem unzuverlässigen Bürger.

Um den Bürger selbst kümmerte sich die Behörde mit aller Ernsthaftigkeit. Schon bald stießen sie auf einen Mittelsmann, einen im Handelssektor tätigen Ausländer, und ermittelten einen Valutakanal, der über weitere Mittelsmänner überraschend zu dem Kriminellenboss Joker führte. Und hier, das muss man den KGB-Leuten lassen, hatten sie das richtige Gespür: Sie brachten die Geduld auf, es nicht bei Joker als höchster Unterweltinstanz bewenden zu lassen, sondern machten systematisch weiter. Und richtig, über Joker führte ein äußerst gewundener Pfad zu einem Mann namens Stefan Tomski.

Die gesamten Ermittlungen koordinierte Gleb Tschapaikin, inzwischen Generalleutnant und erster Stellvertreter des Moskauer KGB-Chefs. Für ihn war die Nachricht so erfreulich wie verblüffend. Andererseits war er nur mäßig erstaunt, dass in besagtem Zusammenhang ausgerechnet dieser Mann auftauchte. Denn genau das hatte er sich damals vor sechs Jahren gedacht, als er »Husar«

seiner Wege ziehen ließ, dass dieser aalglatte Kerl, der junge Mann mit den erstaunten Augen und den angenehmen Manieren, eines Tages wieder auftauchen und die Mächtigen der Welt mit seiner Originalität und Andersartigkeit in Erstaunen versetzen würde.

Darum lautete Tschapaikins Befehl: Niemanden verhaften, alle gründlich überwachen, alles erfassen, was irgendwie relevant sein könnte, bis hin zu den winzigsten, nebensächlichsten Details: Kontakte, Absichten, Tag, Nacht, wo einer hingepisst, wie viel er gegessen hat und mit wem, wer mit wem rummacht, mit wem schläft und so weiter. Stündliche Kontrolle, regelmäßige Berichterstattung. Persönlich!

Allmählich traten einige erstaunliche Übereinstimmungen zutage, die Tschapaikin Schritt für Schritt zu sonderbaren, geradezu unglaublichen Erkenntnissen führten. Um seine Mutmaßungen zu überprüfen, mobilisierte der Generalleutnant den halben KGB und überzeugte die oberste Leitung davon, dass ein großer, aufsehenerregender Fall bevorstehe, der größte seit Jahren. Schon lichtete sich anhand vergessener und von den Ermittlern fädchenweise wieder hervorgezogener Einzelheiten, beiläufiger Äußerungen und seinerzeit außer Acht gelassener Vermutungen der Nebel um die rätselhaften, seit Jahren unaufgeklärten Diebstähle von Kunstgegenständen aus sowjetischem Volkseigentum. Zwar führten die Indizien nur zu einer Hypothese, aber der Kopf des grandiosen Plans stand nun fest, und das war wider Erwarten nicht der berühmte Joker. Es war der nahezu unbekannte vierunddreißigjährige Bürger Stefan Tomski, zeitweilig ohne Arbeit, vorbestraft, Informant des KGB mit dem Decknamen »Husar«.

Indessen wuchs das Dollarguthaben weiter an, die Rubel konnten gar nicht schnell genug gewechselt werden, und die KGB-Leute besaßen aufgrund von Schätzungen und Vergleichen eine relativ genaue Vorstellung von der Summe, über die die graue Eminenz Tomski verfügte. Natürlich war dem General bewusst, dass ein so kluger Mann wie Stefan vermutlich beizeiten und akribisch für ein zuverlässiges Sicherungsnetz gesorgt hatte, für den Fall, dass sein Plan entlarvt wurde. Das stand ohne Zweifel fest und musste ebenso bedacht werden wie die Frage nach dem weiteren Vorgehen des

Kriminellen. Wieder fehlte ein Stück des Puzzles, genau wie vor sechs Jahren, bei der Geschichte mit Alewtina, die übrigens nicht zu Tschapaikin zurückgekehrt war.

Die Auflösung kam nach einem Jahr intensiver Arbeit am Fall »Husar«. Ein Brief aus der Stadt Jerusalem an den Bürger Stefan Tomski wurde geöffnet, sorgfältig studiert und mit Wissen des Leiters der Operation scheinbar unversehrt in den dafür vorgesehenen Briefkasten gesteckt.

Tschapaikin wusste nun immerhin, dass Husar mithilfe einer gefälschten Einladung angeblicher jüdischer Verwandter abhauen und die Dollars außer Landes schaffen wollte. Nach allen Schätzungen mindestens eine Million, und das konnte in der Tat ein höchst aufsehenerregender Fall werden. Pass auf, du wirst noch Vize-KGB-Chef des ganzen Landes, Gleb Iwanowitsch. Der Generalleutnant rieb sich die Hände, zufrieden mit seinem Erfolg. Eine solche Summe in den Staatshaushalt zurückgeführt, das wirft die da oben um!

Blieb nur noch eine Kleinigkeit: herauszufinden, wo die Dollars waren und wie Stefan sie rausbringen wollte. Die Ausreisegenehmigung wurde rund ein Jahr verschleppt; man wollte abwarten, bis die Valutaquelle versiegt war. Anfang 1973 schlief der vom KGB scharf überwachte Umtausch von Rubel in Dollar faktisch ein. Damit hielt Tschapaikin den Tag X für gekommen, zumal auch der Zeitpunkt seiner Pensionierung immer näher rückte. Nun mussten sie nur noch abwarten, für welchen Tag Tomski einen Flug buchte. Und da beging der Generaloberst-Anwärter, dessen Wachsamkeit ein wenig nachgelassen hatte, den entscheidenden Fehler, der ihm die vorzeitige Pensionierung und die anschließende Verachtung des gesamten KGB einbrachte. Tschapaikin schwebte ein effektvoller Auftritt vor, im Geiste jener Heldenbücher, die das Leben schöner darstellen, als es ist. Drei Tage vor Stefans Abreise nach Wien hielt neben Stefan wie beim letzten Mal ein Wolga, allerdings kein 21er mit poliertem Hirsch auf der Kühlerhaube, sondern ein 24er, ebenfalls schwarz, aber ohne Hirsch. Wieder forderten zwei Gesichtslose ihn zum Einsteigen auf, was er natürlich nicht verweigerte. Und wieder, wie beim ersten Mal, saß General Tschapaikin in seinem

Büro, blies ihm Rauch entgegen, lächelte und fragte: »Wollen wir reden?«

»Selbstverständlich, Genosse General«, antwortete Stefan ebenso ungerührt wie damals, verzog das Gesicht und wedelte den Papirossaqualm weg. »Reden Sie.«

»Du leistest gute Arbeit, Husar.«

»Man gibt sich Mühe, Genosse General, schade nur, dass ich die Bedürfnisse Ihrer Mitarbeiter nicht stillen kann, ich habe keine Gelegenheit, irgendetwas zu erfahren, was sie interessiert. Aber sonst – ich erinnere mich an alles, ich vergesse nie etwas, also – wenn was ist, zählen Sie auf mich, Gleb Iwanowitsch, ich drücke mich nicht um meine Verpflichtungen.«

Respekt, musste Tschapaikin erneut denken. Respekt! Laut sagte er: »Also, wir haben wieder drei Möglichkeiten, Husar.«

»Interessant, Genosse General«, entgegnete Stefan lebhaft, »ich bin ganz Ohr.«

»Nun, dann hören Sie zu«, erwiderte der Generalleutnant gelassen und legte ein maschinenbeschriebenes Blatt vor Tomski. »Lesen Sie das aufrichtige Geständnis Nummer eins, und unterschreiben Sie es am besten. Sie müssen nur noch die richtige Summe einsetzen. Nach meinen Informationen knapp eine Million Dollar, angefangen bei der Turgenjew-Bibliothek – mehrere Erstausgaben – und dann weiter nach Jahren und Gouvernements. Die Liste liegt gesondert bei. Was heißt Liste, ein kleiner Extraband. Es wird doch ein ganzer Band, oder irre ich mich?«

Stefan schwieg. Er griff nach dem Blatt, überflog es kurz und legte es wieder auf den Tisch. Ebenso gelassen wie emotionslos.

»Sie irren, Gleb Iwanowitsch, nicht knapp eine Million, sondern etwas über eine Million.« Er schaute zur Decke, bewegte nachdenklich die Lippen und bekräftigte dann: »Nein, nicht etwas, sondern weit über eine Million Dollar, Genosse General, weit mehr.« Dann fragte er sachlich: »Angenommen, ich unterschreibe das. Setze die genaue Summe ein. Und weiter? Außer, dass Sie sich ein neues Loch in Ihre Achselstücke bohren können?«

»Nichts weiter. Wir nehmen die Valuta entgegen, dann entscheidest du selbst, wen wir festnehmen, und fährst zu deinen falschen

Verwandten in den Kibbuz.« Er breitete die Arme aus. »Und das war's! Du kriegst deine Synagoge, ich, wie du dich ausdrückst, ein Loch mehr!«

Stefan überlegte kurz, mit ausdrucksloser Miene. »Könnte ich auch die zweite Variante erfahren, bevor ich auf Ihren Vorschlag eingehe? Ihre Ausführungen sind einfach zu interessant.«

»Aber natürlich, mein Lieber!« Tschapaikin lächelte und zündete sich eine weitere Papirossa an. Wieder verzog Tomski das Gesicht mit kaum verhohlenem Ekel, wedelte aber nicht mit der Hand, da der Qualm nicht bis zu ihm über den Tisch drang. Er zeigte lediglich seinen Unwillen. Donnerwetter, dachte Tschapaikin, der sich erneut dabei ertappte, dass er sein Gegenüber unwillkürlich bewunderte, Respekt, Respekt! »Die zweite Variante ist nicht weiter kompliziert. Auch hier liegt die Entscheidung bei dir.« Er zog an seiner Papirossa und blies eine lange Rauchfahne in Stefans Richtung. Seine Augen lächelten nicht mehr; sie waren nun trübe und schimmerten stahlgrau, wie damals. »Also weiter: Du schreibst kein Geständnis und rückst das Geld nicht raus. Was bleibt?« Er zuckte die Achseln. »Wie gehabt, Paragraf achtundachtzig, und zwar stichhaltig bewiesen, keine Sorge. Dazu ein bisschen was von den alten Fällen in Sachen Kunst, obwohl wir beide eine Menge Zeit verloren haben, aber das kriegen wir schon hin, hier und da ein bisschen Druck, ein paar Leute, die uns helfen«, er wies mit einem vielsagenden Kopfnicken zum Fenster. »Kapiert, Schlaukopf?«

Stefan nickte ebenso vielsagend und verständig.

»Plus Gründung einer kriminellen Vereinigung, plus besonders schwerer Fall. Na, und dann liegt auch Vaterlandsverrat nahe, und zwar geplant und in besonders zynischer Form. Dafür haben wir professionell aufgenommene Filme und ganz passable Fotos. Willst du sie sehen?«

Stefan schüttelte den Kopf. »Ich rechne lieber, als mir was anzuschauen, das belastet die Erinnerung weniger. Und was hätten wir als Drittes, wenn wir schon mal dabei sind?«

»Als Drittes?« Tschapaikin breitete enttäuscht die Arme aus. »Ich weiß gar nicht, wie ich es sagen soll, aber schön, ich sag's.« Er lächelte wieder. »Aber das ist nur für den Fall, dass dir weder das Erste noch das Zweite zusagt, also wenn du die Valuta nicht zurückgeben willst. Tja, also dann ...« Er kratzte sich am Kopf. »Dann verhaften wir Joker, lassen dich unter Überwachung raus und spielen der Bande diesen Schrieb hier zu, untermauert mit Jokers Aussagen.« Er zog die Schreibtischschublade auf und entnahm einer Mappe die sechs Jahre alte Verpflichtungserklärung. »In Ordnung?«

»Nein«, antwortete Stefan schroff und sah dem General in die Augen. »Das ist überhaupt nicht in Ordnung!«

»Das denke ich auch.« Tschapaikin lachte spöttisch. »Das ist nicht sauber. Nicht in Ordnung und nicht gut.«

»Wissen Sie auch, warum?« Stefan hob den Blick.

»Ich ahne es, mein Junge«, anwortete Tschapaikin ernst. »Das Leben ist schließlich eine angenehme Sache, aber wenn man nicht beizeiten auf einen guten Rat hört, reißt es womöglich jäh ab. Stimmt's?«

Stefan ignorierte die lyrischen Anwandlungen des Generals. Er schlug gelassen die Beine übereinander und dachte laut nach: »Sehen Sie, Genosse General, mal angenommen, Sie verhaften mich. Oder lassen mich wie geplant raus. Beides würde mir aus begreiflichen Gründen missfallen. Was also tut ein Mann in meiner Lage? Folgendes: Er geht in dieselbe Behörde, nur eine Instanz höher, mit einem Geständnis selbstredend, und erzählt seine eigene Version, nämlich wie eine den zuständigen Organen nicht unbekannte Bürgerin die Idee entwickelte, an Kunstschätze von gesamtstaatlicher Bedeutung heranzukommen, und zwar an solche, die unglücklicherweise von ebendiesem Staat nur unzureichend gesichert werden. Die Liste kennt sie besser als jeder andere, denn das ist ihr Beruf, sie ist Kunsthistorikerin an der Moskauer Staatlichen Universität, Koautorin eines Standardwerkes der Kunstgeschichte. Übrigens auch Verfasserin eines Kapitels über antikes chinesisches Porzellan. Tja, und so weiter ...«

Tschapaikin starrte regungslos auf einen Punkt auf dem Schreibtisch, an dem der bronzene Sockel einer alten Schreibgarnitur von der polierten Oberfläche auf den Rand des grünen Tuchs gerutscht war. Stefan aber erläuterte mit der ihm eigenen Gelassenheit weiter seine Version.

»Dann sucht und verführt Alewtina Tschapaikina«, eine höfliche Verbeugung zum General hin, »zwecks Umsetzung ihres Plans einen unerfahrenen jungen Mann, einen Exkriminellen, um ihn in ihr kriminelles Vorhaben einzubeziehen.« Tomski sah, wie die Hand seines Gegenübers zuckte und sogleich wieder erstarrte. »Dabei hat sie kaum Bedenken, denn sie weiß, dass sie an oberster Stelle einen Beschützer hat«, erneut eine höfliche Verbeugung. »Die beiden treffen sich, gehen regelmäßig zusammen essen, lieben sich ungeniert. Und so weiter ...«

Tschapaikin schwieg noch immer angespannt. Die Asche von seiner Papirossa war auf den Schreibtisch gefallen, was er, im Gegensatz zu Stefan, nicht registrierte.

»Dann verschwindet eine Reihe von Kunstgegenständen auf rätselhafte Weise. Berühmte und weniger berühmte, die zufälligerweise alle in den Forschungsbereich der Kunsthistorikerin Tschapaikina fallen und von ihr beschrieben wurden. Und was folgt darauf? Keine einzige Spur, kein Staubkorn, kein einziger aufgeklärter Fall, jahrelange erfolglose Ermittlungen!« Er schlug die Beine wieder auseinander und warf einen Blick auf den General. »Soll ich fortfahren, Gleb Iwanowitsch?«

Der kam zu sich und sah den Kriminellen an. »Du elender Wurm! Du hast vermutlich keine Ahnung, dass Alewtina vor drei Jahren gestorben ist. Sonst würdest du es nicht wagen, das Maul so weit aufzureißen.«

»Mein Beileid, Genosse General«, entgegnete Stefan durchaus aufrichtig. »Das wusste ich wirklich nicht. Aber ich fürchte, das ändert nichts für Sie, im Gegenteil, es erhärtet nur den unschönen Verdacht. Sie verstehen, wovon ich rede?« Er sah den Tschekisten durchdringend an. »Alles andere bleibt und verheißt uns beiden nichts Gutes.«

»Uns?«, fragte Tschapaikin verständnislos. »Hast du ›uns‹ gesagt, du mieses Schwein?«

»Mir und Ihnen, Gleb Iwanowitsch, also uns.« Dann fuhr er fort, noch ehe der General sich von seiner Empörung erholen konnte: »Ich habe mir Folgendes überlegt, Genosse General. Sie lassen mich in Frieden ziehen, und ich reise in Ruhe aus. Geld habe ich sowieso nicht bei mir, ich fliege ohne. Die übrigen Beweise sind lächerlich, wenn es überhaupt welche gibt. Vergessen Sie das Ganze einfach. Und ich vergesse es auch. In Ordnung?«

Der General schwieg, er starrte auf die Schreibgarnitur und dachte nach. Plötzlich drückte er einen Knopf auf seinem Schreibtisch. Ein Leutnant kam herein. »Bringen Sie ihn hinaus«, befahl er knapp, ohne Stefan anzusehen, und steckte sich eine Papirossa an.

Die Rund-um-die-Uhr-Überwachung folgte Stefan wie gewohnt bis zu seiner Wohnung und wartete vor der Haustür auf die Ablösung. Doch das kümmerte Stefan kaum noch. Nun trat die vierte und letzte Phase des Plans in Kraft.

Am nächsten Tag fuhren bei Einbruch der Dunkelheit mehrere Wagen mit ausländischen Kennzeichen vor dem Haus am Frunse-Ufer Nummer zwölf vor. Nervös meldeten die Überwacher dies unverzüglich der Hauptverwaltung. Diese schickte zur Verstärkung fünf weitere Autos. Nach wie vor leitete der erste Stellvertreter des Moskauer KGB-Chefs die Operation. Fieberhaft wurden die Autonummern überprüft: Die Wagen waren auf Diplomaten und Journalisten zugelassen. Ja, Diplomaten und Journalisten, viele davon dem KGB aufgrund ihres langjährigen Aufenthalts in der Sowjetunion wohlbekannt. Sie alle sammelten sich an der bewussten Adresse. Als einer der Ersten kam ein Amerikaner, der Handelsmann und Arbeitgeber der Putzfrau vom Diplomatischen Korps, und ging hinauf in den fünften Stock.

Zwanzig Minuten später waren rund fünfundzwanzig Ausländer in Tomskis Wohnung versammelt. Sie blieben anderthalb Stunden, kamen dann alle zusammen heraus und fuhren in verschiedene Richtungen davon. Sogleich erfolgte der Befehl, alle Nichtdiplomaten unter beliebigem Vorwand anzuhalten. Fast alle Journalisten und der Handelsmann wurden gestoppt. Auf die Gefahr eines internationalen Skandals hin wurden sie alle durchsucht, angeblich aufgrund eines anonymen Hinweises. Doch bei niemandem wurde etwas gefunden, jedenfalls nicht der erhoffte Anteil der Dollarmillion. Zur gleichen Zeit stürmten Beamte mit einem Durchsuchungsbefehl Stefans Wohnung. Nichts! Keine Spur von der Million oder wie viel er sonst dem Volk geraubt hatte. Nur warme

Asche im Kamin. Mit verkohlten Resten amerikanischer Hundertdollarnoten.

Die Beamten zogen unverrichteter Dinge ab, doch die Überwachung blieb in Kraft. Die Asche wurde unverzüglich ins Labor geschickt, das nach einer Stunde bestätigte: Es handelte sich tatsächlich um verbrannte Dollarnoten; die Menge entsprach, wenn man von Hundertdollarscheinen ausging, der vermuteten Summe. Noch in derselben Nacht gelangte diese Information in die Lubjanka, und zwar in die oberste Amtsstube. Gesondert ging der Bericht über die Diplomaten und die Schreiberlinge ein. Bis zu Tomskis Abreise blieben noch eine halbe Nacht und der Morgen.

»Was sollen wir tun?«, fragte der Moskauer KGB den obersten Chef.

»Rauslassen«, befahl der Oberste. »Wir haben uns ohnehin vor aller Welt bis auf die Knochen blamiert. Und Tschapaikin in Pension, ohne weitere Erklärungen!«

Im allerletzten Augenblick jedoch, die Triebwerke liefen schon, und das Flugzeug wartete nur auf eine freie Startbahn, hielten Tschapaikins Männer dem Bürger Tomski einen zweiten Durchsuchungsbefehl unter die Nase, stoppten den Start, zerrten Tomski samt Gepäck aus der Maschine und durchsuchten ihn gründlich. Beim Durchwühlen der Sachen platzierten die Gesichtslosen anderthalbtausend zur illegalen Ausfuhr bestimmte Dollar im Koffer des emigrierwilligen Tomski, holten diese anschließend vor Zeugen daraus hervor und hielten den kriminellen Tatbestand in einem nach allen Regeln der Kunst aufgesetzten Protokoll fest.

Diese Rettungsmaßnahme machte Tschapaikins Schande zwar teilweise wieder wett, bewahrte ihn aber nicht vor der vorzeitigen Pensionierung bei gleichzeitiger Streichung persönlicher Zuschläge für langjährigen Dienst und besondere Verdienste. Mehr noch, der Oberste ordnete an, Tschapaikin solle eine ganz normale Pension erhalten. Von einer erhöhten Republiks- oder gar Unionsrente sei abzusehen, der Zugang zu Sonderpoliklinik und zum privilegierten Versorgungssystem zu sperren, bevorzugte Konditionen für den Erwerb einer Datscha nicht zu gewähren. Schluss, aus! Dies war das abrupte Ende der tadellosen Karriere von Generalleutnant

Gleb Tschapaikin, einem Opfer der eigenen Selbstüberschätzung.

Was den auf frischer Tat ertappten Tomski angeht, so konnte dieser erst Anfang der Neunziger den Empfang seines auf so ungewöhnliche Weise erworbenen Besitzes quittieren. Nachdem die Zeiten sich unwiderruflich gewandelt hatten, das Rückgrat des in Jahrhunderten verwurzelten Imperiums angeknackst war und die Kommissare der Vergangenheit, von der anstürmenden neuen Zeit hinausgedrängt aus ihren alten Schlupflöchern, sich umgeschaut, sich geschüttelt hatten und mit schabenhafter Unermüdlichkeit an die Eroberung neuer grenzenloser Räume gegangen waren, um sich auch hier nicht entgehen zu lassen, worauf andere erst einmal kommen mussten. Zuvor jedoch, 1987, ein Jahr vor Ablauf seiner regulären Haftzeit, wurde der Gefangene Tomski vorzeitig aus dem strengen Lager in Magadan entlassen, wo er auf Anordnung des Gerichts seine Strafe verbüßte – entsprechend dem Antrag des Staatsanwalts auf fünfzehn Jahre Freiheitsentzug plus Beschlagnahmung des persönlichen Eigentums gemäß Paragraf achtundachtzig des Strafgesetzbuches der RSFSR über Valutadelikte.

Als Stefan ins Lager kam, erinnerten sich einige noch an ihn; denn dort hatte er auch seine letzten sieben Jahre abgesessen. Zumindest waren der Lagerchef und dessen Stellvertreter noch dieselben wie vor elf Jahren. Aus alter Freundschaft kam man ins Gespräch. Und stieß dabei unter anderem auf eine alte Lagergeschichte aus längst vergangenen Zeiten, eine der Geschichten über Leute, die durch die Haft in Magadan den Verstand verloren hatten und was daraus geworden war. In diesem Zusammenhang fiel auch ein damals recht prominenter Name. Stefan erinnerte sich sofort, was er über diesen Mann gehört hatte, ja, nicht nur gehört, sondern mit Interesse aufgenommen und im Gedächtnis gespeichert.

Dort im Lager stieg Tomski aufgrund der gewichtigen Empfehlungen des allmächtigen Joker in der Hierarchie auf und kehrte mit einem neuen, höheren Status an seinen früheren Wohnsitz zurück. Nun war er eine Kriminellenautorität. So endete Stefan Tomskis Geschichte unter der Sowjetmacht.

Sina Tschepik erschien nach langjähriger Abwesenheit Ende 1955 das erste Mal bei den Mirskis, etwa drei Tage vor Silvester. Zu diesem Zeitpunkt waren alle zu Hause, auch Boris und Tanja, und oben verlangte der vier Monate alte Wilen brüllend nach Aufmerksamkeit. Rosa öffnete und verlor fast den Verstand. Vor ihr stand ein fremdes Mädchen, etwa fünfzehn, ordentlich, wenngleich nicht städtisch gekleidet, nicht sehr groß, aber gut gebaut, mit lebhaften, scharfen und klugen Augen. Sina hatte sie vorgeschoben, weil nicht sicher war, was weiter geschehen würde – würde man sie aufnehmen oder nicht, wer von ihnen lebte noch, wer war, Gott behüte, gestorben; würde man sie erkennen oder nicht, würde man ihr ins Gesicht spucken, sie umarmen oder sie zum Teufel schicken? Sie benutzte ihre Tochter als eine Art Schild und hielt sich hinter ihr, um zu sehen, wie die Hausherren gestimmt waren, und überhaupt, wer in der Wohnung lebte nach all den verfluchten Jahren.

Früher hatte sie sich nicht hergewagt und die von Zeit zu Zeit in ihr aufkommende Sehnsucht nach dem hauptstädtischen Leben stets unterdrückt. Klar, warum, das brauchte sie nicht zu verhehlen, sie hatte ein solches Unheil angerichtet, dass sie sich eigentlich gleich hier vor der Tür zu Boden werfen, den Fußboden vor den Hausherren sauber lecken müsste und um Vergebung bitten für alles Vergangene. Von Semjon Lwowitsch hatte sie tatsächlich all die Jahre, seit sie Hals über Kopf geflohen war, nichts gehört. Ebenso wenig wie von den anderen Mirskis. Außerdem hatte sie eine Heidenangst vor dem Nachbarn eine Etage höher, dem Geheimnatschalnik Tschapajew, Quatsch, Tschapaikin, dem Tschekisten. Was aber über allem stand: Ihre Tochter war eine Mirskaja, von deren Schlag, auch wenn sie die Wahrheit nicht wusste, sondern glaubte, sie sei von Geburt an vaterlos, entstanden in Moskau aus dem Unverstand ihrer Mutter, in jenen Jahren, als sie bei der Architektenfamilie in Diensten stand.

Kurz, komme, was da wolle, Sina hatte nicht mehr die Kraft gehabt, aus der Entfernung zu leiden unter ihrer Sehnsucht nach Rosa Markowna und nach Semjon Lwowitsch, falls er schon zurück war natürlich, und nach ihrem Zögling Boris, sie hielt es nicht mehr aus. Also hatte sie eine Fahrkarte nach Moskau gekauft, und da war sie nun: Lasst mich rein, wenn ihr meint.

Noch bevor die Tochter ein Wort sagen konnte, heulte hinter ihr die Mutter bei Rosas Anblick los, bekam auf der Stelle weiche Knie und jammerte aus tiefster Seele: »Ach ... Rosotschka Markowna, ach ...«

Und Rosa verlor beinahe den Verstand und taumelte vor Freude. Sie streckte eine Hand aus, schob mit der anderen sanft das Mädchen beiseite, stürzte sich auf Sina und presste diese an sich.

»Meine Liebe ... Meine Liebe ... Wie ist das nur möglich ... Meine Liebe ...«

Nun kam auch Boris herunter, sah und war verblüfft, stürmte herbei, lachte und schüttelte ungläubig den Kopf. »Die Pest soll dich holen, Tante Sina, wo hast du so lange gesteckt? Ich bin schon seit drei Monaten Vater, weißt du, und du treibst dich sonstwo rum und kommst und kommst nicht!«

Sie zerrten sie also hinein, küssten sie ab, nahmen ihr den Mantel ab und begutachteten die Tochter, gleich in der Diele, drehten sie vor lauter Freude hin und her, lobten Sina und gratulierten ihr zu dem wohlgeratenen Mädchen.

»Als ob ich's gespürt hätte«, sagte Sina, als sie sich ein wenig beruhigt hatte, »dass ich zur rechten Zeit komme. Wenn Sie wollen, helfen wir gern, wir ziehen auch den kleinen Wilen groß, nicht schlechter als seinen Vater, keine Sorge. Ich hab Speck mitgebracht, guten ukrainischen, mit rosa Adern. Ich weiß doch, so was gibt's bei euch nicht. Schade, dass Semjon Lwowitsch ihn nicht mehr probieren kann – zu spät, das wusste ich nicht, nein, das wusste ich nicht.«

Die Schwiegertochter Tanja warf einen abschätzigen Blick auf die beiden Gäste, dachte sich ihr Teil und schien sie zu akzeptieren, trotz ihrer nicht hauptstädtischen Herkunft. Offenbar hatte sie die Jahre in Balaschicha, die eigene Kindheit und Jugend noch nicht ganz vergessen. So fiel Sinas Ankunft also zusammen mit dem Feiertag, der allgemeinen Freude und dem nicht unerheblichen Bedarf an Betreuung für Wilen Mirski, Borjas Sohn, Enkel des berühmten Architekten.

Untergebracht wurden Sina und ihre Tochter Sara in Sinas alter fensterloser Kammer. Sie schliefen in einem Bett, in eben jenem, so wollte es Sina: Sie sträubte sich dagegen, woanders zu nächtigen als dort, wo sie so viele Jahre gelebt hatte, im Dienst ihrer Retter, der Mirskis.

»Uns ist es bei Ihnen nirgends zu eng, Rosa Markowna«, sagte sie, »aber hier ist es eben vertraut und gewohnt. Und meine Sara, die ist auch nicht verwöhnt, das gibt's bei uns nicht, hohe Ansprüche stellen, verstehen Sie das, wie Sie wollen, Rosa Markowna, und vielen Dank auch für alles.«

Als Sina Mirskis Tochter austrug, bereits in Shitomir, wusste sie schon, was sie sich am meisten wünschte. Sie wünschte sich ein richtiges jüdisches Kind, nach dem leiblichen Vater und auch nach Rosa Markowna, nach ihrer Art, so, wie ihr ganzes Volk war, verständig, großzügig und fröhlich. Was Semjon Lwowitsch ihr damals angetan hatte, war bestimmt nur passiert, weil er böse auf sie war. Warum, wusste sie nicht mehr, aber dass es ihre Schuld war, das war ihr heute klar, wenn sie zurückschaute nach so vielen Jahren.

Also nannte sie das Mädchen Sara, ein anderer schöner jüdischer Frauenname fiel ihr nicht ein. Später allerdings, als das Mädchen bereits als Sara registriert war, kam sie auch noch auf Rahel, so wie Rosa Markownas amerikanische Mutter, die emigriert war, oder ihre Nachbarin in Shitomir, aber als sie es brauchte, fiel ihr eben nur Sara ein. Und es gab keinen Grund, das zu bedauern: Das Mädchen war fügsam, lieb und jüdisch, auch wenn sie Tschepik hieß wie die Mutter und nicht Mirskaja. Rosa sprach Sina nicht speziell auf Saras Namen an, aber Sina spürte Rosas Freude darüber, dass ihre Tochter so hieß und nicht anders. Als ob sie es insgeheim guthieß, weil es kein Zufall war, sondern eine Äußerung der Dankbarkeit der Haushälterin für das frühere Leben in dieser nicht russischen Familie. Sie schien Sina wortlos zu danken für diese mutige und sensible Entscheidung.

Am nächsten Tag machten sich Mutter und Tochter, ohne die Hausherren zu fragen, gleich nach dem Aufstehen an den Festtagsputz in beiden Stockwerken. Rosa Markowna wedelte verzweifelt mit den Armen, drohte, sie rauszuwerfen, und versuchte den beiden Tschepiks das Putzen zu verwehren. Doch nicht ernsthaft; das wusste sie selbst, und das wussten auch die Gäste. Im Grunde war sie sehr froh über die Hilfe.

Gegen Mittag machte sie Tee und holte wie üblich mit Zimt bestreute Süßigkeiten aus dem Büfett. Das junge Paar kam mit dem Kleinen herunter, und alles war wie einst vor dem Krieg und vor dem Unglück: Alle waren zusammen, niemand tat einem anderen weh, und in der Mitte saß Rosa. So tranken sie Tee, jeder zwei Tassen und mehr.

Dann war Silvester. Die Tanne reichte bis zur halben Treppe und war von oben bis unten mit Schmuck und Lichtern behängt; auf der Spitze prangte ein Stern, so groß wie Saras Kopf. Auch die Tafel war nicht schlechter als in früheren Zeiten: Gefilte Fisch und Möhrensternchen, roter Meerrettich, streichholzlange Pastetchen und allerlei mehr. Auf Sinas Drängen wurde auch der Speck aufgeschnitten, und jeder nahm ein Scheibchen davon, aus Höflichkeit, um den Gast nicht zu kränken. Nur Tanja verzichtete. Sie tranken georgischen Schaumwein und ein wenig Kognak, Sara schlürfte überglücklich Birnenbrause und kniff dabei die Augen zusammen, weil es so sprudelte.

Nach zwölf begannen die Neujahrsanrufe. Erst wünschten die Klionskis den Mirskis alles Gute, dann die Mirskis den Meklers. Dann meldete sich die Familie Katz, etwas später Juli Aronson, und danach wählte Rosa die Nummer der Tschapaikins, und kurz darauf kamen sie zur Napoleon-Torte herunter, mit einer Büchse Krabben aus der Sonderversorgung und einem halben Glas Presskaviar.

»Schon gut, schon gut«, wehrte Tschapaikin Rosas Protest ab. »Für später, Rosa Markowna, für später. Wenn die Feiertage vorbei sind, verwöhnen Sie sich mal ein bisschen.«

Alewtina war freundlich und betrachtete wie jedes Mal die Bilder.

»Sie sind ein Glückspilz, Rosa Markowna«, sagte sie, den Blick auf den Chagall gerichtet. »Ich kann mich gar nicht sattsehen an Ihrer Sammlung. Ein Wunder, ein Wunder …«

»Danke, Aletschka, das freut mich. Das war alles der selige Semjon Lwowitsch, das haben wir ihm zu verdanken, Ihrem Paten in Sachen Kunst. Erinnern Sie sich, wie Sie mit Gleb das erste Mal bei uns waren?« Lächelnd schaute sie hinüber zu dem Kustodijew.

Alja lächelte zurück und schüttelte den Kopf.

»Nein, Rosa Markowna, das war nicht ich, ausgeschlossen. Das ungebildete Fräulein von damals hatte keine Ahnung, dass es auf der Welt noch etwas anderes gibt als den heimischen Herd, Gehorsam gegen den Vater und den Sieg der Weltrevolution.«

Beide lachten. Der Besuch der Tschapaikins lief ab wie gewohnt.

Tschapaikin erkannte Sina sofort, als hätten sie sich erst gestern verabschiedet, und strahlte sie an. »Nein, ist das lange her! Das ist doch nicht etwa Sina, die verlorene Seele?« Er schaute hinüber zu Sara. »Mit Tochter, nicht wahr?« Tschapaikin lächelte auch das Mädchen an. »Wie heißt du denn, meine Schöne?«

»Sara«, antwortete sie schüchtern und senkte die Augen.

Sina war ein wenig erleichtert, doch die Unruhe blieb, und das konnte sie nicht verbergen. Tschapaikin begriff ihren Zustand sehr wohl, hatte aber keineswegs vor, die unnützen Erinnerungen gegen sie auszuspielen.

»Sara?«, fragte er zurück und lächelte erneut freundlich. »Ein schöner Name für ein junges Mädchen: Kurz und prägnant, sehr praktisch. Prima!« Er zwinkerte dem jungen Mädchen listig zu und fragte weiter: »Und mit Vatersnamen?«

»Petrowna«, erwiderte das Mädchen. »Sara Petrowna Tschepik.«

»Petro hieß der Vater, Petro«, ergänzte Sina rasch.

»Hieß?«, fragte der Nachbar mit berufsbedingter Neugier.

»Ja«, Sina kroch in sich zusammen, Böses ahnend. »Er ist nicht mehr. Schon lange.«

»Tja dann, vorbei ist vorbei«, entgegnete Tschapaikin munter und schenkte sich Kognak ein. »Trinken wir also auf die, die leben und bei uns sind.«

Er trank einen Schluck und warf einen kurzen, vielsagenden Blick zu Sina. Da begriff sie, dass kein Wunder geschehen war und auch keines geschehen würde: Alle hier im Haus erinnerten sich an alles und vergaßen nichts, niemals. Bei dieser schlichten, längst verdrängten Erkenntnis wurde ihr unbehaglich und ängstlich zumute, als sei die Luft in Rosas Esszimmer plötzlich von etwas Zähem, Undurchsichtigem erfüllt. Und dieses Weiche, Teigige legte sich rasch und unbemerkt um Sinas Schultern, erfasste die Beine, umschlang den

Kopf und zog sie nach hinten, mitsamt dem Stuhl, der Gabel in der Hand und der unglaublich steifen gestärkten Spitzenserviette auf ihrem Schoß. Sie hatte geglaubt, alles Schlechte sei in jenem Zwischenraum ihrer Fantasie geblieben, in der Vergangenheit, die von neuer Freude abgelöst worden war und wenig gemein hatte mit der jetzigen Wirklichkeit. Alles war genauso, wie sie es sich gewünscht und ausgemalt hatte, und zugleich ganz anders.

Nach einer Stunde wurde schwer gegen die Tür gehämmert. Rosa Markowna öffnete, ohne erstaunt zu sein. Draußen stand der Nachbar Fedja Kerenski, hocherfreut und stark angetrunken.

»Hier«, er reichte ihr eine Flasche Sekt und hickste, »für Sie, Rosa Markowna.« Mit Mühe das Gleichgewicht wahrend, wies er mit einem Kopfnicken auf die Wohnungstür gegenüber, seine eigene. »Wir feiern, Tante Rosa, und als die anderen hörten, dass Sie die Frau des seligen Semjon Lwowitsch sind, von Mirski persönlich, da wollten sie es erst nicht glauben, und dann haben sie mich gebeten, Ihnen im Namen aller Künstler alles Gute zu wünschen. Von den künftigen Bildhauern und überhaupt. J-ja!«

Rosa lächelte freundlich, nahm die Flasche, sie begriff, dass Ablehnen unmöglich war, und fragte: »Kommst du kurz rein, Fedja?«

»N-nein, Tante Rosa, später vielleicht. Ich hab Besuch, Kommilitonen, wir feiern zusamen. Gleich zwei Anlässe auf einmal. Äh, Silvester und äh ... Das erste Semester geschafft. K-klasse, oder?«

Rosa Markowna drückte den Nachbarn an sich und küsste ihn auf die Wange. »Großartig, mein Lieber, herzlichen Glückwunsch zum erfolgreichen Studium. Ein gesundes Neues Jahr, Fedja, und danke für das Präsent.«

Sie ging zurück ins Esszimmer und setzte sich wieder zu den Gästen. Mit einem Kopfnicken auf die Flasche erkundigte sich Boris: »Randaliert er, unser Künstler?«

Rosa antwortete gutmütig: »Er randaliert nicht, Borja, Fjodor Alexandrowitsch Kerenski hat heute die letzte Prüfung des ersten Semesters am Stroganow-Institut bestanden und wollte seine Freude mit uns teilen. Ist doch schön.«

»Was für ein Kerenski, Rosa Markowna«, fragt Sina überrascht. »Etwa der Sohn von Sascha Kerenski?«

»Genau, Sinotschka. Du erinnerst dich an Sascha?«

»Und ob!« Sina, nun etwas entspannter, fühlte sich fast wieder so, als gehörte sie dazu. »Ich konnte mich damals kaum vor ihm retten, vor dem Teufel. Erst hat er mir nur nachgestellt, dann sollte ich ihn heiraten, und am Ende, als ich partout nicht wollte, hat er mich gar nicht mehr angesehen, schleppte dauernd andere Mädchen an, vollkommen wahllos, o Gott, o Gott!« Sie bekreuzigte sich, aber nun nicht mehr im Ernst, sondern halb im Scherz, wieder auf Feiern und Fröhlichkeit eingestimmt.

»Seinen Fedja hat er übrigens nie gesehen«, erzählte Rosa Markowna, während sie den Gästen Torte auftat. »Er hat kurz vorm Krieg geheiratet und wurde einberufen, das weiß ich noch, kurz bevor wir nach Taschkent evakuiert wurden. Nicht wahr, Gleb Iwanowitsch?«

»Auch sein Name hat ihn nicht vor der Front bewahrt«, konstatierte dieser. »Anfangs hat er sämtliche Instanzen abgeklappert und rumgeschrien, er würde sich bei Iossif Wissarionowitsch persönlich beschweren, weil seine Frau nämlich ein Kind kriege und er unter dem besonderen Schutz des Staates stehe, als illegitimer und zur Arbeiterklasse übergetretener Sohn eines berühmten Unholds, Verräters der Interessen des Volkes und Premiers der Provisorischen Regierung, und überhaupt würden die Deutschen vor Moskau sowieso heute oder morgen geschlagen und zurückgejagt. Aber man erklärte ihm freundlich: Sie werden einberufen, Alexander Alexandrowitsch, gemäß dem Gesetz über die allgemeine Wehrpflicht, und zwar in ein reguläres Pionierregiment. Und das mit Ihrem Namen, gab man ihm zu verstehen, das sagen Sie mal lieber nicht so laut, sonst kehrt sich das noch gegen Ihr Interesse. Sie verstehen, fragten sie, wovon wir reden? Na, da hat er begriffen, das mussten sie nicht zweimal sagen. Und ging am nächsten Tag brav zur Sammelstelle. Die Gefallenenmeldung bekam Ljudmila«, Tschapaikin wies mit einem Kopfnicken in Richtung Flur, »seine Frau, zwei Monate später, kurz nach der Entbindung, da war sie schon evakuiert, in Baschkirien. Dort ist Fedja nämlich geboren, in Ufa. Und zurückgekommen sind sie noch vor Ihnen, Rosa Markowna, nicht wahr?«

»Nein, später«, erinnerte sich Boris. »Fedja war schon vier, ich weiß noch, wie er Mama immer um Bonbons angebettelt hat.«

Tschapaikin schaute beiläufig wieder zu Sina und fragte gleichmütig: »Erinnerst du dich an Ljudmila, Sina? An Ljussja?«

Sina fragte argwöhnisch: »Welche Ljussja?«

»Na«, Tschapaikin war aufrichtig verwundert, »die beiden wurden doch damals als Zeugen geholt, sie und Sascha Kerenski, als Semjon Lwowitsch abgeholt wurde. Sag bloß, das weißt du nicht mehr?«

Ich muss morgen hier weg, dachte Sina. Er wird mir keine Ruhe lassen. Er verzeiht mir das von damals nie.

Doch sie verließen die Mirskis nicht am folgenden Tag, sondern blieben, bis Saras Winterferien vorbei waren und das neue Schulhalbjahr in Shitomir begann. Sie hatten viel geschafft: Theater, Zoo in der Presnja – zu Fuß hin und zurück durch den Moskauer Frost, denn es war ja ganz in der Nähe –, dann Roter Platz mit Mausoleum, GUM, Metro, Gorkistraße, Polytechnisches und Historisches Museum, Leninmuseum – alles nicht weit voneinander entfernt, ebenfalls zu Fuß. Alles schauten sie sich an, sozusagen ohne Pause; Sara zum ersten Mal, mit offenem Mund, und Sina in Rückbesinnung auf ihre Erinnerung, die Bilder vergleichend, das Vorkriegsbild mit dem jetzigen friedlichen und sauberen.

Im nächsten Sommer wollten sie wiederkommen, nach Saras Abschlussprüfungen; sie würden auf der Datscha in Firsanowka wohnen, sich um den kleinen Wilen kümmern und das junge Paar entlasten, damit Boris und Tanja keine wertvolle Zeit verloren. Tanja hatte nur im Juni Urlaub, anschließend musste sie wohl oder übel in die Bibliothek zurückkehren, um unter ihrem Chef Juli Aronson wieder den technischen Wissenschaften zu dienen. Von Boris ganz zu schweigen: Die Verteidigung der Dissertation war für Ende August geplant, der Sommer würde für ihn also eine anstrengende Zeit.

Und so geschah es. Mitte Juni erschienen sie wieder im Haus in der Trjochprudny-Gasse. Sina sah keineswegs besser aus als das letzte Mal, das registrierte Rosa sofort. Sie wirkte wie gewelkt, ihr Gesicht war eingefallen, und sie ging leicht zur Seite geneigt, nach links abknickend, als zöge es sie zur Erde und das Bein gebe dem unbekannten Leiden nach, nicht gewillt, ihr zu aufrechter Haltung zu verhelfen. Sina redete nicht darüber, winkte nur ab, obgleich sie sah, dass Rosa Markowna ihr neues Gebrechen sofort bemerkt hatte. Die angebotenen Arztbesuche schlug sie aus, das würde schon von selbst vorbeigehen. Danach bemühte sie sich, aufrechter zu gehen und trotz der Schmerzen fester aufzutreten.

Sara hingegen hatte sich sehr zu ihren Gunsten verändert. Sie hatte Rosa schon damals auf Anhieb gefallen und sie durch ihr zurückhaltendes Wesen, ihre sanften Manieren und ihren dabei doch festen, klugen Blick an ihren Sohn Boris in jungen Jahren erinnert, besonders in jenen Kriegsjahren in Taschkent, wo sie alle nicht nur überleben mussten, nicht nur arbeiten und abwarten, sondern wenn nötig auch entschieden handeln, um ihren Wert und ihre Unentbehrlichkeit zu beweisen. Jahre später konstatierte Rosa Markowna, wenn sie an das Leben in der Evakuierung zurückdachte, mit Bedauern, dass die beste Zeit ihres Sohnes wohl der Krieg gewesen war. Unter anderen Bedingungen – zu diesem Schluss gelangte sie jedes Mal – neigte der menschliche Typus, zu dem Boris Mirski gehörte, zur Degeneration. So dachte sie und war stets aufs Neue entsetzt darüber. Es missfiel ihr und erschreckte sie, und sie bemühte sich, diese unsinnigen, dummen Gedanken zu verdrängen.

Oft konnte sie den Blick nicht von Sara wenden und dachte: Dieses Mädchen ist wie ein fremder, überseeischer Steckling, den ein kluger, gütiger Gärtner einer Moskauer Birke aufgepfropft hat und aus dem sich nicht nur ein kräftiger Seitentrieb entwickelt, sondern ein ganzer Baum, mit eigenen Wurzeln, dünnschichtiger Rinde und unbekannten Früchten. Ein Rätsel, diese Sara. Fremd und zugleich irgendwie vertraut, als gehörte sie zu mir. Als würde ich sie von Geburt an kennen. Oder erinnert sie mich an die junge Sina? Ich weiß es nicht, ich weiß es nicht … Ach, schade, dass Semjon nicht mehr ist, er hätte sofort den Schlüssel gefunden, er hätte mir alles einleuchtend erklärt wie kein anderer.

Zwei Tage vergingen mit Packen, haufenweise Kindersachen, Kleinkram, Diverses und Unnützes. Alle waren fröhlich und voller sehnsüchtiger Vorfreude auf die Natur von Firsanowka, auf den warmen Sommer, auf die Zeit mit dem kleinen Wilen Mirski, dem Architektenenkel, auf die abendlichen Datschagespräche, wenn Rosa Markowna zu Besuch kam – stets mit einer kleinen Überraschung –, und all die anderen Dinge, die ihrer harrten.

Ende August, als es an der Zeit war, Firsanowka zu verlassen und ins Stadtleben zurückzukehren, geschah etwas, das niemand erwartet hatte. Sara kam zu Rosa und fragte ohne Umschweife: »Rosa Markowna, darf ich bei Ihnen wohnen und im Haushalt helfen, wie Mama damals? Wenigstens, bis Wilen in die Schule kommt?«

Sie sah Rosa an, und diese begriff, dass auch sie nicht mehr ohne das Mädchen sein wollte, sie hatte sich an sie gewöhnt, sie lieb gewonnen, und sich von ihr zu trennen wäre falsch gewesen. Zusammen gingen sie zu Sina, um die Sache zu besprechen. Sina hörte sie an, holte langsam und tief Luft, seufzte ebenso langsam, aber ergeben, und willigte ein. Sie dachte, es ist wohl unser Schicksal, das Schicksal der Tschepik-Frauen, hierzubleiben. Laut aber sagte sie: »Na schön, bleib nur, mein Kind, es sind gute Menschen, ohne Arg, das siehst du ja selbst. Arbeite hier, solange es nötig ist, und dann, wer weiß, womöglich ergibt sich dann etwas, nicht wie bei mir, sondern anders, besser, ehrlicher, auf anständige Art. Die Familie ist groß, hier tut dir niemand was zuleide. Und wenn doch, dann kommst du zurück nach Hause, bei uns ist es zwar nicht so schön wie hier, aber dafür ist alles einfacher, gewohnter.«

Untergebracht wurde Sara in der nämlichen Kammer neben der Küche. Andere Varianten zog sie gar nicht in Betracht, so sehr Rosa Markowna auch auf sie einredete. Einen passenderen Ort, das spürte sie, gab es für sie nicht. Auch ansonsten lief alles wie gewohnt: ein freier Tag in der Woche, anständige Verpflegung bei den Dienstherren, putzen, kochen, Spaziergänge mit dem kleinen Mirski, waschen, bügeln und das Ganze von vorn: fegen, wischen, Wäsche stärken und Spaziergänge. Und abends Bücher, die vielen Bücher der Mirskis, unter Anleitung von Rosa Markowna und zuweilen auch von Boris.

Sina kam die beiden folgenden Jahre im Sommer und bemühte sich nicht mehr, ihr qualvolles Humpeln zu kaschieren. Das Leiden hatte infolge einer rasch voranschreitenden Arthritis inzwischen auch auf das andere Bein übergegriffen, auf das rechte Kniegelenk und den Fuß. Sie biss die Zähne zusammen und verbarg schamhaft die Augen vor Rosa Markowna, wenn sie sich in einem Anfall zusammenkrümmte und auf ein Nachlassen des Schmerzes wartete, ohne etwas dagegen tun zu. Rosa flatterte um den Sommergast herum wie ein aufgescheuchtes Huhn und suchte nach Mitteln, den Schmerz zu lindern. Aber außer trockener Wärme konnte sie kaum etwas anbieten, denn alles andere lehnte Sina als zwecklos ab. Wenn Tanja am Wochenende kam und sah, wie eifrig sich die Schwiegermutter um die fremde Frau aus Shitomir bemühte, die Mutter ihrer Haushaltshilfe, schürzte sie erstaunt die Lippen, mischte sich jedoch nicht ein, denn sie wusste ja, dass es in diesem nicht russischen Haus eben ein wenig anders zuging als gewohnt.

Vermutlich war sich Sina nicht bewusst, warum sie ihre Krankheit so trotzig ignorierte und nichts dagegen unternahm, als wolle sie dem gesunden Menschenverstand zum Trotz ihre Leiden noch verstärken. Tief im Innern aber ahnte sie, dass sie sich nicht zufällig solche Gewalt antat.

Der nächste Sommer wurde der letzte, den Sina Tschepik mit ihrer Tochter in Firsanowka verbrachte. Wieder verschmähte sie jede Hilfe, als wünsche sie sich Schmerz und Leiden. Da endlich begriff sie, was sie damit erreichen wollte, dass sie sich selbst und Rosa Markowna quälte. Sie wollte, dass Semjon Lwowitschs Witwe ihre Leiden, ihre endlose Qual sah, als Ausgleich für das, was sie, Sina, einst Rosas Mann angetan hatte, indem sie ihn dem Bösen auslieferte, ihn zu schrecklicher Lagerhaft verdammte und damit seinen Geist, sein Talent und seinen Ruhm tötete, sein gutes, kultiviertes Heim zerstörte, indem sie allen alles nahm: dem Mann Frau und Sohn und diesen den Ehemann und Vater.

Nach Shitomir zurückgekehrt, stellte sie fest, dass die Arthritis allmählich zurückging, entschied jedoch, nicht mehr nach Moskau zu fahren. Wozu den lieben Menschen länger zur Last fallen, zumal die Kräfte nachließen und außerdem das Gewissen an ihr nagte wie ein hartnäckiger Wurm, sodass sie es kaum ertrug.

Sara Tschepik lebte fast ebenso lange bei den Mirskis, wie ihre Mutter vor Jahren gebraucht hatte, um im Haus in der Trjochprudny-Gasse Fuß zu fassen, dort ihren Dienst zu versehen, von Semjon Mirski betrogen zu werden, ihn zu verraten und anschließend in ihre Vergangenheit zu fliehen, einen Teil der Gegenwart mitnehmend – sie lebte dort fünfzehn Jahre. Schwer oder unbehaglich war das Leben bei den Mirskis nie. Abgesehen von der gleichgültigen, aber nicht unfreundlichen Haltung von Borjas Frau Tanja ihr gegenüber und der kühlen Höflichkeit, die ihr Gleb Tschapaikin entgegenbrachte, der sie als Einziger der ansonsten durchweg angenehmen Nachbarn auf diese Weise behandelte, ging es Sara im Großen und Ganzen sehr gut. Ihre Mutter hatte recht: Niemand hier war böse oder verschroben. Allerdings, das muss gesagt werden, arbeitete sie auch ehrlich und gewissenhaft, bestrebt, es der Familie in allem recht zu machen und mehr. Ihren Lohn nahm sie stets schamhaft entgegen, den Blick gesenkt, mit einer hastigen Bewegung, ohne das Geld anzusehen, das sie sogleich hinter den Rockgummi oder unter ihr Schürzenband stopfte.

Vom ersten Tag an hatte sie Wilen zum kleinen Lieblingsbruder auserkoren. Sie wischte ihm die Nase, setzte ihn auf den Topf und nahm ihn beim Spaziergang behutsam an die Hand. Tanjas Bitten hörte sie stets aufmerksam an und erfüllte sie rasch und exakt. Rosa Markowna war für sie wichtigste Lehrerin, ältere Mutter und manchmal gute Fee – nur, dass sie nicht eben aussah wie eine Märchenfigur. Den feinen Unterschied zwischen der ironischen Mirskaja-Ranewskaja und der tragischen Mirskaja-Achmatowa erfasste Sara natürlich nicht, dafür spürte sie in den seltenen Augenblicken dazwischen unfehlbar die kurzen, aber durchdringenden Wellen warmer Weisheit, kluger Strenge, spöttischen Argwohns und gütigen Mitgefühls.

Von ganz besonderer Art war Saras Verhältnis zu Boris, für sie selbst erstaunlich und kaum zu erklären. Von jenem ersten Tag in diesem Haus an fragte sie sich, was sie so zum Sohn des Hauses zog, zu ihm hinzog und nicht losließ. Natürlich, sie achtete ihn, achtete ihn sehr, aber da war noch etwas anderes, es kam tief aus ihrem Inneren, unabhängig vom Verstand, und war durch keinerlei

Überredungsversuche zu bändigen. Mit anderen Worten: Es war mehr als bloße Sympathie und Achtung; daraus etwas anderes, Verbotenes, Unmögliches zu machen, fehlte es ihr jedoch an Mut und an Fantasie. Sie erlaubte sich nicht einmal, ernsthaft darüber nachzudenken, verscheuchte die Versuchung einfach und versuchte, über sich zu lachen. Das Verscheuchen gelang ihr meist, das Lachen dagegen nie. Dies war ein Terrain, das sie vor allen verborgen hielt, die geheimnisvolle Insel des Kapitäns Nemo, wie sie in einem Buch von Jules Verne in Mirskis Arbeitszimmer im Obergeschoss beschrieben war.

Ob Boris bemerkte, wie sehr sich die Haushaltshilfe zu ihm hingezogen fühlte, wusste sie nicht. Der arbeitete meist, wenn er zu Hause war, ließ sogar das Abendessen häufig aus und ging morgens sehr früh aus dem Haus, um vor seinen Vorlesungen noch andere Dinge zu erledigen. Außerdem schien er seine Tanja wirklich zu lieben: Nie erhob er die Stimme gegen sie, soweit Sara sich erinnerte, und nie ging von ihm ein fremder Geruch aus, nicht der leiseste Hauch einer anderen Frau. Das hätte Sara nach so vielen Jahren im Haus sofort gemerkt.

Ganz anders stand es mit Tanja, seiner Frau, Wilens Mutter. Sie hatte ganz zweifellos ihre Heimlichkeiten, und so sehr sie sich auch tarnte, Saras waches Misstrauen ließ sich nicht täuschen. Sara las es heraus: aus einzelnen Härchen, aus zufällig am falschen Ort verstreuten Sachen, aus winzigen unguten Spuren, aus einem schwachen säuerlichen Lächeln, das Tanja aus Zerstreutheit oder Unfähigkeit nicht aus dem Gesicht gelöscht hatte, aus einem lauter als nötig zwischen den unwillkürlich zusammengekniffenen Lippen hervorgestoßenen Luftstrahl, aus einem hastig abgewandten Blick mit schlecht verhohlener Gereiztheit. Ja, Tanja führte ihr eigenes Leben und verbarg mit Sicherheit etwas, vermutlich etwas Unsauberes. Und genau das fürchtete Sara für Boris, nachdem sie es einmal erraten hatte; fürchtete es und wünschte es sich zugleich, ja, wartete womöglich sogar darauf.

In diesen Tagen, als Boris heftig unter der Entscheidung seiner Frau, die er der stillen, treuen Tanja in seinen kühnsten Gedanken nicht zugetraut hätte, litt und versuchte, sich an seine mehr als überraschende Lage als verlassener Ehemann zu gewöhnen, in diesen Tagen verspürte Sara ein Beben in der Brust.

Seltsamerweise verhielt sich Rosa Markowna, als habe sie etwas Derartiges von ihrer Schwiegertochter im Grunde erwartet. Was Sara, die eine gute Beobachterin war, sehr wohl registrierte. Es erstaunte sie zwar, machte ihr aber auch Hoffnung. Dennoch vermied sie es einige Tage lang, den Mirskis öfter als nötig unter die Augen zu treten. Sie verließ die Küche nur, wenn es notwendig war, und beschloss, jedes Gespräch zu verschieben, bis sich ein wie auch immer geartetes Gleichgewicht eingestellt hatte.

Das Gleichgewicht stellte sich rascher ein als erwartet. Das Gericht sprach Wilen den Mirskis zu, sodass sie von der Kindesmutter nichts mehr zu befürchten hatten. Alle wussten, dass diese sich zunächst einmal um sich selbst kümmern musste; dem Sohn aber gedachte niemand den Kontakt zur Mutter zu untersagen, Mutter war schließlich Mutter. Übrigens kam ein Verwandter, Juli Aronson, Borjas Frau zu Hilfe. Er hatte offenbar Mitleid mit ihr und nahm sie auf. Warum auch nicht, er war vermutlich besorgt um sie alle und wollte wohl auf seine Weise zur Versöhnung beitragen.

Danach wartete Sara noch einen Monat. Kurz vor Passah fuhr sie wie üblich nach Hause, die Mutter besuchen, und kehrte mit neuem Mut zurück, in der Hoffnung, bei den Mirskis sei die böse Wunde inzwischen verheilt. So schien es tatsächlich. Boris steckte bis über die Ohren in seiner Wissenschaft und seinen Vorlesungen am Architekturinstitut, der zehnjährige Wilen hatte sein Interesse für die Fotografie entdeckt und verbrachte viel Zeit in einem Fotozirkel im Pionierpalast in Miussi, und Rosa Markowna hatte sich in Saras Abwesenheit ganz dem Haushalt gewidmet und mehrere Aufträge für komplizierte Büstenhalter abgelehnt. Sara wurde von allen geküsst: von Rosa, von dem zum Essen nach Hause geeilten Wilen und am Abend auch von Boris Semjonowitsch. Boris. Da fasste sie einen Entschluss. In dieser Nacht nach ihrer Rückkehr in die Trjochprudny-Gasse.

Nachdem alle schlafen gegangen waren, wartete sie eine Stunde oder länger, schlich sich wie ein Mäuschen barfuß ins Obergeschoss und lauschte. Nirgends eine Reaktion auf ihre Schritte, kein einziges Geräusch. Das aufkommende Zittern unterdrückend, ging sie leise in Mirskis Schlafzimmer, stieß sacht die Tür auf und zog sie ebenso lautlos von innen wieder zu. Nur noch vier Meter trennten sie nun von einem anderen Leben, genau so viel musste sie zurücklegen bis zum Bett des schlafenden Boris. Dass er, ohne zu zögern, auf das eingehen würde, was sie sich für sie beide ausmalte, dass er die Decke zurückwerfen und ihr die Arme entgegenstrecken würde, voller Sehnsucht nach einer Frau und nach echter menschlicher Wärme, das erschien Sara so gut wie sicher, als Realität, die ganz folgerichtig aus lange gehegten Absichten und Träumen nun in das unbeleuchtete Schlafzimmer der Mirskis treten würde.

Tatsächlich war es im Zimmer dunkel; nur ein schmaler Streif schwachen Mondlichts fiel vom obersten Rand des geschwungenen ovalen Fensters herein, weil der selbst genähte Vorhang nicht vollständig zugezogen war.

Er gehört mir, dachte Sara und hörte dabei ihre Zähne klappern, spürte unter der Kopfhaut und an den Haarwurzeln das gleichmäßige Pulsieren und registrierte, wie die eigene unermessliche Angst Stufe um Stufe die Wirbelsäule hinaufstieg, zählte die gezackten Hindernisse bis zur Kehle hinauf. Gleich gehört er mir, Boris Semjonowitsch. Er ist mir so vertraut. Und sein Wilen auch. Und Rosa Markowna.

Sie blieb eine Weile stehen und wartete, bis sich die Geräusche und Empfindungen in ihr legten, zurückwichen und verstummten. Doch es geschah nichts Schlimmes, alles war nach wie vor still und ohne Arg, wie ihre Mutter gesagt hatte. Sie empfand keine Scheu oder Angst mehr. Der Schmerz, der in ihrer Brust gesessen hatte, sank ihr in die Beine, dann weiter in den Boden, in die Ritzen im Parkett, um schließlich im ganzen Haus in der Trjochprudny-Gasse zu versickern, ohne auch nur die geringste Spur zu hinterlassen. Sie war voller Freude und begriff nicht, warum es erst jetzt geschehen würde, zwischen ihr und ihm, heute Nacht, warum sie nicht früher zusammengefunden hatten, als diese Frau noch da gewesen war. Sie war da gewesen, hatte aber Boris nicht mehr geliebt, ja, sie hatte ihn nie geliebt, sie hatte ihn nicht geliebt, ihn betrogen und ihn dafür heftiger und immer heftiger nicht geliebt …

Sara trat näher, löste den Gürtel des ihre Nacktheit verbergenden Kittels und setzte sich auf den Bettrand. Boris schlief, den Kopf auf eine Faust gebettet. Sie streckte die Hand aus und streichelte seine Wange. Im Laufe des Tages und der halben Nacht waren seine Bartstoppeln heftig gesprossen, seine Wange fühlte sich warm und stachlig an, und sogleich verspürte sie einen warmen Stich, genau an der Stelle, die früher so geschmerzt hatte, die so eiskalt gewesen war und nie auftauen konnte.

Noch einmal streichelte sie seine Wange. Boris öffnete die Augen, blinzelte und starrte die nächtliche Besucherin verwirrt an.

»Du, Sara?«, fragte er unsicher, sich halb aufrichtend.

»Bleiben Sie liegen, Boris Semjonowitsch, bleiben Sie liegen«, antwortete sie und setzte sich näher ans Kopfende. »Ja, ich bin's, ich. Aber bitte leise.«

»Was ist passiert?«, fragte er und tastete nach der Nachttischlampe. »Wo ist Mama?«

»Rosa Markowna ist zu Hause, sie schläft. Alle schlafen«, fügte sie mit zärtlicher Stimme hinzu und legte ihre Hand auf die seine, die in der Suche nach der Nachttischlampe innehielt. Sie schob seine Hand vom Schalter weg, und Mirski war erstaunt. Er unternahm erneut einen Versuch, sich aufzurichten, da legte sie ihm beide Hände auf die Schultern, um ihn sanft ins Bett zurückzudrücken.

»Ich verstehe nicht, Sara.« Boris schüttelte heftig den Kopf, um endgültig wach zu werden. »Was ist denn los? Warum bist du hier und nicht bei dir?«

Sie überlegte einen Augenblick, dann sagte sie mit fester Stimme: »Ich bin hier, um bei Ihnen zu übernachten. Mich hierher zu legen.« Sie strich mit der Hand über die Decke. »Damit Sie sich wohlfühlen mit mir, Boris Semjonowitsch. Das habe ich so entschieden, denn ich weiß, dass es das Beste für uns alle ist.«

Sara beugte sich über Boris, stockte einen Moment, warf mit einem kurzen Schulterzucken den Kittel bis zum Gürtel ab und sank mit entblößter Brust auf die Bettdecke.

»Ich werde jetzt Ihnen gehören, Boris Semjonowitsch«, flüsterte sie, die Lippen an die Decke gepresst, »nur Ihnen und niemandem sonst, niemals, ja?«

Boris kniff die Augen zusammen, blinzelte erneut mehrfach und ließ eine nachdenkliche Pause verstreichen. Dann sagte er: »Du hast wohl den Verstand verloren, Sara?«, und schaltete das Licht an.

Sie schnellte vom Bett hoch und vergaß, ihre Brust zu verhüllen. Doch Boris zeigte keinerlei Interesse für das, was sich seinen Augen darbot.

»Zieh dich an«, sagte er seelenruhig, den Blick abgewandt. »Und dann setz dich auf den Stuhl und erklär mir, was dieser Irrsinn bedeutet.«

Endlich begriff Sara. Schamhaft hielt sie sich eine Hand vor die Brust und versuchte mit der anderen fieberhaft, den Kittel wieder über die Schultern zu ziehen. Es gelang ihr nicht, die Brüste fielen immer wieder heraus, mal die eine, mal die andere. Boris richtete sich auf und streckte die Hand aus, um ihr behilflich zu sein. Sie zuckte zusammen, als er ihren Arm berührte, doch immerhin konnten sie mit vereinten Kräften Saras Blöße wieder verhüllen.

Er wies mit dem Finger auf einen Stuhl. »Und nun setz dich. Setz dich hin und rede.«

Sie machte ein langes Gesicht. Noch einen Augenblick, so schien es, und sie würde über ihre bereits beträchtliche Verwirrung hinaus auch noch die Lippen verziehen wie ein unverständiges Kind und weinen und jammern über den entsetzlichen Undank für ihre aufrichtige Absicht, einem lieben Menschen etwas Gutes zu tun.

Boris spürte das, und um einer Hysterie vorzubeugen, sagte er streng: »Ich höre, Sara.«

Sara kam zu sich. »Boris Semjonowitsch, ich … Ich habe nicht gedacht, dass Sie etwas dagegen hätten. Ich wollte nicht … Ich dachte, Sie brauchen eine liebende Frau, damit Sie nicht so einsam sind. Und …« Um das heftige Zittern ihrer Hände zu unterdrücken, schob sie sie unter sich. »Und da habe ich mich entschlossen … Sie müssen mich nicht heiraten, Boris Semjonowitsch, ich würde auch so … Ohne alles … Ich hab mich doch so an Sie alle gewöhnt, und ich dachte, Sie sich auch an mich. Und dass es so für uns alle am vernünftigsten und besten wäre. Auch für Wilen. Ja …«

»Verstehe«, entgegnete Boris mit fester Stimme. »Jetzt verstehe ich wenigstens …« Er sah Sara forschend an und schüttelte den

Kopf. »Und du hast gedacht, ich springe vor Freude über deine Großzügigkeit an die Decke und hole dich in mein Bett, ja?« Sara antwortete nicht, sondern sank in Erwartung von etwas äußerst Unschönem zusammen. Boris aber erläuterte ihr weiter seinen Standpunkt. »Du meinst wohl, du wärst ein Geschenk für jeden Mann, ja?« Wieder schwieg sie, zuckte nur mehrmals zusammen. »Hast du nie darüber nachgedacht, meine Liebe, dass es vielleicht nicht für jeden Mann das größte Glück bedeuten würde, wenn du seine intime Freundin wärst? Oder gar seine Frau. Ist dir das nie in den Sinn gekommen?« Sara starrte unentwegt auf eine raue Stelle im Parkett. »Und noch eins ...« Er seufzte und zog sich die Decke bis zum Hals. »Du meinst, es ist normal, wenn eine Frau einem Mann erlaubt, mit ihr eine intime Beziehung aufzunehmen, nur, weil sie es beschlossen hat? Eigenmächtig entschieden und bestimmt? Und du kommst überhaupt nicht auf die Idee, dass du damit vielleicht den Mann demütigst, den du durch eine derartig erzwungene Entscheidung in eine peinliche Lage bringst? Wie? Zumal du genau weißt, dass er nicht auf eigenen Wunsch geschieden ist, sondern aufgrund einer Laune und einer einseitigen Entscheidung?« Sara musterte noch immer die unebene Stelle im Parkett und zitterte. Deshalb befand Boris, dass es nun genug sei. Die erste Gereiztheit war verflogen, und er beschloss, das Gespräch mit der Haushaltshilfe friedlich zu beenden. Schon weit freundlicher sagte er, als Schlussstrich unter diesen nächtlichen Besuch im Schlafzimmer: »Du bist ein kluges und liebes Mädchen, Sara, fast schon eine reife Frau. Auch deine Mama ist ein lieber Mensch, sie hat mich sozusagen großgezogen. Ihr beide seid für uns keine Fremden, das weißt du. Gerade darum möchte ich nicht, dass du irgendwelche Dummheiten und unüberlegten Schritte machst. Ich war dir immer gut und werde es auch weiter sein. Sagen wir, dieses Gespräch hat nie stattgefunden, du warst nie bei mir, und ich, Onkel Borja, hab das alles nur geträumt.« Er lächelte. »In Ordnung, Sara?« Statt einer Antwort schluchzte sie nur auf. »Und wenn eine Frau in mein Leben tritt, dann wirst du die Erste sein, der ich sie vorstelle. Abgemacht?«

Sara stand auf, ohne Boris anzusehen, strich ihren Kittel glatt und nickte kaum merklich, zum Zeichen der Zustimmung und als

Eingeständnis ihrer Dummheit. Dann lief sie rasch zur Tür und schloss sie behutsam von außen. Boris seufzte, schubberte sich mit der Oberlippe die Nase, schaltete das Licht aus, schloss die Augen und schob sich die Faust wieder unter die Wange. Beim Einschlafen beschloss er noch, der Mutter nichts davon zu erzählen, mochte dies das Geringe zwischen ihnen sein, das sie nicht unbedingt erfahren musste.

Zurück in ihrer Kammer, konnte Sara nicht einschlafen. Noch immer im Kittel, lag sie da und sann darüber nach, warum das Leben zu ihr und ihrer Mutter so ungerecht war. Nicht genug damit, dass sie die Tochter eines unbekannten Vaters war, nun offenbarte sich auch noch, dass manch einer sie nicht einmal geschenkt haben wollte. Nicht einmal, wenn sie sich anbot, ohne etwas dafür zu verlangen, weder jetzt noch später.

Gegen Morgen, als die Dämmerung genug Kraft und Licht gesammelt hatte, um die ganze Küche zu erfüllen, und allmählich durch die verglaste Tür auf ihre Kammer übergriff, wo sie zuerst die Decke mit den Wasserflecken erfasste, dann immer tiefer herabsank, auf das Kopfteil des Bettes und schließlich auf Saras weit geöffnete Augen, entschied das Mädchen, dass dies in ihrem Leben der letzte missglückte Versuch war, eine Verbindung nicht aus gegenseitiger Liebe einzugehen, sondern allein aus verstandesmäßiger Bereitschaft dazu.

Sie konnte sich nur noch eine Stunde in die Dunkelheit zurückziehen, bis sie, noch rechtzeitig, bevor der Hausherr zur Arbeit aufbrach, aufstehen musste. Der Schlaf, der mit der Dunkelheit über sie hereinfiel, war sonderbar und beängstigend. Sonderbar, weil die Wange des schlafenden Boris, als sie diese erneut streichelte, sich diesmal nicht warm und stachlig anfühlte, sondern glatt, kühl und leblos. Vor diesem Leblosen zuckte ihre Hand zurück, ohne dass sie genau hätte sehen können, was sie da berührt hatte. Der Schlafende öffnete ein Auge – das andere war ins Kissen gepresst – und sagte: »Das kommt, weil ich nicht er bin, sondern Petro. Dein Vater, nicht dein Dienstherr.« Dann zog er sich die Decke über den Kopf. Ängstlich streckte Sara erneut die Hand aus, nahm die Decke zwischen zwei Finger und zog sie vorsichtig herunter.

»Papa?«, fragte sie verblüfft den Mann, der in Mirskis Bett schlief. »Petro? Sie sind Petro?«

Mit einem Ruck flog die Decke von dem Schlafenden, als habe er selbst sie heftig heruntergerissen und auf die andere Hälfte des Bettes geschleudert. Plötzlich wurde es taghell. Neben dem Mann saß mit übergeschlagenen Beinen Borjas Frau Tanja Kulkowa und lächelte. Sie war splitternackt und hatte zudem den blonden Kopf voller Lockenwickler, was sie jedoch nicht im Geringsten genierte. Sie streckte die Hand aus und legte sie auf Saras. Ganz hypnotisiert von Tanjas schamlosem Aufzug, versuchte Sara vorsichtig, die Hand wegzuziehen, doch Tanja runzelte scherzhaft die Stirn und drohte ihr mit dem Finger. Dann drückte sie Saras Hand und führte sie an ihre Brust. Sara fügte sich, um Krach zu vermeiden, denn wie hätte sie Rosa Markowna das alles erklären sollen? Aber Tanja lächelte.

»Keine Angst, sie weiß Bescheid. Du hast bestimmt gedacht, Petro ist hier, nicht?« Und antwortete sogleich: »Er war nicht hier. Ich bin hier, meine Kleine, klar?« Sie riss die Decke vollständig weg. Da schlummerte friedlich, noch immer in derselben Pose, mit einem Ausdruck kindlichen Glücks, die Faust unter der Wange, Boris Mirski, Ehemann und Vater. »Na schön.« Tanja wechselte von Wut zu Freundlichkeit. »Schluss jetzt. Komm …« Sie klopfte mehrmals mit der Hand aufs Bett, zwischen sich und ihren Mann. »Leg dich her. Aber zieh dich erst aus.« Sie griff nach Saras Kittel.

Überrumpelt krümmte Sara sich zusammen und hielt mit beiden Händen den Kittel zu, damit Tanja nicht an verbotene Stellen langen konnte. »Petro wartet auf mich, mein Papa«, stammelte sie und spürte, dass weder Mund noch Kopf ihr gehorchten. »Ich darf nicht.«

»Wie du willst«, meinte Tanja, »deine Sache, aber dann wecke ich Boris, mag er selber entscheiden, was mit dir geschehen soll. Und dein Petro, das habe ich dir doch gesagt, der war heute nicht hier. Seit er weg ist, war er nicht wieder hier. Also, was ist«, sie nickte hinüber zu Boris, »soll ich ihn wecken?«

»Nein!«, schrie sie mit ganzer Kraft. »Nein, bitte nicht, bitte nicht, nein!« Sie zappelte, wollte weg, von der nackten Tanja, aus dem Schlafzimmer, aus dem Haus in der Trjochprudny-Gasse, vielleicht, um den in der Ewigkeit verschollenen Petro zu suchen.

Am Morgen begrüßte sie Mirski, als sei nichts geschehen, und servierte ihm das Frühstück mit dem gewohnten, nicht einmal verkrampften freundlichen Lächeln. Nur ihre Augen lächelten nicht, was Boris sofort registrierte. Doch insgesamt war alles wie gewohnt. Eigentlich gut.

Dann folgte wieder der übliche Kreislauf der täglichen Aufgaben, bis auf die Spaziergänge mit Wilen, denn der war inzwischen herangewachsen; so entfielen auch Töpfchen, Rotznäschen und andere Kleinkinderdinge inzwischen. Sara hatte kaum noch etwas außer Haus zu erledigen, bis auf zuweilen ein paar Einkäufe, aber nur das Simpelste: Brot, Milch, Kartoffeln, Möhren, Rüben und Buchweizen, falls sie welchen erwischte. Alles andere kaufte meist Rosa Markowna, denn sie verstand sich auf Qualität und sah den Waren an, was sie taugten. Sara kam in all den Jahren also selten und stets nur kurz aus dem Haus. Selbst an ihren freien Tagen wusste sie nicht recht, wo sie hätte hingehen sollen in der großen Stadt. Nachdem sie deren wichtigste Sehenswürdigkeiten schon besucht und ordentlich in ihrem Gedächtnis verstaut hatte, verbrachte sie die meiste Zeit zu Hause, verschlang aus dem unerschöpflichen Bücherschatz der Mirskis Geschichten über das Leben berühmter Menschen, über Reisen in ferne Länder, über exotische Tiere und erstaunliche Entdeckungen. Mit anderen Worten, die Jahre vergingen, Abreißkalender um Abreißkalender, ohne echte Aussicht auf die Nähe und das erwiderte Gefühl, die ihr in der Nacht ihrer Schande hätten zukommen sollen.

Doch Ende 1969 ergab sich eine solche Gelegenheit, ein Jahr vor ihrem Dreißigsten, als Sara, weil sie nicht auf ein Wunder hoffte, die Aussicht auf weibliches Glück schon beinahe endgültig begraben hatte.

An diesem Tag wurde Alewtina Tschapaikina beerdigt, die frühere Nachbarin, Dozentin für Kunstgeschichte an der Moskauer Universität, ungeschiedene Ehefrau des KGB-Natschalniks Gleb

Tschapaikin. Von ihrem Tod hatten die ehemaligen Nachbarn nichts mitbekommen. Sie war 1963 eines Tages urplötzlich aus dem Haus in der Trjochprudny-Gasse verschwunden, wie es hieß, nach einem einmaligen Streit mit ihrem Mann, zusammen mit ihrer Tochter Mascha, die dauernd ein Cello in einem Holzkasten mit sich herumschleppte. Von da an hatte sie angeblich bei ihrem Vater gelebt, der war ZK-Mitglied und ein ebenso hohes Tier wie ihr Mann, wenn nicht noch höher. Der Herzinfarkt traf Alewtina Tschapaikina vollkommen überraschend: Sie hatte nie etwas am Herzen gespürt, auch nie eine Vorahnung gehabt. Sie kippte ganz unversehens um, in der Uni, mitten in einer Vorlesung, und starb im Krankenwagen. Der Pathologe staunte sehr: So viele Narben am Herzen, und zu Lebzeiten keinerlei Symptome! Das Herz war seit rund fünfzehn Jahren krank, mindestens.

Alewtina sollte aus dem Leichenschauhaus der Pirogow-Klinik in die Universität gebracht werden, wo die eigentliche Trauerfeier stattfand. Rosa Markowna entschied, lieber im Leichenschauhaus von Alewtina Abschied zu nehmen, da waren nicht so viele Fremde, und es ging einfacher zu, ungezwungener. Auch ihr Etagennachbar Fedja Kerenski, der Bildhauer, kam dorthin. Da sah Sara ihn zum ersten Mal in der ganzen Zeit, die sie nun schon in der Trjochprudny-Gasse lebte. Und er sie natürlich auch. Die beiden Nachbarn lernten sich also kennen. Fedja berührte sanft Rosas Arm und flüsterte: »Stellen Sie mich Ihrer Begleiterin vor, Tante Rosa.«

Die war aufrichtig erstaunt. »Aber Fedja, das ist doch unsere Sarotschka, die Tochter von Tante Sina. Sie lebt schon seit zehn Jahren bei uns. Du machst wohl Witze, mein Lieber?«

Der Sarg wurde hinausgetragen, und in diesem Augenblick hielt Tschapaikins schwarzer Wolga vor dem Leichenschauhaus. Auch die Musikantin Mascha war da, zusammen mit ihrem ZK-Großvater; sie waren vor allen anderen gekommen. Tschapaikin nickte seinem Schwiegervater kühl zu und wechselte einen Blick mit seiner Tochter, Rosa Markowna aber begrüßte er höflich. Fedja drückte er wortlos die Hand. Sara ignorierte er vollkommen, er sah durch sie hindurch, als wäre sie Luft. Er ging zum Sarg, verharrte schweigend davor, trat dann zwei Schritte zurück, drehte sich um und ging mit festen Schritten zu seinem Wolga. Rosa schaute ihm nach, zog Sara an sich und drehte sich zu Fedja um.

»Fedenka, jetzt solltest du unsere Sara aber endlich kennenlernen. Sie ist für uns fast eine Verwandte, und eure Eltern kannten sich seit Urzeiten. Also, Kinder, seid gut Freund miteinander und seht euch öfter als nur alle zehn Jahre mal, noch dazu auf einer Beerdigung. Wir wohnen schließlich Tür an Tür.«

»Ach, ich bin ja meistens im Atelier, Tante Rosa.« Fedja lächelte. »Ein Auftrag nach dem anderen, ich komme kaum raus. Zu Hause übernachte ich höchstens mal. Aber auch das selten.« Er streckte Sara freundlich herausfordernd die Hand hin. »Kerenski. Fedja.«

Verlegen reichte Sara ihm die ihre und sagte: »Sara.«

»Kommst du mich mal im Atelier besuchen?«, fragte Fedja plötzlich, sofort zum Du übergehend, als der Sarg mit Alewtina angehoben und zum Leichenwagen getragen wurde. »Bei mir gibt's allerhand zu sehen, du wirst es nicht bereuen.«

»Ich weiß nicht.« Sara war verwirrt. »Vielleicht mal am Sonntag, an meinem freien Tag. Ich gehe eigentlich selten aus.« Sie drehte sich nach Rosa um. Doch die begleitete bereits mit den anderen den Sarg zum Auto, sodass von ihr keine Hilfe zu erwarten war. Da sagte Sara, nun mit festerer Stimme: »Erklären Sie mir, wo es ist, dann komme ich. Dann also am Sonntag, ja? Am Vormittag.«

»Wunderbar, Sarotschka.« Fedja lächelte. »Ich werde Sie ungeduldig erwarten.« Er beugte sich zu ihrem Ohr und fügte geheimnisvoll hinzu: »Sehr ungeduldig!«

Die Worte der Liebe, die sich Fedja Kerenski für die hübsche, wenn auch nicht mehr blutjunge Sara zurechtgelegt hatte, fielen, das muss gesagt werden, nicht gleich bei ihrem ersten Besuch, sondern erst beim zweiten Mal. Nicht am Vormittag, sondern weit später, in der Nacht vom Samstag zu Saras freiem Sonntag. Während er sich dabei wie üblich in einem Zustand befand, bei dem sich schwer sagen ließ, ob er betrunken, nüchtern oder nur angetrunken war, so erübrigte sich diese Frage bei Sara a priori, denn sie hatte ihr ganzes bisheriges Leben ohne Alkohol und unbefleckt verbracht. Abgesehen von ihrem bitteren Ausrutscher, dem missglückten, anmaßenden Versuch, sich mit ihrem leiblichen Bruder Boris Mirski zu vereinigen.

Nun, der Kelch war in jener Nacht an Semjon Mirskis Sohn und Tochter vorübergegangen und der Inzest ausgeblieben, allerdings ausschließlich dank Boris Semjonowitschs beispielloser Standhaftigkeit gegen Sünde und Unordnung in seinem Haus. Übrigens bedauerte Mirski nie, dass zwischen der Haushälterin und ihm nichts passiert war. Er bedauerte es nicht und hätte sich unter anderen Umständen ebenso verhalten. Er bedauerte es nicht, erinnerte sich aber daran. Immer wieder, fast bis zu seinem Tod, sah er nolens volens Saras nackte Brüste mit den harten, aufgerichteten Nippeln vor sich. Ebenso unvergessen blieb ihm ihre erstaunliche Bereitschaft, ihren Körper gerade ihm zu schenken, sich gerade zu ihm und keinem anderen zu legen, um ihm die treueste, zärtlichste Frau und Gefährtin zu werden.

Bei jenem zweiten Besuch in Fedja Kerenskis Atelier jedenfalls nippte Sara nur an dem ihr aufgenötigten Glas mit etwas Bitter-Süßem, Berauschendem.

»Unser Innungstrank«, erklärte Fedja, »kreativ gemixt nach einer Rezeptur der Moskauer Kunsthochschule; fördert die künstlerische Rezeption der Umwelt, der Noosphäre, wie Professor Wernadski sich auszudrücken pflegte. Ist übrigens nichts weiter als ein bisschen Wodka für den herben Geschmack und ausgezeichneter Portwein aus Portugal. Bei Zimmertemperatur mixen. Auf keinen Fall Eis, Eis tötet alles Lebendige. Höchstens mit etwas kaltem Bier nachspülen. Das schadet nichts, im Gegenteil, es löscht prima und macht das Ganze weicher.«

Sara nahm das Glas aus Fedjas Hand, trank zwei Schluck, lächelte schuldbewusst und schwebte bald im Zickzack an Fedjas Kunst vorbei durch den Raum. Er führte sie herum, zeigte mit dem Finger auf seine Arbeiten, vollendete wie unvollendete, redete von Bronze und Guss, Gips und Modelliermasse, erwähnte eine kürzliche Ausstellung und erging sich in ähnlichen Halbwahrheiten über eine bevorstehende Auslandsreise. Am Ende des Weges drehte er sie abrupt zu sich um, näherte sein Gesicht dem ihren, presste sie heftig an sich und küsste sie, ehe sie sich besann, stürmisch aufs Haar, auf den Hals, auf Hände und Schultern. Zwischendurch flüsterte er ihr ins Ohr: »Du gehörst mir, Sara, mir, ich liebe dich, hörst du? Ich liebe dich!«

Sara hörte es. Sie schwebte immer weiter, ohne recht zu begreifen, wohin der Strom aus Wodka und Portwein sie trieb, aber das war nun auch nicht mehr wichtig, denn alles traf endlich in dem einzigen, ersehnten Punkt zusammen: Sie wurde geliebt und begehrt, ihr wurden die Hände geküsst, und das alles beruhte auf Gegenseitigkeit …

Während er sie weiter mit chaotischen sinnlichen Küssen überhäufte, lief Fedja mit kleinen Trippelschritten, um sich nicht von ihr lösen zu müssen, rückwärts, zum Fenster, unter dem eine wackelige, halb zusammengebrochene Liege stand, bezogen mit unsauberem, stellenweise bis auf die Federn durchgescheuertem Gobelinstoff. Er setzte sich darauf, Sara mit sich ziehend, streckte seine und Saras Beine der Länge nach aus, sodass Sara auf ihm zu liegen kam, Körper an Körper, Gesicht an Gesicht, und saugte sich mit unverhohlenem männlichem Begehren an ihren Lippen fest, entschlossen, sie entweder jetzt gleich zu nehmen oder sie rauszuschmeißen, sollte seine Attacke ihr Ziel verfehlen.

Wie er sie ausgezogen hatte, wusste Sara anschließend nicht mehr, sie war wie abgeschnitten von ihrem eigenen Bewusstsein. Sie erinnerte sich nur, dass sie plötzlich auf dem Rücken lag und durch den groben Stoff hindurch die Federn an ihrer nackten Haut spürte, dass Fedja ihre Brüste und ihren Bauch küsste, ihre Hüften streichelte, ihr gleichzeitig die Beine spreizte, und dann … Dann kam wieder eine Lücke, kurz darauf ein kurzer Schmerz, heftig und freudig, im ganzen Körper; er durchfuhr sie von unten her bis hinauf zu den Augen, in die Stirn, ja, bis in die Haarspitzen. Genau in diesem Augenblick drang Fedja, angestachelt von dem sich darbietenden Anblick und dem ganzen unverhofften Abenteuer, das beim Begräbnis begonnen hatte und sich nun vollendete, in Sara ein, durchbrach ihre langjährige Unberührtheit, ihre unvernünftig lange gehütete Jungfernschaft und zugleich ihren vagen Groll gegen das ganze männliche Geschlecht.

Vermutlich hätte Fedja, nachdem er Sara auf die Liege gezerrt und sie ohne große Mühe genommen hatte, die Haushälterin seiner Nachbarn einfach in die Liste der sinnlichen und gefügigen Mädchen eingereiht, die auf seinen schöpferischen Ruf hin sofort in sein Souterrain-Atelier geeilt kamen, und damit das Thema abgehakt. Doch das Ganze lief diesmal nicht nach Fedjas Gewohnheit, sondern völlig anders, denn die knapp dreißigjährige Sara Tschepik erwies sich als echtes Turgenjew'sches Fräulein, als klassische Jungfrau, was eigentlich nicht sein konnte, weil es so etwas grundsätzlich nicht gab. Dieser rührende Umstand musste den Bildhauer Kerenski zwangsläufig zutiefst berühren, als er nach der Liebesattacke erschöpft zurücksank und auf der Liege die bewussten Spuren der zerstörten Unberührtheit entdeckte, was ihn in Erstaunen und Entzücken zugleich versetzte.

»Warum hast du nicht gesagt, dass du noch nie einen Mann hattest?«, fragte er, streichelte sanft Saras Bauch und steckte ihr spielerisch den kleinen Finger in den Bauchnabel.

Sara presste verschämt die Beine zusammen, schaute Fedja verliebt an und antwortete aufrichtig: »Weil ich immer auf dich gewartet habe und es mir nun ganz egal ist. Du bist der Erste und der Beste. Einen anderen will ich nicht. Ich weiß, dass du mich liebst, und das ist für mich die Hauptsache.«

Fedja sah Sara gerührt an und empfand merkwürdigerweise keinen Widerwillen. Es drängte ihn nicht, umgehend zu enteilen, nicht einmal, sich nachzuschenken.

»Weißt du«, sagte er, während er sich eine Papirossa anzündete, »du bist wirklich famos. Bei anderen will ich mich oft verstellen, herumalbern, Dummheiten machen oder so. Bei dir nicht. Glaubst du mir das?«

»Aber natürlich, Fedenka, wie könnte ich dir nicht glauben, nachdem, was zwischen uns geschehen ist …« Sie warf einen schon kühneren Blick auf ihre und Fedjas Nacktheit. »Eine solche menschliche Nähe.«

»Genau«, bestätigte er, goss sich Wodka ein und kippte einen Teil davon sofort hinunter, »menschlich, das ist es, und das freut mich sehr, Sara. Ehrlich.«

»Wirst du deiner Mutter von uns erzählen?«, fragte Sara plötzlich und sah Fedja erwartungsvoll an.

»Meiner Mutter?« Er zuckte erstaunt die Achseln. »Meine Mutter ist Alkoholikerin, sag bloß, das weißt du nicht?« Sara schüttelte verwirrt den Kopf. »Sie hat nach dem Krieg angefangen, alles zu versetzen, die wertvollsten Sachen hat sie für ein paar Kopeken weggegeben, alles verramscht: die Mahagonimöbel, einen antiken Flügel, Silber, Bilder, lauter Erbstücke meines Vaters, von den letzten Kerenskis. Ich muss also nicht unbedingt ihren Rat einholen, zumal ich sie seit Langem ernähre und auf sie aufpasse, sonst wäre sie verloren und schon längst verkommen. Außerdem bin ich sowieso kaum dort, ich lebe meist hier.«

»Und Rosa Markowna?« Sara brachte ihr Wichtigstes vor. »Erzählen wir es ihr?«

»Tante Rosa?« Fedja überlegte und goss sich Wodka nach. »Ach, vielleicht lieber nicht, sonst macht sie sich bloß unnötig Sorgen um uns oder denkt, du willst weg von ihr.« Er leerte das Glas, stellte es auf den Fußboden und schlug vor: »Warten wir damit noch, ja?«

»Ja«, stimmte Sara ihm freudig zu, innerlich ganz einverstanden mit Fedjas Besonnenheit in Bezug auf Rosa Markowna und ihre Befindlichkeit. Nun presste sie sich selbst an Fedja und wollte alles, was er wollte.

»Jetzt bin ich eine Frau«, flüsterte sie, das Ohr auf Fedjas Brust, auf das gleichmäßige Pochen seines Herzens lauschend. »Jetzt bin ich deine Frau, Fedenka. Ich gehöre dir …«

Die Absprache, Rosa Markowna lieber nichts von ihrer Beziehung zu erzählen, musste weder Fedja noch Sara einhalten. Noch am Sonntag, da die Haushälterin nach der außer Haus verbrachten Nacht und ihrem freien Tag erst zum Abendessen in der Trjochprudny-Gasse erschien, bemüht, ihr inneres Leuchten nicht nach außen dringen zu lassen, begriff Rosa Markowna durch simples Kombinieren alles selbst.

»Mein Mädchen«, sagte sie zu Sara, »ich weiß nicht, ob ich mich freuen oder eher traurig sein soll. Du musst wissen: Fedja ist kein einfacher Mann. Obwohl … Nein, eher im Gegenteil, er ist ein bisschen zu einfach. Ich meine, du solltest vorsichtig sein und bedenken, dass du … dass du bislang wenig Erfahrung mit Männern hast. Fjodor ist natürlich sehr lieb, aber doch ziemlich leichtsinnig, er ist nicht sehr … hm … also … nun ja, wie soll ich sagen … Es fehlt ihm womöglich an Verantwortungsbewusstsein für die Situation. Verstehst du, Liebes?«

»Rosa Markowna«, erwiderte Sara aufrichtig, ohne dem Gespräch auszuweichen, »ich habe Fedja sehr lieb gewonnen. Und er mich auch. Wir fühlen uns wohl miteinander, das hat er selbst gesagt, ich habe ihn nicht darum gebeten. Und ich werde weiter bei Ihnen arbeiten wie bisher, kein bisschen schlechter. Daran wird unsere Liebe mich nicht hindern. Vorerst … Und später … das mag sich von selbst ergeben. Gut?«

»Gut«, seufzte Rosa und strich Sara über den Kopf. »In Ordnung …«

Interessanterweise hatte Fedja in dem Moment, als er Sara seine Gefühle gestand, kaum gelogen. Etwas in der Art war in seinem schlummernden Inneren tatsächlich erwacht, war hervorgetreten aus einem ihm selbst verborgenen Winkel und rasch bis in den Kopf hinaufgestrebt.

Für Sara endeten die häuslichen Pflichten meist, wenn sie nach dem Abendessen das Geschirr gespült hatte, oder kurz danach. Nun verließ sie zweimal in der Woche das Haus und fuhr mit der Metro bis zur Station »Dynamo« und von dort weiter bis zur Nishnaja Maslowka, wo sich in einem Altbau das schöpferische Souterrain des Bildhauers Fjodor Kerenski befand. Einmal in der Woche unternahm sie dort eine gründliche feuchte Reinigung, meist sonntags, wenn sie nicht gleich zurück in die Trjochprudny-Gasse musste. Sonntags konnten sie sich im Bett viel Zeit lassen, vorausgesetzt, Fedja war am Vortag nicht volltrunken gewesen und erwachte erst am Sonntagnachmittag, jedes Mal aufs Neue erstaunt über die Frau, die sein Atelier putzte.

Wenn Sara in der Woche in der Maslowka übernachtete, stand sie sehr früh auf, wobei sie darauf achtete, dass der Wecker Fedja nicht störte, und eilte zurück in die Trjochprudny-Gasse zu den

Mirskis, um alle rechtzeitig zu versorgen. Wilen war inzwischen vierzehn, um ihn musste Sara sich nur noch wenig kümmern: Essen machen, Zimmer aufräumen – dort, wo er es ihr gestattete – und natürlich Wäsche waschen. Boris lebte wie gehabt nach seinem eigenen Rhythmus: früh aus dem Haus, spät zurück; seinen freien Tag verbrachte er überwiegend im Arbeitszimmer. Noch immer gab es keinerlei Anzeichen für eine Frau an seiner Seite, ob nun offiziell oder heimlich. Nicht einmal die hellhörige und aufmerksame Sara fand auch nur den geringsten Hinweis auf etwas Derartiges; keinen Geruch, keine beiläufige Äußerung seinerseits, keine Spuren in seiner Kleidung. Im Übrigen interessierte sie das in den letzten Jahren kaum noch, und seit Kurzem erst recht nicht mehr. Nun hatte sie Fjodor, und für sie stand fest: Er war nicht nur ihr Geliebter, sondern ihr künftiger rechtmäßiger Ehemann, der Bildhauer und Träger eines berühmten Namens, auf den er mal heimlich, mal offen stolz war. Und sie war mithin bald seine Ehefrau, Sara Petrowna Kerenskaja, geborene Tschepik.

So erreichten sie alle, die Mirskis, Sara und Kerenski, das Jahr 1970, jeder mit seinen eigenen Plänen.

Rosa Markowna wollte endlich Schluss machen mit den Korsetts, nur noch leichte Büstenhalter nähen und dabei möglichst nicht an den möglichen Verkauf eines der Bilder aus Semjons Sammlung denken. Boris hoffte auf eine Professur und den dazugehörigen lang ersehnten Lehrstuhl für Städtebau. Wilen wollte die achte Klasse ohne Dreien abschließen, um seine Großmutter nicht zu enttäuschen, und sich enger mit Milotschka Kogan aus der 8b anfreunden. Sara wollte freudig auf Fedjas zweifellos bevorstehenden Heiratsantrag eingehen, in die Wohnung gegenüber ziehen und den Mirskis weiterhin nach Kräften im Haushalt helfen. Fjodor Kerenski musste endlich den Brunnen in Tula fertigstellen, strebte eine Ausstellung auf der Kusnezki-Brücke an, wollte im Frühjahr nach Sudak fahren, sich dort im Bruni-Künstlerhaus einnisten und endlich Sara zum Teufel schicken, damit sie sich keine Illusionen machte. Sie hatte sich nämlich als anhänglicher erwiesen als gedacht und nervte ihn mit ihrer Fürsorge und ihren Hoffnungen, allein ihr ständiges Saubermachen ging ihm auf den Geist.

Silvester feierte Sara mit den Ihren. Obwohl sie nicht genau hätte sagen können, wem sie sich mehr zugehörig fühlte. Fjodor feierte bei Freunden im Atelier, hatte sie aber nicht eingeladen mitzukommen, sondern nur erklärt, vor dem Dritten würde er nicht auftauchen. Sie war darüber nicht sonderlich traurig, denn sie wäre ohnehin nur ungern zu einer Feier gegangen, wo viel getrunken wurde. Erstens wurde sie bei den Mirskis gebraucht: kochen, servieren, abräumen, alle umsorgen. Aber das war nicht die Hauptsache – wenn nötig, hätte Rosa Markowna ihr auch freigegeben. Nein, entscheidend war etwas anderes: Das Kind, das seit über einem Monat als lebendiges Klümpchen in Saras Bauch lag und von dem außer ihr noch keine Menschenseele wusste, nicht einmal dessen Vater Fedja. Darum waren Papirossaqualm, Wodkadunst und ein für das Kleine schädlicher Rhythmus nun tabu. Wenn Fedja zurück und wieder bei Besinnung war, wollte sie ihm von der Überraschung erzählen, von ihrem Stammhalter, dem kleinen Kerenski. Oder der kleinen Kerenskaja – ganz wie Gott wollte. Doch das geschah erst Mitte Januar, bis dahin sah sie Fedja nicht.

Fedjas Mutter Ljudmila, die künftige Schwiegermutter, riss nur die Augen auf, als Sara sie mit einem zaghaften kurzen Klingeln an die Tür lockte und nach dem Sohn fragte, schüttelte den Kopf, zuckte die Achseln und gab keine klare Antwort. Sara beschloss, am nächsten freien Tag ins Atelier zu fahren und wenigstens eine Nachricht zu hinterlassen. Als sie dort ankam, erkannte sie an dem offenen Souterrainfenster sofort, dass er da war. Sie war erleichtert: Er lebte! Sie schaufelte den Schnee vom niedrigen Fenster, bückte sich, lächelte feierlich in sich hinein, voller Vorfreude auf das Wiedersehen, stellte sich vor, wie sie dem Geliebten scherzhaft mit dem Finger drohen würde: Warum hast du so lange nichts von dir hören lassen, wo hast du gesteckt, mein Lieber, wo hast du dich rumgetrieben ohne mich, ich hab mir Sorgen gemacht und mir sonstwas ausgemalt …

Und da erblickte sie, was sie besser nicht hätte sehen sollen: Ihr Fedja schlief auf dem ausgeklappten Sofa, und neben ihm räkelte sich, im Schlaf trunkene Bläschen ausstoßend, ein nacktes Weib, jung und mit großen Brüsten. Auch ihr Arsch war nackt, sie war wohl zu faul gewesen, ihre Blöße zu bedecken – hinterher … Später erinnerte Sara sich nur noch, wie sie runter in den Keller gerannt war, dumpf gegen die Tür mit dem zerfetzten Kunstlederbezug gehämmert hatte, mit ganzer Kraft, ohne den Schmerz in den Händen zu spüren. Wie sie durch die Türritzen geschrien hatte, durch den unteren Spalt, durch die verdammte Tür.

Fedja öffnete, wütend, nur in Unterhosen, und starrte Sara stumpfsinnig an.

»Was schreist du denn so, Sara? Du siehst doch, ich schlafe noch!«

»Fedja, Fedenka ...« Sie ließ sich kraftlos auf das Linoleum im Flur fallen, wies mit einer schwachen Kopfbewegung zum Atelier, wo das Unerhörte stattgefunden hatte. »Wie konntest du nur ... F-Fedja ... Wie konntest du?«

Fedja antwortete nicht, sein Hals lief rot an, vor Ärger oder weil der Alkohol vom Vortag noch nicht verdunstet war; er überdachte die Lage und versuchte, sie in vernünftige Worte zu fassen. Schließlich äußerte er sich.

»Hör mal, Sara, hast du etwa gedacht, ich bleib ewig mit dir zusammen? Du bist also edel und gut, ja, und ich bin kein Mensch, oder was? Ich soll also keine menschliche Freiheit mehr haben, ja? Soll mir von dir Vorschriften machen lassen, ja?«

Aus dem Atelier ertönte die gereizte Stimme des Mädchens: »Fedja! Kommst du nun oder was? Wo ist der Rest Bier, ich hab Durst!«

Fedja zog fröstelnd die Unterhose hoch. »Weißt du was, Sara, du gehst jetzt am besten. Wir reden später, wenn die Feiertage vorbei sind. Gut?«

Sara hatte endlich die Sprache wiedergefunden, stand auf, sah dem Enkel des Premierministers in die schamlosen Augen und sagte klar und deutlich: »Bis deine Feiertage vorbei sind, ist unser Kind schon geboren!«

»Was?«, fragte der Bildhauer argwöhnisch. »Was für ein Kind?«

»Unser Kind, Fedja, deins und meins, das vor zwei Monaten gezeugt wurde und das einen Vater brauchen wird und keinen Kerl, der sich rumtreibt. Und wenn er zehnmal Bildhauer ist!«, setzte sie herausfordernd hinzu, mit einem zornigen Blick ins Atelier.

Von dort schrie das Mädchen erneut: »Fedja! He, wer ist denn da? Ich gehe gleich, wenn du nicht kommst. Ich meine es ernst, Katerchen!«

Fedja drehte sich um, überlegte kurz und sagte schließlich: »Weißt du was, Sara? Mach, dass du wegkommst, mitsamt deinen Drohungen und deinem angeblichen Kind, und überhaupt, am besten vergisst du den Weg hierher!« Er schien nun vollkommen nüchtern. Dann zog er mit einem Ruck die Tür zu und rief im letzten Moment, bevor sie ins Schloss fiel, noch durch den Spalt: »Schluss!«

Zu Hause erwartete Sara eine noch schlechtere Nachricht. Mehr als schlecht, wirklich schlimm.

»Es ist ein Telegramm gekommen, Sarotschka«, sagte Rosa mit unverhohlener Sorge, als sie Sara an der Tür empfing, und bemerkte nicht einmal, was für ein Gesicht diese machte.

»Was?« Sara warf einen raschen Blick auf Rosa und fragte sofort: »Mama?«

Wen sonst sollte eine schlechte Nachricht für Sara betreffen? Zumal ein Telegramm, das konnte nur aus einem einzigen Ort kommen, aus Shitomir. Und so war es natürlich auch.

»Es ist mit ›Rahel‹ unterschrieben.« Rosa Markowna wies auf das Telegramm und reichte es Sara. Die überflog hastig den Text und ließ sich auf den Boden fallen. Aus verständlichen Gründen war das zu viel für heute. Der Text war kurz, aber unmissverständlich: »Mama Krebs komm Rahel.«

»Unsere Nachbarin«, erklärte Sara, den Blick noch immer auf das Telegramm gerichtet. »Wir wohnen in derselben Baracke.«

Anrufen konnte sie nicht, die Einzelheiten waren ungewiss, aber die Nachricht an sich klang beängstigend.

»Fährst du hin?«, fragte Rosa wortlos, nur mit einem verständnisvollen Blick.

»Ich fahre«, sagte Sara und nickte. Sie sah auf die Uhr, überlegte. »Heute, Rosa Markowna, jetzt gleich, den Abendzug schaffe ich noch.«

»Dann wollen wir keine Zeit verlieren«, entgegnete Rosa. »Wir packen. Du bei dir, ich bei mir. Ich gebe dir was zu essen mit und etwas Geld. Ich beeile mich. Wenn du angekommen bist, ruf gleich an. Wenn's nötig ist, komme ich nach. Schluss!«

Dort hatte es »Schluss« geheißen, und auch hier hieß es nun »Schluss«. Nun wusste Sara bestimmt, dass ihr ganzes Leben jetzt aus diesem freudlosen Wort bestand. Ebenso wie es kein Zurück gab zu diesem Mann, denn das war nach dem, was geschehen war, ausgeschlossen, gab es aus einem anderen Grund auch kein Zurück zu den Mirskis, egal, was mit Mama war. Bald kam das Kind, ihr Kind; sie würde es zur Welt bringen und ihm eine zärtliche, gute Mutter sein, und das Kind würde sie ebenso lieben, wie sie selbst es lieben würde– mit ihrer eigenen Liebe und der, die ihm der leibliche Vater versagte.

Von Boris Semjonytsch konnte sie sich nicht mehr verabschieden, auch nicht von Wilen, beide waren außer Haus. Und an Fjodor Kerenski dachten die beiden Frauen in diesem Moment nicht, da keine von ihnen das Bedürfnis danach verspürte.

Als Sara ihr heimisches Nest in Shitomir erreichte, war Rahel die Erste, die ihr begegnete.

»Metastasen in den Lymphknoten, meint der Dokter«, verkündete diese statt einer Begrüßung, »schnell jewachsen und nich mehr operabel. Das hatter jesacht.«

»Warum haben Sie mich nicht früher gerufen, Tante Rahel?«

»Sie hats nich jewollt, Saruschka«, seufzte Rahel. »Hats aufjeschoben bis zum Schluss, sie hat nicht jewollt, dass du sollst herkommen aus Moskau. Dass du nich deine schöne Stelle wirst verlieren und dich am End nich verheiraten in Moskau, denn hier findest du keinen, uns aus den Baracken, uns will doch keiner nich haben.«

Als die Tochter eintraf, war Sina schon unglaublich schwach, konnte aber noch ein wenig herumlaufen und sich mehr oder weniger selbst behelfen. Essen nahm sie kaum zu sich, es kam alles sofort wieder raus, der Körper verweigerte jede Nahrungsaufnahme, er wollte seine letzten, von Tag zu Tag nachlassenden Kräfte nicht mit der Verdauung von Speisen vergeuden, sondern sie lieber für die Wahrung des Verstandes und den bereits aussichtslosen Kampf gegen die unheilbare Krankheit nutzen.

»Siehst du, mein Kind, in nur drei Monaten bin ich innerlich ganz verbrannt. Aus heiterem Himmel, ganz plötzlich. Bestimmt für meine alte Sünde, die ich mein Leben lang mit mir herumschleppe und nicht loswerde. Und nun ist das Maß voll.«

»Aber was denn für eine Sünde, Mama!« Die betrübte Sara maß Sinas Worten keine Bedeutung bei. »Immer machst du dich schlechter, als du bist, dabei bist du eine Heilige, rein und unbefleckt.«

»Ach, Sarotschka …« Sina sprach nicht weiter, konnte sich nicht zur Offenheit entschließen, nicht einmal vor ihrer Tochter. »Danke, dass du gekommen bist, nun ist jemand da, der mich beerdigen wird.« Blass lag sie da, das Gesicht abgemagert, aber dennoch aufgedunsen, die Augen ausgeblichen, als habe jemand eine trübe gelbliche Flüssigkeit in die Augäpfel gesprüht und die Pupillen mit etwas Wässriggrauem verdünnt und ihnen so Farbe und Sehkraft genommen.

Sara rief nicht bei Rosa Markowna an. Sie wollte es nicht noch schwerer machen, als es war. Sie wollte erst eine Weile verstreichen lassen und dann weitersehen, was die Zeit brachte – zu unklar war, was vor ihr lag.

Nach einer Woche stand Sina überhaupt nicht mehr auf, lag nur noch auf dem Rücken und starrte nahezu reglos an die Decke. Gleichgültig und ohne etwas zu schmecken, ließ sie sich von Sara mit halb flüssigem Brei füttern, öffnete brav den Mund, doch währenddessen glitt ihr Gedächtnis über einzelne Abschnitte ihres missglückten Lebens, verhakte sich mal hier, mal dort in der verfluchten Vergangenheit, und dabei wallten aus trübem gelbem Schlamm immer wieder Schuldgefühle auf und Reste ihres schwindenden Verstandes.

Zum Erstaunen ihrer Tochter veränderte sich Sina plötzlich. Nicht, weil die Vorahnung des Todes sie dem Tod selbst ähneln ließ, im Gegenteil: Sinaïda Tschepik gewann an Schönheit. Es schien, als unterstreiche und betone alles, was den Menschen auf dem Weg zum Tod begleitet – das Welken von Gesicht und Händen, das den ganzen Körper erfassende schwache Gelb, die spitze Nase, die einfallenden blassgrauen Lippen, der starre Blick –, als betone das alles nur die jahrelang verborgen gebliebene Rassigkeit der Mutter und ihre außergewöhnliche Schönheit. Das verblüffte Sara so sehr, dass sie die Mutter stundenlang ansehen konnte, als sehe sie diese Frau zum ersten Mal und wolle sie sich so einprägen, wie sie sie bislang nicht gekannt hatte.

Sina lebte noch einen Monat, gerechnet von dem Tag, als Sara mit Kerenskis Kind im Bauch von den Mirskis zurückgekehrt war. Kurz vor ihrem Tod raffte sie mit unglaublicher Anstrengung noch einmal die zerstreuten Bruchstücke ihres Bewusstseins zusammen, förderte das Schmerzhafteste zutage und flüsterte schwach: »Halt dich an die Mirskis, mein Kind, an Rosa Markowna und alle anderen. Sie sind deine Familie. Keiner steht dir näher.«

»Und unser Vater, lebt der noch?«, fragte Sara die sterbende Mutter, um wenigstens jetzt zu erfahren, wonach sie nie hatte fragen dürfen, seit sie denken konnte. »Petro, mein Vater.«

Die Mutter blinzelte und drückte kurz Saras Hand. »Es gab keinen Petro, Kind, er ist n-nicht dein Vater, er ist niemand.«

»Wie meinst du das, Mama?« Sara beugte sich über Sina und presste nun ihrerseits deren Hand. »Wer ist dann mein Vater, Mama? Hörst du mich, Mama? Wer ist mein Vater? Lebt er noch?«

»Dein Vater«, murmelte Sina, halb wieder ins Vergessen sinkend. »Dein Vater war … Das war … M-M-M-M …«

»Wer, Mama, wer?« Sie merkte, dass sie schrie, aber es half nicht. Nichts half nun mehr. Die Augäpfel der Mutter waren nach oben verdreht, die toten Lippen leicht vorgewölbt; geformt zu einem letzten zufälligen oder dem bewusst begonnenen, aber nicht mehr vollendeten entscheidenden Wort …

Sara rief die Mirskis nicht an, sie schickte ein Telegramm an Rosa Markowna: »Mama gestorben Pkt Bleibe Shitomir Pkt Danke für alles Pkt Sara«.

Ein halbes Jahr nachdem Sara Tschepik ihre Mutter auf dem städtischen Friedhof von Shitomir begraben hatte, brachte sie ein Mädchen zur Welt, hübsch und gesund und ohne die geringste Ähnlichkeit mit Fedja oder Sara. Dafür aber glich die kleine Gelja dem Säugling auf einem Kinderfoto des seligen Architekten, Abgeordneten und Preis- und Ordensträgers Semjon Mirski. Doch von dieser Ähnlichkeit ahnte niemand etwas, nicht einmal Rosa Mirskaja, die im untersten Schubfach der Anrichte im Speisezimmer, in einem Fotoalbum aus rotem Saffianleder, von den Eltern ihres Mannes anlässlich der Geburt des Stammhalters im Jahr 1880 angelegt, die bewussten Fotos aufbewahrte. Angelina Fjodorowna Tschepik, diesen Namen hatte die Mutter, Sara Petrowna Tschepik, in die Geburtsurkunde eintragen lassen.

Der Pensionär Stepan Lukitsch Swanzew überlebte seine Tochter nicht lange. Zwei Monate nach der Trauerfeier in der Universität und nachdem Mascha Tschapaikina für die Asche ihrer Mutter, wie mit ihrem Großvater vereinbart, einen Platz in der Urnenhalle des Donskoi-Friedhofes organisiert hatte, wurde der 84-jährige Leib von Stepan Swanzew in ein Grab auf dem Nowodewitschje-Friedhof gesenkt, wo der Parteiveteran wegen seiner herausragenden Verdienste um die KPdSU und das sowjetische Volk auf Beschluss der Regierung fortan ewige Ruhe finden durfte. Obwohl Mascha sieben Jahre beim Großvater gelebt hatte, konnte sie ihn bis zum Schluss nicht lieben, ebenso wenig wie zuvor ihren Vater. Dennoch weinte sie am Grab und auch hinterher, als die ersten Tage nach der Beerdigung vorbei waren und Maria Glebowna Tschapaikina die offizielle Alleinerbin von Großvaters in den sechziger Jahren bezogener Wohnung geworden war, unweit der Trjochprudny-Gasse im elitären ZK-Wohnhaus in der Malaja Bronnaja.

Im Todesjahr ihrer Mutter und ihres Großvaters war Mascha vierundzwanzig, das Musikstudium hatte sie drei Jahre zuvor abgeschlossen, doch ihr Traum von einer Solistenkarriere hatte sich bislang nicht erfüllt. Mehr noch, sie wusste genau, dass er sich nie erfüllen würde. Sie würde nie über eine Stelle in einem mittelmäßigen Orchester hinausgelangen, zu mehr reichte ihre Begabung nicht. Da half auch kein ZK-Großvater, zumal der nun tot war, und auch kein Vater mit hohem KGB-Posten. Darum legte Mascha den Traum von einer Musikerkarriere ad acta und beschloss, sich lieber um ihr

Privatleben zu kümmern, solange ihr Alter und ihr passables Äußeres zusammen mit der exklusiven Wohnung ihr noch die Möglichkeit dazu eröffneten. Eine passende Gelegenheit ließ nicht lange auf sich warten.

Das gesuchte Genie fand Mascha nach einem Jahr in Gestalt eines hoffnungsvollen jungen Pianisten aus Kemerowo, der zu einem Debütkonzert nach Moskau gekommen war. Mascha mit ihrem ererbten Gespür für aussichtsreiche Beute zögerte nicht lange. Sie beschloss, die künftige Berühmtheit zu umgarnen, und zwar auf altbewährte Weise: Verführung mittels einer Wohnung im Stadtzentrum. Diese Formel erwies sich auch bei einem Genie als äußerst wirkungsvoll.

Ein rundes Dutzend Orchestermitglieder war hocherfreut über die Einladung in die Wohnung der Cellistin mit dem berühmten Namen und kam gern zu einem Glas Wein, um den Auftakt der Konzertreihe mit dem jungen Kemerowoer Debütanten Wolodja Berojew zu feiern. Es wurde ein voller Erfolg. Die bettelarme Musikantenschar war so beeindruckt von dem Fünfzimmerluxus mit den zwei Bädern und dem farblich zur Toilettenschüssel passenden Becken namens »Bidet«, dass beschlossen wurde, den Wein durch stärkere Getränke zu ersetzen, was auch unverzüglich geschah. Zu denen, die von den Toilettenherrlichkeiten zutiefst beeindruckt waren, gehörte auch der Pianist selbst. Und als Mascha ihn nach einem der nächsten Konzerte, nachdem die meisten anderen schon gegangen waren, sanft lächelnd fragte: »Hat es Ihnen neulich bei mir gefallen, Wolodja?«, da verhehlte er die Wahrheit nicht und antwortete ohne Umschweife und aufrichtig: »Ja, sehr.«

»Wenn Sie wollen, können wir das gern wiederholen«, sagte die Cellistin mit demselben bezaubernden Lächeln. »Aber dann nicht in so lauter Gesellschaft.« Sie sah ihm eindringlich in die Augen. »Mögen Sie?«

»Sehr gern«, antwortete Berojew, und wieder war das die reine Wahrheit.

In dieser Nacht blieb er bei der Cellistin Tschapaikina. Sie schliefen miteinander, atemlos ob ihres Glücks, und am Morgen hatte Mascha bereits vollkommen vergessen, dass sie dieses Rendezvous planmäßig herbeigeführt und so den künftigen Vater ihrer Kinder und Partner fürs Leben bewusst ausgewählt hatte. Wolodjas Meinung spielte für sie keine Rolle, zumal sie inzwischen völlig von seinem Talent überzeugt war, sein Verhalten und seine Gefügigkeit untadelig waren, seine stille Anbetung ebenfalls aufrichtig schien und der Umstand, dass er kein Wohnrecht in Moskau besaß, die angenehme Aussicht auf eine gemeinsame Zukunft zusätzlich festigte.

Sie überlegte lange, ob sie ihren Vater, der ihr mit den Jahren fremd geworden war, zur Hochzeit einladen sollte. Schließlich, nachdem sie alles Für und Wider gründlich abgewogen hatte, tat sie es. Er brachte Blumen mit anstelle eines Geschenks, stellte sich allen höflich vor, verabschiedete sich nach zwei Stunden ebenso höflich von seiner Tochter und verschwand, ohne dass es jemandem aufgefallen wäre.

Nach einem weiteren Jahr wurde in der Familie der Musiker Maria und Wladimir Berojew eine Tochter geboren, die die Eltern Warja nannten, wie Maschas Heldengroßmutter, die Revolutionärin und Illegale Warwara Swanzewa, die 1916 im Kreis Chmelnizk an der Cholera gestorben war. Die Geburt der Tochter bot einen erneuten Anlass, den Vater anzurufen. Diesmal ging es um mehr als nur darum, dem Generalsgroßvater eine Freude zu machen. Seit dem Tag, an dem Wolodja Mascha aus der Entbindungsklinik geholt hatte, dachte sie unaufhörlich darüber nach, was nach dem Tod des Vaters aus der Wohnung in der Trjochprudny-Gasse werden sollte. Schließlich stand sie ihnen zu, wem sonst? Unter welchem Vorwand also konnten sie die kleine Warwara dort anmelden?

Ihrem Mann teilte sie ihre Überlegungen nicht mit, sie wollte abwarten, ob sich nicht womöglich von selbst etwas ergab. Außerdem wäre Wolodja in dieser unkünstlerischen Angelegenheit ohnehin kaum von Nutzen gewesen. Außer seiner unendlichen Liebe zur Musik und zu seiner Familie interessierte ihn im Grunde nichts. Alles, was er zustande brachte, war ein einziges C-d-e-f-Gestammel, darum war dies ganz allein Maschas Angelegenheit. Also rief sie ihren Vater an und teilte ihm die Neuigkeit mit, konnte sich aber nicht entschließen, das Wohnungsthema anzuschneiden. In einem Winkel ihres Bewusstseins hoffte sie, er würde selbst etwas Derartiges vorschlagen. Er tat es nicht, nahm die Nachricht relativ gelassen entgegen, gratulierte ihr kühler, als sie erwartet hatte, und versprach, dieser Tage vorbeizuschauen und sich die Enkelin anzusehen.

Doch Tschapaikin kam zu dieser Zeit tagelang nicht aus seiner Dienststelle raus, es gab jede Menge zu tun. Eine kanadische Eishockeymannschaft war gerade zu einer Reihe von Spielen in Moskau, zum ersten Mal in der Sportgeschichte, und das sorgte für ziemlichen Wirbel: Ausländerpack überschwemmte die Stadt wie nie zuvor, antisowjetische Zeitungsleute und weiß der Geier wer. Und auch die Dissidenten, die nach Prag für eine Weile verstummt waren, regten sich bei dieser Gelegenheit wieder. Nixon, der amerikanische Präsident, wurde dieses Jahr ebenfalls erwartet, im September; und auch das bedeutete enormen Stress: alle Kräfte rund um die Uhr im Einsatz, Urlaub und freie Tage – alles gestrichen, keiner bekam frei, wenn er was taugte, wenn er sich nicht blamieren, ja, bei dieser Gelegenheit vielleicht sogar aufsteigen wollte. Das alles neben den Routineaufgaben, dem planmäßigen Schutz des Vaterlandes vor Bösewichten, vor raffiniertem Diebsgesindel, mit dem die Idioten vom Innenministerium nie im Leben klarkamen, und vor Devisenschiebern großen Stils, die sich nicht mit Kleinigkeiten zufriedengaben, sondern es auf die Grundfesten der sowjetischen Wirtschaft abgesehen hatten, wie zum Beispiel dieser Stefan Tomski.

Nach dem Schwangerschaftsurlaub beschlossen die Berojews, dass Mascha nicht ins Orchester zurückkehren, sondern ihre mütterliche Energie ganz der Erziehung der Tochter widmen würde. Zumal sie keinerlei Geldsorgen mehr hatten. Ausländische Konzertveranstalter rissen sich um Gastspiele des begabten Pianisten Wladimir Berojew, bombardierten das Kulturministerium mit Anrufen und Briefen. Mit anderen Worten, die Existenz der Familie war gesichert. Es war das Jahr 1973, jenes Jahr, in dem der aus Lefortowo nach Sibirien deportierte Strafgefangene Stefan Tomski, streng bewacht von Milizionären und Schäferhunden, auf der Bahnstation

Magadan aus dem Zug stieg, um an den Ort seiner Strafverbüßung gebracht zu werden, und der Großvater der einjährigen Warwara Berojewa still und ohne die bei einem solchen Anlass üblichen großen Worte aus dem Komitee für Staatssicherheit ausschied und vorzeitig in den verdienten Ruhestand geschickt wurde.

Das Jahr 1973 war auch für Wilen Mirski entscheidend, und zwar für seine Berufswahl, oder richtiger, für seinen Traum, für die Sache seines Lebens. Der jüngste Mirski bestand ehrlich und mit Erfolg die Aufnahmeprüfung für die Sektion Kamera an der Filmhochschule und wurde Student. Sara war drei Jahre zuvor, 1970, nach vierzehn Jahren bei den Mirskis für immer verschwunden, wie einst ihre Mutter Sina, und Rosa Markowna war inzwischen siebenundsechzig. Sie hatte wie geplant die komplizierten Korsetts aufgegeben und nähte auf ihrer Singer nur noch leichte Büstenhalter, und auch das nur noch selten, für ihre treuen Kundinnen oder solche mit sehr unkonventioneller Figur.

Seit Sara nicht mehr da war, lastete die Versorgung der beiden Männer, des Sohnes und des Enkels, ausschließlich auf ihren Schultern. Irgendwann erwog sie, das Nähen vielleicht ganz aufzugeben, überschlug dann jedoch rasch, dass ihre Rente und Borjas Institutsgehalt allein kaum für ein anständiges Leben der Familie ausreichen würden, zumal Wilen vom Knaben zum Jugendlichen wurde. Wieder einmal glitt ihr Blick, als sie an der Treppe vorbeikam, über einen der beiden Juons, ein breites Moskauer Aquarellpanorama vom Beginn des Jahrhunderts. Sie dachte: Im Notfall ... Sie schalt sich jedoch sogleich für ihren Kleinmut, erlaubte sich sogar ein heftiges Wort, wenn auch nur in Gedanken. Sie fegte den Staub vom schwarzen Rahmen und ging weiter, ohne sich noch einmal umzusehen.

Ein andermal dachte sie, sie solle vielleicht wieder jemanden ins Haus holen, begriff aber, dass dies unmöglich war. Sie würde sich nach Sara an keine andere mehr gewöhnen können, würde niemanden mehr aufnehmen können wie eine Verwandte. Es waren andere Zeiten, das menschliche Herz war auch nicht unerschöpflich, zudem hatten sie nicht mehr so viel Geld. Die Hausarbeit aber wurde nicht weniger. Schließlich konnte man sich nicht ohne gestärkte Servietten an den Tisch setzen. Oder mit ungeputztem Silber. Oder eine nicht nach allen Regeln der Kunst gebügelte Tischdecke benutzen. Nicht wahr? Die Klionskis waren ja ihr Leben lang allein zurechtgekommen, Samuil Israilewitsch hatte sich stets selbst versorgt, sogar als er noch arbeitete, und auch Zilja hatte bis zu ihrem Tod auf fremde Hilfe verzichtet, und ihre Tochter Fira hatten sie zu zweit großgezogen. So war auch Fira ein perfektes Familienwesen geworden: dem todkranken Vater Krankenschwester, den Kindern Mutter und Großmutter und sich selbst beste Freundin und Gesellschaft – das alles ohne die geringste Klage.

Auf Sara war Rosa nicht böse, sie war zunächst nur sehr bekümmert wegen Sina und weil man sie nicht zu deren Tod und Beerdigung gerufen hatte. Dann erst dachte sie an Sara: Ist wohl alles nicht ganz einfach für sie, vielleicht hat sie ja einen Besseren gefunden als Fedja Kerenski, nüchterner und zuverlässiger, und will sich nun ein eigenes Leben aufbauen. Aber warum schreibt sie das nicht? Sie ist doch schließlich keine Fremde.

Indessen hatte Wilen erfolgreich vom ersten ins zweite Studienjahr gewechselt und hätte sein Studium wohl glücklich weiter fortgesetzt, wenn nicht in eben diesem zweiten Studienjahr seine jugendliche Freiheit ein Ende gefunden hätte. Er begegnete der Schauspielstudentin Julia Stukalina aus Tschita, die ebenfalls im zweiten Studienjahr war. Das Mädchen hatte ein spitzes Fuchsgesichtchen, riesige Augen, eher die einer australischen Beutelspringmaus als die eines Fuchses, und hübsche schneeweiße Zähnchen, die zu einem unbekannten schönen Tier zu gehören schienen. Außerdem besaß sie zwar nicht sehr lange, aber wunderschön geformte Beine, die an die Gliedmaßen eines Rehs erinnerten, und dreist vorstehende Brüste, spitz wie kleine Stalaktiten. Kurz, Julia bestand aus lauter verschiedenen, überall zusammengeborgten Teilen. Nur die Ohren waren wohl ihre eigenen, ganz normale Ohren, die keinerlei Assoziationen weckten.

Sie wollte unbedingt zum Film, und der Erste, der ihr erklärte, er werde weder Jahres- noch Diplomfilme drehen ohne die begabte junge Schauspielerin Stukalina, war der kultivierte Moskauer Wilen

Mirski, angehender Kameramann, Professorensohn und Architektenenkel.

Die folgenden Semesterprüfungen bestand er nur mit Ach und Krach. Dagegen war seine Eroberungstaktik erfolgreicher, als er vermutet hatte, denn seine Gefühle wurden überraschenderweise erwidert. Jedenfalls hatte er den Kopf nicht mehr frei fürs Studium oder für was auch immer. Nach Hause kam er nun immer spät und strahlend. Oder im Gegenteil ungewöhnlich nachdenklich oder nervös. Dem Vater fiel der Zustand seines Sohnes nicht auf, er küsste ihn auf den Scheitel, wenn sie sich begegneten, sah kurzsichtig durch ihn hindurch, fragte, was das Studium mache, nahm ein unbestimmtes Nicken als Antwort und ging befriedigt seiner gewohnten Wege: Zu Hause – Architekturinstitut – zu Hause – Arbeitszimmer.

Rosa Markowna ihrerseits bemerkte die inneren Kämpfe des Jungen beinahe sofort. Nach einem Monat der Beobachtung konnte sie nicht mehr an sich halten und fragte Wilen ohne Umschweife: »Ein jüdisches Mädchen, ja?«

»Ja, Großmutter«, antwortete Wilen beim Frühstück, ebenso wie seinerzeit sein Vater, und verachtete sich für seinen Kleinmut, denn er wusste, wie seine Großmutter zu diesen Dingen stand. »Ein jüdisches Mädchen.«

»Darf ich sie kennenlernen, Junge?« Rosa Markowna lächelte, zufrieden, dass sie richtig vermutet hatte.

»Aber natürlich, Großmutter«, entgegnete Wilen nach kurzem Überlegen. Er fand, je eher Großmutter erfuhr, was ihn vom Studium ablenkte, umso eher enthob ihn das der Notwendigkeit, seine gesamte Freizeit im Wohnheim zu verbringen, und zugleich auch aller übrigen mit einem Geheimnis zwangsläufig verbundenen Unbequemlichkeiten. An seine Mutter dachte er in diesem Moment merkwürdigerweise nicht, es kam ihm einfach nicht in den Sinn, dass es noch jemanden gab, mit dem er derart wichtige Dinge ebenfalls hätte besprechen können.

In der Trjochprudny-Gasse erschien Julia erst einen Monat nach dem Gespräch zwischen Wilen und Rosa Markowna. Sie ist nicht jüdisch, registrierte die Großmutter traurig, und außerdem deutlich schwanger.

Beides war die reine Wahrheit: Ersteres war dem Mädchen angeboren, Letzteres hatte sich erst kürzlich ergeben, nicht ohne glückliche Beteiligung des bis über beide Ohren verliebten Wilen.

»Welcher Monat?«, fragte Rosa Markowna angesichts von Julias Bäuchlein seelenruhig, womit diese keineswegs gerechnet hatte. Doch als sie die Frage vernahm und auch den Ton, in dem sie gestellt wurde, begriff sie nach einem raschen, durchdringenden Blick auf Wilens Großmutter, dass dies sogar besser war, als sich herauszureden, es zu verstecken und sich dadurch gleich zu Beginn den Zorn der ganzen Sippe einzuhandeln.

Sie senkte den Blick und bekannte: »Zu spät, Rosa Markowna, wir haben den Zeitpunkt verpasst …« Dann fügte sie hinzu, einer plötzlichen Eingebung folgend: »Das ist alles meine Schuld, ganz allein meine.«

Das wirkte, Rosa war besänftigt.

Nein, dachte sie und lächelte in sich hinein, in diesem Haus werde ich mich nie langweilen. Laut aber sagte sie: »Na schön, Bauch hin, Bauch her, ich habe für euch eine Napoleon-Torte gemacht.« Und an Julia gewandt: »Hast du die schon einmal gegessen, mein Kind?«

»So was kennt man bei uns in Tschita nicht«, antwortete das Mädchen, »aber dafür haben wir unseren eigenen Honig. Von Großmutter.«

»Wunderbar.« Rosa Markowna lächelte, diesmal, wie sie spürte, ein wenig gequält. »Euer Tschita-Honig gegen unsere vielstöckige Moskauer Torte.« Ihre Augen funkelten, ungeachtet des erneuten familiären Ungemachs.

Außer der vierzehnstöckigen Torte, die Rosa seit vielen Jahren nach dem bewährten Rezept der Dworkins fertigte, standen natürlich auch die üblichen selbst gebackenen Köstlichkeiten auf dem Tisch. Alles war wie gewohnt, wie zu allen Zeiten – in den schlimmsten wie in den allerbesten –, Honigkuchen und Hamantaschen, an denen man sich kugelrund essen konnte. Die gewohnten Tellerchen, dazu verspielte, verschnörkelte schmale Gabeln, Servietten, die Tischdecke wie üblich: die Mitte gestärkt, die Ränder mit Spitze versehen, antiker Kräuselspitze, die sich scharf anfühlte, am Rand elastisch und an den Ecken hart. Die Leckereien verhießen der Studentin Julia Stukalina ein sicheres Leben an der Seite des künftigen Kameramannes bei Mosfilm oder zumindest im Gorki-Studio und Enkels eines einst berühmten Akademiemitglieds, einer Säule der sowjetischen Architektur. Überdies bedeuteten die Leckereien den Eintritt in die Mutterschaft im Schutz einer fürsorglichen Familie – die zwar nicht russisch war, aber durchaus freundlich. Ein wenig getrübt wurde das idyllische Bild künftiger Harmonie allerdings durch etwas übermäßig Intellektuelles im Äußeren und an den Manieren von Wilen Mirski, aber dafür hatte er eine Wohnung.

Am Ende des Besuchs warf sie mit ihren Springmausaugen noch einen kurzen Blick auf die zweigeschossige Behausung der Architektenfamilie und stieß einen lautlosen Pfiff aus.

Mitja wurde in den Sommerferien zwischen dem zweiten und dem dritten Studienjahr geboren. In die Klinik wurde Julia direkt aus Firsanowka gebracht, wo sie zum Wohle des künftigen Sohnes bis zur Entbindung lebte. Dass es ein Junge war, wussten sie schon lange, das Ultraschallbild hatte den kleinen Unterschied deutlich gezeigt.

»Wie schön, dass es einen Schniepel hat«, freute sich Rosa Markowna. »Das bedeutet noch mindestens eine Generation Mirskis. Semjon würde sich freuen.«

Zuvor aber wurde Hochzeit gefeiert, und zwar richtig. Darauf hatte die Tschita-Sippe bestanden und zu diesem Ereignis die zwölf engsten Angehörigen der Braut entsandt. Wo sie in der großen Stadt unterkommen sollten, darüber machten sich die Angereisten keine Gedanken. Sie waren überzeugt, darum würde sich die Familie des Mannes kümmern, wo sie doch so ein Glück hatte mit ihrer schönen Julia. Ihre Erwägungen offenbarten sich übrigens erst, als sie vom Bahnhof geradewegs in die Trjochprudny-Gasse einfielen, die zwölf von der Reise müden Apostel. Sie meinten, da Julia nun hier leben würde, konnten auch sie hier auspacken und nächtigen, so gut es ging. Wieso nicht? Sie gehörten schließlich zur Familie!

Die Rolle Jesu übernahm selbstredend Rosa Markowna, die die überraschende Situation steuerte: Vater, Mutter und Tante der Braut wurden bei den Mirskis untergebracht – die Schwiegereltern oben, in dem von Semjon seinerzeit abgeteilten Raum, die Tante, die der Braut nach den Eltern am nächsten stand, in der Kammer neben der Küche. Hinsichtlich der Übrigen sprach der von diesem Pulk an Verwandtschaft überrumpelte, im letzten Moment aber wieder zu sich gekommene Boris in seinem Rektorat vor, und die neun obdachlosen Stukalinschen Apostel erhielten zeitweilig Asyl im Wohnheim des Architekturinstituts in der Ordshonikidse-Straße. Ein Kleinbus des Instituts brachte sie dorthin, samt der mitgeführten Geschenk- und Lebensmittelpakete.

Während die Mirskis sich den Kopf zerbrachen über die lebenswichtigen Probleme der Tschita-Sippe, widmeten sich die Abgesandten selbst der Erforschung des zweigeschossigen künftigen Lebensraums ihrer Julia und der Auswahl eines geeigneten Schlafzimmers für die Hochzeitsnacht.

»Schöne Stube!« Der Großvater mütterlicherseits schnalzte mit der Zunge. »Bis auf die schiefen Fenster mit dem Bogen oben, so was macht man heutzutage nicht mehr, heutzutage sind sie alle mehr rechtwinklig mit geraden Kanten, nicht so schief. Aber die Fensterbänke, alle Achtung, sieht aus wie echter Marmor, dieses Polyrol mit Adern drin. Das ist was anderes als unsere lackierte Espe.«

»Aber ihre Bilder sind Mist«, flüsterte der Schwager dem Vetter zu, »alles Schmierereien: keine Gesichter, keine Figuren, keine Landschaft. Nur eins ist was zum Anschauen«, er nickte zu Kustodijews Kaufmannsfrau hinüber, »da drüben, die mit den roten Backen. Das ist gut …« Dann musterte er kritisch die »Hochzeit des Schusters mit dem Kuckuck«. »Sieh dir das an, ein Vogel mit Menschengesicht, aber blau und mit einem grünen Schnabel. Mannsgroß. Wo gibts denn so was? Und auch noch in Stiefeln. Pfui Deibel!«

Rosa Markowna bewirtete die Gäste in Erwartung des Kleinbusses mit Honigkuchen, wobei sie sich lächelnd Freundlichkeit abquälte und krampfhaft russische Gastfreundschaft imitierte: »Nehmt nur, liebe Gäste. Das ist etwas Süßes, probiert nur. Selbst gebacken, auf unsere Art.«

Julia, die mit diesem Überfall auch nicht gerechnet hatte, wich dem Blick von Wilens Großmutter aus, unfähig, ihren Ärger ob des hereingebrochenen Unheils zu verbergen. Rosa Markowna, die begriff, dass sie alle überrumpelt worden waren, flüsterte der schwangeren Schwiegerenkelin zu: »Mach dir nichts draus, Kind, wir haben den Krieg überstanden, wir überstehen auch das hier. Genier dich nicht, nimm dir lieber vom Honigkuchen, gleich kommt der Bus, Boris Semjonowitsch hat eben angerufen. Iss nur. Und deine Mama und dein Papa sind sehr, sehr nett. Wirklich, sie gefallen mir.«

Übrigens endete das Ganze weniger aufregend und chaotisch, als es begonnen hatte. Im Wohnheim gefiel es den neuen Verwandten ganz großartig. Besonders weil es dort so unkompliziert zuging: Fröhliche junge Leute ringsum, in jedem zweiten Zimmer eine Gitarre, und eine Küche für alle, wo man anständig Essen machen konnte, nicht wie im Hotel, auf Zeitungspapier und nur kalt, sondern richtig, mit Gas, mit Herd und Backofen.

Nach der Hochzeit blieben sie noch eine Woche. Abends, zurück von ihren Ausflügen in die Stadt, kochten sie Kartoffeln für alle, schnitten Wurst in dicke Scheiben und brieten Eier. Jeden Tag tranken sie auf das Wohl des jungen Paares und auf Julias neuen Familiennamen. Auch den Architekturstudenten, die zufällig vorbeikamen, gossen sie ein – auf das Studium, auf ihren Erfolg und auf neue Städte.

Die Hochzeit selbst war ebenfalls ein Erlebnis. Es wurde ein Bankettsaal gemietet, ohne Essen, aber mit Musik und Geschirr. Für den Imbiss sorgten sie selbst, vierundzwanzig fleißige Hände plus Rosa Markowna als Beraterin in Sachen Dessert. Im Wohnheim wurde Sülze gekocht, zwei Eimer voll. Das Übrige schleppten sie am Tag der Hochzeit vom Markt herbei, und am Abend war alles so, wie es sich gehört.

Die Tschita-Sippe setzte sich spontan rechts vom jungen Paar, für die schüchterne jüdische Verwandtschaft blieb der ehrenvolle linke Flügel. Die unauffällig hinzugekommene Schwiegermutter Tanja Kulkowa setzte sich, nachdem sie dem jungen Paar gratuliert hatte, vertrauten Nestgeruch witternd, still auf die rechte Seite. Als der Vater der Braut entdeckte, dass der Bräutigam auch eine Mutter hatte, nicht nur Vater und Großmutter, war er aufrichtig erfreut, lief zu ihr hin, küsste sie und rief im Überschwang der Gefühle: »So eine Freude! Und wir dachten, du wärst tot!«

Julia gefiel Tatjana, sehr sogar. Eine verwandte Seele, dachte sie, endlich …

Auf die übrigen Plätze verteilten sich die Freunde des jungen Paares, hauptsächlich Studenten der Filmhochschule. Das Ganze lief ab wie in einem russischen Volksepos: Auf die leisen, höflichen Glückwünsche von links folgten umgehend laute, große Worte von rechts, bekräftigt durch zerschlagene Gläser, schmatzende Küsse für das junge Paar, mitten auf den Mund und bei gleichzeitiger fester Umarmung; durch »Bitter!«-Rufe, die das junge Paar ermunterten, den Gästen den Abend mit Küssen zu versüßen, und einen in der unbekannten Stadt mit Mühe aufgetriebenen, aber rechtzeitig herbeigeschafften Ziehharmonikaspieler.

»Russen und Juden – Brüder auf ewig!«, rief der Großvater der Braut mütterlicherseits, derselbe, der die Unvollkommenheit des russischen Jugendstils in der städtischen Architektur bekrittelt hatte, gegen Ende des Vergnügens laut in den Saal und zwinkerte dem Musikanten zu. Der beugte sich tief über sein Instrument und stimmte ein unsicheres »Hawa Nagila« an. Bei den Klängen der fremden und zugleich vertrauten Melodie sprang der russische Flügel wie auf Kommando von den Stühlen, hob die Arme, glitt wie ein großer munterer Schwan quer durch den Saal und vereinigte in seiner majestätischen Bewegung alle Teilnehmer des geglückten Banketts.

Auch Rosa Markowna konnte nicht widerstehen. Von der rechten Seite mitgerissen, trat sie in den Kreis und schwebte ebenfalls mit angewinkelten Armen und abgespreizten Fingern. Unterwegs rissen die Tschita-Verwandten auch Tanja mit in den Reigen. Tanja, leicht benommen von der großzügigen Bewirtung, sträubte sich nicht und tanzte mit, allerdings nicht mit albern gespreizten Fingern, sondern schlicht, auf russische Art, leicht mit den Füßen aufstampfend und sich um die eigene Achse drehend.

Auch die Übrigen standen auf, die fröhliche Jugend inbegriffen, der Musikant spielte die fremdländische Melodie immer sicherer und schneller, und das Fest steigerte sich erneut zu einem Rausch, wie ihn kein Mirski je erlebt hatte. Aber das war Rosa Markowna egal, ihr gefiel, was hier vor ihren Augen geschah, ihr war wohl und froh zumute, weil diese Menschen sie liebten und weil auch sie sie liebte, die neue Verwandtschaft, diese fröhlichen, rührenden Sonderlinge aus dem fernen Tschita irgendwo am äußersten Rand der Geografie – von dem sie nicht wusste, ob es weiter weg war von Moskau als Magadan oder näher …

So schwebte sie berauscht dahin, bis sie mit Semjon zusammenstieß. Er stand mit dem Rücken zu ihr und war nicht ganz passend gekleidet, seine Wattejacke war schmutzig, und er selbst war ungekämmt und unzureichend rasiert. Neben ihm saß ein Schäferhund und verfolgte aufmerksam das Geschehen. An der Tür, die Schulter gegen den Rahmen gelehnt, stand ein Wachsoldat, in Uniform und mit Maschinenpistole über der Schulter. Träge ließ er seinen Blick über die Feiernden schweifen, wobei er immer wieder gähnte und auf die Uhr schaute. Als er Rosa Markowna entdeckte, strahlte er auf und nickte hinüber zum Strafgefangenen Mirski: Alles in Ordnung, Rosa Markowna, machen Sie ruhig weiter, Ihre Zeit ist noch nicht um. Sie lächelte höflich zurück und streckte die Hand aus, um den Schäferhund zu streicheln. Doch der reagierte auf die freundliche Geste mit einem trägen Zähnefletschen, das seine gelben Hauer entblößte. Der Soldat zuckte mitfühlend die Achseln: So ist das nun mal, Großmutter, Dienst ist Dienst. Rosa Markowna nickte verständnisvoll: Klar, Dienst ist Dienst.

»Na, wie gefällt dir unsere Julia?«, erkundigte sich Mirski mit ernstem Gesicht bei seiner Frau. Wartete ihre Antwort jedoch nicht ab, sondern erklärte: »Also mir persönlich gefällt sie sehr. Die Stukalins stammen übrigens von einem alten sibirischen Geschlecht ab. Unsere Leute dort kannten sie schon, als Wilen noch nicht geboren war. Dort weiß man überhaupt gut Bescheid über unser Leben hier, Rosa. Es scheint nur so, als wären sie recht primitiv. In Wirklichkeit können wir beide von ihnen nur lernen und nochmals lernen, meine Liebe.« Er nickte hinüber zum Zentrum des Hochzeitskarnevals, wo Tanja Kulkowa voller Hingabe steppte. »Das kann dir auch Tanja bestätigen, sie ist auch dabei, in der dritten Kompanie, glaube ich, bei den Wachmannschaften. Aber unvereidigt, als Zivilbeschäftigte.«

»Warst du denn schon zu Hause, Semjon?«, fragte Rosa Markowna besorgt, »das Essen hier ist nämlich nicht unbedingt was für dich, weißt du?«

»Ich brauche nichts«, entgegnete Mirski träge und wies mit einem Kopfnicken auf den Soldaten. »Mein Bewacher hat mit dem Chefkoch hier gesprochen, der bringt uns beiden Kakao mit Milch und Matze, nur für uns. Und je eine Portion Lobio von Kora Selenskaja, erinnerst du dich?«

»Rote oder grüne Bohnen?«, fragte Rosa Markowna, denn sie kannte den Unterschied zwischen jungem und reifem Lobio sehr wohl.

»Leise«, zischte ihr Mann und flüsterte: »Junger, das heißt bis zu zehn Jahren, und reifer bedeutet ohne Recht auf Briefwechsel. Gehen wir ins Arbeitszimmer, dort können wir reden. Und dann zeigst du mir Wilen, ich wollte schon lange mit ihm reden, über unsere Julia und überhaupt über alle unsere Stukalins.«

»Wieso denn«, fragte Rosa Markowna beunruhigt, »ist etwas passiert?«

Mirski kaute nachdenklich auf seinen Lippen. »Nein, das nicht, ich dachte nur, vielleicht sollten wir uns dem alten sibirischen Geschlecht anschließen, oder? Und Stukalins werden, wie alle normalen Menschen? Über Julia. Verschmelzen und abtauchen. Was hältst du davon, Rosa?«

Rosa warf einen argwöhnischen Blick auf den Soldaten, doch der nickte verständnisvoll und hob zustimmend die Brauen. Dann schielte er scherzhaft über seine Schulter, auf seine MPi. Anschließend nickte er Mirski zu und machte mit der Hand eine Bewegung, als kippe er sich etwas in den Mund.

»Genug, meine Liebe«, sagte Semjon ängstlich. »Mir scheint, der Kakao ist schon da. Gehen wir, sonst kommen wir zu spät.« Er eilte zu dem Soldaten. Der ließ ihn vorangehen, gab mit einem Blick dem Schäferhund ein Zeichen und verschwand ebenfalls im Türrahmen. Der Hund sprang auf und schlüpfte rasch hinterher. Rosa Markowna sah verwirrt ihrem Mann, dem Hund und dem Soldaten nach und wollte ihnen folgen. Doch die Tür war fest verschlossen, obwohl kein Schloss daran war. Rosa stieß dagegen, rüttelte daran – ohne Erfolg. Sie schaute sich hilfesuchend um. Doch hinter ihr, neben ihr und überhaupt im ganzen Raum war niemand mehr. Die Festtafel war abgeräumt, daneben standen die leeren Sülze-Eimer und Stapel abgewaschener Gläser, und unterm Tisch, ordentlich nebeneinander, lagen die Schuhe mit der harten Sohle, in denen Tanja Kulkowa, die Mutter ihres Wilen, so eifrig gesteppt hatte.

»Semjoon!«, rief Rosa Markowna, obwohl sie wusste, dass ihr niemand mehr antworten würde. »Semjon ...«

Natürlich kam keine Antwort. Da nahm sie Tanjas Schuhe und hämmerte damit dem verschwundenen Semjon hinterher, dem verfluchten Hund und dem von wer weiß woher in ihrer beider Leben, ihres und das von Semjon, getretenen trägen Soldaten mit der MPi. Sie hämmerte und hämmerte ... Bis sie aufwachte, in ihrem Bett, in ihrem Schlafzimmer, in Semjons Haus in der Trjochprudny-Gasse.

Bevor die Stukalins nach Tschita zurückfuhren, erschienen sie noch einmal vollzählig zu einem Abschiedsbesuch bei den Mirskis. Wieder fielen sie lärmend ein, diesmal endgültig als Verwandte.

Der Großvater mütterlicherseits legte scherzhaft einen Arm um Rosa Markowna, nickte hinüber zu den Bildern und flüsterte ihr zum Abschied ins Ohr: »Nimm diese Schmierereien lieber ab, Rosotschka. Ich bringe dir nächstes Mal richtige Bilder mit, bei uns gibt's einen, der kann malen, sag ich dir, da staunst du nur.«

»Ich überlege es mir«, versprach Rosa Markowna.

»Mach das, Rosa«, schloss der Opa ernsthaft. »Ist doch schade, solche Räume, und dann nur ein einziges anständiges Bild. Das Weib mit den roten Backen ...«

Trotz allem war kein Wunder geschehen. Nach der Abreise der Verwandtschaft bemerkte Rosa Mirskaja einen Verlust im Haus – nicht bedeutend, aber doch bedauerlich. Aus der Anrichte im Esszimmer war ein neusilbernes Salzschälchen verschwunden, zusammen mit der gestärkten Serviette, auf der es gestanden hatte, und aus dem obersten Schubfach der Schlafzimmerkommode eine leere silberne Puderdose, die noch von ihrer Mutter stammte und die sie seinerzeit nicht Ida Mekler zur Aufbewahrung gegeben hatte. Bei Ida wäre sie auch verloren gegangen, dachte Rosa nach einigen Tagen und war fast besänftigt. Seinem Schicksal entgeht man nicht.

Trotz des Trinkspruchs der Verwandten auf Julias neuen Familiennamen wurde sie doch keine Mirskaja, sondern behielt ihren Mädchennamen – mit dem Hinweis, an der Filmhochschule sei sie schon als Stukalina bekannt. Und bei einer künftigen Schauspielerin sei jede Kleinigkeit wichtig für die Karriere. Wilen widersprach ihr nicht, denn es war ihm egal, welchen Familiennamen sie trug. Hauptsache, Julia liebte ihn und er sie. Ebenfalls auf Julias Betreiben hin nannten sie ihren Sohn Mitja, nach dem Tschita-Großvater Dmitri Stukalin, dem letzten leibeigenen Bauern in der Familie.

Julia beschloss, ihr Schauspielstudium nur für kurze Zeit zu unterbrechen. Ihr Schwangerschaftsurlaub endete zu Beginn des zweiten Semesters ihres dritten Studienjahres.

»Wenn ich nicht weitermache, werde ich exmatrikuliert, Rosa Markowna«, erklärte sie der Urgroßmutter ihres Sohnes traurig und sah sie erwartungsvoll an.

»Mach dir keine Sorgen, Julia, studier ruhig weiter«, antwortete diese und schätzte innerlich ihre verbleibenden Kräfte ab. »Ich kümmere mich um Mitja.«

»Danke, Oma«, sagte Wilen am Abend zu ihr, »wir saßen nämlich ziemlich in der … äh …«

»Ich weiß«, Rosa lächelte, »du wolltest sagen, in der Scheiße, aber schön, dass du es nicht gesagt hast. Also haben Sara und ich nicht umsonst so viel Zeit und Mühe in dich investiert.«

Wilen küsste seine Großmutter auf die Wange. »Was würden wir nur ohne dich machen, Oma!«

»Das, was ihr sowieso macht.« Rosa Markowna breitete ergeben die Arme aus. »Ihr sucht euch russische Frauen mit Verwandtschaft von Tschita bis Balaschicha, und dann kommt ihr und schmeichelt euch mit Küssen bei mir ein.«

»Hast recht, Oma«, bestätigte der Enkel zerknirscht, »wir brocken uns die Suppe ein, und dann kommen wir zu dir. Und das werden wir wohl immer wieder tun.«

»Ich weiß«, seufzte die Großmutter, »darum habe ich vorerst auch nicht vor zu sterben. Und noch eins: Zieht ihr in das Schlafzimmer oben, dann könnt ihr euer Zimmer als Kinderzimmer nutzen. Und ich ziehe nach unten, das ist für mich sowieso besser und bequemer«, heuchelte sie.

»Danke, Oma!« Wilen drückte sie an sich und küsste sie noch einmal. »Danke für alles. Und im Sommer, in den Ferien, nehmen wir dir Mitja ab. Gut?«

Aber weder im Sommer noch in den Winterferien nahm das junge Paar der Urgroßmutter das Kind lange ab. Bereits ab dem vierten Studienjahr hatte Wilen ständig Aufträge und galt zum Zeitpunkt seines Diploms schon als ausgezeichneter Kameramann. Julia kam beruflich weniger rasch voran als ihr Mann. Am Ende des Studiums hatte sie nur ein paar kleinere Auftritte in Spielfilmen und eine kleine Rolle in einem Diplomfilm vorzuweisen. Eine feste Arbeit fanden sie dann fast gleichzeitig: Wilen als Kameraassistent bei Mosfilm, Julia am Gogol-Theater. Wilen reiste sofort zu Dreharbeiten nach Weißrussland, und Julia fuhr nach einem Abschiedsküsschen für den kleinen Mitja mit ihrem Theater auf Gastspiel nach Swerdlowsk, ohne eine einzige vorherige Probe, als Statistin.

So ging es rund zehn Jahre lang weiter: Wilen drehte ohne Pause, er hatte gleich nach dem ersten Film eine selbstständige Kameraarbeit übernommen und war bald ein echter Profi. Julia lebte nach dem Muster: vormittags Probe, abends Vorstellung, dann Gastspiele und, wenn sie Glück hatte, Filmaufnahmen. Sie war selten zu Hause; nur hin und wieder bedachte sie Mitja mit einem Küsschen und teilte widerwillig das Bett mit ihrem Mann, wenn sie zufällig in der Trjochprudny-Gasse oder in Firsanowka zusammentrafen. Amouröse Abenteuer kamen bei Wilen weit seltener vor als bei Julia, denn sie brauchte Rollen, und dafür war die nahezu unbekannte Schauspielerin Stukalina zu allem bereit. Wilen erhielt im Gegensatz zu ihr ständig neue Angebote, und zufällige Affären bei den Dreharbeiten waren Teil des Arbeitsprozesses, nicht mehr und nicht weniger.

Doch eines Tages erwischte Wilen seine Frau in flagranti. Eines Morgens rief ihn die Produktionsabteilung früh um acht an: »Wir brauchen Sie, Wilen Borissowitsch, in Mukatschewo ist der Kameramann Leschtschinski wegen Suff ausgefallen, die Außenaufnahmen gehen flöten, der Drehplan ist in Gefahr, dabei müssen nur noch fünfzig Meter abgedreht werden, das schaffen Sie doch an einem Tag, Wilen Borissowitsch, aber Sie müssen gleich heute Mittag fliegen, helfen Sie uns aus der Patsche, mit Mosfilm ist schon alles abgesprochen.« Julia drehte gerade irgendwo im Baltikum. Ende der Woche sollte sie zurück sein, und er hatte gehofft, sie zu sehen. Nun, sie sahen sich tatsächlich. Sogar noch vor Ende der Woche.

Kurz, er flog. Fuhr zum Drehort. Leschtschinski besoffen, der Drehstab sitzt rum, die Schauspieler warten. Der Regisseur ist nervös, und derweil ohnehin nicht gedreht werden kann, verliert er keine Zeit: Er schläft in seinem Zimmer mit Julia Stukalina, die am Vortag aus Vilnius angereist ist, für nur eine Szene, für zwei Drehtage. Der Regisseur kennt Wilen, aber nicht sehr gut, er öffnet die Tür zu seinem Appartement und freut sich, ihn zu sehen: »Ach, Wilen«, sagt er, »sie haben also dich hergeschickt? Komm rein, Leschtschinski ist den dritten Tag besoffen, der Produktionsleiter dreht durch, und wir hängen rum.« Wilen geht rein, und aus dem Schlafzimmer tönt Julias Stimme, nicht ganz nüchtern: »Was ist, Kleiner, müssen wir aufstehen?«

Wilen schaute nicht einmal zu ihr hinein. Er drehte sich auf dem Absatz um, drückte dem Kameraassistenten einen Zehner in die Hand, ließ sich zum Bahnhof fahren und nahm den ersten Zug nach Moskau.

Die Außenaufnahmen gingen flöten, sie wurden im Frühjahr nachgeholt, reduziert auf ein paar Totalen, ein bisschen künstlichen Schnee drauf und fertig. Wilen bekam eine Rüge, obwohl alle Bescheid wussten und Verständnis hatten, die Rüge war reine Formsache. Folgen hatte das Ganze trotzdem, doch für die sorgte Wilen Mirski selbst – er reichte die Scheidung ein.

Julia leugnete nicht weiter und bat nicht um Verständnis oder Vergebung. Sie hatte die Hoffnung auf Ruhm noch nicht endgültig begraben und stellte keine großen Forderungen an Wilen, sie wollte sich schlicht mit der Teilung der Wohnung in der Trjochprudny-Gasse begnügen, wo sie schließlich offiziell gemeldet war. Wilen handelte noch schlichter. Er nahm den zehnjährigen Mitja an die Hand und fragte ihn in Gegenwart der Mutter: »Mama und ich lassen uns scheiden, wir sind nicht mehr Mann und Frau. Bei wem willst du leben, Mitja?«

Anders als sein Vater im selben Alter bekam Mitja keine feuchten Augen. Er überlegte nur kurz und sagte dann: »Bei Urgroßmutter. Ihr könnt meinetwegen machen, was ihr wollt.«

Julia Stukalina musste also ihre Sachen packen und ohne jede Gerichtsverhandlung aus der Trjochprudny-Gasse ausziehen, denn es war klar, was Mitja auf die entscheidende Frage des Richters geantwortet hätte. Ihr selbst stand also bei den Mirskis kein Wohnraum zu, aber dafür, gestand sie sich insgeheim ein, war ihr Sohn gut untergebracht. Ansonsten würde sie weitersehen, erst einmal musste sie sich ein Obdach suchen.

Tobend vor Wut griff sie nach dem Erstbesten, das ihr in die Hand fiel. Zufällig war es der alte Koffer, mit dem sie einst aus Tschita nach Moskau gekommen war. Sie stopfte ihn voll, schleuderte Rosa Markowna die Wohnungsschlüssel hin, warf die Tür zu und ging. Erst auf der Straße begriff sie, dass sie nicht wusste, wohin. Zum Glück hatte sie ihr Adressbuch dabei. Sie schlug es auf und blätterte darin. Überlegte, telefonierte und fuhr in die Kaljajewskaja-Straße, zu Juli Aronson und ihrer Schwiegermutter Tatjana Kulkowa.

Diese Geschichte ereignete sich einige Jahre vor Aronsons Tod, 1983. Tanja war zunächst erstaunt über den Anruf der Schwiegertochter: Seit der Hochzeit hatten sie sich nur einmal gesehen.

»Komm her, Julia«, sagte Tatjana und wusste, dass sie jetzt zum zweiten Mal im Leben Entschlossenheit beweisen würde. Während Julia noch unterwegs war, besprach sie mit Aronson, dass Julia eine Weile bei ihnen wohnen würde, es müsse sein. Und wenn nicht, dann ...

Doch ein Ultimatum war gar nicht nötig. Aronson war selbst recht zufrieden mit dieser interessanten Entwicklung der Familienangelegenheiten. Ein schlechtes Gewissen wegen seines Zusammenlebens mit Tanja musste er nicht mehr haben, und das bevorstehende Ereignis konnte sich bei richtigem Herangehen durchaus zu einem kleinen Abenteuer entwickeln. Er hatte ein Foto von Wilens Julia gesehen: Nicht übel, die Kleine, hübsches Gesicht, Figur, abstehende Titten, ein süßer kleiner Käfer.

Tanja selbst wusste nicht, warum sie der ihr nahezu fremden Schwiegertochter eine derartige Großzügigkeit erwies, noch dazu, nachdem diese ihren Sohn verlassen hatte. Sie erinnerte sich nur, dass ihr das Mädchen bei der Hochzeit auf Anhieb gefallen hatte, und umgekehrt schien auch die Schwiegertochter von ihr angetan. Sie hatten damals, ohne sich zu kennen, ohne sich je zuvor gesehen zu haben, einander sofort gewittert und sich, wie sie es beide empfanden, ohne je darüber zu sprechen, weder vorher noch nachher, zusammengeschlossen zu einem gemeinsamen Gegengewicht.

In diesem Sinne verbündet gegen Aronson, überdies vereint durch die Existenz des Sohns und Enkels Mitja, verlebten sie zwei passable Jahre bis zum Tod des Wohnungsinhabers. Mitja kam einmal in der Woche, meist am Wochenende, aufgrund einer friedlichen Absprache zwischen den Eltern in die Kaljajewskaja und verbrachte den Tag mit der Mutter, der Großmutter und dem fremden Großvater. Wenn Rosa Markowna ihren Urenkel für den Besuch zurechtmachte, packte sie ihm jedes Mal einen mit einem Wäschegummi zusammengehaltenen Pappkarton mit süßem Gebäck ein, einer Art stummer Friedensbotschaft an die Abtrünnigen. Dankesworte erntete sie dafür nie, doch das Gebäck wurde stets verzehrt, nicht ohne freundliche, allerdings nie artikulierte Gefühle für die oberste Mirskaja.

Dies waren die Jahre des intensivsten Kontakts zwischen ihnen allen, danach endete er abrupt. Nach dem Tod des alten Aronson heiratete Julia einen Schauspielerkollegen und zog zu ihrem neuen Mann. Daraufhin hörten Mitjas regelmäßige Besuche in der Kaljajewskaja auf. Oma Tanja lieferte keinen ausreichenden Grund, und seine Mutter führte nun ein anderes Leben, denn als sie wegzog, war sie bereits schwanger.

Die folgenden Jahre verliefen für Rosa Markowna mehr oder minder gut, bis der neugierige Mitja in seinem sechzehnten Lebensjahr zufällig dem neuen Mieter über den Weg lief, woraufhin er begann, intensiv an den Konturen seines Körpers zu arbeiten, und zugleich ein entsprechend spannendes neues Leben aufnahm. Von der entscheidenden Begegnung allerdings erfuhr die alte Mirskaja weder gleich noch später.

Dritter Teil

An einem trüben Tag Ende August 1987, als der Veteran der Staatssicherheit und Pensionär Gleb Tschapaikin vierundachtzig wurde, erhielt seine Enkelin Warja Berojewa auf dem Kreisrevier der Miliz ihren ersten Personalausweis als Bürgerin der Sowjetunion, denn sie war nun sechzehn Jahre alt. Maria Berojewa war trotz des anhaltenden scheußlichen Nieselregens bester Laune. Alles fügte sich aufs Beste und in lang ersehnter Weise. Wolodja hatte einen Vertrag für eine Konzertreihe in den USA, in den renommiertesten Konzertsälen und zu exzellenten, ihm nie zuvor eingeräumten Konditionen. Zum ersten Mal war der Vertrag direkt mit ihm abgeschlossen worden, unter Umgehung des Kulturministeriums, was bei den Ministerialbeamten dumpfen Hass auf den Pianisten auslöste. Zugleich waren diese beunruhigt ob der vorauszusehenden baldigen Überflüssigkeit ihrer Klasse. Sie wüteten, tobten sich aus an allen, die ihnen vorerst noch ausgeliefert waren, wussten aber bereits, dass ihre Zeit zu Ende ging. Es wehte nun ein anderer Wind, das Klima hatte sich verändert. Gorbatschow, Perestroika, Genossenschaften, Privatwirtschaft, Eigentum, Menschenrechte, der nicht mehr verstummende Ruf nach Demokratie, Visa überall hin, physische Personen, juristische Personen, Reisen ohne Genehmigung durch das Parteikomitee, das Parteikomitee ohne Autorität und Lenin ein blutrünstiger, übler Unmensch, schlimmer als der Schnauzbart.

An jenem denkwürdigen Tag also hatte sich der von tagelangem Husten vollkommen entkräftete Gleb Tschapaikin gezwungen gesehen, die Nummer seiner Tochter zu wählen und sie widerwillig darum zu bitten, vermittels Medikamenten zur Gesundung seiner Atemwege beizutragen.

Jetzt, dachte Mascha und eilte in die Apotheke, heute …

Sie brachte ihrem Vater die Medikamente zusammen mit einem Geburtstagsgeschenk: einer warmen Weste, außen Wildleder, innen heller Schafspelz. Tschapaikin sträubte sich nicht und zog sie an, bedankte sich aber nicht, sondern sagte nur: »In Ordnung.« Die Medikamente nahm er ebenfalls entgegen, es gab, wie sich herausstellte, für seine Beschwerden einen speziellen Zerstäuber ausländischen Fabrikats. Er steckte das Ding in den Mund, überwand seinen Widerwillen – gegen seine Hilflosigkeit und gegen den unrussischen Sprühnebel – und atmete ein. Danach fühlte er sich tatsächlich besser, ungeachtet der ausländischen Herkunft des Produkts. Nun kam Mascha zur Sache.

»Papa«, sagte sie zu ihrem Vater und strich mit dem Daumen über das neue Wildlederstück. »Weißt du was, wir melden Warja bei dir an, soll sie bei dir wohnen. Sie hat heute ihren Ausweis bekommen, sie ist jetzt erwachsen. Wir wohnen doch nur fünf Minuten auseinander, so kann sie immer nach dir sehen, dir wenn nötig Medikamente bringen oder etwas zu essen. Du siehst ja, was mit dir los ist, mit deiner Lunge. Und Platz ist hier mehr als genug. Sie kann ja oben wohnen, da kann sie lernen und stört dich nicht, da hörst du sie gar nicht. Das wäre für alle das Beste. Übernachten kann sie entweder hier oder auch zu Hause. Jedenfalls wäre mir dann ruhiger zumute.« Sie bedachte ihren Vater mit dem Blick der erwachsenen Tochter, die alle früheren Misshelligkeiten längst verziehen hat, und setzte hinzu, damit keinerlei Zweifel offen blieben: »Glaub mir, Papa, es geht uns nur um dich. Wolodja und ich haben uns beraten und entschieden, dass es so nicht weitergehen kann, diese jahrelange Funkstille zwischen uns.«

Während Tschapaikin zuhörte, verriet er mit keiner Regung, was er zu dem Thema, das seine Tochter so vorsichtig angeschnitten hatte, dachte, innerlich aber hatte er bereits alles entschieden. Sein väterliches Gefühl sagte ihm, dass er seiner Tochter zustimmen musste, dass sein Gesundheitszustand den Kindern tatsächlich Sorgen machte und dass die Situation für sie alle unschön war. Andererseits hinderte ihn seine Tschekistenintuition daran, einfach so auf ihren Vorschlag einzugehen. Es war klar, dass es ihnen um die Wohnung ging, die wollten sie sich nicht entgehen lassen, sie wollten ihre Warja in den Advokatengemächern der Selenskis unterbringen, ehe es zu spät war. Ihm wurde auf einmal bewusst, dass er schon zum dritten Mal seit 1937 an die Wohnung in der Trjochprudny-Gasse dachte wie an etwas Fremdes, das nicht ihm gehörte, sondern anderen Leuten, die er nicht kannte, von denen er aber dennoch wusste und die eigentlich die rechtmäßigen Besitzer waren. Das zweite Mal – daran erinnerte er sich genau – war ihm das in einem merkwürdigen Albtraum widerfahren, an den er nicht gern zurückdachte, der aber bis ins kleinste Detail in seinem Gedächtnis verankert war. Dann dachte er noch, dass Warja nicht nur zu ihnen gehörte, sondern auch zu ihm, sie war seine leibliche Enkelin, vor dem Gesetz und vor Gott.

Stopp, dachte er im selben Augenblick, bei diesem letzten, aufdringlichsten Gedanken angelangt. Das geht zu weit! Zu Maria aber sagte er mit unbewegter Miene: »Ich unterschreibe alles Nötige, soll sie sich hier anmelden.«

Die Anmeldung nahm eine Woche in Anspruch. Anschließend erschien Warja beim Großvater, begrüßte ihn respektvoll, sah sich überall neugierig um, begutachtete ihr künftiges Eigentum nun mit neuen Augen, ging hinauf, öffnete und schloss die Türen der faktisch ungenutzten Zimmer, schnalzte zufrieden mit der Zunge und verkündete: »Großvater, ich habe beschlossen, wenn ich nach der Schule anfange zu studieren, dann ziehe ich ganz hier ein. Solange bleibe ich lieber zu Hause wohnen, sonst werde ich zu sehr vom Lernen abgelenkt. Ist schließlich das letzte Jahr, ich will mich am Fremdspracheninstitut bewerben, da muss ich mich ernsthaft vorbereiten.« Tschapaikin zuckte die Achseln und schwieg. »Machs gut!«, sagte Warja und ging, um der Mutter ihre Eindrücke von der Wohnung mitzuteilen.

Der Großvater gefiel ihr nicht, auch wenn er General war: Er wirkte irgendwie leblos, sah unfreundlich drein, wie ein Kontrolleur in der Straßenbahn, schwieg mehr, als er redete, und interessierte sich kein bisschen für sie. Nur eines war beruhigend: Er war schon ziemlich alt und würde bestimmt bald sterben. Sie hoffte sehr, dass das möglichst bald geschah, spätestens zum nächsten September, zu Beginn ihres Studentenlebens.

Der Mutter sagte Warja nichts von ihrem heimlichen Wunsch, doch auch diese schien nicht sonderlich an ihrem Vater zu hängen und kümmerte sich von morgens bis abends nur um ihren Mann, das Genie der schwarzen und weißen Tasten. Vor Kurzem hatten sie den alten Bechstein durch einen neuen Yamaha ersetzt, von dem wischte sie nun zweimal am Tag den Staub, sie glaubte wohl, dann würde Papa besser spielen. Ihr eigenes Cello hatte sie in all den Jahren kein einziges Mal aus der Kammer geholt und nicht einmal abgewischt, bestimmt war es schon mit Spinnweben überzogen. Dafür war Papas Leben das reinste Paradies.

Dann dachte Warja: Goldrichtig für eine Frau, die Ehe mit einer Berühmtheit – wenn sie es versteht, den Mann total zu beherrschen, wie ihre Mama, die Papa ein Leben lang kurzhielt und den wachsenden Wohlstand nach eigenem Gutdünken verwaltete. Prima, Mama, keine Frage, gut gemacht! Und wie hat sie das alles eingefädelt? Ganz einfach! Sie hat den Pianisten aus Kemerowo in unsere Wohnung in der Malaja Bronnaja eingeladen, und er war hin und weg von den ZK-Klobecken, Mama hat hinterher selbst gelacht, wenn sie davon erzählte. Und Großvaters Wohnung ist kein bisschen schlechter, sogar besser als unsere, nicht so streng und nüchtern. Ganze zwei Etagen, jede Menge Raum, die Wände viel höher als in unserem ZK-Haus, so was steht heute hoch im Kurs, außerdem ovale Fenster, ein echter Kamin mit Gitter, und das Haus selbst ein grundsolider Altbau, von dem berühmten Mirski gebaut, wie es heißt. So eine Wohnung hat keiner in unserer Schule, garantiert nicht. Hoffentlich ist es bald so weit …

In den ersten ein, zwei Pensionsjahren konnte Tschapaikin lange nicht glauben, dass man ihn einfach so von seiner geliebten Arbeit getrennt hatte, wie einen Aussätzigen: Mit einem Schlag, mit einer kurzen Anweisung von oben, einem ungerechten Kommando – das alles hätte nicht sein müssen, bei seiner tadellosen Vergangenheit und seiner Treue zur Sache. Tief im Inneren hoffte er, man würde ihm den verdammten Tomski verzeihen und ihn zurückholen. Aber nein. Sie holten ihn nicht zurück und verziehen ihm offenbar auch nicht. Besonders erbost waren sie darüber gewesen, dass Stefan-»Husar« auch noch sein eigener Agent war: Er selbst hatte ihn angeworben, der Versager-General, und hatte dann eigenhändig einen so großen Fall versaut, hatte sich von einem Kriminellen ins Bockshorn jagen lassen. Und hatte durch seine idiotischen Aktionen auch noch die ausländische Presse in den Fall hineingezogen. Dadurch war ein Schatten auf den gesamten KGB gefallen und auf die ganze Partei.

Aber es ging gar nicht darum, ob sie ihm verziehen hatten oder nicht: Sie hatten ihn einfach vergessen, ihn abgeschrieben, gleichgültig einen Schlussstrich gezogen und ihn getilgt aus Geschichte, Geografie und Wortschatz, die er doch sämtlich mit seinem Kopf und seinem Handwerk mitgestaltet hatte, Stück für Stück sortiert, gesäubert, durch die Mühle gedreht und anschließend neu angeordnet, wie er es gelernt hatte. Unermüdlich, voller Hass auf den Feind und ohne Rücksicht auf sich selbst – die ganzen fünfzig kämpferischen Parteijahre lang. Und dann von einem Tag auf den anderen entlassen. Zwar nicht direkt in Schande, aber mit allen aus der unausgesprochenen Schande resultierenden Folgen: dies nicht mehr und jenes nicht mehr, keine anständigen Medikamente, keine Anrufe an Feiertagen, keine Einladungen zu Ehrentagen. Ein Glück, dass sie wenigstens nicht an die Wohnung gedacht hatten, wie er dazu gekommen war. Obwohl, wer hätte daran denken sollen? Diejenigen, die ihm damals, 1935, geholfen hatten, eine Ermittlung gegen die Selenskis einzuleiten, infolge derer sie als Volksfeinde entlarvt wurden und die Wohnung räumen mussten, die waren alle längst tot.

Nach seiner Entlassung 1975 hatte er zum ersten Mal an die Selenskis gedacht. Zu dem deutlichen Bild in seinem Kopf hatte sich das seiner Wohnung in der Trjochprudny-Gasse gesellt, sozusagen als materialisierte Erinnerung. Und just in diesem Moment der Erinnerung traf er ausgerechnet Rosa Mirskaja auf dem Hof. Sie kam vom Markt, mit Frühlingszwiebeln und einem Kilo Äpfel, er aus dem Lebensmittelladen, mit einem Weißbrot und Joghurt. Sie nickte freundlich und kam auf ihn zu, um mit ihm zu plaudern. Er aber wurde puterrot, aus heiterem Himmel, wegen des zufälligen Zusammentreffens der Erinnerung an seine Untat mit der Zeitzeugin Rosa Mirskaja. Oder im Gegenteil, weil diese Untat so gar nicht zu seinem am Ende nichtigen, nun beinahe verflossenen Leben zu passen schien. Damals hatte er Rosa Markowna linkisch zugewinkt, zu seinem eigenen Erstaunen stehenden Fußes kehrtgemacht und war in die entgegengesetzte Richtung geeilt, mit seinen militärischen Absätzen energisch über den Asphalt klappernd. Weg, weg von diesem Haus – als sei ihm plötzlich eingefallen, dass er etwas vergessen hatte. Anschließend ging er der Nachbarin eine Weile aus dem Weg und horchte in sich hinein, mit einem Organ, das plötzlich in ihm gewachsen war, in dem kurzen, unerklärlichen Zeitraum zwischen der Begegnung auf dem Hof und dem Jahresende.

Bis 1980 lebte er still vor sich hin: Mit Fernseher und Zeitung. Aus dem Haus ging er nur bei Bedarf: Apotheke, Einkäufe, Papirossy, Zeitungen, darunter natürlich die obligate »Prawda«. Spazieren ging er nicht, ziellose Zeitverschwendung war ihm stets fremd gewesen, ihm wurde schon bei dem Gedanken übel, dass man einfach so rumlaufen und vor sich hingucken konnte oder bewusst tief einatmen und erst nach einer Pause wieder ausatmen.

Und dann geschah etwas Seltsames, während der Olympiade 1980. Einer von »ihnen« fuhr durch die Stadt, also einer »seiner Leute«, ein ehemaliger Kollege – wahrscheinlich der Oberste der Lubjanka, in einem Konvoi, davor und dahinter Begleitfahrzeuge mit Blaulicht. Sie bogen vom Majakowskiplatz in die Gorkistraße ein, dicht am Satiretheater vorbei. Genau dort stand Tschapaikin mit seinem Einkaufsnetz, der Inhalt wie üblich schlicht und übersichtlich: Kefir und eine Schachtel Makkaroni. Er erinnerte sich nur, dass er die Augen zusammenkniff, dem Konvoi hinterhersah und dass sein Blick feucht wurde: vor Wehmut, vor Neid oder vor Kummer. Er hob die Hand mit dem Netz an die Augen, um sich das Nasse mit dem Finger abzuwischen. In diesem Moment sprangen ihn von hinten zwei Männer an. Der eine griff nach dem Netz, der andere drängte ihn von der Straße, an die Wand des Theaters, und verdeckte Tschapaikin mit seinem Körper die Sicht. Was das für Männer waren, wusste er sofort. Und gerade das machte ihn so wütend, dass es die eigenen Leute waren, keine Fremden.

»He, Hände weg!«, zischte er leise, um keine Aufmerksamkeit zu erregen, die beiden aber auf ihren Platz zu verweisen. Der erste reagierte nicht, packte nur mit einer Pranke die Makkaronischachtel und zerdrückte sie. Der zweite, nun mit dem Rücken zu Tschapaikin, drängte ihn immer weiter zurück, auf das Eisentor des Mossowjet-Theaters zu.

Damals empfand Tschapaikin zum ersten Mal Hass auf seine Leute, diese dumpfen, plumpen Trampel. Es gab eine Art Kurzschluss in seinem Organ zur Unterscheidung der »Eigenen« von den »Fremden«, Vorstellung und Tatsache klafften auseinander, er fühlte sich plötzlich abgestoßen, wegen der Makkaroni und weil man ihn an die Wand drängte. Tschapaikin riss das Netz an sich, hielt die Unterarme schützend zwischen sich und seine Bedränger, ließ die Halsadern anschwellen und sagte mit leiser Drohung: »Stillgestanden, ihr Schweine, los! Ihr habt einen General vor euch!«

Doch die Schweine hörten nicht auf, sie zerrten Tschapaikin hinter das Tor des Mossowjet-Theaters, stellten ihn an die Wand und klopften seine Taschen ab, wobei sie die Makkaroni endgültig zermalmten, und nachdem sie sich davon überzeugt hatten, dass der Opa ungefährlich war, versetzte der Erste der beiden ihm einen Fausthieb unter die Rippen. Erstens, damit er die Klappe hielt. Zweitens, damit er gefälligst zur Seite trat, wenn er darum gebeten wurde. Und drittens, damit er Respekt vor den Sicherheitsorganen zeigte. Besonders während der Olympischen Spiele in der Hauptstadt. Einen heftigen, gut gezielen kurzen Hieb unter den Rippenbogen, der ihm den Atem nahm, bis die Mitarbeiter in Zivil in der Menge verschwunden waren.

Nach dem Vorfall hockte Tschapaikin lange am Boden und reanimierte mühsam seine Atmung, gegen den Schmerz unten rechts ankämpfend. Nach einer Weile ließ der Schmerz nach, und er wusste, was er tun musste. Besser gesagt, Gleb Tschapaikin wusste genau, was er jetzt nicht tun sollte, nämlich: um Hilfe rufen, anklagende Briefe schreiben, sich an die Miliz wenden oder die alten Telefonnummern wählen.

Das Seltsame an der Geschichte, die der Generalleutnant im Ruhestand Gleb Tschapaikin im Olympia-Jahr 1980 gegenüber vom Majakowski-Denkmal erlebt hatte, war, wohin er danach ging. Genauer, wohin er infolge der teuflischen Ungerechtigkeit der eigenen Leute gegen ihn geriet, nachdem er das besudelte Einkaufsnetz weggeworfen hatte und nachdenklich die Gorkistraße hinunterlief. Räsonierend über Fragmente seines schwindenden Lebens, von den siegreichen Verhaftungsjahren bis zu den regressiven Jahren der Niederlagen, lief er und lief, passierte den schwarzen Juri Dolgoruki mit dem schmutziggrauen Taubenmist auf dem Helm und bog in die Neshdanowa-Straße ein, wo sich der Weg gabelte. Links führte er zur Brjussow-Straße und endete am Konservatorium, rechts mündete er in die Jelissejew-Gasse, die an einer blassgelben Kirche ihren Anfang nahm. Im Konservatorium war er schon gewesen, mehrfach, war dort sogar dienstlich aktiv gewesen, aber zu Verhaftungen war es nie gekommen, Gespräche und Einschüchterungen hatten stets genügt. Die Widerspenstigen verschwanden einfach, blieben bei der erstbesten Gelegenheit im Ausland, verhielten sich jedoch bis dahin relativ still. Die Kirche aber war Tschapaikin vollkommen unbekannt.

Wie kann das sein, dachte er beim Anblick des Gotteshauses, ich bin hier doch schon oft vorbeigefahren ... Er schaute zurück und erkannte auf Anhieb etwas Vertrautes: Im Komponistenverband hab ich auch oft genug gesessen, aber an die Kirche kann ich mich nicht erinnern. Er legte den Kopf in den Nacken, schaute zur Kuppel und erfasste Zeile für Zeile das ganze Bild, von oben bis unten, bis zur Bordsteinkante. Als wollte er sogleich den Heiligen Geist einem Verhör unterziehen, sei sich bloß noch nicht sicher, wie die erste Frage lauten würde und ob er vorher nicht lieber ein handfestes Verfahren gegen den Sohn und den Vater einleiten sollte. Auf der Kirche schimmerte durch den Schmutz hindurch die vergoldete Schrift: »Maria-Himmelfahrts-Kirche am Uspenski Wrashek«.

Nach kurzem Überlegen ging Tschapaikin hinein. Drinnen war es still und kühl, und er wunderte sich erneut. Diesmal, weil die Kirchen während der Olympiade nicht geschlossen waren. Er für sein Teil hätte sie geschlossen, zumindest innerhalb des Stadtrings. Doch im selben Moment war er verblüfft über diesen Gedanken. »Mein Gott«, murmelte er ohne jeden religiösen Bezug, lediglich ob der verwirrenden Unlogik seines Erstaunens. »So was ...«

Der morgendliche Gottesdienst war längst vorbei, darum waren nur noch wenige Kirchgänger anwesend, einige zufällige Passanten und ein, zwei verrückte Stammgäste. Manche waren nicht ganz zufällig hier: nicht aus Neugier, doch wenn auch nicht mit einer konkreten Absicht, so immerhin mit einem persönlichen Anliegen, mit dem sie auf gut Glück herkamen, ohne ihren Besuch gleich als zielgerichtete Bittstellung anzusehen. Sie kauften meist zwei dünne Kerzen, schauten sich ein wenig verwirrt um, auf der Suche nach einer zu ihrer Situation passenden Ikone, verharrten vor derjenigen, die eine innere Stimme ihnen empfahl, stellten die Kerzen davor auf und zündeten erst die eine an und daran dann die zweite. Sie beteten und flüsterten nicht, blickten nur eine Weile in die Flammen, entfernten sich dann langsam und verließen die Kirche, ohne sich noch einmal umzusehen.

Auch Gleb Tschapaikin kaufte eine Kerze, die dünnste und billigste, und steuerte geradewegs auf den Ikonostas zu, vor dem ein schmaler hoher Tisch mit golddurchwirkter Decke stand. Auf dem Tisch lag ein Buch, ziemlich groß und dem Anschein nach sehr alt, und alt war auch sein Inhalt, und das gab den Ausschlag. Neben diesem Buch stellte er den ersten wächsernen Strohhalm seines Lebens auf, nachdem er ihn zuvor an dem danebenstehenden angezündet hatte. Er dachte an nichts Heiliges, stand nur davor und wartete, was nun geschehen würde. Es geschah nichts, auch nicht mit ihm.

Na schön, wenn das so ist, dachte Tschapaikin und versuchte nicht einmal, seine Gefühle zu analysieren. Na schön ... Er drehte sich um, blickte nicht dorthin zurück, wo er soeben eigenhändig eine sonderbare Handlung vollzogen hatte, und schritt energisch zum Ausgang des gottgefälligen Hauses. Im Freien angelangt, lief er geradewegs die Brjussow-Gasse hinunter zur Herzen-Straße.

Von seinem ungewöhnlichen Spaziergang zurück in der Trjochprudny-Gasse, spürte er noch immer einen Stein auf seiner Seele lasten, doch der Schmerz unter den Rippen war verschwunden. Er stieg hinauf in seine Etage, kramte lange nach dem Schlüssel, der in einem Loch in seiner Hosentasche hängen geblieben war, und riss den Bund schließlich mit einem Ruck heraus. Plötzlich, als er zufällig zu Boden sah, entdeckte er eine kleine Pfütze unter der Tür. Das Wasser kam eindeutig aus der Wohnung und breitete sich rasch auf dem Treppenabsatz aus. Tschapaikin versuchte mit fieberhafter Eile, den Schlüssel ins Schloss zu stecken, doch er passte nicht. Ziemlich verärgert presste er ihn fester hinein, und zu seinem Erstaunen gab die Tür nach, öffnete sich sperrangelweit und ließ den Hausherrn ein. Noch erstaunter ging er hinein, begriff aber sogleich, dass er nicht ging, sondern schwamm – sanft schwamm er hinein in seine eigene Maisonettewohnung. Die Tür schloss sich, wie im Wasser nicht anders zu erwarten, vollkommen lautlos, und Tschapaikin, der nun ganz unbeschwert atmen konnte, schwamm weiter, mühelos den Widerstand des Wassers überwindend.

Drinnen war alles unverändert: Die Möbel standen an ihrem Platz, nichts warf Blasen oder war durchnässt. Nur eines war anders. Neben ihm, ohne den General im Geringsten zu beachten, schwammen zwei Wesen: Eines ganz schwarz, mit glänzender glatter Haut, so groß wie ein großer Hase, das andere etwas kleiner, mit feinen rötlichen Streifen und stumpferer Schnauze. Das erste Wesen erkannte er sofort, es war ein australisches Schnabeltier mit Schwimmhäuten an den Pfoten, rundlichem Entenschnabel und flinken Schwimmfüßen. Bei dem anderen war er unsicher, es erinnerte irgendwie an eine Katze, an einen gewöhnlichen Straßenkater. Allerdings waren an seinen Pfoten keine Krallen, sondern unvollkommen ausgebildete Schwimmhäute, seine Schnauze war oval und flacher als die eines Katers, sie ähnelte eher einem Welsmaul, und dort, wo die Ohren sein sollten, gähnten zwei nur notdürftig mit Haut bedeckte kleine Löcher. Sein Schwanz war übrigens auch keine runde Peitsche, sondern abgeflacht, zum besseren Manövrieren im Wasser.

Auf dem Eichenparkett, zwischen den Tischbeinen, schlängelten sich zwei träge ineinanderverschlungene Nattern. Bestimmt Seeschlangen, entschied Tschapaikin. Also hochgiftig, hundertprozentig tödlich. Sicherheitshalber umschwamm er den Esstisch in einiger Entfernung, bemüht, mit den Füßen nicht den Boden zu berühren. Stopp, dachte er plötzlich, wenn es Seeschlangen sind, muss das Wasser doch salzig sein. Ich habe es noch gar nicht gekostet.

Unverzüglich öffnete er den Mund, um den Salzgehalt zu prüfen, doch in diesem Augenblick riss ein ungeheurer Strom den Mund des Generals weit auf und strebte in sein Inneres. Er strömte und strömte in ihn hinein, bis ringsum alles trocken war, als habe es all das Wasser hier nie gegeben. Es verursachte einen schrecklichen Druck in seinem Inneren, allerdings mehr in der Brust als im Magen. Gegen den Schmerz ankämpfend, schaute er auf den Boden, unter den Tisch. Die Schlangen waren vom Parkett verschwunden, dafür lagen auf dem Tisch, auf der Tischdecke, zwei schlafende Wesen: das Schnabeltier und der Schnabelkater.

»Sie schlafen nicht, Gleb Iwanowitsch«, sagte eine Frauenstimme hinter ihm. »Sie sind tot.«

Tschapaikin drehte sich um und erstarrte. Hinter ihm stand Kora Selenskaja und lächelte. Wohlwollend, ja sogar ein wenig schuldbewusst. Sie berührte den Schnabelkater und erklärte: »Das ist eine Kreuzung aus Schnabeltier und Katze. Aus eigener Zucht. Das machen wir jetzt bei uns in Borissow, in der weißrussischen SSR. Wir haben es von Georgi Jewsejitsch gelernt, aber er lebt nicht mehr, nun machen wir allein weiter. Wir sind eine Brigade, die Kinder, die Enkel, wir alle. Es ist ziemlich einfach, sehen Sie, Genosse Hauptmann.«

»Nicht Hauptmann, Genossin Selenskaja«, korrigierte der Pensionär, »ich bin Generalleutnant.«

»Also, wie gesagt«, fuhr Kora Selenskaja fort, als habe sie die wichtige Korrektur überhört, »wir nehmen ein ganz normales Schnabeltier und schneiden ihm den Leib auf.« Sie hielt plötzlich ein Küchenmesser in der Hand, schlitzte das Tier von ganz unten bis zur Kehle der Länge nach auf und stieß mit der Hand sanft gegen das, was sich unter der Haut befand. Der blanke Leib des exotischen Tieres rutschte heraus und glitt neben dem Schnabelkater auf den Tisch. »Und nun schauen Sie her, Genosse Hauptmann«, sagte sie und zog das zweite Tier zu sich heran. »Hier verfahren wir ebenso.« Sie tat damit dasselbe wie mit dem Schnabeltier, und ein weiterer nackter Leib glitt auf den Tisch, etwas kleiner, aber dem Ersten in seinen Umrissen ziemlich ähnlich. Tschapaikin verfolgte gespannt die Manipulationen der Bürgerin Selenskaja und konstatierte, dass keinerlei Blut floss – bislang war es trocken und sauber zugegangen. »Und nun das Letzte«, erklärte Kora, »sozusagen der Schlusspunkt.« Sie steckte den Leib des Schnabelkaters in die Haut des Schnabeltiers und fügte mit zwei Stichen einer plötzlich aufgetauchten Nadel die Naht so zusammen, dass von dem Eingriff keine Spur mehr zu sehen war. »Das war's.« Sie lächelte. »So machen wir das, Genosse Hauptmann.«

»Moment«, sagte Tschapaikin erstaunt, »was soll das heißen? Und das hier?« Er wies auf den enthäuteten Leib des Schnabeltiers. »Das geht also leer aus? Außerdem haben Sie die Art nicht mit einer Katze gekreuzt, sondern mit einem bereits vorhandenen Mischwesen, einem fertigen Schnabelkater. Worin besteht dann der Sinn Ihrer Arbeit?«

»Sehr gut!« Die Selenskaja lächelte. »Sie denken mit, Hauptmann. Das da«, sie schaute zu dem übrig gebliebenen Leib, »kommt in den Abfall, wird abgeschrieben. Und der hier«, diesmal wies sie auf den toten Körper der neuen Kreuzung, »der hier wird im Brigadeplan abgerechnet. Unter der Rubrik ›einmalige Zufallsproduktion‹, und jeder behält, was er hatte. Das heißt, jeder das Seine. Alles klar, Hauptmann?«

Klar war überhaupt nichts, aber dafür spürte Tschapaikin nun Ärger in sich aufsteigen, der sich vermischte mit dem Schmerz in seiner Brust von der hineingepumpten ungeheuren Wassermenge. Dann besann er sich. Er schaute die Besucherin nun ohne die ihr ungewollt erwiesene Gastfreundlichkeit an und fragte in dem für sein Gewerbe üblichen Ton der Drohung und Einschüchterung: »Nun, werden wir reden, Bürgerin Selenskaja?«

»Diesmal nicht.« Kora lächelte erneut, als habe sie vor nichts Angst. »Jetzt ist es nämlich Zeit für uns.« Sie wandte sich zur Esszimmertür und gab jemandem ein Zeichen. »Schluss jetzt, Schluss, wir gehen, Kinder. Wir haben den Hauptmann schon über Gebühr aufgehalten.«

An der Tür, gegen den Rahmen gelehnt, standen schweigend zwei Männer in Zivil: Derjenige, der Tschapaikin abgedrängt und seine Makkaroni zerbrochen, und der andere, der ihn gegen die Wand gepresst und ihm den kurzen Schlag unter die Rippen versetzt hatte, von dem die Brust noch immer unerträglich schmerzte.

»Das hier ist für Sie, Bürger Hauptmann«, sagte Kora mit einem spöttischen Blick auf die Reste der Vivisektion auf dem Esstisch. »Sie können es nach Ihrem Gutdünken verwenden oder in den Kühlschrank legen. Es ist im Prinzip essbar.«

Nach diesen Worten drehte sich die Selenskaja abrupt um und verließ das Esszimmer. Die beiden Männer folgten ihr – ob als Leibwächter oder als Bewacher, begriff Tschapaikin nicht recht.

»Halt!«, rief der General, um einen möglichst strengen Ton bemüht. »Stehen bleiben!«

Er wollte noch etwas Lautes, Einschüchterndes hinzufügen, doch kaum hatte er den Mund geöffnet, schoss ein Wasserstrahl mit demselben gewaltigen Druck wie zuvor nun aus ihm heraus und überschwemmte seine Wohnung. Er erstarrte, außerstande, etwas gegen diese schreckliche Katastrophe zu unternehmen, und wohl wissend, dass er nichts mehr tun konnte. Der Schmerz, der eigentlich zusammen mit dem Wasser hätte entweichen müssen, wurde im Gegenteil heftiger und drängte ebenso wie das Wasser nach außen, durch Hals und Kehle, atemlos keuchend wie er selbst …

Er kam zu sich, begriff, dass es draußen noch nicht einmal dunkel, der Abend also noch nicht angebrochen war. Er lag in seinem Schlafzimmer, angezogen und ohne Decke, atemlos von einem so noch nie erlebten Hustenanfall. Doch er wusste sofort, dass dieser Husten nicht aus dem Hals kam, sondern aus seinem tiefen Inneren, aus den Lungen oder den Bronchien oder weiß der Teufel woher.

Allmählich ließ der Anfall nach, und Tschapaikin ahnte, dass sich in seinem Körper nun ein neues Ungemach eingenistet hatte. Als habe ihm ein bösartiges, rachsüchtiges kleines Geschöpf einen spitzen kleinen Schlüssel in den Leib gesteckt, ihn herumgedreht und so die hässliche Krankheit in Gang gesetzt.

»Sie rauchen zu viel, Gleb Iwanowitsch«, verkündete man ihm am nächsten Tag in der Kreispoliklinik, zu der er sich mit Mühe geschleppt hatte. »Sie sollten damit aufhören.«

Er schwieg, ging nach Hause und kaufte sich unterwegs eine Packung Belomor-Papirossy.

Später wurde es besser, er gewöhnte sich an die Asthmaanfälle, inhalierte diverse Mixturen, und wenn es ganz schlimm wurde, reduzierte er körperliche Aktivitäten auf ein Minimum. Besser ging es ihm auch deshalb, weil sein Rentnerdasein sich in nichts von dem gewöhnlicher Sterblicher unterschied und den General Mitte der Achtzigerjahre wohl oder übel veranlasste, das Gefühl der Überlegenheit gegenüber der restlichen Bevölkerung zu verdrängen und sich mit seiner Gleichstellung abzufinden.

Neben den kranken Bronchien gab es noch einen weiteren Missstand, nämlich finanzieller Natur. Die Rente reichte meist nicht bis zum Eintreffen der nächsten aus, vor allem deshalb, weil er jeden Monat etwas davon in die unterste Schreibtischschublade legte – für seinen Tod, wie es allgemein üblich war. Der Rest, der vom langjährigen Generalsgehalt noch übrig war, lag auf einem Sparbuch, für den Fall, dass vor dem Tod noch die Not eintrat, und zwar keine geringe.

Auf seine Familie hoffte er nicht mehr, seit Alewtina ihn mitsamt Mascha unwiderruflich verlassen hatte. Was waren seine Angehörigen noch für ihn? Seine Enkelin war so gut wie erwachsen, wenn er ihr auf der Straße begegnete, würde er sie vermutlich nicht erkennen. Und sie ihn auch nicht. Maschas Leben kreiste nur um ihren Musiker, sonst gab es für sie niemanden, hin und wieder rief sie unter irgendeinem Vorwand an, um zu überprüfen, ob der Vater noch nicht krepiert war. Ja, er hatte Warja letztes Jahr auf Marias Bitte hin bei sich angemeldet, aber nicht in der Hoffnung auf Fürsorge. Es gab einfach nach wie vor keinen anderen Anwärter auf seine Wohnung, woher auch? Also würde irgendein hohes Tier die Wohnung bekommen, einfach so. Nein, sollte lieber die Familie sie kriegen als »seine Leute«. Er konstatierte, dass er an seine Verwandten dachte wie an Fremde, und an ›seine Leute‹ – die Natschalniks, die Mächtigen und nun Unerreichbaren – sogar mit Abscheu. Er musste also wohl oder übel allmonatlich dem Tod einen finanziellen Tribut entrichten.

Und genau von dort verschwand das Geld, aus der untersten Schreibtischschublade. Sie hatten sie einfach aufgebrochen und alles rausgenommen. Das Geld, das Sparbuch, die Auszeichnungen – alles, was er unter Verschluss aufbewahrte. Auch sein Revolver hatte dort gelegen, eine persönliche Auszeichnung mit Gravur auf dem Griff: »Dem unbeugsamen Tschekisten Gleb Tschapaikin von Volkskommissar Jeshow. August 1937«. Auch den hatten sie natürlich mitgenommen. Am helllichten Tag waren sie gekommen, während er im Lebensmittelladen nach Quark anstand, hatten die Wohnungstür mühelos mit einem Dietrich aufgebrochen, das simple Schloss war ganz von selbst aufgesprungen. Die Paradeuniform hatten sie nicht angerührt, nur die Ordensleiste hastig rausgerissen, sie meinten wohl, die sei genauso wertvoll wie die Orden selbst. Es war der Spätsommer 1988, ein Jahr nachdem er Warja angemeldet hatte, eine Woche nach seinem Geburtstag, der nicht gefeiert worden war, weil sich in diesem Jahr niemand dafür interessierte.

Wer, wie? Die Miliz zuckte die Achseln, setzte ein Protokoll auf, leitete Ermittlungen ein, gab aber zu verstehen: Wir haben mitunter auch Misserfolge, Genosse General, das wissen Sie selbst, Ihre Orden und Auszeichnungen sind inzwischen längst sonstwo, dreimal verkauft und weiterverkauft. Und der Revolver auch ...

Seiner Tochter erzählte er nichts davon, er wollte kein verlogenes Mitgefühl, keine leeren Worte und Seufzer. Auch seine Wohnungstür ließ er nicht besser sichern: Außer Utensilien aus der Stalinzeit, polierten rumänischen Möbeln und einigen mottenzerfressenen Anzügen gab es bei ihm nichts mehr zu holen. Das Wertvollste an der Wohnung, nämlich dass sie zwei Etagen hatte, ließ sich nicht stehlen. Wozu also die Umstände?

Im Haus verbreitete sich die Nachricht in Windeseile, bereits am Abend waren alle über das Unglück des Generals informiert. Die Erste, die anrief, war Rosa Markowna. Anschließend kam sie gleich hoch zu Tschapaikin.

»Halunken«, sagte sie mitfühlend und setzte sich neben ihn. »Halunken sind das, Gleb, und eines Tages werden sie dafür büßen. So eine Gemeinheit! Die Kriegsorden, die Medaillen, die Auszeichnungen und Ehrenzeichen«, zählte sie die Verluste an den Fingern auf, aufrichtig bemüht, den Nachbarn zu trösten. »Wie kann ein Mensch nur so etwas tun!«

Dass es nicht direkt Kriegsauszeichnungen waren, sondern diesen aufgrund der hohen Position und der Verdienste des Ausgezeichneten nur gleichgestellt, kam ihr in diesem Augenblick nicht in den Sinn. Überhaupt neigte sie nicht dazu, die skandalöse Wahrheit über ihre Nächsten an den Tag zu bringen. Was in ihr und Semjon einst leises Zittern und verabscheuungswürdige Angst ausgelöst hatte, verband sie in keiner Weise mehr mit dem greisen Nachbarn. Übrigens hatte Rosa auch früher nie einen direkten Verdacht gegen Tschapaikin gehegt.

»Du bist ein herzensgutes Geschöpf, meine Liebe«, hatte Semjon eines Abends zu ihr gesagt, als Gleb und Alewtina nach dem Tee gegangen waren.

»Und du, scheint mir, hängst die Latte für menschliche Niedertracht ziemlich tief und misstraust jedem, der jünger und schlanker ist als du«, wehrte Rosa scherzhaft ab und setzte für alle Fälle hinzu: »Und dessen Frau leichter zu haben ist.«

Semjon lachte spöttisch, ohne darauf etwas zu erwidern. Danach sprachen sie bis zu seiner Verhaftung nicht mehr über Gleb, nur ganz allgemein über dessen Tschekisten-Kollegen und über den Obersten Regisseur.

Nach dem Einbruch bei Tschapaikin zog Rosa ernsthafte Schlüsse. Sie besprach sich mit Wilen, und der sagte sofort, ohne lange nachzudenken: »Keine Frage, Oma, wir lassen die teuerste Tür einbauen, ich habe gerade Tantiemen gekriegt. Nimm die beste Firma. Panzerblech, österreichische Schlösser, das Beste vom Besten, oben, unten und an der Seite Riegel, und dann lassen wir uns endlich eine Alarmanlage mit direktem Draht zur Miliz einbauen, das ist angeblich ganz sicher. Wir haben lange genug nur auf Gott vertraut, es sind schließlich Kunstwerke im Haus.«

Kurzum, er zahlte, ohne zu feilschen, so viel die Firma verlangte, und alles wurde wie gewünscht installiert. Dann kamen Männer von der Miliz, stießen einen erstaunten Pfiff aus und meinten, bei diesen Sicherheitsmaßnahmen sei eine Alarmanlage wohl kaum noch nötig. Doch auch sie machten ihre Arbeit, verbanden die Alarmanlage mit dem Revier und überprüften, ob sie funktionierte. Auch andere Mieter im Haus verstärkten, durch den Einbruch aufgeschreckt, ihre Sicherheitsvorkehrungen. Das war Anfang September, eine Woche nach dem Einbruch bei Tschapaikin. Plötzlich rief Tschapaikin bei den Mirskis an, seine Stimme klang hochzufrieden und ungewohnt munter. »Kommen Sie vorbei, Rosa Markowna«, sagte er. »Bitte, jetzt gleich, wenn's geht.«

Selbstredend machte Rosa sich rasch zurecht – ein bisschen Puder, eine Brosche an den Pullover, Schuhe statt Pantoffeln – und stieg hinauf. Tschapaikin begrüßte die Nachbarin strahlend, er war kaum wiederzuerkennen. Er geleitete sie ins Esszimmer und ließ sie Platz nehmen.

»Hier«, sagte er, »Rosa Markowna, schauen Sie.« Er demonstrierte ihr seinen »Ikonostas«, der heil und unversehrt war, von den Leninorden bis zur kleinsten Medaille aus seinen jungen Jahren. »Nur das Geld ist natürlich weg. Aber was ist schon Geld!« Er winkte ab und wies mit einem Kopfnicken auf die Orden. »Hier, das ist mir das Wichtigste, nicht Geld!« Er griff in die Hosentasche und zog den Revolver heraus. »Das ist das Wichtigste, Rosotschka, das hier!«

Rosa ächzte und klatschte in die Hände.

»Mein Gott, Gleb Iwanowitsch, mein Lieber! Glebuschka!« Sie küsste ihn auf die Wange. »Wo haben Sie den her? Wurden die Diebe etwa gefunden? Sagen Sie bloß, die Halunken wurden verhaftet?«

Tschapaikin lächelte spöttisch, hauchte den Leninorden an und wischte ihn mit dem Ärmel ab.

»Ach was, Rosa Markowna, von wegen verhaftet! Mir hat jemand geholfen. Ein gewisser Stefan. Das ist eine lange Geschichte, aber im Grunde ganz einfach. Jedenfalls, er hat seine Verbindungen, er hat die Diebe gefunden, und die haben die Sachen zurückgegeben. So ist das!«

»Ich backe eine Pastete«, sagte Rosa Markowna freudig, etwas Besseres fiel ihr zur Feier des Tages nicht ein. »Mit Kohl. Ja, Gleb?«

»Gern«, antwortete Tschapaikin ernst. »Ich danke dir, Rosa, für deine Güte. Das werde ich dir nie vergessen.«

Beide lachten, sie wussten den Scherz des Generals sehr wohl zu schätzen.

Am nächsten Tag befestigte Tschapaikin die Ordensbänder wieder an seinem Uniformrock und versteckte den Revolver sorgfältiger als zuvor. Auch die Auszeichnungen brachte er hinauf in die zweite Etage und schob sie hinter die Kaminklappe. Dann aß er die Reste von Rosas Kohlpastete und überlegte, ob es denn nun einen Gott gab oder ob er nach wie vor nicht existierte – das war ihm nach dieser Geschichte nicht klarer geworden. Denn wenn es ihn nicht gab, dann hätte er sein Kostbarstes und Wertvollstes nicht zurückbekommen, denn auf der Welt herrschte Ungerechtigkeit, und dagegen kam keine Macht an, und wenn man sich auf den Kopf stellte. Wenn es diese höhere Macht aber gab, dann hätte sie dies auch nicht geschehen lassen, also die Rückgabe des Gestohlenen, denn er hatte diese Güte nicht verdient, wenn er ehrlich sein Gewissen befragte und sein ganzes Leben im Einzelnen betrachtete.

Wieder erschrak er über sich, weil er so über sich selbst dachte. Er wusste einfach nicht, wo die Wahrheit lag. Wo er auch hinschaute, immer hatte es an dem nötigen Gewissen gemangelt, trotz der für das Land so schweren Zeiten. Auch ihm selbst, zusammen mit dem ganzen Land, seinem Volk, seiner Partei. Darum machte sich Gleb Tschapaikin gegen Abend auf den schon einmal beschrittenen Weg: die Gorkistraße hinunter, dann nach rechts, dann noch einmal rechts, zur Kirche in der Brjussow-Gasse. Dort geizte er nicht, wählte eine dickere Kerze als beim ersten Mal, suchte sich eine möglichst solide wirkende Ikone, zündete die Kerze an einer bereits brennenden an und stellte sie auf. Dann murmelte er mit halb geschlossenen Lippen anstelle eines Gebets vor sich hin: »Für dich, Husar, für deine Hilfe, krepieren sollen sie alle.«

Sie, das waren diejenigen, die ihm das Kostbarste aus dem Schubfach gestohlen hatten. Sie, das waren diejenigen, die Tschapaikin fallen gelassen hatten, nachdem er fünfzig Jahre lang sein Blut, seinen Leib und sein Können selbstlos in den Dienst des Vaterlands gestellt hatte. Sie, das waren auch diejenigen, die aus ihren Löchern hervorgekrochen kamen und sich nun still und heimlich fett fraßen am Unglück des Pensionärs Tschapaikin und des ganzen russischen Volkes, indem sie zahllose Wirtschaftsunternehmen gründeten, teuflische neue Gesetze beschlossen und dem Christusverkäufer Gorbatschow die Macht überließen.

Was vor fünfzehn Jahren noch zwischen dem pensionierten General und dem Informanten »Husar« gestanden hatte, wirkte aus Tschapaikins heutiger Sicht nun klarer und irgendwie folgerichtig. Der eine war ein Dieb gewesen, der andere ein Vertreter der Macht. Der Dieb hatte sich als cleverer erwiesen. Die Macht hatte sich blamiert und sich dafür gerächt. Alle hatten nach den Gesetzen des damaligen Lebens das Ihre bekommen. Wie sie jetzt zueinander standen, musste Tschapaikin erst erkunden und dabei seinen Abscheu überwinden. Jedenfalls stand Stefan Tomski alias »Husar«, der eines Tages bei Tschapaikin hereingeschneit war, eine Woche bevor Rosa Mirskaja die Kohlpastete buk, in dem verworrenen neuen Koordinatensystem offenbar eher auf Tschapaikins Seite als auf der gegnerischen.

Der erste Gedanke des Kriminellen Stefan Tomski bei seiner um ein Jahr vorgezogenen Entlassung galt genau dem, was der General im Ruhestand Gleb Tschapaikin inzwischen ausgiebig erfahren hatte und worüber er seitdem oft nachdachte: der Ungerechtigkeit des Lebens. Vierzehn Jahre seines besten Mannesalters hatte Tomski verloren, nur weil ein mieses Tschekistenschwein ihm Dollars ins Gepäck geschmuggelt hatte, dafür war er in Magadan gelandet. Nicht einmal seinen Fünfzigsten hatte er anständig feiern können, er beging ihn noch im Lager, kurz vor der Entlassung. Immerhin einigermaßen würdig, sogar mit einer Frau. Der »Alte« war milde gestimmt gegen den geachteten Kriminellen und genehmigte einer fixen Zivilbeschäftigten den Besuch im Lager, einem jugendlichen Weib mit langen Beinen und festem Hintern. Trotzdem ärgerlich, denn bis zur Entlassung waren es nur noch ein paar Monate. Doch das war nicht das Allerschlimmste. Die filigran vorbereitete Aktion zur Ausfuhr von fast anderthalb Millionen Dollar war ein voller Erfolg gewesen, und ohne den miesen KGB-Trick wäre Stefan längst Mister Tomski, hätte ein Büro im russischen Brighton, ein Haus auf Long Island, ein Konto bei irgendeiner »Bank of America« und würde friedlich die Angelegenheiten der russischen Kriminellen im westlichen Brooklyn beaufsichtigen. Daraus war nichts geworden. Im Lager dachte er einmal, das Ganze sei gelaufen wie eine Schachpartie mit einem Irren. Du ziehst nach langem Überlegen e2 – e4 und erwartest als Reaktion e3 – e5 oder etwas in der Art, doch stattdessen wischt dein Gegner die Figuren vom Brett, bricht das Schachbrett entzwei und haut es dir über den Kopf, auf die empfindlichste Stelle. Und gewinnt mühelos, weil er am Ende der Stärkere geblieben ist – er hat dich bezwungen, egal wie. Du hättest die Züge gar nicht aufschreiben müssen, für dich gibt es sowieso kein gerechtes Finale.

Was aber die Ungerechtigkeit anging: Für den erlittenen Schaden musste jemand büßen, das war Gesetz. Die lokalen kriminellen Autoritäten, die Stefan am Lagertor abholten und ihn in eine Bude in der Nähe brachten, sprachen das gleich als Erstes an, um sich bei dem großen Dieb einzuschmeicheln. Und dann kostete er die Freiheit in vollen Zügen aus: Mädchen nach Wahl, ein Gelage, wie Stefan es kaum je erlebt hatte, seidenes Bettzeug. Und am nächsten Morgen lag eine von den Jungs bereits besorgte Fahrkarte Magadan-Moskau bereit.

Auch in Moskau wurde er mit allen Ehren empfangen: Abgesandte von Joker, ein schwarzer ausländischer Wagen, einer der ersten in Moskau, mit Klimaanlage und Musik nach Wahl. Jokers Jungs waren kräftige Burschen mit gewaltigen Pranken, von ganz anderem Kaliber als früher, vor Stefans Verhaftung: sportliche Figur, ernster, erbarmungsloser Blick, Manieren. Männer von Rang, die Bescheid wussten. Kurz, echte Mafiosi, keine kleinen Fische.

Joker war in diesem Jahr dreiundsiebzig geworden, aber er hielt sich noch wacker, hatte ganz Moskau unter strenger Kontrolle, schon seit Jahren. Sie umarmten sich, dem Alten wurden die Augen feucht, für Talent hatte er stets etwas übriggehabt, er schätzte Stefan wie kaum jemanden sonst.

»Also, Bruder«, schlug Joker vor, »ich bring dich in Kunzewo unter, guter Boden und eine starke, gefestigte Truppe. Für die«, er hob den Kopf zur Decke, »sind wir jetzt OKG, Organisierte Kriminelle Gruppen, schon mal gehört? Vor drei Tagen wurde Clint kaltgemacht, er war der Anführer in Kunzewo. Von wem, das erfährst du später, jedenfalls, Clint war ein echter Mensch. Hat auch mit uns gut zusammengearbeitet und keinen gekränkt.« Dabei sah

Joker Stefan an, als erwarte er selbstverständlich Dankbarkeit, ohne langes Überlegen. »Also, was ist, übernimmst du das?«

»Danke, Joker.« Stefan war tatsächlich zufrieden mit dem Empfang in Moskau. Andererseits war er nicht darauf eingestellt, gleich eine Bande zu übernehmen, er wollte eigentlich erst herausfinden, was mit Amerika war, abchecken, wie die Chancen für eine Ausreise standen, er hatte die Dollars nicht vergessen. »Danke, dass du an mich gedacht hast, Michalytsch.«

»Amerika vergisst du erst mal«, resümierte Joker, als habe er Stefans Gedanken gelesen. »Der Weg dahin ist dir vorerst versperrt, du kriegst auf keinen Fall ein Visum. Aber nur vorerst, später sehen wir weiter, lassen mal unsere Beziehungen spielen. Ich hab nichts vergessen, Stefan, nichts von alldem, woran ein Bruder und Freund sich immer erinnern muss.«

Diese Worte entschieden die Frage endgültig, Ausweichen hatte keinen Sinn, zumal Stefan, wenn er genau darüber nachdachte, ohnehin nicht wusste, wohin. Also übernahm er die Kunzewo-Bande und sollte es nicht bereuen. Zunächst musste er diejenigen finden, die seinen Vorgänger umgebracht hatten, und mit ihnen abrechnen. Nicht, weil es ihm um Clint leidtat, sondern aus der einfachen Überlegung heraus, dass er selbst sonst der Nächste wäre. Die Schuldigen waren schnell gefunden: Den Killer hatten die Nachbarn geschickt, die Bande von Moshaisk, die Konkurrenten aus dem angrenzenden Bezirk.

Stefan dachte nicht daran, einen Krieg anzufangen, er ging effektiver vor. Er suchte sich ein schwaches Glied in der Moshaisker Gruppe, einen Mann namens Kater, erläuterte diesem in aller Ruhe und respektvoll die möglichen Perspektiven und versprach ihm ein hübsches Stück von seinem eigenen Kuchen und vom Anteil derjenigen Moshaisker, die nicht vernünftig sein, sich nicht an Regeln halten wollten. Kater zeigte sich verständig und ließ sich überzeugen. Sie einigten sich. Kater machte zusammen mit seinen fünf treuesten Männern Hackfleisch aus der gesamten Bandenspitze und vernichtete sicherheitshalber auch die mittlere Ebene, damit Stefan freie Bahn hatte. Und wartete auf den großzügigen Lohn. Stattdessen bekam er eine Kugel, ganz still und leise, ohne Aufsehen, im eigenen Bett. Ebenso endeten auch die fünf Getreuen, die sich mit Kater gegen die eigenen Anführer erhoben hatten, um von einem Fremden Gewinn zu kassieren.

Auf diese Weise festigte Stefan seine Position und sein Hinterland. Joker war sehr zufrieden mit seinem Patenkind. Nun erst, nachdem das Dringendste erledigt war, kehrte Stefan in Gedanken zurück zur Vergangenheit und sortierte seine nächsten Vorhaben fein säuberlich nach Rang und Wichtigkeit.

Ganz oben auf der Liste stand Rache. Aber in dieser Hinsicht hegte Stefan Zweifel: Der alte Sack war bestimmt längst krepiert und lag auf dem Nowodewitschje-Friedhof oder wo auch immer. Das wäre bedauerlich, trotzdem ließ er es für alle Fälle überprüfen. Das Zweite war eine anständige, seinem Status angemessene Wohnung im Zentrum, damit er sich nicht mehr als zu kurz gekommen und benachteiligt fühlen musste. Und drittens: die Mirskis. Er musste herausfinden, was aus der seltenen Sammlung geworden war und was sich in dieser Hinsicht bei den Nachbarn der seligen Alewtina tat.

Bei diesem Gedanken durchfuhr es ihn: Na eben! Das passte genau! Alewtina Tschapaikina hatte doch im selben Haus gewohnt wie die Mirskis, in der Trjochprudny-Gasse, einem protzigen Altbau mit zweigeschossigen Wohnungen, wo die Hautevolee lebte. Die Hautevolee, und nicht er, Stefan Tomski. Inzwischen war auch schon sein Kundschafter zurück, einer der Jungs aus Kunzewo, und breitete die Mieterliste vor ihm aus: Da waren sie alle, mit Namen, Vatersnamen, Arbeitsstelle, Telefonnummer und Kindern. Und ganz am Ende, unter »Tsch«, wer stand da? Gleb Iwanowitsch Tschapaikin, geboren 1903, Pensionär, gesund und munter. Außerdem war in der Wohnung eine gewisse Berojewa gemeldet, Warwara Wladimirowna, 1971 geboren, ledig.

Diese Nachricht war ebenso überraschend wie angenehm. Stefan lachte vor Freude über so viel Glück, legte die Angelegenheit aber vorerst beiseite. Der Rest war auch recht interessant. Rosa Markowna Mirskaja, die nämliche, stand ebenso auf der Liste, sie lebte, und zwar nach wie vor unter derselben Adresse. Er schaute genauer hin: Na so was! Auch sie war 1903 geboren, genau wie der

Tschekist! Eine zähe Garde! Er lächelte verhalten. Und schob auch das auf. Und dann …

Dann machte er sich an die gründliche Planung seines weiteren Vorgehens. Er wusste, dass er in dieses Haus ziehen würde, koste es, was es wolle. Das war eine grundlegende Entscheidung, denn wenn er es recht bedachte, hatte er in der Trjochprudny-Gasse einiges zu erledigen.

Hätte Gleb Tschapaikin gewusst, wie akribisch der kürzlich entlassene Häftling Tomski das Privatleben jedes einzelnen Mieters in der Trjochprudny-Gasse 22 erforschte, würde er sehr gestaunt haben. Es hätte ihn an sich selbst erinnert, daran, wie er im fernen Jahr 1935 die Mieter dieses Hauses ebenso gründlich unter die Lupe genommen hatte, auf der Suche nach einem Volksfeind, um diesen unverzüglich von den übrigen Bewohnern des Hauses und allen ehrlichen Sowjetmenschen zu isolieren. Die Gewissenhaftigkeit, mit der sich Stefan der Mieter annahm, die kleinsten Details des Privatlebens und des beruflichen Werdegangs der potenziellen Auszugskandidaten untersuchte, besondere Umstände und Einkunftsquellen recherchierte und verglich, hätte dem General überdies einen unguten Neid abgenötigt. Weil nämlich Stefan Tomski offenbar alles, was Tschapaikin erst an der Tschekistenakademie gelernt und in vielen Jahren harter Praxis gefestigt hatte, von Geburt im Gefühl und in seinem fixen Kopf hatte.

Im Verlauf der systematischen Analyse fand Stefan schließlich einen passenden Kandidaten, betrachtete ihn genauer, wendete ihn hin und her und durchleuchtete ihn von allen Seiten. Der Auszugskandidat war Alexej Kirillowitsch Satewachin, Doktor der Geschichtswissenschaften, Enkel des legendären Kommandeurs der Roten Armee Wassili Satewachin, Abteilungsleiter im Institut für Nordamerikastudien, wohnhaft Trjochprudny-Gasse 22, Wohnung 16, und zwar mit seiner Familie, bestehend aus Frau, Tochter und Sohn. Beide Kinder gingen noch zur Schule, seine Frau Assja Jefimowna Satewachina (geborene Blumental), wissenschaftliche Mitarbeiterin am Institut für Molekularbiologie der Akademie der Wissenschaften der UdSSR, leitete ein Laboratorium für experimentelle Mutagenese.

Alexej Kirillowitsch selbst war, ebenso wie der zu Lagerhaft verurteilte, nach dem 20. Parteitag jedoch rehabilitierte Großvater, von kristallklarer Reinheit, und Stefan fand zunächst absolut nichts, wo er hätte anknüpfen können: Diplomat in zweiter Generation, Mitglied der KPdSU, aus der er brav ausgetreten war, sobald ein neuer Wind wehte, guter Familienvater, was die Jungs aus Kunzewo bestätigten, da sie keine fremde Frau in seiner Nähe entdecken konnten. Und natürlich ein festes Einkommen, wie alle von der Regierung abhängigen Staatsangestellten.

Doch bei Satewachins Gattin Assja Jefimowna, die übrigens ebenfalls Staatsangestellte war, sah die Sache anders aus, denn sie schien den Löwenanteil zum finanziellen Status der Familie beizutragen. Und dieser war recht ansehnlich: Ihr Mann fuhr einen Mercedes, sie selbst besaß einen Polarfuchsmantel und einen Volvo. So viel war von außen sichtbar. Von dem, was sich in der Wohnung befand, verschafften sich Stefans Männer unter einem Vorwand einen Eindruck. Danach war alles klar, denn der Eindruck war nachhaltig. Also begannen sie mit den Nachforschungen.

Zu diesem Zweck wählte Stefan einen passablen Burschen aus und setzte ihn nach derselben Methode ein, die sich seinerzeit bei der Tochter der Diplomatenputzfrau bewährt hatte. Diesmal fiel die Wahl auf eine Angestellte des Laboratoriums für experimentelle Mutagenese, auch sie hässlich und ohne Liebesleben. Die Laborantin gab sich Stefans Burschen gleich nach dem ersten Restaurantbesuch hin, und zu plaudern begann sie beim dritten Mal, genauer, zwischen dem dritten und vierten Mal. Dabei offenbarte sich in Assja Jefimownas beruflicher Tätigkeit ein hochinteressantes Detail, eine scheinbare Winzigkeit, eine Fliege nämlich, eine harmlose fliegende Wirbellose oder wie das hieß. Kurzum, die Fruchtfliege Drosophila.

Die Sache war folgende: Assja Jefimowna hatte, bevor sie ihr Vorhaben umsetzte, zunächst erkundet, wie viele Schulen es in Moskau gab. Die Zahl gefiel ihr und klang verheißungsvoll. Dann rechnete sie die Zahl auf die ganze Sowjetunion hoch, und das war auch nicht gerade wenig, genauer gesagt, unglaublich viel. Alles Weitere war einfach. Die Leiterin des Laboratoriums begann mit der illegalen

Produktion von Unterrichtsmaterial: Zwei gerahmte Objektträger, dazwischen eine platt gedrückte Drosophila, befruchtet oder mit Mutationen, mit weißen Augen oder gelben Eiern – die Einzelheiten interessierten Stefan nicht weiter, darum ging es nicht. Es ging um die Menge und den Preis pro Objekt. Und der war nicht gerade gering. Bei Abnahme eines Satzes aus fünfundzwanzig Fliegen mit verschiedenen Mutationen jedoch verringerte sich der Kaufpreis um einiges und ergab sich nicht aus dem Produkt aus Preis und Anzahl, sondern war das Ergebnis persönlicher Absprachen mit einem bestechlichen Individuum aus der Volksbildungsabteilung der jeweiligen Kreisverwaltung. Die Zahl dieser Individuen entsprach exakt der Zahl der Volksbildungsabteilungen der Stadt und des gesamten Landes. Und darauf beruhte die ganze Idee, das machte Assja Jefimowna zum Finanzgenie.

Außer der Erfinderin selbst waren noch zwei weitere Personen beteiligt. Aber keine der beiden hatte Lust, die zusätzlich anfallenden Reagenzgläser zu spülen. Also bekam die Laborhilfe Sweta von der Satewachina für die zusätzliche Schmutzarbeit monatlich dreißig Rubel und wusste deshalb zwangsläufig, was es mit den zahlreichen zusätzlich in der Arbeitszeit zerquetschten Drosophilae auf sich hatte. Das war die ganze Geschichte, die Sweta nach dem dritten Orgasmus dem hübschen und gerissenen Burschen aus Kunzewo erzählte und die Stefan gleich am nächsten Morgen erfuhr.

Tomski, der die Ausmaße des Unternehmens sofort erfasste, kam auch ohne Taschenrechner auf eine eindrucksvolle Summe. Am nächsten Morgen wartete er, bis Assja Satewachinas Volvo auf den Parkplatz vor dem Institut für Molekularbiologie in der Wawilow-Straße fuhr, und gab seinen Leuten ein Zeichen. Diese baten die Satewachina höflich, sie ein Stück zu begleiten. Sie ahnte sofort, was hinter der höflichen Aufforderung stand, und folgte den Männern leicht zitternd zu Tomskis Auto. Als er ihr Gesicht sah, wusste er, dass ihm die Wohnung in der Trjochprudny-Gasse so gut wie sicher war. Also sagte er mit sanfter Stimme: »Assja Jefimowna, ich möchte Sie nicht lange aufhalten. Ich werde mich nicht einmal vorstellen. Glauben Sie mir, es ist für Sie ohne Belang, wer ich in Wirklichkeit bin. Wichtig für Sie ist nur eines: Ihre Entscheidung.«

Die Frau hörte angespannt zu, ohne den Fremden zu unterbrechen, konnte aber ihre leichte Verwirrung nicht verbergen. Stefan hörte förmlich, wie in ihrem Kopf Dutzende Varianten, wie sie der Gefahr entgehen könnte, aufeinanderprallten und fieberhaft erwogen wurden. Deshalb wollte er dieser ungewöhnlichen Frau gegenüber den Respekt wahren. In gewisser Weise erinnerte sie ihn an ihn selbst.

»Also«, fuhr er fort, »erste Variante: Sie räumen binnen drei Tagen die Wohnung in der Trjochprudny-Gasse und überschreiben Sie mir. Wie, das ist eine andere Frage, aber glauben Sie mir, das ist kein Problem. Danach sind Sie vollkommen frei, und Sie und Ihre Partner führen Ihr Geschäft fort.«

In ihrem Gesicht zuckte kein Muskel. Sie hatte inzwischen begriffen, dass sie es zweifellos mit einem Kriminellen zu tun hatte – ob er vom KGB war oder nicht, spielte in dieser Situation keine Rolle. Er wusste Bescheid. Sobald ihr dies klar war, beruhigte sie sich ein wenig.

Stefan, der ihre Beherrschung befriedigt registrierte, fuhr fort: »Variante zwei: Angenommen, Sie verwerfen meinen Vorschlag und wollen die Wohnung nicht aufgeben. Dann …« Er machte eine Pause. »Dann sehen wir uns gezwungen, uns Ihre lausigen … ähh«, er lachte kurz, »pardon, Ihre Fliegengeschäfte genauer anzusehen.«

Wieder interessierte es sie nicht sonderlich, wer hinter dem »Wir« stand – das änderte nichts am Wesen der Sache.

»Und drittens«, zog Stefan den Schlussstrich, »Konfiszierung der Wohnung Nummer 16 und sämtlichen illegal erworbenen Eigentums mittels Drohungen, Erpressung und gewaltsamer Übernahme unsererseits.« Er breitete die Arme aus. »Das sind alle Varianten, Assja Jefimowna, andere kann ich Ihnen nicht anbieten.« Er legte seine Hand auf die ihre und lächelte höflich. »Was sagen Sie? Sie müssen sich bestimmt noch mit Alexej Kirillowitsch beraten, nicht wahr?«

»Nein«, antwortete sie, »das ist nicht nötig. Wir werden die Wohnung in drei Tagen räumen. Und ich hoffe, Sie erfüllen alle Bedingungen der ersten Variante.«

»Darauf können Sie sich verlassen, liebe Assja Jefimowna«, versicherte Tomski und ergänzte: »Ihre Angelegenheit ist in guten Händen, und glauben Sie mir, es war mir ein Vergnügen, mit Ihnen zu sprechen. Ich beneide Ihren Gatten aufrichtig.« Er öffnete die Wagentür und entließ Assja Satewachina. »Man wird sich mit Ihnen in Verbindung setzen.« Er lächelte zum Abschied. »Alles Gute!«

Drei Tage nach dieser Begegnung auf dem Institutsparkplatz stieß Fira Klionskaja, als sie mit dem Hund rausgehen wollte, im Hausflur auf Möbelträger, die Sachen aus der Wohnung Nummer 16 heraustrugen.

»Was ist los?«, fragte sie Assja, die das Heraustragen ihres Eigentums beaufsichtigte.

»Nichts weiter«, entgegnete Assja kurz angebunden. »Ein längerer Auslandsaufenthalt für Alexej. Wir wollen die Wohnung tauschen, vorerst zieht ein neuer Mieter ein.«

Nach einigen Tagen zog tatsächlich jemand ein, ein Mann, über den nur wenig zu erfahren war: Er sei Ungar oder so, jedenfalls Ausländer, ein Natschalnik oder einer dieser neuen Unternehmer.

Fira ergänzte die dürftigen Informationen ein wenig und überbrachte sie Rosa Markowna, der Nachbarin und Freundin ihrer längst verstorbenen Eltern.

Nachdem Stefan Tomski also die generelle Ungerechtigkeit des Lebens analysiert und endlich die ersehnte Freiheit erlangt hatte, ging er an die Details. Er hatte seine neue Position gefestigt und die zweigeschossige Wohnung in der Trjochprudny-Gasse bezogen, nun war es Zeit, Rache zu nehmen an dem Mann, durch dessen Schuld er unschuldig gelitten hatte – wenn man die Dinge nüchtern betrachtete und rein vom Gesetz ausging und nur davon.

Beginnen wollte er mit einem leichten, aber für Tschapaikin empfindlichen Angriff auf dessen Privatsphäre und Besitz. Dafür zog er ein paar erfahrene Diebe der alten Schule heran – diese Sache war nichts für die neuen Kriminellen, hier war Feinarbeit gefragt. Es lief wie geplant, die Beute war unbeträchtlich, aber Tschapaikin war verletzt, und das war auch schon eine Strafe. Die Männer, die mühelos das lächerliche Schloss aufbrachen und nichts von materiellem Wert vorfanden, ließen die geringen Bargeldbestände und ein unbedeutendes Sparbuch mitgehen, rissen die Ordensbänder vom Generalsrock und packten sie ein, mitsamt den Auszeichnungen aus der Schreibtischschublade und dem Revolver mit der persönlichen Gravur.

Man kann nicht behaupten, Stefan sei mit dem Ergebnis zufrieden gewesen, doch er war auch nur geringfügig verärgert. Es war nur anders, als er gedacht hatte. Als ihm klar wurde, mit wem er es zu tun hatte, als er endgültig begriff, dass Tschapaikin, obwohl Natschalnik und General, kein korrupter Beamter war, sondern ein armer Schlucker, dass es in seiner zweigeschossigen Wohnung außer staubigen Möbeln, einem Schwarzweißfernseher und Medikamentenpackungen in allen Größen nichts gab, wofür es sich zu jenen Zeiten zu leben gelohnt und woran man nun im Alter seine Freude hätte haben können, änderte er seine Rachepläne. Während seines langen Aufenthalts in Magadan hatte Tomski oft darüber nachgedacht, wer wer war und wer was in diesem Leben wollte, und zwar wirklich und nicht aufgrund von Dienstvorschriften, doch nie hätte er vermutet, dass der erste Stellvertreter des Moskauer KGB aus Überzeugung handelte. Nun aber stellte sich eben das heraus, der General hatte auf seinem Posten nichts zusammengestohlen, woran ein ungebetener Gast seine Freude gehabt hätte. Er war ein Bettler, dieser Tschapaikin, ein Bettler und kein Dieb.

Irgendwie war das sogar rührend: Die Wohnung war schmutzig, ungepflegt, hatten Stefans Abgesandte berichtet, die Orden aber funkelten, selbst auf den Schachteln lag kein Körnchen Staub, alle waren blitzsauber. Andererseits, wenn man es recht bedachte, hatte Gleb Tschapaikin die Macht verkörpert, oder? Und er, Stefan Tomski, war ein Dieb, oder? Der Dieb war am Ende cleverer gewesen. Die Macht hatte versagt und sich gerächt. Jeder hatte das Seine bekommen nach dem Gesetz des Lebens. Zumindest nach der simplen Unterscheidung von Freund und Feind.

Kurz nachdem Stefan den ungebetenen Besuch bei dem Pensionär organisiert hatte, revidierte er seinen Plan. Er beschloss, die Rache auf bessere Zeiten zu verschieben, und überlegte sich zunächst etwas anderes, eine interessantere, amüsantere Strategie, zudem viel sinnvoller, wenn man bedachte, dass über General Tschapaikin ein direkter Weg zu Rosa Markowna Mirskaja führte. Und dort, so blieb zu hoffen, hingen heil und unversehrt all die Schätze an der Wand, an die er immer wieder gedacht hatte, vor und nach dem Lager, wobei er sich oft der schönen Zeiten seiner Tätigkeit als freiberuflicher Kunsthistoriker unter der Anleitung von Tschapaikins Gattin erinnerte. Wie hieß sie noch? Alja, Alewtina, Alewtina Stepanowna, eine vollbusige Schnatterente mit dünner, weicher Haut und Achselhöhlen, die nach Backpflaumen rochen.

Tomski nahm ein Blatt Papier, überlegte eine Weile, um die Fragmente der Vergangenheit zu sortieren, und führte sie dann schriftlich auf, nur so, für alle Fälle, bloß für sich: Chagall, Picasso, Juon, Kustodijew, Korowin, Makowski, Rodtschenko, Popowa, Serebrjakowa. Was noch? Mehr hatte sein Gedächtnis nicht bewahrt, oder er hatte es auch damals nicht gewusst. Bei diesen aber war er sich sicher. Was mochte von dieser Liste wohl noch da sein und was nicht? Sehr interessant!

Es klingelte an Tschapaikins Tür, als er am Küchentisch saß und mit einem Teelöffel angetrockneten Quark aus der Wachspapierverpackung kratzte. Abgesehen von dem Quark gehörte zu seinem späten Frühstück noch ein Tetraeder Kefir und ein schon recht trockener Kanten eines Dreißig-Kopeken-Weißbrots. Doch nichts davon wollte runtergehen, alles, was er mit Gewalt in sich hineinzwang, in dem Bewusstsein, dass er trotz allem schließlich etwas essen musste, blieb in seiner Kehle hängen, rutschte nicht weiter und drängte wieder heraus. Es war der dritte Tag, nachdem man ihm das Wertvollste gestohlen hatte, was er besaß.

An dem Tag, an dem er zunächst das aufgebrochene Wohnungsschloss und dann den Verlust aller seiner Schätze entdeckt hatte, rief Tschapaikin die Miliz an, wie es sich für einen Geschädigten gehört. Die Männer verbrachten mehrere Stunden in der Wohnung des Generals, erkundigten sich vorsichtig nach seinem Umgang, seinem Bekanntenkreis, danach, wer ihn am häufigsten besuchte und vielleicht über seine Verhältnisse am besten Bescheid wusste.

»Nach der Waffe fragen Sie am besten Jeshow, nach meinen häuslichen Verhältnissen meine selige Gattin, die seit 1963 nicht mehr hier war«, antwortete Tschapaikin gereizt, weil er nicht verstand, wieso dieser rotznasige Leutnant und die beiden Jungs in Zivil nicht begriffen, dass niemals Fremde hierherkamen und er auch nie Freunde gehabt hatte. Und was seinen Umgang anging, wie sollte der aussehen bei einem Fünfundachtzigjährigen, den seine einzige leibliche Tochter das letzte Mal vor einem Jahr besucht hatte, und zwar ausschließlich, damit er ihre rotznasige Tochter in seiner Wohnung anmeldete? Der Hund, den die Ermittler dabeihatten, war genauso unfähig wie sie selbst. Er nieste und nieste und setzte sich schließlich unverrichteter Dinge hin. Nach rund zwei Stunden bat der jüngste der Männer, der hin und wieder eine Frage einwarf, um etwas zu trinken. Tschapaikin erhob sich schwerfällig und holte ein Glas Leitungswasser. Der Bursche lachte und erklärte: »Nein, nein, für den Hund, nicht für mich.« Der Spurensucher-Diensthund hatte also Durst. Wie hatte er ihm das wohl übermittelt, mit Worten oder durch ein spezielles Zeichen? Das alles bereitete Tschapaikin ebenso viel Übelkeit und Verdruss wie der Diebstahl selbst.

»Raus hier!«, brüllte er plötzlich. »Haut ab, verdammt, bevor ich euren Vorgesetzten erzähle, dass sie euch erst mal das Arbeiten beibringen sollen! Verschwindet! Los, haut ab!« Er nickte hinüber zur Tür. »Und lasst euch hier ja nicht mehr blicken! Wenn ihr was gefunden habt, meldet euch. Schluss, aus!«

Die Männer wechselten vielsagende Blicke, standen auf, nahmen ihren Hund und gingen, ohne sich noch einmal umzusehen. Das machte Tschapaikin noch wütender, denn er ahnte, was sie dachten: Ein verrückter Alter, total senil, einen Scheiß werden wir uns für den alten Knacker den Arsch aufreißen. Der kann uns mal, der alte Sack.

Dann erlitt er einen Anfall. Er bekam kaum Luft. Aus, dachte er, diesmal verrecke ich endgültig. Aber er war deswegen nicht enttäuscht oder erschrocken. Er fühlte sich nur elend, als habe sich eine neue Scheußlichkeit in seiner Brust niedergelassen, rostig und schartig.

Auch der nächste Tag, der zweite nach dem Ereignis, war nicht besser als der erste, sondern ganz ähnlich, allerdings ganz unhysterisch, vielmehr vollkommen tot – wie ein stiller Abgang, ohne Angehörige und Freunde, mit ungetilgter Demütigung, unsauberem Körper und unruhigem Gewissen. Und am dritten Tag, er hatte gerade beschlossen, wenigstens etwas zu essen, klingelte es.

Der Mann vor der Tür wirkte solide und seriös, das sah man sofort an seinem spöttischen Blick und weil er kein bisschen verlegen war. Diesen Blick hatte Tschapaikin einst seinen Mitarbeitern beigebracht. Und er seinerseits hatte ihn von anderen gelernt. Ohne den perfekt sitzenden Maßanzug aus feiner Importwolle, die Krawatte, die farblich auf den Anzug abgestimmten, matt glänzenden hellen Schuhe ohne Kerben und Falten und die elegante Ledertasche mit dem lässigen Schulterriemen hätte Tschapaikin den Mann vermutlich für einen der »Seinen« gehalten, das heißt, für einen von denen, die einst »seine Leute« gewesen waren. So aber war er nur ein gefährlicher fremder Schnösel. Weiter kam Tschapaikin nicht mit seinen Gedanken, denn der Mann lächelte breit und fragte: »Bürger Korejko?«, und mit noch breiterem Lächeln: »Alexander Iwanowitsch?«

Tschapaikin zuckte verständnislos die Achseln. »Da sind Sie hier falsch«, antwortete er unfreundlich. »Der wohnt hier nicht.«

Damit wollte er die Tür zuwerfen, doch der Fremde wich nicht. Er hielt die Tür fest und sagte: »Ich habe nämlich eine angenehme Nachricht für Sie, Alexander Iwanowitsch, wir haben einiges von Ihrem verloren gegangenen Eigentum wiedergefunden.«

Tschapaikin zuckte zusammen, wurde aber zugleich argwöhnisch.

»Zu wem wollen Sie, Genosse? Wie war noch der Name?«

Der Mann löschte das Lächeln aus seinem Gesicht, und Tschapaikin begriff schlagartig, dass er nie gelächelt hatte. Der Mann nahm die dunkle Brille ab und sagte, nun vollkommen ernst: »Zu Ihnen … Ich will zu Ihnen, Gleb Iwanowitsch. Zu keinem anderen als Ihnen, wenn Sie Gleb Iwanowitsch Tschapaikin sind.«

Im Gegensatz zum Wohnungsinhaber hatte der Besucher diesen sofort erkannt, wobei er nicht groß von seiner Erinnerung an ihn abstrahieren musste. Vor ihm stand der Generalleutnant, der ihn vor fünfzehn Jahren unter Verweis auf einen Paragrafen, der eine

Freiheitsstrafe von mindestens acht Jahren vorsah, hinter Gitter gebracht hatte.

»Darf ich reinkommen?«, fragte der Besucher der Form halber, während er bereits über die Schwelle trat.

Tschapaikin trat zurück. Etwas daran, wie dieser Mann gefragt, wie er ihn anschließend angesehen und dabei selbstbewusst die Schultern bewegt hatte, als sei er sich jeder Geste und jedes Wortes sicher, etwas daran kam Tschapaikin bekannt vor. Der Schnösel schaute sich rasch um und wies mit einem Kopfnicken zur Küche.

»Da rein?«

Der Alte nickte zustimmend. Der Mann ging zum Tisch, rückte einen Hocker heran, schob die Reste dessen, was der General in sich hineinzuzwängen versucht hatte, beiseite, legte die Hände vor sich auf den Tisch, sah den Hausherrn nachdenklich an und fragte: »Na, wollen wir reden, Bürger Generalleutnant?«

»Stefan ...«, flüsterte Tschapaikin verwirrt. »Husar ...« Er sank auf einen zweiten Hocker. Von diesem Augenblick an begriff er nicht mehr recht, was in seiner Wohnung vorging. Alles ringsum verschwamm ein wenig, wie in jenem Traum mit dem Schnabelkater und der Präparatorin Kora Selenskaja, doch der Mann, der so ungebeten hier eingedrungen war und ihm gegenübersaß, schien durchaus nicht gewillt, in die Welt des Traums zurückzuweichen. Nach wie vor saß er da, die Hände vor sich auf dem Tisch, und fixierte sein Gegenüber schweigend mit seinem Blick, als führe er ein Verhör und rechne auch nicht mit der geringsten Verteidigung des Verhörten ob der gegen ihn erhobenen und bereits bewiesenen schrecklichen Anschuldigungen.

»Du bist gekommen, um mich zu töten?«, fragte der Pensionär, gefasst auf ein strenges, bestätigendes Nicken.

Stefan antwortete nicht. Er langte schweigend nach seiner Tasche, öffnete sie und griff hinein. Tschapaikin krümmte sich, wohl wissend, dass es keinen Ausweg gab, denn Derartiges verzieh niemand, solange er bei Kräften war, und dass Stefan ihn nun ungestraft töten konnte. Genauso hätte er selbst früher gehandelt. Doch just in diesem Augenblick wollte er nicht sterben, obwohl er noch vor zwei Tagen ohne das geringste Bedauern von seinem jämmerlichen

Leben, für das sich niemand interessierte und dessen er längst überdrüssig war, gelassen hätte. Ja, da hätte er den Tod hingenommen, aber nicht jetzt, nicht von der Hand eines Banditen, der zurückgekehrt war, um Rache zu nehmen.

Schade, dass ich in diesem Jahr nicht am Asthma krepiert bin, bevor Mascha mir das ausländische Spray gebracht hat, dachte er, und seine Augen wurden feucht vor Verdruss. Ich hab doch gesagt, ich will nichts Ausländisches, mit was Einheimischem wär ich bestimmt längst abgekratzt, schoss es ihm völlig unpassend durch den Kopf, während Stefan wie in Zeitlupe die Hand aus der Tasche zog. Schließlich war sie draußen. Darin lag, wie zu erwarten, ein Revolver, Marke Nagant. Tschapaikin schloss die Augen und murmelte in Gedanken oder in kaum hörbarem Flüsterton: »Herr, verzeih ...«

»Was flüstern Sie da, Gleb Iwanowitsch?«, fragte Stefan erstaunt und streckte dem General die Hand mit dem Revolver entgegen. »Hier, schauen Sie lieber, was ich für Sie habe.«

»Eine Kugel.« Der General krümmte sich ein letztes Mal und spürte, wie die Revolverkugel sein altes Herz zerriss und das Blut, durch den Schuss herausgepresst, kleine rosa Bläschen bildete, die zischend auf seinem Pyjama zerplatzten und diesen für immer befleckten, weil ihn nun niemand mehr waschen würde.

Doch der Schuss blieb aus. Stattdessen vernahm Tschapaikin ein metallisches Klacken auf Holz, Stefan hatte den Revolver auf den Tisch gelegt: die Waffe mit der eingravierten Widmung »Dem unbeugsamen Tschekisten Gleb Tschapaikin von Volkskommissar Jeshow, 1937«.

Der alte Mann öffnete die Augen und sah als Erstes die Gravur, dann den zweifellos unbenutzt vor ihm liegenden Revolver.

»Der gehört Ihnen.« Stefan lächelte. »Nehmen Sie ihn, General, und benutzen Sie ihn, wenn nötig.«

Tschapaikin streckte schweigend die Hand aus. Er traute dem Geschehen nicht recht und meinte, die Küche mit dem ovalen Fenster (russischer Jugendstil, das hatte Semjon Mirski ihm und Alja einmal erklärt) müsse sich gleich mit Wasser füllen, in dem sich alsbald alles einstellen würde, was für sein künftiges Dasein zu Wasser und zu Lande nötig war: Schnabeltier und Schnabelkater, das

Paar giftiger Seeschlangen, die beiden Männer in Zivil vom Majakowski-Platz, die Kora Selenskaja beschützten oder bewachten und zu ihrem ständigen Wohnsitz in der Stadt Borissow in der weißrussischen Sowjetrepublik brachten, und der schreckliche Schmerz, der direkt vom Herzen ausging, um dann in Lungen und Rachen vorzudringen und auf seinem Weg die ganze Brust und selbst die Kehle zu zerreißen. Doch wieder geschah nichts. Der Revolver lag friedlich vor seinem Besitzer und blieb stumm.

»Und noch dies.« Stefan lächelte und griff erneut in seine Tasche. Diesmal holte er eine Plastiktüte heraus, schüttete sie aus, und nun lagen neben der Waffe Schachteln, Tschapaikin wohlbekannte kleine Pappschachteln. Genauso viele, wie er Orden und Medaillen besaß, nicht mehr und nicht weniger, das wusste er, ohne nachzuzählen. Er starrte stumpfsinnig auf seinen wertvollsten Besitz. Stefan genoss diesen Moment. Mehr noch, er bewunderte den Alten, denn in diesem Augenblick war er wahrhaftig schön. Er war großartig und schön, denn er weinte. Er weinte, weil er wieder leben wollte. Tomski gratulierte sich in Gedanken, dass er seinen Hass vorerst erfolgreich bezwungen hatte, denn wie sich herausstellte, konnte Großzügigkeit ebenso befriedigen wie Hass, auch wenn sie auf Berechnung basierte.

Doch auch in diesem anrührenden Moment ließ er den Veteran der Staatssicherheit nicht zur Ruhe kommen. Er legte noch eine Zugabe zu den Pappschachteln: die Ordensbänder des Generals, ebenso schön wie ihr Besitzer in diesem unvergessenen Augenblick.

»Das Geld konnte ich leider nicht zurückbekommen, Gleb Iwanowitsch«, sagte Stefan mit aufrichtigem Bedauern, »das ist weg, genau wie das Sparbuch.«

Die Frage, ob er das Geld zurückgeben sollte oder nicht, hatte sich von selbst erledigt: Ohne lange darüber nachzugrübeln, hatte er Geld und Sparbuch den für diese spezielle Aufgabe angeheuerten Kriminellen überlassen. Doch Tschapaikin hatte den letzten Satz gar nicht gehört oder nicht verstanden, oder es war ihm gleichgültig. Er fragte nur dumpf, den Blick starr auf seinen unverhofft zurückgekehrten Reichtum auf dem Tisch gerichtet: »Woher?«

Stefan lächelte ebenso gewinnend wie zuvor. »Gestatten Sie, dass ich mich vorstelle, Gleb Iwanowitsch.« Er reichte dem General die Hand, neugierig, wie dieser darauf reagieren würde. »Stefan Stefanowitsch Tomski, Unternehmer, Ihr Nachbar aus dem zweiten Aufgang. Das ist nun Tatsache, wenngleich reiner Zufall. Und Nachbarn müssen zusammenhalten. Nicht wahr, Genosse General?«

Das Wunder, das sich Stefan als Reaktion auf seine freundschaftliche Geste erhofft hatte, blieb aus. Tschapaikin streckte ihm die Hand entgegen und stellte sich, noch immer unter dem Eindruck der Ereignisse, unsinnigerweise ebenfalls vor, als sei er soeben aus tiefem Schlaf erwacht: »Gleb Iwanowitsch Tschapaikin, Altersrentner.«

Stefan blieb nicht mehr lange beim General. Er berichtete kurz, er habe ebenso wie alle im Haus vom Unglück des Generals erfahren, habe daraufhin seine Beziehungen spielen lassen, sich der nötigen Kanäle bedient, auf die Schwere und besondere Gemeinheit des Verbrechens hingewiesen, und die Übeltäter seien im Handumdrehen gefunden worden. Ob von den zuständigen Organen oder von anderen, darüber schwieg er sich aus. Tschapaikin fragte auch nicht weiter, er ahnte, dass sein einstiger Gegner und Informant und heutiger Nachbar in den neuen Zeiten hoch aufgestiegen war. Und diejenigen, die er beauftragt hatte, verstanden ihr Handwerk, welches auch immer, und hatten ihre Sache gut und gewissenhaft erledigt. Und diese menschliche Eigenschaft hatte der General stets geschätzt.

Zwei Monate später, als die Geschichte von Leid und Freud des Generals über den gewohnten Alltagssorgen allmählich in Vergessenheit geriet, ging Rosa Mirskaja auf den Friedhof Wagankowo. Und traf dort »zufällig« Stefan Tomski, der ihr mit überraschendem Respekt begegnete, sie und Tanja Kulkowa nach Hause fuhr und seinen Chauffeur anwies, sie bis zur Wohnungstür zu begleiten, was dieser, ein höflicher, freundlicher Mann, auch tat. Wobei er nicht versäumte, einen Blick auf die Tür zu werfen, und beiläufig Qualität und Zuverlässigkeit der Sicherheitsvorrichtungen registrierte, von denen er seinem Herrn unverzüglich berichtete.

Was die Begegnung am Grab von Semjon Mirski anging, so hatte

Stefan an diesem Tag keinen persönlichen Grund, auf dem Friedhof zu sein. Und die Begegnung mit der Mirskaja war selbstverständlich kein Zufall. Eigentlich hasste er Friedhöfe. Wahrscheinlich, so dachte er einmal, weil es auf der ganzen Welt keinen einzigen Friedhof gab, auf dem er jemanden besuchen konnte. Er beneidete Rosa Markowna sogar ein wenig, als er sie im herbstlichen Nieselregen vor dem Grab ihrer Lieben verharren sah. Hier wollte er den Grundstein für ihre Bekannschaft legen, in der Stille des Friedhofs und an diesem traurigen Datum.

Er hatte lange überlegt, wie er am besten Bekanntschaft mit ihr schließen konnte, und schließlich den Ansatz für ein erstes Gespräch gefunden: Er wollte sie anrufen, sich als neuer Nachbar vorstellen, wollte der Witwe des Architekten dieses wundervollen Hauses, dieses eindrucksvollen russischen Jugendstilbaus, einige angemessene Komplimente machen, sein Bedauern darüber äußern, dass ein solches Bauwerk so lange nicht restauriert worden war, weder außen noch innen, und nachfragen, ob sie zufällig wisse, woraus die Geschossdecken in den Wohnungen bestünden, ob aus Holz, aus Beton oder beidem. Er wolle seine Wohnung gründlich renovieren und deshalb gern vorher wissen, womit er zu rechnen habe. Das Weitere würde sich aus ihrer Antwort ergeben.

In dieser Absicht wählte er also die Nummer der Mirskis. Ihm antwortete eine junge Stimme, ein junger Mann, hastig und nicht sonderlich freundlich: Sie sei nicht da, sie sei auf den Friedhof Wagankowo gefahren, wann sie wiederkomme, wisse er nicht. Damit legte er auf. Diese Information genügte Stefan, um seine Taktik zu ändern und den zweifelhaften Ansatz mit dem russischen Jugendstil durch einen organischeren zu ersetzen: eine zufällige Begegnung vor dem berühmten Namen. Er fuhr sofort nach Wagankowo. Und die Sache nahm ihren Lauf. Eine Woche später, bevor der Eindruck von der ersten Begegnung mit dem interessanten Mann verblasst war, rief er die Mirskaja an.

»Guten Tag, liebe Rosa Markowna, hier ist Stefan.«

»Guten Tag, mein Lieber, ich freue mich sehr, Ihre Stimme zu hören.« Sie freute sich wirklich, sie erinnerte sich gut an ihr Zusammentreffen am Grab.

Da entschied Stefan, dass es an der Zeit war, die künftige Freundschaft zu festigen. Sich auf ihre Worte berufend, erkundigte er sich: »Rosa Markowna, gilt Ihre Einladung zum Tee noch?«

»Aber natürlich, Stefan«, versicherte sie, »ich würde mich sehr freuen, wenn Sie mich alte Frau einmal besuchten. Der Kuchen ist gestern alle geworden, aber Lekech ist noch da. Und ein paar Hamantaschen. Haben Sie so etwas schon einmal probiert?«

Stefan erschien mit einer Flasche Krimsekt, dem Besten vom Besten. Er reichte sie Rosa Markowna mit den Worten: »Ich möchte heute mit Ihnen feiern. Es gibt einen Anlass.«

Dabei huschte sein Blick über die Wände, rasch und unauffällig. Aber es war ohnehin nicht zu übersehen. Bereits im Flur erkannte er, dass alles noch an Ort und Stelle war, alle Bilder, die er zwar nie leibhaftig gesehen, sich aber nach der Beschreibung genauso vorgestellt hatte, wie er sie nun an den Wänden rechts und links der Treppe ins Obergeschoss hängen sah. Alles getreu der Liste, die er kürzlich aus dem Gedächtnis abgerufen hatte.

Die Mirskaja zierte sich nicht, nahm die Flasche mit beiden Händen entgegen und fragte: »Was für ein Anlass, mein Lieber?«

»Erst die Hamantaschen«, sagte Stefan lächelnd, »dann verrate ich es Ihnen.«

»Nun, kommen Sie rein«, bat sie ihn ins Esszimmer. »Sie stehen schon bereit. Und der Lekech auch.«

Und wieder war alles wie gewohnt: Der gedeckte Tisch, die gestärkte Decke, Zuckerzange, Würfelzucker, Neu- und Altsilber, das pieksaubere Tischtuch mit der Spitzenborte.

»Hier«, nach dem ersten Schluck Tee zog Stefan Semjon Mirskis goldene Taschenuhr hervor und legte sie auf den Tisch. »Sie wissen, dass sie Ihnen gehört, Rosa Markowna, und ich weiß es auch. Egal, durch welche Umstände, über welche verschlungenen Wege sie zu mir gelangt ist, das alles spielt keine Rolle mehr. Es ist ein persönlicher Gegenstand. So persönlich wie … wie zum Beispiel eine Waffe mit persönlicher Widmung. Die Uhr ist für Sie eine Erinnerung an Ihren Mann, und darum soll sie Ihnen gehören. Für immer. Das habe ich beschlossen, und darum habe ich Sie Ihnen mitgebracht.« Die Mirskaja griff nach der Uhr, nahm sie in die Hand, klappte sie auf und betrachtete das Ziffernblatt. Aus dem Inneren des goldenen Gehäuses ertönte die vertraute Melodie, so weit weg und zugleich so nah. Ihre Augen wurden trüb und feucht. Sie wollte etwas sagen, protestieren, doch Stefan kam ihr mit einer Geste zuvor und drückte ihre faltige Hand auf die Tischdecke.

»Nicht doch, Rosa Markowna«, sagte er fest und hob seinerseits protestierend die Hand. »Das ist überflüssig. Alles, was Sie sagen wollen, lehne ich von vornherein ab. Mich macht das nicht ärmer, das versichere ich Ihnen. Für Sie aber«, er wurde ein wenig verlegen, »bedeutet es womöglich ein, zwei Jahre Leben. Ich habe mir sowieso schon eine neue gekauft.« Er schob seinen Ärmel hoch und demonstrierte sein linkes Handgelenk. »Die ist auch nicht übel, wenngleich kein antikes Stück aus Holland, eine ganz normale moderne Schweizer Uhr.« Er lächelte und hielt ihr die Uhr ans Ohr. »Hören Sie? Sie geht.«

Nun wusste Rosa Mirskaja, dass er die Uhr nicht zurücknehmen würde, und beschloss, sich nicht länger zu verstellen. Zumal sie diese freudige Überraschung nur mit Mühe verkraftete.

»Danke, mein Lieber«, flüsterte sie leise und wischte sich mit der Serviette den Augenwinkel. »Das werde ich Ihnen nie vergessen. Ich werde meinem Enkel davon erzählen. Und meinem Urenkel. Und Mitja bitten, seinen Kindern von Ihnen zu erzählen, davon, dass es noch noble Menschen gibt.« Sie maß ihn mit einem mütterlichen Blick. »Solche wie Sie, Stefan.«

»Schon gut, Rosa Markowna«, beruhigte Tomski die Witwe. »Tragen Sie sie oder hören Sie sich einfach die schöne Melodie an.«

»Sjomotschka …«, flüsterte Rosa Markowna, die Uhr fest umklammernd.

Für einen Augenblick schien sie versunken in einen anderen Raum, in eine andere Zeit, in bodenlose Tiefen der Vergangenheit, von denen sie nur der höfliche noble Gast trennte und der schneeweiße Esstisch mit der Uhr, aus der mit dem leisen, edlen Klang des holländischen Uhrwerks die Erinnerung strömte, ebenso leise und sanft – Semjon.

Von diesem Besuch an waren Rosa Markowna und Stefan Tomski befreundet. Gut befreundet, herzlich und respektvoll. Wie es bei Nachbarn unterschiedlichen Alters, die einander sympathisch sind, aus schlichten, aber meist unerklärlichen Gründen vorkommt. Einige Gründe waren in diesem Fall allerdings mühelos zu erklären.

Vierter Teil

Trotz ihres klangvollen Namens bestand Warja Berojewa, die Tochter des berühmten Pianisten Wladimir Berojew und seiner Gattin, der Hausfrau Maria Glebowna Berojewa, die Aufnahmeprüfung für die Übersetzerfakultät des Fremdspracheninstituts Maurice Thorez erst nach dem zweiten, mühseligen Anlauf. Natürlich wusste man am Institut durchaus, wer ihr Vater war, darum verlangte man von ihr auch nur eine Kleinigkeit: dass sie wenigstens bei der Sprachprüfung nicht durchfiel und eine schwache Drei schaffte. Alles andere würde, wie in solchen Fällen üblich, ganz automatisch laufen dank der Berühmtheit des Vaters und des Durchsetzungsvermögens der Mutter. Doch selbst unter diesen Umständen reichten Warjas Kenntnisse gerade noch für eine Vier. Wäre sie erst einmal immatrikuliert, so meinte sie, würde sie sich mit ganzem studentischem Eifer der Sprache widmen. Bis dahin könne sie sich den Fleiß sparen, sie würden sie schon nehmen, was blieb ihnen übrig?

Die Mutter war erschüttert ob der zutage getretenen Wahrheit über die Leistungen ihrer Tochter. Der Vater nahm den Misserfolg gelassen hin, riet, die besten Nachhilfelehrer zu engagieren, und fuhr nach Berlin, um von dort aus eine Konzertreise nach Zürich und zu den Salzburger Festspielen anzutreten. Das war 1989. Die erzürnte Maria Berojewa stellte der Tochter ein Ultimatum: Entweder sie bestand die Prüfung im nächsten Jahr, und zwar mindestens mit einer Zwei, oder sie konnte sich die Wohnung des Großvaters bis auf unbestimmte Zeit abschminken.

Im Juli 1990 bestand die Abiturientin Berojewa, die sich voller Widerwillen, aber mit ganzem Einsatz vorbereitet hatte, die Aufnahmeprüfung mit einer Zwei in Englisch. Nun war ihre Mutter am

Zug. Diese wartete den Geburtstag ihres Vaters ab, ging zu einem Gratulationsbesuch zu Tschapaikin, brachte ihm wieder einmal ein ausländisches Spray für sein Asthma und würzte das Ganze mit Ermahnungen der Tochter an den Vater, auf sich aufzupassen und gesund zu bleiben. Das Spray nahm Tschapaikin entgegen, auf die Glückwünsche nickte er nur kühl und fragte: »Was ist, soll Warja jetzt einziehen?«

»Tja, sie ist nun schon Studentin, Papa. Ob es mir gefällt oder nicht, sie verlangt nach Selbstständigkeit. Sie ist erwachsen.« Sie setzte sich näher zu ihrem Vater. »Na ja, und dir geht es mit den Jahren auch nicht gerade besser. Und dann hat wenigstens jemand ein Auge auf dich.«

Der Alte schwieg. Mascha schaute sich um und überlegte.

»Ich denke, so in drei Tagen zieht sie ein. Ich kaufe inzwischen was zu essen für euch, damit ihr euch anständig ernährt«, setzte sie mit gespielter Fröhlichkeit hinzu und sah den Vater munter an. »In Ordnung?«

Der Alte erhob sich schwerfällig von seinem Stuhl, ging wortlos hinaus, kam zurück und legte der Tochter ebenso wortlos ein Schlüsselbund hin.

»Hier, das sind die Zweitschlüssel. Wenn nötig, lasst euch noch welche nachmachen, so viel ihr braucht. Ich bleibe hier unten, sie kann oben einziehen, wo sie will …«

Am verabredeten Tag hielt ein Kleinbus vor dem Haus Trjochprudny-Gasse 22, und Mutter und Tochter Berojewa luden Warjas Sachen aus. Nicht sehr viele, größtenteils umfangreiche Bündel, hauptsächlich mit Kissen, Decken und Kleidung. Eigene Möbel benötigte sie nicht, der Stalin'sche Schreibtisch, nun ohne Großvaters Revolver und Orden, wurde der Studentin zur Nutzung überlassen. Nur einen kleinen Schminktisch mit Spiegel hatte Warja von zu Hause mitgebracht, damit sie ihre junge Schönheit pflegen und ihre Jungmädchenflakons und -döschen verstauen konnte. Als sie alles ausgeladen hatten und verwirrt überlegten, was sie als Erstes hochbringen sollten, kam Mitja Mirski zu Hilfe.

Mitja war mit seinen achtzehn Lenzen Gott sei Dank kein Schüler mehr. Mit Ach und Krach und mit Unterstützung seines Vaters, des berühmten Kameramannes, hatte er die Abiturprüfungen der 11. Klasse bestanden und sich bei Empfang des Zeugnisses vor Abscheu dreimal bekreuzigt. Er hätte die Schule schon längst hingeworfen, wäre nicht sein Nachbar gewesen, Stefan Stefanowitsch, Großmutters Bekannter, der nämliche, der ihr Urgroßvaters Uhr mit dem Spielwerk zurückgegeben hatte. Der war einmal beim Tee bei Rosa Markowna mit Mitja zusammengetroffen und hatte sich diesen Enkel, den sechzehn- oder siebzehnjährigen Schüler, genauer angesehen. Der Junge hatte ihm gefallen. Alles an ihm: die unfreundliche Miene, der argwöhnische Blick, der nicht gerade liebenswürdige Ton und der kräftige Rücken.

Eines Tages sprach er ihn auf dem Hof an. Seit der ersten Begegnung war eine Woche vergangen, genügend Zeit für Stefan, sich sein weiteres Vorgehen zu überlegen.

»Kommst du mal mit zu mir?«, fragte Stefan den Jungen.

»Wieso?«, entgegnete der junge Mirski mürrisch.

Daraufhin sah Stefan dem Jungen durchdringend in die Augen, griff mit eiserner Hand nach dessen Bizeps, drückte ihn leicht zusammen und erklärte halblaut: »Ich bin es nicht gewohnt, dass man mir auf eine Frage mit einer Gegenfrage antwortet, junger Mann. Und schon gar nicht, dass man mir etwas abschlägt. Verstanden?«

Mitja verstand. Verstand und folgte Großmutters Bekanntem. Wie gelähmt durch dessen Worte.

Er verbrachte über zwei Stunden bei Stefan. Als er ging, war ihm klar, dass er die Schule, so widerwärtig sie ihm auch war, unbedingt zu Ende bringen musste, um sich künftige Probleme zu ersparen. Überdies war ihm überraschend bewusst geworden, dass seine körperliche Entwicklung zu wünschen übrig ließ und er daran arbeiten musste. Außerdem war er sich nun gewiss, dass ihn ein spannendes Leben erwartete, in das ihn sein neuer Freund Stefan Stefanowitsch, den er einfach Stefan nennen durfte, kenntnisreich einführen würde. Und – von all dem musste nicht unbedingt jemand wissen, das hatte Stefan ihm vor allem eingeschärft.

Als Mitja nun Mutter und Tochter mit ihren Sachen vor dem Haus stehen sah, verweilte sein Blick zunächst auf dem Mädchen. Er musterte Warja, die etwa in seinem Alter sein musste, bis Maria Berojewa, sich hilfesuchend umschauend, den kräftigen jungen Mann entdeckte: Er war groß, muskulös und breitschultrig.

»Junger Mann«, wandte sie sich an ihn, »wohnen Sie hier im Haus?«

»Ja, schon«, antwortete Mitja, den Blick auf Warja gerichtet.

Die Mutter war erfreut.

»Das ist schön. Wir auch, wir gehören zu Gleb Tschapaikin. Hier, seine Enkelin zieht bei ihm ein. Würden Sie uns vielleicht helfen, als Nachbar? Ich fürchte, wir schaffen es nicht allein.«

»Klar doch«, antwortete Mitja, wobei er weiter das Mädchen ansah. »Das ist direkt über uns.«

»Über Ihnen?« Mascha lächelte überrascht. »Sie gehören zu den Mirskis, junger Mann, sind Sie ein Verwandter von Rosa Markowna?«

»Der Urenkel«, antwortete Mitja. »Der Sohn von Wilen Borissowitsch.«

»Mein Gott!« Mascha klatschte in die Hände. »Der Urenkel des Architekten Mirski! Ich habe deinen Vater noch gekannt, da war er so ...« Sichtlich erfreut über die Begegnung, ging sie sogleich zum Du über. »Als wir auszogen, kam er gerade in die Schule. Und deine Großmutter, ich meine, deine Urgroßmutter, die kenne ich auch gut, sogar deine Großmutter, Tante Tanja hieß sie, glaube ich.« Sie wandte sich zu ihrer Tochter um. »Das ist meine Tochter Warja«, stellte sie vor. »Sie wird von nun an hier wohnen, bei ihrem Großvater, sie ist jetzt Studentin und selbstständig.«

Mitja hatte die Begutachtung der Tochter endlich abgeschlossen. Nicht übel, die Kleine. Und auch noch eine Nachbarin.

»Das hier?« Er zeigte auf den Schminktisch mit Spiegel, umschlang ihn mit einem Arm und hob ihn mit einem Ruck an. Mit der anderen Hand lud er sich das größte Bündel auf den Rücken und ging zu ihrem nun gemeinsamen Hauseingang. »Keine Sorge, wird frei Haus geliefert.«

Während er die Sachen hinauftrug, überlegte er, dass er der Kleinen bestimmt auch gefiel. Er hatte mitgekriegt, wie aufmerksam sie ihn gemustert und dabei besonders seine Figur in Augenschein genommen hatte. Als sie sich verabschiedeten, wollte er überprüfen, welchen Eindruck er auf die neue Nachbarin gemacht hatte. Mit gesenkter Stimme, damit es die Mutter nicht hörte, sagte er: »Ruf mich an, Warja. Dein Großvater hat unsere Nummer.«

Warja rief an, nachdem sie vier Tage lang vergeblich darauf gewartet hatte, dass Mitja sie anrief. Sie war überzeugt gewesen, die Sache mit der Telefonnummer sei nur vorgeschoben und in Wirklichkeit würde er selbst anrufen. Aber nein, das tat er nicht. Mitja seinerseits dachte nämlich ähnlich: Dass Warja eine Weile abwarten und sich schließlich unter irgendeinem Vorwand selbst melden würde. Und dann konnte er sicher sein, dass er sie in der Tasche hatte, handzahm und gefügig, sie würde ihn ohne langes Hin und Her ranlassen.

Vor zwei Jahren, als Stefan noch überlegte, wie er am geschicktesten an die wertvolle Sammlung der Mirskis herankäme, also vor seinem ersten Besuch bei Rosa Markowna, hatte er nicht geahnt, dass ihn das, woran er ständig dachte, so ungeheuer beeindrucken würde, wenn er es mit seinen eigenen, vor Erwartung wunden Augen leibhaftig sah. Sofort kamen die süßen Zeiten wieder hoch, als er tagelang in der Leninbibliothek gesessen und die farbigen Reproduktionen berühmter Meister betrachtet hatte, um zum Kern der Dinge vorzudringen, zu jenem Wesentlichen, das die ihm unbekannten, aber mit Irrsinnssummen gehandelten Maler den Menschen hatten sagen wollen. Dann stieg ihm der würzige Duft von Alewtinas Parfüm in die Nase, er dachte an ihre auseinandergleitenden Brüste, an ihre ausladenden, aber festen Hüften, ihr Keuchen und ihre heftigen, sinnlichen Bewegungen …

Damals hatte er sich die Kunstbände angesehen und kaum etwas verstanden. Mit der Zeit und mithilfe der leichtsinnigen Alewtina sah er das Gesuchte auf einmal, als seien seine Augen nun, aufgrund der besonderen Kenntnisse, mit einer neuen Regenbogenhaut versehen. Später war das alles zu Wissen geronnen, und dieses Wissen war gewachsen, hatte sich gefestigt und glücklich und profitabel verbunden mit seinem Jagdinstinkt, seinem animalischen Gespür und dem sicheren Gefühl für möglichen Erfolg.

Alles war recht, wenn man wusste, wofür man lebte, und Stefan wusste, wofür er lebte. Es hatte eine Zeit gegeben, da er zweifelte, da er dachte, das sehnsüchtige Heulen in seinem Inneren würde eines Tages aufhören, dieses schreckliche Ziehen ... Doch seine Zweifel waren schlagartig verschwunden, als er die Erzieherin an den Stuhl gefesselt, ihr den dreckigen Mund mit ihrem Kittel gestopft, ihr die Hose heruntergezogen hatte, um die Schande komplett zu machen, und das scheußliche zerzauste Zotteldimg darunter entdeckte. Da hatte er begriffen, dass es kein Zurück gab. Er konnte nicht leben unter Leuten wie ihr, diesem wohlanständigen Miststück, das nun vor ihm saß, vor Angst mit den Augen klapperte und darauf wartete, ob er sie umbrachte oder ihr ihr jämmerliches, nichtiges Leben schenkte. Ja, das war es, wofür Stefan lebte: Um den Menschen etwas zu schenken oder zu nehmen ganz nach eigenem Gutdünken.

Was Rosa Markowna anging, so war die Sache denkbar einfach: Es ging ihm nicht um Geld, nicht darum, jemandem etwas wegzunehmen. Es ging ihm ums Besitzen. Das Entwenden war im Fall der netten alten Jüdin nur eine notgedrungene Maßnahme. In besseren Zeiten hätte er die komplette Sammlung womöglich mit Vergnügen erworben und sich auf diese uneigennützige und absonderliche Tat einiges eingebildet. Aber bessere Zeiten, Zeiten, in denen er einige Millionen Dollar übrig hätte, waren vorerst nicht in Sicht. Das heißt, sie würden kommen, aber nicht so bald. Und eine gute amerikanische Dollarmillion würde für seinen Traum nicht reichen, so viel wusste er bereits. Zumal ohnehin nicht klar war, wann er in ihren Besitz gelangen würde. Im Moment jedenfalls war das nicht aktuell. Allenfalls ein angenehmer Kitzel, wenn er daran dachte, dass ihm nicht irgendjemand etwas schuldete, sondern das Finanzministerium der USA und die amerikanische Staatskasse – ihm selbst und niemandem sonst.

Oh, er wollte besitzen! Er wollte sich mit ihnen freuen, mit Chagall, Picasso, Korowin, Makowski, Rodtschenko, den Juons und allen anderen. Er wollte sich erfreuen an allem, woran sie sich erfreut hatten, als sie ihre Meisterwerke schufen, an allem, wofür sie gelebt, wovon sie geträumt, an allen, die sie geliebt hatten. Hatten sie wohl je darüber nachgedacht, in wessen Hände ihre Werke geraten würden, wessen Wände die Früchte ihres erhabenen Bemühens, ihrer Höhenflüge und ihrer einzigartigen Kreativität schmücken würden? Wussten sie es womöglich? Glaubten, dachten sie in Zukunftsbildern? Sahen sie denjenigen vor sich, der jeden Morgen vor ihrem Bild verharren und davor weinen würde, wenn er nach langer Abwesenheit nach Hause zurückkehrte? Wenn ja, wen sahen sie vor sich? Ihn, Stefan Tomski, einen Mann, der die Kunst lieben gelernt hatte, indem er sie den einen stahl, um andere damit zu beglücken und dabei sein Geschäft zu machen? Talent musste vom einen zum anderen fließen, hin und zurück, in die Breite und in die Tiefe, wie in kommunizierenden Röhren. Es war nicht seine Schuld, dass er von dem ewigen Fest des Lebens ausgeschlossen gewesen war, von dem endlosen Hochgefühl, das andere von Geburt an mitbekamen, vom Vater, von der zärtlichen Mutter, von der warmen, fürsorglichen Großmutter, die nach Honigkuchen, nach vielstöckiger Napoleon-Torte mit Pudding- oder Sahnecreme oder süßen Hamantaschen duftete.

Zu den großen Talenten rechnete sich Stefan zweifellos. Zu jenen talentierten menschlichen Individuen, die im Unterschied zu anderen aus den einzig richtigen Molekülen und Teilchen zusammengesetzt sind. Darum meinte er, ein Recht zu haben auf das, was er sich selbst als moralische Wiedergutmachung für die entgangenen Möglichkeiten verordnet hatte. Ja, ausschließlich als moralische, keinesfalls als materielle Wiedergutmachung!

Mitja Mirski hatte von klein auf alles gehabt: Die Liebe der Eltern und der ganzen Familie, Leckereien mit und ohne Honig, eine Urgroßmutter, wie es keine zweite auf der Welt gab, und Bücher, um die er nicht in der Leninbibliothek betteln musste, er brauchte nur in das Regal in Urgroßvaters Zimmer zu greifen. Und Bilder. Viele, viele Bilder. Als der Urenkel geboren wurde, hingen sie schon fast ein Jahrhundert lang dort, wo sie der Hausherr einst platziert hatte.

Mein Gott, die Sache war in der Tat ganz einfach! Warum sich also beeilen? Am besten aufgehoben war die Sammlung doch bei Urgroßmutter Mirskaja, in ihrer Wohnung, ihrem Zuhause. Stefan musste sich nur sagen, dass all das, was seinen Verstand schon so lange beschäftigte, bereits den Besitzer gewechselt hatte, und er es nur zeitweilig, zur bestmöglichen Sicherheit, an einem fremden Ort aufbewahrte. Das war alles. Dann musste er sich lediglich um den Zugang zu seinem Besitz kümmern, und den würde ihm sein Partner in dem bevorstehenden Unternehmen verschaffen, Mitja Mirski. Blieb nur noch eine Kleinigkeit: Mitja zum Partner machen. Doch das schien keineswegs aussichtslos.

Stefan hatte im Laufe seiner kriminellen Karriere ein Gespür für seinesgleichen entwickelt. Er durchschaute sie, auch wenn sie sich nicht von vornherein öffneten und sogleich bereit waren, die Grenze zum Gesetzesbruch zu überschreiten. Jedenfalls war Stefan, nachdem er dem Kleinen im Anschluss an die Begegnung im Hof gewisse Perspektiven und Lebensentwürfe offenbart hatte, die dieser unter der klugen Anleitung seriöser Männer hätte, sehr zufrieden gewesen mit dem Gespräch. Der Junge war noch verständiger gewesen als erwartet. Er hatte schweigend zugehört, kaum Fragen gestellt und erst ganz am Ende seinen Blick von einem Punkt an der Wand gelöst und sich erkundigt: »Wann kann ich einsteigen, Stefan Stefanowitsch?«

»Nenn mich Stefan«, gestattete Tomski.

»Also wann, Stefan?«, fragte der Junge forsch noch einmal.

»Wenn du dir genug Kraft antrainiert und die Schule abgeschlossen hast«, antwortete der Anführer der Kunzewo-Bande ernst. »Jedenfalls, soweit es um seriöse Dinge geht. Bei weniger verantwortungsvollen darfst du schon bald mitmachen. Du wirst hin und wieder zu unserem Treffpunkt kommen müssen. Ein Motel an der Moshaisker Chaussee. Schon mal gehört?«

Mitja nickte.

»Das ist für uns eine Art Stabsquartier«, erklärte der Lehrer und setzte lächelnd hinzu: »Da gibt's auch einen anständigen Kraftraum und eine finnische Sauna. Magst du Sauna?«

Mitja nickte erneut.

»Na prima«, resümierte Stefan. »Wir werden uns schon vertragen, Junge.« Und überlegte, dass Oma Mirskaja nur noch eine absehbare Zeit zu leben hatte, die schon bald … Bis dahin wollte er Mitja die richtige Erziehung angedeihen lassen, und dann würde die

Sache ihren Lauf nehmen und das bewusste Eigentum den Besitzer wechseln, mit freiwilligem Einverständnis der Familie.

Der nahezu fremden Enkelin von Großvater Tschapaikin begegnete Mitja Mirski deshalb so selbstsicher, weil er sofort begriffen hatte, dass sie noch Jungfrau war. Er selbst war bereits seit zwei Jahren entjungfert. War das erste Mal noch eine Schulgeschichte gewesen, ängstlich und eher zufällig, so fanden die folgenden Kontakte mit Mädchen in einem außerschulischen Umkreis statt, hatten stets ein eindeutiges Ziel und erforderten keinen speziellen Anlauf. Er konnte nach Herzenslust fummeln und küssen und jede flachlegen, die ihm gefiel, praktisch ohne jeden Übergang vom ersten schüchternen Schülerversuch zu anmaßender, ja grober männlicher Selbstbehauptung. Diese Mädchen zierten sich nicht, sie kamen zu den Treffen an der Moshaisker Chaussee und waren nicht zufällig da, wenngleich sie bei Weitem nicht alle Prostituierte waren. Natürlich kamen hin und wieder auch Professionelle, die gehörten quasi dazu, aber sie gefielen Mitja nicht. Nicht, wie sie redeten, und nicht, wie gleichgültig sie das Ihre taten, auch wenn es mit ihnen manchmal ganz lustig war. Doch die Moshaisker Mädchen mochten die starken Burschen. Und bekamen sie auch, denn stark waren viele der Burschen aus Kunzewo. Und diszipliniert. Überhaupt waren sie in Ordnung, keine Weicheier und Jammerlappen. Das begriff Mitja sofort, der in Anbetracht seiner Minderjährigkeit als eine Art »Sohn des Regiments« von ihnen aufgenommen worden war.

Als die Jungs erfuhren, dass sein Urgroßvater Akademiemitglied gewesen war, hatte Mitja seinen Spitznamen weg: Akademiker. Was als Scherz begann, blieb haften. Stefan bemerkte dazu ohne die geringste Ironie: »Ein starker Name. Prima, Mitja, finde ich gut.«

Kurz, für die Begegnung mit einer Jungfrau war Mitja mehr als gewappnet, ob Generalsenkelin oder nicht. Überhaupt gab es mit jedem Besuch in der Moshaisker Sauna immer weniger, was ihn schrecken konnte. Und die Mädchen spürten seine wachsende dreiste Kraft auf Anhieb, ohne lange Musterung und Überlegung.

Das war auch bei Warja Berojewa nicht anders. Nach einer Anstandsfrist rief sie also an und stammelte irgendetwas über ihr Institut, etwas mit Fremdsprachen, und über ihr zweites Pflichtfach, Spanisch oder Portugiesisch. Mitja entschied kurzum, dass dies kein Thema für den Anfang einer Bekanntschaft sei. Das sei Onanie, Trockenwichserei. Das sagte er auch, ersetzte Letzteres allerdings durch »Masturbation«. Warja verstummte irritiert, und er schlug vor, ihren Einzug statt mit portugiesischen Vokabeln mit portugiesischem Portwein zu feiern. Den hatten die Jungs einmal in die Sauna mitgebracht. Er war süß und stark, die Mädchen waren sofort betrunken gewesen und hatten sich problemlos flachlegen lassen.

Warja war so verblüfft von dem Vorschlag, dass sie zu ihrer eigenen Überraschung einwilligte. Sie meinte, der Architektenenkel werde sich auf solche Dinge schon verstehen. Übrigens war ja auch sein Vater eine Berühmtheit, er drehte Filme, das war was ganz anderes, als auf einem Flügel herumzuhämmern. Und Mitja selbst sah aus wie der junge Schwarzenegger. Außerdem, und das mochte sie niemandem eingestehen, nicht einmal ihren Freundinnen: Sie war mit ihren neunzehn Jahren noch Jungfrau, geküsst und begrapscht zwar, aber unberührt. Dass Mitja Mirski seinerseits kein grüner Junge mehr war, stand für sie fest, das verriet sein Blick. Er saugte sich mit den Augen an ihr fest wie ein erwachsener Mann, wie ein höflicher, aber zupackender Macho. Und sie wusste, nein, sie entschied, dass sie sich nicht verweigern würde, ihr Jungfrauendasein war so gut wie beendet. Gegen Mitja würde sie sich ohnehin nicht wehren können, ja, auch nicht wollen. Sie beschloss also, ihren Einzug mit dem portugiesischen Getränk zu feiern. Was sie Mitja am nächsten Tag telefonisch mitteilte. Der zeigte nicht etwa stürmische Freude, sondern lobte sie nur für ihren Mut und ihr Vertrauen, indem er ihre Entschlossenheit knapp würdigte, so, wie es Stefan auch getan hätte: »Prima, Warjucha.«

Blieb noch die Frage: Wo? Großvater Tschapaikin ging fast nie aus dem Haus, höchstens mal Papirossy holen. Oder Kefir oder Schmand. Bei Urgroßmutter Mirskaja war es ähnlich: zu Hause, Markt, abends Fernsehen: »Wsgljad« oder Nachrichten, Nachrichten, Nachrichten. Bis spät in die Nacht, bis die Partei Demokratisches Russland alle übertönte und mal wieder einen Keulenschlag kassierte, von den Parteibonzen oder anderem kommunistischem Geschmeiß, wie Urgroßmutter sich ausdrückte. Anschließend konnte sie lange nicht einschlafen, sie machte sich Sorgen um Jelzin, war bekümmert über seine Rückschläge wegen Gorbatschow, der ihn angriff, ihm seinen Mut und sein Freidenkertum verübelte.

Doch dann löste sich das Problem ganz von selbst auf die angenehmste Weise. Mitja war mit dem vorsorglich gekauften Portwein auf dem Weg nach Hause, als Ljudmila Kerenskaja aus ihrer Wohnung trat. Tante Ljussja, ach was, Tante, Oma Ljussja, die Mutter von Onkel Fedja, dem Bildhauer. Sie stand unsicher auf den Beinen und schwankte wie gewöhnlich. Doch trotz des Schwankens sah sie die beiden grünen Flaschenhälse aus Mitjas Tasche ragen. Sie zeigte bittend darauf und schaute Mitja vielsagend an, als wäre sie stocknüchtern. Das hatte er übrigens schon oft bemerkt: Wenn das Verlangen groß war, dann wurden sie schlagartig vernünftig, redeten ganz klar und logisch und bekamen so, was sie wollten.

Mitja blieb also gelassen, wies mit einem Kopfnicken auf eine der portugiesischen Flaschen und sagte zu seiner eigenen Überraschung: »Möchten Sie, Oma Ljussja?«

Sie wurde noch nüchterner und trat einen Schritt zurück in ihre Wohnung.

»Komm doch rein, Mitja, komm rein.«

Dort erst fiel ihm ein, worum er die Trinkerin Kerenskaja bitten musste: dass er mit Warja herkommen und hier feiern durfte. Davon hatten alle etwas, besonders Oma Ljussja.

So geschah es, und alle waren zufrieden. Die jungen Leute hatten für ihre Party eine sturmfreie Bude, wo Onkel Fedjas Mutter nie hinaufging. Es war einmal Fedjas Atelier gewesen, dort hatte er seine Entwürfe gemacht, gemalt und Rahmen gebaut. Das Zimmer war bis unter die Decke vollgestopft mit Kram, auf sämtlichen Regalen standen und lagen Bilder, von Fedja selbst und von seinen Freunden, außerdem Keilrahmen, Leinwände, diverse Studentenarbeiten und dergleichen. Aber ein Drittel des Raumes, durch einen Wandschirm abgeteilt, bot noch Platz für ein Bett und einen Kleiderschrank. Kurzum, die totale Freiheit, wenn sie wollten, bis zum nächsten Morgen, unkontrolliert und höchst angenehm.

Als das Portweintreffen herannahte, war Warja endgültig entschlossen und hatte sich bereits an den Gedanken gewöhnt, bald die Peinlichkeit der Jungfernschaft abzustreifen. Sie fühlte sich, als hätte sie das Ganze schon hinter sich und sei nun genau wie alle anderen eine vollwertige, selbstbewusste Frau, wie die edle, aber freizügige Schauspielerin Romy Schneider.

Mitja langte ihr beinahe umgehend unter den Rock, sie war noch nicht einmal richtig betrunken. Der Rausch, eben erst auf dem Weg in ihren Kopf, hatte gerade den Hals gewärmt und die Ohren feuerrot gefärbt. Doch in dem Moment, als sie instinktiv die Beine zusammenpresste, gegen die aufsteigende Angst ankämpfend, erreichte der Alkohol ihren Kopf und schlug mitten im Kleinhirn ein, direkt über den Augen. Dann übernahm das Kleinhirn den Rest: Die Augen wurden schwer, die Beine dagegen gaben nach, zusammen mit dem Slip, den Strumpfhosen, dem BH und allem anderen Unberührten. Mitja drängte sich in sie und wütete mit aller Kraft, mit Gefühl, Leidenschaft und feuchtem Mund. Was aus ihm heraussprudelte, landete auf ihrem Bauch, während er sein Fleisch an ihrer Hüfte rieb. Danach riss er sich los, stützte sich auf die Ellbogen, atmete aus und fragte: »Na, war das nicht toll, Warja?«

»Ja. Echt toll«, heuchelte sie fröstelnd, nachdem sie sich voneinander gelöst hatten. »Jetzt bin ich eine Frau, weißt du?«

»Na prima, Schätzchen«, gratulierte Mitja. »Bleib noch ein bisschen liegen, ich hol schnell was zum Abwischen.«

Damit tapste er barfuß über den Fußboden, auf der Suche nach einem Lappen oder einem Stück Papier. Das, was eben noch ganz und gar in ihr gewesen war, zappelnd und stoßend, hing nun, immer noch beeindruckend, herab, und Warja staunte, wie das alles in sie hineingepasst hatte, in ihr kleines, vertrautes weibliches Ureigenes, das zuvor noch kein Fremder berührt hatte.

Er kam mit einem Laken zurück und wischte sie beide ab, überall, wo Warjas Jungfräulichkeit Spuren hinterlassen hatte. Dann steckte er das Laken in seine Tasche und sagte: »Das werf ich irgendwo weg, das merkt sie gar nicht. Und wenn doch, scheiß drauf.«

Wie Warja sich weiter verhalten sollte, wusste sie nicht. Was war das eben gewesen? Liebe? Bloßer Sex nach vorheriger Absprache?

Die Beseitigung ihrer Jungfräulichkeit aufgrund einer ungeschickten Andeutung ihrerseits? Und wer hatte wem dafür zu danken? Und was empfand Mitja nach alldem?

Mitja gefiel die Sache. Nicht, dass er nie Besseres gehabt hätte, aber diese heimliche Unternehmung in der Wohnung einer Nachbarin, direkt vor der Nase der eigenen Familie, empfand er als ein besonders spannendes Abenteuer mit erhöhtem Adrenalinausstoß. Dabei fiel ihm ein, was Stefan kürzlich zu ihm gesagt hatte: »Du bist genauso ein Abenteurer wie ich, Mitja. Dich reizt das Risiko. Und darum gefällst du mir, Junge. Merk dir meine Worte, das sage ich nicht zu jedem, lange nicht zu jedem.«

Beim zweiten Mal war kein Alkohol im Spiel, abgesehen von einer Flasche vom Billigsten für Ljudmila Kerenskaja. Vielleicht war es darum besser als beim ersten Mal, außerdem tat es nicht mehr so weh. Besser für Warja jedenfalls, für Mitja war es ohnehin gut gewesen, ja sogar bestens.

Das dritte Mal fiel auf den ersten September, den ersten Unterrichtstag am Fremdspracheninstitut, was natürlich unbedingt gefeiert werden musste, etwa sechs Mal an diesem Abend. Als sie gehen wollten, hielt die wie stets angetrunkene Oma Ljussja Mitja einen Wohnungsschlüssel hin und sagte mit schwerer Zunge: »Hier, Mitja, komm nur, wann du willst. Sonst schlafe ich vielleicht und höre dich nicht klingeln. Und das«, sie wies mit einem Kopfnicken unbestimmt zur Seite, »das stellst du auf den Tisch. Und dann könnt ihr machen, was ihr wollt. Aber schließ ab, wenn du gehst, du weißt ja Bescheid. Klar?«

»Und Onkel Fedja?«, fragte Mitja sicherheitshalber. »Wenn der mal kommt?«

»Fedja kommt nicht.« Ljudmila winkte ab. »Der ist zu stolz, seine Mutter zu besuchen. Der hat sich schon ein Jahr nicht mehr zu Hause blicken lassen. Der hat nur seine Statuen im Kopf, seine Mutter ist ihm scheißegal.« Das Wort »Statuen« betonte sie auf dem »u«. »Und selber hat er gar nichts: keine Kinder, keine Frau, er säuft den ganzen Tag, noch mehr als ich, und wühlt in seinem Lehm rum. Pfui Teufel!«

Das klang ermutigend. Erstens bedeutete das eine quasi kostenlose Bleibe, und zweitens war auch Warja jetzt ständig zur Hand oder besser zum – nun ja … Mitja brauchte nur ihre Nummer zu wählen, und schon eilte sie zwei Treppenabsätze hinunter und machte für ihn die Beine breit.

Wenn der Premierminster der Provisorischen Regierung wüsste, wie seine Erben mit seinem Wohnraum umgehen, er würde sich im Grabe umdrehen, dachte Mitja eines Tages, als er sich die Hose wieder anzog.

Inzwischen ging es auf Silvester. Warja hatte Prüfungen, und auch Mitja, der Akademiker, hatte alle Hände voll zu tun. Um die Armee hatte er sich im Herbst für diesmal gedrückt, indem er die Sache schleifen ließ und einfach nicht im Wehrkreiskommando erschien. Nach ein paar Anrufen hatten sie schließlich aufgegeben. Nun war vermutlich Ruhe bis zur nächsten Einberufung im Frühjahr.

Rosa Markowna verstand nicht, was mit dem Jungen vorging. Warum er fast nie zu Hause war, wo er sich tagelang herumtrieb, warum er so selbstbewusst auftrat, als hätte er es ohne Aufnahmeprüfung an die Philologische Fakultät geschafft, und warum er nie Taschengeld brauchte. Sie setzte mehrmals an, mit ihm darüber zu reden, erntete aber stets nur einen Kuss auf die Stirn und eine lässige Bemerkung wie: »Schon gut, Oma, alles okay, sag mir lieber, was du brauchst, ich besorg es dir.«

Mehrfach suchte sie deshalb das Gespräch mit Mitjas Vater Wilen. Der nickte jedes Mal ernst, stimmte ihr zu und fuhr kurz darauf für einen Monat oder auch zwei zu Filmaufnahmen. Eines zumindest machte ihr keine Sorgen mehr: Finanziell stand es viel besser als früher. Wilen bekam für seine Filme bei privaten Produktionsfirmen für dasselbe, was er auch viele Jahre zuvor gemacht hatte, für seine ganz normale Arbeit, völlig überzogene Gagen. Und das war erstaunlich, denn niemand in der Familie Mirski hatte je geahnt, dass solche Summen überhaupt existierten und dass man sie tatsächlich verdienen konnte, ohne gegen sein Gewissen zu handeln oder jemanden zu betrügen.

Um die leidige Frage nach seiner Zukunft, seinem Platz im Leben zu beenden, verkündete Mitja seinem Vater, er habe einen anständigen Job gefunden, auf der Moshaisker Chaussee, als Leiter eines privaten Fitnesscenters. Er verdiene gut, sogar sehr gut, seine Familie könne also auf ihn rechnen. Seine Mutter rief er nur selten an, aber Julia Stukalina kümmerte sich ohnehin schon lange nicht mehr um ihren erwachsenen Sohn – sie hatte außer Mitja Mirski inzwischen noch zwei weitere Kinder von zwei verschiedenen Männern.

Wenn Warja Berojewa nachdachte über das, was zwischen ihr und Mitja lief, wunderte sie sich, wie schnell und schmerzlos sie ihre gewohnte Rolle abgelegt hatte – das Rührmichnichtan, die Prinzessin, die verwöhnte Tochter des berühmten Pianisten, obendrein belastet mit einem ZK-Großvater. Mitja war aus dem Nichts aufgetaucht, war plötzlich aus ihrem neuen Haus gekommen, hatte ihr nach einer knappen Woche mit sicherer Hand den Slip ausgezogen, nachdem er sie mit irgendeinem berauschenden Zeug abgefüllt hatte, und ihr mit einem raschen Sprung die Jungfernschaft geraubt. Und nach alldem, anstatt ihr Blumen zu schenken und ihr schöne Worte zu sagen, rief er nur an, wenn er sich von seinen Angelegenheiten freimachen konnte, und zwar aus der Wohnung der ewig betrunkenen Tante Ljussja, und zweifelte keine Sekunde, dass Warja sofort alles hinwarf, um zu den Kerenskis hinunterzueilen, den Slip auszuziehen und Mitja ein weiteres Mal einzulassen.

Später dann, nach den Neujahrstagen, als Mitja nicht einmal angerufen hatte, um ihr ein Frohes Neues Jahr zu wünschen, schon gar nicht, um mit ihr gemeinsam Silvester zu feiern, ihr ein paar nette Worte zu sagen oder etwas Schönes zu schenken, da begriff sie, was los war: Er war ihr nie dankbar, sagte nie »ich liebe dich«, »du gefällst mir sehr« oder »ich will bei dir sein«, gab ihr also nie die Gelegenheit, sich als Frau zu fühlen. Er hatte einfach den entscheidenden ersten Gang übersprungen, der normalerweise alles Weitere erst in Schwung brachte. Andererseits war da Mitjas unglaublicher Körper: glatte Haut, durchtrainierte Muskeln, wohin man fasste, der Hintern zwei feste Halbkugeln. Die Figur eines ausländischen Athleten, wie sie auf den Hochglanzmagazinen abgebildet waren, kombiniert mit der rohen Kraft eines russischen Mannes – obwohl in seiner Familie alle Juden waren, soweit sie wusste.

Das war bedrückend und unerfreulich. Mehr noch, es stand ihr im Weg, denn das, was in ihrer Reichweite lag – ihre Kommilitonen am Institut, Jungen aus gutem Hause mit abgestandenen Witzchen, schlaffem Hintern und ernsthaftem Lerneifer – reizte Warja Berojewa nicht mehr nach dem, was sie mit Mitja erlebt hatte. Die anständigen Jungen belagerten sie, warfen höfliche Köder aus, redeten über Joyce, Hesse und Brodski, wollten ihr Blawatskaja oder Borges vorlesen oder die damals noch unveröffentlichte Ulitzkaja. Warja nickte gleichgültig, hörte kaum zu oder wies sie schroff ab, demonstrierte ihnen die Grenzen ihrer weiblichen Zugänglichkeit. Als das Frühjahr vorbei war, wusste sie, dass alle Wege früher oder später ins Bett führten, nur die Glieder und die Gespräche unterschieden sich voneinander. Dennoch nahm sie sich vor, Mitja in dieser Art nur noch bis zum Sommer zu dulden. Zu dulden und weiter mit ihm zu schlafen. Wenn er sich bis dahin nicht änderte, wollte sie die Beziehung beenden, mochte er andere Mädchen zu Tante Ljussja abschleppen, simpler gestrickte ohne sinnliche Ambitionen. Sie aber, die Tochter von Wladimir Berojew und Enkelin des ZK-Mitglieds Swanzew, würde einen anderen finden, jemanden, der für sie das sein würde, was sie für Mitja gewesen war.

Zum Einberufungstermin in diesem Frühjahr war eine Kampagne gegen die Drückeberger im Gange, und Mitja musste schleunigst seinen Wohnsitz verlegen. Wieder kamen Anrufe, Drohungen, schriftliche Benachrichtigungen. All diese Schläge fing Rosa Markowna ab, denn sie war strikt gegen die Wehrpflicht.

»Was, was ist los?«, reagierte sie mit gespielt zitternder Stimme und betont dümmlich auf die Anrufe. »Wen wollen Sie denn sprechen? Nun reden Sie doch!« Und legte auf. Die Benachrichtigungen zerriss sie und warf sie weg. Beim nächsten Anruf ließ sie ihre Stimme erneut zittern. »Hier ist niemand, rufen Sie nicht mehr an, hier ist niemand.«

Das war 1991. Ein Jahr später, zum nächsten Frühjahrstermin, hatte Mitja eine ehrlich bezahlte Bescheinigung in der Tasche: Freigestellt vom Wehrdienst für das Vaterland. Bis es aber so weit war, musste Mitja aus der Trjochprudny-Gasse verschwinden, aus Angst vor der Zwangszuführung. Nur, wohin? Es gab verschiedene

Möglichkeiten, er konnte in einer Wohnung der Kunzewo-Bande wohnen oder sich eine Bude mieten. Während er noch überlegte, erschien Oma Tanja Kulkowa zum wöchentlichen Tee bei Rosa Markowna.

Seit der Begegnung am Grab der Mirskis war Tanja nicht mehr aus Rosas Blickfeld verschwunden. Sie rief jeden zweiten Tag an, die beiden Frauen redeten lange miteinander, tauschten Neuigkeiten aus, die in dieser Zeit mit solcher Macht aus den Fernsehkanälen strömten, dass man kaum wusste, welche Nachricht am erstaunlichsten war und welche am widerwärtigsten. Mitja dagegen begegnete Oma Tanja höchst selten, denn sie kam stets nachmittags, und da war er meist schon auf der Moshaiska, wo die Bande die Tagespläne besprach. Nachdem die sonntäglichen Besuche bei seiner Mutter und Oma Tanja in Aronsons Wohnung in der Kaljajewskaja eingestellt worden waren, als er zwölf Jahre alt war, sah er seine Großmutter höchstens ein, zwei Mal im Jahr. Das letzte Mal war er ihr vor rund anderthalb Jahren begegnet, zu Hause in der Trjochprudny-Gasse, beim Tee mit Urgroßmutter. Oma Tanja hatte geweint ob des überraschenden Zusammentreffens mit dem Enkel, er hatte sich widerwillig von ihr auf die Wange küssen lassen und zu Rosa Markowna gesagt: »Ich hau dann ab, Oma, vielleicht bleibe ich über Nacht. Mach dir keine Sorgen.« Und war verschwunden. Seitdem hatte er seine Großmutter nicht mehr gesehen.

Diesmal war die Sache anders. Tanja wusste durch Rosa Markowna von Mitjas Problem, und sobald er erschien, sagte sie: »Mitja, wir haben überlegt, vielleicht solltest du eine Weile bei mir wohnen, bis die Sache mit dem Militär geklärt ist. In der Kaljajewskaja kennt dich keiner, du hättest ein eigenes Zimmer, das weißt du ja, und ich würde für dich kochen, dann wärst du anständig versorgt, solange du dich vor der Armee verstecken musst.«

Warum eigentlich nicht, überlegte Mitja und willigte ein. Die Oma war noch bei Kräften, sie konnte seine Wäsche waschen und bügeln und überhaupt. Die Wohnung war zwar nicht ganz so luxuriös wie die in der Trjochprudny, aber auch nicht übel, es gab genug Platz, dort konnte er bleiben, bis er die Freistellung hatte, um die Stefan sich kümmern wollte.

Er packte also ein paar Sachen zusammen und zog von der Urgroßmutter zur Großmutter. Kaum war er umgezogen, machte sich die Kunzewo-Bande an ernsthaftere Dinge als bisher. Das war in der zweiten Sommerhälfte, als Stefan prophezeite, es würde Veränderungen im Land geben, jeden Moment würde etwas Großes passieren, etwas, das alle betreffen würde. Dann lachte er spöttisch und sagte: »Denkt dran, Brüder, je mehr Unordnung und Instabilität im Land herrschen, desto besser für uns. So war es zu allen Zeiten, ob im Römischen Reich, im Mittelalter oder bei unseren großen Unruhen, von der Revolution über den Krieg und andere Problemphasen bis heute.«

Und tatsächlich, als hätte er es geahnt: Am 19. August geschah, was er vorausgesagt hatte. Ein Putsch, ein regelrechter Umsturz, von der neuen Macht zurück zu den Kommunisten, zu den Roten, zu den Parteileuten, zum KGB. Stefan befahl seiner Bande, unterzutauchen und jederzeit erreichbar zu sein. Mitja saß wie befohlen in der Wohnung der Großmutter am Telefon und verfolgte das Geschehen vor dem Fernseher: Wer wen, welche Panzer wen angriffen und niederwalzten. Vom Morgen an lief pausenlos Schwanensee, doch dann ging es plötzlich los: »Echo Moskwy« berichtete das eine, andere etwas anderes, die Nächsten wieder etwas anderes, die Moderatorinnen waren verwirrt, das Volk verstand nicht die Bohne, wer gerade die Oberhand behielt. Dann gab es eine Pressekonferenz, das GKTschP, das Staatliche Komitee für den Ausnahmezustand, wurde dem Volk vorgestellt. Lauter komische Visagen, dem einen zitterten die Hände. Gorbatschow, so erklärten sie, sei krank und werde mit dem allgemeinen Elend nicht mehr fertig – aber wir werden es schaffen, die neue alte Macht.

Oma Tanja saß neben Mitja, stöhnte und ächzte, dann besann sie sich und lief zur Sparkasse, ihre restliche Rente abheben, bevor es zu spät war. Und Mitja dachte: Ich sollte mal nachsehen, was Uroma macht, dass sie sich nicht mehr aufregt, als die Sache wert ist. Er rief an, aber niemand nahm ab. Er probierte es noch einmal – wieder nichts. Nach einer Stunde, nach zwei Stunden, gegen Abend, dasselbe, nichts. Also rannte er los zur Trjochprudny. Auf halbem Weg kehrte er um. Er hatte schließlich versprochen, am

Telefon zu bleiben. Man musste zu seinem Wort stehen. Immer bereit!

Rosa Markowna aber konnte nicht ans Telefon gehen. Sie stand vor dem Weißen Haus, auf die Brüstung der Moskwa-Promenade gestützt, und beobachtete, wie aufrechte Menschen aus ganz Moskau zusammenströmten und einen Ring um den Ort bildeten, wo der Oberste Sowjet saß – oder wie das hieß. Wie auch immer, die Pest hatte erneut den Kopf gehoben und das Volk wieder einmal angeherrscht: »Kusch!«, und mit dem Volk auch sie, Rosa Markowna Mirskaja, die sich nie als Angehörige eines Volksfeindes betrachtet hatte, sondern glaubte, dass die wahren Verräter diejenigen seien, die Gorbatschow in Foros festhielten, diese unrechte Meuterei angezettelt hatten und davon überzeugt waren, alle würden brav die Pfötchen heben und die zurückgekehrte miese Bande freudig begrüßen. Aber das wird nicht sein, meine Herren Kommunistenbrut, ihr habt das eigene Volk lange genug verhöhnt, das große russische Volk, das ihr doch nicht endgültig hinter Moshaisk und in die Provinz vertreiben konntet. Es reicht: Entweder wir oder ihr, aber ohne uns seid ihr allein, ohne Volk!

So Rosas innerer Monolog. Dann besann sie sich: Was hatte sie eben gedacht? Das große russische Volk? Sie zuckte die Achseln. Ja, natürlich ist es groß, was denn sonst? Das allergrößte ist es, unser russisches Volk, zusammen mit dem meinen.

Sie wollte zurück nach Hause. »Zu den Patriarchenteichen«, sagte sie. Der Fahrer des Schwarztaxis verlangte den dreifachen Preis, und sie zahlte ihn. Zu Hause hackte sie Kohl, gottlob hatte sie welchen da. Der Teig war fertig, Blätterteig, zum Glück nicht eingefroren, sie musste ihn nur noch ausrollen. Alles ganz rasch, wie gewohnt. Ach, dachte sie, wenn jetzt Sarotschka hier wäre oder Sina – vierhändig würden wir ein Tempo vorlegen, dass der Wind durch die Küche pfeift. Ach, verflixt! Die Eier waren alle. Pasteten ohne Eier? Tschapaikin hatte bestimmt keine, der lebte bescheiden, ohne überflüssigen Luxus, und seine Enkelin Warja, die kochte nicht, der brachte die Mutter das Essen. Bei Ljussja Kerenskaja zu klopfen war sinnlos: Die schlief oder trank. Eier hatte sie bestimmt keine.

Rosa rief Fira Klionskaja an, die sofort losjammerte: Was tun, Rosa Markowna, wohin sollen wir fliehen? Nirgendwohin, lautete die Antwort, bring mir ein paar Eier, schnell, sonst komme ich zu spät, mir brennt der Boden unter den Füßen wie den Schweden bei Poltawa. Bring alles her, was du hast, wenn wir am Leben bleiben, kriegst du alles zurück, keine Sorge.

Fira kam mit den Eiern herbeigeeilt und kochte sie gleich. Sie stellten zwei Bleche mit Pasteten in den Ofen. Dann schnitten sie die Pasteten auf und wickelten jedes Stück einzeln noch warm in Papier. In eine Thermosflasche wurde Tee gefüllt, heiß und süß. Dann ging Rosa wieder zum Weißen Haus zurück. Fira ächzte solidarisch, konnte sich aber nicht zum Mitgehen entschließen, dazu fehlte ihr der Mut. Sie fragte: »Und wenn Männer in schwarzen Ledermänteln kommen mit einem Durchsuchungsbefehl – soll ich sie reinlassen?«

»Sie werden nicht kommen«, antwortete Rosa Markowna bestimmt. »So etwas wird es nie mehr geben in unserem Land.« Damit verschwand sie bis zum Morgen.

Dann rief Mitja an und erreichte Tante Fira. Er könne die Uroma nicht finden. Fira klärte ihn auf. Mitja fluchte und warf den Hörer hin. Rosa Markowna aber verteilte indessen Kohlpasteten an die Verteidiger des Weißen Hauses.

»Esst, meine Lieben, probiert nur. Ihr habt euer Haus, und wir haben unser Haus. Wir alle haben ein Haus. Wir werden das Ungeheuer nicht in unser Haus lassen. Esst nur …«

Sie aßen, lächelten die komische Alte an und dankten ihr. Und Rosa war glücklich. Sie wusste, sie würden siegen, sie alle, das ganze Volk. Und darum verschmolzen ihre Gesichtszüge zu einem Ganzen, was bei ihr nur äußerst selten vorkam. Nun war sie die Achmatowa und die Ranewskaja zugleich, weil hier und jetzt zusammentraf, was dafür nötig war: ihr Volk, ihre Pasteten und der baldige Sieg über den gemeinsamen Feind.

Schade, dass Semjon das nicht miterlebt, dachte sie, einem LKW mit Bahnschwellen für die Barrikaden ausweichend, das wäre ganz nach seinem Geschmack gewesen. Er hätte ihnen erklären können, wie man sie am besten baut, die Barrikaden …

»Wie alt bist du eigentlich, Oma?«, fragte aus einer LKW-Kabine heraus ein fröhlicher, ungekämmter junger Bursche.

»Achtundachtzig«, sagte Rosa unumwunden, lächelte und fragte zurück: »Wieso, sieht man mir das nicht an?«

»Was?«, staunte der Bursche. »Ich dachte, na ja, so knapp über Sechzig, höchstens. Dabei ... Na, mit dir kann man noch Pferde stehlen, Oma, nicht nur Revolution machen. Eine Revolution, das ist doch für dich ein Klacks!«

Sie lachten beide über den dümmlichen Scherz, aber Rosa Markowna war nicht böse auf den Jungen. Sie verspürte keinerlei Müdigkeit und überlegte, dass sie das nächste Mal, falls die Sache länger dauern sollte, die Pasteten mit etwas anderem füllen musste, der Abwechslung wegen, und Papierservietten mitnehmen, die hatte sie diesmal ganz vergessen.

So ging es auch den zweiten und den entscheidenden dritten Tag des Widerstands weiter. Erst danach, als Rosa endgültig von den Barrikaden in die Trjochprudny-Gasse zurückkehrte, verspürte sie eine gewisse Müdigkeit in den Beinen. Nur eine leichte, und nur in den Beinen. Dann erwischte Mitja sie endlich und schimpfte fürchterlich mit ihr. Er brüllte, und sie freute sich, dass er so brüllte und sich Sorgen machte. Nach Mitja rief Wilen an, der endlich aus München durchgekommen war, wo er mit Deutschen und Franzosen zusammen einen Film drehte. Auch er brüllte, und auch das war schön und herzerwärmend. Nachdem sie mit den beiden gesprochen hatte, schlief sie restlos glücklich ein, wie ein kleines Kind: fest und tief, mit einem seligen Lächeln auf den Lippen und ohne dumme böse Träume.

Früh am nächsten Morgen, noch vor acht, klingelte es an der Tür. Draußen stand der verwirrte Fedja Kerenski. Er war blass, und seine Hände zitterten ein wenig.

»Fedenka«, sagte Rosa Markowna erstaunt. »Was ist passiert?«

»Mama ist tot«, antwortete Fedja. »Drei Tage, solange das Durcheinander gedauert hat, ist sie nicht ans Telefon gegangen. Ich war die ganze Zeit in einem Künstlerhaus. Heute früh bin ich gleich vom Bahnhof hergekommen, und da saß sie tot am Tisch. Und überall leere Flaschen. Sie sitzt bestimmt schon drei Tage da, es riecht schon.« Er sah sie an. »Was soll ich denn jetzt machen, Rosa Markowna?«

Sie begruben Ljussja still, ohne überflüssiges Aufsehen. Noch am selben Tag wurde sie ins Leichenschauhaus gebracht. Dort erledigten sie alle nötigen Formalitäten, und bereits zwei Tage später wurde sie in ein Grab auf einem neuen Genossenschaftsfriedhof an der Kalugaer Chaussee gesenkt. An Freunden und Verwandten waren nur Fedja, Rosa Markowna und Fedjas Freund, der Bildhauer Grischa Wseswjatski, anwesend. Der Leichenschmaus fand in derselben Besetzung statt, plus Tschapaikin, allerdings nicht bei den Kerenskis, sondern bei den Mirskis – bei den Kerenskis war der Leichengeruch noch nicht ausgelüftet. Fedja trank schweigend, Wseswjatski leistete ihm Gesellschaft, Tschapaikin erinnerte sich mit gesenktem Kopf an den Tag, als er die Zeugin Ljussja in der Küche der Mirskis zum ersten Mal gesehen hatte – 1940, am Tag der Verhaftung von Semjon Mirski –, und entschied, dass diese Erinnerung hier fehl am Platz wäre. Er stand auf und sagte, Ljudmila sei ihrem Sascha, Fedjas Vater, eine treue Gefährtin gewesen, aber leider hätten sie nicht lange zusammengelebt. Dann setzte er sich wieder. Anschließend sprach Rosa Markowna. Von der langjährigen Nachbarschaft, von den künstlerischen Talenten des Sohnes und von Sascha Kerenski, den außer ihr und Tschapaikin niemand mehr gekannt hatte. Dann gingen sie auseinander.

»Na, was sagst du dazu, Gleb?«, fragte die Mirskaja Tschapaikin und wies mit einem unbestimmten Kopfnicken zum Fenster. Sie wussten beide, wovon die Rede war.

»Tja …« Tschapaikin machte eine unbestimmte Handbewegung, und Rosa verstand nicht, was er meinte, wollte in dieser Situation aber nicht nachfragen.

Fedja, der sich schweigend in den Vollrausch getrunken hatte, küsste die Nachbarin auf die Wange, überquerte den Treppenflur und steuerte auf seine Wohnungstür zu, obwohl er eigentlich wegen des schweren Leichengeruchs nicht dort hatte übernachten wollen. Er kramte nach seinem Schlüssel.

»Fedenka …«, erinnerte ihn Rosa schüchtern an seine ursprüngliche Absicht, »du wolltest doch …«

Doch bevor sie den Satz beenden konnte, stolperten Kerenski und Wseswjatski bereits in die Wohnung und warfen die Tür hinter sich zu. Zuvor machte Fedja noch eine ebenso unbestimmte Handbewegung wie Tschapaikin und murmelte mit schwerer Zunge: »Tja …«

Einige Wochen darauf zog der Bildhauer Fedja Kerenski endgültig in die Wohnung in der Trjochprudny-Gasse und behielt sein Atelier nur noch zum Arbeiten. Doch zuvor nutzte Mitja noch einmal die Gelegenheit, mit einer neuen Mieze ins Obergeschoss zu gehen und sie nach Strich und Faden zu vögeln, wie es sich für einen seriösen Mann der OKG von Kunzewo gehörte. Obwohl er wusste, dass Onkel Fedja endgültig bleiben wollte, behielt er die Wohnungsschlüssel – für alle Fälle.

Warja Berojewa ihrerseits hatte bis zum Frühling gewartet und natürlich entdeckt, dass Mitja aus der Trjochprudny-Gasse ausgezogen war. Er war ausgezogen und ließ nichts von sich hören. Da sagte sie sich innerlich endgültig von ihm los und flog für einen Monat nach Jalta, nachdem sie ihrer Mutter Geld für das Luxushotel Orianda aus dem Kreuz geleiert hatte, um sich in der klimatisierten Stille des Etablissements umzusehen und ihre Haltung zu intimen Kontakten mit anderen männlichen Kandidaten zu überdenken.

Ein befristetes Visum für eine Reise in die USA bekam der Kriminelle Stefan Tomski erst 1993, sechs Jahre nach seiner Haftentlassung, seiner Rückkehr nach Moskau und der Übernahme der kriminellen Gruppe von Kunzewo. Bis dahin wurden seine Anträge regelmäßig abgelehnt, ohne jede Erklärung. Sie erläuterten ihre Gründe grundsätzlich nicht, diese Bastarde. Joker, der ihm seinerzeit Unterstützung in dieser Angelegenheit versprochen hatte, war bald nach August einundneunzig in den Ruhestand gegangen und nach drei Monaten in seinem Haus auf seinem Hektar Land in Barwichino bei Moskau friedlich gestorben. Für manche war das ein Feiertag, für andere ein unwiederbringlicher Verlust, wieder andere, wie Stefan, reagierten auf seinen Tod gelassen, unbetroffen und neutral.

So aufrichtig und herzlich, wie Joker Stefan geliebt und geschätzt hatte, hätte dieser eigentlich um ihn trauern müssen. Wer weiß, wie er mit dem neuen Obmann auskommen würde. Doch der traurige Umstand hatte auch etwas Gutes. Und davon wusste, dessen war sich Stefan gewiss, außer dem Toten und ihm selbst keine Menschenseele – abgesehen von der Staatskasse der USA.

In diesem Jahr wurde Rosa Markowna Mirskaja neunzig. Bei den erneuten Volksunruhen buk sie keine Pasteten, aber keineswegs aus Altersgründen. Nicht aus Altersgründen und nicht, weil es ihr um den Kohl und die Eier leidgetan hätte. Auch nicht, weil sie keine Kraft mehr hatte – die hatte sie, so viel wie nötig brachte sie immer noch auf. Sondern deshalb, weil das, was diesmal rund um das Weiße Haus geschah, ihr nicht die Möglichkeit gab, irgendwen mit Pasteten zu bewirten – weder diejenigen, die drinnen saßen, noch diejenigen, die aus gepanzerten Autos schossen. Einen Ring gab es diesmal nicht, keinen lebenden und keinen toten, dafür aber Panzer. Sie standen in einiger Entfernung vom Weißen Haus am anderen Ufer und beschossen das Gebäude systematisch mit Panzer- und Splittergranaten. Rosa saß ununterbrochen vorm Fernseher und verfolgte auf CNN, was am Ufer der Moskwa und später vor dem Gebäude des Fernsehzentrums Ostankino geschah. Sie schaute zu und weinte. Sie hatte keine Zweifel, auf wessen Seite sie diesmal stand: aufseiten derer draußen vor dem Weißen Haus und im Fernsehzentrum. Natürlich auf deren Seite ... Aber irgendwie taten ihr auch die anderen leid, die Verirrten, Betrogenen oder prinzipiell Andersgearteten.

Für diesen Umsturz hatte Mitja von Stefan keine besonderen Anweisungen erhalten, darum ließ er seine Urgroßmutter möglichst nicht aus den Augen, damit sie um Gottes willen nichts Unvernünftiges anstellte, nicht in eine Schießerei geriet oder in die Schusslinie eines Scharfschützen. Wie sich das anfühlt, wusste er nicht nur vom Hörensagen: Er hatte selbst schon auf lebende Ziele geschossen und auch schon vor fremden Kugeln davonlaufen müssen, Haken schlagend wie ein Hase. Letztes Jahr war er über Dächer gerannt, auf der Flucht vor den Jungs aus Tjumen. Ein Dach endete jäh vor der vier Meter aufragenden senkrechten Wand des Nebenhauses, und er hatte hinunterspringen müssen, ohne zu wissen, was ihn unten erwartete. Er wusste weder, wie tief er sprang, noch, worauf er landen würde. Das Haus war zwei Stockwerke hoch, und unten war fester Boden, zum Glück jedoch kein Asphalt. Er sprang und verlor vor Schmerzen für eine Weile das Bewusstsein, fiel sozusagen ins Dunkel. Inzwischen waren seine Kumpel herbeigeeilt, die Jungs aus Kunzewo, und schossen für alle Fälle Richtung Dach, als Feuerschutz, falls einer der Ihren noch oben war. Genau wussten sie es nicht, und fragen konnten sie keinen, der Akademiker war umgekippt und sagte keinen Mucks. Jedenfalls kam er davon und blieb bei der Truppe. Mit ein paar Rissen in den Fersenknochen lag er einen Monat in Gips, zu Hause, verwöhnt von der Uroma. Sie wusste nicht, ob sie sich darüber freuen oder traurig sein sollte. Einen ganzen Monat war ihr geliebter Urenkel bei ihr, wenn auch bettlägerig.

Die erste Zeit, als er noch nicht laufen durfte, glaubte Mitja, die Oma würde das nicht schaffen, Schieber unter den Hintern, Ente zwischen die Beine und so weiter. Er wollte die Jungs bitten, eine Krankenschwester zu besorgen, wie Stefan es gleich vorgeschlagen hatte. Aber von wegen! Das lasse ich nicht zu, ich pflege den Jungen selbst gesund.

Scherzend schalt sie Mitja: »Wie hast du das nur fertiggebracht, so vom Pferd zu fallen, dass du dir dabei gleich beide Fersen verletzt! Ich habe nichts gegen Pferde, ich bin selbst sehr fürs Reiten, überhaupt für jeden Sport, unsere Familie hatte auch zwei Rennpferde, das heißt, mein Großvater, dein Ururur in männlicher Linie hatte zwei Pferde, Astra und Wengerka, wunderbare Tiere, herrlich graziös, obwohl, ich erinnere mich nur schwach daran, ich lebte ja nicht bei Großvater, er wohnte im Gouvernement Smolensk, wir dagegen lebten immer in Moskau, seit mein Vater dorthin gezogen war, Mark Naumowitsch Dworkin, dein Urur ...«

Kurzum, sie pflegte Mitja eigenhändig, und seine Wunden heilten wie bei einem Hund, alles wuchs wieder zusammen, bis zum letzten Riss. Als er beinahe wieder gesund war, rief Stefan Rosa Markowna an, er habe von dem Unfall des Jungen gehört. »Ich würde Sie gern besuchen kommen, ich habe lange nicht bei Ihnen Tee getrunken, Rosa Markowna.«

Rosa erschauerte. Was für ein Mensch, mein Gott, was für ein Mensch!

Sie tranken Tee, fast wie eine Familie: sie selbst, Mitja und Stefan, ihr lieber Nachbar und Wohltäter. Und natürlich war alles wie gewohnt, mit allem, was das Leben erst vollwertig macht: Tischdecke, Spitze, gestärkte Servietten, dies und das, Silber, Schälchen. Hauchdünne Zitronenscheiben auf einem Tellerchen mit Gold- und Kobaltrand, natürlich kein Streuzucker – um Gottes willen! –, sondern Würfelzucker, schneeweiß und knackig. Nicht aus Kuba, Herrschaften, nein, aus heimischen Zuckerrüben aus Shitomir, von wo Sina und Sarotschka stammten.

»Ach, ist das schön, Rosa Markowna«, sagte Stefan zutiefst aufrichtig und erhob sich. Das war nicht geheuchelt. Er dachte plötzlich, dass er eine solche Tafel wohl in seinem Leben nicht mehr bekommen würde. Hundertmal Besseres vielleicht, das hatte er inzwischen auch, aber so etwas? Nein. Das war aus und vorbei, die Zeiten waren dahin, diese Kultur war ausgestorben, verblüht, zerstört. Aus, Sense, keine Zuckerzangen mehr.

»Na dann, werd schön gesund, Mitja«, sagte Stefan väterlich, bevor er ging. »Ich fahre inzwischen nach Amerika, nach New York. Geschäfte!«

»Nach Amerika?« Rosa erstrahlte in freudigem Staunen. »Wirklich und wahrhaftig nach Amerika, Stefan?«

»Das ist jetzt kein Problem mehr«, erwiderte er. »Ein Nonstopflug, gut neun Stunden, und man ist da.«

»Sie Glücklicher«, seufzte Rosa Markowna. »Ich bin, so alt ich auch bin, freiwillig nie weiter gekommen als bis Shitomir, wegen des Ausweises für Sina. Da war mein Boris gerade geboren, ein Jahr danach war das. Ja, genau, 1927. Das war alles. Danach habe ich mein ganzes Leben in Moskau gesessen und mich nicht von der Stelle gerührt, wie Ilja Muromez. Abgesehen von der Evakuierung nach Taschkent.«

»Wann sind Sie denn geboren, Rosa Markowna?«, erkundigte sich Stefan interessiert, aber taktvoll, um die Greisin nicht zu beleidigen.

»1903, mein Lieber, 1903.«

»Dann werden Sie dieses Jahr also neunzig?« Stefan war ehrlich verblüfft – das hätte er nicht für möglich gehalten.

»Bin ich schon, mein Lieber, bin ich schon. Mitja hat mir einen japanischen Fernseher gekauft aus diesem Anlass, einen ganz neuen mit großem Bildschirm und sehr bequemer Fernbedienung. Darin sehe ich mir alle Nachrichten an. Ein großartiges Bild, wie im Kino.«

»Mir fehlen die Worte.« Stefan breitete die Arme aus und dachte: Wenn das so ist, dann kann ich bald zum nächsten Teil des Plans übergehen.

Dies war also eine erfreuliche Nachricht, trotz des angenehmen Umgangs mit der Greisin. Er ging zu Rosa Markowna, ergriff ihre Hand, beugte sich darüber und küsste die faltige Haut. Beim Aufbruch zwinkerte er der »Frau mit Gitarre« zu. Und einen Moment schien es ihm, als zwinkerte sie zurück.

Warum es ihm diesmal gelungen war, den Widerstand der Botschaft zu überwinden, wusste Stefan nicht. Vielleicht, so dachte er, war die festgelegte Sperrfrist für ihn als verurteilten Kriminellen abgelaufen, vielleicht hatte die erneute Erschütterung im Land eine Veränderung in der Visapolitik der USA herbeigeführt. Oder es war die Wirkung des seriösen Papiers von dem großen Wirtschaftsunternehmen, bei dem sich die New Yorker Russenmafia Einladung und Supporting Letter besorgt hatte. Jedenfalls klappte es, und eine Woche nach dem Tee bei den Mirskis flog eine Boeing der Aeroflot mit dem Passagier Stefan Tomski an Bord der Ersten Klasse über den Atlantik und landete planmäßig auf dem JFK-Airport.

»Zweck Ihrer Einreise in die USA?«, fragte ihn ein schwarzer Zöllner beim Eintritt in die freie Welt. Stefan verstand die Frage zwar nicht, ahnte aber, worum es ging.

»Business«, antwortete er munter, der Schwarze nickte zufrieden und klatschte ihm einen Stempel in den Pass.

Das ist Demokratie in Aktion, dachte Stefan und ging zum Ausgang, wo bereits ein paar Jungs auf ihn warteten, Abgesandte des hiesigen Mafiabosses. Der hatte eine Nachricht aus Moskau erhalten und war im Bilde über Stefan.

Der Empfang glich früheren Begegnungen und erinnerte Stefan

sehr an den in Magadan vor sieben Jahren und den anschließenden in Moskau: Teures Ambiente, nur eben im russischen Brighton, üppige Tafel, Mädchen nach Wahl, separates Gästeappartement der Luxusklasse für den gesamten Aufenthalt, dazu einer der hiesigen Jungs, der fließend Englisch sprach, und ein Mercedes 500 zur freien Verfügung. Alles Übrige je nach Wunsch, von Pazifikheringen aus dem Fass bis hin zu Prostituierten jeglicher Größe und Hautfarbe.

Die ersten drei Tage schlief Stefan seinen Jetlag aus und schaute sich um. Abends besuchte er russische Restaurants und versuchte herauszufinden, inwieweit sie sich von denen in Moskau unterschieden. Der Vergleich fiel zuungunsten der amerikanischen aus. Das Essen schmeckte, war aber nicht gerade exquisit, die Präsentation ließ zu wünschen übrig – das Geschirr passte teilweise nicht zusammen –, das Unterhaltungsprogramm tat in den Ohren weh und war dem in Moskau sowohl der übermäßigen Lautstärke als auch des abgeschmackten Inhalts wegen unterlegen. Die Mädchen waren nicht nur ein wenig, sondern wesentlich schlechter als die in Moskau, überhaupt kein Vergleich: Sie sprachen ein miserables Russisch, und zwar nicht wegen des amerikanischen Akzents, sondern weil sie nicht aus Moskau stammten, sondern sonstwoher, aus der ganzen GUS. Grell geschminkte Lippen, viel zu viel billiger Schmuck, alles glitzernd und funkelnd, Lurex, völlig deplatzierte Pelze, rote Pfennigabsätze und dicke Ärsche, keine Figur, keine Perfektion, kein Charme. Schlampen, dachte Stefan an seinem vierten Tag in Brighton und befahl seinem Burschen: »Morgen fahren wir nach Washington, halt dich bereit.«

Washington sagte ihm auch nicht zu: Unmengen Schwarze, und keiner achtete auf den anderen, alle liefen mit besorgter Miene rum, als würde morgen der Atomwinter ausbrechen und man müsste dringend noch das Allernötigste erledigen.

Im Finanzdepartement, wo sie ohne besondere Mühe vorgelassen wurden, lief alles ganz anders, als er es sich ausgemalt hatte. Dabei hatte er sich, weil er mit viel Bürokratie rechnete und monatelangen Amtsgängen, um an seine Million zu kommen, ein Halbjahresvisum ausstellen lassen. Das Mädchen am Schalter, wieder eine Schwarze, lächelte auf die Frage nach dem Gegenwert der 1973 vernichteten

Banknoten, klapperte auf ihrer Tastatur herum und erkundigte sich höflich: »Mister Tomski, bei welcher Bank möchten Sie ein Konto über diese Summe eröffnen?«

Überrascht, wie einfach das scheinbar so komplizierte Problem zu lösen war, wandte sich Stefan verwirrt an seinen Begleiter.

»Bei welcher?«

Der überlegte kurz. »In der Chase Manhattan Bank. Nach Manhattan müssen wir sowieso. Ich will mit Ihnen aufs Empire State Building rauf und auf die Fähre, der Boss hat gesagt, Sie müssen die Freiheitsstatue vom Wasser aus sehen.«

»Chase Manhattan Bank«, verkündete Stefan dem schwarzen Finanzmädchen mit fester Stimme und bekräftigte seine Absicht mit einem forschen ortsüblichen: »Okay!«

Das Mädchen druckte etwas aus und reichte es Stefan.

»Wenn Sie das Konto eröffnen, vergessen Sie nicht, dem Angestellten dies hier zu geben.«

Der Bursche übersetzte.

»Das vergesse ich schon nicht, keine Sorge.« Stefan lachte spöttisch und befahl seinem Begleiter knapp: »Wir fahren nach Hause, nach Brighton.«

Nach Manhattan fuhren sie am nächsten Tag, gegen Mittag, nachdem Stefan, in seinem Appartement aufgewacht, die schlanke Schwarze vom Vortag rausgeworfen hatte, die noch schlechter gewesen war als die dickärschige Russin in der Nacht vor der Fahrt nach Washington. Er wählte die Nummer seines Begleitburschen und sagte: »Den Wagen!«

Wieder lief alles ohne Probleme ab. Die Kontoeröffnung dauerte alles in allem fünfzehn Minuten. Wieder wurde er freundlich, aber gleichgültig angelächelt. Nicht sehr beeindruckend, das Ganze. Beeindruckend aber war Manhattan. Hier könnte man was aufziehen, dachte Tomski. Hier, nicht dort – er meinte Brighton Beach. Aber hier braucht uns keine Sau, und dort habe ich keine Lust. Ich hau wieder ab nach Hause, wozu hier sinnlos Zeit verplempern. Ich sag dem Jungen, er soll mir für morgen ein Ticket buchen.

Auf dem Weg von der Bank zum Parkplatz entdeckte er an der Ecke Madison-Avenue und 22. Straße einen interessanten Laden mit Kunstbänden und Bildern im Schaufenster. »Komm«, er wies mit einem Nicken auf den Laden, »wir gehen mal rein.«

Gleich das erste Buch mit buntem Schutzumschlag vorn im Eingangsbereich hieß »Kubismus« und musste Stefan zwangsläufig interessieren. Er schlug es auf und blätterte darin, auf der Suche nach Bildern, die er von seinem »Studium« her kannte, und … Zuerst sah er den vertrauten blauen Hintergrund, dann sie selbst. Sie schaute ihn an, leicht schielend, aber gerade das machte ihre Schönheit aus. Sonderbar, dass ihm das nicht schon früher aufgefallen war, in der Diele der Mirskis. Vielleicht, weil er sich an den Gedanken gewöhnt hatte, dass das Bild bereits ihm gehörte – wozu es also genauer betrachten, es lief ihm ja nicht weg. Er sah genauer hin und entdeckte etwas, das ihm ebenfalls zuvor nie aufgefallen war: Die Hand, die den Gitarrenhals umschloss, hatte nicht fünf, sondern nur vier Finger, doch ließen sie beim Betrachter keinerlei Zweifel an der Richtigkeit des Dargestellten aufkommen. Unter dem Bild stand: Pablo Picasso, »Frau mit Gitarre«, Öl auf Leinwand, 170 × 110, 1914.

»Ein Wunder«, flüsterte Stefan und konnte den Blick nicht von der Reproduktion abwenden. »Ein Wunder …«

»Was ist, gehen wir, Stefan Stefanowitsch?«, fragte der Bursche mit devotem Lächeln, »wir müssen doch noch die Fähre schaffen. Die fährt nur bis vier.«

»Halt den Mund«, unterbrach ihn Stefan kaum hörbar, weil er nicht zerstören wollte, was sich seinen Augen offenbart hatte. Und fügte ebenso leise hinzu: »Und bring mir den Verkäufer her. Schnell.«

Der Bursche rannte eilfertig in eine Ecke des Ladens und kam umgehend mit einem bebrillten Intellektuellen über Sechzig zurück. Der lächelte höflich und fragte: »Womit kann ich Ihnen dienen, Sir?«

Stefan wies mit einem Blick auf das Buch und sagte knapp zu dem Jungen: »Übersetze!«

Der Bursche nickte eifrig, und Stefan wandte sich an den Mann. »Mich interessiert dieser Bildband.«

Der Mann lächelte erneut verständnisvoll.

»Aber könnten Sie mir bitte vorher erklären, was dieser Strich hier unter dem Bild bedeutet?«

»O ja, Sir! Das bedeutet, dass nicht bekannt ist, wo sich dieses Picasso-Gemälde befindet«, erklärte der Berater bereitwillig. »Das Bild ist dennoch sehr berühmt, weil es seinerzeit fotografiert und später vom Maler selbst erwähnt wurde. Kurz vor seinem Tod, als in Paris ein Foto des Bildes auftauchte, erinnerte er sich, dass er es zu Beginn des Jahrhunderts einem sympathischen Russen geschenkt hatte, besann sich jedoch nicht mehr auf dessen Namen. Auch sonst gab es keinerlei Spuren. Aber auch die Geschichte des Bildes selbst ist sehr interessant, und darum gilt es wohl als so einzigartig. Die Frau, die Picasso für dieses Bild Modell saß, wusste nämlich, dass sie an Krebs sterben würde.«

Stefan wandte sich zu seinem Begleiter um und wartete auf die Übersetzung.

»Er sagt«, dolmetschte dieser, »die Alte auf dem Bild, die ist kurz danach gestorben, an – wie heißt das gleich … an Hummer.«

»Woran?«, fragte Stefan verständnislos.

»Na, so was wie Hummer, sagt er, so heißt die Krankheit.«

»Krebs vielleicht?«

»Genau, Krebs, ja, Krebs, das Wort ist mir nicht eingefallen.«

Der Verkäufer wartete höflich ab, bis terminologische Klarheit hergestellt war, und fuhr fort: »Aber das können Sie alles in dem Bildband nachlesen. Wenn Sie sich entschließen, ihn zu kaufen.« Er sah den Kunden hoffnungsvoll an.

»Ich denke, ich entschließe mich dazu«, sagte Stefan und nickte. »Was mag das wohl kosten, was meinen Sie? Wenigstens ungefähr.«

»Wieso ungefähr?«, fragte der Verkäufer erstaunt zurück und schaute auf den Preis auf der Rückseite des Bildbandes. »Das kann ich Ihnen genau sagen: Der Preis beträgt hundertachtzig Dollar plus Steuer. Ich denke, wir können Ihnen als gutem Kunden fünf Prozent Nachlass gewähren.«

»Ich brauche keinen Nachlass«, winkte Stefan ab. »Ich kaufe es auch so, sagen Sie mir lieber, was das Bild kosten könnte, nicht der Bildband.«

Der Bursche übersetzte.

»A-a-ah, das meinen Sie.« Der Verkäufer überlegte eine Weile und sagte dann: »Ich denke, man kann von einer Summe um die vierzig, fünfzig Millionen Dollar ausgehen. Es ist eine für Picasso äußerst seltene Arbeit: Technik und Stil sind für die Größe des Bildes einzigartig, wenn wir an seine anderen Werke denken. Das Porträt ist in Originalgröße gemalt, auch das zeugt von der Achtung des Malers für sein todkrankes Modell. Ähnliches ist bei Christie's mitunter schon für höhere Summen versteigert worden. Aber das hängt ganz vom Zeitpunkt des Verkaufs ab, von der Nachfrage und nicht zuletzt von der Mode, verstehen Sie? Ein Jahr ist nicht wie das andere.«

»Ich verstehe«, bestätigte Stefan und schlug das Buch zu. »Wo ist die Kasse?«

Er erwachte von einem Geräusch. Es war nicht laut, aber deutlich. Stefan lauschte angestrengt, und diesmal glaubte er aus einem allgemeinen Rauschen Töne eines vertrauten Instruments herauszuhören. Er wusste sogar, um welches Instrument es sich handelte, er erkannte es daran, wie die Töne beim sanften Anschlagen der Saiten, bei Akkorden und Barrégriffen zitterten und sich ausbreiteten, indem sie ihre weichen Schwingungen an die Luft weitergaben. Allmählich flaute das Rauschen ab, die Saitentöne dagegen wurden kräftiger, aber nicht bedrohlich, sie vermittelten keine Gefahr und keine Unruhe, trotz der finsteren Nacht draußen in Brighton.

Stefan richtete sich auf, stellte die Beine auf den Boden, tastete nach seinen Pantoffeln, stand auf, zog den Bademantel über und öffnete die Tür zur unteren Etage des Appartements einen Spalt weit. Dort brannte Licht, nicht sehr hell, aber sonderbar, irgendwie ungewohnt, bläulich in der Mitte und mit gelbroten Einsprengseln an den Rändern, die an geometrische Figuren erinnerten. Der Lichtfleck breitete sich flächenartig im Raum aus und war klar umrissen, dort, wo er aufhörte, war es ebenso dunkel wie draußen vorm Fenster. Und das wunderte Stefan.

Ich hätte nie gedacht, dass Licht so klare Grenzen hat, dachte er und stieg vorsichtig die mit etwas Weichem, Flauschigem ausgelegte Treppe hinunter in die erste Etage. Wieder spürte er keine Gefahr, dass aber etwas nicht stimmte mit dem Ort, wo er die Nacht verbrachte, war ganz eindeutig.

Auf einem Sessel in der Ecke des Zimmers saß sie, in Kissen gelehnt. Er erkannte sie sofort, war sich aber nicht sicher, ob sie wusste, wer er war. Also, ob sie Bescheid wusste über seine Autorität und seinen Einfluss auf andere Menschen, über seine Möglichkeiten und seine Macht. Die Frau indessen zupfte noch die Saiten der Gitarre, und diese gehorchten ihrer Hand, doch nicht der, mit der sie spielte, sondern der anderen, die den Hals umklammerte und an der ein Finger fehlte.

»Ich weiß Bescheid«, sagte sie lächelnd zu Stefan, »ich weiß Bescheid, keine Angst.« Mit einem Kopfnicken lud sie ihn ein, sich auf den Sessel gegenüber zu setzen. »Was das Licht betrifft: Mein Blau hat eine Grenze, das ist wahr, aber diese Kubismen ...« Sie unterbrach ihr Spiel kurz und fuhr mit der vierfingrigen Hand die Lichtgrenze entlang, wobei sie die roten und gelben geometrischen Figuren berührte, die dabei wie materielle Körper zusammen- und auseinanderrückten. »Davon erzählt er dir besser selbst, wenn er kommt. Ich bin nur eine Musikantin, eine Dienerin der Gitarre, er dagegen weiß über den Gegenstand selbst Bescheid. Ich meine, über das Wesen des Gegenstandes.«

»Wer?«, fragte Stefan verwirrt, hilflos nach dem Gesprächsfaden suchend. »Welchen Gegenstandes? Und überhaupt ...« Er stockte. »Ich wollte fragen, ich meine, das ist ja irgendwie peinlich ... Wie heißen Sie? Wer sind Sie?«

»Ich bin Rosa«, erwiderte die Frau mit der Gitarre und hob kokett die Schultern. »Rosa Semjonowna Mirskaja.«

»Rosa Semjonowna?«, fragte Stefan erstaunt. »Warten Sie, ich kenne Rosa Markowna sehr gut, wir sind Nachbarn und außerdem befreundet. Aber warum sind Sie sie? Und wieso Semjonowna?«

Die Frau griff wieder nach ihrer Gitarre.

»Weil ich die Tochter bin, und sie ist die Frau.«

»Wessen Tochter?« Stefan begriff wieder nicht. »Wessen Tochter?«

»Von Semjon Lwowitsch«, antwortete sie schlicht. »Ich bin die Tochter von Mirski und Pablo.«

»In welchem Sinne?« Stefan runzelte die Stirn, denn er merkte, dass das Gespräch eine überraschende Wendung nahm und nun womöglich ziemlich weit führen würde.

»In dem Sinne, dass man für eine Summe wie die, von der Sie heute erfahren haben, die Bestätigung jeder beliebigen Hypothese erwarten kann.« Sie schien nicht im Geringsten erstaunt über seine Frage. »Zumal wir alle einander so gut kennen. Beziehungsweise so viel voneinander wissen.«

Stefan wurde unruhig, das Ganze entglitt in unklare Gefilde, sodass er die Situation weder beherrschte noch auf eigene Initiative daraus aussteigen konnte.

»Was wissen Sie denn?«, fragte er hart, der nächtlichen Besucherin in die Augen blickend, und hoffte, sie mit dieser direkten Frage endlich in Verlegenheit zu bringen.

»Alles!« Sie lachte spöttisch. Stefan sah genau, dass es Spott war, kein Lächeln.

Er wollte schon den Mund aufmachen, denn ihm war deutlich bewusst, wenn er sich jetzt nicht wehrte, war es womöglich zu spät, und der bis ins kleinste Detail durchdachte Plan lief Gefahr, mithilfe dieser lächelnden Gitarrenschlampe, die sich Rosa Semjonowna nannte, enthüllt zu werden, zusammenzubrechen und ihn, Stefan, unter sich zu begraben.

Doch sie kam ihm zuvor und fragte gastfreundlich: »Essen Sie mit uns?«

»Essen?«, fragte er zurück und spürte, dass diese unpassende Frage es ihm erschwerte, das Ausmaß der drohenden Gefahr richtig einzuschätzen. »Essen?«

»Nun ja«, sie wunderte sich über sein Erstaunen, »essen. Speisen!«

»Mitten in der Nacht?« Er lächelte bemüht. »Wer isst denn mitten in der Nacht?«

»Genau die richtige Zeit«, entgegnete Rosa Semjonowna und schaute auf Stefans neue Schweizer Uhr. »Wie spät ist es darauf?«

Stefan warf einen flüchtigen Blick auf die Uhr, nur zur Ablenkung.

»Es ist Nacht«, sagte er, »mitten in der Nacht.«

»Ja, ohne Musik«, entgegnete die Tochter von Mirski und Pablo, »aber mit Musik? Auf der Taschenzwiebel, der aus Holland?«

Sie weiß Bescheid, fuhr es ihm durch den Kopf, sie weiß alles und stellt sich absichtlich dumm, um mich zu überrumpeln.

»Obwohl, das spielt keine Rolle.« Die Mirskaja verließ das gefährliche Thema. »Vater kommt sowieso gleich.« Sie blickte zur Wohnungstür.

In diesem Moment ging sie auf, und ein Mann kam rückwärts herein, ein alter Mann, das sah man sogar von hinten. Sein Rücken war nicht nur alt, er war Stefan auch erstaunlich vertraut, er hatte ihn schon oft gesehen, aus verschiedenen Blickwinkeln. In der Hand hielt der Mann einen Topf mit Deckel. Er drehte sich um und stellte den Topf auf den Boden.

»Seid gegrüßt alle miteinander!«, sagte er munter und nickte Stefan mit verschmitzter Freundlichkeit zu. »Und einige ganz besonders!«

»Joker!«, schrie Stefan glücklich. Dies war der Augenblick der Befreiung von allen plötzlich über ihn hereingebrochenen Sorgen. »Joker!« Er stürzte zu ihm, um ihn zu umarmen.

Es war tatsächlich Joker höchstpersönlich. Genauer gesagt, es war Semjon Lwowitsch Mirski, der, wie sich herausstellte, sein Leben lang ausgesehen hatte wie Joker. Doch das erfuhren alle erst jetzt. Bisher war die Tatsache, dass der oberste Moskauer Kriminellenboss dem verstorbenen Klassiker der sowjetischen Architektur zum Verwechseln ähnlich sah, ein striktes Geheimnis gewesen.

»Na, kapierst du nun, warum wir alles geheim halten mussten?«, fragte Mirski, als Stefan, erschüttert von seiner Erkenntnis, sich mit einem Sprung zur Wand von Joker löste.

»Ja!«, bestätigte er hastig, auf das Wohlwollen der neu hinzugekommenen Person hoffend.

»Eben, eben!« Mirski lachte. »Das ist was anderes als schwarze Weiber vögeln für eine gute Million Dollar.«

»Papa!« Rosa Semjonowna legte die Gitarre beiseite und stand auf. »Wie oft soll ich dir noch sagen: Nicht Weiber, sondern Frauen, auch wenn sie schwarz sind. Ich zum Beispiel bin auch nicht weiß, sondern ziemlich braun, wie Pablo. Schau her«, sie hob ihren langen Rock, um die Farbe ihrer Haut zu demonstrieren. Die Hüfte war tatsächlich nicht schneeweiß, sie war rabenschwarz, wie die endlose Nacht von Brighton draußen vor dem Fenster.

Der Vater winkte ab.

»Schon gut, meine Tochter! Lass uns futtern!« Er drehte sich zu Stefan um. »Hältst du mit?«

»Selbstverständlich, Semjon Lwowitsch«, antwortete Stefan dem Mann, der Joker zum Verwechseln ähnlich sah, bemüht, am Verhalten und an der Art zu sprechen herauszufinden, wer hier wer war.

»Dann los.« Mirski kippte den Inhalt des Topfes auf den Tisch und sortierte Fleischbrocken. »Gibt's hier einen Hof mit Grill?«, fragte er Stefan, womit er diesen quasi als Hausherrn anerkannte. Der reagierte prompt.

»Müsste es eigentlich«, antwortete er bestimmt. »Das haben hier alle, das hier ist schließlich nicht Russland, das hier ist Amerika.«

»Toll«, freute sich Semjon Lwowitsch. »Dann auf den Grill damit, auf den Grill ...«

»Was essen wir denn?«, erkundigte sich Stefan nur so, um das Gespräch in Gang zu halten. »Was ist das für ein Filet?«

»Filet eben.« Der Architekt hörte für einen Augenblick auf, Fleischstücke auf den Rost zu legen. »Frisch geschlachtet, wie das letzte Mal.« Er pikte den Finger auf ein Stück ganz am Rand. »Das hier ist vom Gesäß, das hier«, er pikte in ein anderes Stück, »eine Scheibe von der Hüfte. Dazu noch allerlei Kleinkram: von der Flanke, das Weiche von den Armen, das Untere vom Bauch, wo er am zartesten ist. In fünf Minuten ist alles fertig. Habt ihr Streichhölzer hier?«

»Stopp!«, sagte Stefan schroff, sodass Vater und Tochter ihn erstaunt ansahen. »Stopp! Ist das etwa Menschenfleisch, ja? Sie wollen Menschenfleisch essen?«

»Na klar«, erwiderte Mirski erstaunt. »Was denn sonst? Nuttenfleisch oder was? Darum kochen wir ja auch nachts und nicht am Tag. Am Tag haben uns doch gleich die Aufseher am Arsch und verpassen uns ruckzuck noch zehn Jahre Nachschlag. Aber diesmal nichts Politisches, der Achtundfünfziger greift da nicht.« Er hob die

Arme und demonstrierte durch seine Haltung volles Verständnis für den bevorstehenden Prozess. »Und so essen wir in Ruhe, bevor es hell wird, und dann sollen sie den Toten ruhig beim Appell aufrufen. Was, wer? Spurlos verschwunden, alles aufgegessen. Und die Knochen vergraben!« Er lachte fröhlich, mit dünner Stimme. Dünn und widerwärtig.

»Ach, ihr verdammten Schweine«, zischte Stefan mit drohendem Unterton. »Feige Wölfe, stinkende Hunde ... Dass die Erde euch verdorbene Bastarde noch trägt! Und so was ist Architekt, verdammte Scheiße, Kunstsammler, Gitarren. Scheiß auf euch alle!«

Die kubistische Rosa sank in den Sessel zurück, zog ihr Instrument zu sich heran, legte die vierfingrige Hand um den Gitarrenhals und zupfte erneut die Saiten.

»Er will nicht, Papa«, sagte sie zu ihrem Vater. »Mach für ihn nichts mit.«

»Das hatte ich auch nicht vor«, antwortete Mirski und wandte Stefan das Gesicht zu. Da begriff Stefan endlich, dass Mirski nicht Mirski war, sondern tatsächlich Joker. Augenblicklich bestätigte dieser Stefans Vermutung. Er griff nach dem Filetiermesser und kam auf Stefan zu.

»Du hast gedacht, ich geb dir von meinem Fleisch ab, du Aas, ja? Ich werd gleich deins kosten, Kumpel. Und du schreibst inzwischen dein Testament. Das Konto, das du hinter meinem Rücken in der Chase Manhattan Bank eröffnet hast, vermachst du der Gemeinschaftskasse. Klar?«

»Hast du wirklich gedacht, du kommst damit durch?«, erkundigte sich Rosa Semjonowna, weiter auf der Gitarre klimpernd, und griff ein Barré. »Auf fremde Kosten?«

»Aber nein«, versuchte Stefan sich rauszuwinden, den Blick dabei starr auf das Messer gerichtet. »Ich habe nur ...«

»Mach ihn alle, Vater«, ordnete die Frau mit der Gitarre an, und Stefan begriff nun endgültig, wer hier das Sagen hatte. »Schluss, das ist ein Befehl! Ich krepiere hier an Hummer, ja, und er will vor seinen Jungs in Kunzewo den großen Macker markieren, ja? Ist doch so, oder?«

»Nein«, sagte Stefan gedehnt, wusste aber, dass ihn nichts mehr retten konnte. »Warte, Joker … Ähh … Semjon Lwowitsch … Ähh … Pablo …«

Doch es war zu spät. Mirski holte mit dem Messer aus, kniff die Augen zusammen und zielte auf einen Punkt links auf Stefans Brust.

»Nein!«, brüllte Stefan. »Nein!« Und öffnete die Augen.

Das Telefon klingelte, offensichtlich schon lange. Stefan nahm ab.

»Soll ich das Pferd satteln, Stefan Stefanowitsch?«, fragte sein Brightoner Begleiter in entschuldigendem Ton.

Stefan sah auf die Uhr, schüttelte den bösen Traum endgültig ab, atmete befreit auf, verzog die Mundwinkel zu einem Lächeln, überlegte kurz und sagte dann geschäftig: »In vierzig Minuten. Wir fahren ein bisschen rum.«

Tomski war mit seiner Reise nach Übersee alles in allem durchaus zufrieden, und das nicht in erster Linie wegen des Kontos, das er auf seinen Namen in einer amerikanischen Bank eröffnet hatte. Das Geld zu haben war angenehm, aber nicht aufregend. Ebenso wenig aufregend wie Amerika. Er hatte begriffen, dass das kein Ort für ihn war, dort gab es für ihn im Grunde nichts zu tun, ganz im Gegensatz zum aktuellen Chaos zu Hause. Amerika hielt dem Vergleich mit der Heimat nicht stand, wie man es auch betrachtete, alles sprach für Russland. Aufregend aber war, was er mehr zufällig von dem intellektuellen Verkäufer auf der Madison Avenue erfahren hatte.

Das spornte ihn mehr an als alles andere, er war also guter Laune. Vorausgesetzt, er vergaß den Traum, den bösen Traum, seinen letzten Traum in Amerika.

Am Anfang war die Hauptstadt. Dort erschien eines Tages Sina. Sina empfing von Semjon Mirski Sara und verließ die Hauptstadt. Sara wuchs heran, kehrte in die Hauptstadt zurück und empfing von Fjodor Kerenski Gelja. Dann wuchs Gelja heran und gebar ein wenig vor der Zeit und entgegen der Familientradition, sich in der Heldenstadt Moskau schwängern zu lassen, die Zwillinge Rinatik und Petro, die sich aufs Haar glichen.

Dann übergab Gelja die Kinder Saras Obhut, verließ Shitomir und ging ebenfalls in die Hauptstadt. In die Hauptstadt des an die selbstständige Ukraine angrenzenden Staates. Das war im Jahr 1992, Rinatik und Petro waren gerade sechs und mussten eingeschult werden, und es wurde nicht leichter, sie zu ernähren und zu kleiden.

Den ersten Tag in Moskau war Gelja voller Hoffnung. Den zweiten Tag machte sie sich Mut. Am dritten Tag wusste sie so gut wie Bescheid über die Hauptstadt. Und am vierten gesellte sie sich zu den anderen auswärtigen Mädchen auf dem Straßenstrich in der hauptstädtischen Twerskaja-Straße, die am Kreml endet. Oder anfängt – je nachdem, von wo man kommt.

Gelja, 1970 in einem Barackenbau am Stadtrand von Shitomir geboren, wo sie zweiundzwanzig wurzellose Jahre verbrachte, hätte nie gedacht, dass sie eines Abends, genau an dem Tag, als sie sich gerade heulend vor Verzweiflung vor das Moskauer Telegrafenamt gestellt hatte, von dem Verdienten Künstler Russlands und Staatspreisträger der UdSSR, dem volltrunkenen und vollkommen wurzellosen Fjodor Alexandrowitsch Kerenski, der zu dieser Stunde einen ganz konkreten Plan gefasst hatte – auf dem Weg nach Hause in die Trjochprudny-Gasse eine beliebige menschliche Seele aufzugabeln oder einen beliebigen freien Körper, je nachdem –, dass sie von diesem bis zum Morgen gekauft werden würde.

Gleich nach der Geburt ihrer Tochter Angelina hatte Sara Tschepik ernsthaft über ihr künftiges Leben mit der kleinen Gelja in der heimischen Stadtrandbaracke in Shitomir nachgedacht. Sie überlegte und überlegte, und am Ende lebten sie wie alle anderen: eine Kinderkrippe mit Hungerrationen, ein bettelarmer Kindergarten, die Poliklinik weit entfernt von den Menschen und ihren Krankheiten, eine Mittelschule im selben Arbeiterbezirk, fünfundneunzig Rubel Gehalt, null Alimente, Zukunftsaussichten: minus eins.

So verstrichen die ersten vierzehn der zweiundzwanzig Jahre. Mit fünfzehn ging die halberwachsene Gelja zum Geldverdienen als Spulenwicklerlehrling in die Garnfabrik, denn so sehr die Mutter auch protestierte, Gelja wusste, dass sie sie ein wenig entlasten musste. Sara selbst arbeitete ebenfalls dort, als Spulenwicklerin, darum schwankte Gelja bei der Arbeitssuche nicht lange. Allerdings kam sie nicht zu ihrer Mutter in die Lehre, ihr Ausbilder war Lehrling wie sie selbst, ein gutes Jahr älter als sie: ein fröhlicher, hochgewachsener Junge und Mädchenliebhaber mit dem schönen Namen Galimsjan Habibullin.

Er bemühte sich von Anfang an um Gelja, seit er sie an ihrem ersten Arbeitstag zum ersten Mal in der Abteilung gesehen hatte. Anfangs, angetan von Geljas schwarzem Haar, ihrer dunklen Haut, ihrer Aufgewecktheit und ihrem regen Interesse für die neue Aufgabe, hielt er sie für eine der Seinen. Nach einigem Überlegen kam er darauf, dass der Orient groß und weit war und das Mädchen womöglich Jüdin – was seinem nationalen Interesse zuwiderlief. Doch sie lächelte ihre Umwelt so freundlich an, lachte so sinnlich, betrog niemanden und kam stets pünktlich zur Arbeit. Das alles sprach gegen ihre Zugehörigkeit zu jenem schändlichen Volk. Später stellte sich heraus, dass Angelina die Tochter von Sara Petrowna war, eine Tschepik und nichts weiter. Die Petrowna war zwar auch nicht gerade blond, trug ihren Namen aber nur wegen einer Laune ihrer Mutter Sina, das wusste hier jeder. Die Tschepiks waren ihr Leben lang Tschepiks gewesen: Einheimische, Abkömmlinge der seligen Sina. Gelja war also nicht von seinem Stamm, aber das war kein unüberwindliches Hindernis, Ukrainer passten viel eher zu Tataren als die Großnasen. Die kamen absolut nicht infrage, gegen die sprach einfach alles: der Glaube, die Sitten, der Körperbau und das Schicksal.

Galimsjan ging also ernsthaft und systematisch zu Werke, wie es der Islam für Laien lehrt. Die erste Angel, die er auswarf, war die Mitteilung, dass er in einem Jahr zur Armee müsse, und die scherzhafte Frage, ob Gelja auf ihn warten würde. Danach lud er sie ins Kino ein, das einzige im ganzen Umkreis. Und dann hatte Galik großes Glück: Nach langer, schwerer Krankheit verschied Parteichef Konstantin Tschernenko, im ganzen Land herrschte Staatstrauer, weshalb im Fernsehen keine Filme und kein normales Programm mehr liefen. Drei volle Tage gab es nichts Anständiges zu sehen. Auch das Kino wurde wegen Staatstrauer geschlossen, und da blieb Galimsjan nichts weiter übrig, als das elektrische Licht zu löschen und Gelja auf seiner Liege zu umarmen, solange Mutter und Vater in Kriwoj Rog waren, einen Titankessel für ihr Sechshundert-Quadratmeter-Grundstück besorgen. Außerdem erklärte er ihr, niemand dürfe allein leben; er werde seinen Armeedienst ableisten, zurückkehren und sie beide reich und glücklich machen, damit sie nicht hier bei Garn und Spulen verfaulten.

Gelja glaubte ihm, gab sich Mühe und bekam getreu der Familientradition schon bald einen Bauch, was sie selbst erst merkte, als der Zeitpunkt für eine ärztliche Einmischung in die Schwangerschaft knapp überschritten war.

Die Sache endete gut und schlecht. Schlecht, weil alle außer Gelja unzufrieden waren: Sara Petrowna, Habibullins Eltern und auch Galimsjan selbst, der nicht erwartet hatte, dass seine unüberlegten Worte so rasch Früchte tragen und in eine idiotische Vaterschaft münden würden. Die Eltern verübelten ihm zudem die unbedachte Wahl, eine Ungläubige, keine Muslimin, sondern eine einfache Ukrainerin ohne Vater und ohne Geld; außerdem nahmen sie Sara übel, dass sie ihre minderjährige Tochter nicht davon abgehalten hatte, sich gegenüber ihrem Sohn Galimsjan so unüberlegt zu verhalten.

»Was hast du da nur angerichtet, Sara Petrowna?«, klagte Mutter Habibullina sie aufgebracht an. »Warum hast du nicht auf deine Tochter aufgepasst? Sollen wir uns nun etwa ein Leben lang in euer Joch spannen lassen wegen einem ungebetenen Kind?«

Darauf schwieg Sara, denn sie hatte dem gerechtfertigten Vorwurf der Tataren nichts entgegenzusetzen. Erst wollte sie ihrerseits zurückfragen: Warum hat euer Galimsjan denn meine Tochter verführt? Aber sie ließ es bleiben, sie erinnerte sich, wie sie selbst mit fast dreißig Jahren den Verstand verloren hatte und in Fedjas Atelier zum Fenster zurückgewichen war, immer weiter … Bis sie mit den Beinen an Fedjas durchgelegene Liege stieß und darauf niedersank. Und keine noch so harten heraussprießenden Federn hatten sie von der Liebe abgehalten, denn das hatte er gesagt, es sei Liebe und nichts anderes. Und Gelja war noch ein halbes Kind und vaterlos dazu.

So warteten sie also ab, die Tschepiks und die Habibullins, bis der Bauch sieben Monate alt war, ohne irgendetwas in die eine oder andere Richtung zu unternehmen. Im achten Monat entschieden sie sich endlich. Vater Habibullin hatte im Wehrkreiskommando erfahren, dass ein junger Vater laut Gesetz nicht einberufen werden durfte. Das gab schließlich den Ausschlag. Nach dem zeitweiligen Moratorium tagte der Familienrat und beschloss: Da wir uns nun einmal alle der moralischen Macht des Ereignisses beugen müssen, werden wir uns nicht mehr dagegen sträuben. Soll das junge Paar nach dem Gesetz zusammenleben, als Mann und Frau, allerdings unter einer unverzichtbaren Bedingung, wie sie im Koran geschrieben steht: »Kein Ungläubiger kann der Ehemann eines rechtgläubigen Moslems oder dessen Ehefrau werden, wenn er nicht zum Islam übertritt und mit seinem Gatten den Glauben an den allmächtigen Allah teilt.«

Sara überlegte und willigte ein. Gelja fragte sie gar nicht erst, sie sagte Ja zu den Tataren, denn sie wusste, dass ein Vater für das Kind wichtiger war als ein weit entfernter Gott oder Allah.

Die Maschinerie setzte sich in Bewegung. Das Exekutivkomitee des örtlichen Sowjets fasste den Beschluss, »dem Antrag auf vorzeitige Eheschließung stattzugeben und im Hinblick auf die frühe Schwangerschaft der Braut und unter Berücksichtigung des Wunsches der Antragsteller nach Gründung einer Familie und legaler Vaterschaft dem Bürger Galimsjan Metchatowitsch Habibullin, geb. 1969, und der Bürgerin Angelina Fjodorowna Tschepik, geb. 1970, ausnahmsweise vor Erreichung der Ehemündigkeit der Braut die Heirat zu gestatten.«

Nach der Hochzeit zog Gelja zu ihren neuen Verwandten und brachte nach gesetzmäßigem Ablauf zwei hübsche Jungen zur Welt, mit pechschwarzem Haar und breiten Wangenknochen. Den ersten ernsthaften Ehekrach gab es, als die Geburtsurkunden für die Zwillinge ausgestellt und den Söhnen Namen gegeben werden mussten. Hier offenbarte sich beiderseitige Intoleranz. Habibullins plädierten für Rinat und Marat, Tschepiks für Semjon und Petro. So wollte Großmutter Sara die Jungen nennen, zu Ehren ihres unbekannten Vaters Petro und des ihr ebenfalls unbekannt gebliebenen verstorbenen Mannes von Rosa Markowna, des berühmten Architekten Semjon Mirski, in dessen Haus sie fast elf Jahre gelebt hatte. Von diesem ihrem Wunsch überzeugte sie auch Gelja. Die Gegenseite aber wollte eher sterben als weichen: Tatarische Namen und Gehorsam der Frau gegen den Mann und tatarische Küche – nicht eure fetten Pasteten mit Speck vom unreinen Schwein.

Einigen konnte man sich nur auf eines, die Beschneidung. Dagegen hatte Sara nichts. Na und, wurde eben ein bisschen Haut vom Schniepelchen ordentlich abgeschnitten. Das ist nur gut für die Hygiene der Jungs, sagt man, was hat das mit Allah zu tun?

Die Debatten währten einen Monat und endeten schließlich mit einem für beide Seiten unbefriedigenden Kompromiss. Die Namen wurden aufgeteilt: einer Rinat, einer Petro, beide Habibullin. Einen kurzen Moment lang kamen Sara Zweifel, wegen des Gestammels ihrer Mutter, von wegen, »nicht dein Vater«. Nach einigem Überlegen schrieb sie Sinas geröcheltes »M-m-m« der Todesagonie zu. Petro war stets gegenwärtig gewesen, so stand es auch in ihrem Ausweis, als offizieller Vatersname. Kurz, Petro siegte über Marat und Semjon, obwohl ihr auch Rosa Markowna lieb und teuer war wie niemand sonst auf der Welt, abgesehen von ihrer Tochter.

Nach der national motivierten Namensgebung dauerten die Zwistigkeiten in der Familie aus den verschiedensten Anlässen weiter an. Dieser Zank brachte keinem etwas ein, weder Geld noch Freude. Und da geschah etwas Unerwartetes: Galimsjan ging ins Wehrkreiskommando und unterschrieb eine Erklärung: Er verzichte auf die Freistellung vom Wehrdienst und bitte um Einberufung gemäß Gesetz über die allgemeine Wehrpflicht. Warum er das tat, verstand niemand, auch er selbst dachte nicht lange darüber nach. Er wollte einfach weg von den freudlosen Sorgen des Familienlebens. Der Wehrdienst war immerhin eine Art Abenteuer. Anschließend würde er weitersehen. Erst einmal weg, weit weg von der begangenen Torheit und dem ewigen Gezänk der alten und neuen Habibullins.

Beim Abschied heulte er nicht, er küsste Rinat schmatzend auf beide Wangen, Petro zauste er nur das schwarze Haar. Und brach auf zum Armeedienst. Zum Glück für die Seinen wurde er mit Rücksicht auf die kleinen Kinder nicht weit weg geschickt, sondern gleich in die Nachbarschaft, zur Feuerwehr im Kreis Pripjat. Und von dort ohne viel Federlesens zu den Liquidatoren – im Mai 1986, gleich nach dem Unfall in Tschernobyl, als man noch nicht recht Bescheid wusste über die Gefährlichkeit der unsichtbaren Wolke.

Er wurde rascher begraben, als selbst die Ärzte geahnt hatten, bereits im August, nachdem man seinen mit radioaktivem Ausschlag bedeckten Körper in die Heimat nach Shitomir geschickt hatte, angeblich zur endgültigen Heilung. Gelja erinnerte sich noch, dass sie damals nicht so sehr um ihren Mann trauerte – sie hatte noch nicht die Zeit gehabt, ihn wirklich lieben zu lernen, immer war etwas im Wege gewesen, mal dies, mal das –, sondern weil hier ein Unschuldiger starb, ein fröhlicher, hochgewachsener, dunkelhäutiger junger Mann, der die Mädchen liebte, Vater zweier kleiner Kinder.

Sara lief in Schwarz herum und glaubte, das alles sei ihnen nicht ohne Grund widerfahren, ein Kummer nach dem anderen: Erst das Unglück ihrer Mutter Sina, dann war sie selbst nach Strich und Faden betrogen worden von dem verfluchten Fedja Kerenski, und nun war ihre Tochter dran. Die Nächsten waren bestimmt die Enkel, die beiden unschuldigen Säuglinge Rinat und Petro, die geliebten eineiigen kleinen Moslems.

Die Eltern Habibullin waren außer sich: Die Mutter heulte tagelang, der Vater schwieg meist, qualmte giftigen Tabak und betete unaufhörlich, bat Allah um irgendetwas, das Gelja nicht verstand. Gelja selbst beachteten sie die ersten Tage gar nicht, auch die Enkel fassten sie kaum an. Der Schluss drängte sich von selbst auf: Schuld an allem war die verfluchte Schwiegertochter, schon deshalb, weil sie eine Ungläubige war, trotz aller künstlichen Rettungsmaßnahmen. Damit hatte sie den Sohn aus dem heimischen Nest in den grausamen Tod getrieben – damit und mit dem Namen Petro, dem sie dem erstgeborenen und also wichtigsten Enkel gegeben hatte.

An dem Tag, als Gelja das begriffen hatte, packte sie ihre Sachen und ihre Kinder und kehrte zurück in die Baracke zu ihrer Mutter Sara. Die Habibullins sahen ihr schweigend beim Packen zu, hielten sie nicht zurück und begleiteten sie mit einem hasserfüllten Blick zur Tür. Sie wussten, und auch Gelja wusste, dass sie nie mehr zurückkommen würde, ebenso wenig wie die Kinder ihren Vater wiederbekommen würden, sie ihren Mann und die Habibullins ihren einzigen Sohn Galimsjan.

Weil der Ernährer tot war, trug der Staat zum Unterhalt der Kinder bei, mit einem lächerlichen, geradezu kriminellen Betrag. Um den Liquidatorenzuschlag kämpften sie vergeblich. Ihre Kräfte waren aufgezehrt, noch ehe es irgendeine Hoffnung auf ein Resultat gab. Die Sache mündete in endlosen Ausflüchten der Beamten und vagen Versprechungen, die notwendigen Maßnahmen der Situation entsprechend einzuleiten. Was sollten sie tun? So lebten sie also ohne staatliche Entschädigung, allein in der Hoffnung auf Christi oder Allahs Gerechtigkeit – je nachdem, wer schneller war.

So hofften sie, bis Rinat und Petro zur Schule kamen. Und was bedeutet Schule? Alles! Bücher, anständige Kleidung für jede Gelegenheit, Schuhe für beide, vernünftige Ernährung – Frisches mit Vitaminen. Aber woher nehmen? Woher?

Da kam die Enkelin der Barackennachbarin auf Ferienbesuch aus Moskau.

»Ich bring dich in Moskau unter«, sagte sie, »ich hab Beziehungen direkt im Zentrum vom dortigen Business.«

»Und was ist das für eine Arbeit?«, erkundigte sich Sara.

»Ach«, sagte sie, »was mit Handel, Tante Sara, hauptsächlich Service, Warenverkehr und Dienstleistungen. Das wird ganz anders bezahlt, so viel habt ihr hier nie gesehen, um eure Kleinen zu ernähren reicht das dicke.«

Mutter und Tochter überlegten, wogen alles Für und Wider ab und entschieden.

»Fahr nur, Gelja«, sagte Sara zu ihrer Tochter, »ich komme schon zurecht mit den Jungs. Und vielleicht findest du ja wirklich Arbeit, stellst dich über kurz oder lang auf eigene Füße und kannst uns Geld schicken. Wir werden es mit Verstand verwenden, bis du zurückkommst. Und dann sehen wir weiter.«

Sie seufzte und zog Gelja an sich.

»Nur, weißt du, Mädchen, sei vorsichtig in der Hauptstadt. Ich selber hab mich dort verbrannt, ich will nicht, dass es dir geht wie mir.«

»Wie, vorsichtig, Mama?«, wollte Gelja von ihrer Mutter wissen. »Wo soll ich vorsichtig sein?«

»Überall«, lautete Saras knappe Antwort, »überall, wo Männer sind. Und traue niemandem«, fügte sie ebenso ernst hinzu, als sie Gelja und Rahels Enkelin zum Zug brachte. »Die behalten sowieso immer die Oberhand, und du hast das Nachsehen.«

»Nicht doch, Tante Sara, machen Sie ihr doch keine Angst. Das Leben ist da wie überall, ganz normal, sogar anständig für die heutigen Zeiten. Und die Männer sind auch anständig, Städter eben. Hier kann man keinem trauen, aber dort verspricht dir keiner erst was, jeder sagt gleich, wie und was, und dann entscheidest du selbst, ob du willst oder nicht.«

Sie grinste verschmitzt, vermied jedoch direkte Anspielungen auf gewisse Dinge, die man lieber verschwieg.

»Keine Bange, ich pass schon auf Gelja auf, ich lasse sie nicht im Stich.«

Jenen ersten Tag in Moskau, als Gelja noch voller Hoffnung war, versuchte sie Rahels unverständiger Enkelin klarzumachen, dass das, was sie im Schnellzug über die bevorstehende Arbeit erfahren hatte, keineswegs als Arbeit gelten konnte, das sei einfach widerlich und schmutzig, vom einfachen menschlichen Standpunkt aus betrachtet.

»Na, dann sieh zu, Mädchen«, spottete diese, »lauf selber durch die Stadt, träum nur, sieh dir das Leben hier an und denk an deine Kleinen, die du Sara aufgehalst hast, dann wirst du schon zur Vernunft kommen. Übernachten kannst du heute erst mal bei mir, solange ich noch meine Regel hab. Los, Mädchen!«

Am Abend kam Gelja zurück wie ein geprügelter Hund.

»Na, was ist?«, fragte die Nachbarin aus der Stadt ihrer Kindheit. »Hast du gesehen, wie die Leute hier leben? Bist du nun reif?«

»Morgen geh ich auf den Markt, auf den Kleidermarkt«, erklärte Gelja, die Frage ignorierend. »Vielleicht findet sich da was für mich.«

»Vielleicht.« Rahels Enkelin gähnte. »Dasselbe wie bei uns nämlich, bloß ohne Kohle und dass der Typ dir seinen Mundgulli ins Gesicht bläst, als hätt er dich fürs ganze Leben gekauft. Aber sonst fast dasselbe.«

»Wovon redest du?«, fragte Gelja verständnislos.

»Geh hin, dann erfährst du's. Geh nach Lushniki, da ist die Nachfrage am größten.«

Am nächsten Tag kehrte Gelja nicht nur wie ein geprügelter, sondern obendrein wie ein hungriger Hund zurück – ihr Geld war alle.

»Soll ich dir erzählen, wie's war?«, fragte die Freundin. Gelja schwieg.

»Also, hör zu …« Sie kicherte gutmütig, setzte sich neben Gelja, legte ihr den Arm um die Schultern und begann: »Du brauchst nur zu nicken, musst gar nichts sagen. Also: Russische Männer gibt's da kaum, und die Frauen brauchen keine Hilfskraft.«

Gelja nickte.

»China und Vietnam fallen weg, die haben ihre eigenen Regeln.« Gelja nickte erneut. »Die meisten sind Aserbaidschaner und andere Schwarze.«

Auch das bestätigte Gelja.

»Die gucken dich erst so an«, sie stand auf, schob die Hände in die Taschen, streckte ihren Bauch weit vor, kratzte sich in der Leiste und maß Gelja mit einem abschätzigen Blick, von unten nach oben und zurück, die Hand noch immer in der Leistengegend.

Gelja reagierte nicht, krümmte sich nur zusammen.

»Und dann sagen sie, eine Hilfe könnten sie schon brauchen, aber erst mal müssten sie überprüfen, wie sich die Hilfskraft in der Praxis macht, wenn mal Not am Mann ist. Stimmt's?«

Gelja schlug die Hände vors Gesicht und weinte. Sie weinte, und die Freundin setzte sich wieder neben sie, umarmte sie und flüsterte ihr leise ins Ohr.

»Du musst keine Angst haben, Gelja, probier's doch erst mal. Aber nicht bei denen, sondern da, wo ich dich hinschicke. Denkst du, ich will dir Böses? Ich hab doch selber so angefangen, und heute lache ich drüber, wie blöd ich damals war. Ich lache und ärgere mich, wie viel Zeit ich umsonst verplempert hab. Sonst hätte ich heute längst ein paar Mädchen unter mir, bei meinem Charisma.«

Das war der zweite Tag in der Hauptstadt. Und dann kam der dritte, der letzte vor Beginn der eigentlichen Arbeit. Am Morgen beschloss Gelja, sich in Speiselokalen umzuhören. Wenn sie etwas wirklich konnte, dann kochen, das hatte sie von ihrer Mutter gelernt, und die hatte es von Rosa Markowna, der alten Mirskaja. Sie ging ins erste Café und fragte: »Brauchen Sie vielleicht jemanden in der Küche, gute Frau?«

»Hast du einen Facharbeiterbrief?«, fragte die Matrone.

»Nein«, antwortete Gelja ehrlich. »Ich hab nichts. Aber ich kann gut kochen, richtig gut.«

»Und als was hast du gearbeitet?«, erkundigte sich die Matrone.

»Als Spulenwicklerin«, gestand Gelja. »In Lohngruppe zwei, ich sollte demnächst die eins kriegen.«

»Spulenwicklerin?« Die Matrone lachte spöttisch. »Na, dann spul dich mal zurück, meine Gute, wir brauchen hier ausgebildete Köche, keine Spulenwicklerlehrlinge. Klar?«

Das war klar. Ebenso wie die Tatsache, dass niemand sie brauchte, die Fremde mit auswärtigem Akzent, bis auf Mama und die beiden Kleinen. Ähnlich lief es auch anderswo: mal höflicher, mal noch schroffer, jedenfalls stets mit dem gleichen entmutigenden Ergebnis.

Gegen Abend hielt ein Milizsergeant sie an und verlangte ihre Papiere.

»Ukraine?«

»Shitomir«, antwortete Gelja, vom Vertreter der Staatsmacht nichts Böses erwartend.

»Bist du gemeldet?«

»Was?« Sie begriff nicht.

»Das«, antwortete die Staatsmacht und steckte ihren Ausweis in die Tasche. »Mitkommen zur Klärung, Bürgerin Habibullina.«

Die Klärung dauerte nicht lange: Erst einmal steckten sie Gelja in den sogenannten Affenkäfig, zu den Alkoholikern. Nach diesem Präludium wurde sie in ein Büro gebracht.

»Na, was ist«, fragte ein anderer Mann mit kleinen Sternen auf den Schulterklappen. »Zahlen oder blasen?«

»Wie bitte?« Gelja war entsetzt. »Wer sind Sie?«

»Alles klar«, sagte grinsend ein Dritter, ganz ohne Schulterstücke. »Kein Geld, und die Mama wird schimpfen.«

»Ich muss nach Hause«, erklärte Gelja, die das Ganze noch immer für ein Versehen hielt. »Meine Freundin wartet auf mich, sie macht sich Sorgen.«

»Die kann warten«, antwortete der Mann mit den Schulterstücken und sah zur Uhr. »Du kommst noch rechtzeitig zur Arbeit. Wo stehst du denn? In der Twerskaja? Oder auf dem Leninprospekt?«

»Ich stehe nirgends, ich bin zum Arbeiten hergekommen, als Köchin. Ich bin Spulenwicklerin, Lohngruppe zwei.«

Der Sergeant wieherte los.

»Wichserin, sag ich doch! Also ran, aber nicht wie in Lohngruppe zwei, sondern allererste Qualität. Darunter läuft hier nichts.«

Er trat zu ihr und streckte lächelnd die Hände nach ihr aus. Gelja reichte ihm wie hypnotisiert die ihren. Der Sergeant ergriff sie, riss sie nach hinten und drehte Gelja mit dem Rücken zu sich. Gleichzeitig bog er sie so heftig über den Tisch, dass sie mit der Stirn auf die Platte schlug.

»Stillgestanden, Shitomir!«, befahl der Sergeant und öffnete seine Uniformhose. Der Mann ohne Schulterstücke kam gemächlichen Schrittes an den Tisch, hob dem Mädchen den Rock hoch und zerrte ihr den Slip herunter. Gelja grunzte hilflos, doch der Sergeant presste ihren Kopf auf den Tisch, sodass ihre Lippen auf einer Kunstledermappe breitgedrückt wurden. Doch das gefiel dem Offizier mit den Sternen nicht. Er hob unwillig eine Braue und fragte in strengem Natschalnikton: »Was geht hier vor, wenn ich fragen darf?«

Gelja konnte kaum noch denken, nicht einmal mehr schreien, dazu hatte sie weder die Kraft noch die Möglichkeit. Nur eines erfasste sie mit einem Rest von Bewusstsein: Gleich würde der Chef für Ordnung sorgen, die Halunken zur Vernunft bringen, und dann war alles vorbei, ihre Schande und dieses ganze hauptstädtische Missverständnis.

»Was ist los, Sergeant Chanjutin? Na los, Achtung!« Der Angesprochene löste sich widerwillig von Gelja und richtete sich träge auf. »Na also.« Der Dienstältere grinste und öffnete selbst die Hose. »Du weißt wohl nicht, wer hier die Nummer eins ist, wie? Gib mir lieber ein Kondom und bleib hier stehen. Sonst zappelt sie noch rum und macht Dummheiten. Die kleine Wicklerin.« Er zog sich ein

Präservativ über und langte Gelja zwischen die Beine, nach dem Eingang tastend. In diesem Augenblick klingelte auf dem Schreibtisch heiser das Telefon. Der Mann ohne Schulterklappen nahm ab.

»Ein dringender Fall, Genosse Leutnant«, meldete er förmlich. »Eine frische Leiche am Nikita-Tor. Der Wagen ist schon da, der Major hat angerufen.«

Der Leutnant fluchte und zog das Präservativ wieder ab.

»Na, fick dich, Shitomir!« Er schlug Gelja auf den nackten Hintern und zog sich die Hose hoch. »Für heute kannst du gehen, sonst entwischt uns deinetwegen ein Mörder.« Er zog ihr jovial den Slip hoch, ließ den Gummi schnippen und drehte Gelja mit dem Gesicht zu sich. »Das nächste Mal kümmerst du dich lieber um deine Anmeldung, Bürgerin ...«, er schaute in Geljas aufgeschlagenen Ausweis auf dem Tisch, »Bürgerin Habibullina. Alles klar?«

Sie bewegte schwach den Kopf, senkte oder hob ihn, dorthin, wo der Himmel sein musste, und ging schwankend und zögernd, als könne sie nicht recht an ihre Befreiung von den grimmigen hauptstädtischen Männern in Uniform glauben, zum Ausgang.

»Na, wie steht's?«, fragte die Freundin, als Gelja endlich die Wohnung erreicht hatte. »Wie war dein Tag?« Sie verwarf die Frage jedoch sogleich mit einem Kopfschütteln. »Spar dir die Antwort, ich sehe schon, gut.«

»Wann gehst du zur Arbeit?«, fragte Gelja, hob den Kopf und begegnete dem spöttischen Blick der Freundin.

»Morgen«, informierte Rahels Enkelin ihren Gast, »die Regel ist glücklich überstanden, Zeit zum Geldverdienen.«

»Ich leg mich hin, ja?« Ohne eine Antwort abzuwarten, ging Gelja ins Zimmer und sank aufs Klappbett. »Ich kann nicht mehr ...«

Sie legte sich auf den Rücken und schloss die Augen. Als sie sie wieder öffnete, entdeckte sie auf dem Schrank anstelle des Koffers, mit dem sie angekommen war, Galimsjan. Sie erkannte ihn sofort, ihren angetrauten Ehemann. Er ließ die Beine vom Schrank baumeln, trug die Uniform der Feuerwehreinheit und lächelte. Auf dem Kopf hatte er anstelle des vorgeschriebenen Käppis einen Turban, sein Schnurrbart ging in einen ebenso pechschwarzen muslimischen Bart über, und obendrein waren seine Stiefel anders als normale

Soldatenstiefel aus sehr weichem Leder und ganz ohne Absätze. Er hielt einen Feuerlöscher umklammert, und seine Augen strahlten ein schwaches violettes Licht aus. Galimsjan wies mit einem Kopfnicken auf seine Stiefel, drehte das Bein hin und her und fragte seine Frau, sichtlich zufrieden: »Gefallen sie dir?«

Ohne ihre Antwort abzuwarten, erklärte er: »Das sind Itschigi, unser traditionelles Schuhwerk. Wenn ich zurückkomme von der Armee, machen wir unseren kleinen Tataren Schuhe daraus, das reicht gerade für die Schülergröße.«

»Du bist schon zurück?«, wunderte sich Gelja. »Warum hast du denn nicht Bescheid gesagt, wir hätten dich empfangen, wie es sich gehört, ich und die Kinder, Rinatik und Petruschka. Sie sind schon richtig selbstständig, kommen bald in die Schule. Sie haben immer auf dich gewartet, haben gefragt, wo ist denn unser Papa, was ist denn das für ein Dienst in diesem Tschernobyl.«

»Ich wollte euch überraschen!« Erneut lächelte er strahlend.

In diesem Augenblick klingelte es. Gelja hörte das Poltern von Militärstiefeln, und drei Männer kamen herein.

»Du kannst gehen«, herrschte der Mann mit den Schulterstücken, derselbe, der seine kriminelle Handlung wegen des Mordes am Nikitskije-Tor unterbrochen hatte, Rahels Enkelin an.

»Jawohl, Bürger Natschalnik!« Sie salutierte mit dem Pioniergruß und ging hinaus.

»Na, Shitomir?« Der Dienstälteste lächelte. »Machen wir weiter mit den Meldeformalitäten?«

Krampfartig packte Gelja die Angst, doch sie brachte noch genug Willensstärke auf, den Blick zu heben und zum Schrank hinaufzusehen. Galimsjan schien das Auftauchen des Milizkommandos nicht im Geringsten zu schockieren. Er lächelte seiner Frau lediglich erneut vielsagend zu und legte den Finger auf die Lippen: Pst, die Feuerwehr hat alles unter Kontrolle.

»Also, Folgendes«, ordnete der oberste Milizionär an, »ihr zwei durchsucht den Raum. Wenn ihr Kondome findet, her damit. Wir fangen erst mal ohne an, aus reinem Enthusiasmus, aus purem staatsbürgerlichem Pflichtgefühl und ohne alles.«

Sergeant Chanjutin und der andere, der auch jetzt Zivil trug, schnüffelten aufgeregt wie Spürhunde in allen Ecken herum. Der Leutnant setzte sich zu Gelja aufs Klappbett und legte ihr die Hand zwischen die Beine. Aber anders als beim ersten Mal: nicht grob, sondern zärtlich und ohne Hast.

»Du musst auch uns verstehen, Schwester«, sagte er väterlich, »wir sind immerhin die Staatsmacht, keine bloßen Konsumenten der menschlichen Würde. Uns wird manchmal selbst übel von unserer Arbeit. Aber du musst doch einsehen, Shitomir, wie können wir die Finger von dir lassen, wo dein Tatare ja nicht mal zurückgekommen ist, wo er dich und die Kinder einfach an der Nase rumgeführt hat?« Der Ton des Leutnants beruhigte die vom Erscheinen der grimmigen Männer in der Wohnung völlig gelähmte Gelja ein wenig. Sie hörte ihm zu und glaubte mit ihrem beruhigten Verstand, dass nun alles gut werden würde. Sie glaubte es, weil sie begriff, dass das alles nur eine scherzhafte Prüfung ihrer Standhaftigkeit gegen den Plan von Rahels Enkelin gewesen war. Sie warf einen raschen Blick auf den Schrank, unsicher, was ihr angetrauter Gatte Galimsjan Habibullin in diesem gefährlichen, unberechenbaren Augenblick unternehmen würde. Doch der schien nicht mehr auf dem Schrank zu sitzen, sondern auf dem Gipfel der Glückseligkeit zu schweben. Mit hocherhobenen Armen, die Handflächen nach oben, und einer Miene tiefer Zufriedenheit bedeutete er Gelja, dass sie sich nun überhaupt keine Sorgen mehr machen müsse. Das Schlimmste sei vorbei, nun müsse nur noch der Schlusspunkt gesetzt werden.

»Tja, so sieht die Sache aus, Bürgerin Habibullina«, kam der Leutnant zum Schluss und rief seinen Männern zu, ohne sich umzusehen: »Habt ihr Kondome gefunden?«

Die Suche fortsetzend, antworteten beide gleichzeitig: »Nein, hier ist nichts! Machen Sie's ohne, Genosse Chef!«

»Wenn nicht, dann eben nicht«, seufzte der Mann mit den Schulterstücken und presste seine Hand fester zwischen Geljas Beine. Mit der anderen langte er nach seiner Hose, löste den Gürtel und zog den Reißverschluss auf.

»Nein«, sagte Gelja leise, »nein …«

»Doch«, entgegnete der Offizier ebenso leise und warf den linken Stiefel ab.

»Du Schwein«, sagte Gelja und schloss die Augen, wohl wissend, dass sie nun nichts mehr retten konnte, dass all das Bullengerede nur Tarnung gewesen war, Vorspiel zum großen, anhaltenden Vergnügen der drei Männer beim Missbrauch der unbotmäßigen, sich der Staatsmacht widersetzenden Gelja.

Die beiden anderen kamen dazu, packten Geljas Arme und hielten sie zu beiden Seiten des Klappbetts fest.

Aus, fuhr es ihr durch den Sinn, jetzt ist es aus mit mir …

Aber im selben Augenblick merkte sie, dass sich um sie herum etwas verändert hatte. Die Hände, die sie festhielten, erschlafften, die Hand des Leutnants zwischen ihren Beinen drang nicht weiter vor und begann zu zittern, aber nicht vor Gier und Leidenschaft, sondern vor Entsetzen, das ihre Exekutoren plötzlich erfasst hatte. Das begriff Gelja ganz klar, und sie öffnete die Augen. Vom Schrank herab schoss ein armdicker Schaumstrahl, direkt aus dem Feuerlöscher. Gelenkt wurde er von Galimsjan, ihrem treuen toten Mann, dem Liquidator todbringender Havarien und krimineller Absichten. Gelja machte eine ruckartige Bewegung auf ihn zu und sah, wie die drei ungebetenen Gäste im Schaum ertranken und um Schonung baten. Doch sie pfiff darauf.

»Galik!«, rief sie, glücklich und voller Energie. »Galik!«

Er aber hörte seine Frau nicht, er verschoss weiter seinen fetten Löschschaum, freute sich und lachte über die Männer, die ihr kürzlich noch mit aufgezogenem Kondom gedroht hatten, weil sie nicht offiziell gemeldet war …

Als sie am Morgen die Augen öffnete, wartete sie, bis die Freundin wach war, und verkündete ihren endgültigen Entschluss:

»Ich komme mit.«

Die Freundin verstand sofort: Das war kein Witz.

»Schlimmer als bis jetzt kann es nun auch nicht mehr kommen.«

Die Gründe für dieses traurige Resümee interessierten die Freundin nicht, sie lobte Gelja erfreut und beglückwünschte sich selbst innerlich zu ihrer erfüllten Mission. Laut aber beendete sie das Thema mit den Worten: »Na also, kluges Mädchen! Ich erzähl dir alles, wie und was. Klar ist unser Gewerbe nicht ohne, und man muss ein paar Feinheiten beherrschen. Aber du bist ja ein pfiffiges Mädchen, das mit deinen beiden kleinen Tataren hast du ja auch geschafft. Da schaffst du das hier erst recht. Und bald kannst du deinen Jungs und Tante Sara ein paar Kopeken schicken«, sie lächelte zufrieden, »oder sogar ausländische Cents.«

Am Abend des vierten Tages in Moskau borgte Gelja sich einige Sachen von der Freundin und stellte sich neben sie ans Ende der Twerskaja. Und dort kaufte sie für eine Nacht der zweiundfünfzigjährige Fedja Kerenski, der stark betrunken, an diesem Abend aber bei gutem Befinden und in gehobener Stimmung war. Was das männliche Begehren anging, so war es vermutlich vorhanden, jedoch nicht von entscheidender Bedeutung und zwingender Stärke. Wichtiger war etwas anderes, er wollte die Augen öffnen und seinen festen Blick in Richtung weibliches Geschlecht schweifen lassen, um sich bestätigen zu lassen, was er selbst sich schon vielfach bewiesen hatte: Dass es in der Kunst nichts Schöneres gab als ein verschwommenes Gespräch über die grundsätzlichen Postulate des Lebens mit einer zufälligen, bedingungslos zustimmenden Partnerin. Und sei es für Geld.

Aus welchem Grund er die ungeschminkte Schwarzhaarige gewählt hatte und nicht die andere, ebenfalls Schwarzhaarige, aber Geschminkte mit dem dreisten Blick und dem wohlgeformten kleinen Hintern, wusste der Bildhauer Kerenski nicht. Er dachte auch gar nicht darüber nach. Er zeigte mit dem Finger auf sie und nahm sie mit. Gegen Mittag begriff er, dass er nicht aus betrunkenem Zufall auf sie gezeigt hatte, sondern kraft der Vorsehung.

An Gottes Werk glaubte Fedja nicht, ebenso wenig wie an den allerhöchsten Meister selbst und die ganze Kamarilla drum herum. Dafür glaubte er an Glück und Schicksal und vertraute sogar ein wenig auf das Gewissen. Nicht auf sein eigenes, nein, mehr auf das allgemeinmenschliche, das Gewissen an sich. Dabei unterliefen ihm mitunter natürlich Fehltritte, aber es gab auch Momente der Aufrichtigkeit. Das alles hatte mit den Frauen zu tun, den Weibern, den Ehefrauen. Von Letzteren hatte Fjodor Kerenski sechs. Und abgesehen von zahlreichen schwangeren Geliebten, deren weiteres Schicksal ihm unbekannt war, hatten fünf seiner sechs legitimen

Ehefrauen ernsthaft Kinder von Fjodor Kerenski gewollt, zwei davon zweimal und eine, die dritte oder vierte, sogar dreieinhalb Mal.

Doch, um es kurz zu machen, Fjodor Kerenski mochte keine Kinder. Übrigens zeigte sich der schlichte Mann in dieser Hinsicht recht originell. Normalerweise hat man etwas gegen die Kinder der anderen: weil sie schreien, lärmen, anstrengend und unerträglich sind. Die eigenen hingegen erträgt man geduldig, liebkost sie aufrichtig, verwöhnt, ja, liebt sie sogar. Im Fall Kerenski hatte die Liebesformel einen Defekt, ja, war nahezu ins Gegenteil verkehrt. Fedja hatte explizit etwas gegen eigene Kinder, gegen die anderer Leute war er ziemlich gleichgültig und resistent gegen jegliche Erscheinungsform von Kindheit in seiner Umgebung. Mochte der Spatz ruhig fliegen, wie er flog. Hauptsache, er kackte ihm nicht auf den Kopf. Tat er das jedoch, war er nicht mehr fremd, und dann offenbarte sich der ganze Hass des Bildhauers. So war das. Als anständiger Mensch konnte Kerenski es sich nicht gestatten, seine eigenen kleinen Kinder zu hassen, darum erstickte er allein den Gedanken an Kinder jedes Mal bereits im Keim. Wurde diese strikte Vorgabe durch zufällige Leidenschaft gebrochen, und sei es mit der eigenen Ehefrau, musste der Bildhauer eine enorme kreative Energie und viel kultivierten Charme aufbieten, um das Ganze abzubrechen, bevor daraus eine gefährliche Unannehmlichkeit entstehen konnte, ein Reizfaktor, der sein Gemüt von der Kunst ablenken würde. Darum trieben seine Frauen ab, manche einmal, manche mehrmals, und verließen ihn nach einer Weile schließlich. Fedja, sich des eigentlichen Trennungsgrundes wohl bewusst, verspürte eine Zeit lang Gewissensbisse und lenkte sich rasch vom Thema ab, denn schon bald erschien am künstlerischen Horizont ein neues zärtliches Objekt, stets noch jünger und schöner als das vorherige. Und jedes Mal nahm das Ganze denselben bekannten Ausgang.

»Ich würde dich ja vielleicht noch weiter ertragen, Fedja«, sagte seine letzte Frau zu ihm, als sie ging und ihn der Einsamkeit überließ, »wenn du wenigstens nicht trinken würdest. Aber ein Mann, der dauernd betrunken ist, keine Kinder will und überdies nicht mehr jung ist, das ist zu viel, mein Lieber, das musst du verstehen. Warum mit so einem weiter zusammenleben, Fedja, wo ist der glückliche Ausgleich dafür?«

Sie arbeitete beim Fernsehen, schrieb Texte fürs erste Programm, sie konnte sich also ausdrücken, erfasste das Wesentliche und formulierte es klar und deutlich.

Inzwischen hatte Fedja die Fünfzig überschritten und befand sich bereits im Einundfünfzigsten. Dieses Einundfünfzigste kroch dahin bis zum Augustputsch, fast bis zum Herbst einundneunzig. Es kroch gleichförmig dahin, bis sich im September plötzlich etwas veränderte – nicht an Quantität, aber an Qualität. Das war, als die Richtigen die Falschen besiegt hatten, die Unseren hatten den eigenen Leuten gezeigt, was eine Harke ist. Und er, Kerenski, hatte gerade einen Auftrag bekommen, ein Denkmal für den Flieger Babuschkin. Wunder über Wunder: ein Honorarvorschuss, der Sieg der Unseren über die eigenen Leute und der Weggang der letzten Frau.

Aus diesem dreifachen Anlass trank Fedja in Gorodischtsche bei Moskau. Dort werkelte er am Gipsmodell für seinen Babuschkin, ein Monument in Lebensgröße und Bronze, mit Helm und warmen Fliegerschuhen. Als er fertig war, beschloss er, das gesondert zu feiern. Was er auch tat. Es wurde sein erstes handfestes Delirium.

Als er wieder zu sich kam, entdeckte er gegen Abend etwas Sonderbares: Die Lust auf eine Frau war nach wie vor da, das Stehvermögen aber restlos dahin.

Amüsant, dachte Fedja, erstaunlich. Er nahm es an als eine weitere interessante Eigenheit seiner Persönlichkeit.

Aber es blieb so, auch am nächsten Tag regte sich nichts, ebenso wenig nach einer Woche und nach zwei Wochen, weder heftig noch schwach, überhaupt nichts, obgleich seine Augen in der Menge und im friedlichen Leben weiterhin Ausschau hielten nach Frauen und Mädchen jeglicher Art und für jeden Geschmack. Diese reagierten sogar auf die männlichen Signale, viele mit Freuden, doch in der Leistengegend des Signalgebers regte sich nichts, und die einzige Hitze nach solchen romantischen Rendezvous rührte lediglich von hochprozentigen Getränken.

So war es auch, als Gelja an ihrem vierten Tag in der Stadt, dem ersten Tag ihrer neuen Zeitrechnung, bei ihm war. Die ersten beiden Stunden nach ihrer Ankunft in der Trjochprudny-Gasse trank Fjodor Alexandrowitsch kultiviert, mit kleinen Schlucken, fragte Gelja aus, über welche Umwege sie in der Twerskaja gelandet war, und erläuterte sogleich seine eigenen Ansichten dazu. Diese Ansichten waren ihm wichtig. Er fand es verwerflich, die Käuflichkeit der Kunst im Allgemeinen zu verurteilen, ebenso wie den Einsatz des eigenen Körpers als monitäres Äquivalent, und bewertete auch Letzteres nicht negativ, wenn der Körper, ebenso wie das Kunstwerk, nur ansprechend beschaffen war.

»Das muss allen gehören«, erläuterte er seinen Gedanken, wobei er Gelja von allen Seiten betrachtete und ihr eine passable Figur bescheinigte, »genau wie Skulpturen.«

Dann verlangte er Tee. Als Gelja aus der Küche zurückkam, schlief Kerenski friedlich, den Kopf auf dem Tisch. Also beschloss sie, ihren Lohn auf andere Weise abzuarbeiten. Sie schleppte den unzurechnungsfähigen Fedja ins Bett und begann mit der gründlichen Reinigung der äußerst vernachlässigten zweigeschossigen Behausung. Um acht Uhr früh war alles blitzblank und an seinem Platz. Die Küche war in ihren ursprünglichen Zustand zurückgescheuert, einschließlich Geschirr und buckliger Pfannen. Das Bad strahlte im Glanz nagelneuer Fliesen, die unter dem gelblichen Schmutzfilm zum Vorschein gekommen waren. Der Staub – alle achtzehn Schichten – war durch dreimaliges Wischen restlos beseitigt. Die zahlreichen, in der ganzen Wohnung verstreuten leeren Flaschen waren nun sämtlich in der Abstellkammer versammelt. Der einzige Ort, wo sie sich nicht zu putzen traute, war die Rumpelkammer im Obergeschoss, eine Art Atelier mit Hunderten großer und kleiner Bilder, abgestellt in bis zur Decke reichenden Regalen. Als sie fertig war, sank sie aufs Sofa und wartete, dass der Hausherr erwachte und sie entließ.

Kerenski erwachte erst am Nachmittag. Er erwachte und staunte, als er um sich herum nicht seine gewohnt verlotterte Behausung erblickte, in die er gestern ein Mädchen vom Twerskaja-Strich mitgenommen hatte, sondern die anständige, ordentlich aufgeräumte und saubere Wohnung, in der er früher einmal gelebt hatte. Er musterte die Prostituierte vom Vorabend erneut, und urplötzlich erreichte ihn, was gestern nicht zu ihm durchgedrungen war: Das Gesicht des Mädchens erinnerte ihn an jemanden. Vielleicht an eine Bekannte. Oder an ein Bild. Oder an etwas anderes. Wie dem auch sei, dieses Gesicht hatte er schon einmal gesehen. Oder kannte es. Da schlug er ihr ohne Umschweife vor: »Hör mal, Gelja, willst du nicht bei mir wohnen? Mir den Haushalt führen, die Küche und so? Als Haushälterin sozusagen. Such dir ein Zimmer aus, das dir gefällt, da kannst du wohnen. Kost und Logis hast du natürlich umsonst. Und du kannst weiter arbeiten wie bisher. In der Twerskaja, meine ich. Was hältst du davon?«

Gelja überlegte nicht lange. Am Abend zog sie mit ihrem einzigen Koffer bei Rahels Enkelin aus und in die Trjochprudny-Gasse ein, in das schöne alte Haus mitten im Zentrum Moskaus, und meinte, dieses Angebot sei womöglich der bewusste einmalige Glücksfall im Leben, von dem Fjodor Alexandrowitsch am Vorabend so blumig und bildhaft gesprochen hatte. Außerdem hatte er hinzugefügt, auf sein Bett könne sie nicht rechnen, also auf körperliche Nähe, er würde sie sofort rauswerfen. Diese Drohung gab den endgültigen Ausschlag.

Am Tag ihres Umzugs ging Gelja nicht in die Twerskaja, sie genehmigte sich einen freien Tag zum Einleben und zur eingehenden Erkundung der bemerkenswerten Wohnung, die nun ihr Haushalt war – bis auf die Rumpelkammer im Obergeschoss, denn Kerenski hatte ihr streng untersagt, ihre Nase dort hineinzustecken, damit sie seine Bilder nicht durcheinanderbrachte. Darauf einigten sie sich.

Nach einigen Tagen meldete Kerenski die Bürgerin der Ukraine und Einwohnerin der Stadt Shitomir Angelina Fjodorowna Habibullina vorübergehend in seiner Wohnung an.

»Ach, du bist Tatarin, Kleine?«, erkundigte er sich angesichts des unrussischen Familiennamens. »Daher also die schwarzen Haare und die breiten Wangenknochen.«

»Den Namen habe ich von meinem Mann«, entgegnete sie. »Von meinem verstorbenen Mann. Er ist tot, verstrahlt in Tschernobyl.«

»Du bist also Witwe?«, fragte Fedja mitfühlend.

»Ja«, bestätigte Gelja, »Witwe aus Shitomir mit zwei Kindern.«

Einen Monat darauf erhielt Sara Petrowna eine Überweisung über eine erkleckliche Summe, die sofort für den Vitamin- und Schulbedarf von Rinat und Petro verwandt wurde. In dem Brief, der dem Geld folgte, las sie, die Arbeit, die ihre Tochter mithilfe der Nachbarsenkelin bekommen habe, laufe gut, sodass für den finanziellen Bedarf der Familie Tschepik fortan regelmäßig gesorgt sei. Hauptsache, die Kinder seien gesund.

Fünfter Teil

Der Zufall fügte es, dass Mitja Mirski genau bis zu jenem Tag bei Urgroßmutter und Vater wohnte, an dem das Volk ein schlimmes Finanzdesaster erlebte, einen totalen Zusammenbruch, schlicht gesagt: eine radikale Entwertung sämtlicher Rubelrücklagen. Mitja selbst litt nicht darunter, die Kohle, die er inzwischen zusammenhatte, war entweder in Geschäfte investiert oder in Dollarbündeln angelegt. Einen gewissen Verlust erlitt sein Vater, der besaß mehr Rubel als Valuta, weshalb Wilen Borissowitsch nach dem 17. August 1998 zu seinem Erstaunen feststellte, dass sein Rubelkonto in keinem Verhältnis zu den Preisen für das Dienstleistungs- und Warenangebot stand. Mit anderen Worten: Abgesehen von der geringen Summe, die nach dem neuen Umrechnungsfaktor verblieb, reichte der Dollarvorrat des älteren Mirski gerade für ein halbes Jahr ohne Arbeit. Falls es dazu käme.

»Halb so schlimm, Vater, wir kommen schon durch«, beruhigte ihn Mitja, »mach dir keinen Kopf. Wir unterstützen dich materiell, wenn nötig.« Er lächelte verheißungsvoll.

Worauf sein selbstständiger Sohn anspielte, wusste Wilen nicht. Überhaupt war er über dessen Leben in den letzten Jahren nicht gerade auf dem Laufenden. Er hatte keine Zeit, sich dafür zu interessieren, und auch keinen besonderen Anlass. Dem Sohn ging es gut, er fuhr einen neuen 5er-BMW, trug teure Lederkleidung und anderes modisches Zeug, an das Wilen niemals auch nur dachte, war von rührender Zärtlichkeit für die Großmutter, also seine Urgroßmutter Rosa Markowna, und lebte mit seinen fast fünfundzwanzig Jahren nach wie vor im Elternhaus. Warum auch nicht – das war in jeder Hinsicht bequem. Der Vater war ständig unterwegs, zu Dreharbeiten in Moskau oder auswärts, Oma ließ nichts auf ihn kommen, und ihr Essen war das beste, das er sich wünschen konnte. Und wenn er mal ein Mädchen mitbrachte, dann tat die Oma, als freue sie sich sehr, und wenn die jungen Leute nicht gerade etwas essen wollten, verschwand sie still und leise, als wäre sie gar nicht da.

Mitja war gut im Geschäft, er war vor der Zeit Brigadier geworden, für seine Verdienste im Kampf, ganz ohne Stefans Einmischung. Er hatte ein paar starke Jungs um sich geschart, Burschen wie er selbst, hielt auf eiserne Disziplin und bot seinen Leuten Leistungsanreize, sodass niemand unzufrieden war. Unstimmigkeiten klärte er ohne Gewalt, allein mit Verstand und seinem kalten Blick. Das funktionierte, sehr gut sogar, und das sah auch Stefan und war insgeheim stolz auf seinen Zögling.

Dass Mitja das elterliche Nest noch immer nicht verlassen hatte, war Stefan mehr als recht. Erstens war er so stets in der Nähe, und das war günstig für die Geschäfte, und zweitens hatte er sich an Mitja gewöhnt, er war ihm im Laufe der Jahre ans Herz gewachsen, ohne dass er hätte sagen können, wodurch. Später begriff er, dass es das Haus war, in dem sie beide lebten, ihr Wohnort verband sie miteinander, den Lehrer und seinen Zögling. Die Trjochprudny-Gasse, für Stefan seit seinem sechsten Lebensjahrzehnt Ersatz für Straße und Hof entgangener Kindheitserinnerungen. Darum sah er, wenn er den kaum der Kindheit entwachsenen Mitja seine junge Kraft am Reck auf dem Hof trainieren sah, in ihm auch irgendwie sich selbst, wie er hätte werden können, aber nicht geworden war. Das war ihm vorenthalten worden, ihm von Geburt an nicht beschieden gewesen.

Zu Mitjas allererstem, sehr ernstem Streit mit dem Vater kam es rund zwei Wochen nach der Geldentwertung im August. Schuld daran war ein dummer Zufall mit äußerst unangenehmen Folgen.

An jenem Tag unternahm Mitja zusammen mit zwei Furcht einflößenden Burschen eine Revision diverser Stellen, aus denen sie noch keinen Gewinn zogen. Dazu gehörten unter anderem seit Kurzem etablierte private Filmproduktionsfirmen. Budgets für dies, Budgets für jenes, hier ein Film, da ein Film, Gelder von Goskino, von verschiedenen Sponsoren – Filme waren nicht billig, wenn man richtig im Geschäft war. Und wo es um Kultur ging, da war auch Kohle, Mitja wusste Bescheid über Filmbudgets, schließlich war sein Vater in dem Metier. Kurz, sie hatten eine Information erhalten, einer ihrer Jungs hatte eine Sekretärin der Filmleute systematisch gevögelt, und die hatte nebenbei ausgeplaudert, mit welchen Summen diese wirtschafteten.

Sie statteten besagten Filmleuten also einen Besuch ab. Am oberen Gogol-Boulevard. Mitja kannte die Adresse von seinem Vater. Sie gingen hinein. Sechs Leute saßen an Schreibtischen und brachten die Kultur voran. Hinter einer Glaswand saßen weitere drei, zwei Chefs und eine Buchhalterin, ein älteres Muttchen. Mitja und seine Männer ignorierten die Proteste – »Zu wem wollen Sie denn? Die Chefs sind beschäftigt ...« – und traten abrupt ein. Mitja sah die drei an, überlegte kurz und nickte der Buchhalterin zu: »Die Mutti raus! Ab, aber flink!«

Sie kapierte rascher als gedacht. Mit zitternden Händen raffte sie ein paar Hefter vom Tisch und verschwand durch die Tür, den Blick ängstlich auf die Furcht einflößenden Burschen gerichtet. Die beiden Männer taten mutig, aber Mitja ahnte, dass sie längst begriffen hatten und fieberhaft nach einem Ausweg suchten.

»Also«, sagte Mitja, »mit wem sind wir im Geschäft, Freunde?«

»Auf welchem Sektor, junger Mann?«, erkundigte sich der näher am Fenster Sitzende, bemüht, um jeden Preis seine Würde und Solidität zu wahren.

»Ach, so kommst du mir?« Mitja lächelte und wechselte einen Blick mit seinen Jungs. Die beiden Gorillas grinsten und starrten die Chefs Unheil verkündend an. »Wir stellen uns also dumm?«

»Nein, wir verstehen wirklich nicht, was Sie wollen«, mischte sich der Zweite ein, der nach einer letzten Chance suchte, ungeschoren davonzukommen. »Und von welcher Firma Sie kommen.«

»Aus Kunzewo«, sagte Mitja freimütig. »Schon mal gehört?«

»Und was wünschen Sie, meine Herren?« Der erste Chef änderte seine Taktik, sah sie freundlich an und lächelte ängstlich. »Es geht um eine Zusammenarbeit, wenn ich Sie richtig verstehe?«

»Genau«, bestätigte der junge Mirski und zuckte die Achseln. »Worum sonst?«

»Ja, und?«, meldete sich erneut der Zweite, der verzweifelt hoffte, sein persönliches Kapital vor fremdem Zugriff bewahren zu können.

»Sie meinen, wie viel?«, sagte Mitja, dann öffnete er die Tür zum Vorzimmer und rief, ohne hinzusehen: »Mutti, mach uns einen Tee, und für die Jungs was Kaltes zu trinken!« Ohne eine Reaktion abzuwarten, schloss er die Tür wieder und setzte das Gespräch fort. »Ich denke, in Anbetracht eurer Geschäftslage für den Anfang anderthalbtausend.« Dabei sah er die beiden nicht an, er schien nur laut zu überlegen. »Und dann sehen wir weiter, je nachdem.«

Der Erste war sichtlich erleichtert und fragte beinahe gelassen: »Wie heißen Sie denn, junger Mann? Ich finde, mein Partner und ich sollten das doch zumindest wissen.«

»Richtig«, lobte Mitja, »prima, Regisseur, also, schreib auf: Ich bin der Akademiker. Verstanden? Akademiker, merk dir das. Wenn was ist, kannst du dich auf mich berufen, ich lass dir auch meine Telefonnummer da. Und der hier«, er zeigte auf einen der beiden Gorillas, »kommt jetzt einmal im Monat vorbei. Er heißt Schunja, das kannst du dir auch aufschreiben. Er ist von nun an für euch zuständig. Klar?«

Dieses »Klar« sagte er getreu dem erprobten Schema erneut in strengem Ton, damit die beiden Chefs Bescheid wussten, wer hier wer war. Die beiden schwiegen, verdauten offenkundig die Neuigkeit und begriffen sehr gut, dass ein »Klar« als Antwort bedeutete, dass der Vertrag unterschrieben war und es kein Zurück mehr gab. Ach, wie ungern sie das Geld verloren! Andererseits dachten beide, ohne sich darüber verständigt zu haben, dass die verfluchten anderthalbtausend eine Summe waren, die sie gerade aufbringen konnten, wenn auch höchst widerwillig. Weniger wäre leichter zu verkraften, mehr hingegen hätte das Geschäft ganz unmöglich gemacht.

Mitja schätzte die Summe des zu leistenden Tributs stets exakt ein, nahezu bis auf die Stelle hinterm Komma. Das hatte er Stefan zu verdanken. Er sagte immer: »Schau ihnen gleich in die Augen, in den Augen findest du alles, was du brauchst. Du musst nur auf den Blick achten, auf jede Kleinigkeit, auf jedes Detail, auf jede zuckende Wimper. Dann die Schuhe. Und die Uhr. Schon hast du ein vollständiges Bild davon, was einer wert ist. Aber dafür musst du dir einiges Wissen aneignen, damit du nicht auf die Schnauze fällst. Zum Lernen ist es in unserem Geschäft nie zu spät, Mitja. Im Gegenteil, es ist Ehrensache, nützlich und äußerst angenehm.« Diese Kunst, mit Verstand betrieben statt im Galopp, erwies sich als komplizierter als gedacht, aber Mitja schaffte es. Und er liebte das alles: die Kunst, die Sache, der er diente, und Stefan selbst – noch mehr als früher.

Diesmal lief es wie gewohnt: Die beiden Typen kniffen feige den Schwanz ein und akzeptierten die Forderungen ohne Bedenkzeit. Mitja und seine Burschen wollten schon gehen, doch der verdammte Tee hielt sie auf. Die Buchhalterin, das Gesicht vor Angst verzerrt, stieß die Tür mit dem Fuß auf und kam mit einem Tablett herein, als sie spürte, dass die Chefs sich mit den Banditen geeinigt hatten und heute wohl kein Blut fließen würde.

»Bitte, meine Herren«, sagte sie lächelnd und wies mit einem Kopfnicken auf das Tablett. »Tee und eine Waffeltorte ›Rot Front‹. Probieren Sie, sie ist ganz frisch, heute erst gekauft.«

Sie hatten sich gerade gesetzt, um ihren Vertrag mit einem Schluck Tee und süßen Waffeln zu besiegeln, als die Tür zum Vorzimmer aufgerissen wurde und breit lächelnd der Kameramann Wilen Mirski hereinstürmte.

»Hallo zusammen!«, rief er und erwartete eine ebenso fröhliche Antwort. »Warum so traurig, Leute? Noch immer nicht von der Geldentwertung erholt? Ach was, wir drehen einen Film und rappeln uns wieder auf. Darum bin ich hier.«

»Warten Sie noch einen Augenblick, Wilen Borissowitsch«, murmelte die noch immer erschütterte Buchhalterin, »da sind gerade Leute drin. Die gehen gleich.«

»Was für Leute?«, erkundigte sich Mirski munter. »Wer verwehrt mir den Zutritt zu meinen Freunden?« Er warf einen Blick auf die Glaswand, die den großen Saal vom Chefbüro trennte. Ein Ausdruck grenzenlosen Erstaunens trat auf sein Gesicht. Mit wenigen Schritten war er bei der Tür und riss sie auf.

»Mitja«, wandte er sich an seinen Sohn, »was machst du denn hier? Ist was passiert?«

Mitja warf einen raschen Blick auf den ersten Chef, dann auf den zweiten, und beide verstanden. Und Mitja verstand, dass die beiden begriffen hatten. Er lächelte breit und umarmte seinen Vater.

»Ach, nichts weiter, alles in Ordnung, Papa! Wir sind rein zufällig hier. Wir hatten gehört, man könne hier einen Werbeclip machen lassen für unser Fitnesscenter. Aber sie sagen«, er nickte zu den Chefs hinüber, »sie drehen nur Kinofilme, für den großen Verleih. Na, dann macht mal«, er lächelte, »nichts für ungut, wir gehen jetzt.«

Er nickte seinen Jungs zu, und sie wandten sich zum Gehen.

»Halt, mein Sohn!« Der Vater protestierte. »Klar machen wir das! Keine Frage, Hauptsache, ihr zahlt!«, setzte er scherzhaft hinzu. »Was erzählt ihr denn da, Jungs? Wieso nur Filme? Wir machen alles, ich bürge persönlich für die Qualität!«

Mitja sah auf die Uhr.

»Papa, wir müssen los, wir reden später weiter, ja?«

»Na dann«, sagte Mirski. »Aber denk an den Auftrag, Mitja, die Jungs«, er zwinkerte den beiden Chefs zu, »werden sich erkenntlich zeigen. Stimmt's, Igor?«

Die beiden schwiegen noch immer.

An diesem Tag sagte keiner der Filmleute ein Wort zu Wilen Borissowitsch, nicht einmal die schwatzhafte Buchhalterin. Warum sein Sohn wirklich dort aufgetaucht war, erfuhr er erst eine Woche später, bei Dreharbeiten. Ein Tontechniker denunzierte den Sohn beim Vater. Er wusste davon aus den Mosfilm-Gerüchten, die bereits am nächsten Tag in den Studios die Runde gemacht hatten.

Das Gespräch zwischen Vater und Sohn war sehr kurz und hart.

»Ist das wahr?«, fragte Wilen Borissowitsch, und Mitja begriff, dass Verstellen keinen Zweck hatte, und antwortete ebenso knapp und düster: »Ja.«

»Dreckskerl!«, sagte der Vater und wandte sich ab.

Der Sohn schwieg. Noch am selben Tag packte er seine Sachen und mietete sich eine Wohnung. Rosa Markowna erklärte er, er ziehe zu einem Mädchen, sie habe genug Platz und wolle es gern. Die alte Mirskaja versuchte in erster Linie das Wichtigste in Erfahrung zu bringen: »Ein jüdisches Mädchen, ja?«

»Ja, ja«, sagte er, ohne hinzuhören, »ein jüdisches Mädchen.«

»Und wer kocht euch das Essen?«, erkundigte sich Rosa. »Kann sie wenigstens kochen?«

»Klar kann sie kochen, Oma«, antwortete Mitja abwesend, »alles in Ordnung.«

Stefan unterrichtete er noch am selben Abend von seinen neuen Umständen, gleich nach dem Einzug.

»Tja, Mitja«, sagte Stefan nach kurzem Nachdenken. »Das ist natürlich schade, ich fand es gut, dass du immer in der Nähe warst. Na ja, es ist, wie es ist. Aber das mit deinem Vater ist nicht schön gelaufen. Das tut mir aufrichtig leid, er ist ein anständiger Kerl, echt sympathisch. Na schön, warten wir erst mal ab, dann sehen wir weiter. Aber kümmere dich um diese Filmleute, lass sie nicht fallen. Im Gegenteil, erhöhe ihre Gebühr um zwanzig Prozent, damit sie wissen, was passiert, wenn man ungebeten das Maul aufreißt.«

Stefan war inzwischen klar geworden, dass die Geschichte mit der Sammlung sich verzögerte: Irgendetwas hatte sich verändert, irgendwo war er auf dem Weg zu der ersehnten »Frau« und dem »Schuster« stecken geblieben. Und plötzlich erkannte er, worin die Ursache dafür zu suchen war: Er wollte Rosa Markowna nicht wehtun, das hatte sie nicht verdient, davon hatte niemand etwas. Und noch eins: Stefan wollte nicht, dass die Mirskaja möglichst bald starb. Er wollte es nicht und Schluss. Er wünschte ihr weder den Tod aus Altersschwäche noch aus seelischer Erschütterung, denn er konnte nicht aufhören, sie insgeheim zu bewundern, wie sie kerzengerade dasaß, aufmerksam zuhörte und einem forschend in die Augen sah; wie interessiert sie jedes fremde Wort, auch wenn sie nichts damit anfangen konnte, aufnahm, als sei es etwas Wichtiges und Bemerkenswertes. Sie sieht aus wie die Achmatowa, dachte er einmal, oder jemand Ähnliches, ebenso Großes aus dem früheren Leben.

Er entschied, sich nicht die gesamte Sammlung der Mirskis anzueignen, sondern nur einen Teil davon, die Bilder, ohne die er nicht mehr leben konnte, egal, wie seine Geschäfte liefen, nämlich

»Schuster und Kuckuck« und vor allem die »Frau mit Gitarre«. Zu der hatte er seit Amerika ein ganz besonderes, nicht unkompliziertes Verhältnis. Und das musste er ein für alle Mal klären, indem er sie zu sich holte. Nun, nach einer langen Pause, hielt er die Zeit für gekommen. Zumal Mitja jetzt ein Motiv hatte, den Streit mit dem Vater, der ließ sich in die gewünschte Richtung lenken. In welche, darüber musste Stefan noch nachdenken, ganz in Ruhe. Er hatte so lange gewartet, da musste er jetzt nichts überstürzen.

Mitja tat, was sein Lehrer ihm geraten hatte: Am Tag nach dem Gespräch mit Stefan schickte er Schunja zu den Filmleuten, um den Vertrag zu ändern. Sie fragten nicht einmal nach den Gründen, die konnten sie sich denken. Ohne zu mucksen, bekundeten sie mit saurer Miene schweigend demütige Unterwerfung und sklavischen Gehorsam.

Der Herbst war schon in vollem Gange und verhieß baldigen rücksichtslosen Schneefall, für den wie gewöhnlich niemand recht gerüstet war. Auch Fjodor Kerenski nicht, denn anstatt sich aus dem Fenster blickend an der letzten schwindenden Wärme des Hofs in der Trjochprudny-Gasse zu erfreuen, war er krank. Am Tag zuvor war er achtundfünfzig geworden und hatte aus diesem Anlass mit seinen beiden treuesten, trinkfestesten Bildhauerfreunden und Saufkumpanen kräftig einen gehoben. Als er gegen Morgen nach Hause kam, traf er auf dem Hof Gelja, die gerade von der Nachtschicht zurückkehrte. Freudig verkündete er ihr, er habe nicht vor, sechzig zu werden, denn sechzig, das sei geschmacklos. Sechzig, sagte er, das bedeute Bilanz, und Bilanz sei der Tod. Selbst wenn es nur eine Zwischenbilanz sei. Gelja wunderte sich sehr über diese komplizierte Aufschlüsselung einer Binsenweisheit und widersprach Fjodor Alexandrowitsch. Der wurde überraschend wütend.

»Mach mir lieber was zu essen, was Tatarisches, Asu zum Beispiel oder Tatar, schön scharf gewürzt. Statt hier schlau zu tun und den lichten Gedanken an meinen Tod zu vertreiben.«

Sie gingen hinauf in die Wohnung, und Gelja entgegnete ihrem betrunkenen Brotherrn so sanft wie möglich: »Fjodor Alexejewitsch, ich bin keine Tatarin, ich bin eine waschechte Ukrainerin. Habibullina heiße ich nur nach meinem Mann, das habe ich Ihnen schon hundertmal erzählt. Wissen Sie was, ich mache Ihnen lieber was Jüdisches. Das kann ich gut, das hat Mama mir beigebracht, von klein auf. Ich kann Gefilte Fisch«, sie zählte an den Fingern ab, »gefüllte Hühnerhälse, Kneidlech, aber dazu braucht man Matze, oder Heringshäckerle, das kann ich auch gut.«

Plötzlich sah sie Kerenski mit so erleuchtetem Gesicht an, als sei sie nicht gerade von einem Kunden gekommen, sondern von einem reinigenden Einlauf, verabreicht vom Papst persönlich.

»Oder ich mache Ihnen echte Hamantaschen, ja? Oder Chremslach? Das ist ganz einfach, vor allem muss man den Mohn abbrühen und durch den Fleischwolf drehen. Ach!« Sie brach ab. »Dazu braucht man ja Zitronenschale und kernlose Rosinen. Das haben wir nicht.«

»Du bist Ukrainerin, sagst du?«, fragte Kerenski. »Dann mach mir einen Borschtsch, mit roten Rüben und dass das Fett fingerdick darauf schwimmt, und Pasteten mit ordentlich viel Knoblauch. Gut?« Er lächelte. »Wie heißt deine Mutter noch mal? Barabulko oder so? Oder Besportjanko? Ich hab's vergessen.«

»Nein«, ging Gelja spielerisch auf den gutmütigen Ton ein. »Wir heißen Tschepik. Angelina Tschepik heiß ich, nach meiner Mutter.«

»Wie?« Fedja wandte sich abrupt zu der Prostituierten um und fragte noch einmal: »Was hast du gesagt?«

»Tschepik«, antwortete sie erneut, »Gelja Tschepik. Und dann Habibullina. Und die Kinder heißen auch Habibullin, wie ihr Vater.«

Kerenski verstummte für einen Augenblick und betrachtete Gelja aufmerksam. Sie zuckte zusammen, sie fürchtete, sie habe etwas Falsches gesagt. Überhaupt war es für ihn längst Zeit zum Schlafengehen, sonst war morgen wieder der ganze Tag hinüber, wie üblich. Und sie wäre daran schuld. Auch wie üblich.

»Und wie heißt deine Mama?«, brachte Fjodor Alexandrowitsch hervor, wobei seine Stimme verräterisch zitterte.

»Sara.« Gelja wunderte sich ein wenig über die Frage. Ihre Familienangelegenheiten hatten Kerenski bislang kaum interessiert. »Sara Petrowna Tschepik.«

»Du lügst!« Er sprang vom Stuhl auf und streckte den Zeigefinger nach Gelja aus. »Lüg mich nicht an, Mädchen! Von wegen Sara Tschepik! Was redest du da?«

Gelja klapperte erschrocken mit den Augen, sprang sicherheitshalber ebenfalls auf, gefasst auf einen erneuten Deliriumsanfall, wie Onkel Fedja sie in diesen Jahren mehrfach gehabt hatte, und verharrte abwartend. Fedja wurde übel von einer plötzlichen Ahnung, er versuchte den Spuk zu verscheuchen, doch es gelang ihm nicht. Da brüllte er unversehens.

»Wie war noch mal dein Vatersname? Los! Sag schon! Aber die Wahrheit bitte!«

Gelja krümmte sich zusammen und zog die Arme an sich, aus Angst, in diesem gefährlichen und unsinnigen Augenblick schutzlos zu sein.

»Fjodorowna. Das wissen Sie doch, Fjodor Alexandrowitsch, Angelina Fjodorowna heiße ich.«

Kaum hatte sie das gesagt, heulte in ihrem Inneren, unter den Rippen, eine Alarmsirene los, eine, wie Galimsjan sie wahrscheinlich gehabt hatte, als er das Todesfeuer in Tschernobyl löschte, ahnungslos, dass ganz in der Nähe der Tod lauerte. Verwirrt spürte sie, wie die Sirene ihr die Rippen zermalmte und gegen spitze Enden stieß, und stammelte kaum hörbar, Schmerz und Lähmung überwindend: »Fjodorowna ...«

Kerenski, den Finger noch immer ausgestreckt, erstarrte auf der Stelle, sah durch seine Untermieterin hindurch und zwinkerte heftig. Dann sank er auf einen Stuhl und fragte leise, weiter zwinkernd: »Und wer war dein Vater?«

»Mama hat gesagt, er ist tot«, erwiderte Gelja und glaubte nicht mehr, was sie all die siebenundzwanzig Jahre ihres Lebens gewusst hatte. »Er ist gestorben, bevor ich zur Welt kam.«

Fjodor Kerenski schüttelte langsam den Kopf.

»Ich bin nicht tot, Mädchen. Hier bin ich. Lebendig. Lebendig und ein altes Schwein ...«

Gelja stand auf und setzte sich gleich wieder. Dann stand sie erneut auf und blieb stehen.

»Warum sind Sie …? Wieso?«

»Das hattest du also an dir …«, sagte er zu sich selbst, ohne auf ihre Frage zu antworten. »Darum hab ich dich ausgewählt …« Er betrachtete Gelja mit nassen Augen, zwinkerte erneut und ergänzte entschieden: »Weil du mir ähnlich siehst. Mir selbst, bloß dass du schwarzhaarig bist. Wie deine Mutter …«

Gelja schwieg verwirrt, unschlüssig, was sie tun oder sagen sollte, und Kerenski wischte sich mit dem Ärmel das tropfende Nass aus dem linken Auge.

»Lebt Sara noch?«

»Natürlich, Fjodor Alexandrowitsch«, griff Gelja das Thema sofort auf, in der Hoffnung, so sein Delirium abzuwenden. »Sie ist gesund und munter und wünscht Ihnen dasselbe. Ich erzähle ihr oft von Ihnen, wie lieb und gut Sie sind. Wir alle mögen Sie sehr, auch meine Jungs und Mama.«

»Du lügst«, sagte Fedja dumpf, mit gesenktem Kopf. »Du lügst, Angelina.« Er hob den Kopf. »Gieß mir was ein. Schnell.«

Gelja rannte zur Anrichte, holte die Reserve hervor, entkorkte sie und goss ihm ein. Kerenski schlürfte das Glas langsam leer, ohne etwas zu schmecken, und stellte es wieder ab.

»Nichts hast du erzählt, niemandem. Sonst hätte Sara gleich gewusst, wer ich bin. Deine Mutter und ich waren ein Jahr sozusagen zusammen, bis du kamst. Sie hat vierzehn Jahre bei den Mirskis gelebt«, er machte eine Handbewegung in Richtung Wohnungstür, »als Haushälterin, sag bloß, das weißt du nicht?«

»Bei Rosa Markowna?«, fragte Gelja verblüfft.

»Was meinst du wohl, woher sie Lekech kennt? Und die ganze andere jüdische Matze-Schmatze? Vom heiligen tatarischen Geist?«

Gelja glitt langsam, aber sicher weg. Ihr war schwindlig, und unter ihren Rippen heulte erneut eine Sirene, diesmal ohne Splitter, aber ebenso kantig und schmerzhaft. Sie wollte den Mund öffnen, doch die Worte blieben stecken, festgehalten von einem Krampf, der von den Rippen ausging und die Atmung blockierte. Sie versuchte zu schlucken, doch auch das ging nicht, denn ihr Speichel schien ausgetrocknet von dem Feuer, das plötzlich in ihrem Mund brannte, als habe ihr jemand böswillig eine Handvoll von dem schwarzen Pfeffer hineingeschüttet, mit dem sie immer die Fleischklöße für Onkel Fedja würzte, nach Mamas Rezept. Doch nun stellte sich heraus, es war gar nicht Mamas Rezept, sondern das der Mirskis, und die Fleischklöße hatte sie für ihren leiblichen Vater gemacht.

Angesichts der verworrenen Situation goss Fedja sich noch einmal ein, schlürfte das Glas diesmal nicht langsam aus, sondern kippte alles in einem Zug hinunter und sagte böse, betrunken nach den angemessenen Worten suchend: »Miststück!« Und noch einmal: »Ein Miststück ist sie, jawohl!« Er drehte sich abrupt auf dem Stuhl um, wobei er beinahe aufs Parkett gestürzt wäre, und hob erneut den Finger.

»Was reden Sie da? Warum?« Gelja war wieder zu sich gekommen. »Warum sagen Sie so etwas über meine Mutter?«

»Du verteidigst sie noch?« Er stach erneut mit dem Finger in die Luft, als wollte er einen unsichtbaren Schild durchbohren. »Du verteidigst das Aas?« Überzeugt, dass er den Schild durchbohrt hatte, nahm er den Finger herunter. »Sie hat dich auf den Strich geschickt, ja?« Er riss sich unbeholfen vom Stuhl los, streckte mühsam die Beine und stand schließlich. »Das hat Sara dir befohlen?«, fragte er mit funkelnden nassen Augen, diesmal laut, beinahe brüllend. »Sie selber hat dauernd die Jungfrau markiert, hat meiner Moral nachspioniert, und meine Tochter schickt sie auf den Strich, zum Geldverdienen, damit sie selber ein schönes, sorgloses Leben hat! Das ist doch …! Das muss man sich nur mal vorstellen! Der leibliche Vater kauft seine leibliche Tochter für fünfzig Dollar, um sie in seinem eigenen Haus zu ficken!«

»Nein«, schrie Gelja. »Nein, Fjodor Alexandrowitsch! Sie weiß von nichts, sie denkt, ich arbeite irgendwo im Handel! Das habe ich selbst entschieden, ganz allein! Weil ich nichts anderes gefunden hab hier in Ihrem verfluchten Moskau!«

Fedja setzte sich wieder und goss sich mit zitternder Hand erneut ein. Erst jetzt merkte er, wie betrunken er war.

»Ich überschreib dir die Wohnung, Tochter«, brachte er mit schwerer Zunge hervor. »Die Wohnung und das Auto, alles überschreib ich dir. Deine Mutter soll ruhig wissen, was für einen Vater du hast.«

Gelja schluchzte auf, sie verstand nun, dass alles, was sie gehört hatte, kein Delirium war, sondern die reine Wahrheit. Sie wusste nur nicht, von welcher Art diese war, klar und glücklich oder nachteilig und missliebig.

»Sie haben gar kein Auto«, konnte sie nur sagen, »und haben nie eins gehabt.«

»Na und, scheiß drauf«, entgegnete Fedja, »dafür hab ich jetzt dich. Wozu brauch ich da ein Auto?«

Plötzlich griff er sich in die Haare und riss daran, heulend wie ein Tier, das sich aus einer tödlichen Falle befreien will.

»Töchterchen ... mein Töch-ter-chen. Was haben wir beide nur angerichtet, wie gemein ... Das war alles ich! Ich! Ich! Ich habe deine Mutter damals davongejagt, und sie war so rein, so gut, so lieb ...«

Er schaukelte auf seinem Stuhl hin und her, die Hände noch immer in den Haaren.

»Und jetzt? Ich hab meine eigene Tochter zur Hure gemacht, ich sehe zu, wie sie zur Arbeit geht und wieder zurückkommt. Mein eigenes Kind!«

Gelja stürzte zu ihm und umfasste seine Schultern.

»Nicht doch, Fjodor Alexandrowitsch, was soll das? Das dürfen Sie nicht, bei Gott.«

Er riss sich los, warf den Kopf hoch, starrte sie betrunken an, Auge in Auge, und Gelja spürte den Geruch aus seinem Mund: eine Mischung aus Hund, saurem Essen und halb vergorenem Sprit. So etwas roch sie häufig, Onkel Fedja war nicht der Erste, der sie so anhauchte. Ihr Vater.

»Morgen gehen wir die Wohnung auf dich überschreiben, Tochter.« Er umriss mit einer ausholenden Armbewegung den Raum. »Die ganze! Alles, was da ist, gehört jetzt dir. Dir und meinen Enkeln. Wie heißen die Enkel? Na, sag's dem Großvater!«

Er lächelte plötzlich, und diesmal rührte das Lächeln nicht von seiner Trunkenheit, sondern von einem ganz neuen Gefühl, vom vergangenen Unglück und vom frischgebackenen irrsinnigen Glück.

»Der eine Rinatik«, antwortete Gelja, »und der andere Petruschka. Beide Habibullin, nach dem Vater, sie sind Zwillinge.«

»Sie sollen Kerenski heißen!«, verfügte der Bildhauer mit fester Stimme. »Wir alle werden jetzt Kerenskis: du und ich, die beiden Jungs und Sara. Und leben werden wir hier und sonst nirgends, klar?«

»Klar.« Gelja lächelte. »Klar, Papa. Mir ist alles klar. Außerdem ist mir klar, dass du jetzt ins Bett musst, sonst schießt du heute Nacht wieder mit Pfeil und Bogen auf den Flieger Deduschkin.«

»Das mache ich bestimmt«, bestätigte Kerenski freudig. »Ich schieße den Bastard ab, damit er nicht rumfliegt, wo er nichts zu suchen hat, und nicht in Gorodischtschi rumsteht als Bronzegötze mit Schuhen. Klar?«

»Aber ja«, sagte Gelja, nun endgültig beruhigt, da die Krise offenbar überstanden war und kein Delirium drohte. »So, und jetzt komm.«

»Papa«, korrigierte er die Tochter. »Komm, Papa!«

»Ja«, gehorchte sie rasch, »Papa!«

Danach kam er lange nicht zur Ruhe. Sein Herz pochte, als sei es in zwei ungleiche Teile zersprungen, die nun aneinanderschlugen, bemüht, den jeweils anderen Teil zu übertönen. Kerenski presste die Hand so fest er konnte auf die Brust, um den Wettkampf der beiden ungleichen Teile zu dämpfen und sie zu beruhigen. Doch es gelang ihm nicht recht. Die Teile hämmerten weiter aufeinander ein, wobei der linke Teil heftiger schlug als der rechte und diesen von sich wegdrängte. Damit verlagerte sich auch der Schmerz. Erst rückte er zusammen mit dem schwachen Herzteil weiter weg, dann hielt er inne, als zögerte er kurz vor dem entscheidenden Sprint und wartete nur auf den Startschuss. Fjodor Alexejewitsch spürte, nein, er wusste: Sobald der Startschuss gefallen war, war der Schmerzsprint nicht mehr aufzuhalten, und diesmal würde der Schmerz nicht nur eine Brustseite erfassen, sondern sich über die ganze Brust ausdehnen und immer höher steigen, zum Kopf, Hals und Kehle geschickt umgehend. Darum krümmte er sich zusammen und erstarrte, aus Angst, die kurze Atempause zu beenden.

Doch nicht er zerstörte die Atempause. Das tat ein anderer. Kein Mensch, nein, ein steinerner Gast. Nein, er war nicht aus Stein, er war aus reiner Bronze. Obwohl, wirklich rein war sie auch nicht, vielmehr schon ziemlich grün. Die Schritte des Gastes erinnerten an die des Komturs, doch Kerenski wusste genau, dass Bronze die Atmosphäre nicht so erschüttert wie Stein. Er hatte viele Jahre mit beiden Materialien gearbeitet und ihnen stets ein drittes vorgezogen: Aluminium. Aus Aluminium war das Flugzeug des Fliegers Babuschkin. Und deshalb mochte Fedja den Flieger nicht, obwohl er ihn selbst gegossen hatte. Andere fertigten Puschkins: quicklebendig, auf einer Bank sitzend, heiter, lustig, die Locken zurückgeworfen, einen Arm lässig an der Bank herabhängend. Andere suchten für ihre Dostojewskis und Gogols nach nachdenklichen Gesichtern, nach der einzig richtigen Position der langen, sinnlichen Finger und platzierten auf dem Sockel zahlreiche Helden der Ewigkeit in Stein oder Bronze. Aber sie alle hatten nichts gemein mit Fedja, sie standen hoch über seinem Tiefflug mit Babuschkins Flugzeug. Darum der Schmerz. Daher das Stechen in der Brust, das in den Kopf drängte.

Indessen wurden die Schritte lauter, der Gast kam näher, seine Konturen wurden deutlicher. Da begriff Fedja, dass das Donnern nicht von dem geborstenen Herzen in seiner Brust kam, nein, es waren die Schritte des Gastes, die auf dem Parkett dröhnten und das Haus in der Trjochprudny-Gasse erschütterten. Davon wurde ihm leichter. Der Schmerz ließ nach und floss irgendwie seitwärts ab, löste sich auf in durchaus erträgliche Empfindungen.

»Na, was ist, Vater?«, fragte der bronzene Flieger, denn es war niemand anderer als er. »Wie willst du jetzt meißeln, nach allem, was du hier angerichtet hast?«

»Wieso Vater?«, brachte Kerenski schwach hervor und versuchte, sich dem Besucher zuzuwenden. »Ich heiße nicht Babuschkin. Ich heiße Kerenski. Fjodor Alexandrowitsch. Und Sie, wenn ich nicht irre, heißen Michail Sergejewitsch, wie Gorbatschow. Schon mal gehört?«

»Das ist mir scheißegal, Vater«, antwortete Babuschkin. »Ich war Polarflieger, nicht Politchef der Perestroika. Und du hast mir nicht mal Unterhosen angezogen, wie es sich gehört, hast dich mit gefütterten Schuhen begnügt, du Unmensch. Wenn du nicht mein Vater wärst, würde ich dich umbringen. Polarfliegerehrenwort.«

»Sie sind also mein Sohn?«, staunte Fedja, nicht im Geringsten empört über das ungehobelte Verhalten des Helden der Sowjetunion. »Dann bin ich ja jetzt zweifacher Vater: Ich habe einen Sohn, Babuschkin, von der Mutter Heimat, und eine Tochter, Habibullina, von Sara Petrowna Tschepik, ja?«

»Na endlich.« Babuschkin grinste. »Endlich hast du's kapiert. Begreifst du jetzt, warum ich hier bin, du Bastard?«

»Wieso Bastard?«, fragte Kerenski verständnislos. »Ich habe dich doch nicht beschimpft, oder, mein Sohn?«

»In Gedanken hast du es getan.« Der frischerworbene Sprössling schüttelte den Kopf. »Du hast es dein Leben lang im Kopf mit dir rumgetragen. Und nun ist die Zeit der Abrechnung da.«

Fjodor Alexandrowitsch bekam erneut Angst.

»Warte, mein Sohn«, er streckte die Hand nach dem Flieger aus, stieß aber nicht auf einen lebendigen Körper, sondern auf kaltes, glänzendes grünliches Metall. »Einerseits hast du vielleicht recht, auf der linken Seite«, in diesem Moment spürte er, wie sich der Schmerz erneut im Zentrum der Brust zusammenzog, und zwar viel rascher, als er vorhin gewichen war. Er beeilte sich weiterzusprechen. »Aber andererseits, auf der rechten Seite, nicht ganz. Ich bin schließlich Waise, wenn man es recht bedenkt. Meinen Vater habe ich überhaupt nicht gekannt und meine Mutter, na ja … Das war keine Mutter, das war eine … eine Giftnatter«, fiel ihm plötzlich wieder ein.

»Ein Scheißer bist du und keine Waise«, widersprach sein Sohn, der Polarflieger. »Deine Angelina, meine Schwester väterlicherseits, die ist wirklich Waise. Vaterlos, weißt du, das ist fast wie Waise, kein bisschen besser als mit einer Giftnatter als Mutter.«

In diesem Augenblick spürte Fjodor Alexandrowitsch deutlich, dass er erschöpft war. Dass irgendwo an der Seite ein Loch entstanden war, nicht plötzlich aufgebrochen, nein, eher allmählich durchgescheuert von der allzu lange getragenen Last des über seine Kräfte gehenden Lebens. Durch dieses Loch entwichen seine letzten Kräfte in dem Maße, in dem der Schmerz in der Brust zunahm. Er wurde immer unerträglicher und heftiger, er schnitt bereits so in die Brust, dass das Klopfen der beiden Teile, das er zuvor verspürt hatte, dem Vater zweier Kinder als harmloser Akt der Vergebung der tödlichsten und nicht wiedergutzumachenden Sünden erschien. Babuschkin hatte offenbar mit dem scharfen Blick des Polarfliegers seine Qualen erkannt und wollte ihm helfen.

»Halt durch, Vater«, sagte er mit Bassstimme. »Jetzt dauert's nicht mehr lange.« Mit diesen Worten senkte er die Bronzehand im Polarhandschuh auf die Brust des Bildhauers. »Gut so?«, fragte er den Vater teilnahmsvoll.

»Ja …«, krächzte Fedja. »Wenn du nicht zu heftig drückst.«

»Und so?«, erkundigte sich der Flieger grinsend.

»Das tut weh …«, krächzte Kerenski kaum hörbar. »Aaah …«

»Das heißt, wir sind auf dem richtigen Kurs«, bemerkte Babuschkin zufrieden und zog die Bilanz des Tiefflugs über der eisigen Wüste: »Ende, wir setzen zum Sinkflug an.«

Anfangs war es dunkel, denn die Polarnacht in Fedjas Schlafzimmer hielt noch an. Dann wurde es noch dunkler, wahrscheinlich weil Babuschkin das Steuer nicht an sich gezogen, sondern es in die Gegenrichtung gedrückt hatte, von sich weg, und bei gleichzeitig erhöhtem Tempo den Metallvogel nach unten lenkte, auf das eisige schwarze Wasser zu. Es umfing Fjodor Alexejewitsch mit schwarzer Polarkälte. Zuerst wurden die Beine kalt, und er versuchte um Hilfe zu rufen. Neben ihm ragte wie ein bronzener Götze sein Sohn Babuschkin auf, aber es kam keine Hilfe, weder von ihm noch von jemand anderem.

»Aus!«, sagte der Polarheld. »Wir stürzen ab! Wir sind da!!!«

Doch statt auf harten Boden, auf graues Eis oder in schwarzes Wasser stürzten sie in Schnee, in weißen, samtweichen Schnee, der sie zunächst wärmte, dann alles ringsum in Weiß tauchte, ohne schwarze Flecke oder einen Schmutzfilm auf der zarten Schneehaut, und schließlich mit voller Schneekraft erstrahlte, so hell, wie nur er allein voller Freude strahlen konnte, in diesem unbeschreiblich leuchtenden, einzig möglichen Weiß.

Bei seinen Erwägungen, wie er das erwählte Eigentum aus dem virtuellen in seinen realen Besitz überführen konnte, musste Stefan natürlich auch die Rolle des Hauptakteurs in dieser ernsten Sache gründlich bedenken, die Rolle Mitjas, des laut Erbfolge zweiten Anwärters auf den Besitz der Familie Mirski und zugleich seines Lieblings. Hinsichtlich der Erbfolge hegte Stefan keinerlei moralische Skrupel: Früher oder später würde Mitja sowieso Besitzer der Bilder, und zwar ganz legal. Das verdrängte die schwachen Zweifel in Bezug auf seinen Plan und zwang den Verstand, sich auf die rein organisatorische Seite der Übereignung zu konzentrieren.

Also, es sollten zwei Bilder sein. Das erste war das Wichtigste, denn damit wollte er den Rest seines Lebens verbringen – er dachte nicht im Traum daran, die »Frau« gegen ein materielles Äquivalent wieder abzugeben. Das zweite, nicht minder schön, aber neben dem Picasso doch zweitrangig – Chagalls »Kuckuck« –, war für Notzeiten gedacht und sollte ihn im Fall des Falles bis ans Lebensende finanziell absichern. Alles andere, der Rest der Sammlung, ebenfalls großartig und wertvoll, blieb bei den Mirskis. Dieser Gedanke war tröstlich und beruhigend und suggerierte Stefan relativ mühelos einen annehmbaren Kompromiss.

Blieb noch ein Letztes: die Ausarbeitung eines garantiert erfolgreichen filigranen Plans zur Entnahme der beiden Bilder, ohne dass dabei jemand zu Schaden kam.

Vor allem musste ein Motiv her, für Mitja natürlich. In dem Geschäft, das sie beide betrieben, konnte sich ein Motiv jederzeit einstellen, das war Stefan durchaus klar. Doch die dafür erforderlichen Umstände konnten ebenso gut ausbleiben, deshalb musste Stefan, um den jungen Mirski in die Enge zu treiben, selbst für einen entsprechenden Anlass sorgen. Und das tat er auch, wozu er allerdings einen unschuldigen Banditen opfern musste. Doch das beschäftigte ihn nicht weiter. Die Moral hatte für ihn klar umrissene Grenzen, und was außerhalb dieser lag, verursachte später keine Magenschmerzen. Solange der kleine Mann in seinem Inneren ihm mit seiner winzigen Gabel keine Stiche in die Leber versetzte, war die seelische Gesundheit gesichert, der Schlagbaum offen, der Freifahrtschein in aller Form ausgestellt.

Der Bandit hörte auf den Namen »Python«, war ein Spitzel und zudem ein Fremder aus der Bande von Ismailowo. Er spitzelte allerdings nicht für die Miliz, sondern für Stefan, an den er die eigenen

Leute verriet, obwohl er bei denen als Brigadier fest im Sattel saß. Dafür wurde er von Stefan gut entlohnt und brachte ihm seinerseits Dankbarkeit und respektvollen Gehorsam entgegen. Diesen Python wollte Stefan der Kunst opfern. Zu diesem Zweck traf er sich mit dem Anführer der Ismailowo-Bande, leerte mit ihm eine Flasche Martell und berichtete ihm, auf unbestreibare Fakten gestützt, Python habe sich ihm als potenzieller Provokateur angedient. Und bot sogleich an, das Problem eigenhändig zu beseitigen, zum Beweis vertrauensvoller Zusammenarbeit. Die Abmachung wurde per Handschlag besiegelt, Python war verurteilt. Mit der Beseitigung des Provokateurs wurde Mitja beauftragt.

»Das ist eine ernste Sache«, erklärte Stefan ihm die Aufgabe, »das schafft keiner außer dir, da ist Feinarbeit gefragt, dazu braucht man Köpfchen, nicht nur eine Knarre.«

Es war Mitjas erster gezielter Mordauftrag. Bei Schießereien hatte er zuvor schon einige Male jemand Lebendigen getroffen, einmal sogar einen feindlichen Banditen getötet, aber das war Krieg gewesen. Dies hier klang anders und zeugte von höchstem Vertrauen des Anführers. Mitja hörte schweigend zu, stellte ein paar Fragen zur Sache, klärte die Details und bekam die Adresse.

»Er lebt allein«, sagte Stefan. »Er wird am Freitag gegen drei Uhr nachts aus dem Haus kommen. Wenn du ihn da erledigst, kannst du nichts falsch machen.«

Dass alles genauso laufen würde, hatte Stefan mit dem Anführer aus Ismailowo vereinbart. Der hatte versprochen, Python mit einem nächtlichen Anruf aus dem Bett zu holen und zu sich zu bestellen. Der Rest lief genau nach Plan. Mitja erledigte Python, warf die Knarre an Ort und Stelle weg und verschwand in der Nacht.

Am nächsten Tag bestellte Stefan ihn zu sich. Er wirkte alles andere als heiter.

»Folgendes, Bruder«, informierte er Mitja, »du hast den Falschen erwischt. Einen anderen Brigadier, der hat auch dort übernachtet und kam als Erster raus. Du hast nicht genau hingesehen.«

Mitja machte ein langes Gesicht.

»Und was jetzt?«

»Sie haben uns ein Ultimatum gestellt, zwei Millionen für den

Toten«, teilte er seinem Zögling traurig mit und versuchte, dessen Reaktion zu erfassen. »Ansonsten: Krieg.« Er sah Mitja forschend an. »Es sei denn, wir liefern ihnen einen Kopf. Deinen.«

Mitja sah auf.

»Gibt's einen Ausweg, Stefan?«

»Nur einen, Mitja«, antwortete Stefan und legte Mitja eine Hand auf die Schulter. »Zahlen, und die Sache ist ausgestanden.«

»Und woher die Kohle nehmen?«, fragte Mitja und hoffte auf eine rettende Antwort.

»Darüber habe ich schon nachgedacht«, erwiderte Tomski. »Mir ist nur eine Möglichkeit eingefallen. Ich sage dir gleich, Junge, das Ganze ist nicht gerade schön, aber es würde dich retten.«

Der rettende Plan sah so aus: Mitja Mirski alias Akademiker, der Mörder des falschen Brigadiers aus Ismailowo, sollte aus seinem Erbe zwei Gemälde entwenden, welche, das würde ihm Stefan sagen. Die Bilder seien wertvoll, das verhehlte der Anführer nicht, der Erlös würde also die geforderte Summe decken. Den Verkauf werde Stefan übernehmen. Vielleicht bleibe ja noch Geld übrig. Wenn ja, gehöre es ihm, Mitja, dem Akademiker.

Mitja war verblüfft. Nicht, weil die Rettung vor dem Tod so leicht war, sondern ob der Tatsache, dass bei den Mirskis, in seinem eigenen Zuhause, Millionen an den Wänden hingen, ohne dass man ihm, dem Erbe dieser Millionen, je davon erzählt hatte. Für einen Augenblick vergaß er die drohende Gefahr und erkundigte sich, noch ganz unter dem Eindruck der Neuigkeit: »Und die anderen? Sind die genauso viel wert?«

Stefan wollte wahrheitsgemäß antworten, doch im letzten Moment besann er sich. Sicherheitshalber. Etwas in ihm hielt ihn zurück, eine Art Ventil. Und das Männlein mit der Gabel in seinem Inneren blieb still. Also sagte er verschwommen: »Die anderen Bilder sind auch nicht schlecht, aber im Fall des Falles keine Rettung. Drücke ich mich klar aus?«

Mitja nickte und fragte in gewohnt sachlichem Ton: »Wie viel Zeit habe ich?«

»Ich denke, einen Monat können wir sie hinhalten. Das ist das Äußerste, dann ist Sense. Mehr geben sie uns garantiert nicht. Das sind ernst zu nehmende Jungs, genau wie wir. Ich hätte ungern auch noch wegen der Fristen Zoff mit denen.«

»Ich habe verstanden«, unterbrach ihn Mitja. »Ein Monat ist das Limit.«

Die Nachricht vom Tod des Bildhauers Kerenski verbreitete sich in Windeseile im Haus. Um Einzelheiten zu erfragen, rief man bei Rosa Markowna an. Sie antwortete wahrheitsgemäß, dass sie selbst nichts wisse. Sie wisse nur, was der Arzt festgestellt habe: ausgedehnter Herzinfarkt mit raschem letalem Ausgang. Der Tod sei im Schlaf eingetreten, nach gewohntem übermäßigem Alkoholkonsum. Den Rest werde die Obduktion zeigen.

Einen Tag zuvor hatte es bei den Mirskis erneut geklingelt, dann wurde heftig gegen die Tür gehämmert. Laut Semjons Uhr war es acht, zu früh für einen Besuch. Rosa Markowna schaute durch den Spion und öffnete sofort. Draußen stand Gelja, Fedjas langjährige Untermieterin oder Freundin. Sie zitterte am ganzen Leib und brachte mühsam heraus: »Rosa Markowna, Fjodor Alexandrowitsch ist tot …«

Sie schwankte und rutschte langsam auf die Treppenhausfliesen.

»Papa ist tot, Tante Rosa, mein Vater.«

Den seltsamen Worten über die ihr bisher unbekannte Verwandtschaft maß Rosa zunächst keine Bedeutung bei.

»Komm rein, meine Liebe, na komm, komm …«

Sie half Gelja auf und führte sie in die Wohnung. In der Diele sank die junge Frau auf einen Stuhl, warf sich gegen die Rückenlehne und schnappte mit offenem Mund nach Luft.

»Hier!« Rosa Markowna reichte ihr ein Glas Wasser. »So, nun sag, was ist passiert?«

Gelja trank einen Schluck, wobei sie einiges verschüttete, und antwortete stotternd: »Ich k-komme heute M-Morgen rein, d-da liegt er d-da.«

»Vielleicht schläft er noch?«, fragte die Nachbarin und wiegte ungläubig den Kopf. »Nach seinem Besäufnis.«

Gelja schüttelte den Kopf.

»Nein, er ist tot, Rosa Markowna, er atmet nicht mehr.«

»Warte hier.« Rosa entschied umgehend, was zu tun war. »Ich bin gleich wieder da. Ist die Tür offen?«

Gelja nickte. Die Nachbarin verließ die Wohnung und ging hinüber zu Kerenski. Gelja hob das verweinte Gesicht und sah einen Blick auf sich gerichtet, den einer Frau, einer auf Leinwand gemalten Frau. Sie war lebensgroß und aus lauter Würfeln zusammengesetzt. An manchen Stellen waren es mehr Würfel und weniger normal Gemaltes, an anderen Stellen umgekehrt. In der Hand hielt sie eine Gitarre, die auch irgendwie würfelförmig aussah, nicht wie echt, und die Hand, die den Gitarrenhals umfasste, hatte nur vier Finger, nicht fünf, wie es normal war. Aber Gelja begriff sofort, dass das zwar verkehrt, für das Bild aber gut und in Ordnung war. Sie sah sich um und entdeckte eine weitere großformatige gerahmte Leinwand. Darauf saß an einem Holztisch ein Bauer, wie es sie in Shitomir zuhauf gab, mit Bart, Ohrenklappenmütze und Filzstiefeln, und auf dem Tisch stand ein riesiger Vogelkäfig mit einem ebenso riesigen grauen Vogel darin, so groß wie ein Mensch und in gewaltigen Filzstiefeln. Auf dem Vogelkopf saß merkwürdigerweise ein schneeweißer Schleier, darunter sah ein riesiger gelbgrüner Schnabel hervor, der zwischen den Gitterstäben des Käfigs nach draußen ragte. Der Mann und der Vogel sahen einander an und lächelten rätselhaft, als hätten sie gerade etwas sehr Schönes verabredet. Da fing Gelja an zu weinen, aber keine hysterischen Tränen wie oben im Schlafzimmer ihres Vaters, sondern stille und wohltuende, wie man sie weint, wenn man einen lieben Verwandten auf dem letzten Weg begleitet, einen Verwandten, den man zwar kaum gekannt, aber sehr gemocht hat.

Am Nachmittag wurde Kerenskis Leichnam ins Leichenschauhaus gebracht. Rosa Markowna rief beim Künstlerverband an, und von dort kam eine Dame, die sich, da es anscheinend keine Verwandten gab, um die Beerdigungsformalitäten kümmern musste. Die Dame musterte Gelja misstrauisch und vermutete gewohnheitsmäßig das Übelste. Als sie erfuhr, dass Gelja die Tochter war, hegte sie zunächst heftige Zweifel, doch dann winkte sie ab und erklärte: »Also, wir stellen einen Bus, bezahlen den Sarg und veröffentlichen einen Nachruf. Der Rest ist Ihre Sache.« Damit verschwand sie.

Es wurde eine stille Beerdigung. Rosa Markowna besorgte mit einiger Mühe eine Grabstelle auf dem Deutschen Friedhof, unweit der Urnenhalle, in der die Asche von Semjon Mirskis Eltern ruhte. Sie fuhr kurzentschlossen einfach hin. Wilen, aufrichtig betrübt über den vorzeitigen Tod des Nachbarn, hatte ihr Geld gegeben, und das steckte sie schamhaft dem Direktor zu, wobei sie beide berühmte Namen erwähnte, ihren eigenen und den des Premierministers der Provisorischen Regierung. Der Direktor griff zu. Sie suchten eine Weile, fanden ein seit zwanzig Jahren nicht mehr gepflegtes Grab, beseitigten alles Überflüssige, säuberten die Grabstelle und schrieben sie auf die neue Besitzerin um: die Bürgerin der Ukraine Angelina Fjodorowna Habibullina, die illegitime Tochter des verstorbenen Bildhauers Kerenski.

Der eigentliche Schock für Rosa Markowna war nicht die Tatsache, dass Fedja der leibliche Vater der netten Gelja war. Den eigentlichen Schock erlitt sie erst später, als Fedjas Leichnam bereits in der Deutschen Grube lag, auf den sterblichen Überresten eines gewissen, längst vergessenen Schmul Sruljewitsch Raisacher, geboren 1884. Als Stefan sie alle wieder in seinen großen schwarzen Wagen steigen ließ, sie selbst, Gelja und Gleb Tschapaikin, und dem Fahrer loszufahren befahl, erfuhren sie von Gelja etwas, das Rosa Markowna einen freudig überraschten Aufschrei entlockte, Tschapaikin dagegen aus einer vagen unguten Vorahnung heraus in sich zusammenkriechen ließ.

»Was soll ich jetzt bloß tun, Rosa Markowna?«, fragte sie die alte Frau und wischte sich die feuchten Augen trocken.

»Kümmere dich um die Wohnung, Mädchen, und die übrige Erbschaft«, erwiderte Rosa bestimmt. »Wir alle werden bestätigen, dass du die letzten sechs Jahre in der Trjochprudny-Gasse gewohnt hast. Wenn nötig, gehen wir vor Gericht. Du bist Fedjas Tochter, das hat er selbst vor seinem Tod anerkannt. Und deshalb werden wir siegen, keine Sorge. Nicht wahr, Gleb?«, wandte sie sich an Tschapaikin.

Der nickte nur finster und drehte sich zum Fenster. Aber damit war Rosa Markownas Eifer nicht erschöpft.

»Genauso schreibst du das in deinen Antrag«, sie bewegte ihre Hand über ein imaginäres Blatt Papier, »mein Vater so und so lebte in dem und dem Jahr in inoffizieller Ehe mit meiner Mutter ...« Sie drehte sich zu Gelja um. »Wie heißt deine Mutter?«

»Sara Petrowna.«

»Wunderbar.« Rosa Markowna nickte und fuhr fort: »mit meiner Mutter Sara Petrowna Habibullina ...«

»Tschepik«, sagte Gelja, »Sara Petrowna Tschepik. Ich heiße Habibullina nach meinem Mann, aber Mama heißt Tschepik.«

Rosa erstarrte, die Hand über dem imaginären Papier.

»Wie?«, fragte sie ungläubig. »Was hast du gesagt?«

»Tschepik«, bestätigte Gelja ihren Mädchennamen und begriff plötzlich. »Ach, richtig! Das hat Vater mir ja erzählt, in der Nacht vor seinem Tod. Mama, hat er gesagt, hat bei Ihnen gearbeitet, bis ich geboren wurde.«

Dies war der Moment, als Rosa aufschrie und Tschapaikin in sich zusammenkroch. So blieb er bis zur Trjochprudny-Gasse sitzen, mit angespannten Muskeln. Rosa fiel in ein kurzes glückliches Koma, in dem sie bis zum ersten süßen Erstaunen zwei, drei Minuten verharrte.

»Mein Gott ...«, konnte sie nur sagen, als sie wieder zu sich gekommen war. »Mein Gott ... Saras Tochter ... Die Tochter von Sara und Fedja ... Mein Gott, mein Gott ...«

Erst später, zu Hause, als sie sich an die verblüffende Neuigkeit gewöhnt hatte und die erste Erregung abgeklungen war, fiel ihr ein, dass sie ganz vergessen hatte, Gelja zu fragen, wie ihr Vater sie gefunden und warum er sie so lange vor allen versteckt hatte. Und warum ihre geliebte Sara sie so viele Jahre nicht besucht hatte, und überhaupt, wo sie alle abgeblieben waren.

Was Kerenski betraf, so erklärte Gelja vage, sie seien sich eher zufällig begegnet, aber ihr Vater habe all die Jahre unter seiner Schuld gelitten und sie deshalb erst einmal bei sich wohnen lassen. Sie habe in Moskau Arbeit gefunden, im Handel, und schicke ihren Söhnen aus der Hauptstadt eine Unterstützung. Die Mutter, sagte sie, habe sich all die Jahre geschämt, dass sie sich so in Geljas Vater getäuscht hatte, dass sie keine normale Familie geworden waren, darum habe sie in der Stadt alles aufgegeben. Als sie nach Hause fuhr, Sina beerdigen, Geljas Großmutter, habe sie gewusst, dass sie nicht wieder zurückkommen würde. Sie habe einen Schlussstrich unter ihre Vergangenheit in der Stadt gezogen, sich für immer davon verabschiedet und alles aus ihrem Gedächtnis und aus ihrem Leben gestrichen.

Doch das erfuhr Rosa nicht sofort, sondern erst, nachdem sie sich von einem weiteren Schock erholt hatte, dem schlimmsten, der ihr alten Frau widerfahren konnte.

Sie gingen zusammen hinauf, sie und Saras Gelja, und Rosa wusste nicht recht, welches Gefühl stärker war – die Trauer um den Toten oder die Freude über die Begegnung mit Saras Tochter. Ihre Etage war ungewöhnlich belebt. Die Tür zur Wohnung der Mirskis stand einen Spalt offen. Neben der Tür standen zwei Männer: zwei in Uniform und einer in Zivil. Einer der Uniformierten legte bei Rosas Ankunft salutierend die Hand an die Mütze.

»Frau Mirskaja?«

»Ja, junger Mann«, antwortete Rosa Markowna. »Sehr angenehm.«

Der Mann räusperte sich.

»Die Sache ist die«, sagte er, nach geeigneten Worten suchend, »in Ihre Wohnung sind Unbekannte eingedrungen. Der Alarm ging bei uns um zwölf Uhr eins ein. Und unsere ...«, er zuckte die Achseln und sah auf die Uhr, »unsere Mitarbeiter trafen um zwölf Uhr zwölf hier ein. Na ja, um zwölf Uhr vierzehn. Aber sie konnten niemanden mehr antreffen.« Er hüstelte entschuldigend und korrigierte sich: »Ich meine, es war niemand mehr hier. Also mussten wir auf die Wohnungsinhaber warten, um eine Besichtigung durchzuführen.« Er riss die Tür auf. »Bitte gehen Sie hinein und überprüfen Sie Ihr Eigentum.«

»Sagen Sie, war die Tür offen oder geschlossen?«, fragte Rosa erstaunt.

»Die Tür war einen Spalt offen, und Ihnen, Bürgerin«, er wandte sich an Gelja, die gerade die Tür zu Kerenskis Wohnung aufschloss, »Ihnen hat man ein Kaugummi auf den Spion geklebt. Klar, damit niemand von dort etwas beobachten konnte. Obwohl ... Obwohl sie natürlich wussten, dass niemand da ist, wegen der Beerdigung. Entschuldigen Sie. Sie sind bestimmt eine Angehörige des Verstorbenen?«

»Die Tochter«, antwortete Rosa für sie. »Die Tochter von Fjodor Alexandrowitsch, Angelina Kerenskaja.« Und setzte streng hinzu: »Gehen wir jetzt vielleicht endlich hinein?«

Sie mussten nicht weit gehen. Das Entsetzliche offenbarte sich gleich von der Schwelle aus. Zwei kahle Rechtecke an der ausgeblichenen Wand sprangen Rosa an, links und rechts der Treppe ins Obergeschoss. Es fehlten »Der Schuster und der Kuckuck« und die »Frau mit Gitarre«, die beiden Juwelen der Mirski-Sammlung. Mehr war nicht entwendet worden. Spuren oder Fingerabdrücke der Täter konnten die Männer der Einsatzgruppe nicht feststellen. Aber darauf hatten sie auch nicht gehofft. Die Täter waren Profis, das zeigte die präzise, sekundengenaue Planung des Einbruchs.

So fand der Tag, der so traurig begonnen, dann aber eine freudige Wendung genommen hatte, doch noch einen furchtbaren, hoffnungslos erschreckenden Abschluss.

Der Tod des Nachbarn kam Mitja, so ungeheuerlich sein abgebrühter Verstand das auch fand, äußerst gelegen. Er entwickelte einen in jeder Hinsicht wasserdichten Plan, rief Stefan an und bat ihn um ein Treffen.

»Komm her«, antwortete Stefan knapp. »Ich erwarte dich in vierzig Minuten.«

Mitja traf noch eher bei Stefan ein. Ohne abzulegen, setzte er sich und erläuterte seinen Plan. Stefan überlegte eine Weile, dann lobte er ihn: »Bravo, Akademiker! Ich denke, das ist optimal. Bravo!«

Am selben Tag rief Stefan Rosa Markowna an und äußerte sein Beileid zum Tod des langjährigen Nachbarn, begabten Bildhauers und herzensguten Menschen. Und bot ihr an, sie zum Friedhof zu fahren, hin und zurück, in seinem Wagen, da doch Wilen Borissowitsch nicht in der Stadt sei.

»Gleb Iwanowitsch nehmen wir auch mit. Ich bringe Sie alle hin und zurück«, sagte er am Ende des Gesprächs.

»Danke, mein Lieber.« Rosa war gerührt von der Hilfsbereitschaft des freundlichen Nachbarn. »Gelja auch, wenn möglich.«

Natürlich kamen alle auf die Liste. Tomski selbst begleitete die traurige Veranstaltung als mitfühlender Nachbar und Kunstkenner. Auch Mitja nahm sich die Zeit und kam mit seinem BMW in die Trjochprudny-Gasse.

»Stefan bringt uns hin«, erklärte Rosa ihrem Urenkel. »Ich fahre mit Gelja, dann ist sie ruhiger. Fahr du nur allein, Mitja. Wir treffen uns dort.«

»In Ordnung, Oma«, willigte der Urenkel ein. »Geht schon mal runter, ich schließe ab und komme nach.«

Sobald unten die Haustür zugeschlagen war, riss Mitja den »Kuckuck« herunter, packte mit der anderen Hand die »Gitarre«, lehnte beide an die Wand und sah durch den Türspalt hinaus ins Treppenhaus. Alles war ruhig. Fieberhaft wählte er die Nummer des Milizreviers und ließ die Alarmanlage aktivieren. Dann überquerte er rasch den Treppenabsatz, nahm den Schlüssel zu Kerenskis Wohnung aus der Tasche, schloss auf und öffnete die Tür. Vier Sekunden später schlug er die eigene Tür zu und schleppte beide Bilder in die Wohnung gegenüber. Dann ging es hinauf in die Rumpelkammer mit den Keilrahmen und den alten Bildern. Die Bilder an einem passenden Platz auf den Regalen zu verstauen, zwischen den größten Leinwänden, dauerte alles in allem zwölf Sekunden. Nach weiteren zehn Sekunden schloss Mitja die Wohnung des verstorbenen Bildhauers bereits ab, mit dem bei ihm verbliebenen Schlüssel, den er von Ljussja Kerenskaja erhalten und benutzt hatte, um sich hier regelmäßig mit Tschapaikins Enkelin Warja Berojewa und später auch mit anderen Mädchen zu treffen.

Und ausgerechnet Warja tauchte in dem Moment auf, als er mit einem Daumendruck einen weichen Kaugummi auf den Türspion klebte. Das hatte Stefan ihm geraten – ein solches Indiz verwies auf Täter von außen, die sich auf diese simple Weise vor fremden Blicken schützen wollten.

Warja maß Mirski mit einem mürrischen Blick, sagte kein Wort, lächelte verächtlich und stieg weiter die Treppe hinauf. Mitja zog keine Schlüsse, dazu war nicht die Zeit. Sobald die Generalsenkelin aus dem Blickfeld verschwunden war, schloss er noch einmal seine eigene Wohnungstür auf und ließ sie einen kaum sichtbaren Spalt offen. Dann rannte er hinunter und betrat den Hof genau in dem

Augenblick, als Tomskis Wagen mit den Trauergästen losfuhr. Rosa winkte ihrem Urenkel aus dem Autofenster zu und lächelte traurig. Stefan zeigte keinerlei Reaktion. Er sah nur auf die Uhr und kaute nachdenklich auf seinen Lippen. Als die beiden Wagen abgefahren waren, stand nur noch ein leuchtendroter Kleinbus auf dem Hof. Er gehörte nicht zur Trauergesellschaft. Übrigens hatte er auch keine Nummernschilder, obwohl der Motor lief und ein Fahrer mit üppigem Vollbart am Steuer saß.

Ein paar Minuten vor Ankunft der Miliz fuhr der Kleinbus abrupt an und verschwand. Doch einige Minuten zuvor hatten zwei Männer etwas Großes, Flaches aus dem Haus der Mirskis und des Verstorbenen getragen, Sperrholzplatten oder Ähnliches. Daran erinnerten sich jedenfalls anschließend einzelne Zeugen. Auf die Details hatte natürlich niemand von ihnen geachtet, jeder nahm an, die Männer aus dem roten Bus würden schon wissen, was sie taten. Die Zeugen konnten nicht ahnen, dass der auffällige Kleinbus ebenso wie der Kaugummi auf dem Spion und die Männer mit den Sperrholzplatten zum Ablenkungsmanöver des von Stefan und Mitja gemeinsam ausgearbeiteten raffinierten Plans des Bilderraubs gehörten.

Was die Trauergesellschaft betraf, so war Mitja schon längst auf dem Deutschen Friedhof, als die anderen eintrafen, und erwartete sie. In der Hand hielt er zwei Blumensträuße, weiße Chrysanthemen für sich und rote Rosen für die Urgroßmutter. Stefan stand neben der offenen Wagentür und reichte den Frauen beim Aussteigen die Hand. Er reichte sie auch Tschapaikin. Der streckte die seine aus und sah seinen Wohltäter dankbar an. Doch der Blick wurde nicht erwidert. Stefan schaute nämlich zur Seite, nach links, wo Mitjas schwarzer BMW parkte. Tomski machte ein fragendes Gesicht, indem er die Brauen hob und den Kopf ein wenig neigte. Tschapaikin folgte diesem Blick ganz automatisch, und dort, wo sich die beiden Blicke kreuzten, gab es nur ein einziges lebendes Objekt: Rosa Markownas Urenkel mit zwei Blumensträußen in der Hand. Mitja lächelte Stefan kaum merklich zu und senkte zum Zeichen vollkommener Zufriedenheit die Lider. Stefan schloss ebenso befriedigt kurz die Augen.

Zwanzig Minuten später trafen die übrigen Trauergäste ein, zusammen mit den Bewohnern der Trjochprudny-Gasse waren es insgesamt fünfzehn Personen. Bevor man Fedja ins Grab senkte, wurden Reden gehalten. Die Dame vom Künstlerverband, die die Organisation der Beerdigung der plötzlich aufgetauchten Tochter überlassen hatte, sprach ein paar Standardsätze und trat beiseite. Der Dame folgten die unrasierten Männer, die dem Verstorbenen irgendwie ähnelten, und jeder von ihnen sagte ein paar unsichere Worte. Dann sprach Rosa: Was für ein wunderbarer Nachbar Fjodor Alexandrowitsch gewesen sei, ein unerhört feinfühliger Mensch mit einzigartigem bildhauerischem Talent. Ganz zum Schluss trat Gelja einen halben Schritt auf die Grube zu und sagte leicht stotternd: »Fjodor Alexandrowitsch war mein Vater, doch er sprach nie darüber. Und ich fragte nicht, weil ich es nicht wusste. Aber er war gut und hatte mich sehr gern. Und ich ihn auch. Und Mama. Und niemand ist schuld. Und ich werde meinen Papa nun nie mehr vergessen, weil er es so wollte. Und ich werde auch Mama davon erzählen. Und Rinatik und Petruschka, auch wenn sie Habibullin heißen und nicht Kerenski.« Sie schwieg und ließ ihren Blick über die Anwesenden schweifen. »Ich hätte ihm nicht von mir und Mama erzählen sollen, dann hätte er vielleicht noch eine Weile gelebt ...« Sie ging zum Sarg und küsste Fedja auf die Stirn. »Verzeih mir, Papa, dass ich nach Moskau gekommen bin, ich hab das nicht gewollt, es ist einfach passiert.«

Vermutlich verstand kaum jemand, wovon das unbekannte Mädchen sprach, aber es versuchte auch niemand, den Sinn ihrer Worte zu ergründen. Die unrasierten Männer wollten so rasch wie möglich etwas trinken, die Dame sah nervös auf die Uhr, sie wollte die gesellschaftliche Verpflichtung hinter sich bringen und verschwinden, und die Bewohner der Trjochprudny-Gasse wussten ohnehin fast ausnahmslos, einschließlich Fira Klionskaja, Bescheid über Fedja und seine Tochter aus Shitomir, die er am Tag seines Todes gefunden hatte. Als Gelja geendet hatte und einen halben Schritt zurücktrat, ging Rosa Markowna zu ihr, zog sie an sich und flüsterte ihr ins Ohr: »Kluges Mädchen. Das waren schöne Worte. Deinem Papa hätten sie gefallen, da bin ich mir sicher.«

Die ersten Tage nach der erfolgreichen Aneignung des eigenen Erbes schwankte Mitja, ob er Stefan von der Begegnung vor Kerenskis Wohnung erzählen oder Warja lieber nicht erwähnen sollte. Zuerst meinte er, es zu müssen, vorsichtshalber. Doch dann überlegte er es sich anders, aus Angst, von Stefan Missbilligung zu ernten und den guten Eindruck von der erfolgreich durchgeführten Operation zur Rettung seines eigenen jungen Lebens zu verderben. Außerdem betrachtete er diese Überlegungen nicht als vorrangig. Er verbrachte die ersten Tage nach dem Diebstahl bei seiner Uroma. Nicht, dass er sich ihr gegenüber schuldig fühlte, aber sie tat ihm aufrichtig leid, denn er sah, wie schwer sie den Verlust nahm. Dass die Bullen nie etwas ermitteln und finden würden, war klar, die Aufgabe war zu verzwickt. Zudem noch dadurch erschwert, dass es weder Fotos noch eine professionelle Beschreibung der gestohlenen Bilder gab: Dergleichen war einfach nie nötig gewesen. Nicht einmal für den ungefähren Preis hatte sich in all den Jahren jemand interessiert, weder Semjon, als er noch lebte, noch Rosa. Nur Wilen, der den Kunstmarkt einigermaßen real einschätzen konnte, hatte intuitiv vermutet, dass da Millionen an der Wand hingen. Rosa war im Prinzip seiner Ansicht, aber weder das noch irgendeine andere Erwägung hatte sie je zum Handeln veranlasst. Sie hatte sich lieber an ihre Singer gesetzt und ein weiteres unkonventionelles Korsett mit aufgeschnittenen Skistöcken genäht. Oder ein Halbmieder, mit Bambus oder ohne. Oder einen komplizierten Büstenhalter mit Spitzenbesatz. Oder zwei. Oder noch mehr. Und so weiter. Jahrzehntelang.

Drei Tage lang verließ Rosa kaum ihr Schlafzimmer und starrte nur vor sich hin. Sie grübelte, wie sie nun vor Semjon treten sollte, wenn die Zeit kam. Dass der Diebstahl nicht von Fremden begangen worden war, begriff sogar sie. Das hatten auch die Ermittler durch ihre Fragen angedeutet. Doch wie sie es auch drehte und wendete, es gab in ihrer Umgebung keine Menschen, die dafür infrage kamen. Diejenigen, die sie häufiger besuchten als andere, ließen sich an einer Hand abzählen: Tanja Kulkowa, die quasi zur Verwandtschaft gehörte, Fira Klionskaja und Gleb Tschapaikin – Letzterer kam selten, meist aus Einsamkeit, um Rosa ein übriges Mal zu erzählen, wie ungeduldig seine Enkelin Warwara sich seinen baldigen Tod wünschte und sich darüber ärgerte, dass er, der alte Knochen, den Wink nicht begriff. Dann der verstorbene Kerenski, nicht oft, nur hin und wieder zum Tee, aber immer allein, ohne seine Tochter, über die hatte er geschwiegen wie ein Partisan. Tja, und Stefan, ein reizender Mensch, ihr Nachbar, Intelligenzler mindestens in siebter Generation, ein reicher, seriöser Geschäftsmann mit eigenen Leibwächtern. Der Rest waren zufällige, einmalige Besuche.

Mitja verbrachte also die drei Tage bei der Urgroßmutter, und vielleicht ging es ihr am vierten Tag deshalb wesentlich besser: Der Schmerz in der Brust ließ nach. Wir sind schließlich alle am Leben und Gott sei Dank gesund, dachte sie. Nicht einmal mich alte Kuh hat dieser Schicksalsschlag gesundheitlich umgeworfen – unberufen! –, ich habe mich nur für eine Weile zurückgezogen mit meinen Erinnerungen.

Mit der Zeugenbefragung begannen die Ermittler unverzüglich, das musste man ihnen lassen. Sie durchkämmten beide Aufgänge und befragten jeden, den sie finden konnten. Das waren fast alle, bis auf eine letzte mögliche Zeugin, die an diesem Tag eine von ihrer Mutter bezahlte Reise ins sonnige Thailand angetreten hatte. Aber das wurde nur für alle Fälle festgehalten, niemand versprach sich etwas von der Aussage der Bürgerin Warwara Berojewa. Die Ermittler konzentrierten sich lieber auf die Suche nach dem roten Kleinbus und telefonierten systematisch die ganze Stadt ab: Autowerkstätten, Gebrauchtwagenhändler, verdächtige Parkhäuser und bewachte Parkplätze. Obwohl sie wussten, dass der Kleinbus vermutlich längst im Schrott gelandet und überdies nicht mehr rot war. Der Mann, den die Trauergäste auf dem Fahrersitz gesehen hatten, war vermutlich verkleidet: Der üppige Vollbart diente ganz bestimmt nicht der Schönheit, sondern der Tarnung.

Während sich die Ermittler ohne Hoffnung auf Erfolg an einer Hypothese nach der anderen abarbeiteten, blieben auch die Experten nicht tatenlos. Der hartnäckigste von ihnen machte sich die Mühe, die detaillierten Beschreibungen der Bilder, die ihnen die Besitzerin Rosa Mirskaja gegeben hatte, mit Kunstkatalogen zu vergleichen, und war verblüfft. Die »Frau mit Gitarre«, eines der gestohlenen Bilder, war auf dem internationalen Kunstmarkt wohlbekannt und in allen einschlägigen Katalogen verzeichnet. Der geschätzte Preis dafür konnte gut und gern einige Dutzend Millionen Dollar betragen. Über den »Kuckuck« gab es keine Informationen, aber da es ein echter Chagall war, dürfte der Preis ähnlich hoch liegen. Jedenfalls kam der Experte in seinem Gutachten zu dem eindeutigen Schluss, dass beide Bilder zu den Meisterwerken der internationalen Malerei gehörten, sowohl wegen der klangvollen Namen als auch hinsichtlich ihres geschätzten Wertes.

Das betrübte den Ermittlungsleiter, denn er wusste, dass sie an dieser Stelle eigentlich aufhören konnten. Mit Sicherheit hatten die Diebe dafür gesorgt, dass das Verbrechen nicht aufgeklärt werden konnte, der Einsatz war zu hoch. Vermutlich waren die unmittelbaren Täter längst tot. Die Bilder würden natürlich eines Tages auftauchen, früher oder später, aber nicht mehr in seinem Leben und nicht in diesem verdammten Land.

Aber Ordnung musste sein, also wurde das Gutachten Rosa Markowna vorgelegt. Die Alte las es aufmerksam, war aber nicht im Geringsten erstaunt.

»Was dachten Sie denn, meine Lieben?«, sagte sie achselzuckend. »Das war schließlich ein Geschenk an meinen Semjon, von ganzem Herzen, das Beste vom Besten. Und so gehört es sich auch, junger Mann, das sollte Sie nicht verwundern. Semjon hat es verdient wie kein anderer.«

Sie stand auf, verbeugte sich und verließ mit geradem Rücken das Büro. Sie ähnelt der Ranewskaja, dachte der Kriminalist, der die Alte zur Tür begleitete, der Schauspielerin. Die hat so ähnlich gesprochen und die Augen bewegt ...

Am selben Abend erzählte Rosa lachend, wie der Kriminalist gestaunt habe, dass die alte Oma nicht umgefallen sei, als sie von den Millionen Dollar erfuhr.

»Ach«, erkundigte sich Mitja, »hat der Experte denn eine Summe genannt?«

»Aber ja, Mitenka«, antwortete die Uroma, »sie haben mir ein Gutachten vorgelegt, darin steht, dass allein der Picasso einige

Dutzend Millionen Dollar wert ist. Und der Chagall, wenn sich bestätigt, dass es ein Original ist, vermutlich ebenso viel.«

Der Urenkel schwieg. Er entschied, Stefan doch von Warja zu erzählen und ihm zugleich eine heikle Frage zu stellen. Diese Frage, aus seinem Inneren aufgestiegen, wurde in der Kehle zu einem Kloß, der ihm den Atem nahm und alle anderen Gedanken verdrängte.

Stefan hörte sich die Sache mit Warja an und sagte kein Wort. Darüber musste er gründlich nachdenken. Auch von Thailand wusste Mitja, das hatten die Mirskis von den Kriminalisten erfahren, und er erzählte Tomski auch das.

»Wann kommt sie zurück?«, fragte Stefan, mit den Gedanken schon woanders.

»So in zehn Tagen, hat ihr Großvater zu meiner Uroma gesagt.« Mitja zuckte die Achseln. »Glaubst du, sie verpfeift mich?«

»Darüber hättest du früher nachdenken müssen«, erwiderte Stefan angewidert. »Als du sie gevögelt hast wie eine Schlampe und dann fallen gelassen wie einen alten Scheuerlappen.«

»Ach, ich hätte sie wohl heiraten sollen?«, antwortete Mitja grob, erstaunt über Stefans Reaktion auf seine Worte. »Sie ist ein echtes Miststück, ihren Opa zum Beispiel würde sie am liebsten umbringen. Wenn sie wüsste, wie, würde sie es glatt tun.«

»Na schön«, brach Stefan die Diskussion ab. »Wir haben noch Zeit. Wenn sie wiederkommt, entscheiden wir, was mit ihr geschieht.« Dabei sah er Mitja schärfer an als zuvor.

Mitja registrierte diesen Blick, und ihm wurde plötzlich kalt. Er überlegte kurz und sagte: »Und noch eins, Stefan. Ich begleiche die Schuld lieber selbst. Ich denke, bis Ende des Monats, den die Jungs aus Ismailowo uns eingeräumt haben, bringe ich die Bilder unter. Ohne große Mühe. Allein.« Er sah Tomski fragend an. Der hörte schweigend zu. »Ich zahle die zwei Millionen, entweder über dich, wenn du willst, oder direkt, ganz wie du meinst. Ich finde es nämlich sonst nicht fair. Der Experte sagt, die beiden Bilder sind rund siebzig Millionen wert, mindestens. Gib zu, das wäre doch schön blöd, oder?«

Stefans Miene blieb unverändert. Er zuckte nur die Achseln und antwortete: »Du bist dein eigener Herr, Mitja. Ich will nur, dass du glücklich bist und am Leben, denn ich liebe dich wie einen Sohn. Und wegen der Kohle mach dir keinen Kopf: Wenn du einen Käufer hast, nur zu, ich will mir nichts Fremdes aneignen, schon gar kein Familienerbe.« Er machte ein besorgtes Gesicht. »Aber denk dran, Mitja, die Frist läuft nur bis Ende des Monats. Und dann, du weißt Bescheid, dann ist Sense!«

»Ich weiß, Stefan.« Mitja nickte zum Abschied und ging, ohne sich noch einmal umzudrehen. Er hatte keine Ahnung, wie er die Bilder verkaufen sollte. Aber diese Ungewissheit war ihm lieber als eine beschissene Gewissheit.

Stefan schloss die Tür hinter ihm, kaute nachdenklich auf den Lippen herum, griff dann zum Telefon und wählte eine Nummer. Die bewusste.

Der Anruf, auf den Mitja halb und halb wartete, kam zwei Tage nachdem er beschlossen hatte, die gestohlenen Bilder selbst zu verkaufen. Sein Ärger über Stefan war noch immer stärker als die Warnsignale seines Verstandes. An ihrem Gespräch hatte ihm vor allem missfallen, dass Stefan nicht einmal versucht hatte, eine plausible Erklärung zu erfinden, warum er mit seiner Schätzung, wie viel Kohle die Bilder bringen würden, so danebengelegen hatte. Er hatte die Information einfach zur Kenntnis genommen und war ohne Umschweife auf Mitjas Angebot eingegangen. Das war verdächtig. Anfangs hatte Mitja gedacht, Stefan sei einfach ebenfalls beleidigt gewesen: Wenn du mir nicht vertraust, Junge, dann hau doch ab, viel Glück. Aber dagegen sprachen Stefans Augen, das sah Mitja genau. Sie spiegelten etwas anderes, etwas Ungutes, Unfreundliches. Insgeheim hoffte Mitja, Stefan würde sich besinnen, sich nicht gerade entschuldigen, dass er ihn hatte reinlegen wollen, aber doch irgendwie versuchen, die plötzlich entstandene Barriere zwischen ihnen zu beseitigen. Er könnte die Sache ins Scherzhafte ziehen oder sie unter einem Aspekt beleuchten, von dem Mitja keine Ahnung hatte und den er gern als Lehre annehmen würde, um dann den dummen Ärger zu vergessen. Doch nichts dergleichen geschah. Mitja war ständig erreichbar, aber niemand wollte etwas von ihm, das Telefon schwieg, jedenfalls kam kein Zeichen von Stefan.

Mit der Suche nach einem Käufer wollte er noch zwei, drei Tage warten, diese Frist räumte er für die Klärung mit Stefan ein. Danach, dachte er, werde ich handeln. Selbst wenn ich nicht mehr kriege, als Stefan gesagt hat, aber das ist dann wenigstens meine eigene Entscheidung, dann muss ich mich nicht für den Rest meines Lebens als Trottel fühlen.

An diesem Tag ging er spät schlafen, erst gegen zwei, und lag lange wach, in Gedanken noch immer bei Stefan. Warum wollte er das machen, dachte Mirski und wälzte sich von einer Seite auf die andere. So viel Kohle, das hätte doch für alle gereicht, fürs ganze Leben, und nicht nur für eins, für hundert Leben, verdammte Scheiße.

Das Klingeln weckte ihn, als es draußen schon taghell war. Rosa Mirskaja war am Telefon.

»Mitenka«, sagte sie mit einschmeichelnder Stimme, »entschuldige um Gottes willen, wenn ich dich geweckt habe, aber ich muss dir unbedingt etwas äußerst Wichtiges sagen.«

Mitja rieb sich die Augen und schüttelte den Kopf, um den Schlaf zu vertreiben.

»Nicht doch, Oma, du hast mich nicht geweckt, es ist doch schon heller Tag, alles in Ordnung.«

»Danke, mein Lieber«, erwiderte Rosa höflich und fuhr fort: »Weißt du, Mitja, da kam ein Anruf aus dem Filmstudio, sie suchen dich.«

Mitja wurde hellhörig und richtete sich halb auf.

»Sie sagen, sie wollen einen Film machen mit dir, über unsere ganze Familie, über Urgroßvater, über unser Haus, über die Bilder, über alles.«

Mitja hörte zu, verstand kaum ein Wort und vermutete, seine Urgroßmutter sei womöglich nicht mehr ganz richtig im Kopf. Das wunderte ihn, denn eines wusste er genau: Rosas Kopf war in Ordnung wie kaum ein anderer.

»Also, mein Goldstück, für die Hauptrolle wollen sie Julia Stukalina, deine Mutter, sie soll mich in Jung spielen, und dich spielt Wilen, dein Vater.«

»Warum das?«, fragte Mitja erstaunt. »Wieso denn?«

Rosa stockte. »Weißt du, mein Liebling, die Buchhalterin von dort hat angerufen und mir im Vertrauen mitgeteilt, dass du bei ihnen auf der schwarzen Liste stehst, als Chef der Geldeintreiber und Verantwortlicher für die Abgabenpolitik des Studios. Darum haben sie Angst, du würdest Ärger machen, während sie den Film über uns drehen, und ihnen den ganzen Finanzplan kaputt machen. Obwohl, andererseits hat sie mich gebeten, ihr das Rezept für die Napoleon-Torte zu faxen, sie haben nämlich die Nase voll von gekaufter Waffeltorte. Haben wir in der Moshaiska ein Faxgerät?«

»Verdammt!«, fluchte Mitja. »Was für ein Blödsinn! Was hab ich überhaupt damit zu tun?«

»Papa hat dich empfohlen, Mitja. Also, dass sie dich nicht für eine Hauptrolle nehmen sollen. Er übernimmt außerdem die Kamera, neben deiner Rolle, und zwar ohne Bezahlung, wenn du ganz draußen bleibst.«

»Vater?«, fragte Mitja. »Das hat Vater gesagt?«

»Dein Vater und deine Mutter Julia. Sie werden bald wieder heiraten, wusstest du das nicht?«

»Wozu?«, fragte Mitja verblüfft. »Sind sie alle verrückt geworden?«

»Papa hat gesagt, wir machen noch ein Kind, ein neues«, erklärte die Uroma ernst. »Der Erste, hat er gesagt, ist Abschaum, solche müsste man umbringen, damit sie sich nicht ins Filmgeschäft einmischen, wenn sie nichts davon verstehen. Lieber solle Schunja mitspielen als dieser Akademiker.«

Mitja klappte der Mund auf.

»Das weiß er also auch?«

Die Uroma schnalzte mit der Zunge.

»Das ist unwichtig, Mitjuscha. Wichtig ist, dass ich Bescheid weiß, mehr als alle anderen, und dich voll und ganz unterstütze. Und noch eins, mein Lieber. Pfeif auf sie alle, sollen sie ein Kind machen, wenn sie wollen, sollen sie Schunja mitspielen lassen, zum Henker mit ihm. Sei lieber bei Stefan bockbeinig, damit er kapiert, was wie viel wert ist heutzutage. Meinst du, mir tut es um die Bilder leid? Mir tut viel mehr Stefan leid, weil er von Kunst genauso wenig versteht wie von euren Geschäften.« Rosas Ton wurde aggressiv. »Wer hat dir denn Python untergeschoben?«, fragte sie und antwortete darauf sogleich selbst: »Er! Und wer hat Mist gebaut? Du! Und warum, frage ich dich? Weil er keinen verdammten Schimmer hat, wie man jemanden anständig umlegt, wenn derjenige eine Persönlichkeit ist. Und Python war ein Mensch, das kannst du mir glauben.«

Vor Mitjas Augen tanzten Kreise, alles geriet durcheinander und schwebte im Raum wie die Dinge an Bord eines unbekannten Raumschiffs, das nun seine Urgroßmutter Rosa Markowna Mirskaja steuerte. Aber warum benutzte sie Worte, von denen er nie gedacht hätte, dass sie sie überhaupt kannte, geschweige denn aussprach? Da begriff er, dass sie das Schiff schon immer gesteuert hatte, dass sie schon seit Langem das Steuer drehte und wendete wie eine Bratpfanne, ebenso sicher und geschickt, wie sie früher auf der Singer-Nähmaschine ihre Damenunterwäsche gesäumt hatte.

»Also«, resümierte Rosa, »wir gehen folgendermaßen vor: Entweder, er, Stefan, bittet uns um Verzeihung für alles und übernimmt die komplette Finanzierung des Films«, sie machte eine Pause, »oder wir beide spielen die Beleidigten und sind bockbeinig. Schluss, die Zeit läuft! Bis Ende des Monats. Also, was nehmen wir, Liebling?«

»Den Bock!«, rief Mitja, ohne nachzudenken, »wir nehmen den Bock, Oma!«

»Dann warte auf mich«, sagte seine Urgroßmutter knapp und legte auf.

Im Flur schlug eine Tür, aber Mitja konnte sich nicht vom Bett hochreißen, das Laken war nach dem Gespräch mit Rosa klitschnass, und er schien daran festzukleben. Dann ertönte ein lang gezogenes »Määh!« Und noch einmal: »Määh!« Wieder und wieder versuchte er sich hochzureißen, aber mit demselben Ergebnis, das Bett und er waren miteinander verschweißt. Indessen kam der Ziegenbock, den Kopf schüttelnd, näher und näher, meckerte immer lauter, und die Angst, die aus dem am Körper festklebenden Bett aufstieg, umhüllte Mitja immer fester, und nun war nicht nur das Laken nass, sondern auch er selbst, klitschnass und klebrig, so klebrig wie die Angst und so hässlich wie der Ziegenbock vor der Tür seiner Mietwohnung.

Er riss die Augen auf. Im Zimmer war es so finster wie im schwarzen Panzer eines blinden Panzerfahrers bei Nacht. Das Telefon schrillte vermutlich schon eine ganze Weile. Mitja schaltete das Licht an und griff nach seinem Handy. Stefan war dran.

»Du schläfst, Akademiker?«, fragte er friedfertig. »Hast du keine Angst zu verschlafen?«

»Was ist los, Stefan?«, fragte Mitja zurück. »Wie spät ist es?«

»Lass gut sein, Mitja«, Stefans Ton wurde geschäftig, »über die Uhrzeit reden wir später. Es gibt Wichtigeres. Also, Bruder«, sagte er, bevor sein Zögling zu sich kommen konnte, »ich habe noch mal über unser letztes Gespräch nachgedacht und ein paar Schlüsse daraus gezogen. Mit anderen Worten, Mitja, ich würde gern mit dir reden, je eher, desto besser für uns beide.«

»Die alte Frage, hab ich recht?«, fragte Mitja.

»Erraten«, bejahte Stefan, wieder ganz freundlich. »Und noch eins. Ich glaube …« Er stockte ein wenig. »Ich glaube, ich war im Unrecht. Mehr noch, wahrscheinlich war ich dir gegenüber nicht gerecht.« Seine Stimme verriet Reue und zugleich das Bemühen, diese zu verbergen. »Aber du bist auch gut, das musst du zugeben!« Stefan hob die Stimme. »Wieso zum Teufel hast du dich von dem Mädchen erwischen lassen? Damit hab ich doch recht, oder, Mitja? Na sag schon, hab ich recht?«

»Hast du.« Mitja lächelte im Vorgefühl der Versöhnung, und ihm wurde etwas leichter zumute, besonders nach dem Grauen, das er im Traum erlebt hatte und das noch nicht ganz verflogen war.

»Also, wir machen Folgendes«, verfügte Stefan, als er merkte, dass das Eis gebrochen war, »du kommst auf schnellstem Wege her, jetzt gleich, wir fahren nach Barwicha, zu einem Käufer. Morgen ist zu spät, Leute wie er warten nicht. Brauchst du noch weitere Erklärungen, oder hast du alles kapiert? Ach ja, bring die Fotos mit, alle beide, den Kuckuck und die Alte. Alles klar?« Ohne eine Antwort abzuwarten, beendete er das Gespräch: »Ich warte!«

Der letzte Gedanke des Banditen Dmitri Mirski, nachdem er ins Erdgeschoss hinuntergefahren war und sich umdrehte, um die Fahrstuhltür zu schließen, war, dass seine Uroma trotz des beschissenen Traums völlig recht damit hatte, Vater und Mutter zu erlauben, ein neues Kind zu machen.

Das wäre nicht schlecht, stellte er sich vor, wenn die Alten wieder zusammenkämen und ein Kind kriegten, das wär lustig.

Und damit wurde sein Bewusstsein ausgeknipst. Sofort, in einem einzigen Augenblick, nur einen Sekundenbruchteil nach dem leisen Plopp, das ertönt, wenn eine Makarow-Pistole mit einem anständigen selbst gebastelten Schalldämpfer versehen ist, leiser als ein Serienmodell. Die Makarow samt aufgesetztem Schalldämpfer lag noch neben dem starken und schönen Körper des Urenkels von Semjon Mirski, dem berühmten Architekten und Akademiemitglied. Den Urenkel hatte das Leben zum Akademiker gemacht, allerdings unter einem ganz anderen Vorzeichen.

Mitja töten oder nicht, diese Frage hatte sich Stefan schon gestellt, bevor er von dem ärgerlichen Malheur mit der Generalsenkelin Warja Berojewa erfuhr. Allerdings betrachtete er dies nur als theoretische, rein professionelle Überlegung, als einen Beweis dafür, dass er sein Handwerk beherrschte, mehr nicht. So wie es in amerikanischen Filmen immer heißt: Es ist nichts Persönliches, Sir. Denn eigentlich sprach alles dafür, dass derlei Verluste vermeidbar waren. Über das Erbe, davon war er überzeugt, würden sie sich schon einigen, und was die Gefährlichkeit der Sache betraf und die möglichen Folgen, darum würde Mitja sich schon kümmern, daran hatte er selbst größtes Interesse, schließlich war er der Haupttäter. Zumindest war Stefans Beteiligung nicht zu beweisen, abgesehen von ein paar Tipps, die er ihm unter vier Augen gegeben hatte, nichts Konkretes. Also: nicht töten.

Soweit seine Erwägungen vor dem Gespräch über die Preise. Dazu die Sache mit dem Mädchen …

Dass die Bullen sie übersehen würden, glaubte er nicht, auch wenn sie im Moment nicht in der Stadt war. Andererseits, was konnte sie schon sagen? Sie habe gesehen, wie Mitja Mirski einen Kaugummi auf den Spion der Kerenskis geklebt habe. Na und? Alles Weitere war allerdings schwer vorherzusagen. Er wollte natürlich gern glauben, dass Mitja damit fertig wurde, selbst wenn die Bullen ihn auf ihre bewährte Art in die Mangel nahmen. Wenn sie aber einmal dabei waren, würden sie schnell rauskriegen, wer Mitja war, und dann führte die Spur direkt zu Stefan, das war sonnenklar. Also gut. Das Mädchen zu liquidieren war einfacher als Mitja, keine Frage. Aber wie sollte er dann auf den Vorwurf wegen des Gutachtens reagieren? Verdammt, das hatte er sich nicht richtig überlegt. Er hätte sagen müssen, das habe er selber nicht gewusst, er sei eben von den Preisen ausgegangen, die er gehört hätte. Nun war es zu spät, Mitja war ein kluger Junge, ein Jude eben, der hatte das Ganze schnell kapiert. Und was ergab das alles? Nur eines: töten. Mitja, nicht das Mädchen. Und zwar schnell. Also rief Stefan, nachdem Mitja ihn missmutig verlassen hatte, den Anführer der Jungs in Ismailowo an.

Sie trafen sich. Sie redeten nicht lange. Stefan erklärte, der Kerl, der Python umgelegt hatte, habe sich verraten, er wisse nun, wer es gewesen sei. Wir sollten die Angelegenheit zu Ende bringen, sagte er. Der andere überlegte nicht lange – erstens war es nicht sein Mann, und außerdem ging es um die gemeinsame Sache. Kein Problem also. Er ließ sich die Adresse geben und was er sonst noch brauchte, und die Sache war perfekt. Wir sind doch alle Brüder, stimmts, Bruder?

Eine Nachbarin entdeckte den Leichnam am frühen Morgen, als sie ihren Hund ausführen wollte. Sie schrie auf, warf die Leine hin und rannte hinaus auf die Straße. Dort schrie sie noch lauter, so laut, dass die Miliz schon nach einer Viertelstunde eintraf. Alles war genau wie bei Python: keinerlei Spuren, bis auf die Makarow mit dem Schalldämpfer und zwei Patronenhülsen. Eine Kugel ging ins Herz, von hinten, eine zweite in den Hinterkopf, ein Kontrollschuss. Nichts fehlte, bis auf die Schlüssel. Um die hatte Stefan ausdrücklich gebeten, er wusste, dass die Schlüssel zur Kerenski-Wohnung an Mitjas Schlüsselbund hingen. Die Miliz musste nicht lange rätseln, wer der Tote war. Anhand des Kennzeichens des BMW stellten sie Meldeadresse, Telefonnummer und Identität fest. Sie setzten sich mit der Familie in Verbindung und baten jemanden zu kommen. Rosa Markowna sagte zu Wilen: »Es soll jemand hinkommen, aber sie sagen nicht, warum; Mitja hat wohl was angestellt.«

Wilen drehte gerade. Einem Impuls seines Herzens folgend, ließ er alles stehen und liegen, stieg ins Auto und fuhr aufs Revier. Und von dort zusammen mit den Milizionären ins Leichenschauhaus. Im Leichenschauhaus lag sein Sohn Mitja, tot, mit einer Kugel im Herzen und einer im Kopf. Wilens erster Gedanke war aberwitzig, unsinnig, vollkommen idiotisch, er rutschte ihm quasi unversehens raus, ohne Sinn und Verstand: Gut, dass die Banditenkugel nicht in die Stirn ging, sondern in den Hinterkopf, so hat sie die Schönheit des Jungen nicht beschädigt, ihn nicht völlig verunstaltet. Anschließend mussten sie den Vater wiederbeleben. Sie suchten nach Validol, fanden aber keines und auch nichts Ähnliches. So etwas gab es im Leichenschauhaus nicht, Leichen hatten daran keinen Bedarf, und die Übrigen hier waren gesund wie die Stiere. Also spritzten sie Wilen ein wenig vom Leichenschauhaus-Totenwasser auf die Wangen, bis er die Augen wieder öffnete. Nach dieser Behandlung sagten sie zu ihm: Das war ein Auftragsmord, Papa, das können wir dir auch ohne Wahrsagerin verraten.

Früh am Morgen riefen die Ismailower Stefan an. Sie machten keine großen Worte, sagten nur: Erledigt. Nach dieser Meldung zwang er sich, nicht an Mitja zu denken, um sich nicht die Stimmung zu vermiesen, und auch nicht an Rosa Markowna. Sie tat ihm wirklich unglaublich leid. Er überdachte seine laufenden Geschäfte und beschloss, gleich am nächsten Tag in die visafreie Türkei zu fliegen. Eine Pauschalreise musste er nicht buchen, in irgendeinem Fünfsternehotel würde er schon unterkommen für eine Woche oder zehn Tage, mehr war nicht nötig. Wenn sich dann alles ein wenig gelegt hatte, wollte er zurückkommen, ruhiger und ohne Selbstvorwürfe.

Seine Kalkulation ging auf, denn als er aus Alanya zurückkehrte in die Trjochprudny-Gasse, war das Schlimmste überstanden: Mitjas Beerdigung auf dem Friedhof Wagankowo im Grab des Urgroßvaters, Rosa Markownas Schock und die Frage nach seinem Alibi. Nach Wilen Borissowitsch erkundigte er sich nicht, der hatte ihn nie sonderlich interessiert, sie hatten sich höchstens dreimal gesehen. Was die alte Mirskaja anging, so war sie wirklich für eine Woche in einen komatösen Schockzustand gefallen. Wilen hatte die Großmutter aber nicht ins Krankenhaus gebracht, er wollte eine Pflegerin engagieren, doch das hatte Kerenskis Tochter Gelja nicht zugelassen: Sie bestand darauf, sich selbst um Rosa Markowna zu kümmern. Sie erklärte, sie habe ihre Arbeitsstelle so gut wie gekündigt, sei also verfügbar. Wilen hatte nichts dagegen. Er selbst lehnte in dieser Zeit jeden Auftrag ab, saß tatenlos zu Hause und drehte fast durch vor Hass und Kummer.

Die Beerdigung hatte ohne Rosa stattgefunden, was normalerweise undenkbar gewesen wäre. Aber es musste sein. Sie sagten es der Urgroßmutter erst hinterher, als sie wieder einigermaßen zu sich gekommen war.

»Danke, dass ihr mich nicht mitgenommen habt nach Wagankowo«, erwiderte sie darauf. »Ich wäre gestorben, wenn ich das mit eigenen Augen gesehen hätte.« Dann sah sie ihrem Enkel in die Augen und fragte: »Wofür, Wilen? Sag mir, wofür?«

»Man wollte ihn ausrauben, Oma«, antwortete der Enkel kleinmütig. »Und er hat sich gewehrt …«

»So war er«, bestätigte Rosa Markowna leise. »Er war immer ein mutiger Junge, ließ sich nicht unterkriegen.«

Wilen war im Übrigen ganz froh, dass die Großmutter die Beerdigung nicht miterleben musste, denn als er sah, wer sich da am Grab versammelte, wurde ihm speiübel. Und als diese Leute dann auch noch redeten, wie sie es eben verstanden, rückte Wilen, seiner Übelkeit nachgebend, von der Trauergesellschaft ab und ging beiseite. Er trat erst wieder ans Grab, als der Sarg schon in die Grube gelassen war und mit Erde beworfen wurde. Mitjas Mutter Julia Stukalina weinte ebenfalls, hielt aber keine Ansprache, worum sie auch niemand gebeten hatte – Wilen war nicht einmal sicher gewesen, ob sie überhaupt erscheinen würde. Sie hatten nach ihrer Trennung nie wieder ein normales Verhältnis zueinander gefunden, trotz des gemeinsamen Sohnes. Auch diesen hatte die Mutter stets auf Abstand gehalten zu sich und ihrer neuen Familie, ihrer zweiten damals. Offenbar hatte sie mit den Mirskis abgeschlossen und entschieden, dass sie diesen Juden sowieso nicht gewachsen war und sich nur Ärger einhandeln würde. Zudem bekam sie dann neue Kinder. Mit weiblicher Verwandtschaft war Mitja also eher unterversorgt: Statt der Mutter hatte er nur Urgroßmutter Rosa – zweifelhaft unterstützt von Großmutter Tanja Kulkowa – und Tante Sara Tschepik, die Haushälterin aus der Ukraine. Julia verließ den Friedhof, noch bevor alle in die Autos und den Kleinbus gestiegen waren. Sie nickte Wilen lediglich kurz zu, ohne ein vernünftiges Wort, aber er hatte ohnehin nichts Vernünftiges erwartet und nickte nur zurück. Damit trennten sie sich bis zum nächsten Todesfall.

Wieder zu Hause, wählte Wilen die Nummer des Komitees der Soldatenmütter und erkundigte sich, wie er dem Komitee den BMW seines Sohnes stiften könne, zugunsten von Familien, die durch den Armeedienst gelitten hatten. Er brauche dieses Auto nicht. Man freute sich und erklärte ihm, wie. Und so verfuhr er, etwas anderes war ihm nicht eingefallen als Akt der Rache an der Drecksbande. Das Strafverfahren, das umgehend eingeleitet worden war, interessierte ihn kaum, es spielte keine Rolle mehr, wer seinen Sohn wegen welcher Gangsterangelegenheiten umgelegt hatte. Er bekam ihn nicht mehr zurück, er hatte sich zu wenig um ihn gekümmert, er war ein Schwein.

Rosa, wieder bei Bewusstsein und Verstand, nahm mit Geljas Hilfe allmählich wieder ihre Umwelt wahr. Sie weinte weniger, lief aber noch immer mit verquollenem Gesicht herum. Gelja verbrachte nun mehr Zeit bei den Mirskis als zu Hause – wenn man Kerenskis Wohnung so nennen konnte.

Stefan, aus der Türkei zurück, machte einen Kondolenzbesuch bei den Mirskis und registrierte die neuen Umstände und den erschwerten Zugang zu der ihn interessierenden Wohnung. Er entschied, lieber zu warten, bis diese Angelina Habibullina-Kerenskaja zurück nach Hause fuhr oder zumindest auszog, und sich dann mühelos die Bilder zu holen. Schließlich konnte er sie nicht auch noch umbringen, das wäre denn doch zu viel.

So verging der erste Monat ohne Mitja. Inzwischen hatte Gelja im Notariat einen Antrag auf das Erbe ihres Vaters Fjodor Kerenski gestellt und begründet.

»Junge Frau, ich würde mir keine großen Hoffnungen machen«, erklärte die Kreisnotarin. »Ich sehe ehrlich gesagt keine ausreichende Grundlage dafür. Aber warten wir das gesetzlich vorgeschriebene halbe Jahr ab, dann sehen wir weiter.«

Seit Kerenskis Tod ging Gelja nicht mehr auf den Strich.

»Bist du bescheuert, Mädchen?«, schimpfte Rahels Enkelin. »Du hast dich so viele Jahre abgerackert und gerade zu leben angefangen, hast deine Jungs großgezogen, alle beide. Was ist das für eine Schnapsidee? Na schön, der Mann ist tot, na und. Wir finden schon einen anderen, wenn die Wohnungsverwaltung dich da wirklich rausschmeißt.«

»Ich habe gekündigt, Rosa Markowna«, berichtete Gelja der Nachbarin. »Ich bin weg von da, wo ich gearbeitet hab.«

Rosa überlegte nicht lange.

»Weißt du was, Mädchen, komm erst mal zu uns, bis alles entschieden ist. Wohnen kannst du ja vorerst noch in der Wohnung deines Vaters, und hier hilfst du im Haushalt. Wie Sara, deine Mama. Wilen wird dich anständig bezahlen, in den letzten Jahren läuft es für ihn gut beim Film, und ich altes Pferd hätte eine Hilfe. Und wäre nicht mehr so traurig. Was meinst du dazu?«

Das war ein Ausweg. Mehr als ein Ausweg, es war ein Geschenk. Ihrer Mutter schrieb sie, sie habe die Arbeitsstelle wechseln müssen und werde nun weniger Geld bekommen, habe aber ausgerechnet, dass es für das bescheidene Leben in Shitomir reichen würde, zumal nach dem jetzigen Griwen-Kurs. Nach einem Stoßgebet an ihren ukrainischen Gott ging sie an die Arbeit. Da sie nicht gleich in die Wohnung gegenüber zog, hörte sie Rosa Markownas nächtliche Schreie nicht. Und als sie eingezogen war, hatten diese fast aufgehört und weckten nur noch hin und wieder den geräuschempfindlichen Wilen.

Sie fingen klein und ganz langsam an. Rosa Markowna erklärte ihr, wie man schwarz angelaufenes Neusilber am effektivsten reinigte. Das ging schnell, also nahmen sie sich auch gleich das Tafelsilber vor. Dann: Wäsche waschen, bügeln, stärken. Dann der Staub, auch der hatte seine verborgenen Tücken. Und natürlich die feuchte Reinigung, wie zu Sinas und Saras Zeiten, alles wie gehabt. Als Nächstes kamen Essen kochen und anrichten. Das Anrichten bewältigten sie rasch. Etwas drosseln mussten sie das Tempo beim Kapitel Kochkunst. Hier stießen sie auf konkurrierende Rezepte, die seit fünfundsechzig Jahren unveränderten von Rosa Markowna und dieselben, von Sara abgewandelt und angereichert mit Geljas angeborener Kreativität und natürlicher Begabung. Die Unterschiede waren prinzipieller Natur, doch schließlich wurden die Differenzen beigelegt durch Rückführung auf die ursprüngliche Rezeptur.

Wenn das die Mädchen sehen könnten, diesen Aufwand mit den Süßspeisen und die gestärkten Säume, dachte Gelja, lächelte und erinnerte sich an ihren Alltag auf der Twerskaja wie an einen lange zurückliegenden, irrealen Traum.

Der vierzigste Tag nach Mitjas Tod wurde von den Mirskis nicht begangen, ebenso wenig wie zuvor der neunte Tag.

»Das ist bei uns nicht üblich«, erklärte Rosa Markowna, »und zwar nicht, weil wir Juden sind. Das halten wir eben seit Semjons Zeiten so, wir haben schon 1923 verabredet, dass wir das nicht machen werden. Semjon meinte immer, man solle die menschliche Erinnerung und die Trauer nicht anstacheln, sie sollten sein, wie sie sind, ohne Wodka und ohne Worte.«

Gelja brachte den Haushalt der Mirskis rasch auf Vordermann. Alles gelangte nun wieder an seinen Platz, und alles wurde wieder wie in früheren Zeiten, als Sara und Sina für Ordnung gesorgt hatten. Rosa Markowna brauchte nur korrigierend einzugreifen und zu loben.

Als Gelja wieder einmal gründlich geputzt hatte, bemerkte Rosa Markowna: »Wir sollten das Schild, das so unnütz unten am Haus hängt, hierherholen und statt des Chagalls an die Wand hängen: ›Mustergültiges Haus‹.«

Drei Monate nach dem schrecklichen Ereignis sagte sie zu Gelja: »Ich möchte sehr gern, dass Sara herkommt. Zusammen mit den Jungen, sie haben doch Moskau noch nie gesehen, oder?«

»Nein«, erwiderte Gelja verlegen, »das haben sie nicht. Das konnten wir uns nicht leisten, Rosa Markowna. Außerdem gehen sie zur Schule, sie sind immerhin schon dreizehn.«

»Wir machen es so«, verfügte Rosa, »ich bezahle die Fahrkarten, Platz genug ist ja Gott sei Dank, wir haben immerhin zwei Wohnungen, und dann ab nach Firsanowka, an die frische Luft, ins Grüne. Dort ist ein herrlicher kleiner See, am Sanatorium, deine Mama kennt ihn gut. Auch deine Oma hat oft darin gebadet. Na, ist das eine gute Idee?«

Das war im Mai 1999. Die Idee war an sich gut, wurde aber von einem traurigen Ereignis gebremst. Einem, mit dem niemand in der Trjochprudny-Gasse gerechnet hatte.

Entgegen Stefans Befürchtungen wurde Warja Berojewa nach ihrer Rückkehr aus Thailand von keinem der für den Mordfall Dmitri Wilenowitsch Mirski verantwortlichen Ermittler vernommen. Braun gebrannt, aber in miserabler Stimmung, kam sie zurück von der Insel Phuket – der erhoffte Urlaubsflirt war ausgeblieben. Überhaupt bestand ihr Intimleben aus permanenten Missgriffen und Reinfällen. Sie hatte in den letzten Jahren zwar gelegentlich Affären mit jungen Männern gehabt, doch die waren immer wieder in die Brüche gegangen, meist durch ihre eigene Schuld. Als sie ein wenig klüger und reifer geworden war, begriff sie, dass nicht sie die Schuld daran trug und auch nicht die jungen Männer, sondern Mitja Mirski, der dreiste, ungebildete Kerl, ihr erster Mann. Nach Mitja erschienen ihr alle Männer affektiert und jämmerlich. Keiner von ihnen, von denen am Institut bis zu ihrer jetzigen Umgebung, war von derartiger männlicher Kraft wie Mitja, niemand konnte sie so unter sich zermalmen, sie samt Bett mit starken Armen umfassen, niemand sie so beiläufig demütigen und damit seine männliche Macht beweisen. Und auf niemanden wartete sie so sehnsüchtig wie einst auf den Nachbarsjungen, der eine Etage unter ihr gewohnt hatte. Ihm für sein Teil war sie scheißegal gewesen, er pfiff grundsätzlich auf alles und jeden, in dieser Hinsicht hatte Warja sich nie etwas vorgemacht, nicht einmal, nachdem Mitja ihr im Obergeschoss der Wohnung der stets betrunkenen Ljussja sorgfältig das Jungfrauenblut vom Bauch gewischt hatte. Und dafür hasste sie Mitja. All die Jahre, all die sieben Jahre. Selbst nach seiner Ermordung blieb ihr Hass bestehen. Sie sagte zu ihrem Großvater: »Er war einReckskerl, darum wurde er umgebracht.«

Tschapaikin machte sich keine Illusionen über seine Enkelin, er wusste, dass sie ihn hasste, dass sie und ihre Mutter, seine Tochter, sich nur eines wünschten: dass Großvater Gleb möglichst bald krepierte und die Erbwohnung freimachte. Das wusste der General, er verstand auch die Gründe und die Ursachen. Darum schwieg er, schluckte die Kränkung hinunter und wollte sein Leben auch gar nicht unnötig ausdehnen. Manchmal lief er in die Brjussow-Gasse, stand eine Weile schweigend vor der Madonna, die er einst für seine Kerzen ausgewählt hatte, und ging in Gedanken seine

Sünden durch. Die Liste war lang und untilgbar. Dann bekreuzigte sich Tschapaikin unbeholfen, wobei er sich jedes Mal ängstlich umsah, und flüsterte ebenso unbeholfen ein Gebet mit der Bitte, dass keinem seiner Nächsten etwas Böses zustoßen möge. Einschließlich Tochter und Enkelin. Wenn er jemandem etwas Gutes wünschen wollte, fiel ihm außer Rosa Markowna niemand ein, der noch lebte, und meist beließ er es dabei. Dann kaufte er Kerzen für alle, auch eine für die Selenskis, und stellte sie nebeneinander unter die Gottesmutter, wobei er murmelte, dass er nicht nur Schuld trug, sondern auch eine gewisse Unschuld. Obwohl, nein, das dachte er nur, das flüsterte er nicht, diesen Gedanken ließ er nicht nach außen dringen, um die gerechte göttliche Macht nicht zu erzürnen.

Als er Warja so über Mitja Mirski sprechen hörte, war er höchst erstaunt.

»Wie kannst du so etwas sagen? Warum? Er war doch ein guter, normaler Junge, Rosa Markowna hat ihn von klein auf persönlich erzogen.«

Die Enkelin gab jedoch nicht nach, sondern setzte noch eins drauf: »Nein, er war ein Dreckskerl, weiter nichts? Er war mit Banditen befreundet, das hat er mir selbst erzählt, schon vor langer Zeit, hat damit angegeben. Und dauernd hat er Mädchen zu den Kerenskis geschleppt, er hatte sogar einen eigenen Schlüssel.«

»Zu den Kerenskis?«, wunderte sich Tschapaikin. »Zu Fedja?«

»Na ja!«, bestätigte Warja entrüstet. »Er hatte einen eigenen Schlüssel: Ljussja hat ihn für eine Flasche in die Wohnung gelassen, und das hat er ausgenutzt. Von wegen guter Junge!«

»Ist das dein Ernst?«, fragte der Großvater, noch immer ungläubig, und verarbeitete in Gedanken die seltsame Neuigkeit. »Das mit der Wohnung?«

»Und ob!«, reagierte Warja empört, als nähme sie die Worte des Großvaters als persönliche Beleidigung. »Und das hat er bis zu seinem Tod gemacht! Wahrscheinlich hatte er sich mit Onkel Fedjas Untermieterin geeinigt, wie früher mit Ljussja, jedenfalls benutzte er die Wohnung genauso wie früher.«

»Woher weißt du das?«, fragte Tschapaikin argwöhnisch, fühlte aber, dass da etwas dran war. Was, wusste er nicht, aber er spürte es, wie ein Wolf, mit der Witterung des erfahrenen Tschekisten.

»Woher ich das weiß?« Sie drehte sich zu ihrem Großvater um und streckte den Finger aus – gegen ihn oder gegen die unter ihnen liegende Wohnung der Kerenskis. »Als Onkel Fedja beerdigt wurde, da hat er ein Mädchen in die Wohnung gebracht, das habe ich selbst gesehen.«

»Du hast ein Mädchen gesehen?«, fragte der General und verspürte ein Pochen in den Knien.

»Das Mädchen nicht, aber ihn hab ich reingehen sehen. Und dann hat er, wer weiß warum, was auf den Türspion geklebt. War wahrscheinlich betrunken. Warum sollte einer sonst solchen Blödsinn machen.« Sie lachte verächtlich. »Von wegen, guter Junge!«

»Na ja, ich weiß nicht.« Der Großvater zuckte ergeben die Achseln. »Vielleicht war er wirklich nicht so gut, ich weiß ja nicht viel über ihn.«

»Eben!«, schloss Warja, die fand, dass das Tageslimit an Kommunikation mit dem Großvater bereits überschritten war. »Dann red auch nicht, wenn du keine Ahnung hast.«

Diese zufällig erlangten Informationen weckten die Neugier des Generals Tschapaikin. Doch nach vierzig Minuten, nachdem er geraucht, sich mit der Faust die aufgedunsene Nase gerieben, sich ein wenig Ohrenschmalz herausgepolkt, das Pochen in den schwachen Knien unterdrückt und seinen vor Erregung zitternden Körper endgültig auf den Küchenhocker niedergelassen hatte, wandelte sich die oberflächliche Neugier. Nun musste er ernsthaft nachdenken.

Tschapaikin grübelte drei Tage und drei Nächte, wie ein russischer Sagenheld. Am vierten Tag erhob er sich, ging hinauf ins Obergeschoss, wo die Enkelin wohnte, stieg auf einen Stuhl und zog hinter der Kaminklappe den in einen Lappen gewickelten Nagant-Revolver hervor. Er wischte ihn gründlich ab und steckte ihn unters Hemd. Dann verließ er die Wohnung, schloss die Tür ab und ging langsam hinunter.

Als es klingelte, war Stefan gerade beim Rasieren. Es war nicht sehr früh, aber noch nicht recht Tag, genau die richtige Zeit für Tschapaikins Vorhaben. So jedenfalls hatte er es an der Tscheka-

Akademie gelernt. Stefan fluchte, legte den Rasierapparat beiseite, wischte sich mit dem Handtuch den Schaum vom Gesicht und ging in den Flur, das Handtuch über der Schulter. Er drückte auf den Monitorknopf und wunderte sich, als er das bekannte Gesicht des Rentners Tschapaikin erblickte. Er öffnete, lächelte breit, beinahe aufrichtig, und begrüßte den unverhofften Gast: »Mein Gott, Gleb Iwanowitsch, was für eine Freude. Aber bleiben Sie doch nicht vor der Tür stehen, kommen Sie herein, mein Lieber.«

Tschapaikin fühlte sich unbehaglich, er zögerte eine Sekunde, ging im Kopf noch einmal durch, weswegen er hier war, trat dann aber doch über die Schwelle, wobei er sich nach allen Seiten umblickte.

»Störe ich auch nicht?«, fragte er, um aus der Antwort zu entnehmen, ob sonst noch jemand im Haus war.

»Aber Gleb Iwanowitsch, Sie und stören?« Stefan lächelte erneut, beinahe aufrichtig, und warf das Handtuch ab. »Entschuldigen Sie meinen nicht gerade gastfreundlichen Aufzug.« Er lächelte, breitete gutmütig die Arme aus und erklärte scherzend, sich quasi entschuldigend, dass er den Gast nicht gebührend empfing: »Sie hätten anrufen sollen, dann hätte ich einen Gehrock übergeworfen und mich zu Ende rasiert.« Er wies mit dem Kopf auf das Handtuch.

»Ich will dich nicht lange aufhalten, Stefan.« Tschapaikin sah den Hausherrn fragend an. »Kann ich mich setzen?«

»Aber gern, Gleb Iwanowitsch, kommen Sie herein.«

Er führte ihn ins Wohnzimmer und platzierte ihn auf einem antiken Sofa mit gestreiftem Seidenbezug. Die übrige Einrichtung des Zimmers war ebenso antik wie das Sofa, um das zu sehen, musste man kein Kunsthistoriker sein. Das war Tschapaikin auch nicht, denn er war Tschekist. Psychologe und Tschekist, was fast dasselbe war, nur mit unterschiedlichem Glauben an das Resultat.

Wer hätte das gedacht, kam es ihm in den Sinn. Er wirkt durchaus wie ein anständiger Mensch. So wirkte er schon damals. Und auch jetzt sieht er so aus … So einer kommt immer durch, dem ist jede Zeit recht, Hauptsache, es finden sich genug Leute, die dümmer sind als er.

»Also, was gibt es, lieber Nachbar?«, stellte Stefan die einzig mögliche Frage und machte sich bereit, aufmerksam zuzuhören.

Tschapaikin wiegte nachdenklich den Kopf.

»Tja, das ist so eine Sache, mein Guter ... Ich wollte eigentlich unlängst sterben, aber ich fühle, ich kann nicht, etwas lässt mich nicht los, hält mich zurück.«

»Das ist doch gut«, lachte Tomski. »Bleiben Sie gesund und munter.«

»Ernsthaft, Husar, eines wollte ich dich noch fragen: Sag, wie hast du die Million vor mir versteckt, hm? Ich weiß Bescheid, du hast sie rübergeschafft. Aber wie, das habe ich nicht rausgekriegt. Das habe ich nie erfahren.«

Tomski lächelte.

»Und das lässt Sie nicht los?«

»Das lässt mich nicht los, mein Lieber, nein«, bestätigte Tschapaikin und ertappte sich dabei, dass er Stefan ebenso anredete, wie Rosa Markowna es tat.

»Ach, das ist ganz einfach, Gleb Iwanowitsch«, ging Tomski unbeschwert auf das Thema ein. »Einige einflussreiche Ausländer, eingefleischte Antisowjetschiks, haben sich bei mir in der Wohnung versammelt, die Banknoten gezählt, die Nummern notiert, ein Protokoll über deren Vernichtung unterschrieben und es mit entsprechendem Kommentar an die Botschaft der USA übergeben. Das war alles! Der Rest war ein Kinderspiel: Noch am selben Tag ging das Protokoll über offizielle Kanäle an das Finanzministerium und die Staatskasse der USA, mit dem Ersuchen, dem Bürger Stefan Tomski, geboren 1937 in Tomsk, UdSSR, bei Vorlage eines Personaldokuments ungehindert den Gegenwert der genannten Summe auszuzahlen, sobald er deswegen vorsprechen würde. Was von dort unverzüglich bestätigt wurde.« Er lächelte. »Aber Sie haben mich nicht hingelassen hinter den Eisernen Vorhang, Genosse General, haben mich nicht zu meiner Million geschickt, sondern hinter sieben Berge, ins ferne Magadan.« Er winkte ab. »Aber ich nehme es Ihnen nicht übel, Gleb Iwanowitsch, am Ende ist kein Leid ohne Freud.«

»Du meinst, weil du als Boss zurückgekehrt bist?«, fragte der General spöttisch. »Tjaa, du warst nicht umsonst dort, ein Kopf wie deiner verlangt nach einer Krone, das ist sicher. Wirklich geschickt, wie du die Million versteckt hast, da war kein Rankommen. Du hast uns alle zu Idioten gemacht.«

»Was sollte ich machen, das war mein Beruf.« Stefan zuckte die Achseln. »So waren die Zeiten damals.«

»Und jetzt haben sie sich geändert?«

»Jetzt haben sie sich geändert. Jetzt sind bestimmte Gewerbe vom Staat legalisiert worden, wie Sie wissen. Jetzt ist es nicht mehr verboten, Kunst zu lieben und zu sammeln. Auch Verkauf, Kauf und Weiterverkauf, alles kein Problem mehr. Zahl deine Steuern und handle, womit du willst.«

»Und Menschen töten?«, fragte Tschapaikin leise und sah Stefan durchdringend an, Auge in Auge.

Der zuckte nicht, wandte auch den Blick nicht ab. Er fragte nur zurück, ohne Angst, aber auch ohne zu lächeln: »Wie meinen Sie das, Gleb Iwanowitsch?«

»Menschen töten, frag ich, für deine Kunst, ist das jetzt auch ein erlaubtes Gewerbe?«

Tschapaikin, den Blick unverwandt auf Stefan gerichtet, machte nicht einmal den Versuch anzudeuten, dass dies nur ein Scherz sei. Stefan wurde unbehaglich zumute.

»Von wem sprechen Sie?« Er wandte nun doch den Blick ab und setzte sich dem General gegenüber in einen Sessel.

»Ich rede von dir, du Schwein«, erläuterte der Pensionär ebenso leise wie zuvor. »Von dir, Mördervisage.«

Stefan stand auf, rasch kalkulierend, wie die Ereignisse sich nun weiter entwickeln würden. Dass der General alles wusste, daran hegte er keinen Zweifel mehr. Die Frage war, welche Beweise er besaß. Was der alte Hurenbock in petto hatte und aus welcher Tasche er den Trumpf ziehen würde. Er beschloss, weder verwundert noch verärgert zu tun, sondern schlug ganz ruhig vor: »Nun, reden Sie, Gleb Iwanowitsch, reden Sie. Ich höre. Ich bin ganz Ohr.«

»Ich habe alles gesagt«, erwiderte Tschapaikin schroff. »Ich habe das Urteil über dich gesprochen. Für Mitjas Leben, du Mistkerl, und für Rosa Markowna. Für die Bilder, die ein Leben lang bei ihr an der Wand hingen, bis du Dreckskerl sie dir angeeignet hast.«

Stefan schwieg, er ließ den Alten ausreden. Er ging im Kopf mehrere Varianten durch, was er tun könnte, doch um die Folgen zweier davon abzuschätzen, brauchte er noch Zeit.

Tschapaikin, der genau wusste, was in diesem Augenblick in seinem Gegenüber vorging, wollte Stefan noch eine Weile zappeln lassen. Er fuhr fort: »Willst du wissen, wie ich darauf gekommen bin?«

Stefan schwieg.

»Ganz einfach. Erst hat Mitja Fedjas Türspion zugeklebt, und dann hat er dir wahrscheinlich auf dem Friedhof ein Zeichen gegeben, dass alles nach Plan gelaufen ist, dass die Bilder bei Fedja sind, in Kerenskis Wohnung. Aber du bist trotzdem ein Dummkopf, Husar. Ein rotes Auto ohne Nummernschilder fällt nicht nur Zeugen auf, sondern auch Leuten, die mehr im Kopf haben als leeres Stroh. Du solltest mal eine Weile auf die Tscheka-Akademie gehen, da lernt man solche Scheiße schon im ersten Semester, ganz zu schweigen von anderen Sachen.« Er seufzte. »Eines verstehe ich nicht, Husar, wie hast du Mitja dazu gebracht, dass er dir freiwillig sein Eigentum übergibt? Du hast dir bestimmt was Zünftiges einfallen lassen, damit der Junge mitmacht. Oder hast du ihn eingeschüchtert?« Er sah den Exsträfling voller Hass an.

Stefan ließ sich wieder auf den antiken Stuhl fallen.

»Was wollen Sie, Gleb Iwanowitsch«, fragte er den Alten. »Mich an die Bullen ausliefern? Nehmen wir mal an, Sie liefern mich aus. Und dann? Erzählen Sie denen Ihre senilen Fantasien? Ohne einen einzigen Beweis? Ganz zu schweigen davon, dass ich ein wasserdichtes Alibi habe, und zwar aus vielerlei Gründen.«

»Tja, da gebe ich dir recht«, bestätigte Tschapaikin nachdenklich. »Dich auszuliefern ist vollkommen sinnlos. Sie hätten nicht einmal einen Grund, von dir eine Aussage zu verlangen, da hast du ganz recht.«

»Was dann?« Der Bandit zuckte die Achseln. »Willst du Geld, alter Filzstiefel?«

»Du wirst frech, Husar?« Nun sah Tschapaikin ihn spöttisch an. »Du wirst frech, also hast du Angst. Und wenn du Angst hast, wirst du dich auch verantworten.«

»Vor wem denn, mein lieber Alter? Vor dir vielleicht?« Er wusste nun, dass er keine Überraschungen zu erwarten hatte. Das ganze Gespräch würde auf das Thema »Gewissen« hinauslaufen und genau darüber stolpern. Herzerweichende Gespräche hatte er schon vor vielen Jahren geführt. Übrigens mit demselben langweiligen Gegenüber.

»Vor Gott wirst du dich verantworten, Stefan Tomski«, entgegnete der Alte, schob die Hand in die Hosentasche und zog seinen Revolver heraus. Er drehte die Trommel, entsicherte und richtete mit einer langsamen Bewegung den Lauf auf Stefans Brust. »Und ich helfe dir, dass du rasch hinkommst. Dafür wird er sich bei mir bedanken. Und dann musst du selber weitersehen, wohin du geschickt wirst. Mit Bildern oder ohne.« Er drehte erneut die Trommel. »Nach Rosas Bildern frage ich dich nicht, ich wette, die hast du längst versetzt. Du bist ja ein flinker Bursche, du erlaubst dir in deinem Gewerbe keine Pannen. Stimmt's, Stefan?«

In diesem Moment fühlte Tomski sich zum ersten Mal während des ganzen Gesprächs nicht mehr unbehaglich. Nun hatte er Angst. Richtige Angst. Denn er begriff auf einmal, dass der Alte schon lange lebensmüde war. Und dass er vielleicht auf diese raffinierte Weise, ein letztes Mal seinen unverbrauchten Edelmut aufbietend, auf einen raschen Tod zusteuerte. Das warf Stefans schöne Pläne über den Haufen, alle, vom ersten bis zum vierten, den sein flinkes Kriminellengehirn schon beinahe vollständig entworfen hatte. Es gab nur einen einzigen Ausweg: Zeit zu gewinnen, so viel wie möglich. Also schnitt er ein neues Thema an.

»Hör mal, Alter«, Stefan ließ sich wieder in den Sessel fallen, »du bist also hier, um mich zu töten, ja?«

»Genau«, bestätigte Tschapaikin und versuchte zu erraten, was Stefan vorhatte. »Um dich zu töten.«

»Willst du wissen, für wen du hier Gottes Abgesandten spielst? Hast du eine Ahnung?« Tschapaikin hörte zu, ohne ihn zu unterbrechen. »Sie sollen wissen, Genosse General, nicht ich bin ein Verbrecher, im Herzen und im Wesen, sondern Ihre geschätzten Mirskis. Und der Schlimmste von ihnen war der Architekt selber, Rosa Markownas Ehemann, das selige Akademiemitglied. Wissen Sie, woran er gestorben ist? Nein? An einer Krankheit, denken Sie?

Scheiße, von wegen Krankheit! An seinem Gewissen ist er gestorben, an seinem Gewissen und an seiner Angst. Und wissen Sie, warum? Ich weiß es genau, ich habe ja dank Ihnen vierzehn Jahre im selben Lager in Magadan gesessen wie er. Also, hören Sie zu: Ihr hochgeschätzter Semjon Lwowitsch, der Klassiker und Preisträger, hat Menschenfleisch gefressen. Ein Krimineller hat ihm welches untergeschoben, und er hat's gegessen, es ist ihm nicht im Hals stecken geblieben. Und dann ist er wie ein Hündchen hinter dem Mann hergelaufen und hat um Menschenfleisch gebettelt. Sie haben ihm welches hingeworfen, und er hat's gefressen. Hat's gefressen und um mehr gebettelt. Dafür hat er zehn Jahre Nachschlag gekriegt, als das mit der Menschenfresserei rauskam. Zur Politik dazu. Neunundvierzig war das, hat man mir erzählt, als er seine Strafe schon fast abgesessen hatte.«

Tschapaikin hörte aufmerksam zu, ohne zu unterbrechen und ohne zu spotten, denn er begriff, dass jedes Wort wahr war. Warum, wusste er selbst nicht. Vielleicht, weil er sich erinnerte, wie merkwürdig Semjon Lwowitsch gewesen war, als er 1955 zurückkehrte, eingefallen und mit Schakalsblick. Er aß nur, was Rosa gekocht hatte, das hatte sie selber später erzählt, nach seinem Tod. Und einen Dachschaden hatte Mirski von dort mitgebracht, das war sicher, er war nicht mehr ganz richtig im Kopf, das stimmte.

Stefan stand auf und lief energisch hin und her, wobei er mit jedem Schritt dem Alten ein, zwei Zentimeter näher kam. »Tja, und dann saß er als Krimineller und war dauernd auf der Suche nach Fleisch, wie ein hungriges Tier. Aber Fleisch gab's keins mehr, damit war endgültig Schluss. So lief er hungrig rum, was anderes konnte er nicht essen, das kriegte er einfach nicht runter. Später beruhigte er sich ein bisschen.«

Stefan trat noch ein Stück näher auf den General zu, doch der schien nicht darauf zu achten, ganz gefesselt von dem Bericht über den alten Mirski, den Sina kurz vor dem Krieg denunziert und ins Lager gebracht hatte.

Aber Stefan war mit seiner anklagenden Geschichte noch nicht zu Ende: »1955 kam eine Zentrale Revisonskommission, das war schon nach Stalins Tod, da gab es neue Anweisungen …«

Alles, was Stefan sagte, klang überzeugend und glaubwürdig. Tschapaikin hörte gebannt zu, ohne nach Erklärungen zu suchen. Auf diese Reaktion des Alten hatte Stefan vermutlich spekuliert, als er den überraschenden Ausflug in jene Jahre begann, die, wie er wusste, die besten in Tschapaikins Leben gewesen waren, jene Jahre, die ihm noch heute unverändert lieb und teuer waren. Auch diesmal hatte Tomskis Gespür ihn nicht im Stich gelassen, und mit dem Instinkt des in die Enge getriebenen Raubtiers witterte er seine Chance. Er machte noch einen halben Schritt auf den Alten zu, wobei er weiterredete, als sei er mit seinen Gedanken weit weg.

»Sie kamen also, warfen einen Blick auf den Architekten und ließen den Ärmsten ohne Rehabilitierung frei. So kam er zurück ...« Stefan drehte sich abrupt zu Tschapaikin um und rief wütend, die Hände vorgereckt und mit den Augen funkelnd: »Und nach alldem wollen Sie, Gleb Iwanowitsch, ein ehrenwerter Mann, General im Ruhestand, dass denen Gerechtigkeit widerfährt? Ja? Das wollen Sie? Die Bilder Menschenfressern überlassen? Damit ihre Kinder sich daran erfreuen und sich beim Anblick der Chagalls an ihren Großvater erinnern? Ja?«

In diesem Augenblick ging er leicht in die Knie, sprang federnd hoch und warf sich auf Tschapaikin. Der war völlig überrumpelt, sein Finger am Abzug zuckte unwillkürlich, und der Revolver gab dem leichten Druck nach und feuerte den fälligen Schuss ab.

Dann fühlte Tschapaikin, von dem Schuss ganz taub, wie Stefans Körper langsam an ihm herabrutschte und sein Hemd, ein Geschenk von Rosa Markowna, mit einer ungleichmäßigen Blutspur beschmierte. Er hörte, wie er mit dumpfem Aufprall auf dem Parkett landete, und wie die Schweizer Uhr am linken Handgelenk des Toten hell klingend auf dem Boden aufschlug. Und sah, wie er mit ausgestrecktem Arm und geballter Faust erstarrte – Stefan Tomski, ein interessanter Mann, ein höchst erstaunlicher Bandit, eine in jeder Hinsicht schillernde Persönlichkeit.

Dann erhob sich der General schwerfällig, schob den Körper des Toten mit dem Fuß von sich, zog sein Hemd verkehrtherum an, steckte den Revolver in die Tasche, wischte mit dem Taschentuch sorgfältig alles ab, was er berührt hatte, schloss die Tür hinter sich und verließ die einstige Wohnung des Armeegenerals der Panzertruppen Wassili Satewachin, wobei er vor sich hin murmelte: »Ich diene der Sowjetunion, Genosse Jeshow.«

Auf dem Weg von Haustür zu Haustür begegnete ihm keine Menschenseele, was er sogar ein wenig bedauerte, denn er war bereit, sich vor einem unvoreingenommenen Gericht ehrlich zu verantworten.

Zu Hause war niemand, aber in der Luft hing ein merkwürdiger Geruch, irgendwie sauer und durchdringend. Der Alte sog die Luft der unteren Etage ein und hob den Kopf zum Obergeschoss. Als er wieder hinuntersah, entdeckte er die Quelle des unbekannten Geruchs. Er begriff, dass so hässlicher Greisenurin roch, wenn er in unsauberen Unterhosen jahrelang zu saurem, ätzendem Staub versteinerte.

Er legte das Hemd beiseite, um es am nächsten Tag irgendwo in der Stadt wegzuwerfen. Er hatte ohnehin vor, in die Kirche zu gehen, um Kerzen aufzustellen für alle, die es nötig hatten. Den Revolver wischte er ab und schob ihn wieder hinter die Kaminklappe. Dann legte er sich aufs Sofa und dachte nicht an Stefan, nicht an den gerächten Mitja und nicht einmal an die entsetzlichen Dinge, die er über Mirski erfahren hatte. Er dachte daran, wie bedauerlich es war, dass bei Rosa Markowna an der Wand nie wieder die von ihr so geliebten Bilder hängen würden, die auch seine Alja so gemocht hatte.

Die Nachricht, dass Stefan Tomski in seiner eigenen Wohnung erschossen aufgefunden worden war, verbreitete sich im Haus in der Trjochprudny-Gasse nicht ganz so rasch wie die von Kerenskis Tod. Letzterer war eben ein Alteingesessener gewesen, dieser dagegen ein Neuer, ein Fremder. Doch noch ehe Tomskis engste Nachbarn davon erfuhren, berichtete der Fernsehsender NTV darüber. Man zeigte den Leichnam in Großaufnahme und kommentierte das Bild mit den Worten: Nach vorliegenden Informationen sei der getötete Bürger Tomski, 1937 geboren, ein bekannter Krimineller gewesen, ein Unterweltboss mit drei Vorstrafen. Alles in allem habe er einundzwanzig Jahre in Straflagern verbracht – eine Jugendstrafe nicht mitgerechnet. Außerdem gebe es Anhaltspunkte dafür, dass der

Tote einer der Anführer einer kriminellen Gruppe in Kunzewo gewesen sei.

»Es handelt sich offenkundig um einen Auftragsmord, vermutlich im Rahmen von Machtkämpfen um Einflusssphären und die Kontrolle größerer Unternehmen zwischen konkurrierenden kriminellen Gruppen. Die Staatsanwaltschaft wird noch heute ein Strafverfahren einleiten.«

Dies erfuhren die Fernsehzuschauer von einem ernsten Mann mit Schulterstücken, demselben, der einst als kleiner Leutnant Gelja die Hand zwischen die Beine geschoben hatte. Dann wurde gezeigt, wie der hochwichtige Mann in einen schwarzen Wagen stieg und mit Blaulicht davonfuhr.

Gelja erkannte ihn sofort und errötete vor Scham und Empörung. Doch das entging Rosa Markowna. Sie starrte fassungslos auf den Bildschirm. Das konnte unmöglich sein! Sie verstand es nicht. Warum? Warum hatte dieser nette Mann, der ihr die liebste Erinnerung an Semjon zurückgegeben hatte, ohne etwas dafür zu verlangen, dieser höfliche, repräsentable Mann, der ganz und gar nicht aussah wie ein Krimineller, ein so missliches Los gewählt, wo geschossen, getötet, betrogen und gestohlen wurde und wo kaum jemand sein von der Natur vorgesehenes Alter erreichte?

Zur selben Zeit dachte Gleb Tschapaikin, der dasselbe auf dem Schirm verfolgte, dass er nun ruhig sterben könne, denn eine bessere Tat als diese würde er nun kaum noch vollbringen.

Wilen Borissowitsch dachte gar nichts über den Mord. Unbesorgt, da er die Großmutter bei Gelja in guten Händen wusste, befand er sich bei Filmaufnahmen, wo er zusammen mit Amerikanern eine Fernsehserie in High-Definition-Technik drehte.

Und Gelja dachte, wenn ihre Jungen Rinatik und Petruschka Habibullin eines Tages groß waren und in eine große, schöne Stadt ziehen sollten – geb's Gott, dass sie nicht Banditen oder Milizionäre wurden. Beides missfiel Gelja sehr und flößte ihr schreckliche Angst ein.

Ein halbes Jahr später zog der stellvertretende Präfekt des Zentralen Verwaltungsbezirks samt Familie in Stefans Wohnung, da der Verstorbene keine Angehörigen hatte, die Wohnung also an den Staat fiel. Und der Staat hatte zufällig Kandidaten auf der Warteliste, die er nun mit angemessenem Wohnraum versorgen konnte, unter Berücksichtigung der Nähe zur Arbeitsstelle und anderer wichtiger Gründe.

Einen Monat darauf begannen im Haus in der Trjochprudny-Gasse Renovierungsarbeiten, angeregt vom neuen, der Obrigkeit angehörenden Mieter. Die Fassade bekam einen frischen Anstrich, die Haustüren wurden erneuert, im Treppenhaus neue Lampen angebracht, der Steinsockel wurde neu verkleidet, das Dach neu gedeckt, der Hof begrünt und an der Einfahrt ein Schlagbaum aufgestellt.

Gelja wohnte noch immer in der Wohnung ihres Vaters, doch das vorgeschriebene halbe Jahr war inzwischen um, und die erste Verhandlung um das Erbe hatte stattgefunden. Die Meinung der Richter war einhellig: Der Antrag auf Erbrecht der unehelich geborenen Angelina Fjodorowna Habibullina entbehre jeder Grundlage. Sie musste diese Verhandlung durchstehen und auf Anraten von Rosa Markowna Widerspruch einlegen. So verging der Sommer mit Streitereien vor Gericht, darum wurde aus dem Besuch der Kinder in dieser Saison nichts, sie kamen weder nach Moskau, wie Rosa Markowna sich das gewünscht hatte, noch nach Firsanowka auf die Datscha.

Sie alle, Rinat, Petro und Sara, sollten nun im nächsten Mai nach Moskau kommen, wenn für die Jungen das Schuljahr in Shitomir zu Ende war. Inzwischen war Gelja schon so gut wie endgültig zu den Mirskis gezogen, denn sie hatte sämtliche Prozesse unwiderruflich verloren, weshalb die Wohnung von Fjodor Kerenski an die örtlichen Behörden zurückfiel. Der Anwärter auf Verbesserung seiner Wohnverhältnisse in der Hauptstadt kam, um das zweigeschossige Appartement zu besichtigen, und zeigte Gelja das entsprechende Dokument. Sie selbst erkannte er natürlich nicht, er hatte sie ja damals mehr von hinten gesehen als von vorn. Dafür erkannte sie ihn sofort, als er ihr den Räumungsbefehl unter die Nase hielt. Es war der nämliche hochwichtige Mann aus dem Fernsehen, der ehemalige kleine Leutnant und Leiter der Milizabteilung, der von Sergeant Chanjutin ein Präservativ verlangt hatte, um sich vor eventuellen unschönen Folgen nach dem Verkehr mit einer unbekannten Prostituierten zu schützen.

Der Wichtige lächelte höflich und verkündete, er werde am nächsten Samstag einziehen. Am Freitag würde der Besitz des verstorbenen Vormieters abgeholt und an die zuständige Bezirksbehörde übergeben. Also, meine Liebe, Donnerstag ist Ihr letzter Tag hier. Er verbeugte sich und ging. Wenn das so ist, entschied Gelja, sollen sie nur kommen. Aber zuvor wollte sie die Wohnung ihres Vaters ein letztes Mal gründlich putzen, den letzten Staub von ihr und Papa wegwischen und die Spuren ihres Vaters beseitigen, bevor der Fremde hier sein eigenes Leben begann. Also krempelte sie die Ärmel hoch.

Sie begann oben, das erschien ihr am vernünftigsten, da der aufgewirbelte Staub nach unten sinken würde. Und wenn sie schon oben anfing, dann mit dem größten und dicksten Schmutz – mit der Rumpelkammer.

Für den Anfang räumte sie alles aus den Regalen: Bilder, einzelne schiefe Rahmen, verzogene Keilrahmen ohne Leinwand und alles Übrige, Großes und Kleines. Mit dem Abwischen begann sie beim Größten, getreu ihrem Grundsatz der Schmutzbeseitigung. Sie wischte zwei Bilder ab, beim dritten stockte sie. Es kam ihr verdächtig bekannt vor. Sie schaute genauer hin, stand eine Weile davor und schrie auf. Das größte Bild war die Musikantin, die Frau mit der Gitarre und der verkrüppelten Hand, von Rosa Markownas Wand, das Bild, das böse Menschen gestohlen hatten. Und daneben, zwei Bilder weiter, war das andere, das, wo der menschengroße Vogel mit dem Mann redete. Das war ein Ding! Woher, gute Leute?

Sie rannte in die Wohnung gegenüber, zu sich, zu den Mirskis. Stürmte hinein und schrie: »Rosa Markowna! Rosa Markowna!«

»Ist etwas passiert, meine Liebe?«, fragte Rosa, auf Geljas Schrei herbeigeeilt.

»Und ob!« Gelja zeigte mit dem Finger auf die Wohnungstür gegenüber. »Auf dem Boden bei Vater drüben, da liegen die Bilder, die gestohlenen, die von hier!« Sie zeigte auf die leeren Stellen an der Wand.

Rosa lächelte.

»Aber Kind, da verwechselst du etwas, diese Bilder sind gestohlen und können keinesfalls bei Fedja sein. Wahrscheinlich hast du dich einfach geirrt.«

»Aber nein, Rosa Markowna, ich hab mich nicht geirrt!« Sie zeigte erneut mit dem Finger in Richtung Treppenhaus. »Sie liegen da, wie neu, wie sie bei Ihnen an der Wand hingen. Ich hab's doch gesehen, den Mann mit dem Vogel und die Frau mit der Gitarre.«

»Na schön, Gelja«, erwiderte Rosa. »Wir gehen jetzt rüber, und du zeigst mir, was du da gefunden hast.«

Als sie es sah, sank sie an Ort und Stelle auf den Fußboden und saß lange reglos da. Tränen kamen ihr keine, Gedanken auch nicht. Nur ein dumpfes, warmes Glücksgefühl überwältigte sie und presste sie auf den Boden von Fedjas Atelier. Gelja jammerte und lief wie aufgescheucht herum, rief aber keinen Arzt, denn sie begriff, dass diese Erschütterung nicht lebensgefährlicher, sondern eher freudiger Natur war. Für alle Fälle holte sie in einem der geschliffenen Schnapsgläser, aus denen ihr Vater gern getrunken hatte, Wasser aus der Küche. Unterwegs beschloss sie, diese Gläser nicht dem neuen Mieter zu überlassen, sondern sie zu den Mirskis zu bringen. Das Wasser trank Rosa Markowna nicht, sie schob Geljas Hand mit dem Glas weg.

Die Nachricht von dem überraschenden Fund verbreitete sich augenblicklich im Haus. Alle rätselten, ob Fedja damit zu tun hatte oder nicht. Dass dies unmöglich war, fiel kaum jemandem auf, die meisten hatten vergessen, dass Fjodor Kerenski schon drei Tage tot war, als die Bilder verschwanden. Auch Rosa Markowna versuchte, als sie sich von ihrem Glück erholt hatte, einen gedanklichen Faden kausaler Zusammenhänge zu spinnen, doch er riss jedes Mal gleich zu Beginn, und sie schüttelte nur den Kopf, denn sie glaubte weiterhin weder an Wunder noch an eine besonders glückliche Ader ihrer Familie noch an den allerhöchsten Wohltäter welcher Nationalität auch immer.

Die Miliz kam, sah und staunte nicht schlechter als Gelja, setzte ein Protokoll auf und versiegelte die Wohnung einstweilen, bis zum Einzug des neuen Mieters, vergaß jedoch, diesen davon zu unterrichten. Die Ersten, die unverrichteter Dinge wieder abziehen mussten, waren am Donnerstag die Möbelträger mit dem Gerichtsvollzieher an der Spitze, die Kerenskis Besitz abholen wollten. Der Zweite war am Freitag der neue Nachbar, der mit zwei LKW voller Möbel und einer Packerbrigade anrückte.

Das geschieht dir recht, freute sich Gelja insgeheim, in Erinnerung an die Begegnung auf dem Milizschreibtisch. Doch sie behielt die Freude für sich, denn wem konnte sie schon von ihrer Vergangenheit erzählen? Rosa Markowna etwa?

An jenem wunderbaren Freitag hingen beide Bilder – der Mann mit dem Vogel und die große Frau mit der Gitarre – bereits wieder an einem Haken an ihrem früheren Platz und verdeckten die hellen Stellen an der Wand. Rosa Markowna stellte einen gepolsterten Stuhl aus dem Esszimmer davor und saß stundenlang darauf, den Blick auf die ins Haus zurückgekehrten Familienreliquien gerichtet. Hin und wieder weinte sie bei dem Gedanken an Mitja. Hin und wieder wischte sie sich die feuchte Nase bei dem Gedanken an Boris. Zuweilen aber lächelte sie und erinnerte sich an ihre glücklichsten Zeiten mit Semjon.

Im Mai traf die Truppe aus Shitomir ein: die beiden einander vollkommen gleichenden Jungen Rinat und Petro und ihre Großmutter Sara. Gelja holte sie vom Bahnhof ab und brachte sie zu den Mirskis. Sara schob aus Angst vor der bevorstehenden Aufregung die Jungen als Schutzmauer vor die Tür. Sie selbst stellte sich in die zweite Reihe, damit sie, falls sie in Ohnmacht fiele, niemanden mitriss. Aber sie fiel nicht, kaum knickten ihr die Beine ein, als kräftige Greisinnenarme sie auffingen und in glücklicher Aufwallung schüttelten.

Dann gab es Tee, den süßesten auf der Welt. Alles war wie gewohnt: die gestärkte Tischdecke mit der raffinierten Spitze am Saum, Würfelzucker mit Zange, Teelöffel aus dem Familiensilber, zu diesem Anlass von der fleißigen Gelja noch einmal blank poliert, Schälchen mit Nielloverzierungen, blau und orange leuchtendes Kristall mit Pralinen, zartgrüner Chartreuse-Likör, noch aus Breschnewzeiten, und die obligaten kulinarischen Genüsse von Lekech bis Hamantaschen.

Eine Woche später, Anfang Juli, nach Bolschoi-, Maly- und Jugendtheater, Zoo, Tretjakow-Galerie, Lushniki-Park, Wagankowo und Leninmausoleum, verließen sie alle zusammen die Trjochprudny-Gasse und zogen nach Firsanowka, um den Sommer an der frischen Datschaluft zu verbringen.

Bis zum September, bis die Jungen wieder in die Schule mussten. Zusammen mit Sara fuhren sie wieder ab.

So war es auch im Jahr darauf ...

Und im dritten Jahr ...

So ging es in der Familie der Mirskis, Habibullins und Tschepiks bis zum Frühjahr 2003, bis die Jungen endgültig der Kindheit entwachsen waren und in ihrer Heimat, der fremden Stadt Shitomir, die Schule beendet hatten. Da machte Rosa Markowna auf dem Familienrat in derselben Zusammensetzung einen Vorschlag.

»Also, meine Lieben. Die Jungen müssen unbedingt in Moskau studieren. Und wohnen werden sie hier. Platz ist genug, Schluss mit dem Hin- und Herreisen. Sara zieht natürlich auch in die Trjochprudny-Gasse. Studenten brauchen jemanden, der sich um sie kümmert, ein Studium ist etwas anderes als Schule. Und ich erkundige mich einstweilen wegen der russischen Staatsbürgerschaft, wie man die bekommt und was man dafür braucht.«

Zwei Tage nach diesem Familienrat feierten sie das wichtigste Ereignis des Jahres, das jüdische Passahfest. Sie setzten sich zu Tisch. Die Familie und ihre Gäste. Rosa Markowna saß glücklich inmitten ihrer alten und neuen Angehörigen: Links von ihr saßen die schwarzhaarigen Jungen Rinat und Petro Habibullin, ihre Mutter Angelina, nach ihrem Vater Kerenskaja, und ihre Oma Sara Tschepik. Rechts von Rosa ihr Enkel Wilen Borissowitsch Mirski mit seiner Mutter, der greisen Tatjana Petrowna Kulik, und Gleb Iwanowitsch Tschapaikin, als Gast und guter Nachbar. Auf dem Tisch standen wie gewohnt Gefilte Fisch, Möhrensternchen, gefüllte Hühnerhälse, roter Rettich und winzige Piroggen. Gleichberechtigt daneben standen weißer, rosageäderter Speck mit Knoblauch aus Shitomir in hauchdünnen, eisgekühlten Scheiben und ein kräftiger, fetter ukrainischer Borschtsch nach Saras Art – mit Markknochen gekocht –, der in diesem Jahr auf einhelligen Beschluss die dünne Bouillon mit Matzeklößchen ersetzte.

Auf dem Höhepunkt der Feier, als der erste leichte Rausch bereits abklang und der zweite noch nicht eingetreten war, schenkte Wilen allen Kagor ein, und Rosa ließ eine Schale mit silbernem Rand herumgehen. Damit jeder, wer er auch war, in diese Schale seine bösen Tropfen goss, seine kleinen und großen Sünden, und sich zugleich etwas für die Zukunft wünschte.

Die schwarzhaarigen Zwillinge dachten beide, ohne sich abzusprechen, an ihren künftigen Studienplatz: Rinat am Architekturinstitut, Petro am medizinischen. Gelja, dass der von ihrer Wohltäterin eingeleitete Staatsbürgerschaftsantrag nicht an einem Natschalnik-Parasiten wie dem Nachbarn von gegenüber, der die Wohnung ihres Vaters okkupiert hatte, scheitern möge. Sara, dass sie unbedingt nach Wagankowo fahren wollte, Fedja besuchen, nach ihm sehen und mit ihm allein sein. Wilen Borissowitsch, dass in ihrem Haus alles glücklich lief, dass seine Großmutter nun gut untergebracht war, sodass er so ruhig war wie noch nie und nun unbesorgt in die Koproduktion mit einem halben Jahr Dreharbeiten in Nordamerika einwilligen konnte. Tanja Kulkowa, dass sie nicht wieder irgendeinen Fehler begehen durfte, um Gott behüte nicht aus dieser wunderbaren, schönen Familie ausgeschlossen zu werden. Gleb Iwanowitsch, dass er im letzten Jahr nicht krepiert war, und es, so Gott wollte, vielleicht auch in diesem Jahr nicht tun würde. Ich müsste es, dachte er, noch einmal in die Brjussow-Gasse schaffen und gleich am Eingang eine Kerze aufstellen, da hab ich noch nie eine aufgestellt. Und Rosa Markowna murmelte, während sie mit der Schale zum Ausguss ging, um ihre Lieben vom Bösen zu erlösen, in Gedanken auf Jiddisch, das sie noch nicht ganz vergessen hatte: »Sol dir got helfen, mein libe Mamotschke, ich gedenk eich allemol.«

Welcher Gott, ihr jüdischer Gott Jahwe oder der gewöhnliche menschliche Jesus Cristus, wollte Rosa gar nicht wissen. Es war ihr egal, wer ihre Nächsten vor Unglück beschützte, welcher der möglichen Götter. Sie liebte nicht in erster Linie ihn selbst, den himmlischen Erlöser, wie sie es einst im Religionsunterricht gelernt hatte, sie liebte ihre Angehörigen und darum auch Gott – nicht umgekehrt.

Am nächsten Tag verzehrten sie die Reste, und wieder saß Tschapaikin mit am Tisch. In einem günstigen Moment ging er mit Rosa in die Küche und berichtete ihr von Sina und Semjon Lwowitsch. Alles, wie es gewesen war, erzählte er. Nur eine Kleinigkeit ließ er unerwähnt: wie der Architekt nach Magadan gelangt war, durch wessen unglückliche Schuld. Rosa glaubte ihm sofort aufs Wort. Sie küsste den Alten auf die runzlige Wange und ging in ihr Zimmer, weinen. Als sie wieder herauskam, strahlend, frisch und jung, klingelte das Telefon. Aus dem Hörer tönte eine Frauenstimme mit starkem, eindeutig amerikanischem Akzent.

»Entschuldigen Sie, ist da Mrs. Mirskaja?«

»Ganz recht, meine Liebe«, bestätigte Rosa.

»Hier spricht Sylvia Hostman, ich bin Vizepräsidentin des New Yorker Metropolitan-Museums.«

»Sehr angenehm, meine Liebe«, erwiderte Rosa. »Das ist ein sehr anständiges Museum.«

»Die Sache ist die, Mrs. Mirskaja, vor Kurzem wurden die Memoiren des Schriftstellers und Journalisten Antoine Forestier veröffentlicht. Sie enthalten auch Erinnerungen an seinen Vater, den französischen Architekten Eugène Forestier.«

»Interessant«, entgegnete Rosa lebhaft. »Was schreibt er denn?«

»Er erinnert sich, dass sein Vater ihm erzählt hat, wie der große Picasso in seinem Beisein dem russischen Architekten Semjon Mirski sein Bild ›Frau mit Gitarre‹ schenkte. 1941 in Paris.«

»Das ist die reine Wahrheit, meine Liebe«, bestätigte die Greisin. »Genauso war es.«

»Wir möchten gern wissen«, sagte Sylvia Hostmann hörbar aufgeregt, »ob sich das Bild vielleicht noch im Besitz Ihrer Familie befindet. Es galt stets als verschollen, aber Sie sollten wissen, es handelt sich um ein Werk von internationalem Rang.«

»Selbstverständlich, meine Liebe«, entgegnete Rosa erstaunt. »Wo soll es denn sonst sein, wenn nicht bei der Familie Mirski?«

Am anderen Ende der Leitung entstand eine Pause. Man hörte

nur die elektrische Luft zwischen der Alten und der Neuen Welt vibrieren.

Dann begann die Vizepräsidentin erneut: »Mrs. Mirskaja, ich möchte Ihnen mitteilen, dass ich beauftragt wurde, mit Ihnen über den Ankauf dieses bedeutenden Werkes durch unser Museum zu verhandeln. Wir sind bereit, Ihnen eine enorme Summe zu zahlen, wenn Sie sich entschließen, Ihr Bild nicht bei Christie's zu versteigern. Ich spreche von einem zweistelligen Millionenbetrag.«

Rosa Mirskaja lächelte.

»Aber meine Liebe, wie kommen Sie denn darauf, dass ich dieses Bild unbedingt loswerden möchte, sei es auch für noch so viel Geld? Ich werde in diesem Jahr hundert, meine Liebe, und an so etwas Abwegiges habe ich noch nie gedacht. Und außerdem«, sie zuckte die Achseln, »habe ich zwei Ururenkel, Rinat Galimsjanowitsch und Petro Galimsjanowitsch, beide Habibullin und beide Mirski. Sie haben große Pläne. Und ich möchte, dass alle meine Bilder im Haus bleiben, auch die ›Frau mit Gitarre‹. Aber wenn Sie sie bewundern möchten, bitte sehr, Sie bekommen bei mir immer einen Tee und etwas Süßes dazu. Alles Gute, meine Liebe.«

Sie legte auf, schaute in den Spiegel, zupfte ihren Kragen zurecht und rief ins Esszimmer, wo der Tee bereits kalt wurde: »Ich komme, meine Lieben! Ich bin schon da!«

Moskau-Toronto-Moskau 2004

Nachwort

Ljudmila Ulitzkaja

Unsere Familie

Das älteste Familienfoto entstand Mitte des neunzehnten Jahrhunderts. Es zeigt einen alten Juden mit Kippa. Das ist Isaak Ginsburg. Wer sein Vater war, weiß niemand mehr. Von Isaak aber ist Folgendes bekannt: Er war Soldat, diente fünfundzwanzig Jahre in der russischen Armee und brachte es bis zum Unteroffizier. Bei der Einnahme der Stadt Plewna durch die Armee von General Skobelew verdiente er sich ein Georgskreuz. Dieser Orden lag später zwischen Garn und Nadeln in Großmutters Nähkästchen. Außerdem ist bekannt, dass er einige Privilegien erhielt: Er durfte sich außerhalb des für Juden erlaubten Ansiedlungsgebiets niederlassen. Er lebte in Smolensk. Heiratete. Und zeugte nicht nur zwölf Kinder, wie es sich für einen echten Patriarchen gehört, sondern siebzehn. Im Übrigen weiß man nicht, wie viele Kinder der Patriarch Jakob tatsächlich hatte, denn Mädchen wurden nicht mitgezählt, erwähnt wird nur Dina … Doch Isaak Ginsburg verlor die meisten Kinder schon im Säuglingsalter. Ein Sohn, der überlebte, war unser Urgroßvater Chaim, offiziell Jefim Isaakowitsch. Geboren 1861. Als er starb, war ich sieben und er über neunzig.

Im großen Zimmer, dem Esszimmer, das in den folgenden Jahren in mehrere kleine Bereiche für die wachsende Familie geteilt wurde, dämmerte Großvater, umgeben von seinen beiden Söhnen, den Schwiegertöchtern und der Haushaltshilfe, auf einem Mahagonibett dahin, das ein, zwei Jahrzehnte später auf meinem Balkon vergammeln sollte. Dann holte meine Mutter (seine Enkelin) mich von der Straße herauf, damit ich von ihm Abschied nahm. So, wie ich war, in meinem neuen Katzenfellmantel, brachte sie mich ins Zimmer, und Urgroßvater öffnete die Augen.

»Ljussenka ist da«, sagte Großmutter zu ihm. Sein verschwimmender Blick glitt über mich dahin.

»Ljussenka! Was für ein großes Mädchen«, sagte er. »Alles wird gut.«

Dann starb er. Er hatte mir wohl seinen Segen erteilt, denke ich. Verständlich, denn Jungen gab es in dieser Generation in der Familie noch nicht. Meine Cousins Jura, Grischa und Oleg wurden erst nach seinem Tod geboren.

Meine liebste Familiengeschichte ist folgende:

Urgroßvater war Uhrmacher. Kein großer Meister, glaube ich. Er las lieber in der Thora, als Geld zu verdienen. Ich erinnere mich an ein dickes, herrlich riechendes altes Buch. So saß er im Sessel, mit seinem Magenkrebs und mit der Thora auf dem Schoß. Er hatte es nie eilig, war nie hektisch, ging höchstens mal zum Schuster, um Großmutters Schuhe zur Reparatur zu bringen. (Ja, damals wurden Schuhe wieder und wieder geflickt und repariert. Mama besaß ein Paar Ausgehschuhe, die sie zum Schulabschluss bekommen hatte. Die nahm sie, sorgfältig in Zeitungspapier gewickelt, noch mit ins Theater, als ich schon kurz vor meinem Schulabschluss stand!) Urgroßvater also – möge die Erde ihm leicht sein, wie unsere Vorfahren sagten – hatte ein Testament gemacht. Auf der Rückseite eines Buchhaltungsformulars. Vorn waren Spalten für Debit und Kredit, hinten standen Dankesworte an Urgroßvaters Kinder. Dafür, dass sie ihm ein glückliches Alter geschenkt hatten. Außerdem entschuldigte er sich, dass er ihnen nichts hinterließ. Und weiter schrieb er, ich zitiere: »Mehr noch. Die fünfhundert Rubel auf meinem Sparbuch schickt bitte nach Leningrad, denn Ida und die kleine Shenetschka brauchen es dringend.«

Keiner von uns hatte diese Ida und ihre Tochter Shenetschka je gesehen. Sie war die Enkelin oder die Tochter von Urgroßvaters verstorbener Cousine oder Nichte … Ihr schickte er seit Kriegsende seine ganze Rente. Denn zu Hause wurde er mit allem versorgt, er brauchte kein Geld. Aber damit ist die Geschichte noch lange nicht zu Ende. Das Geld ging natürlich nach Leningrad. Und danach schickte meine Großmutter im Gedenken an ihren Schwiegervater weiterhin Geld dorthin, bis Shenja ihre Ausbildung beendet hatte. Viele Jahre lang stellte sie sich jeden Monat auf der Post an, um hundertfünfzig Rubel zu überweisen. Ich weiß nicht, wie viel diese Summe damals wert war, jedenfalls entsprach sie genau Urgroßvaters winziger Rente.

Unseren Urgroßvater hatte ich für mich allein, meine Cousins haben ihn nicht mehr kennengelernt. Großmutter Jelena Markowna dagegen teilte ich mit meinen beiden Cousins, die zehn Jahre nach mir geboren wurden, im unglaublichen Abstand von elf Monaten. Ihr Vater war mein Lieblingsonkel Vitja. Er hatte als Sechzehnjähriger den Namen Ljudmila für mich ausgesucht, denn so hieß das Mädchen, dem er damals nachlief. Natürlich nicht ohne Erfolg. Er sah sehr gut aus. Ich erinnere mich an ihn noch als ganz jungen Mann, kurz vor dem Abschluss seines Studiums an der Bergbauakademie. Er trug eine schwarze Uniformjacke und ein weißes Halstuch aus Seide. Das war die Zeit der Music-Hall in der Gorkistraße. Er war ein begnadeter Musikant! Wenn er sich ans Klavier setzte, spielte er etwas Jazziges, griff er zum Akkordeon, erklang eine Romanze. Er hatte schneeweiße Zähne, lächelte gern und war sehr geistreich. Nach dem Studium bekam er eine Stelle im Gebiet Tula, beim Bergbau. Dort heiratete er das schönste Mädchen der Siedlung. Tatjana war wirklich wunderschön. Sie gebar ihm erst Jura – den Namen habe ich ausgesucht! – und ein knappes Jahr später Grischa. Der Ältere war groß und kräftig, der Kleine hieß in der Familie »Daunenfeder«, weil er so lebensbedrohlich dünn war.

Bei mir mit meinen zehn Jahren brach der Mutterinstinkt durch. Später, als meine eigenen Söhne geboren wurden, empfand ich keine solche Leidenschaft, auch mein Enkel löste in mir nicht solche glühende Begeisterung aus wie meine beiden Cousins. Ich wich nicht von ihrer Seite, überwachte ihren Schlaf, setzte sie auf den Topf, wischte ihnen die Nase ab, ging mit ihnen spazieren, schaukelte sie, las ihnen vor …

Unsere Familie war kultiviert, beinahe gebildet: Großvater hatte an der Moskauer Universität Jura studiert und es fast bis zum Abschluss gebracht, es jedoch vermasselt, weil er sich weigerte, im letzten Studienjahr auf »Sowjetmacht« umzulernen. Er glaubte, dieses Missverständnis könne nicht lange währen. Ein Irrtum – es hielt sich genau sein Leben lang. Großmutter verfehlte ihren Hochschulabschluss ebenfalls knapp; sie besuchte höhere Frauenkurse und wollte Lehrerin werden … Auch ihr kam das Leben dazwischen, allerdings nicht die Revolution, sondern die Geburt meiner Mutter 1918. Großmutter war sehr begabt, sie hatte das Gymnasium mit einer Goldmedaille abgeschlossen, konnte Deutsch und Französisch und behielt einiges davon sogar bis an ihr Lebensende.

Im Haus herrschte Ordnung, auf Hauswirtschaft wurde am Gymnasium großer Wert gelegt: Nähen, Sticken, Schneidern, Kochen, Stärken und Bleichen. Großmutter war bei allem die Beste. Solange sie lebte, duldete sie kein Wachstuch auf dem Tisch. Immer ein weißes Tischtuch, Silberbesteck, Suppenterrine … Kinder, wascht euch die Hände … Reicht mir bitte das Salz herüber … Danke … Es hat gut geschmeckt … Auf Wiedersehen.

»Auf Wiedersehen«, sagte ich, denn ich wohnte mit meinen Eltern im Nachbarhaus, in einer Gemeinschaftswohnung. Weiße Tischtücher, eine Wanne auf gusseisernen Füßen und ein Waschbecken mit rissigen, aber nie welkenden Chrysanthemen sah ich nur in Großmutters einst herrschaftlicher Wohnung. In unserer Gemeinschaftswohnung ging es weit einfacher zu.

Anfang der Fünfzigerjahre geschah in unserer Familie etwas, das es bei den Ginsburgs zweitausend Jahre lang nicht gegeben hatte: Mein Onkel Sascha und nach ihm auch mein Onkel Vitja heirateten russische Frauen. Beide waren sehr schön. Die Ältere der beiden, Tamara, wurde von Urgroßvater Chaim herzlich aufgenommen. Tanja kam erst nach seinem Tod ins Haus.

Seitdem gibt es in unserer Familie keine Juden mehr. Ich bin die letzte. Alle acht Jungen, die nach mir zur Welt kamen, wurden immer russischer und heirateten, wenn sie denn heirateten, Russinnen. Wir zeigen dieser dunkelblonden Sippe Fotos ihrer Vorfahren, und sie staunen über die wunderlichen Namen.

Welches Erbe haben die Ginsburgs eigentlich ihren Nachkommen hinterlassen? Es war eine gute, einträchtige Familie, die Älteren respektierten die Jüngeren, die Jüngeren achteten die Älteren. An Streit in der älteren Generation kann ich mich nicht erinnern. Großmutter hob nie die Stimme, sie verschaffte sich auf andere Weise

Respekt, sie hatte ein angeborenes Gefühl für die eigene Würde. Anständigkeit war ihre Religion. Großvater war von Natur aus Geschäftsmann, konnte seine Talente jedoch nicht entfalten. Er sagte gern ironisch: Ich mag es, wenn eine Situation mir mehrere Auswege bietet, aber dieser Staat lässt mir keinen einzigen. Er mochte die Sowjetmacht nicht, und sie mochte ihn auch nicht. Trotzdem verstand er es, Geld zu verdienen. Doch er machte sich nicht viel daraus, er war großzügig, gern, ja, mit Vergnügen unterstützte er die Menschen in seinem Umfeld. Er und sein Bruder waren kluge Köpfe, mathematisch begabt und mit einem glänzenden Gedächtnis gesegnet. Wenn die beiden betagten Brüder Préférence spielten, erinnerten sie sich gegenseitig daran, wie die Karten im vorigen und im vorvorigen Jahr gelegen hatten. Die Frauen der Brüder liebten sich wie Schwestern. Sie waren tatsächlich miteinander verwandt, denn sie waren Tante und Nichte. Allerdings war die Nichte nur zwei Jahre jünger als ihre Tante.

Ja, das Erbe ... Was von Großmutters Hochzeitsgeschirr noch heil geblieben war, wurde unter den Enkeln aufgeteilt. Jeder von uns besitzt noch ein paar kleine weißrosa Kusnezow-Teller. Großmutters Saphirohrringe trage ich seit vierzig Jahren, genauer, einen davon, denn den anderen habe ich verloren und mir ein Duplikat anfertigen lassen. Großvaters Mahagonischreibtisch zog nach der Auflösung unseres Familiennestes in der Kaljajew-Straße in einen Plattenbau in der Baschilow-Straße um, wo die Großeltern ihre letzten Lebensjahre in einer öden Neubauwohnung verbrachten. Der Tisch wurde im Zimmer meines Cousins Jura aufgestellt, wo er den Naturwissenschaften diente und eine Dissertation hervorbrachte, irgendetwas über die Elektrizität. Dann reiste Jura nach Amerika und bat um politisches Asyl, und der Tisch zog zu mir um, wo er auf Literatur umsattelte. Die dicke Glasplatte, die die gepflegte Oberfläche geschützt hatte, zerbrach. Die bronzene Schreibgarnitur mit dem Proletarier, der einen Draht spannte, verschwand ebenso wie der kätzchengroße Beethoven. An diesem Tisch schrieb ich meine ersten Erzählungen. An ihm habe ich, eine Decke darüber gedeckt, Hunderte Kilometer Windeln gebügelt, hin und wieder schrieb mein Mann daran an einer seiner Doktorarbeiten. Dann gab ich den Tisch weiter an meinen Cousin Grischa. Zuerst machte sein Sohn Arseni daran seine Hausaufgaben, bis er die Schule beendete und nach Übersee zog, wo er an der Universität Toronto studiert, irgendetwas mit Fotokunst und Design. Nach fünf Jahren setzte sich Grischa beinahe zufällig an diesen Tisch. Und sitzt nun seit drei Jahren daran, denn hier schreibt er seine Prosa, inzwischen sind es schon fünf wunderbare Bücher.

Unser Name, Ginsburg, ist ausgestorben. Die Nachkommen des alten Isaak leben heute in Russland, in Frankreich, in Amerika und in Kanada. Sie tragen andere Namen: Rjaschski, Butschkin, Paraschtschuk, Jewgenjew. Doch ein paar Tropfen vom Blut des alten Isaak fließen noch in ihren Adern. Mein Cousin Jura lebt in New York, Grischa pendelt zwischen Moskau und Toronto. Die Familie versammelt sich sonntags nicht mehr zum gemeinsamen Essen. Ja, sind wir überhaupt noch eine Familie? Die Ältesten sind nun Grischa und ich. Unsere Großeltern und Eltern sind schon lange tot. Selbst Grischas Mutter, die schöne Tanja, ist längst begraben, im selben Grab wie unser Urgroßvater Chaim auf dem Friedhof Wostrjakowo.

Grischa und mir bedeuten die gemeinsamen Erinnerungen, die gemeinsame Kindheit in der Kaljajew-Straße sehr viel. Und vielleicht lebt ja etwas Gutes von unseren Großmüttern und Großvätern, von denen, die wir kannten, und denen, an deren Namen wir uns nicht mehr erinnern, in unseren Kindern und Enkeln weiter.